KNAUR

Im Knaur Taschenbuch Verlag sind bereits folgende Bücher der Autorin erschienen:

Die Wanderhure
Die Kastellanin
Das Vermächtnis der Wanderhure
Die Tochter der Wanderhure
Töchter der Sünde
Die List der Wanderhure
Die Rache der Wanderhure
Die Wanderhure und die Nonne

Die Goldhändlerin
Die Kastratin
Die Tatarin
Die Löwin
Die Pilgerin
Die Feuerbraut
Die Rose von Asturien
Die Ketzerbraut
Feuertochter
Die Fürstin
Die Rebellinnen

Die Flammen des Himmels
Die steinerne Schlange

Dezembersturm
Aprilgewitter
Juliregen

Das goldene Ufer
Der weiße Stern
Das wilde Land
Der rote Himmel

Die Wanderapothekerin
Die Liebe der Wanderapothekerin
Die Entführung der Wanderapothekerin
Die Tochter der Wanderapothekerin

Tage des Sturms
Licht in den Wolken
Glanz der Ferne

Im Knaur HC sind erschienen:
Das Mädchen aus Apulien
Die Widerspenstige
Die Saga von Vinland
Der Fluch der Rose

INY
LORENTZ

DIE PERLENPRINZESSIN

- Kannibalen -

Roman

KNAUR

Besuchen Sie uns im Internet:
www.knaur.de

Aus Verantwortung für die Umwelt hat sich die Verlagsgruppe Droemer Knaur zu einer nachhaltigen Buchproduktion verpflichtet. Der bewusste Umgang mit unseren Ressourcen, der Schutz unseres Klimas und der Natur gehören zu unseren obersten Unternehmenszielen. Gemeinsam mit unseren Partnern und Lieferanten setzen wir uns für eine klimaneutrale Buchproduktion ein, die den Erwerb von Klimazertifikaten zur Kompensation des CO_2-Ausstoßes einschließt. Weitere Informationen finden Sie unter: www.klimaneutralerverlag.de

FSC www.fsc.org
MIX
Papier aus verantwortungsvollen Quellen
FSC® C083411

Originalausgabe Juni 2021
Knaur Taschenbuch
Ein Imprint der Verlagsgruppe
Droemer Knaur GmbH & Co. KG, München

Covergestaltung: ZERO Werbeagentur, München
Coverabbildung: College aus verschieden Motiven von Richard Jenkins Photography und Shutterstock.com
Abbildungen im Innenteil: Maria Averburg / Shutterstock.com
Satz: Adobe InDesign im Verlag
Druck und Bindung: CPI books GmbH, Leck
ISBN 978-3-426-52606-4

2 4 5 3 1

WAS IN BAND EINS GESCHAH:

RIVALEN

Die beiden Hamburger Kapitäne Simon Simonsen und Jörgen Mensing sind Rivalen um die Gunst der schönen Mina Thadde. Als Mensing die Reedertochter durch Intrigen gewinnt, wird aus der Rivalität bittere Feindschaft. Mit Minas Mitgift baut Mensing eine kleine Reederei auf. Simon Simonsen erhält durch seinen einstigen Schiffer Hauke Lüders eine Chance. Im Gegenzug muss er dessen Tochter Erna heiraten, von der es heißt, sie habe mehr Haare auf den Zähnen als auf dem Kopf. Die Ehe wird trotzdem glücklich, denn Erna ist nicht nur eine ausgezeichnete Hausfrau, sondern auch eine kluge Partnerin beim Aufbau seiner Reederei.

Simon Simonsen macht sich in der Folge mit dem Handelsschiffer Samuel Bartlett und dem englischen Seeoffizier Gervase Smyth zwei weitere Feinde. Sein Sohn Jakob Simonsen rettet etliche französische Royalisten vor der Guillotine. Darunter ist auch Frieda, seine spätere Ehefrau.

Als Napoleon Bonapartes Truppen Hamburg besetzen, folgen schlimme Jahre. Simon Simonsen wird von Jörgen Mensings Sohn Derek als englischer Spion denunziert und von den Franzosen standrechtlich erschossen. Jakob und Frieda Simonsens kleine

Tochter Ruth erschießt mit der Pistole einen französischen Soldaten, der ihre Mutter vergewaltigen will.

Jörgen Mensing überlebt den Krieg ebenfalls nicht. Simon Simonsens einstige Liebe Mina Mensing will eine Aussöhnung zwischen den Familien herbeiführen und bittet ihren Enkel Mathias, Ruth Simonsen zu heiraten. Mathias will jedoch die Simonsens vernichten und gleichzeitig seinen Bruder Hinrich aus dem Weg schaffen, um alleiniger Herr der Reederei zu werden. Um das zu erreichen, schlägt er vor, dass Hinrich und Ruth heiraten sollen.

Da Mathias Mensing seinem Bruder den Posten eines Missionars in der Südsee verschafft hat, müssen Ruth und Hinrich nach ihrer Heirat überstürzt nach England aufbrechen, damit sie das Schiff erreichen, das sie dorthin bringen soll. Angeblich leben auf der ausgewählten Insel Eingeborene, die sanften Gemüts und leicht zu lenken sein sollen.

Kapitän dieses Schiffes ist Gervase Smyth, ein Handlanger von Samuel Bartletts Sohn Zechariah und ebenfalls ein Feind der Simonsens. An Bord ist außerdem James Hutton, ein Verwandter von Zechariah Bartletts Ehefrau Ellinor. Aufgrund der komplizierten Erbregelung der Huttons steht dieser zwischen Ellinor und ihrer Nachfolge ihres Vaters als Countess of Huttonsfield. Sowohl Ruth und Hinrich Mensing wie auch James Hutton sollen den Befehlen Zechariah Bartletts und Mathias Mensings zufolge die Südsee nicht mehr lebend verlassen.

ERSTER TEIL

ÜBER DIE MEERE

1.

Ruth Mensing stand an der Reling und hielt sich mit einer Hand daran fest, während ihr Blick über das Deck der HMS *Hesione* schweifte. Nicht weit von ihr unterhielt sich ihr Ehemann Hinrich mit dem Kapitän des Schiffes. Obwohl Gervase Smyth ihnen die Ehre erwiesen hatte, an seiner Tafel speisen zu dürfen, und sich auch sonst leutselig gab, wurde sie mit ihm nicht warm. Er war ein hagerer Mann mit faltigem Gesicht und durchdringenden hellen Augen, und ihr war bald klar geworden, dass sie es mit einem durch und durch unzufriedenen Menschen zu tun hatte. Zudem gingen ihr seine Ausfälle gegen seinen ersten Offizier James Hutton gegen den Strich, die dieser wohlerzogen über sich ergehen ließ. Für ihr Gefühl schien Smyth nur darauf zu lauern, dass Hutton einmal die Geduld verlor und gegen ihn aufbegehrte.

Unwillkürlich suchte ihr Blick den jungen Offizier. James Hutton befand sich vorne beim Fockmast und ließ dessen Segel trimmen. In ihren Augen war er ein weitaus besserer Seemann als sein Kapitän. Als Tochter und Enkelin von Männern, die lange Jahre zur See gefahren waren, verstand sie genug von der Seefahrt, um das erkennen zu können.

Sie hatte sich sogar die Grundzüge der Navigation angeeignet, weil ihr Bruder Jeremias jemanden gebraucht hatte, der ihn beim Lernen unterstützte. Daher traute sie es sich durchaus zu, ein kleines Schiff zu steuern, und sie konnte erkennen, dass die HMS *Hesione* ausgezeichnet am Wind lag und schätzungsweise mehr als sechs Knoten in der Stunde zurücklegte. Dies war allerdings nicht Smyths Verdienst, sondern der von Lucky Jim, wie die Mannschaft den Ersten Offizier unter sich nannte. Dessen Fähigkeiten nutzte Captain Smyth kräftig aus, indem er die Schiffsführung zum größten Teil ihm überließ.

Als die HMS *Hesione* eine Woche zuvor in einen Sturm geraten war, hatte Smyth Hutton holen lassen, obwohl dieser erst eine halbe Stunde zuvor abgelöst worden war. Er selbst hatte sich danach in seiner Kabine verkrochen und aus Feigheit diese Kursänderung befohlen. Eigentlich hätten sie Kap Hoorn umsegeln sollen, aber mittlerweile hatte der Kapitän den Befehl erteilt, ostwärts zu fahren, um die zwar längere, aber auch weniger gefährliche Strecke um das Kap der Guten Hoffnung und durch den Indischen Ozean zu nehmen. Seinen Worten nach wären die Stürme bei Kap Hoorn zu stark, als dass sie die Umseglung hätten wagen können.

Nun würden Hinrich und sie mehrere Monate später auf Tahiti eintreffen, als sie erwartet hatten. Ruth zuckte mit den Achseln. Da nichts sie trieb, gab es auch nicht den geringsten Grund, sich darüber aufzuregen. Wichtig war allein, dass sie unversehrt ankamen, und da die HMS *Hesione* ein solide gebautes Schiff und ein Mann wie James Edward Hutton für die Seemannschaft verantwortlich war, würde dies auch gelingen.

Hinrich Mensing trat zu seiner Frau und berührte sie am Ellbogen. »Ruth, Liebes! Captain Smyth lädt uns zu einem kleinen Umtrunk in seine Kabine ein.«

Ruth seufzte, denn für ihren Geschmack erfolgten diese Einladungen allzu oft. Bei jeder dieser Zusammenkünfte nötigte der Kapitän Hinrich, mehr zu trinken, als dieser vertrug, und mit jedem Glas wurden die Gespräche anzüglicher. In der Hinsicht hätte sie ihrem Ehemann etwas mehr Selbstbeherrschung gewünscht.

Sofort korrigierte sie sich. Hinrich war der beste Ehemann, den sie sich wünschen konnte, und kleine Fehler hatte jeder Mann. Ihre

Mutter hatte ihr das nicht nur ein Mal erklärt und damit augenzwinkernd auch auf ihren Vater angespielt. Dabei war Jakob Simonsen wahrlich ein vorbildlicher Mann, wie es nur wenige gab. Und auch Hinrich war ein vortrefflicher, gütiger Mann. Besser als mit ihm hätte sie es in ihrer Ehe nicht treffen können. Ruth hatte sich sogar damit ausgesöhnt, dass sie ihre Heimat nach der Hochzeit überstürzt hatte verlassen müssen, um Hinrich in die Südsee zu folgen. Dort würde er als Missionar zum höheren Ruhme Gottes wirken.

Noch während sie an seine Ziele dachte, folgte Ruth ihrem Ehemann in die Kapitänskajüte. Der Raum war für so ein kleines Kriegsschiff überraschend groß, aber mittlerweile wusste sie, dass es früher drei statt zwei Heckkajüten gegeben hatte. In einer von ihnen, der kleinsten, hauste der Schiffsarzt Merrick, und bei den beiden anderen hatte der Kapitän die Zwischenwand herausnehmen lassen, um seine eigene Kajüte zu vergrößern. Er lebte daher recht angenehm, während Hinrich und sie sich mit der engen Kammer begnügen mussten, die eigentlich James Hutton zustand.

Ruth hätte die Perlenkette, die ihr die Mutter zur Hochzeit geschenkt hatte, darauf verwettet, dass Captain Smyth seine Kajüte nur deshalb vergrößert hatte, um seinem Ersten Offizier nicht den Raum neben dem seinen überlassen zu müssen. Ihr war es unverständlich, wieso ein Mensch so kleinlich sein konnte, zumal Smyth von James Huttons Fähigkeiten profitierte.

Smyths Diener Benson hatte in der Kajüte alles vorbereitet, und so standen zwei Karaffen auf dem Tisch. Ruth schätzte, dass sie mit Rum und Gin gefüllt waren. Daneben befand sich eine Flasche Wein, da man ihr als Frau keine starken Getränke zumuten wollte.

Smyth setzte sich an die Stirnseite und wies auf die beiden Stühle zu seinen Seiten. »Nehmen Sie Platz! Mr Simmons und Doktor Merrick kommen gleich.«

Ruth rümpfte die Nase. Bei den Mahlzeiten war diese Tischgesellschaft gerade noch zu ertragen. Wenn die Herren jedoch tranken, wie es nun wohl wieder der Fall sein würde, vergaßen sie leicht die guten Manieren. Sowohl Smyth wie auch Simmons hatten sie bereits an gewissen Stellen berührt, was eine Dame eigentlich nur mit einer Ohrfeige beantworten konnte. Bei Simmons würde sie es beim nächsten Mal auch tun. Was den Kapitän betraf, war dies eine heiklere Angelegenheit, doch auch er, so sagte sie sich, würde die Folgen tragen müssen, wenn er sich nicht wie ein Gentleman verhielt. Da sie einen offenen Affront vermeiden wollte, wartete sie, bis Hinrich sich gesetzt hatte, und nahm neben ihm Platz, so dass Simmons und Merrick sich ihnen gegenübersetzen mussten. Auf diese Weise hatte sie nur Hinrich neben sich und damit ihre Ruhe vor dem unverschämten Verhalten des Kapitäns und seiner Trabanten.

Smyth musterte sie mit einer gewissen Enttäuschung und fand, dass er selten eine schönere Frau gesehen hatte. Sie war leicht größer als der Durchschnitt der Frauen und schlank, aber mit angenehmen Formen und dem Gesicht einer nordischen Göttin. So stellte er sich Freya vor, dachte er, mit eisblauen Augen, rot funkelndem Haar und einem blassen, aber wohlgeformten Mund. Bei dem Gedanken verzog Smyth missmutig das Gesicht. Freya war gewiss zuvorkommender als diese junge Frau, in deren Adern Eiswasser zu fließen schien.

Was war schon dabei, wenn er ihr die Schulter tätschelte oder ihr kurz an den Hintern griff? Er kannte Frauen, die weitaus weniger abweisend waren. Vor etlichen Jahren auf der alten *Euryalus* hatte er einmal den Gouverneur einer der Westindischen Inseln und dessen Gemahlin an ihren Bestimmungsort gebracht. Der Mann war ein inniger Freund geistiger Getränke gewesen, und so hatte seine Frau gerne die Gelegenheit ergriffen, in der einen oder anderen Nacht die Annehmlichkeiten seiner eigenen Kajüte einschließlich seiner selbst zu genießen, anstatt neben ihrem heftig schnarchenden Ehegespons zu liegen.

Hinrich Mensings Ehefrau hingegen war in den Wochen, die sie sich bereits auf See befanden, um keinen Deut zugänglicher geworden. Eher das Gegenteil war der Fall. Entsprechend verärgert begrüßte er Simmons und Merrick, die eben die Kajüte betraten, mit einem Schnauben. Die beiden schienen seine schlechte Laune nicht zu bemerken, denn Merricks Blick galt sofort den beiden Karaffen, während Simmons Ruth anstierte. Sie reizte ihn, erschien ihm aber ungeheuer hochnäsig, denn sie nahm einen Midshipman Ihrer Majestät nicht einmal zur Kenntnis.

Auf Smyths Wink schenkte Benson ihnen ein. Die Männer begannen mit Rum, während Ruth ein dunkler Likörwein kredenzt wurde, der ihr viel zu süß war. Außerdem war er so stark, dass sie nur ein oder zwei Gläser davon trinken konnte, da er ihr sonst zu Kopf stieg.

»'s ist Medizin«, sagte der Schiffsarzt mit gequetschter Stimme. »Für die Matrosen reicht der Grog und für die Offiziere Rum. Ein Gentleman sollte jedoch Gin vorziehen!«

»Ab dem nächsten Glas können Sie den haben«, antwortete Smyth und hob sein Glas. »Auf Seine Majestät, King George!«

»Auf den König!«, antworten Simmons und Merrick, und auch Hinrich murmelte etwas, das diesen Worten gleichkam. Er stand ebenso wie die drei Engländer auf und zupfte dann an Ruths Ärmel, damit diese sich ihnen anschloss.

»Auf König Georg!«, sagte sie auf Deutsch, während Hinrich und sie sich hier an Bord normalerweise der englischen Sprache bedienten.

Die drei Engländer leerten ihre Gläser auf einen Zug, und nach einem tadelnden Blick des Kapitäns tat Hinrich es ihnen gleich. Ruth hingegen nippte nur am Likör und setzte sich sofort wieder hin.

Das Gespräch begann, und der Diener schenkte erneut ein. Diesmal erhielt der Schiffsarzt seinen Gin, während der Kapitän und Simmons beim Rum blieben. Hinrich wählte ebenfalls Gin. Da er ihn nicht mochte, würde er davon weniger trinken als vom Rum. Als Pfarrer und Missionar musste er ein Vorbild sein. Außerdem wollte er Ruth nicht wegen eines übertriebenen Alkoholgenusses das beschämende Schauspiel bieten, zu dem ihn bereits die Seekrankheit gezwungen hatte.

Die drei Engländer kannten solche Hemmungen nicht, sie ließen sich häufig nachschenken und wurden immer ausgelassener. Dabei prahlte Smyth mit den Stürmen, die er und sein Schiff bereits überstanden hätten.

Da hob Hinrich Aufmerksamkeit heischend die Hand. »Wenn das Schiff so sturmerprobt ist, weshalb haben Sie es dann aufgegeben, Kap Hoorn zu umrunden?«

Smyth stieß ein gekünsteltes Lachen aus. »Das geschah wegen Ihrer Ehefrau! Ich wollte es ihr nicht zumuten, tage- und wochenlang bei Eis und Sturm vor Kap Hoorn kreuzen zu müssen. Es dauert in dieser Jahreszeit nämlich lange, bis der Wind so günstig weht, dass wir das Kap hätten umfahren können. Dabei wären wir möglicherweise in Gefahr geraten, von den Stürmen gegen die Klippen geworfen zu werden. Das ist schon vielen Schiffen passiert! Auch habe ich gehört, dass man auf einem Schiff eine Lady eines Morgens steif gefroren in ihrer Koje gefunden hat, so eisig kalt war es. Der Kapitän wollte sie in der Kombüse auftauen lassen, doch wegen des Sturms konnte dort kein Feuer entzündet werden. Es gab auch keinen Sarg an Bord, und da das Schiff zu sehr stampfte und krängte, war der Zimmermann nicht in der Lage, einen anzufertigen. In ein Fass konnte man die Dame, da sie steif gefroren war, auch nicht stecken. Daher hat man sie in eine Decke gewickelt und an Deck an die Reling gebunden. Dort war sie innerhalb kürzester Zeit von einer Eisschicht bedeckt.«

»Das hatte den Vorteil, dass sie nicht stank«, warf der Schiffsarzt ein.

So viel zum Gentleman, dachte Ruth und stand auf. »Ich hoffe, die Herren verzeihen mir, doch mir ist bei diesem Thema etwas schummrig geworden. Ich werde daher an Deck gehen, um frische Luft zu atmen. Vielleicht wird es dann besser.«

»Tu das, meine Liebe!«, sagte Hinrich, der genau wusste, dass Ruths Magen zu robust war, um durch solch ein Gerede in Mitleidenschaft gezogen zu werden. Allerdings waren die Zechgelage des Kapitäns wahrlich nichts für eine Frau. Selbst er ertrug sie nur, weil sie die Langeweile der Reise ein wenig unterbrachen.

Simmons starrte Ruth an, als diese aufstand und zur Tür ging, und rief ihr hinterher: »An Ihrer Stelle würde ich das Deck meiden. Die Matrosen sind Ratten, die nur durch die Drohung mit der neunschwänzigen Katze zum Arbeiten zu bewegen sind. Außer Rum und Weibern hat in deren Köpfen nichts Platz. Sie sollten sich vorsehen, damit Sie nicht in Bedrängnis geraten.«

Mit einem Lächeln, das nicht zu ihrem verächtlichen Blick passte, wandte Ruth sich dem Midshipman zu. »Mr Simmons, seien Sie versichert, dass ich mich zur Wehr zu setzen vermag.«

Der Miene des Mannes entnahm sie, dass er ihr nicht glaubte. Sie hatte jedoch nicht die Absicht, ihm die kleine Pistole zu zeigen, die sie geladen in einer geheimen Tasche ihres Rocks trug. Sie wusste aus Erfahrung, zu welchen Taten die Gier Männer treiben konnte, und wollte nicht das Opfer einer solchen Untat werden.

2.

An Deck lief alles wie am Schnürchen. James Hutton hatte sowohl das Schiff wie auch die Mannschaft im Griff. Die *Hesione* lag hoch am Wind auf östlichem Kurs und machte rasche Fahrt. Mit Verachtung dachte Ruth an den Kapitän, der sich währenddessen in seiner Kajüte betrank. Da Simmons ebenso wenig maßhielt, würde Hutton wahrscheinlich auch dessen Wache übernehmen müssen. Ihr Vater, dachte sie, würde Männer wie Smyth und Simmons bereits nach der ersten Fahrt zum Teufel jagen. Doch in der Royal Navy galten ganz eigene Gesetze.

Ruth konnte nicht wissen, wie recht sie hatte. Trevor Simmons war Smyths Neffe, und dieser hätte ihn liebend gerne an Huttons Stelle als Leutnant auf seinem Schiff gesehen. In diesen Zeiten waren für einen Midshipman der englischen Flotte die Aussichten, zum Schiffsoffizier befördert zu werden, sehr gering, insbesondere dann, wenn man wie Trevor Simmons keinen einflussreichen Fürsprecher aufweisen konnte. James Hutton hingegen hatte die Tatsache, dass er als Erbe des Earls of Huttonsfield galt, bei seinem Aufstieg geholfen.

Daher sah James die Chance, in absehbarer Zeit Kapitän zu werden und ein eigenes Schiff zu kommandieren. Diese Aussicht half ihm, die kleinlichen Bosheiten seines Kapitäns zu ertragen. Sich darüber zu ärgern hatte er längst aufgegeben, und es störte ihn auch nicht, dass Smyth und sein Neffe ihm die meiste Arbeit bei der Schiffsführung überließen. Er gewann dadurch Erfahrung als Seemann, und das war es ihm wert. Als er sah, dass Ruth auf Achterdeck stieg und sich gegen die Reling lehnte, trat er unwillkürlich auf sie zu.

»Sie sollten vorsichtig sein, Mistress Mensing. Auch wenn das Schiff derzeit ruhig liegt, kann es immer wieder zu Querseen kommen, bei denen Sie den Halt verlieren und über Bord fallen könnten.«

»Ich danke Ihnen für Ihre Fürsorge, Mr Hutton, doch ich bin bereits auf Schiffen gefahren und weiß, dass jeder an Bord eine Hand für sich selbst braucht, wenn er gesund in den Heimathafen zurückkehren will.« Obwohl James Hutton ihr sympathisch war, antwortete Ruth schroffer, als es der Situation angemessen war. Sie hatte sich jedoch über Smyth, Merrick und Simmons geärgert und brauchte Zeit, um wieder zur gewohnten Höflichkeit zurückzufinden.

»Ihnen mag meine Besorgnis übertrieben vorkommen. Aber ich habe gesehen, wie eine Frau bei der Besichtigung eines im Hafen liegenden Schiffes ausgeglitten und über Bord gestürzt ist. Ihre Kleidung sog sich blitzschnell voll Wasser, und sie ging unter wie ein Stein.«

»Was ist mit ihr passiert?«, fragte Ruth betroffen.

»Der Midshipman eines daneben ankernden Schiffes ist ihr hinterhergesprungen. Es gelang ihm, sie zu fassen und aus dem Wasser zu ziehen. Zwar war sie ohnmächtig, erholte sich aber rasch wieder«, berichtete James.

Dabei unterließ er es zu erwähnen, dass er dieser Midshipman gewesen war. Es war eine jener Taten gewesen, die Gervase Smyth nicht unter den Tisch hatte kehren können. Wenig später war er zur Leutnantsprüfung zugelassen worden und hatte diese bestanden. Da Smyths ehemaliger Leutnant um Versetzung gebeten hatte und dieser stattgegeben worden war, hatte James dessen Posten auf der *Hesione* erhalten.

»Dann hat die arme Frau Glück gehabt«, meinte Ruth nachdenklich.

»Es war ihr Glück, dass das Schiff im Hafen lag, denn auf hoher See hätte niemand sie retten können. Würden Sie jetzt über Bord gehen, müsste das Schiff erst aus dem Wind gebracht und dann gegen ihn ankreuzen müssen, um zu der Stelle zurückzukommen. So lange bleibt keine Frau über Wasser. Selbst die meisten Matrosen würden vorher untergehen.«

Ruth nickte. »Die meisten Matrosen mögen nicht schwimmen lernen. Wenn ihr Schiff sinkt, wollen sie einen raschen Tod finden und nicht noch stundenlang im Meer schwimmen und dabei immer mehr die Hoffnung verlieren, gerettet zu werden.«

»Sie verstehen wirklich etwas von der Seefahrt!«, rief James erstaunt.

»Warum sollte ich es nicht tun? Bereits meine Urgroßväter fuhren als Kapitäne zur See, ebenso mein Großvater und mein Vater, auch wenn dieser mittlerweile die Schiffsführung meist unseren Kapitänen überlässt.«

Ruths Worte verrieten James, dass sie einer alten Seefahrerfamilie entstammte und die Tochter eines Reeders war. Und doch wusste sie mehr über Schiffe, als Reedertöchter es im Allgemeinen taten.

Nun wies sie auf die ruhige See und blickte über das Heck zurück. »Es wundert mich, dass Captain Smyth den kleinen Sturm, in den wir bei den Malwinen gerieten, zum Anlass nahm, nicht die Südspitze Südamerikas zu umrunden, sondern die lange Route durch den Atlantik und den Indischen Ozean gewählt hat. Wir hätten doch auch die Magellanstraße passieren können.«

Ruth hatte damit zwar recht, dennoch wollte James ihr nicht sagen, dass Gervase Smyth ein Mann war, der das Risiko scheute, wo es nur ging.

»Der Kapitän war gewiss Ihretwegen besorgt«, antwortete er ausweichend. »Auch geht es um die Mannschaft. In den Augen der meisten Männer bringen Frauen an Bord Unglück. Als wir bei den Falklands in den Sturm gerieten, war es für viele an Bord ein Vorzeichen dessen, was uns bei Kap Hoorn erwarten könnte. Wären wir dort in einen Sturm geraten, hätte es zu einer Meuterei kommen können.«

»Dann hat der Kapitän seine Mannschaft nicht im Griff!« In Ruths Worten schwang eine Verachtung mit, die James zwar teilte, sich aber nicht anmerken lassen durfte.

»Im Allgemeinen gehorchen die Matrosen, doch sie sind ein abergläubisches Volk.«

»Das zeigt sich schon an den Beinamen, den sie Ihnen gegeben haben. Lucky Jim! Wenn Sie das Kommando hätten, würden die Männer Kap Hoorn umrunden, auch wenn ich an Bord bin.«

James spürte die Anerkennung, die aus Ruths Worten sprach, und freute sich darüber. Sie ist eine wunderschöne Frau, dachte er. Dazu war sie klug und verfügte über ein profundes Wissen über alles, was auf einem Schiff vorging. Er fragte sich, wie sie darauf gekommen war, einen angehenden Missionar zu heiraten. Außerdem wunderte er sich, warum dieser ausgerechnet in der Südsee das Wort Gottes verkünden wollte, denn dort hausten mehr Kannibalen als im Rest der Welt. Und selbst wenn Hinrich Mensing die Berufung dazu fühlte, den Südseeinsulanern zu predigen, hätte er seine Frau niemals mitnehmen dürfen.

Um nicht bitter zu werden, deutete James eine Verbeugung an und wies auf den Rudergänger. »Entschuldigen Sie mich, doch so angenehm das Gespräch mit Ihnen auch ist, so darf ich doch meine Pflicht nicht versäumen.«

»Das ist selbstverständlich!«, antwortete Ruth. »Erlauben Sie mir noch eine letzte Frage? Werden die Vorräte auf dem Schiff für diese lange Reise ausreichen, oder wird der Kapitän in Kapstadt und später in Batavia haltmachen lassen?«

»Wir werden irgendwo frischen Proviant an Bord nehmen«, sagte James. »Doch wo das geschieht, muss Captain Smyth entscheiden.«

»Dann hoffe ich nur, dass er eine kluge Entscheidung trifft. Nun will ich Sie nicht länger aufhalten. Auf Wiedersehen, Mr Hutton!«

Ruth neigte kurz den Kopf und wandte sich dem Niedergang zu. In die Kapitänskajüte zurückkehren, in der Captain Smyth, der Schiffsarzt Merrick und Midshipman Simmons mit Sicherheit bereits sturzbetrunken waren, wollte sie nicht. Daher suchte sie den Verschlag auf, der Hinrich und ihr als Kabine diente.

3.

Kam die HMS *Hesione* zunächst gut voran, geriet sie eine Woche später in eine Flaute und dümpelte vor sich hin. Smyth fluchte, denn er hatte die Vorräte in der Erwartung, sie unterwegs billig auffüllen zu können, vor der Abfahrt in England knapp bemessen. Auch das Trinkwasser nahm rasch ab und musste rationiert werden. Für Ruth hieß dies, für ihre morgendliche Toilette Meerwasser verwenden zu müssen. Auch sonst wurde das Leben an Bord unangenehm. Obwohl die *Hesione* in Höhe des vierzigsten südlichen Breitengrades lag, war es mehrere Tage sehr heiß, und der Gestank von zweihundert ungewaschenen Männern erfüllte das Schiff. Zudem wurden die Matrosen reizbar, und der Bootsmann musste mehr als ein Mal den Tampen schwingen, um Streitigkeiten zu beenden.

Nachdem die Windstille bereits eine ganze Woche andauerte, in der sich kein Stück Tuch an Bord rührte, beobachtete Ruth, wie Hutton, Smyth und Simmons zur Mittagsstunde die Position der *Hesione* bestimmten. Da die drei Männer sich offensichtlich nicht einig waren, trat sie neugierig näher.

»Wir sollten die Beiboote ausbringen und mithilfe der Riemen das Schiff ein Stück nach Norden ziehen. Ich schätze, dass wir dort Wind bekommen und Kapstadt erreichen können«, schlug James Hutton eben vor.

»Ein Stück nach Norden? Ha! Und was ist, wenn es auch dort keinen Wind gibt? Dann haben die Matrosen in den Booten das letzte Wasser, das wir noch haben, umsonst ausgeschwitzt«, fuhr Smyth ihn an.

»Außerdem stimmt Ihr Besteck nicht«, sprang Simmons seinem Onkel bei. »Laut der Berechnung des Captains, die sich mit meiner auf drei Meilen deckt, befinden wir uns vierhundert Seemeilen von der Stelle entfernt, an der Sie uns vermuten! Kapstadt ist daher zu weit, um es so schnell erreichen zu können, wie es nötig wäre!«

»Sie haben die Abdrift durch die Strömung nicht eingerechnet. Wir sind nahe genug an Kapstadt, um in weniger als einer Woche dort zu sein, wenn wir nur halbwegs brauchbaren Wind finden«, antwortete James heftig.

»Meine Berechnungen stimmen genau«, wies Smyth ihn zurecht.

»Was wollen Sie sonst tun? Es gibt keinen Hafen, der näher liegt als Kapstadt.«

James hatte zwar recht, doch Smyth wollte nicht mit leeren Wassertanks und fast aufgebrauchten Vorräten dort ankommen, denn einige würden sich dann fragen, weshalb er nicht genügend Vorräte aus England mitgenommen hatte. Allerdings wusste auch er, dass er nicht einfach die Hände in den Schoß legen durfte. Wenn er die Wasserrationen noch mehr verringern musste, würde kein Matrose mehr in der Lage sein, ein Boot zu rudern.

»Also gut! Wir werden das Schiff schleppen. Sie gehen mit ins Boot und geben den Takt an! Wir wollen doch sehen, ob wir dem Wind entgegenrudern können, wenn er schon nicht zu uns kommen will«, sagte Smyth und lachte wiehernd, während die in der Nähe herumlungernden Matrosen sichtlich aufatmeten.

»Wenn Lucky Jim sagt, dass es im Norden Wind gibt, dann ist er dort auch zu finden«, hörte Ruth den Schiffszimmermann Cribbic sagen.

Dessen Stimme erscholl laut genug, so dass auch Smyth es hören musste. Der Kapitän zog eine giftige Miene, sagte aber nichts, sondern schnauzte James an, endlich mit dem Ausbringen der Boote zu beginnen. Dabei bedachte er den jungen Mann mit einem so hasserfüllten Blick, dass es Ruth schauderte.

Der Kapitän blickte unterdessen James Hutton nach und fluchte leise. Vor sieben Jahren hatte er ihn auf Wunsch des Londoner Handelsherrn Zechariah Bartlett als dürren Midshipman an Bord genommen, aber nicht, um ihn auszubilden, sondern um dafür zu sorgen, dass der Erbe des Earls of Huttonsfield nicht mehr nach Hause zurückkehren würde. Smyth war mit dem Erbrecht der Huttons nicht vertraut, nahm aber an, dass der Adelstitel nach James' Ableben über die Tochter des jetzigen Earls an deren Sohn gehen würde. Nun war Lady Ellinor Zechariah Bartletts Gattin, und so war dessen Interesse an James Huttons Tod verständlich. Bedauerlicherweise, dachte Smyth, hatte er diesen noch nicht herbeiführen können. Versucht hatte er es oft genug, doch James war jedes Mal von der Schippe des Sensenmanns gesprungen. Wenn ihm nicht bald etwas einfiel, würde er seinen Leutnant mit eigener Hand in die Hölle befördern müssen. Dabei hatte er das unter allen Umständen vermeiden wollen. Falls es dennoch sein musste, sollte es erst auf dem Rückweg geschehen. Bis dorthin konnte James Hutton ihm weiterhin die meiste Arbeit an Bord abnehmen.

Während sein Kapitän an diesem Problem herumkaute, erteilte James seine Befehle. Schon bald zogen die drei Beiboote die Fregatte mit dem steten Ruderschlag der Männer durch die fast bretteben See. Es war eine knochenharte Arbeit, da aber Lucky Jim sie vorgeschlagen hatte, verrichteten die Matrosen sie gerne. Ein kleines Kind zu Land wäre schneller gewesen als die HMS *Hesione,* so langsam ging es voran. Doch sie bewegte sich, und ihr Bug wies nach Norden, wo James Edward Hutton auf Wind hoffte.

Der Kapitän und sein Neffe Simmons standen auf dem Vorschiff und sahen den rudernden Männern spöttisch zu. »Geht es nicht ein wenig schneller, Mr Hutton? So kommen wir ja kaum von der Stelle«, rief Smyth.

»Wäre der Wind nur eine Meile von uns weg, könnten wir schneller rudern. Da wir jedoch nicht wissen, wie weit wir das Schiff ziehen müssen, um Wind in die Segel zu bekommen, ist es besser, mit den Kräften der Männer zu haushalten. Sonst erlahmen sie, noch bevor wir aus der stillen Zone heraus sind, und dann haben wir durch diese Aktion nicht das Geringste gewonnen.«

Ruth sah, dass der Kapitän an James' Antwort zu kauen hatte, und Simmons stieß sogar einen Fluch aus. Dabei schweifte sein Blick über das Deck und blieb schließlich auf ihr haften. Für einen Augenblick las Ruth die gleiche Gier in seinem Gesicht, wie sie sie vor vielen Jahren bei dem französischen Soldaten Maurice gesehen hatte, und für einen Augenblick zog sich ihr das Herz zusammen. Sie hatte diesen Mann damals erschossen, um ihre Mutter und deren Freundin Molly zu schützen. Auch wenn der Franzose es wahrlich verdient gehabt hatte, so hatte sie doch gegen Gottes Gebot verstoßen und getötet. Würde sie dies noch ein weiteres

Mal tun müssen? Würde sie es überhaupt fertigbringen? Diese Frage ließ sie schaudern. Zwar steckte ihre Pistole in der Rockinnentasche, aber sie hoffte, sie nie benutzen zu müssen.

Da Simmons sie weiter anstierte und sich dabei die Lippen leckte, tastete sie nach der Pistolentasche. Wenn es hart auf hart kam, würde sie schießen! Sie musste den Mann ja nicht gleich töten. Es reichte aus, wenn er eine Kugel in den Oberschenkel oder in die Schulter bekam.

Simmons ahnte nichts von Ruths Gedanken, und es interessierte ihn auch nicht. Er sah in ihr nur eine Frau, die genauso gebaut war wie die Huren, die er in den Häfen bestieg. Da er schon zu lange keinen weichen Frauenleib mehr unter sich gespürt hatte, kümmerte es ihn auch nicht, dass sie verheiratet war. Ihr Ehemann war für ihn nur ein Tölpel, der sein Leben und auch das seiner Frau aufs Spiel setzte, um verstockte Heiden zum Christentum zu bekehren. Gewiss war er nicht in der Lage, seiner Frau im Bett das zu geben, was sie sich wünschte. Er hingegen … Unwillkürlich leckte er sich noch einmal die Lippen. Er war ein Mann, der es einem Weib richtig besorgen konnte. Das würde sie schon bald merken, und dann konnte der Rest der Reise recht angenehm werden.

Simmons haderte mit der Tatsache, dass er James Hutton seine Kajüte hatte überlassen müssen und seine Hängematte nur noch im Quartier der anderen Midshipmen aufhängen konnte. Bei dem Gedanken winkte er ab. Er kannte genug versteckte Winkel an Bord, in die er sich mit diesem Weib zurückziehen konnte. Sobald sich die Gelegenheit bot, würde er ihr schon zeigen, dass ein strammer Seemann wie er auch einen strammen Riemen besaß.

Die kleinlichen Bedenken, die in ihm aufsteigen wollten, schwemmte der Rum hinweg, mit dem er die kargen Wasserrationen ergänzte. Gleichzeitig verstärkte der Alkohol seine Gier nach der schönen Frau, die so kalt wie Eis wirkte und die er ebenso in Hitze bringen wollte wie die Huren auf Jamaika oder die braunen Mädchen auf den Inseln der Südsee. Mit diesem Gedanken sah er zu den Booten hin und sagte sich, dass James Hutton auch die Nacht über draußen bleiben und sein Bett nicht brauchen würde. Wenn Ruth Mensing auch nur ein Mal ihre Kabine verließ, gehörte sie ihm.

4.

Die Nacht kam, und es war noch immer viel zu heiß für diese Breiten. Zwar hatte Simmons sich unerlaubt einen weiteren Becher Wasser geholt, aber er spürte, dass es seinen Durst nicht stillte, und vergriff sich erneut an den Schnapsvorräten seines Onkels. Während von den Booten monoton der stets gleiche Befehl »pullt!« herüberdrang, machte er seine Runde auf dem Schiff.

An Deck war alles klar. Simmons hätte dort bleiben können, doch er stieg den Niedergang hinab und sah sich um. Eine Lampe verbreitete düsteres Licht in der Messe der Midshipmen, und seine beiden Kameraden schliefen. Gewohnt, dies auch bei Sturmgebraus und dem Heulen des Windes in den Masten tun zu müssen, wachte keiner von ihnen auf, als er sich umschaute.

Simmons ging weiter achteraus. Dort lagen die Quartiere des Segelmeisters, des Schiffszimmermanns und mehrerer Unteroffiziere. Weitere Kammern dienten in Kriegszeiten als Unterkünfte für die Seesoldaten. Jetzt waren keine an Bord, und so wurden die Kammern als Lagerräume benutzt. Es fehlten aber nicht nur Seesoldaten. Auch die Mannschaft war gerade noch groß genug, um das Schiff führen zu können. Simmons grinste bei dem Gedanken, dass in der Musterrolle mehr als ein Dutzend Matrosen standen, die es überhaupt nicht gab. Den Sold steckte sein Onkel ein und ließ ihn an dem Gewinn teilhaben. Mit diesem Geld konnte er in fremden Häfen wie ein Gentleman auftreten und nicht wie ein lumpiger Midshipman. Trotzdem blieb es ein Stachel, dass er bislang noch nicht an der Prüfung zum Offizier hatte teilnehmen dürfen. James Hutton, diesem lumpigen Hund, hatte man es erlaubt und ihn danach an ihm vorbei befördert. Dabei war der Kerl jünger als er.

Gerade, als Simmons sich in Gedanken über die Ungerechtigkeit der Welt auslassen wollte, sah er, wie weiter vorne eine Tür geöffnet wurde. Ruth Mensing kam heraus, blickte sich um und ging dann in Richtung des kleinen Abtritts, der auf der anderen Heckseite angebracht war. Der zweite Abtritt war nach einem Umbau nur noch von der Kapitänskajüte zu erreichen und für den alleinigen Gebrauch seines Onkels bestimmt.

Den Matrosen war auch der andere Abtritt verboten. Sie durften entweder den Hintern über die Reling hängen und sich dabei an einem Tau festhalten oder das am Bugspriet befestigte Netz benutzen. Simmons zog den freien Abtritt vor. Aber Naybs und Railey, die beiden Midshipmen, die mehrere Jahre jünger waren als er, machten es den Matrosen nach, um als echte Kerle zu gelten.

In diesem Augenblick aber hatte Simmons an etwas anderem Interesse. Er blieb vor der Tür seiner Kajüte stehen, die nun, da James Hutton auf dem Boot weilte, leer stand, und wartete grinsend auf Ruths Rückkehr. Zuerst würde er ihr den Mund zuhalten müssen, damit sie nicht um Hilfe schrie, aber sie würde sich gewiss nicht lange zieren.

Unterdessen ärgerte Ruth sich, weil ihre Blase sie seit ein paar Tagen zwang, in der Nacht aufzustehen und zum Abtritt zu gehen. Dabei trank sie nicht mehr als zwei Becher Wasser am Tag und verspürte im Grunde die ganze Zeit über Durst. Sie musste jeweils nur ein paar Tropfen Wasser lassen, dafür aber brannte es stark, und sie sehnte sich nach dem guten Bärentraubenblättertee, den ihr die Mutter in ihre große Seekiste gepackt hatte. Die befand sich jedoch unten in einem Laderaum, so dass sie nicht an sie herankam.

Sie vernahm ein Geräusch und spannte sich an. James Hutton hatte sie gewarnt, dass der eine oder andere Matrose zudringlich werden könnte. Unwillkürlich tastete sie nach ihrer Pistole. Aber die hatte sie in der Tasche ihres Kleides gelassen – und das hing in der Kabine. Im Augenblick trug sie nur Nachthemd und Morgenmantel.

Ruth überlegte, ob sie auf der Toilette warten sollte, bis sie sicher sein konnte, dass niemand auf sie lauerte. Allerdings konnte das Geräusch auch von einer Schiffsratte stammen und sich wiederholen. Der Gedanke, vielleicht bis zum Morgen hierbleiben zu müssen, gab den Ausschlag. Sie verließ den Abtritt, ging an der Achterkajüte des Kapitäns vorbei und wollte auf ihre Kabine zutreten, als plötzlich jemand vor ihr auftauchte und fest einen Arm um sie schlang. Im nächsten Moment presste sich eine ungewaschene, verschwitzt riechende Hand hart auf ihren Mund.

Ruths Gedanken überschlugen sich. Sie verfluchte sich, weil sie ihre Pistole vergessen hatte, musste sich aber gleichzeitig sagen, dass sie diese bei dem festen Griff des Angreifers nicht hätte anwenden können. Ans Aufgeben aber dachte sie nicht. Sie wand sich wie ein Aal, bis sie ihr rechtes Bein zwischen die Schenkel des Mannes gebracht hatte, und riss das Knie mit aller Kraft hoch.

Der Stoß traf genau und beendete jäh Simmons' Träume. Stöhnend ließ er Ruth los und griff sich in den Schritt. »Du Miststück!«, brachte er mit Mühe heraus.

Ruth wich einen Schritt zurück und spürte einen Griff an der Schulter. Gleichzeitig wurde ihr etwas in die rechte Hand gedrückt. Es war ein Belegnagel. Mit einem leisen Zischen schwang sie ihn und traf Simmons am Kopf. Sein Hut dämmte ein wenig die Wucht des Schlags, doch der war immer noch hart genug, um den Midshipman ins Reich der Träume zu schicken.

Während Simmons zu Boden sank, drehte Ruth sich um und sah den alten Schiffszimmermann Cribbic hinter sich stehen. Auch im Halbdunkel nahm sie wahr, dass er breit grinste.

»Man merkt, dass Sie die Tochter von Seeleuten sind, Madam! Die wissen, wie man mit solchem Gelichter umgeht. Jetzt aber sollten Sie wieder in Ihre Koje steigen. Den Rest erledige ich.«

»Du willst ihn doch nicht etwa über Bord werfen?«, fragte Ruth, die trotz allem nicht wollte, dass Simmons starb.

Cribbic schüttelte feixend den Kopf. »Natürlich nicht! Ich weiß da einen weitaus besseren Weg.«

Halbwegs beruhigt nickte Ruth und wandte sich ihrer Kabine zu. Der Schiffszimmermann packte Simmons am Kragen und schleifte ihn zu einer Tür, die im Gegensatz zu den meisten anderen fest verschlossen war. Da er wusste, dass Simmons den Schlüssel zu diesem Verschlag besaß, griff er in dessen Tasche und zog das Ding heraus.

Leise glucksend vor unterdrücktem Lachen öffnete Cribbic die Tür und zerrte Simmons hinein. Innen standen mehrere Fässer sowie Kisten mit gut abgepolsterten Flaschen. Diese enthielten Wein, Gin und andere Getränke, die das Herz eines Mannes erfreuen konnten. Er nahm eine Flasche aus einer Kiste, schlug ihr den Hals ab und goss einen Teil des Inhalts über Simmons' Uniformrock. Den Rest trank er aus und wollte wieder gehen. An der Tür hielt er noch einmal inne, nahm drei Flaschen an sich und verließ mit seiner Beute den Raum. Er würde den Inhalt mit seinen Kameraden teilen und dabei einen Toast auf Midshipman Simmons ausbringen, der ihnen zu diesem Genuss verholfen hatte.

5.

Ganz ohne Geräusch war die Aktion nicht abgelaufen. Cribbic war kaum in seiner Kajüte verschwunden, da steckte Captain Smyth den Kopf aus seiner Tür.

»Was ist hier los?«, fragte er scharf.

Er rief es laut genug, um den Segelmacher, den Schmied und den Bordarzt auf den Plan zu rufen. Auch der Schiffszimmermann kam mit neugierigem Gesichtsausdruck aus seinem Quartier.

»Habt ihr etwas gehört?«, fragte Smyth erneut.

»Nein, Sir! Ich habe nichts gehört«, antwortete Cribbic. Auch der Schmied verneinte es.

»Es war aber etwas hier! Ich habe …« In dem Augenblick entdeckte Smyth die offen stehende Tür seines Getränkevorrats und stieß einen empörten Schrei aus. »Wer war das?«

»Verzeihen Sie, Sir, aber die Schlüssel zu dem Raum besitzen nur Sie und Mr Simmons. Selbst Ihr Diener bekommt ihn von Ihnen und muss ihn, wenn er etwas geholt hat, wieder abgeben«, erklärte der Bordschmied.

Smyth schnaubte, befahl dann, eine Lampe zu holen, und trat, als er diese in der Hand hielt, in den Raum. Die Männer sammelten sich neugierig hinter ihm, und dann stieß der Schiffszimmermann einen Fluch aus. »Das ist Mr Simmons! Dabei sollte der doch oben an Deck auf Wache sein.«

»Stattdessen ist er hierhergekommen, um sich zu besaufen!«, rief der Segelmacher entrüstet. Wie die anderen Unteroffiziere ärgerte er sich, weil der Kapitän sie von seinen Trinkgelagen ausschloss.

Captain Smyth stieß einen gotteslästerlichen Fluch aus. Zwar hatte er seinem Neffen erlaubt, sich an seinen Schnapsvorräten zu bedienen. Doch damit war nicht gemeint, dass dieser sich betrank, bis er schließlich besinnungslos in der Kammer lag. Noch schlimmer war, dass der Arzt und mehrere Unteroffiziere das Ganze mitbekommen hatten. Daher war es fast unmöglich, die Sache niederzuschlagen. Wenn er jedoch ins Logbuch eintragen musste, dass Midshipman Trevor Simmons betrunken auf Wache eingeschlafen war, würde sein Neffe kaum noch eine Chance bekommen, einmal Leutnant und später Kommandant zu werden.

»Wir sollten die Angelegenheit nicht so hoch ansetzen«, sagte er daher mit einem Zorn im Herzen, dass er die ganze Welt hätte fressen können.

»Auf Wache einzuschlafen ist kein geringes Vergehen!«, wandte Merrick ein.

»Mein Neffe musste Leutnant Huttons Wache mit übernehmen. Zudem ist es für diese Breiten zu heiß. Da kann einen schon eine Ohnmacht überkommen«, erklärte Smyth mit einem drohenden Unterton.

Der Schiffsarzt begriff, dass er Gefahr lief, von den gemeinsamen Trinkgelagen ausgeschlossen zu werden, wenn er auf dieser Sache herumritt. Daher grinste er gezwungen. »Ich kalkuliere, Mr Simmons hat ein Hitzschlag getroffen!«

»Und das mitten in der Nacht«, murmelte der Schiffszimmermann laut genug, damit auch der Kapitän es hören musste.

»Mr Simmons wollte anscheinend ein Glas zur Stärkung trinken und hat die Besinnung verloren.« Der Schiffsarzt beugte sich nun über den Bewusstlosen und fühlte seinen Puls. Er wies auf die Beule am Kopf.

»Das ist es! Mr Simmons muss bei diesem Seegang gestolpert und mit dem Kopf so hart gegen einen Balken gestoßen sein, dass er bewusstlos geworden ist.«

»Welchen Seegang?«, murmelte Cribbic, da das Meer flach wie ein Brett um die *Hesione* lag.

»Kann ich das so ins Logbuch eintragen, Mr Merrick?«, fragte Smyth den Arzt.

Dieser nickte sofort. »Selbstverständlich, Captain! Ich bin bereit, es zu unterzeichnen.«

»Sehr gut!« Da seinem Neffen damit die größtmögliche Schande erspart blieb, atmete Smyth auf. Bei Einschlafen auf Wache machte die neunschwänzige Katze auch vor einem Offizier nicht halt.

»Ihr habt es gehört«, sagte er an den Zimmermann und die Umstehenden gewandt. Zwar würde er nicht verhindern können, dass die Mannschaft und damit auch James Hutton von den Verfehlungen seines Neffen erfuhr, doch am Ende zählte nur das, was im Logbuch stand, und da Merrick bereit war, es zu unterschreiben, konnte er alles andere als neidisches Gerede abtun.

»Darf ich den Herren eine Flasche Rum überlassen?«, fragte er seine Unteroffiziere.

»Eine Flasche ist wohl etwas wenig für so viele durstige Kehlen«, antwortete Cribbic ungeachtet der Tatsache, dass er bereits mehrere Flaschen beiseitegeräumt hatte.

Mit einem verärgerten Knurren zog Smyth zwei weitere Flaschen aus einem Korb und reichte sie dem Schmied und dem Zimmermann. »Hier! Ihr sollt nicht trocken herumsitzen müssen.«

»Wir danken Ihnen, Kapitän!« Die Männer grinsten, denn der Schnaps bot die einzige Abwechslung im öden Schiffsalltag.

»Der Rum ist auch für die Gesundheit gut, denn er hilft gegen Skorbut«, erklärte Merrick und forderte zwei Männer auf, den noch immer bewusstlosen Simmons in die Messe der Midshipmen zu bringen.

Der Kapitän wartete, bis dies geschehen war, dann nahm er Simmons' Schlüssel für die Vorratskammer an sich und steckte ihn ein. Eines war für ihn klar: Von nun an würde sein Neffe nur noch dann etwas zu trinken bekommen, wenn er es ihm erlaubte. Das Recht, sich selbst zu bedienen, hatte er verwirkt.

6.

Smyth und die anderen Seeleute waren so laut gewesen, dass Hinrich davon aufgewacht war und zur Tür hinausgeschaut hatte. In der kleinen Kammer war es dunkel, und so konnte er Ruths Gesicht nicht sehen. Das war auch gut, denn sie empfand eine fürchterliche Wut auf Simmons, fragte sich aber gleichzeitig, was sie tun sollte. Dieses Schwein konnte ihr immer noch auflauern, und dann war womöglich niemand in der Nähe, der ihr einen Belegnagel zustecken konnte.

Hinrich schloss die Tür wieder. »Mr Simmons wurde bewusstlos in einer Kammer aufgefunden. Wenn du mich fragst, hat er einfach zu viel getrunken!« Verachtung schwang in seinen Worten mit.

Ruth tastete nach der Lampe, die ihnen James Hutton überlassen hatte, und entzündete sie mittels ihres Feuerzeugs, das mit ein wenig Schießpulver geladen wurde. Als die Lampe brannte, sah sie ihren Mann mit ernster Miene an.

»Ich bezweifle nicht, dass Mr Simmons betrunken war. Dies ist jedoch nicht der Grund für seine Ohnmacht. Ich musste ihn niederschlagen, weil er mir aufgelauert hat, als ich vom Abtritt zurückkam.«

Hinrich fuhr zornig auf. »Dieser elende Kerl! Ich werde ihn dafür zur Rechenschaft ziehen.«

Ruth traute ihm zu, mit Simmons fertigzuwerden. Trotzdem brachte sie einen Einwand. »Wir sollten nicht vergessen, dass Simmons ein Seekadett der englischen Flotte ist und wir uns auf einem Schiff dieser Flotte befinden. Zudem ist Simmons der Neffe des Kapitäns. Dieser wird sich in jedem Fall auf seine Seite stellen.«

»Soll dieses Schwein etwa unbehelligt davonkommen?«, fragte Hinrich empört.

Ruth schüttelte den Kopf. »Wir sollten nichts direkt gegen ihn unternehmen, ihm aber deutlich zeigen, was ihm blüht, wenn er sich weitere Frechheiten erlaubt.«

»Und wie soll das geschehen?«

Statt sofort zu antworten, öffnete Ruth seine Seekiste und kramte, bis sie einen länglichen Kasten fand. »Hier sind deine Pistolen, die du in der Kabine haben wolltest, um bei einem Angriff auf dieses Schiff gerüstet zu sein. Ich bin der Ansicht, dass wir Mr Simmons zeigen sollten, wie gut wir zu treffen vermögen.«

»Du willst ihn erschießen?«, fragte Hinrich erschrocken.

»Natürlich nicht!«, antwortete Ruth mit dem Anflug eines Lächelns. »Wir werden dem Kapitän erklären, dass uns langweilig wäre und wir auf ein Ziel schießen wollen. Irgendein Brett wird es an Bord schon geben, das sich dafür eignet. Dazu solltest du verlauten lassen, dass ich bereits einen Mann niedergeschossen habe, der einer Freundin Gewalt antun wollte. Dies wird Mr Simmons zu denken geben.«

Hinrich ärgerte sich, weil er, da er sich als Ehemann und damit als Beschützer seiner Frau ansah, Simmons nicht zur Rechenschaft ziehen durfte. Als Sohn und Enkel von Männern, die zur See gefahren waren und Schiffe kommandiert hatten, wusste er jedoch, über welche Macht der Kapitän verfügte, und diese würde Captain Smyth mit Sicherheit einsetzen, um seinem Neffen zu helfen.

»Also gut!«, sagte er mit eisiger Stimme. »Wir machen es so, wie du es vorgeschlagen hast. Sollte jedoch Simmons oder ein anderer Mann an Bord es wagen, dir noch einmal zu nahe zu treten, wird mich nichts daran hindern, ihn niederzuschießen wie einen tollwütigen Hund.«

Ruth spürte, wie ernst es ihm damit war, und lächelte ihn dankbar an. Er mochte ein Mann Gottes sein und anderen Menschen mit Güte begegnen. Gegenüber jemandem, der Gottes Gebot brach und ihr übelwollte, würde er Strenge zeigen.

»So machen wir es!« Sie zog die kleine Pistole aus der Tasche ihres Kleides. »Diese Waffe werde ich von nun an immer bei mir tragen, und gnade Gott dem, der es wagen sollte, Hand an mich zu legen.«

Hinrich nickte säuerlich. Als Mann fühlte er sich für den Schutz seiner Frau verantwortlich, und im Augenblick hatte er das Gefühl, als traue Ruth es ihm nicht zu, sie vor Simmons und anderen aufdringlichen Kerlen zu schützen. Der Midshipman hatte ihr auf der Rückkehr den Weg verlegt. Daher überlegte er kurz, ob er nicht einen Eimer fordern sollte, damit Ruth sich in der Kabine erleichtern konnte. Da die See im Augenblick noch ruhig war, würde dies keine Probleme bereiten. Bei dem Gedanken an höheren Wellengang oder gar Sturm gab er diese Überlegung wieder auf.

»Du solltest mich wecken, wenn du in der Nacht zum Abtritt musst, damit ich dich begleiten kann.«

Ruth spürte, dass es ihn kränken würde, wenn sie ablehnte, und nickte. »Das werde ich von nun an tun, mein Lieber!«

Die Pistole nehme ich aber trotzdem mit, setzte sie insgeheim hinzu und wies dann auf die beiden Kojen. »Wir sollten uns wieder schlafen legen. Der morgige Tag kommt früh genug.«

7.

Am nächsten Morgen war Simmons wieder auf den Beinen, doch ihn quälten grauenhafte Kopfschmerzen. Gleichzeitig erfüllte ihn eine Wut, die noch anstieg, nachdem sein Onkel ihn abgekanzelt hatte. Der Schlüssel für die Schnapskammer war vorerst für ihn verloren. Auch ließ der Kapitän keinen Zweifel daran, dass er Dankbarkeit erwartete, weil er Merrick dazu gebracht hatte, die Bewusstlosigkeit seines Neffen einem Hitzschlag zuzuschreiben. Dabei hatte er nicht einmal so viel getrunken, dachte Simmons erbittert. Dieses verfluchte Weib hatte ihn mit einem harten Gegenstand niedergeschlagen und in die Schnapskammer geschleift. Aber allein konnte sie das nicht getan haben, denn dafür hatte sie Hilfe gebraucht. Es musste ihr Ehemann, dieser elende Prediger, gewesen sein, der ihn in diese Lage gebracht hatte.

Daher warf Simmons Hinrich, als dieser mit einem länglichen Kasten in der Hand an Deck stieg, einen hasserfüllten Blick zu. Die Frau folgte ihrem Mann und schien noch mehr als sonst, als sei sie aus Eis geformt. Mittlerweile war Simmons zu der Ansicht gelangt, dass Ruth zu jener Art von Frauen zählte, die keine Freude am Geschlechtsverkehr fanden und sich nur der Pflicht gehorchend für den eigenen Ehemann hinlegten. Doch genau dieses Widerstreben reizte ihn, und er überlegte, wie er sich ihrer doch noch bemächtigen konnte.

Da trat Hinrich neben den Kapitän und wies auf die Boote, die das Schiff nordwärts zogen. Die Ruderer waren mittlerweile ausgewechselt worden, doch James Hutton saß noch immer am Heck des größten Beiboots und gab den Takt an. Dabei musste er bereits seit mehr als vierundzwanzig Stunden auf den Beinen sein.

»Es gibt wohl noch immer keinen Wind?«, fragte Hinrich, obwohl er selbst sah, dass die Flagge am Mast sich nicht im Geringsten bewegte.

»Vielleicht kann Mr Hutton ihn herbeizaubern«, stieß Smyth verärgert aus.

»Es wäre zu wünschen!«, antwortete Hinrich. »Doch nun zu etwas anderem. Ich werde ja in eine Gegend geraten, in der es möglich ist, dass ich zur Waffe greifen muss, um mich und mein Weib zu beschützen. Daher will ich ein paar Schüsse mit der Pistole abgeben. Wenn Sie so freundlich wären, ein Brett oder dergleichen an einer Stelle aufhängen zu lassen, an der niemand an Bord gefährdet ist.«

Smyth dachte nach. Ein Wettschießen mit Pistole würde die Langeweile an Bord unterbrechen und ihm, wenn dieser Pfaffe darauf einging, sogar einen kleinen Gewinn einbringen.

»Nun, das wäre zu machen«, begann er zögerlich. »Wenn Sie nichts dagegen haben, würde ich mich gerne mit Ihnen messen. Ich setze eine Guinea als Einsatz, wenn es recht ist!«

»Ich würde auch mitmachen«, rief Simmons aus, obwohl sein Kopf noch immer dröhnte. Es drängte ihn jedoch danach, Hinrich zu zeigen, was für ein guter Schütze er war.

Hinrich wechselte einen Blick mit Ruth, zog seine Börse heraus und entnahm ihr zwei Goldstücke. Als Smyth das sah, schüttelte er den Kopf.

»Sie müssen nur eine Guinea einsetzen!«

»Die eine ist für mich, die andere für meine Frau, die ihre Künste mit der Pistole ebenfalls erproben will. Wenn es gegen Eingeborene hart auf hart kommt, muss auch sie mit der Waffe vertraut sein.«

Zwar glaubte Hinrich nicht daran, dass die Bewohner der Inseln, denen er Gottes Wort predigen wollte, gefährlich sein könnten, denn schließlich waren sie ihm von mehreren Seiten als friedlich geschildert worden. Da Ruth und er Simmons jedoch zeigen wollten, was ihn erwartete, wenn er sich noch einmal vergaß, hielt er es für eine glaubhafte Ausrede.

Simmons grinste verächtlich, als er hörte, dass Ruth mit um die Wette schießen wolle. Er traute bereits ihrem Mann nichts zu und nahm an, dass sie beim Knall des Schusses in Ohnmacht fallen würde. Seiner Schwester war dies passiert, als er während eines Urlaubs auf einen Hasen geschossen hatte. Auch waren Frauen viel zu unbeholfen, um eine Waffe bedienen zu können.

Unterdessen sagte sich Smyth, dass drei gewonnene Guineas noch besser waren als zwei.

»Dann soll es so sein. Benson, bringe meine Pistole!«, wies er seinen Diener an und winkte dann den Schiffszimmermann zu sich. »Mr Cribbic, sorgen Sie dafür, dass ein etwa kopfgroßes Stück Holz so an einer Rah aufgehängt wird, dass weder einer der Männer an Bord noch das Segel Gefahr läuft, getroffen zu werden!«

»Aye, aye, Sir!«, antwortete der Mann und eilte davon.

Wenig später erschien der Diener mit Smyths Pistolen. Sie waren gute, englische Handwerksarbeit und der Kapitän seit Jahren mit ihnen vertraut. Auch wenn er sie seit ihrer Abreise aus England nicht benutzt hatte, fühlte er sich gut genug, um einen Hamburger Pfaffen in seine Schranken verweisen zu können. Ruth nahm er ebenso wenig ernst, wie sein Neffe es tat.

»Wie machen wir es? Soll jeder drei Schüsse abfeuern und der beste zählt?«, fragte Simmons. Dies erschien ihm besser, als nur einmal schießen zu können. Er fühlte sich nicht so wohl, um gleich auf Anhieb seine beste Leistung zeigen zu können. Bei drei Schüssen würde er mindestens einmal so gut treffen, dass die Guineas in seine Tasche wandern würden.

Sein Onkel nickte. »Ich unterstütze Mr Simmons' Vorschlag. Er bietet jedem von uns die gleichen Chancen!«

»Dann soll es so sein!«, erklärte Hinrich und sah zu, wie zwei Matrosen ein kleines Holzbrett mit einer langen Leine ganz außen an der untersten Rah des Großmasts anbrachten und wieder an Deck zurückkehrten.

»Wer soll anfangen?«, fragte Smyth, der begierig war, den Schuss zu tun, der ihm Geld einbringen würde. Eines war für ihn sonnenklar: Sein Neffe würde den eingesetzten Sovereign nicht zurückbekommen.

»Wir sollten losen«, schlug Hinrich vor.

Da mischte Ruth sich mit einem sanften Lächeln ein. »Die beiden Herren und du, ihr solltet es tun. Ich werde mit der Bescheidenheit, die mir als Frau zukommt, als Letzte schießen.«

Da weder Smyth noch sein Neffe ihr die geringsten Chancen zubilligten, waren sie einverstanden. Nach einem kurzen Gespräch mit Hinrich vereinbarten sie, dass Simmons beginnen sollte. Danach kam Hinrich und nach ihm der Kapitän.

»Wir sollten jetzt die Pistolen laden. Die See ist ruhig und bietet uns allen die gleichen Bedingungen«, sagte Smyth und bedeutete seinem Neffen, anzufangen.

Simmons lud die Waffe, warf Ruth einen höhnischen Blick zu und legte an. Als er zielte, wirkte das Ziel auf einmal so klein, dass er zögerte. Den Vorschlag zu machen, aus näherer Entfernung zu schießen, wagte er jedoch nicht. Er biss die Zähne zusammen, hielt den Atem an und zog den Stecher durch. Der Schuss knallte, und das kleine Brett begann zu tanzen. Ich habe getroffen, dachte Simmons triumphierend.

Als das Brett wieder ruhig hing, betrachtete Smyth es durch sein Fernrohr und schüttelte den Kopf. »Es ist kein Einschussloch zu sehen. Sie müssen es gestreift haben, Mr Simmons!«

Dieser wollte es nicht glauben und griff nun selbst zum Fernrohr. Doch auch sein verbiesterter Blick konnte kein Loch in das Zielbrett stanzen.

Nun lud Hinrich seine Pistole, legte an, zielte und schoss. Diesmal tanzte das Ziel weitaus stärker. Selbst mit bloßem Auge war zu erkennen, dass die Kugel etwa auf der Hälfte zwischen dem Rand des Brettes und dessen Mitte eingeschlagen hatte. Es war ein guter Schuss, und sowohl Smyth wie auch dessen Neffe begriffen, dass sie sich anstrengen mussten, um Hinrich zu besiegen.

Mit dem Willen, gleich auf Anhieb zu zeigen, dass er dies konnte, machte der Kapitän sich fertig, zielte lange und sorgfältig und sah zufrieden, wie das Zielbrett auf und ab hüpfte.

»Ein guter Schuss, wenn ich so sagen darf, Captain. Aber nicht ganz so gut wie der von Mr Mensing«, kommentierte der Arzt, der von Smyth zum Schiedsrichter des Wettschießens berufen worden war.

Smyth knurrte leise, sah jedoch selbst, dass bei seinem Treffer ein guter Zoll zu dem von Hinrich fehlte. »Sie sollten die Pistole für Ihre Frau laden«, meinte er dann zu ihm.

Dieser wies lächelnd auf Ruth. »Meine Frau weiß selbst, wie eine Waffe zu bedienen ist.«

Sowohl Smyth wie auch Simmons bedachten Ruth mit fragenden Blicken. Eine Pistole gehörte für sie in die Hand eines Mannes. Ein weibliches Wesen hingegen sollte mit Strick- oder Sticknadeln hantieren.

Ruth machte die Waffe fertig, schlug sie an und überlegte. Zu Hause hatte sie mit ihrem Bruder zusammen nicht nur Englisch und Navigation gelernt, sondern auch mit ihm im Keller des Hauses auf gemalte Ziele geschossen und war dabei nicht schlechter gewesen als er. Da das Schiff sich unter ihren Füßen kaum regte, war sie sicher, das Ziel treffen zu können. Doch wollte sie dies bereits mit dem ersten Schuss?, fragte sie sich, zog die Waffe leicht nach links, zielte kurz und feuerte.

Das Ziel wirbelte wie ein Kreisel um die eigene Achse und drehte sich, als es zum Stillstand kam, dann in die andere Richtung.

Kaum hing es wieder ruhig, kontrollierte der Schiffsarzt es durch das Fernrohr.

»Die Kugel hat so am Rand eingeschlagen, dass man es sehen kann. Der Schuss ist damit schlechter als der des Captains und Mr Mensings, aber immer noch besser als der von Mr Simmons.«

Simmons ärgerte sich, weil er schlechter getroffen haben sollte als Ruth, und nahm sich vor, dies mit seinem nächsten Schuss zu ändern. Er lud die Waffe neu, nahm Aufstellung und zielte genau. Als sein Schuss krachte, flog das Ziel kurz hoch. Für einen Augenblick glaubte Simmons, der Beste zu sein, sah dann aber, dass er nicht so gut getroffen hatte wie sein Onkel. Noch habe ich einen letzten Schuss, dachte er und sah zu, wie Hinrich anlegte.

Es mochte sein, dass dieser sich durch seinen guten ersten Schuss zu sicher gewesen war. Er traf zwar, aber nicht so gut wie vorher, und gab damit dem Kapitän die Chance, besser zu sein.

Als Letzte war wieder Ruth an der Reihe. Erneut zögerte sie, auf das Zentrum des Brettes zu schießen, sondern nahm die ihrem ersten Einschuss gegenüberliegende Stelle zum Ziel. Ihr gelang auch diesmal der Treffer, wenn auch knapp.

»Für ein Frauenzimmer beherrschen Sie die Waffe recht gut«, erklärte Smyth gönnerhaft.

Merrick hingegen zog die Augenbrauen zusammen und musterte das Zielbrett noch einmal durch das Fernrohr. Ruths beide Treffer lagen sich genau gegenüber. Daher war er gespannt auf ihren letzten Schuss.

Nun musste erneut Simmons beginnen. Dieser verkrampfte sich jedoch und verfehlte das Brett. Während er wütend fluchte, lachten einige Matrosen ihn aus, denn er war an Bord nicht beliebt. Auf den Booten hatten die Männer unterdessen das Rudern eingestellt und blickten auf das Schiff.

»Was ist los?«, rief James.

»Der Captain, Mr Simmons und die Passagiere schießen ein wenig um die Wette«, rief ihm der Schiffszimmermann zu. »Es ist schade, dass Sie nicht mitmachen können. Sie hätten wahrscheinlich gewonnen.«

Smyth ärgerte sich über diesen Ausruf. Allerdings musste er einen weiteren Schlag hinnehmen, denn Hinrich übertraf ihn mit seinem letzten Schuss um einen Zoll. Mit zusammengebissenen Zähnen legte er nun selbst an, fixierte das Ziel in einer Weise, als wolle er es hypnotisieren, und schoss.

»Etwa so gut wie der Schuss, den Mr Mensing eben abgegeben hat«, meinte der Schiffsarzt, obwohl er wusste, dass man besser nicht nachmessen sollte. Seinen Kapitän auf die zweite Stelle zu verweisen, wagte er jedoch nicht.

»Es sieht so aus, als würde Ihnen Ihr Einsatz bleiben und ich mich an dem von Mr Simmons bereichern«, erklärte Smyth gönnerhaft.

»Es sieht wohl so aus«, antwortete Hinrich, der nicht glaubte, dass Ruth besser schießen würde als die beiden ersten Male. Da er den Kapitän nicht kränken wollte, nahm er es hin, dass sie beide angeblich gleich gut getroffen hatten.

Unterdessen lud Ruth in aller Ruhe ihre Waffe, legte an und zielte. Plötzlich glaubte sie ein leichtes Schwanken des Schiffes zu spüren und korrigierte den Lauf, bevor sie Feuer gab.

Kaum einer der anderen achtete auf das Ziel. Erst als einer der Matrosen einen überraschten Ruf ausstieß, blickten Hinrich, der Kapitän und Simmons hin. Das Brett tanzte wie wild, dennoch war deutlich zu erkennen, dass die Kugel fast genau in der Mitte eingeschlagen hatte.

»Wie es aussieht, gehen die vier Sovereigns in meinen Besitz über«, sagte Ruth lächelnd. Ihr Blick fixierte dabei Simmons, der nicht glauben konnte, was seine Augen ihm zeigten.

»Das muss ein Zufallstreffer sein«, stieß er erregt hervor.

»So sehe ich das auch«, rief Smyth verärgert.

Er hatte sich seinen Matrosen als ausgezeichneter Schütze präsentieren wollen und war von einer Frau besiegt worden. Am liebsten hätte er das ganze Wettschießen für ungültig erklärt.

Hinrich hatte zwar leicht besser getroffen als Smyth, den Sieg aber mit dem Kapitän teilen wollen. Von der eigenen Frau übertroffen zu werden, ärgerte ihn. Ruth hätte sich gewiss nichts vergeben, wenn sie Dritte geworden wäre. In seinem Unmut vergaß er den Grund, weshalb Ruth ihn aufgefordert hatte, ihre Schießkünste zu beweisen. Sie hatte Simmons zeigen wollen, dass es besser für ihn war, sie in Ruhe zu lassen, wenn er nicht eine Kugel aufgebrannt bekommen wollte.

Hinrichs Verhalten löste in Ruth eine leichte Enttäuschung aus. Kurz entschlossen lud sie die Pistole neu und spürte, als sie anlegte, dass das Schiff sich noch stärker bewegte. Sie ließ sich davon aber nicht beeindrucken, sondern richtete den Lauf auf das Ziel und schoss. Das Brett schwang hin und her, doch als es wieder still hing, konnten alle sehen, dass dieser Schuss noch um einen Fingerbreit näher am Zentrum lag als ihr vorhergehender.

»Es mag Leute geben, die eine Frau, die mit Pistolen umgehen kann, als unweiblich ansehen. Mir hat es mein Großvater bereits als Kind beigebracht, sie zu benutzen«, erklärte sie und fixierte Simmons mit einem eisigen Blick. »Auch habe ich bereits einen Mann erschossen, der meiner Verwandten Gewalt antun wollte!«

Simmons begriff ihre Worte als Drohung und spürte, wie eine eisige Hand an seinem Rückgrat entlangstreifte. Hätte sie ihn angeklagt, sie überfallen zu haben, hätte er ihr heftig widersprechen können. Doch wenn sie ihn zuerst erschoss und es danach behauptete, war es für ihn zu spät. Unwillkürlich wich er ihrem Blick aus und zog sich mehrere Schritte zurück. Da bewegte sich plötzlich das Schiff unter ihm. Er geriet aus dem Gleichgewicht, stieß mit einem Fuß gegen eine auf dem Deck liegende Taurolle und schlug hin. Erneut brandete Gelächter auf, und mehrere Matrosen stießen sich grinsend an.

»Wie es aussieht, hat Mr Simmons verlernt, was Seemannsbeine sind, da er bereits bei leichtem Seegang über die eigenen Füße fällt.«

Noch während einer es sagte, wies der andere nach oben auf die Segel, die sich nun langsam füllten. »Der Wind frischt auf, wie Lucky Jim es prophezeit hat!«

»Ein Hoch auf Lucky Jim!«, rief ein Zweiter.

Der Kapitän zog ein Gesicht, als hätte er in eine besonders saure Zitrone gebissen, während Ruth sich im ersten Moment ärgerte, weil ihre Leistung im Schießen durch das Auffrischen des Windes in den Hintergrund gerückt worden war. Dann aber trat sie neben Simmons, der sich eben benommen aufrappelte.

»Wenn Sie mir noch einmal zu nahe treten, ist es Ihr Tod!«

Mit diesen Worten drehte sie sich um und sah zu, wie sich die Boote dem Schiff näherten und James Hutton die Matrosen aufforderte, sie wieder an Bord zu hieven. Wenig später lief die HMS *Hesione* mit raumem Wind gen Osten auf die afrikanische Küste zu, und alle schöpften Hoffnung, bald frisches Wasser und neue Vorräte zu bekommen.

8.

James Huttons Berechnungen erwiesen sich als richtig. Genau zu der Zeit, die er vorausgesagt hatte, sahen sie Afrika vor sich. Den Messungen des Kapitäns und Simmons' zufolge hätten sie vier Tage länger brauchen müssen. Die Wasserfässer der *Hesione* waren jedoch so leer, dass diese vier Tage zu einer einzigen Qual geworden wären.

Für die Matrosen hatte Lucky Jim seinem Spitznamen wieder einmal alle Ehre gemacht. Der Kapitän hingegen empfand es als Kränkung, dass James recht behalten hatte und er nicht, auch wenn sie alle dies mit winzigen Wasserrationen und brennendem Durst hätten bezahlen müssen. Missmutig ließ er auf die Küste zusteuern und vor einer Stelle ankern, an der ein kleiner Fluss ins Meer mündete.

»Mr Hutton, nehmen Sie zehn Mann und sorgen Sie dafür, dass Frischwasser an Bord genommen wird!«, sagte er zu seinem Ersten Offizier.

»Verzeihung, Sir, ich würde gerne mehr Männer mitnehmen und alle Beiboote einsetzen. Wir wissen nicht, welcher Volksstamm hinter dieser Küste lebt. Wenn wir zu wenige sind, brauchen wir zu lange mit dem Wasserholen«, antwortete James.

»Dann tun Sie es in Dreiteufelsnamen!«, fuhr ihn Smyth an und wollte unter Deck gehen.

Da trat ihm Hinrich in den Weg. »Verzeihen Sie, Sir, aber es wäre mir eine Freude, ebenfalls an Land gehen zu können.«

»Sie haben gehört, was Mr Hutton gesagt hat. Wir wissen nicht, welche Wilden in dieser Gegend leben. Bleiben Sie daher lieber an Bord!«, antwortete Smyth und ging weiter.

Hinrich überlegte und sah dann Ruth an. Er selbst konnte an Land gehen. Für seine Frau war dies jedoch viel zu gefährlich. Obwohl er sich gerne einmal die Beine vertreten hätte, beschloss er, an Bord zu bleiben. Er traute Ruth zu, sonst darauf zu dringen, mitkommen zu können.

»Wenigstens sehen wir wieder einmal Land vor uns«, sagte er zu ihr, als sie sich zu ihm gesellte.

»Hast du den Kapitän gefragt, ob wir an Land gehen dürfen?«

»Er hat es verboten! Es sei zu gefährlich.« Hinrich sah erleichtert, dass Ruth verständnisvoll nickte.

»Ich hätte zwar gerne wieder festen Boden unter den Füßen gespürt, doch ich kann Captain Smyth verstehen. Wenn die Küste tatsächlich gefährlich ist, müssen die Matrosen sich mit dem Wasserholen beeilen. Wir würden ihnen dabei nur im Weg umgehen.«

»Es freut mich, dass du so verständnisvoll bist!« Hinrich lächelte dankbar, weil sie sich der Anordnung des Captains ohne Widerspruch fügte. »Wir werden gewiss bald an einer geeigneteren Stelle an Land gehen können«, sagte er und bot ihr den Arm. »Wollen wir ein wenig an Bord spazieren gehen?«

»Es würde mich freuen!« Ruth lächelte ihn auf eine Weise an, dass Simmons, der sie heimlich beobachtete, die Faust in der Tasche ballte.

»Dieses Weibsstück kann doch ganz anders sein als nur kaltes Eis«, murmelte er und wusste gleichzeitig, dass sie ihm niemals einen so leuchtenden Blick schenken würde wie ihrem Ehemann. Er musste im Gegenteil befürchten, dass sie ihn bei passender Gelegenheit aus Rache für die versuchte Vergewaltigung niederschoss. Ihre Drohung war deutlich genug gewesen.

Simmons wünschte sich direkt, Hinrich Mensing würde sich samt seiner Frau James Hutton anschließen und mit diesem an Land von Wilden erschlagen werden. Stattdessen wanderten die beiden auf dem Deck hin und her, sorgsam darauf bedacht, Hutton und die Matrosen, die dieser mitnehmen wollte, nicht zu behindern, während die Männer die Boote zu Wasser ließen.

Es war nicht ungefährlich, an einer fremden Küste Wasser zu holen, aber James war zuversichtlich. Der Fluss führte genug Wasser, um ein Stück weiter oben die Fässer füllen zu können. Dennoch ließ er Vorsicht walten. Zehn Männer wurden mit Musketen ausgerüstet und sollten diejenigen, die die Arbeit machten, notfalls verteidigen. Auch James steckte zwei Pistolen ein, stieg dann, als die leeren Fässer geladen waren, in das größte Beiboot und befahl, auf die Flussmündung zuzuhalten. Während die HMS *Hesione* hinter ihm zurückblieb, beobachtete er das Ufer durch das Fernrohr. Es war niemand zu sehen. Dennoch konnten ein Stück dahinter ganze Horden von Einheimischen lauern.

»Unser Boot landet als Erstes an. Dann steigen die Musketenschützen mit mir zusammen an Land«, sagte er.

Ein Matrose mit Muskete spuckte ins Wasser. »Jetzt müssen wir auch noch Marineinfanteristen spielen. Dafür möchte ich aber einen roten Rock am Leib und deren Sold haben.«

»Und auch nicht mehr die Scheißarbeit machen, das Deck mit Bimssteinen zu schrubben«, meinte ein Zweiter.

»Solche Reden will ich nicht hören! Ihr seid Matrosen auf einem Schiff Seiner Majestät, des Königs«, mahnte James sie. Er wusste, dass sich die Männer gelegentlich Luft machen mussten. Aber das durfte nicht ausarten. Da nun das Ufer näher kam, erstarben die Gespräche, und alle starrten angespannt nach vorne.

Als das Boot das Ufer erreichte, sprang James als Erster heraus und eilte einen kleinen Hügel hoch. Da niemand zu sehen war, gab er den Männern im Boot das Zeichen, in die Flussmündung einzufahren. Die Musketenträger und er passten ihre Schritte dem Boot an, um notfalls sofort wieder einsteigen zu können.

Schon bald entdeckte James einen Bach, der von einem Hügel herabströmte und sein Wasser in den Fluss ergoss. »Hier werden wir das Wasser schöpfen. Wascht die Fässer vorher sorgfältig aus«, rief er den Männern zu.

Alle Boote legten an, und die Matrosen machten sich an die Arbeit. James winkte drei Musketenträgern, mit ihm zu kommen, und stieg auf einen nahen Hügel. Zunächst schien das Land menschenleer, doch dann nahm James in der Ferne mehrere Gestalten wahr. Diese hatten die Boote bemerkt und zeigten mehrmals darauf. Danach verschwanden sie rasch in die Gegenrichtung.

»Wenn die nicht bald mit ihren Brüdern, Vettern und Neffen zurückkommen und uns ans Leder wollen, will ich meinen Dienst für den Rest meines Lebens in Mr Simmons' Wache verrichten«, sagte einer der Musketenträger mit grimmiger Miene.

James ging nicht darauf ein, sondern befahl den Männern, wachsam zu sein und sofort Alarm zu geben, wenn sich etwas Ungewöhnliches tat. Er selbst eilte zum Bach und forderte die Matrosen auf, sich zu beeilen.

»Wir haben Eingeborene entdeckt. Daher sollten wir zusehen, dass wir wegkommen, bevor es zu viele werden«, setzte er ernst hinzu.

Die Männer begriffen, dass jedes Zögern verhängnisvoll sein konnte, und legten sich ins Zeug. James kehrte auf den Hügel zurück. Er war noch nicht ganz oben, da zeigte die Wache schon ins Land hinein. »'s werden immer mehr, Sir!«, rief der Mann ihm zu.

Augenblicke später sah James es selbst. Keine Meile von ihnen entfernt hatten sich gut dreißig bis vierzig Männer versammelt und schienen ihren Gesten nach heftig aufeinander einzureden.

»Wollen wir hoffen, dass die, die keinen Angriff wagen wollen, die Oberhand behalten«, sagte er leise und prüfte, ob das Zündpulver auf seinen Pistolen noch in Ordnung war. Danach blieb nicht mehr zu tun, als zu warten.

9.

Fast schien es, als würden die Einheimischen es vorziehen, den Engländern nicht zu begegnen. Dann aber lösten sich fünf Männer und kamen auf den Bach zu.

James atmete tief durch und sah dann seine Begleiter an. »Hicks bleibt heroben und warnt uns, wenn sich etwas tut. Ihr beide kommt mit mir!«

Er stieg wieder den Hügel hinab und rief: »Geschossen wird nur auf mein Kommando! Habt ihr verstanden?« Die Männer nickten und nahmen Aufstellung. Nun waren die Einheimischen auch von hier aus zu sehen. Sie schienen unsicher, denn sie blieben ein paarmal stehen, gingen aber nach einem kurzen Wortwechsel weiter.

»Die schauen ganz anders aus als die Schwarzen, die ich schon gesehen habe«, murmelte ein Matrose.

»Könnten Hottentotten sein«, sagte ein Zweiter.

James betrachtete die Herannahenden interessiert. Sie waren kleiner als die meisten seiner Männer und von bräunlicher Hautfarbe. Bekleidet waren sie mit Lendenschurzen und Umhängen aus bemaltem Leder, in den Händen trugen sie kurze Speere. Einer von ihnen hatte einen Bogen bei sich. Ihre Zahl war zu gering, als dass sie eine Gefahr darstellten, vorausgesetzt, Hicks oben auf dem Hügel gab acht, dass sich nicht weitere heimlich heranschlichen.

Etwa zehn Yards entfernt blieben die Männer stehen und redeten erneut aufeinander ein. James spitzte die Ohren, vernahm aber vor allem Schnalz- und Klicklaute und fragte sich, wie es eine solche Sprache überhaupt geben konnte. Schließlich kamen sie offenbar zu einer Entscheidung. Einer der Männer, der sich von den anderen dadurch unterschied, dass er sich ein Stück Baumwollstoff um die Hüften gewunden hatte, trat auf die Engländer zu. Er schien den Unterschied zwischen einem Matrosen und einem Offizier zu kennen, da er auf James zuhielt und vor diesem stehen blieb.

»Du kleiner Häuptling von großen Häuptling der Inglisi oder kleiner Häuptling von großen Häuptling der Holandisi?«, fragte er in einem bruchstückhaften Englisch.

»Leutnant James Hutton, Erster Offizier auf Seiner britischen Majestät Fregatte *Hesione*«, antwortete James und setzte »Wir sind Engländer« hinzu, da der Eingeborene mit dem Begriff »britisch« offensichtlich nichts anfangen konnte.

»Ihr Inglisi! Ihr haben Stock, was machen bumm und machen weit weg tot. Wir kaufen. Ein Kuh für ein Stock, was machen bumm und machen weit weg tot.«

Das Angebot kam überraschend. Andererseits war es etwas, das nur der Kapitän hätte entscheiden können. Diesen zu fragen, blieb jedoch nicht die Zeit. Das Angebot auszuschlagen, konnte Feindschaft hervorrufen. Auch wenn James glaubte, sich mit seinen

Männern gegen sie behaupten zu können, waren eigene Verluste wahrscheinlich. Dabei war die *Hesione* bereits jetzt unterbesetzt.

»Was meinen Sie, Mr Hutton? Ein schönes, saftiges Steak wäre nach diesem madigen Zwieback und dem hammerharten Salzfleisch, das der Captain uns hat auftischen lassen, eine schöne Abwechslung.«

Einer der Männer grinste, und James begriff, dass er die Musketenträger genau im Auge behalten musste, wenn er alle Waffen wieder mit an Bord bringen wollte. Doch wollte er es überhaupt?, fragte er sich. Er musste an Ruth Mensing denken, der in den letzten Tagen der gleiche üble Fraß vorgesetzt worden war wie allen anderen. Captain Smyth hatte selbst seine eigenen Vorräte zu gering kalkuliert. Allerdings nicht die alkoholischen Getränke, denn die würden wohl für eine Umkreisung der gesamten Welt ausreichen.

James nahm einem Matrosen die Muskete ab und präsentierte sie. »Dieser Donnerstock ist sehr wertvoll. Seine Majestät, der König, zahlt für einen davon viel mehr als für eine Kuh!«

»Wir geben zwei Kuh für ein Stock.«

»Drei Kühe für einen Stock, zweimal«, antwortete James entschlossen. Zwei Musketen für Frischfleisch abzugeben, hielt er in ihrer jetzigen Situation für angemessen.

Der Mann kehrte zu seinen Gefährten zurück, um sich mit ihnen zu besprechen. Anschließend trat er wieder zu James hin.

»Du geben zwei Stück und Pulver und Bleikugeln und bekommen sechs Kuh!« Er zeigte die Zahl, damit James sie auch begriff, mit den Fingern an.

James nickte. »Ihr bringt sechs Kühe und erhaltet dafür zwei Musketen!«

»Wir brauchen Stock, was machen Bumm und weit weg tot. Böse Männer gekommen, wollen nehmen uns Kuh und Land, was fressen Kuh«, antwortete der Mann.

»Hast du schon einmal eine Kuh gesehen, die Land frisst?«, fragte einer der Matrosen spöttisch.

»Idiot, der Kerl meint die Weidegründe, die sie brauchen, damit die Kühe fressen können«, wies ihn ein Kamerad zurecht.

James bekräftigte unterdessen den Handel und sah zu, wie sie wieder abzogen. Dann wandte er sich seinen Männern zu. »Wenn wir Glück haben, gibt es heute Fleisch zum Abendessen. Und wenn nicht, haben wir wenigstens genug Zeit herausgeschunden, um unsere Wasserfässer füllen zu können.«

Ein Matrose lachte. »Ich wette, es gibt heute Fleisch. Immerhin hat Lucky Jim mit den Wilden verhandelt, und nicht Mr Simmons, der so strohdumm ist, dass man ihm eine alte Hafenhure noch als Jungfrau andrehen kann.«

»Du solltest nicht so despektierlich über Mr Simmons reden«, tadelte James ihn.

Der Mann lachte erneut. »Hier gibt es keinen, der mich an diesen Arsch verraten wird. Würde ich ihm auch nicht raten, denn er hätte keinen guten Stand mehr bei uns.«

Wie seine Kameraden wusste er, dass auch James Hutton es nicht an den Kapitän weitermelden würde. Anders wäre es mit Andeutungen gewesen, die auf einen möglichen körperlichen Angriff auf Simmons oder jemand anderen oder gar auf Meuterei hindeuten konnten. So weit war es bisher noch nicht gekommen, und das sollte James' Ansicht nach auch so bleiben.

Er forderte die Männer auf, wieder rascher zu arbeiten, und konnte bald das erste Beiboot mit gefüllten Fässern zur *Hesione* schicken. James sagte den Männern, dass sie Captain Smyth ausrichten sollten, er habe mehrere Rinder gegen zwei Musketen eingetauscht. Auch wenn es Smyth nicht passte, konnte er angesichts der leeren Vorratslasten nichts dagegen tun. Ein Kriegsgerichtsverfahren oder auch nur eine einfache Untersuchung hätte zu leicht ergeben können, dass er einen Teil des für die Ausrüstung bewilligten Geldes in die eigene Tasche gesteckt und nur für den Rest Vorräte besorgt hatte. James empfand Verachtung für eine solche Haltung. Schlechtes Essen und knappe Portionen sorgten für schlechte Stimmung an Bord und machten die Männer rebellisch.

Der Handel kam zustande. Die Eingeborenen brachten sechs Rinder, und James unterwies den Mann, mit dem er gesprochen hatte, und den Häuptling im Gebrauch der beiden Musketen, die er ihnen überließ. Da er sich auf die Friedfertigkeit der Eingeborenen nicht verlassen wollte, befahl er, das Vieh in die Boote zu laden und zum Schiff zu bringen. Sie am Ufer zu schlachten, hätte zu lange gedauert und die Einheimischen dazu bringen können, doch zu versuchen, ob sie durch einen Angriff nicht mehr solcher Stöcke »was machen bumm und machen weit weg tot« erbeuten könnten.

Das Deck der *Hesione* wurde daher zu einem Schlachthaus. Da sie kein Futter für die Tiere besaßen, wurden alle sechs Kühe getötet und ihr Fleisch mit so viel Salz, wie man aus den leeren Salzfleischfässern kratzen konnte, eingelegt. Außerdem wurde kräftig gekocht und gebraten, und so bekamen die Männer nach den Tagen, an denen sie sich hatten beschränken müssen, endlich wieder genug zu essen.

Die besten Stücke einer jungen Kuh hatte Smyths Diener Benson für sich gefordert und tischte in der Kapitänskajüte entsprechend auf.

Smyth dachte nicht daran, James Hutton ein Lob auszusprechen. Zwar war auch er des alten, von Maden befallenen Zwiebacks und des harten Salzfleisches überdrüssig geworden. Dennoch überlegte er, ob er den Verlust der beiden Musketen im Logbuch nicht seinem Leutnant ankreiden und ihm den Anschaffungspreis vom Sold abziehen sollte.

Ruth hingegen war froh, dass sie nach den Tagen, an denen Schmalhans Küchenmeister gewesen war, nicht nur eine ausgezeichnete Fleischbrühe, sondern auch noch ein schönes Stück Rinderlende essen konnte, und lächelte James daher dankbar zu.

Als Simmons dies sah, verspürte er eine irrsinnige Wut in sich, die allerdings von seiner Angst vor Ruths Schießkünsten und denen ihres Mannes gedämpft wurde. Diesem Hundesohn James

Hutton würde sie sicher nicht gewisse Zärtlichkeiten verweigern. Ihn hingegen hatte sie niedergeschlagen und zum Gespött der ganzen Mannschaft gemacht.

10.

Fünf Tage später tauchte der charakteristische Umriss des Tafelbergs vor ihnen auf, und kurz darauf warfen sie im Hafen von Kapstadt Anker. Smyth zog seine beste Uniform an und ließ das Dingi vorbereiten.

»Ich muss mich beim Hafenkommandanten melden«, sagte er brummig, denn er würde diesem erklären müssen, weshalb er vor Kap Hoorn zurückgescheut und nach Osten Richtung Afrika ausgelaufen war. Da ein kleiner Sturm bei den Falklands kaum als Grund ausreichte, hatte der Kapitän beschlossen, diesen Sturm ein wenig nach Süden zu verlegen und als weitaus stärker zu bezeichnen, als es tatsächlich der Fall gewesen war. Solange kein zweites Schiff zur selben Zeit Kap Hoorn bei gutem Wetter umsegelt hatte, würde ihm niemand etwas vorwerfen können. Für seinen Neffen und Leutnant Hutton hatte er eigene Befehle.

»Sie werden dafür sorgen, dass die Vorräte so schnell wie möglich ergänzt werden. Mr Simmons wird Sie dabei unterstützen und Benson ein Auge darauf haben, dass Sie sich nicht übers Ohr hauen lassen und zu viel Geld ausgeben«, erklärte er unfreundlich.

»Aye, aye, Sir!«, antwortete James und wies die Matrosen an, das große Beiboot zu Wasser zu lassen.

Unterdessen trat Hinrich auf den Kapitän zu. »Verzeihen Sie, Captain, aber meine Frau und ich würden ebenfalls gerne an Land gehen. Hier besteht doch gewiss keine Gefahr durch Wilde?«

»Mr Hutton soll Sie mitnehmen! Geben Sie jedoch acht. Wie in jedem Hafen treffen Sie auch hier auf Gauner.«

Nach diesen Worten stieg Gervase Smyth die Jakobsleiter hinunter und setzte sich auf die Bank am Heck des Dingis. Dort wäre auch noch für Hinrich und Ruth Platz gewesen, doch er dachte nicht daran, die beiden aufzufordern, mit ihm zu kommen.

An Ruths Abneigung gegenüber Smyth hatte sich seit den ersten Tagen an Bord nichts geändert. Auch jetzt dachte sie nur, dass er ein unmöglicher Mensch sei, denn nun mussten Hinrich und sie warten, bis James Hutton so weit war, um an Land fahren zu können.

James trieb seine Männer zur Eile und deutete, als alles bereit war, eine Verbeugung vor Hinrich und Ruth an. »Wir sind so weit! Wenn Sie erlauben, werde ich einen Bootsmannstuhl für Sie holen lassen.« Der letzte Satz galt Ruth, die energisch den Kopf schüttelte.

»Ich komme schon ins Boot«, sagte sie.

»Nun, es ist wegen der …«

James hüstelte und fragte sich, wie er ihr beibringen sollte, dass die Matrosen im Boot von unten ihre Beine und vielleicht noch mehr sehen konnten.

Ruth war jedoch in eine Seefahrerfamilie hineingeboren worden und hatte entsprechend vorgesorgt. Der Saum ihres Kleides war mit Blei beschwert, zudem hatte sie unter das Hemd eine bis zu den Waden reichende dünne Hose angezogen. Sie trat daher an die Bordwand, stieg geschmeidig die Jakobsleiter hinab und nahm auf der Bank am Bug Platz.

Zuerst wunderte James sich darüber, sah dann aber Simmons im Heck sitzen und begriff, dass Ruth nicht in dessen Reichweite geraten wollte. Er hatte Andeutungen vernommen, dass Simmons ihr gegenüber aufdringlich geworden sei. Zwar hieß es, Ruth habe den Midshipman mit einem harten Gegenstand niedergeschlagen, doch er schätzte, dass einer der Unteroffiziere ihr zu Hilfe gekommen war. Darauf deutete auch hin, dass Simmons inmitten des Schnapsvorrats des Kapitäns aufgefunden worden war. Ein solcher

Scherz war James' Ansicht nach einem Mann wie Cribbic oder dem Bordschmied durchaus zuzutrauen.

Hinrich empfand Ruths Auftreten als arg burschikos. Die Ehefrau eines Pastors hätte sich nichts vergeben, mit einem Bootsmannstuhl ins Boot hinabgelassen zu werden. Sie hätte dabei die Beine zusammenhalten und den Rock eng darum schlingen können. Bei ihrem Übersetzen auf die *Hesione* in London hatte sie es ja auch so gemacht. Im nächsten Moment ärgerte er sich über seine Gedanken, weil diese seine Frau herabsetzten. Das hatte Ruth nicht verdient. Er folgte ihr nun und setzte sich neben sie.

»Endlich bekommen wir wieder Land unter unsere Füße«, sagte er erleichtert.

»Nur für kurze Zeit, dann geht es erneut auf See, und es liegt eine Strecke vor uns, die nicht geringer ist als die, die wir bereits bewältigt haben.«

Ruths Stimme klang ein wenig scharf, denn hätte die *Hesione* Kap Hoorn umsegelt, wäre ihr erstes Ziel Tahiti bereits nahe gewesen. So aber standen ihnen noch etliche Wochen auf See bevor, und das auf einem Schiff, dessen Kapitän ihr unsympathisch und dessen Neffe ein Schurke war. Wenigstens ist Leutnant Hutton ein Mann von Ehre, dachte sie, während sie Hinrichs Rechte mit beiden Händen ergriff und festhielt.

Simmons musterte das Paar, das sehr miteinander vertraut zu sein schien, mit scheelen Augen. Ruth Mensing schenkte James Hutton ein Lächeln und war sogar freundlich zu den Männern der Besatzung. Nur ihn behandelte sie wie Dreck. Gleichzeitig spürte Simmons seine trockene Kehle. Seit sein Onkel ihm den Schlüssel zu den Schnapsvorräten abgenommen hatte, konnte er nicht mehr so viel trinken, wie er brauchte. Er war fahrig geworden, seine Hände zitterten, und er bekam immer wieder Kopfschmerzen. Aus Erfahrung wusste er, dass diese aufhörten, wenn er ein paar Becher Rum zu sich nahm.

Während das Boot zum Anlegesteg gerudert wurde, suchte Simmons mit seinen Blicken das Hafengelände ab. Dort gab es einige Schenken, in denen er seinen Durst stillen konnte, und genug Huren, um dieses Pfaffenweib für ein paar Stunden vergessen zu können.

Kaum war das Boot am Anleger vertäut, stand Simmons auf und wandte sich an James. »Ich habe einen Sonderauftrag für meinen Onkel zu erledigen. Kümmern Sie sich inzwischen um die Vorräte!«

James wusste genau, dass dieser »Sonderauftrag« Simmons ins nächste Schankhaus führen würde. Ihn störte es jedoch nicht, da der Mann bei seinen Verhandlungen nur ein Hindernis gewesen wäre.

»Tun Sie das, Mr Simmons! Falls wir bereits abgelegt haben, wenn Sie fertig sind, können Sie sich zur *Hesione* rudern lassen. Hier warten genug Männer darauf, Ihnen diesen Gefallen tun zu können.« James wies auf mehrere Boote, deren Ruderer jeden Passanten taxierten, ob er ihre Dienste in Anspruch nehmen wollte.

»Mach ich!«, antwortete Simmons und stiefelte davon.

»Ihr bleibt hier! Wenn ich einen von euch erwische, dass er sich in eine Schenke schleicht und dort besäuft, setzt es was«, warnte James die Matrosen.

»Keine Sorge, Mr Hutton! Keiner von uns hat Lust, die Katze auf dem Rücken zu spüren«, antwortete einer der Matrosen und zwinkerte seinen Kameraden zu. Sie hatten schon an Bord entschieden, wer von ihnen in einen Laden gehen und einen großen Krug Rum holen sollte. Diesen würden sie sich auf dem Boot teilen. Betrinken aber durften sie sich nicht, das wussten sie. Lucky Jim drückte zwar das eine oder andere Auge zu, aber auch bei ihm gab es Grenzen, die sie besser nicht überschreiten sollten.

Unterdessen stand James am Kai und streckte die Hand aus, um Ruth an Land zu helfen. Diese nickte ihm dankend zu. Nach dem Schaukeln des Schiffes war es ein seltsames Gefühl, wieder auf festem Boden zu stehen, und sie musste darum kämpfen, nicht das Gleichgewicht zu verlieren. Auch Hinrich tat sich schwer mit den ersten Schritten und schüttelte lächelnd den Kopf. »Unsere beiden Großväter würden sich schämen, uns so zu sehen!«

Über Ruths Gesicht huschte ein Schatten. Ihr Großvater Simon Simonsen und Hinrichs Großvater Jörgen Mensing waren Todfeinde gewesen, und erst durch ihre Heirat mit Hinrich war der alte Streit zwischen den Familien aus der Welt geräumt worden. Zuerst lag ihr eine bissige Antwort auf der Zunge. Sie sagte sich jedoch, dass sie als Hinrichs Frau auch zu dessen Familie zählte und daher nichts Schlechtes über seine Verwandten sagen durfte.

»Ich glaube, du hast recht! Auch mein Vater würde den Kopf schütteln. Immerhin bin ich auf seinen Schiffen schon bis nach Cuxhaven und sogar einmal bis Helgoland mitgefahren. Es ist jedoch etwas anderes, wenn man wochenlang auf einem Schiff eingepfercht ist. Wie ist es mit Ihnen, Mr Hutton?«

»Ich bin Seemann und daran gewöhnt«, antwortete James und wies in die Stadt hinein. »Auf dieser Straße finden Sie Läden, allerdings wird die Auswahl Sie enttäuschen. Kapstadt ist nicht London. Etwa eine halbe Meile von hier gibt es jedoch ein Gasthaus, das Ihnen zusagen dürfte. Es ist für Damen geeignet, auch wenn die Köchin eine Schwarze ist und deren Tochter bedient.«

»Ich habe nichts gegen Schwarze«, meinte Ruth und erinnerte sich an Molly Steeden, deren Großmutter eine schwarze Sklavin aus Virginia gewesen war.

»Ich habe auch nichts gegen Eingeborene. Immerhin will ich den braunen Menschen in der Südsee Gottes Wort predigen«, stimmte Hinrich ihr zu.

»Wenn ich Ihnen noch einen Rat geben darf: Auch wenn es hier Gasthäuser gibt, sollten Sie die Nächte doch an Bord verbringen. Da unser Kapitän den längeren Weg in die Südsee eingeschlagen hat, wird er nicht lange vor Kapstadt liegen bleiben wollen, und es könnte sein, dass er ausläuft, ohne nach Ihnen suchen zu lassen.«

»Aber die *Hesione* muss doch zuerst Vorräte aufnehmen?«, fragte Ruth verwundert.

»Ich hoffe, dass ich die nötigen Verhandlungen heute noch abschließen und das Verladen morgen beginnen kann. Mit etwas Glück könnte es dann schon übermorgen ankerauf gehen.«

»Die heutige Nacht aber haben wir für uns«, schloss Hinrich aus seinen Worten, da er mit Ruth wieder einmal in einem richtigen Bett schlafen wollte und nicht in dem kleinen Verschlag auf dem Schiff, dessen Wände so dünn waren, dass jedes lautere Geräusch draußen zu hören war.

»Diese Nacht können Sie an Land verbringen«, sagte James. »Mehr aber würde ich Ihnen nicht raten.«

»Glauben Sie wirklich, dass es so schnell geht? Die meisten Bewohner dieser Stadt sollen doch Holländer sein und nicht besonders glücklich darüber, nun unter Englands Herrschaft zu stehen.«

»Die Holländer mögen zwar England nicht, aber sie lieben englisches Geld!«, antwortete James fröhlich und verabschiedete sich.

Ruth und Hinrich ließen nun den Hafenbereich hinter sich und wanderten in die Stadt hinein. Vor einzelnen Läden blieben sie stehen und betrachteten die Auslagen.

»Mr Hutton hat recht. Hier gibt es wirklich nichts, wofür es sich lohnte, die Schnur deiner Börse zu lösen«, sagte Ruth mit einer gewissen Enttäuschung.

»Wie wäre es mit diesen Straußenfedern dort drüben? Mich dünkt, wir könnten sie hier billiger erwerben als zu Hause!«

Ruth folgte Hinrichs Wink und stand kurz darauf vor einem Laden mit prächtigen Straußenfedern. Der Preis, den ihnen der Händler nannte, lag weiter unter dem, den sie in Hamburg für schlechtere Straußenfedern hätten zahlen müssen. Dennoch schüttelte Ruth den Kopf.

»Dort, wo wir hinreisen, werde ich wohl kaum einen Fächer oder eine Boa aus Straußenfedern brauchen.«

Trotz des geringen Angebots verbrachten sie einen angenehmen Nachmittag in Kapstadt. Sie aßen in dem Gasthaus, das James Hutton ihnen empfohlen hatte, schlenderten danach noch ein wenig durch die Stadt und wählten für die Nacht eine sauber aussehende Herberge, in der sie ein schönes Zimmer erhielten. Ein Shilling sorgte dafür, dass das Bett frisch überzogen wurde, und nach dem Nachtmahl und einem angenehmen Abend auf der Terrasse freuten sie sich, endlich wieder völlig ungestört zu sein und einander ihre Liebe zeigen zu können.

11.

Am nächsten Tag kaufte Hinrich doch ein paar Kleinigkeiten und ließ sie zum Schiff bringen. Ruth und er aßen noch einmal in demselben Lokal wie am Vortag und kamen am Nachmittag zum Hafen zurück. Schon auf den ersten Blick war zu sehen, dass mehrere Leichter bei der *Hesione* angelegt hatten und Fässer und Säcke geladen wurden.

»Wie es aussieht, hat Mr Hutton recht. Captain Smyth legt es wirklich darauf an, rasch von hier fortzukommen«, sagte Hinrich mit einer gewissen Enttäuschung, denn er wäre gerne noch ein paar Tage in Kapstadt geblieben. Auch Ruth hätte dies gefallen, doch sie konnten es nicht ändern.

»Wir sollten an Bord zurückkehren«, schlug sie vor.

»Es sieht wohl so aus!« Hinrich bot ihr den Arm, doch bevor sie das Boot der *Hesione* erreichten, das am Kai lag, taumelte eine Gestalt auf sie zu.

Es war Simmons. Er hatte sich am Vortag betrunken und war dann mit einer Hure in deren Verschlag verschwunden. Dort allerdings war seine Gier auf die Frau größer gewesen als die Bereitschaft seines Körpers, dieser beizuwohnen. Nachdem er vergebens versucht hatte, seinem schlaffen Glied eine gewisse Härte zu verleihen, war er neben der Hure eingeschlafen und erst nach Mittag wieder erwacht. Mit der Forderung der Frau konfrontiert, nun für zwei Tage zahlen zu müssen, hatte er ihr ein paar Ohrfeigen versetzt, war dann aber von ein paar kräftigen Kerlen aus deren Verschlag geholt worden. Bei einem Offizier hätten sie es vielleicht bei ein paar Drohungen und einzelnen Faustschlägen belassen. Ein Midshipman war für sie jedoch kaum mehr wert als ein Mann vor dem Mast, und so hatte er deftige Prügel bezogen. Als er endlich gehen durfte, war sein Geldbeutel um einiges leerer geworden.

Da er nun Ruth vor sich sah, vertrat er ihr voller Wut den Weg. »Ich habe das nicht vergessen, du Miststück!«, fuhr er sie an und griff sich dabei an die Stelle des Kopfes, an der ihn ihr Belegnagel getroffen hatte.

»Sie sind betrunken!«, rief Hinrich empört. »Gehen Sie beiseite und benehmen Sie sich wie ein Gentleman.«

»Um sich wie einer benehmen zu können, müsste Mr Simmons erst einmal lernen, was das ist«, stieß Ruth empört aus.

Da sah Simmons rot. Ehe er selbst begriff, was er tat, versetzte er Ruth eine heftige Ohrfeige. »Ich lasse mich von keinem Weibsstück beleidigen!«

»Und ich meine Ehefrau nicht von einem dahergelaufenen Lumpen schlagen. Wären Sie kein Offiziersanwärter auf einem Schiff Seiner Majestät, King George, würde ich Sie wie einen tollwütigen Hund niederschießen. So aber werden Sie mir zur Verfügung stehen. Einer Ihrer Schiffskameraden wird Ihnen gewiss sekundieren. Ich werde Mr Hutton bitten, dies für mich zu tun. Die Sache soll abgeschlossen sein, bevor wir Kapstadt verlassen.«

Ein Duell auszufechten war für einen Geistlichen nicht gerade ein Ruhmesblatt, doch Hinrich war über Simmons' Verhalten so empört, dass er diesen einfach fordern musste.

»Ich werde Ihnen Ihren verdammten Pfaffenschädel von den Schultern schießen«, brüllte Simmons unbeherrscht.

Hinrich versetzte ihm einen Stoß, der ihn zur Seite taumeln ließ, nahm Ruths Arm und führte sie zum Boot.

Betrunken, wie er war, verlor Simmons das Gleichgewicht und setzte sich auf den Hosenboden. Da die Umstehenden lachten, wollte er voller Wut wieder auf die Beine kommen und Hinrich folgen. Doch bis er dazu in der Lage war, wurden Ruth und ihr Mann bereits zur *Hesione* hinübergerudert.

Simmons versuchte, seine wirren Gedanken zu ordnen. Dieser verfluchte Deutsche hatte es doch tatsächlich gewagt, ihn zum Duell zu fordern! Zuerst überlegte er, Hinrich auf die *Hesione* zu folgen und ihn dort niederzuschießen. Ein letzter Funken Verstand sagte ihm jedoch, dass ihn dann auch der Einfluss seines Onkels nicht vor dem Strick des Henkers bewahren konnte. Außerdem erschien es ihm zweifelhaft, ob er überhaupt so lange leben würde, bis es zu einem Gerichtsverfahren kam. Die Frau des Pfaffen würde ihn nach dem Mord an ihrem Mann eiskalt niederschießen, und kein Richter würde das Weib deswegen an den Galgen schicken.

Daher blieb ihm kaum anderes übrig, als sich auf das Duell einzulassen. Bei der Erkenntnis erinnerte er sich an Hinrichs Treffsicherheit mit den Pistolen und verspürte Todesangst. Nachdem er Mensings Frau aufgelauert hatte, um ihr Gewalt anzutun, und sie zudem auch noch geohrfeigt hatte, würde dieser Pfaffe nicht die geringste Nachsicht zeigen. Wenn er sich ihm stellte, war er so gut wie tot.

Simmons starrte auf seine Hände, die auf einmal so heftig zitterten, dass er damit nicht einmal ein Scheunentor würde treffen können. »Ich brauche einen Schnaps«, murmelte er, denn damit würde das Zittern aufhören. Betrunken aber durfte er sich auf kein Duell einlassen. Dafür schoss er in diesem Zustand zu schlecht.

So rasch er konnte, eilte er in die nächste Schenke und bestellte Rum. Irgendwann lag er besinnungslos in einer Ecke und wachte erst am nächsten Tag wieder auf. Sein Kopf pulsierte in schmerzhaften Wellen, und jedes laute Geräusch tönte in seinen Ohren wie ein Glockenschlag.

»Ich bin krank«, murmelte er mühsam und zuckte dann so heftig zusammen, dass sein Kopf schier zu platzen schien.

Das war die Lösung!, durchfuhr es ihn. Er würde seinem Onkel mitteilen, dass er krank geworden wäre und bis zu seiner Genesung hier in Kapstadt bleiben müsse. Damit konnte er sowohl einem Duell mit Hinrich Mensing wie auch einem möglichen Zusammenstoß mit diesem auf der Weiterreise entgehen.

Obwohl er sich zum Erbrechen schlecht fühlte, forderte er Papier, Tinte und Feder und brachte mit viel Mühe einen Brief zustande, in dem er Smyth bat, ihm seine persönlichen Sachen und ein wenig Geld bringen zu lassen und dazu ein Empfehlungsschreiben, mit dem er nach seiner Wiederherstellung nach England zurückkehren konnte. Dort würde er warten, bis auch sein Onkel wiederkam und er erneut Dienst auf dessen Schiff nehmen konnte. Dieser Pfaffe und sein Weib würden dann bereits in der Südsee sein und dort versuchen, irgendwelche Wilde zu bekehren.

12.

Gervase Smyth fluchte, als ihm ein Boy den Brief seines Neffen brachte und er diesen gelesen hatte. Von der Forderung zum Duell, die Hinrich Mensing ausgesprochen hatte, wusste er nichts. Da er zudem Simmons' Trinkfestigkeit kannte, glaubte er, dieser wäre tatsächlich krank geworden, und hielt es für das Beste, wenn er nicht an Bord zurückkam und andere ansteckte. Er erteilte daher seinem Diener Benson den Befehl, die Habseligkeiten seines Neffen zu packen und ihm diese zu bringen. Schweren Herzens füllte er auch einen kleinen Beutel mit mehreren Sovereigns, damit es

Simmons während seiner Krankheit an nichts fehlen sollte und er gut nach Hause zurückkam.

Nachdem Smyth Benson losgeschickt hatte, saß er in seiner Kajüte und schrieb ins Logbuch, dass Midshipman Trevor Simmons in Kapstadt erkrankt sei und er ihn bedauerlicherweise dort habe zurücklassen müssen.

Erst danach fiel ihm siedend heiß ein, dass Simmons' Abmustern ihn in eine prekäre Lage brachte. Er hatte auf dieser Fahrt dafür sorgen wollen, dass James Hutton sich zu seinen Ahnen gesellte und nicht doch noch Lord Humphrey als Earl of Huttonsfield beerben konnte.

Nun aber fehlte ihm mit seinem Neffen der Mann, den er nach James Huttons Tod als Ersten Offizier hätte einsetzen können. Naybs und Railey waren dafür noch zu jung und verfügten nicht über die Erfahrung, um diesen Posten ausfüllen zu können. Außerdem hatte er gehofft, seinen Neffen nach James Huttons Tod interimsmäßig zum Ersten Offizier zu ernennen. Das hätte diesem ziemlich sicher die Zulassung zur Leutnantsprüfung eingebracht.

Smyth spürte das Alter und war bei den letzten drei Fahrten mehrfach krank geworden. Damals hatte er sich darauf verlassen können, dass James Hutton die *Hesione* auch dorthin bringen würde, wohin sie segeln musste. Bei dem Gedanken, Naybs oder Railey würde dies versuchen, überlief es ihn kalt. Die beiden würden das Schiff ins Nirgendwo steuern und an irgendeiner Klippe oder einem Riff scheitern lassen.

Es gab nur eine Möglichkeit: James Hutton musste auf dieser Fahrt ungeschoren bleiben und er darauf hoffen, dass Lord Humphrey zäh genug war, so lange zu leben, bis er eine Gelegenheit gefunden hatte, den von Zechariah Bartlett erhaltenen Auftrag auch auszuführen.

ZWEITER TEIL

TAHITI

1.

Ruth blickte zu dem von Sternen übersäten Himmel hoch und spürte eine tiefe Zufriedenheit in sich. Schon bald würde die Reise für Hinrich und sie ein Ende finden. Nur ein vorläufiges, schränkte sie ein, denn Captain Smyth wollte eine oder zwei Wochen vor Tahiti ankern und sie erst dann an ihren endgültigen Bestimmungsort bringen. Bei diesem handelte es sich um die Insel Dominica, auf der derselbe Volksschlag leben sollte wie auf Tahiti. Allein schon deswegen war sie auf diese Insel gespannt.

»Die Sterne sind wunderschön«, sagte sie zu Hinrich, der ihr einen Arm um die Taille gelegt hatte.

»Sie sind es in der Tat! Bei Gott, es ist wie ein Traum.« Hinrich atmete tief durch und zog Ruth enger an sich. »Das Schönste an diesem Teil der Reise ist jedoch, dass wir auf Mr Simmons' Begleitung verzichten durften. Ich hätte ihn ungern getötet.«

Ruths Urteil über Simmons fiel nicht weniger hart aus, doch auch sie war froh, dass ihr Mann nicht gezwungen gewesen war, sich dem Midshipman im Duell zu stellen. Sie hielt den Kerl für gemein genug, Hinrich und ihr schaden zu wollen, falls ihr Mann ihn nur verwundet hätte und er weiter mitgefahren wäre. So aber war die Seefahrt trotz mehrerer kleiner Stürme recht angenehm gewesen, nicht zuletzt, weil der Kapitän die meiste Zeit in seiner Kajüte geblieben war und James Hutton die Führung des Schiffes überlassen hatte.

Ruth sah, dass ein Schatten auf sie zukam, und tastete unwillkürlich nach ihrer Pistole. Nach dem Zwischenfall mit Simmons war sie lieber vorsichtig als dumm. Es war jedoch James Hutton, der sich zu ihnen gesellte.

»Wenn man in eine solche Nacht hineinsegelt, begreift man, was einen Mann dazu treiben kann, sein Heim zu verlassen und an Bord eines Schiffes Mühen und Gefahren zu trotzen. Ein solcher Anblick wiegt vieles auf«, begann James das Gespräch.

»Da haben Sie recht!«, stimmte Hinrich ihm zu. »Ich sehe es als Gottes Gnade an, unter einem solchen Himmel Sein Wort verkünden zu dürfen.«

Unbewusst bot er James damit die Gelegenheit, etwas anzusprechen, das diesem schon lange auf der Zunge lag. »Soviel ich gehört habe, wollen Sie auf einer der Inseln als Missionar wirken. Stimmt es, dass es Hiva Oa sein soll?«

»Den Namen kenne ich nicht«, antwortete Hinrich.

»Man nennt sie auch Dominica. Sie befindet sich nördlich von Tahiti unweit des Äquators.«

Hinrich nickte. »Dominica! Ja, das ist sie!«

»Ich hoffe, Sie verzeihen mir, wenn ich mich hier äußere, doch ich halte dies für keinen guten Vorsatz. Dominica oder Hiva Oa, wie die Eingeborenen die Insel nennen, gehört zur Inselgruppe der Marquesas. Dort landet nur gelegentlich ein Walfänger an, und es gibt auch keinen festen Stützpunkt. Die Eingeborenen gelten als unzähmbar und sind die schlimmsten Kannibalen, die man sich vorstellen kann.«

»Menschenfresser?«, fragte Ruth erschrocken. »Davon hast du nichts gesagt!« Ein gewisser Vorwurf schwang in ihrer Stimme mit.

Hinrich wusste nicht so recht, was er antworten sollte. »Sie beschreiben diese Menschen gewiss schlimmer, als sie sind.« Mit feinem Gespür hatte er erkannt, dass James' Besorgnis weniger ihm als vielmehr Ruth galt. Ein wenig verfluchte er die lange Schiffsreise, bei der sie gezwungen waren, so lange mit so vielen Menschen auf engstem Raum zusammengepfercht zu sein. Dazu war Ruth die einzige Frau an Bord, und so war es verständlich, dass die Gedanken der Matrosen wie auch die von James Hutton sich um sie drehten. Das war zwar auch bei Trevor Simmons der Fall gewesen. Hutton aber war ein anderes Kaliber, und er wusste, dass Ruth ihn sympathisch fand. Zwar war er sicher, dass sie nie etwas Verbotenes oder gar Schändliches tun würde, aber ein gewisses Gefühl der Eifersucht empfand er doch.

»Ich war zwar noch nie auf Hiva Oa, aber schon zweimal auf der Schwesterinsel Federal Island oder Nuku Hiva und habe diesen Menschenschlag kennengelernt. Es ist ein stolzes Volk, das seine Traditionen ehrt und zu bewahren sucht. Missionare, die sie bekehren wollten, mussten fliehen, weil die eingeborenen Priester ihre Lehren verwarfen. Sie wären sonst getötet und verspeist worden.«

James hörte sich aufrichtig an, doch aus seiner Eifersucht heraus glaubte Hinrich seine Warnungen nicht. »Man hätte mich gewiss nicht zu solch üblen Wilden geschickt, wie Sie sie mir schildern! Auch hätte man mir nicht erlaubt, mein Weib mitzunehmen, wenn tatsächlich Gefahr drohen würde«, sagte er und strich Ruth über die Wange. »Ängstige dich nicht, mein Schatz! Wir haben in Hamburg genug Seemannsgarn gehört, um zu wissen, was davon zu halten ist.«

James ärgerte sich. Am liebsten hätte er Hinrich gebeten, wenigstens seine Frau auf Tahiti zurückzulassen, anstatt sie den Gefahren auf Hiva Oa auszusetzen. Ruth war jedoch Mensings Ehefrau, und daher stand es ihm nicht zu, ihn aufzufordern, sich für längere Zeit von ihr zu trennen.

Ruth nahm James' Worte ernster als ihr Mann, rief sich dann aber zur Ordnung und sagte sich, dass Hinrich gewiss wusste, worauf er sich eingelassen hatte. Außerdem hatten die Missionare, von denen James Hutton gesprochen hatte, fliehen können. Dies, so dachte sie optimistisch, würde im unwahrscheinlichen Fall, dass Hinrichs Missionierung scheitern sollte, auch ihnen gelingen.

Daher wechselte sie das Thema und sah James neugierig an. »Es heißt, Sie seien der Erbe eines englischen Lords. Soviel ich gehört habe, soll es sich dabei um Sir Humphrey auf Huttonsfield handeln. Mein Ehemann ist der Neffe von dessen Schwiegersohn Zechariah Bartlett.«

»Das habe ich nicht gewusst!«, rief James überrascht.

»Onkel Zechariah ist ein bedeutender Kaufherr und Reeder in London und hat Lord Humphreys Tochter Lady Ellinor geheiratet«, erklärte Hinrich, dem der Themenwechsel ebenfalls gelegen kam.

»Dann werden Sie sicher wissen, dass weder Lord Humphrey noch Lady Ellinor und ihr Ehemann mir auch nur einen Hauch von Sympathie entgegenbringen.«

»Das verstehe ich nicht!«, erwiderte Ruth erstaunt. »Es sind nun einmal die Erbgesetze, die Sie zum nächsten Earl of Huttonsfield bestimmen, und die haben Sie nicht gemacht.«

»Wahrlich nicht!«, erwiderte James mit dem Anflug eines Lachens. »Es ist nur so, dass Lord Humphrey vor mehreren Jahrzehnten in großen pekuniären Schwierigkeiten war und nur durch die Großzügigkeit des Vaters seines Schwiegersohns gerettet wurde. Alles, was heute zu Huttonsfield gehört, ist mit dem Geld der Bartletts bezahlt worden. Daher gefällt es ihnen wenig, wenn jetzt ein Fremder kommt, um nach Lord Humphreys Tod seine Hand darauf zu legen.«

Hinrich wollte das Gespräch nicht allein seiner Frau und James Hutton überlassen. »Soviel ich weiß, lebte Lord Humphreys Sohn bei der Heirat meines Onkels mit Lady Ellinor noch. Es war damit so oder so ein Handel, bei dem die Bartletts nicht damit rechnen konnten, ihr Geld zurückzubekommen.«

»Viscount Broulie war immerhin Lady Ellinors Bruder, und die Verwandtschaft mit ihm hätte den Bartletts auch weiterhin viele Türen öffnen können. Ich hingegen kenne kaum jemanden, habe keinerlei Einfluss und werde als Earl of Huttonsfield ärmer dran sein, als wenn ich es nicht würde.«

»Wie das?«, fragte Ruth überrascht.

»Wäre ich Mr Zechariah Bartlett, würde ich versuchen, alles Geld, das ich in Huttonsfield investiert habe, wieder herauszuziehen. Was übrig bleibt, ist ein Schloss, das ich nicht erhalten kann, Pächter auf meinem Land, deren Bedürfnisse ich nicht zu befriedigen vermag, und ein Titel, für den ich nicht einmal einen Becher Rum in einer Hafenschenke bekomme.«

James lachte bei diesen Worten und machte dann eine wegwerfende Handbewegung, die Ruth im Licht der Sterne gut erkennen konnte.

Hinrich hatte seinen Onkel in London nur ein paarmal besucht, doch der Eindruck, den er von Zechariah Bartlett gewonnen hatte, ließ es als wahrscheinlich erscheinen, dass dieser so handeln würde, wie James es eben prophezeit hatte. Nein, dachte er, sein Onkel würde wahrscheinlich so viel von Huttonsfield wegschaffen lassen, dass James als Lord Humphreys Erbe nicht einmal ein Bett besitzen würde, in das er sich schlafen legen konnte. Er wollte jedoch nicht weiter darauf eingehen und stupste Ruth an.

»Es ist schon spät, meine Liebe! Wir sollten daher zu Bett gehen. Wie lange, glauben Sie, Mr Hutton, wird es noch dauern, bis wir vor Tahiti Anker werfen können?«

»Wenn der Wind so bleibt, wird es übermorgen Nachmittag sein«, antwortete James.

»Dann wollen wir hoffen, dass er so bleibt. Gute Nacht, Mr Hutton!« Ruth hob die Hand zum Gruß und ging auf den Niedergang zu. Auch ihr Mann verabschiedete sich von James und folgte ihr in den Bauch des Schiffes.

James sah den beiden nach, bis sie verschwunden waren, und wünschte sich die Macht, Hinrich Mensing daran zu hindern, seine junge Frau zu diesen Kannibalen mitzuschleppen. Das lag jedoch außerhalb seiner Möglichkeiten, ebenso wie es ihm niemals gelingen konnte, Huttonsfield aus eigener Hand zu erhalten.

2.

Moorea kam in Sicht, eine harmonisch gestaltete Insel mit hohen Berggipfeln im Zentrum. Das Land war so grün, dass Ruth einen Laut des Entzückens ausstieß.

»Es ist wunderbar! Von hier aus sieht es fast so aus, als wäre die ganze Insel in einen grünen Pelz gehüllt.« Sie wandte sich an James, der unweit von ihr und Hinrich stand. »Bietet Tahiti auch einen so schönen Anblick?«

»Tahiti ist um einiges größer als Moorea und die bedeutendste Insel dieses Archipels. Dort lebt der König«, erklärte James.

»Tahiti wird von einem König regiert?«, fragte Hinrich verwundert.

»So kann man es sagen. Allerdings ist er noch ein Kind, und so führen mehrere seiner Verwandten für ihn die Regentschaft. Sie werden ihm gewiss vorgestellt und sollten trotz seiner Jugend so vor ihn treten, wie Sie es bei einem europäischen Fürsten tun würden.«

Eine gewisse Mahnung schwang in James' Worten mit, den Herrscher der Inseln nicht wie den Anführer eines primitiven Stammes zu behandeln.

Hinrich nickte, während Ruth es kaum erwarten konnte, Tahiti vor sich auftauchen zu sehen. »Ist das dort unser Ziel?«, fragte sie, als sich hinter Moorea eine weitere Landfläche ins Blickfeld schob.

»Tahiti ist nicht unser Ziel. Das ist Dominica – und bis wir diese Insel erreichen, werden noch einige Tage vergehen«, korrigierte Hinrich sie lächelnd.

»Das ist die Nordküste von Tahiti. Wir werden in der Toaroa-Bucht vor Anker gehen. Wenn Sie wollen, können Sie in der Zeit, in der wir neue Vorräte übernehmen, an Land. Erwarten Sie jedoch nicht den gleichen Komfort wie in der Heimat. Die Menschen führen hier ein einfaches Leben!«, erklärte James und musste dann das Gespräch abbrechen, da seine Pflichten ihn riefen.

Der Kapitän hatte behauptet, krank zu sein, und ließ sich in seiner Kajüte von seinem Diener pflegen. Die gesamte Verantwortung lag daher auf James' Schultern. Zudem musste er die beiden Midshipmen Naybs und Railey ausbilden, damit diese in absehbarer Zeit ihre Prüfung als Offiziere der Royal Navy bestehen konnten. Eigentlich wäre dies Aufgabe des Kapitäns gewesen, doch Smyth hatte die Seekadetten bereits zu Beginn der Fahrt an ihn abgeschoben.

In stillen Stunden hoffte James, Smyth werde nach dieser Fahrt seinen Dienst bei der königlichen Marine quittieren und sich ins Privatleben zurückziehen. Zwar war er selbst zu jung, um dessen Nachfolge antreten zu können, aber ihm war jeder andere Kapitän lieber als sein jetziger. Doch dieser Gedanke brachte ihn nicht weiter, daher blickte er nach vorne und erteilte mit klarer Stimme Befehle.

Ruth ging unterdessen zum Bug und schaute angespannt nach vorne. Tahiti war tatsächlich um etliches größer als Moorea. Auch ragten die Berge dieser Insel höher empor, und den grünen Pelz, wie sie das bewaldete Land auf Moorea genannt hatte, gab es auch hier. Es war ein samtiges Grün, das sich vom tiefen Blau des Himmels abhob und Frieden und Stille versprach. Menschen, die in einem solchen Land lebten, konnten nicht böse sein, sagte sie sich, während ihr Mann die Insel nur als einen notwendigen Aufenthalt ansah, von dem aus er so bald wie möglich zu seinem eigentlichen Ziel aufbrechen wollte.

Als die HMS *Hesione* sich der Küste näherte, stellte Ruth fest, dass drei Schiffe vor der Insel ankerten. Eines trug die britische Flagge, die beiden anderen, welche plump, aber fest wirkten, waren Schiffe aus den einstigen englischen Kolonien in Nordamerika.

»Das sind Walfänger aus Neuengland«, erklärte Merrick, der sich zu Ruth gesellt hatte. »Sie jagen Wale in südlicheren Gewässern und kommen hierher, um ihre Vorräte aufzufrischen und zu überwintern. Manche von ihnen bleiben mehrere Jahre ihrer Heimat fern.«

Kürzer werden wir Hamburg auch nicht fernbleiben, wahrscheinlich sogar um einiges länger, dachte Ruth und blickte noch einmal zu den Walfängerschiffen hinüber. Sie wusste nur wenig über diese Seeleute, doch es mussten mutige und harte Männer sein, die sich nicht scheuten, sich mit dem König der Meere zu messen. Dann richtete sie den Blick wieder auf die Insel.

Dort war man inzwischen auf den Neuankömmling aufmerksam geworden. Prompt wurden Dutzende von kleinen Booten vom Strand ins Wasser geschoben und auf sie zugerudert, und jedes war mit so vielen Menschen gefüllt, dass Ruth Angst hatte, sie könnten kentern. Wenig später bemerkte sie, dass diese Boote seltsame Ausleger besaßen, wie sie sie noch nie gesehen hatte. Fast an jedem dieser Ausleger hielten sich weitere Leute fest und ließen sich ziehen.

Die ersten Tahitianer winkten, und Rufe klangen herüber, die für Ruth wie das Zwitschern von Vögeln wirkten. Es war eine melodische Sprache, in der die Vokale vorzuherrschen schienen. Ein paar Matrosen, die bereits in dieser Weltgegend gewesen waren, kramten in ihren Erinnerungen mehrere Floskeln heraus und riefen sie den Insulanern zu. Ruth verstand auch sie nicht, meinte aber mehrfach, das Wort »Vahine« herauszuhören.

Die ersten Boote erreichten die *Hesione*, und die Männer und Frauen kletterten gleichermaßen flink an Bord. Ruth schluckte, denn etliche der Tahitianerinnen entledigten sich nun ihrer Kleider. Darunter trugen sie nur ein Tuch um die Hüften, das die Brüste unbedeckt ließ. Diejenigen hingegen, die in den Booten blieben, behielten die Kleider an und boten den Matrosen Früchte, Fische und sogar ein lebendes Huhn an.

»Wenn Mr Hutton die Vorräte des Schiffes auf diese Weise ergänzen will, wird es lange dauern, bis wir weiterfahren können«, sagte Hinrich mit einem gewissen Unmut.

Er war ebenfalls zu Ruth getreten und betrachtete die halb nackten Frauen mit Abscheu. Auch den eingeborenen Männern reichte ein Tuch um die Hüften. Ein paar hatten sich sogar nur einen knappen Lendenschurz zwischen die Beine gezogen, der von einer um die Taille geschlungenen Schnur gehalten wurde.

Merrick drehte sich zu Hinrich um. »Dieser Handel wird nur mit den Matrosen geführt. Nach der langen Fahrt mit Salzfleisch und Zwieback hungern sie nach anderen Genüssen. Nicht alle davon gelten jedoch dem Essen«, setzte er mit einem Seitenblick auf einen Matrosen hinzu, der eben die Hände auf die blanke Brust einer Frau legte und dabei eindeutige Bewegungen mit den Hüften machte.

»Das sind ja Huren!«, entfuhr es Hinrich.

»Diese Leute sind anders als wir«, antwortete der Schiffsarzt. »Das sollten Sie stets im Gedächtnis behalten! Auch wenn die Bewohner Tahitis zum Christentum bekehrt worden sind, sind sie im Herzen verstocke Heiden geblieben und hängen ihren Gebräuchen nach. Dazu gehört auch, dass ihre Weiber sich fremden Seeleuten hingeben. Auf den noch nicht bekehrten Inseln ist es sogar noch weitaus schlimmer. Schon mancher Missionar, der zu forsch vorgegangen ist und ihre Götzen zerschlagen und verbrannt hat, musste zu seinem Leidwesen erkennen, dass diese Wilden die

Kunst, einen Menschen vom Leben zum Tode zu bringen, in ähnlicher Weise beherrschen, wie es in unseren Landen der Fall ist.«

Ruth spürte Merricks Verachtung, die sowohl den Einheimischen wie auch den Missionaren zu gelten schien, aber sie zweifelte nicht daran, dass seine Warnung ernst gemeint war. Schon James Hutton hatte sie vor den Tahitianern auf Dominica gewarnt. Andererseits schienen diese freundlich zu sein. Das jedoch war ein Zwiespalt, den sie im Augenblick weder zu begreifen noch zu lösen vermochte. Daher sagte sie sich, dass Vorsicht besser war als Übermut. Auch würden Hinrich und sie sich an Dinge gewöhnen müssen, die sie in der Heimat niemals geduldet hätten.

3.

Noch während Matrosen und Insulaner eifrig aufeinander einredeten und sich dabei zumeist mit Gesten verständigten, kam ein weiteres Boot auf die *Hesione* zu. Es war größer und bestand aus zwei gut fünfzehn Yards langen Rümpfen, die durch eine Plattform miteinander verbunden waren. Das Boot war aufwendig geschmückt und wurde von etwa dreißig Mann auf eine für Ruth ungewohnte Art gerudert. Die Ruder waren sehr kurz und steckten nicht in Dollen, sondern wurden allein mit den Händen geführt. Trotzdem fuhr das Boot überraschend schnell.

»Das sind Paddel«, erklärte Merrick Hinrich, der offenbar danach gefragt hatte. »Viele wilde Völker benützen diese Dinger. Ich halte sie für nutzlos, denn man braucht zu viel Kraft dafür. Auf einem See in Quebec habe ich es auf diese Weise versucht. Mir sind schon nach wenigen Hundert Yards die Arme abgefallen.«

Ruth lauschte nur mit einem Ohr dem Gespräch, das ihr Mann mit dem Schiffsarzt führte, denn sie musterte das Boot, das nun langsam herumschwang und im knappen Abstand vor der *Hesione* verhielt. Auf einem Stuhl im Heck saß ein älterer Mann in einem weiten, mit Federn geschmückten Mantel, der einen kunstvoll geschnitzten Stab in der Hand hielt. Eben sagte er etwas, dann begann ein junger Mann zu sprechen, der vorne am Bug eines der Rümpfe stand.

»Es sei euch geheißen willkommen im Namen Seiner Majestät Teri'itaria Pomare III., König von Tahiti Nui, Tahiti Iti, Moorea, Huahina, Tahaa und aller Inseln dieses Meeres!«

»Größenwahnsinnig sind die ja nicht, denn die Südsee ist riesig«, spottete Merrick, während James Hutton an die Bordwand trat und den Gruß erwiderte.

»Ich grüße Euch im Namen Seiner Majestät, King George, König von England, Schottland, Irland, Wales und vieler anderer Länder.«

»Das stimmt wenigstens!«, meinte der Schiffsarzt. »Diese Wilden sind Mäuse im Vergleich zum britischen Löwen, wollen aber behandelt werden wie machtvolle Herrscher.«

Im Vergleich zum Britischen Reich war auch Hamburg eine Maus, dachte Ruth, die sich über die Überheblichkeit des Arztes ärgerte. Unterdessen wechselte James ein paar Worte mit dem Würdenträger auf dem Heck des Doppelrumpfboots, die von dem jungen Mann übersetzt wurden, und trat danach auf Ruth und Hinrich zu.

»Die Formalitäten sind erfüllt, und Sie können an Land gehen«, sagte er.

»Wie wollen Sie hier ein Boot aussetzen?«, fragte Hinrich, da die *Hesione* von Kanus förmlich umzingelt war.

»Seine Hoheit Ari'iheiva bietet Ihnen an, Sie mit an Land zu nehmen!« James zeigte auf das große Kanu, das langsam näher kam. Die kleinen Boote wichen sofort ehrfurchtsvoll aus.

»Ari'iheiva ist ein Verwandter der Königinmutter. Sie sollten höflich zu ihm sein.«

James' Rat galt weniger Ruth und Hinrich, die er für verständig genug hielt, die Form zu wahren, als vielmehr dem Schiffsarzt, der mit seiner spitzen Zunge die Einheimischen verärgern konnte.

»Sie sollten auch sonst achtgeben. Die meisten hier sprechen zwar kein Englisch, doch einige können es, und noch mehr sind in der Lage, es wenigstens halbwegs zu verstehen«, setzte er hinzu.

Unterdessen war das große Kanu bis an die *Hesione* herangekommen, und zwei Matrosen legten die Jakobsleiter aus.

Hinrich wandte sich Ruth zu. »Wäre es nicht besser, wenn du diesmal den Bootsmannstuhl benützt? Es befinden sich viele Eingeborene in den Booten, und du solltest ihnen kein Schauspiel bieten.«

Obwohl sie es nicht für nötig hielt, nickte Ruth, um Hinrich nicht zu verärgern, denn er wirkte angeekelt von dem, was er gesehen hatte. Auch ihr gefiel es nicht, wie die Matrosen mit den Frauen umgingen. Sie kniffen sie in Hintern und Brüste, und es war deutlich zu erkennen, dass es bei den Verhandlungen zwischen ihnen um den Preis ging, den die Matrosen für den Beischlaf zu zahlen hatten.

Ruth wandte den Blick ab, um die halb nackten Frauen nicht mehr sehen zu müssen, von denen ein paar nun auch noch ihre Lendentücher lösten, um zu zeigen, wie sie darunter beschaffen waren. James erteilte unterdessen den Befehl, einen Bootsmannstuhl zu bringen und an der Rah zu befestigen.

»Sie können jetzt von Bord, Mistress Mensing«, meldete er schließlich.

In der Zeit wäre ich schon fünfmal die Jakobsleiter hinab- und wieder heraufgeklettert, dachte Ruth in einem Anflug von Ärger. Sie setzte sich auf dieses Ding, das sonst gebraucht wurde, um Arbeiten zu erledigen, die nicht von den Rahen aus getan werden konnten. Der Bootsmannstuhl wurde ausgeschwenkt und sie langsam nach unten gelassen.

Kurz darauf erreichte sie die Plattform des Doppelrumpfboots. Hinrich war ihr vorausgeeilt und streckte ihr nun die Arme entgegen. Zwar schwankte das Boot in der Dünung, doch Ruth gelang es auch ohne die Hilfe ihres Mannes, aufrecht stehen zu bleiben.

Der Schiffsarzt folgte ihnen und murrte dabei. »Hutton hätte dieses Gesindel vom Schiff fernhalten und uns mit einem Beiboot an Land bringen können, so wie es sich gehört. Sie sollten sich hinsetzen, Mistress Mensing, sonst fallen Sie noch ins Wasser.«

Das Letzte galt Ruth, die jedoch überzeugt war, sich auf den Beinen halten zu können. Nun stießen die Eingeborenen von der *Hesione* ab, und die Paddel kamen zu ihrem Recht. Zwar lag das Doppelrumpfkanu überraschend ruhig im Wasser, dennoch fasste Hinrich nach Ruths Arm. »Keine Sorge, ich halte dich fest!«

Da er mehr als sie damit zu kämpfen hatte, das Gleichgewicht zu halten, lächelte Ruth, freute sich aber über die Fürsorge, die er ihr zukommen ließ. Ein Problem hatte sie jedoch. Die Kleidung, die sie trug, war zu warm für dieses Klima. Sie wischte sich zwar den Schweiß von der Stirn, konnte ihn aber nicht daran hindern, am Rücken nach unten zu fließen. Auch wenn es äußerst ungehörig war, so leicht bekleidet zu sein wie die Insulanerinnen, beneidete Ruth sie, allerdings würde sie selbst niemals wie die auf die *Hesione* gekletterten Frauen mit einem um die Hüften geschlungenen Lendentuch und blanker Brust herumlaufen. Auf ihre Unterröcke hingegen hätte sie gerne verzichtet.

Der Strand kam rasch näher, und ein Tahitianer machte ihnen mit Zeichen klar, dass sie gleich auflaufen würden. Augenblicke später war es so weit, und das Boot blieb ruckartig stehen. Ruth und Hinrich gelang es, sich auf den Beinen zu halten, während Dr. Merrick nach vorne fiel und sich mit den Händen abfangen musste.

»Das machen diese Wilden extra, um uns zu demütigen!«, rief er aufgebracht, nachdem er sich hochgerappelt hatte.

Wir wurden gewarnt und haben zudem selbst Augen im Kopf, dachte Ruth und machte ihren ersten Schritt an Land.

»Vorsicht! Die Welle!«, rief Hinrich warnend.

Ruth beschleunigte ihre Schritte und gelangte aufs Trockene, bevor das Wasser sie erreichen konnte. Hinrich hatte weniger Glück und stand mit nassen Schuhen und Hosenbeinen da. Auch dem Schiffsarzt erging es nicht besser.

»Nun sind wir hier!«, sagte Ruth zu ihrem Mann und sah sich um. Überall standen Palmen, die oft so schief gewachsen waren, dass man befürchten musste, sie könnten jeden Augenblick umfallen. Trotzdem kletterten Insulaner hinauf, lösten mehrere große Früchte und warfen sie nach unten. Dort wurden sie mittels eines Entermessers geschält, bis ein etwa kindskopfgroßer Kern übrig blieb. In diesen schlug ein älterer Mann ein Loch und hielt Ruth das Ganze hin.

Diese betrachtete das relativ schwere Ding erstaunt, sah dann, wie der Mann die Geste des Trinkens machte, und setzte die Frucht mit einer Mischung aus Verwunderung und Besorgnis an den Mund. Innen befand sich eine klare Flüssigkeit, die süß schmeckte und sich sehr gut trinken ließ. Da Ruth Durst hatte, trank sie, bis die Frucht nur noch eine leere Hülle war, und reichte den Rest an den Mann zurück.

Hinrich hatte ebenfalls eine der Früchte erhalten, aber gewartet, wie Ruth damit zurechtkam. Nun trank auch er, während Merrick seine Nuss ablehnte und den Strand hochstiefelte.

»Maeva«, sagte der Tahitianer.

»Es tut mir leid, ich verstehe deine Sprache nicht«, antwortete Ruth und zupfte Hinrich am Ärmel. »Wir sollten ihm ein paar Pennies für diese Früchte geben. Weißt du, was sie sein könnten?«

»Das sind Kokosnüsse«, mischte sich da ein junger Einheimischer ins Gespräch.

Wie die meisten anderen Insulaner überragte auch er ihren nicht gerade klein gewachsenen Ehemann um eine Handspanne und war in den Schultern um einiges breiter. Dennoch wirkte er schlank und agil. Sein Gesicht wies eine fast kindlich freundliche Miene auf, und seine Stimme war zwar kräftig, aber sanft.

Ruth war froh, auf jemanden getroffen zu sein, der ein brauchbares Englisch sprach, und schenkte dem jungen Mann ein Lächeln. »Für Nüsse sind sie aber sehr groß«, sagte sie und fragte: »Kannst du uns weiterhelfen?«

»Das kann ich, Madam! Es wird von Ihnen erwartet, dass Sie als Erstes den König aufsuchen. Ari'iheiva wartet schon darauf, Sie zu führen.«

»Du sprichst ein sehr gutes Englisch, weitaus besser als der Mann, der für Ari'iheiva übersetzt hat«, sagte Hinrich.

Der Insulaner antwortete mit einer wegwerfenden Handbewegung. »Der Mann ist ein Dummkopf! Ari'iheiva wird es noch bereuen, sich auf ihn zu verlassen. Ich hätte für ihn besser übersetzen können. Doch er musste mich – wie sagt man bei Ihnen? – zum Teufel jagen.«

»Und warum?«, wollte Ruth wissen.

Er winkte mit beiden Händen ab. »Das ist eine dumme Geschichte.«

»Die ich aber trotzdem gerne hören würde«, bohrte Ruth weiter, doch ihr Mann schüttelte tadelnd den Kopf.

»Ruth, bitte, lass das!«

Da sprach der Eingeborene bereits weiter. »Ich war Übersetzer bei Ari'iheiva. Er hat eine schöne Tochter. Sie gefiel mir und ich ihr, doch er wollte nicht, dass wir heiraten. Ich wäre nicht einmal ein Ariki, sagte er, und es daher nicht wert, eine Ariki rahi zu heiraten. Manahere ist jetzt mit einem Häuptling auf Raiatea verheiratet, und ich muss zusehen, wie ich durchkomme, da Ari'iheiva zornig auf mich ist und niemand will, dass Ari'iheiva auch auf ihn zornig wird.«

»Und wo hast du die englische Sprache so gut gelernt?«, fragte Ruth dem mahnenden Hüsteln ihres Mannes zum Trotz.

»Ich bin ein Jahr auf einem englischen Schiff mitgefahren und dabei bis Aotearoa, Te Henua Enana und Hawaii gekommen.«

»Was sind das für Länder? Die kenne ich nicht«, fragte Hinrich, den nun doch die Neugier gepackt hatte.

»Das erste nennen die Engländer Neuseeland, die zweiten sind als Marquesas bekannt, und Hawaii ist die große Insel sehr weit im Norden.«

»Zu den Marquesas wollen wir doch! Vielleicht kann dieser Mann uns etwas darüber erzählen«, sagte Ruth drängend zu Hinrich.

Dieser überlegte kurz und wandte sich wieder dem Mann zu. »Du kannst dir einen Shilling oder zwei verdienen, wenn du mir etwas über Dominica berichtest.«

»Dazu bin ich gerne bereit! Doch jetzt sollten Sie Ari'iheiva nicht länger warten lassen. Sonst denkt er noch, ich halte Sie extra auf, um ihn zu ärgern, und wird noch zorniger auf mich.«

»Du wartest aber auf uns?«, fragte Ruth.

Der junge Mann wies mit einer ausladenden Geste ins Land hinein. »Ich kann Sie begleiten und für Sie übersetzen. Allerdings werden Sie nur wenig mit dem König sprechen können.«

»Und warum nicht?« Erneut konnte Ruth ihre Zunge nicht im Zaum halten, diesmal aber war Hinrich selbst neugierig und sagte nichts.

»König Pomare III. wird in wenigen Wochen vier Jahre alt«, erklärte der Mann grinsend.

»Ich glaube, dass die Konversation dann doch etwas eingeschränkt ist«, meinte Hinrich kopfschüttelnd, trat aber zusammen mit Ruth und ihrem Übersetzer auf Ari'iheiva zu.

Dieser stand in der Nähe und wartete ungeduldig. Beim Anblick des jungen Insulaners stieß er einige heftige Worte aus, die diesen nicht zu berühren schienen. Er antwortete mit höflich klingender Stimme und drehte sich dann zu Hinrich um.

»Ich habe dem erhabenen Ariki rahi Ari'iheiva erklärt, dass ich als Übersetzer in Ihre Dienste getreten bin. Daraufhin sagte er, er hoffe, dass mich die Te Fenua Enata zu ihrem Festmahl erwählen!« Er grinste, während Ruth ihn erstaunt ansah.

»Vorhin hast du diesen Namen anders ausgesprochen!«

»Das war in der Sprache jenes Volkes. Dies hier ist die Form, wie sie auf Tahiti und den Nebeninseln gebräuchlich ist«, erklärte der junge Mann und fand es nun an der Zeit, sich vorzustellen.

»Ich bin Tahitoa und weit herumgekommen. Ich werde Ihnen helfen, mit den Menschen auf Hiva Oa zu sprechen und ihnen das Buch Gottes zu bringen. Sie sollten aber vorsichtig sein. Die Priester dort sind sehr mächtig, und es gibt keinen König wie hier auf Tahiti, sondern viele kleine Häuptlinge, die gelegentlich Frieden mit ihren Nachbarn halten, meistens aber gegen sie kämpfen.«

Während Tahitoa ihnen einen ersten Eindruck von der Insel gab, auf der Hinrich missionieren wollte, folgten sie ihm und Ari'iheiva tiefer ins Land hinein. Schon bald entdeckte Ruth die ersten Hütten. Wie sie gebaut waren, konnte sie von außen nicht erkennen, hatte aber den Eindruck, als beständen die Wände aus geflochtenen Matten, die über ein festes Gestell gespannt worden waren. Jedenfalls erschienen sie ihr als erstaunlich gute Handwerksarbeit, und ihre Meinung von dem hier lebenden Menschenschlag wurde immer besser.

4.

Das Dorf zog sich lang gestreckt die Anhöhe hinauf. Hatte es unten nur recht einfache Hütten gegeben, so waren sie nun größer und kunstvoller gestaltet. Balken und Bretter zeigten seltsame Schnitzmuster, das Mattengewebe der Wände war ebenfalls gemustert, und die meisten Frauen trugen lange, farbenprächtige

Kleider. Ein paar hatten sich sogar auf europäische Art gekleidet, dabei aber auf die Fülle der Unterröcke verzichtet. Auch die Männer sahen respektabler aus, denn ihre um die Hüften gewickelten Lendentücher reichten bis zu den Waden, und die meisten trugen noch eine Art Überwurf, der allerdings die rechte Schulter frei ließ.

Allen gemeinsam war eine Vorliebe für Blühendes, denn Ruth entdeckte keine einzige Frau, die sich nicht Blumen ins Haar gesteckt hatte oder einen Blütenkranz um den Hals trug. Auch die meisten Männer hatten sich zumindest eine Blume hinters Ohr geklemmt. Bei mehreren älteren Männern kniff sie allerdings verwirrt die Lider zusammen, denn sie waren über und über mit verschlungenen Linien und Symbolen bemalt. Als sie zu ihrem neuen Begleiter schaute, sah sie, dass auch dessen linke Schulter solche Zeichen aufwies.

Noch während Ruth überlegte, ob sie Tahitoa darauf ansprechen wollte, trat eine ältere Frau auf sie zu und hängte ihr lächelnd den Blumenkranz um, den sie von der eigenen Brust genommen hatte. Eine andere Frau steckte Hinrich eine längliche, weiße Blume hinter jedes Ohr. Dazu sagte sie etwas, das Tahitoa als »Seid uns willkommen« übersetzte.

»Danke ihr in unserem Namen«, bat Ruth und tat es dann auch selbst auf Englisch und Deutsch.

Tahitoa sagte etwas, erhielt von den Frauen aber nur abweisende Blicke. Mit einem um Entschuldigung bittenden Lächeln wandte er sich zu Ruth um. »Ich habe es getan, doch bin ich hier nicht sehr gerne gesehen.«

»Weshalb?«, zwang die Neugier Ruth zu fragen.

»Hier wohnen die Ariki, und die halten alle zu Ari'iheiva! Und dessen Zorn auf mich ist trotz Manaheres Heirat mit dem von ihm gewünschten Schwiegersohn nicht gewichen.«

»Was sind Ariki eigentlich?«, wollte Ruth wissen.

Auf dem weiteren Weg erklärte ihr Tahitoa, dass es auf Tahiti die Pekios gäbe, die Diener und teilweise sogar Sklaven, dann die Schicht derer, die eigene Boote und Land besaßen, und darüber stehe dann der Adel der Ariki und die Ariki rahi, zu denen Mitglieder der Häuptlingsfamilien wie Ari'iheiva zählten.

Mit einem Mal stupste Hinrich Ruth an und wies auf mehrere große Häuser, die zwar mit hiesigen Mitteln errichtet waren, aber Anklänge an England besaßen. »Wer wohnt dort?«, fragte er Tahitoa.

»Dort leben die Männer Gottes mit ihren Frauen. Sie werden sie nach der Audienz bei König Pomare III. aufsuchen müssen, sonst werden sie zornig und könnten Ihnen Löcher in Ihr Boot bohren.«

Zunächst begriff Ruth diesen Ausdruck nicht, musste dann aber lachen. »Das heißt wohl so viel wie bei uns: Steine in den Weg legen!«

»So muss es sein!« Auch Hinrich schmunzelte, sah dann einen hageren Mann im strengen, schwarzen Anzug aus einem der europäisch wirkenden Häuser heraustreten. Ein schmales Gesicht, das Ruth unwillkürlich an ein Pferd erinnerte, wandte sich ihnen zu. Der Mann hob schon die Hand, als wolle er sie aufhalten, ließ sie dann aber wieder sinken und trat einen Schritt zurück.

»Wer ist das?«, fragte sie Tahitoa.

»Das ist Mr Reverend Wiggles, ein sehr wichtiger Mann auf Tahiti. Er lehrt uns zusammen mit anderen Missionaren das Christentum.«

Tahitoas Stimme klang neutral, dennoch war Ruth klar, dass er Reverend Wiggles nicht mochte. Auch sie verspürte keine Sympathie mit diesem Mann, beschloss aber, freundlich zu sein, um Hinrichs Arbeit als Missionar nicht zu erschweren.

Sie näherten sich dem Palast. Auch er bestand aus einem Balkengerüst mit Mattenwänden und sein Dach aus einer dicken Schicht Palmwedel. Zwei einheimische Krieger mit wadenlangen Lendentüchern und ärmellosen, roten Westen standen mit Musketen in den Händen vor der Tür Wache. Mit ihren umgehängten Blumenkränzen und den ins Haar gesteckten Muschelketten und Blüten erzielten sie jedoch keinen besonders kämpferischen Eindruck.

Als Ari'iheiva auf die Wächter zutrat, machten sie eine Bewegung, die mit etwas Nachsicht als das Präsentieren der Waffe angesehen werden konnte. Gleich darauf erschienen mehrere Männer, die mit ähnlichen, offensichtlich aus Bast bestehenden Mänteln bekleidet waren, wie auch Ari'iheiva einen trug. Diese wiesen jedoch weniger Federschmuck auf. Die Männer luden Ruth und Hinrich mit Gesten dazu ein, einzutreten. Tahitoa hingegen wurde von Ari'iheiva mit einem ausgestreckten Stab daran gehindert, ihnen zu folgen. Dazu sagte der Adelige etwas, das nicht gerade freundlich klang.

»Der hocherhabene Fürst Ari'iheiva bittet mich, hier auf Sie zu warten«, erklärte der junge Mann grinsend.

Ruth spürte, dass er den Vater seiner einstigen Geliebten insgeheim verspottete. Allerdings war heimlicher Spott die einzige Waffe, die ein Mann niederen Ranges gegen jemanden aufbieten konnte, der hoch über ihm stand. Unwillkürlich empfand Ruth Mitleid mit ihm und hoffte, dass Hinrich und sie ihn dazu überreden konnten, sie nach Dominica … nein, nach Hiva Oa zu begleiten.

Augenblicke später standen sie in der Audienzhalle des Königs. Pomare III. saß auf einem geflochtenen Thronsessel und trug eine Krone aus roten Federn, Perlmuttscheiben und fast daumenlangen Haizähnen auf dem Kopf. Um den Hals hing eine dreifache Kette aus glänzenden schwarzen Perlen, wie Ruth sie noch nie gesehen hatte. Auch er war mit einem Mantel aus Bast bekleidet, der über und über mit roten Federn und schwarzen Perlen besetzt war. Allerdings sah er weniger wie ein König aus, sondern wie ein gelangweilter, vierjähriger Junge, der lieber am Strand spielen und

Muscheln sammeln würde, als hier zu sitzen und stillhalten zu müssen.

Neben dem Kindkönig standen ein weiterer Europäer im schwarzen Gewand eines Missionars und mehrere Insulaner, die Ruth anhand ihrer aufwendigen Lendentücher und Bastmäntel für Adelige von Ari'iheivas Rang hielt.

Einer der Insulaner, der anscheinend die Aufgabe des Zeremonienmeisters übernahm, sagte etwas, das der Missionar ins Englische übersetzte.

»Gestatten Sie, dass ich mich vorstelle. Mein Name ist Pritchard, und ich begrüße Sie im Namen Seiner Majestät, König Teri'itaria Pomare III., auf Tahiti und dem Reich der Inseln!«

»Wir danken Seiner Majestät für den freundlichen Empfang«, antwortete Hinrich mit einer Verbeugung, während Ruth knickste und sich angesichts der vorgestülpten Unterlippe des Jungen das Lachen verbeißen musste.

»Seine Majestät wünscht zu erfahren, aus welchem Grund Sie den Pazifischen Ozean bereisen. Sie sind kein Walfänger und kein Schiffsoffizier, auch bringen diese keine Frauen mit.«

»Mein Name ist Hinrich Mensing, und ich bin von der Society for the Propagation of the Gospel in Foreign Parts geschickt worden, um die Heiden auf Dominica dem Christentum zuzuführen«, antwortete Hinrich.

»Sie sind Missionar?«

Ruth glaubte, Eifersucht aus Pritchards Stimme herauszuhören.

»Und wie kommt eigentlich diese Society dazu, Missionare in diese Gegend zu schicken? Ihre Prediger sind doch mehr in Amerika und Afrika anzutreffen«, fragte der Mann ziemlich scharf.

Ruth fand es befremdlich, denn eigentlich sollten Missionare froh sein, wenn sie bei ihrem gottgefälligen Werk unterstützt wurden. Auch Hinrich wunderte sich, stand aber dem Mann Rede und Antwort. Doch schon nach ein paar Sätzen winkte Pritchard ab.

»Wir können später miteinander reden. Hier langweilen wir nur Seine Majestät. König Pomare III. wünscht Ihnen eine gute Weiterreise und viel Erfolg bei der Bekehrung der Wilden auf Dominica. Er hofft, diese Insel dann auch bald seinem Reich angliedern zu können.«

Ruth hörte das heraus, was auch gemeint war, nämlich die Hoffnung, den Einflussbereich der Missionare auf Tahiti auch auf jene fremde Insel ausdehnen und Hinrich auf einen hinteren Rang verweisen zu können. Irgendwie ließ sich diese Sache anders an, als sie und gewiss auch Hinrich es erwartet hatten. Anstatt auf friedliche Menschen zu stoßen, die willig Gottes Wort in sich aufsaugten, mussten sie sich mit den Eifersüchteleien englischer Missionare herumschlagen. Dann aber sagte sie sich, dass Hinrich Manns genug war, um auch damit fertigzuwerden, und versank zum Abschied vor dem kleinen König noch einmal in einen tiefen Knicks.

5.

Ari'iheiva begleitete sie diesmal nur bis zum Vorplatz des Palastes und sagte ein paar Worte zu Tahitoa, der eifrig nickte und sich dann Hinrich und Ruth zuwandte.

»Der erhabene Fürst Ari'iheiva bittet mich, Sie zu Mr Wiggles zu begleiten. Auch wird Ihnen ein Quartier in einem der Gästehäuser Seiner Majestät zugestanden.«

»Wir danken!« Hinrich nickte Ari'iheiva kurz zu, fasste Ruth unter und folgte mit ihr Tahitoa zu Wiggles' Haus. Dieser stand noch immer oder schon wieder vor der Tür und streckte Hinrich die Hand entgegen.

»Seien Sie mir willkommen!«

Ruth hingegen gönnte er nur einen beiläufigen Blick und trat als Erster ins Haus. Man hatte es durch Mattenwände aufgeteilt, aber es wirkte nicht gerade heimelig auf Ruth, denn die Verzierungen, die sie bei anderen Häusern gesehen hatte, fehlten, und im Innern herrschte ein diffuses Halbdunkel, weil man keine Fenster in die Matten geschnitten hatte. Bei den Häusern der Tahitianer konnten, wie Ruth bemerkt hatte, die als Wände verwendeten Matten eingerollt werden. Das sah luftig aus, aber da es bei jenen Gebäuden keine Zwischenwände wie in Wiggles' Heim gab, konnte man alles sehen, was darin geschah. Der Missionar schien eine Aufteilung seines Hauses zu bevorzugen, wie er sie von England gewohnt war, und hielt offensichtlich nichts von beweglichen Wänden.

Im größten Raum von Wiggles' Heim standen ein Tisch und unterschiedliche Stühle. Zwei davon mussten aus England stammen und ebenso wie der Tisch mit dem Schiff hierhergebracht worden sein. Die vier anderen bestanden aus Flechtwerk und waren, wie Ruth beim Setzen fand, recht bequem. Sie wunderte sich, dass der Hausherr und dessen Ehefrau, die sich nun zu ihnen gesellte, nicht diese Stühle vorzogen, sondern die aus Holz benutzten.

»Sally, bring Tee!«, rief die Ehefrau des Missionars, nachdem sie Hinrich und Ruth kurz begrüßt hatte, mit durchdringender Stimme.

Eine verschüchtert aussehende Tahitianerin in einem langen, wie ein Sack an ihr hängenden Kleid kam herein, stellte eine große Kanne auf den Tisch und holte vier Tassen.

Die Hausherrin schnaubte. »Wie oft soll ich dir noch sagen, dass du die heiße Kanne auf einen Untersetzer stellen sollst? Auch hast du die Tassen als Erstes zu bringen, damit du den Tee gleich einschenken kannst.« Kopfschüttelnd wandte sie sich Ruth zu. »Es ist ein Jammer mit dem Personal. In England reichen eine Dienstmagd und eine Köchin, um für einen angenehmen Haushalt zu sorgen, doch hier musste ich sechs dieser faulen Dinger in meine Dienste nehmen. Die arbeiten aber nur, wenn man sie streng überwacht. Ständig laufen sie weg, um am Strand Muscheln zu sammeln und mit den jungen Männern zu tändeln, anstatt ihre Pflichten zu erfüllen.«

»Was ist mit den Frauen, die auf das Schiff gekommen sind?«, fragte Ruth, obwohl dies ein wirklich schlüpfriges Thema war.

Ihre Gastgeberin zog auch sofort eine angewiderte Miene.

Wiggles hingegen streckte mit ernster Miene den rechten Zeigefinger hoch. »Diese Weiber gehören zum Bodensatz der Gesellschaft und sind von ebenso schlechter Moral wie das Gesindel, das sich in den üblen Gassen von London herumtreibt. Dort findet man Diebinnen, Huren und noch Schlimmeres! Verzeih, meine Liebe, wenn ich diese Worte in den Mund nehme! Mr Mensing und seine Ehefrau sind neu in dieser Gegend und müssen erfahren, wie es hier steht.«

»Ich danke Ihnen!« Hinrich neigte kurz den Kopf und warf dann Ruth einen mahnenden Blick zu, damit sie ein solches Thema nicht noch einmal ansprach.

»Es ist ein Jammer, dass diese Weiber zu den Schiffen hinausrudern und -schwimmen, um dort der Unzucht zu frönen. Die Matrosen der Walfänger sind schlichten Gemüts und stellen die Befriedigung ihrer Bedürfnisse über alles andere. Es ist jedoch besser, sie tun es an Bord ihrer Schiffe oder in dem Haus der Sünde bei der Handelsstation, als wenn sie in den Ort kämen und unseren Schützlingen nachstellten, die wir sorgsam vor allen Verfehlungen zu bewahren versuchen.«

Damit hatte Wiggles für sein Gefühl alles gesagt, was es über dieses Thema zu sagen gab, und verwickelte Hinrich in ein Gespräch über die Geschehnisse, die sich in letzter Zeit in England ereignet hatten. Da seine Frau und er dort nicht an Land gegangen waren, konnte Hinrich nur das berichten, was er vom Hörensagen wusste.

Nach einer Weile sah Wiggles seine Frau an. »Sollte nicht bald aufgetischt werden?«

Seine Frau blickte auf eine Standuhr, die in einer Ecke des Raumes tickte, und begann zu rufen. »Sally, Mary, wo bleibt das Essen?«

Die junge Tahitianerin kehrte mit mehreren Tellern in der Hand zurück. Nun betrachtete Ruth sie genauer. Das Kleid war von schlichter Farbe und reichte bis zu den Fußknöcheln. Der Ausschnitt am Hals war so knapp, dass er hoch anlag, und das Kleid so weit, dass es weder Busen noch Hintern betonte. Es war ein Gewand, wie man es den Schülerinnen einer strengen Klosterschule zumuten konnte, aber keinen jungen Mädchen in diesem von der Sonne verwöhnten Land. Selbst die Hausherrin zeigte mehr Haut als ihre Dienerin. Deren Brüste waren zwar gut verpackt, aber weitaus deutlicher zu erkennen als Sallys.

Eine zweite Tahitianerin erschien mit einem Topf und einem großen Löffel. Als sie damit eine dickflüssige Suppe in die Teller füllte, klang erneut ein Tadel der Hausherrin auf.

»Wo bleibt das Besteck?«

»Ich bringen gleich«, rief Sally und verschwand so schnell wie der Wind.

»Ich sagte es ja! Diese Wilden sind so unverständig wie Kinder. Es ist unsere Aufgabe, sie zu richtigen Menschen zu erziehen«, erklärte Wiggles und nahm den Löffel, den Sally ihm hinlegte.

Auch die anderen erhielten ihr Besteck, und so konnte das Mahl beginnen. Ruth fand, dass sie nur selten ähnlich gut gegessen hatte wie hier. Bereits die Suppe war ausgezeichnet. Danach gab es einen Fisch, der förmlich auf der Zunge zerging, und als Hauptgang einen Schweinebraten, wie er besser auch in Hamburg nicht zubereitet werden konnte. Der Nachtisch bestand aus Früchten, die sie noch nie gesehen, geschweige denn gekostet hatte. Entsprechend vorsichtig probierte sie, war dann aber begeistert. Auch der Tee schmeckte, und so sagte sie sich, dass Reverend Wiggles und die anderen Missionare die Pflicht, den Tahitianern das Evangelium zu predigen, sich durch ein angenehmes Leben entgelten ließen.

Nach dem Mahl bat Wiggles sie auf die Terrasse, die von zwei chinesischen Lampions erhellt wurde, und dozierte dort ausführlich über die Missionsarbeit, die hier zu leisten war.

»Die Eingeborenen sind wie Kinder, und man muss sie mit fester Hand ihrem Heil zuführen. Dazu gehört es, ihre Götzenbilder zu zerschmettern, ihre Unmoral zu unterbinden, den Weibern beizubringen, sich sittsam zu kleiden, und noch viele andere Dinge mehr. Zeigt man auch nur für einen Augenblick Schwäche, vergessen sie Jesus Christus sofort wieder und fallen in ihren Aberglauben zurück.«

Für Ruth drängte Wiggles zu sehr darauf, dass Hinrich sich diese Lehren zu eigen machte. Sie hatte James Huttons Warnung nicht vergessen, dass die Bewohner der Marquesas-Inseln bereits mehrere Missionare vertrieben hatten. Daher beschloss sie, Hinrich darum zu bitten, vorsichtig zu sein. Es brachte nichts, wenn er die Insulaner gegen sich aufbrachte und ebenfalls fliehen musste. Daran, dass er auch getötet werden könnte, wollte sie nicht einmal denken.

6.

Später am Abend erschien Tahitoa, um Ruth und Hinrich in ein Gästehaus des Königs zu bringen. Dabei erzählte er, dass diese Häuser gebaut worden waren, um den Häuptlingen der Nachbarinseln bei ihren Besuchen Unterkunft zu bieten. Ruth fragte sich daher, was sie erwarten würde, musste dann aber schlucken, als eine junge Tahitianerin zwei dicke Matten auslegte, je ein etwa handhohes Gestell aus Holz danebenstellte und mit einer Art Verbeugung wieder verschwand. Da auch Tahitoa bereits wieder gegangen war, sahen Ruth und Hinrich einander hilflos an.

»Weißt du, was das soll?«, fragte Hinrich.

Ruth schüttelte den Kopf. »Da ich noch nie in dieser Weltgegend gewesen bin und es mir auch keiner erklärt hat, weiß ich es nicht.« Beschwichtigend hob sie sogleich die Rechte. »Verzeih mir, ich wollte nicht keifen!«

»Das hast du auch nicht getan, sondern hast ruhig geantwortet. Ich hingegen war dumm, weil ich diese Frage überhaupt gestellt habe. Da ich sie nicht beantworten konnte, hätte mir klar sein müssen, dass auch dir das nicht möglich sein wird.«

Damit hatte Hinrich zwar recht, doch Ruth glaubte, einen Hauch männlicher Überheblichkeit zu spüren. Irgendwie kränkte es sie. Sie ließ sich jedoch nichts anmerken, sondern klatschte in die Hände. Wenig später erschien die junge Tahitianerin wieder und sah sie fragend an.

Ruth deutete auf die Matten und die kleinen Gestelle und hob dann in einer scheinbar hilflosen Geste die Hände. »Wir wissen nicht, wie wir uns hier schlafen legen sollen«, erklärte sie sehr langsam und deutlich.

Die junge Frau überlegte kurz, begriff dann, was sie meinte, und legte sich auf eine der Matten. Dabei verrutschte ihr Kleid ein wenig, und Ruth sah, dass sie sowohl am Unterschenkel wie auch am Rücken knapp unterhalb des Halses je eines dieser seltsamen farbigen Symbole trug, die sie bislang nur bei Männern entdeckt hatte. Ohne lange nachzudenken, kniete sie neben der Frau hin und berührte deren Bein. Die zuckte zusammen, blickte sich dann zu Ruth um und zog ihr Kleid wieder nach unten, um das Symbol zu verdecken.

»Was ist das?«, fragte Ruth. »Ich dachte zuerst, es wäre aufgemalt, aber so sieht es nicht aus.«

»Ist Tatau«, antwortete das Mädchen und machte eine Bewegung, als schlage sie sich mit einem Gegenstand leicht gegen die Haut.

Ruth verstand trotzdem nichts, während Hinrich ungehalten fragte, wo Kissen und Zudecke blieben.

Das Mädchen legte sich nun so hin, dass ihr Kopf auf dem kleinen Holzgestell zu liegen kam. »Decken ich bringen«, sagte sie noch und wirkte erstaunt, weil die Gäste bei so warmen Temperaturen wie in dieser Nacht noch Decken wollten.

Sie ging und kam mit zwei großen, geflochtenen Matten zurück, die sich, als Ruth sie anfasste, erstaunlich weich anfühlten.

»Noch brauchen was?«, fragte die Eingeborene.

Hinrich sah aus, als könnte er noch einiges brauchen, doch er wusste selbst, dass er nichts davon erhalten würde. »Du kannst gehen«, sagte er zu der jungen Frau und wandte sich kopfschüttelnd an Ruth. »Wie es aussieht, hätten wir eine unserer Reisetruhen umräumen, mit den wichtigsten Sachen füllen und mitnehmen sollen.«

»Was vermisst du? Außer Kissen natürlich.«

»Eine Möglichkeit, mich zu waschen und Zähne zu putzen!«

»Das würde ich auch gerne«, sagte Ruth und hielt die Frau auf, die eben den Raum verlassen wollte. Kaum begriff diese, was die Gäste wollten, nahm sie eine kleine Lampe, zündete den Docht an der größeren Lampe an, die im Zimmer hing, und öffnete eine Tür, die aus einem leichten, mit einer Matte überzogenen Gestell bestand. Dahinter floss ein kleiner Bach.

»Hier waschen und Zähne machen!«

»Im Freien, wo alle zusehen können?«, rief Hinrich ungeachtet der Tatsache, dass es Nacht war und kein Haus so nahe stand, dass man sie von dort aus hätte beobachten können.

Die junge Frau sagte etwas, das Ruth nicht gerade für ein Lob hielt, und verließ sie dann endgültig.

Hinrich fluchte leise und verwendete dabei einen abwertenden Begriff für die Insulaner, den er von Reverend Wiggles gehört hatte.

»Jetzt sei doch nicht zornig, mein Lieber. Wir sind hier in der Fremde und müssen uns mit den hiesigen Begebenheiten zurechtfinden«, sagte Ruth.

Hinrich atmete tief durch und lachte schwächlich. »Du hast vollkommen recht, meine Liebe! Ich wünschte nur, man hätte uns mehr Zeit gelassen, uns auf diese Reise vorzubereiten. So, glaube ich, haben wir doch einiges vergessen.«

»Wenn du ein schönes, weiches Federkissen meinst, muss ich dir recht geben. Da wir jedoch keine haben, müssen wir eben darauf verzichten. Doch wer benützt nun als Erstes unser feudales Badezimmer, du oder ich?«

»Du, aber du wirst dir nicht mehr als Gesicht und Hände waschen und die Zähne reinigen!«

»Was machen wir, wenn wir zum Abtritt wollen? Reverend Wiggles hat uns zwar angeboten, dass wir den seinen benutzen dürfen, doch dieser hat mir doch etwas arg gerochen, so dass ich mir lieber einen stillen Ort im Gebüsch suchen würde.«

»Das kann ich machen, doch als Frau solltest du darauf verzichten.«

Ruth nickte, hatte aber nicht vor, Hinrich zu gehorchen. Reverend Wiggles' Nerven und die seiner Frau mochten abgestumpft genug sein, um den Gestank ihres Abtritts ertragen zu können. Die ihren waren es nicht, und so würde sie sich Hinrichs Worten zum Trotz ein stilles Örtchen suchen. Nun aber trat sie aus dem Haus und musterte den Bach. Er floss einen Hang hinab und wirkte an einer Stelle wie ein kleiner Wasserfall. Sie musste nur das fließende Wasser mit den Händen auffangen und konnte mit ihrer Körperpflege beginnen.

Als sie ins Haus zurückkehrte, hatte Hinrich seine Zudeckmatte zusammengefaltet und so hingelegt, dass er sie als Kissen verwenden konnte. Zufrieden schien er trotzdem nicht zu sein.

»Ich werde in Unterhosen und Hemd schlafen müssen – und du im Kleid!«

»Das werde ich nicht«, antwortete Ruth schärfer als gewollt. »Ich werde das Kleid ausziehen, aber einen der Unterröcke und das Hemd anlassen. Das muss genügen.«

»Doch dann ziehst du diese seltsame Decke über dich!«, erklärte Hinrich und wies auf die dünne Matte.

Ruth hatte sich diese ebenfalls als Kissen falten wollen. Da sie aber keinen Streit vom Zaun brechen wollte, ließ sie es sein und legte den Kopf auf das Holzgestell. Es war bequemer, als sie erwartet hatte, und sie konnte hoffen, in dieser Nacht doch noch genug Schlaf zu finden. Sie zog die Matte über sich, und ehe sie sichs versah, war sie eingeschlafen. Sie bekam nicht einmal mehr mit, dass Hinrich von seiner Körperpflege zurückkehrte.

7.

Als Ruth am nächsten Morgen aufwachte, schlief Hinrich noch. Rasch eilte sie nach draußen zu dem kleinen Wasserfall, sah sich um und begann, als sie niemand entdeckte, sich zu waschen. Sie legte zwar ihr Hemd nicht ganz ab, sorgte aber dafür, dass sie an den meisten Stellen ihres Körpers sauber wurde, und zog sich anschließend an. Eingedenk der Hitze, die sie am Vortag arg gequält hatte, verzichtete sie auf einen Teil ihrer Unterröcke und versteckte die, die sie nicht anzog, unter der Bastmatte.

Unterdessen rührte auch Hinrich sich, öffnete schließlich die Augen und blickte verwirrt umher. »Wo sind wir?«

»Auf Tahiti, mein Lieber«, antwortete Ruth lächelnd.

Hinrich rieb sich über die Stirn und stieß ein paar Laute aus, die als Lachen gelten konnten. »Verzeih, meine Liebe! Ich war noch im Bann eines intensiven Traumes. Darin wurde ich gerade zum Bischof der Inseln der Südsee ernannt. Es geschah in Hamburg, und so verwunderte es mich, hier an dieser Stelle zu erwachen.«

Obwohl er es scheinbar leichtzunehmen schien, begriff Ruth, dass ihn bereits jetzt das Heimweh plagte. Sie hoffte, dass diese Anwandlung bald vergehen würde. Immerhin befanden sie sich noch nicht einmal an ihrem Ziel, und dort würde er mindestens zwei oder drei Jahre als Missionar wirken müssen, bevor sie wieder nach Hause zurückkehren konnten.

»Wenn du dich waschen willst, kannst du es gerne tun. Ich bin bereits fertig!«, sagte sie, um ihren Mann auf andere Gedanken zu bringen.

»Danke!« Hinrich verließ den Raum, während Ruth überlegte, was sie vom Schiff holen musste.

Immerhin sollte die *Hesione* mindestens eine Woche im Hafen von Tahiti bleiben, und während dieser Zeit wollte sie nicht auf dem Schiff schlafen. Dafür war es hier einfach zu schön. Sie öffnete eine der Matten, mit denen die Wände verhängt waren, und blickte hinaus. Ein gutes Dutzend Kinder standen vor dem Haus und winkten ihr lachend zu.

Ruth winkte zurück und sah sich dann staunend um. Am Vortag war sie zu angespannt gewesen, um die Fülle, mit der die Natur diese Insel beschenkt hatte, richtig erfassen zu können. Nun aber wanderte ihr Blick über das allgegenwärtige Grün, und sie bewunderte die Blumen, die überall prangten, und die fröhlichen Menschen, die in Richtung des Palastes gingen oder von dort kamen. Dabei erinnerte sie sich an ein paar von Wiggles' Bemerkungen, dem die Art der Insulaner wenig zu gefallen schien. Sie fragte sich, warum es falsch sein sollte, sich des Lebens zu freuen.

Ein Geräusch hinter ihr brachte sie dazu, sich umzudrehen. Die junge Frau, die ihnen das Bett bereitet hatte, war erschienen und legte drei weitere Matten aus. Auf die mittlere stellte sie Schüsseln und Teller, die mit gedünstetem Fisch, gebratenen Schweinerippen und weiteren Speisen gefüllt waren. Daraufhin wies die Frau kichernd nach draußen und sagte etwas in ihrer Sprache, das Ruth nicht verstand.

Sie trat an die hintere Tür und sah Hinrich, der sich seines Hemdes entledigt hatte und sich mit bloßem Oberkörper wusch.

Er war schlank, aber nicht schmächtig und sah, wie sie fand, sehr gut aus. Dies schien auch die junge Eingeborene zu denken, denn sie redete eifrig weiter, ohne dass Ruth etwas verstand. Ruth wurde klar, dass sie und auch Hinrich sich die hier gebräuchliche Sprache aneignen mussten. Sie wollte mit den Frauen auf Hiva Oa sprechen können, und Hinrich sollte es tun, um die Herzen der Eingeborenen zu erreichen und sie zum Christentum zu bekehren.

Dann aber sagte sie sich, dass es im Augenblick wichtiger war, zu frühstücken, als sich Gedanken über die Zukunft zu machen, und setzte sich. Es war unbequem, und sie kam auch nicht richtig an das Essen heran. Als die Dienerin dies sah, zeigte sie ihr, wie man mit untergeschlagenen Beinen auf der Sitzmatte Platz nehmen konnte. Ruth tat es ihr gleich und schaute sich dann jede Schüssel an. In einer befand sich ein undefinierbarer Brei, den sie sofort wieder zurückstellte. Als sie jedoch mit dem Frühstück beginnen wollte, vermisste sie das Besteck. Sie versuchte der Dienerin klarzumachen, was sie wollte. Zunächst schaute diese verständnislos, dann aber nahm sie die Schüssel mit dem Brei, fuhr mit zwei Fingern hinein und holte etwas davon heraus. Sie aß es, schleckte danach die Finger ab und sah ganz so aus, als hätte es ihr geschmeckt.

Zuerst überlegte Ruth, ob sie auf einem Besteck bestehen sollte. Das aber würde die Dienerin aus Reverend Wiggles' Haus oder von einem anderen der hier lebenden Europäer holen müssen. Vielleicht vergaß sie diesen Auftrag auch unterwegs, um einen schönen Schmetterling zu bewundern. Noch während sie es dachte, schämte Ruth sich, weil sie damit das Geschwätz von Reverend Wiggles und dessen Frau Mildred nachkaute, die nicht viel von der Zuverlässigkeit der Tahitianer hielten. Daher griff auch sie mit den Händen zu und verblüffte damit Hinrich, als dieser nach seiner Morgenpflege wieder hereinkam.

»Gibt es kein Besteck?«, fragte er erstaunt.

»Wie es aussieht, benutzen die Eingeborenen keines. Vielleicht können wir uns welches von Mistress Wiggles ausleihen. Auf Hiva Oa haben wir dann unsere eigenen Sachen«, erklärte Ruth und aß weiter.

Hinrich rümpfte die Nase. »Stühle haben sie hier auch keine!«

»Es war dein Wunsch, als Missionar unter Eingeborenen zu wirken. Dies ist, wie du siehst, mit Einschränkungen verbunden.« Ruth sagte es freundlich, trotzdem fasste Hinrich es als Kritik auf und schnaubte leise. Er hielt jedoch den Mund, setzte sich mit etwas Mühe hin und begann ebenfalls zu essen.

»Hast du Brot gesehen?«, fragte er.

»Nein, aber es sieht aus, als würde dieser Brei es ersetzen!« Ruth wies auf die Schale, deren Inhalt wie Kleister aussah, aber zum Glück nicht so schmeckte.

Hinrich musste sich zwingen, etwas davon zu nehmen, und hielt sich dann an Fisch und Schweinerippen. Nach einer Weile lachte er. »Du musst mich für einen argen Narren halten, weil ich in die Fremde wollte und nun das gewohnte Bett und mein normales Frühstück vermisse.«

»Wie kommst du auf diesen seltsamen Gedanken?«, erwiderte Ruth kopfschüttelnd. »Sitte und Brauch hier sind uns nun einmal fremd, und wir müssen erst einmal lernen, damit zurechtzukommen.«

»Nicht mit allem«, erklärte Hinrich auf einmal streng.

Ruth folgte seinem Blick und sah, dass eine Frau zu dem kleinen Wasserfall gekommen war, ihr Kleid ablegte und sich dort ungeniert in voller Nacktheit wusch.

»Diesem Beispiel werde ich gewiss nicht folgen«, sagte sie mit großem Ernst, konnte aber die Blicke nicht von der Fremden lösen. Diese war hochgewachsen, leicht stämmig und hatte eine so helle Haut, dass sie in Hamburg nur durch ihren etwas anderen Gesichtsschnitt und das bis über die Hüfte fallende, jettschwarze

Haar aufgefallen wäre. Als sie sich nach vorne beugte, entdeckte Ruth, dass auch diese Frau mehrere handgroße Verzierungen am Körper trug. Wie hatte die junge Dienerin diese gestern Abend genannt? Tatau? Auch das war ein Wort, von dem Ruth wissen wollte, was es bedeutete.

Während sie aß, sah sie der Frau draußen zu. Obwohl sie selbst nicht gerade klein war, schätzte sie, dass die andere sie um einige Fingerbreit überragte. Zwar missfiel Ruth deren Art, sich ohne jede Scham nackt zu waschen, aber um den reichen Haarschmuck beneidete sie sie. Gleichzeitig fragte sie sich, wie man sich als Frau so hässliche Symbole auf die Haut aufbringen lassen konnte. Sonst war die Frau nämlich sehr schön und zählte vermutlich zu den Adeligen. Ihr Kleid war aus besserem Tuch, und sie legte, nachdem sie sich wieder angezogen hatte, mehrere Ketten mit schwarzen Perlen und weißen Perlmuttscheiben um. Danach pflückte sie einen Strauß Blumen und wand sie zu einem Kranz, den sie sich aufs Haupt setzte.

»Diese Schamlosigkeit werde ich auf Dominica als Erstes verbieten. Sie ist des Teufels, denn sie verführt zu falschen Gedanken und falschem Tun«, erklärte Hinrich mit Nachdruck, nachdem die Frau gegangen war.

Ruth begriff, dass die Nacktheit der Fremden nicht ohne Wirkung auf ihn geblieben war. Wie hätte es auch anders sein können? Auch wenn er dem geistlichen Stand angehörte, so war er doch ein Mann. Auch ihr hatte die Frau gefallen, allerdings ohne jene Gedanken, die einen Mann bei diesem Anblick überkommen mochten. Sie überlegte kurz und sah dann Hinrich lächelnd an.

»Du solltest nichts überstürzen, mein Lieber, sondern mit Bedacht vorgehen. Reverend Wiggles und die anderen Missionare befinden sich schon seit etlichen Jahren auf dieser Insel. Doch selbst diese Zeit hat nicht ausgereicht, um zum Beispiel diese Frau davon abzubringen, sich vor unserem Haus zu waschen.«

Hinrich verzog das Gesicht, nickte dann aber. »Damit hast du den Nagel auf den Kopf getroffen. Man sollte diese Eingeborenen mit Liebe zu Gott führen, und nicht nur durch die Furcht vor Strafen.«

»Du wirst es schon richtig machen!«, sagte Ruth und lächelte dabei auf eine Weise, dass Hinrich sich als der glücklichste Mensch der Welt fühlte, weil er sie zur Ehefrau gewonnen hatte.

8.

Nach dem Frühstück wusch Ruth sich ausgiebig die Hände und benutzte den feinen, schwarzen Sand, der in einer Mulde unweit des kleinen Wasserfalls lag, um die fettigen Spuren zu beseitigen. Als sie ins Haus zurückkehrte, war Tahitoa erschienen und begrüßte sie fröhlich.

»Wünsche, gut geschlafen zu haben, Madam!«

»Es war zumindest ungewohnt«, antwortete Hinrich, bevor Ruth etwas sagen konnte, und wandte sich ihr dann zu. »Du wolltest doch zum Schiff zurückkehren und einige Dinge holen!«

»Das werde ich auch tun«, versprach Ruth und sah dann, dass die Dienerin die Schlafmatten eingerollt und in die Ecke gestellt hatte. Ihre Unterröcke, auf die sie verzichtet hatte, lagen fein säuberlich zusammengelegt daneben. Hinrich musste sie gesehen haben, sagte aber nichts, sondern erklärte, sich nun zu Reverend Wiggles aufzumachen.

»Er hätte uns auch zum Frühstück einladen können«, sagte er mit einem gewissen Tadel, dann verabschiedete er sich.

Auch Ruth verließ das Haus und wählte den Weg zum Strand. Mehrere Frauen kamen ihr entgegen und winkten und lachten. Eine davon lief zu einem Busch, pflückte eine rote Blüte und klemmte sie ihr hinter das Ohr.

»Herzlichen Dank!«, sagte Ruth und beschloss, so rasch wie möglich die nötigsten Floskeln zu lernen, um sich bedanken zu können.

Als sie den Strand erreichte, lag ein Boot der *Hesione* dort. Ruth atmete auf, als sie James Hutton daneben entdeckte, und trat auf ihn zu.

»Guten Morgen, Mr Hutton, ich müsste mehrere Sachen vom Schiff holen«, sprach sie ihn an.

»Es wird noch eine Weile dauern, bis das Boot beladen ist und wir zum Schiff zurückkehren können. Sie setzen sich derweil besser in den Schatten. Es ist schon ziemlich heiß«, antwortete James bedauernd.

Obwohl Ruth die Last ihrer Unterröcke bereits vermindert hatte, spürte sie die Hitze sehr. Das Tuch, aus dem ihr Kleid genäht worden war, passte einfach nicht für dieses Klima. Ruth hoffte, dass in den großen Schiffstruhen, die im Kielraum der *Hesione* darauf warteten, auf Hiva Oa an Land gebracht zu werden, leichtere Stoffe zu finden waren. Nun aber suchte sie nach einem Baum, der ihr Schatten spenden konnte.

Da tauchte Tahitoa neben ihr auf. »Wenn Madam zum Schiff wollen, so bringen Sie ein paar Freunde von mir gerne hinüber.«

»Fürchten diese sich nicht vor Ari'iheiva?«, fragte Ruth.

Tahitoa schüttelte lachend den Kopf. »Es geht ja nicht um mich, sondern um Sie!«

Ruth überlegte kurz und sah dann James Hutton an. »Was meinen Sie?«

»Sie sind auf jeden Fall schneller drüben und wieder zurück, wenn Sie mit den Tahitianern fahren. Auf uns müssten Sie hier warten und sich mit einem Platz auf einem der Salzfleischfässer zufriedengeben.«

»Dann ist es beschlossen! Wo sind deine Freunde, Tahitoa?«

Da wies dieser bereits auf ein Auslegerkanu. Einen Augenblick zögerte Ruth, denn sie hatte sich vorgestellt, mit so einem Doppelrumpfboot fahren zu können, wie Ari'iheiva es am Vortag benutzt hatte. Dann aber lachte sie über sich selbst und stieg in das Kanu. Vier Männer schoben es vom Strand ins Wasser, sprangen hinein und ergriffen die Paddel.

Ruth hatte ein wackliges Ding erwartet, doch das Kanu lag ruhig im Wasser und wurde von kräftigen Paddelschlägen rasch vorangetrieben. Schon bald erreichten sie die *Hesione*. Diesmal lagen weniger Kanus um das Schiff herum, so dass sie anlegen konnten. Ruth griff bereits nach der Jakobsleiter, um an Bord steigen zu können, zog dann aber die Hand zurück. Hinrich hatte gestern von ihr gefordert, den Bootsmannstuhl zu benützen, und da hatte sie noch einige Unterröcke mehr getragen als jetzt. Wenn sie jetzt hochkletterte, würden ihre Beine zu sehen sein. Um Hinrich nicht zu verärgern, rief sie nach oben, dass man ihr den Bootsmannstuhl herunterlassen sollte.

Dies geschah dann auch, und sie schlug ihren Rock so um die Beine, dass ihr Anblick auch Hinrichs Empfinden für Sittsamkeit nicht beleidigen konnte. Ein wenig ärgerte es sie, dass sie sich als Tochter eines Hamburger Reeders, die zu Hause oft genug die Jakobsleiter hinauf- und wieder hinuntergeklettert war, wie ein Stück Ladung nach oben hieven lassen musste. Ihr Unmut hielt jedoch nicht länger an, als bis sie ihre Kajüte erreicht hatte. Dort überlegte sie sorgfältig, was sie und Hinrich für ein paar Tage an Land benötigten, und suchte die Sachen zusammen.

9.

Ruths Packen wurde an einem Seil hinuntergelassen und von den Tahitianern vorne im Kanu verstaut. Sie selbst nahm erneut im Bootsmannstuhl Platz und fragte sich, ob es wirklich so schlimm wäre, wenn jemand ihre Waden sehen konnte. Die hiesigen Frauen liefen, wenn sie sich nicht direkt im Dorf aufhielten, sogar halb nackt herum.

Diese Überlegung beherrschte sie noch, als sich das Kanu dem Ufer näherte und auf den Strand auflief. Mehrere kräftige Männer packten es und zogen es ganz aufs Trockene. Ruth stieg aus und ärgerte sich ein weiteres Mal, weil sie nach den vielen Tagen an Bord nicht daran gedacht hatte, wenigstens ein paar Münzen einzupacken.

»Kannst du den Ruderern sagen, dass sie später etwas bekommen?«, bat sie Tahitoa.

Dieser sah sie erstaunt an und lachte dann. »Meine Freunde haben es wegen Freude gemacht, nicht wegen Geld!«

»Trotzdem gehören sie belohnt«, fand Ruth und ging auf James Hutton zu, der eben den Inhalt eines Fasses kontrollierte.

»… ist gutes Schweinefleisch, weitaus besser als das, was man uns in London an Bord bringt«, hörte sie ihn noch sagen, dann drehte er sich zu ihr um. »Ist alles gut gegangen, Mistress Mensing?«

»Das ist es! Ich hätte nur eine Bitte. Ich würde den Männern, die mich zum Schiff gebracht und dort auf mich gewartet haben, gerne ein paar Pennies geben, habe aber kein Geld bei mir.«

»Meine Freunde brauchen kein Geld. Sie haben Madam aus Freude zum Schiff gebracht«, sagte Tahitoa erneut.

»Keine Sorge, Mistress Mensing! Ich kümmere mich darum«, versprach James und erklärte Tahitoa, dass es Ruth ein Messer wert sei, von den Männern gepaddelt worden zu sein.

Ein Messer war unter vier Männern schlecht zu teilen, trotzdem strahlten sie, als sie es von Tahitoa hörten. Ruth hingegen sah James verwundert an.

»Wird hier mit Messern bezahlt?«

»Nicht nur! Die Eingeborenen nehmen auch gerne Nägel, Kochtöpfe und dergleichen. Jeder Offizier an Bord, aber auch etliche der Mannschaften haben einen kleinen Vorrat an Waren mitgenommen, die man hier eintauschen kann. Auf Münzen legen die Eingeborenen wenig Wert, da sie es untereinander nicht verwenden, und den Walfängern ist ebenfalls mehr an Tauschhandel gelegen.« James' Stimme nahm einen missbilligenden Ton an, und Ruth begriff, dass er die Walfänger nicht mochte.

»Werden die Eingeborenen dabei nicht betrogen?«, fragte sie.

James zuckte mit den Achseln. »Der eine ist ehrlicher, der andere ist es nicht. Man sollte allerdings die Leute auf Tahiti nicht unterschätzen. Sie merken sich, wer gerecht handelt, und dieser ist ihnen immer willkommen.«

»Und die anderen nicht?«, entfuhr es Ruth.

»Sie müssen damit rechnen, dass man sie meidet, wenn sie hier erscheinen. Doch verzeihen Sie, ich muss mich wieder um die Fässer kümmern.«

»Das ist doch selbstverständlich«, antwortete Ruth und überlegte sich, ob sie ihn um einen Matrosen bitten sollte, der ihren Packen zu dem Haus trug, das Hinrich und ihr zugewiesen worden war. Da sah sie, wie zwei von Tahitoas Freunden ihre Sachen aufhoben und wegtrugen.

Sie folgte ihnen und bedankte sich, als diese die Packen im großen Raum des Gästehauses abstellten. Wenn Hinrich kam, so hatte er wenigstens sein Nachthemd und sein Kissen, sie ihr Nachthemd und sie beide Besteck und noch ein paar Dinge, die ihnen wichtig waren.

Ruth richtete nun alles so her, wie sie es brauchte. Allmählich verspürte sie Hunger. Hinrich war noch nicht zurückgekommen, und sie wollte auf ihn warten. Doch je mehr Zeit verrann, desto unruhiger wurde sie.

Nach einer Weile stand sie auf und sah zur Tür hinaus, doch von Hinrich war nichts zu sehen. Dafür sah sie ein Stück entfernt Tahitoa neben einem Fremden stehen, bei dessen Anblick es sie förmlich riss. Der Mann war noch größer als der junge Tahitianer und trug nur einen Lendenschurz, doch es war kein Fleckchen unversehrter Haut an ihm zu erkennen. Von dem kahl geschorenen Kopf bis zu den Füßen war der Körper mit Tatau-Symbolen bedeckt. Die beiden kamen nun auf das Haus zu, und der Fremde schüttelte dabei mehrmals den Kopf.

Ruth hätte sich nicht gewundert, wenn in der Nasenscheidewand des Mannes auch noch ein Knochen gesteckt hätte. Für sie sah er einfach schrecklich aus. Wie konnte ein Mensch sich nur so verunstalten?, fragte sie sich. Zwar trug auch Tahitoa ein paar Tataus. Bei diesem Mann aber hätte sie sich nicht gewundert, wenn er selbst die Fußsohlen und die Handinnenflächen damit verunziert hätte.

Eben sagte er noch ein paar nachdrückliche Worte zu Tahitoa und ging dann mit langen Schritten davon. Tahitoa schien zu überlegen. Schließlich entdeckte er Ruth und trat auf sie zu.

»Haben Sie den Mann gesehen, mit dem ich eben gesprochen habe, Madam?«, fragte er.

»Das habe ich. Woher stammt er? Er sieht ja schrecklich aus!«

»Er war ein großer Krieger und fährt nun als Harpunier auf einem Walfangschiff. Vor allem aber stammt er von Hiva Oa und rät Ihnen und Ihrem Mann dringend davon ab, dorthin zu gehen. Die Stämme dort wollen keine Missionare, da diese ihre Sitten und Gebräuche missachten. So hat erst vor Kurzem ein Missionar die Frau eines Häuptlings zutiefst gekränkt, weil er den Beischlaf mit ihr verweigerte.«

Ruth war schockiert. »Was sagst du? Diese Frau wollte, dass der Missionar mit ihr wie mit seinem Eheweib verkehrt? Das ist schändlich und eine große Sünde vor Gott!« Verwirrt schüttelte sie den Kopf. »Soll das etwa heißen, eine solche Frau könnte verlangen, dass mein Ehemann dies tut?«

Allein der Gedanke daran erschien Ruth abwegig. Umso entsetzter war sie, als Tahitoa nickte. »Man wird es erwarten. Hiniriki ist ein Priester mit großem Mana. Das muss er mit hohen Frauen teilen und ihnen helfen, selbst mehr Mana zu erringen.«

Ruth brauchte einen Augenblick, um zu begreifen, dass mit Hiniriki ihr Mann gemeint war. Dann aber schüttelte es sie bei dem Gedanken, Hinrich könnte auf Hiva Oa gezwungen werden, leiblich zu sündigen. Plötzlich kam ihr in den Sinn, dass einer der Häuptlinge der Insel dies auch von ihr verlangen könnte.

»Das ist unmöglich! Wir können nicht auf eine solche Insel gehen!«, stieß sie erregt hervor.

Noch während sie es sagte, fragte Ruth sich, was ihr Mann und sie machen sollten. Die einzige Möglichkeit war, auf der *Hesione* zu bleiben, bis diese Gewässer erreichte, von deren Häfen aus sie nach Hamburg reisen konnten.

Unterdessen kratzte Tahitoa sich im Genick. »Es gibt vielleicht eine Möglichkeit«, sagte er nachdenklich.

»Du meinst, ohne das da?« Ruth sah ihn hoffnungsvoll an, denn wenn Hinrich, ohne auch nur einen einzigen Insulaner bekehrt zu haben, nach Hause zurückkehren musste, würde er sich als gescheitert ansehen.

»Mr Mensing muss ein mächtiger Priester sein und ein großer Zauberer! Die Leute sollen glauben, er würde viel Mana besitzen. Damit er es jedoch nicht verliert, sind viele Dinge für ihn tapu.«

»Wie soll das gehen?«, fragte Ruth verständnislos.

»Ich muss mit Mr Mensing sprechen. Er braucht einige Dinge, um die Leute von seiner magischen Kraft zu überzeugen. Vielleicht hat er etwas dabei oder kann es auf dem Schiff erhalten.«

Ruth verstand noch immer nicht, was Tahitoa meinte, schöpfte aber Hoffnung. Gleichzeitig meldete sich der Hunger wieder. Zwar hatte sie keine Uhr, war aber sicher, dass der halbe Nachmittag bereits vergangen war.

»Kannst du mir sagen, wie ich hier an etwas zu essen komme?«, fragte sie Tahitoa. »Die Mittagszeit ist längst vorüber, und ich habe seit dem Morgen nichts mehr zu mir genommen.«

»Madam, Sie müssen klatschen, dann kommt die Dienerin!«, erklärte Tahitoa und klatschte nun selbst ziemlich laut.

Nur wenige Augenblicke später erschien die junge Frau mit fragendem Blick. Tahitoa überschüttete sie mit einem Schwall von Worten, danach verschwand sie wieder.

»Ich habe ihr gesagt, Madam, dass Sie zornig sind, weil Sie nichts zu essen erhalten haben«, erklärte er Ruth.

»Ich bin nicht zornig, nur hungrig«, antwortete Ruth, da sie um Himmels willen die Tahitianerin nicht verärgern wollte.

Tahitoa lächelte nur und bat sie, einen Augenblick zu warten. Kurz darauf erschien die junge Frau mit einem großen, geflochtenen Tablett. Zwei Mädchen, von denen keines älter war als elf oder zwölf, folgten ihr mit je einem Becher und je einer Kanne. Dazu kam noch ein junger Mann mit einer Kokosnuss und einem Entermesser. Er öffnete die Nuss geschickt und reichte sie Ruth. Sie enthielt wieder diesen süßen Saft, den sie bereits bei ihrer Ankunft auf Tahiti getrunken hatte.

Während Ruth trank, breitete die Dienerin gedünstetes Schweinefleisch, gebratenen Fisch und allerlei Gemüse und Früchte auf einer Matte aus. Es war mehr als genug, um einen hungrigen Menschen satt zu machen, und Ruth griff beherzt zu.

»Willst du auch etwas essen?«, fragte sie Tahitoa, da ihrer Meinung nach genug für zwei Leute vorhanden war.

Er schüttelte den Kopf. »Ari'iheiva würde den Dienerinnen zürnen, wenn ich etwas von dem essen würde, das sie Ihnen auftischen!«

»Ari'iheiva ist ein unmöglicher Mensch!«, erwiderte Ruth und lachte dann über Tahitoas letzte Bemerkung. »Es ist wohl mehr aufmatten als auftischen! Glaubst du, dass es auf Hiva Oa jemanden gibt, der ein Tischchen schreinern könnte? Auch ein paar Stühle wären nicht schlecht. Oder sollen wir die besser hier auf Tahiti erstehen und mitnehmen?«

»Was willst du mitnehmen, mein Liebes?« Hinrich war eben ins Zimmer getreten.

»Ich dachte an Tisch und Stühle. Wenn wir die hätten, würden wir uns auf Hiva Oa gewiss wohler fühlen. Sonst müssten wir wie hier vom Boden essen.«

»Vom Boden direkt nicht, denn immerhin werden die Matten, auf denen aufgetischt wird, vorher gesäubert.«

Da auch Hinrich den Begriff auftischen verwendete, gluckste Ruth vor Vergnügen, wurde aber rasch wieder ernst. »Soll ich dir noch etwas bringen lassen, damit du auch essen kannst?«

Dieser zuckte schuldbewusst zusammen. »Ich habe bereits bei Reverend Wiggles zu Mittag gegessen. Verzeih, dass ich vergessen habe, ihn zu bitten, dich dazuzuholen. Du hast hoffentlich nicht zu lange gewartet?«

Da Hinrich, als er Wiggles verlassen hatte, auf dessen Standuhr geschaut hatte, wusste er, dass es kurz vor vier Uhr nachmittags war und Ruth daher erst sehr spät zu Mittag aß.

»Ich bin selbst daran schuld, dass es so lange gedauert hat. Laut unserem wackeren Tahitoa hätte ich nur rechtzeitig in die Hände klatschen müssen, um etwas zu erhalten. Doch nun zu einer anderen Sache. Ich weiß nicht, ob Reverend Wiggles dich darauf angesprochen hat. Die Sitten auf Hiva Oa sind jedoch anders als hier, wo die Insulaner bereits zum christlichen Glauben bekehrt worden sind.«

»Von Dominica war nur kurz die Rede. Wiggles gab seiner Hoffnung Ausdruck, dass es mir gelingen könnte, endlich den Samen für den wahren Glauben auf dieser Insel zu pflanzen, damit er sich über die übrigen Inseln des Marquesas-Archipels verbreitet. Die meiste Zeit aber sprach er über das Werk, das er zusammen mit anderen Missionaren hier vollbracht hat, und gab mir Ratschläge, wie ich es ihnen gleichtun könnte.«

»Reverend Wiggles ist ein frommer, ja, ein heiliger Mann«, erklärte Tahitoa mit erhobenem Zeigefinger, »aber von dem, was auf Hiva Oa vorgeht, weiß er sehr wenig. Hiva Oa ist anders als Tahiti. Hier haben sich die Missionare mit dem König von Pare Arue verbündet und diesen von Walfängern mit Musketen versorgen lassen, so dass heute ganz Tahiti und die anderen Inseln zum Reich von Pomare III. gehören. Der Preis dafür war, das Haupt zu beugen, sich Wasser auf den Kopf träufeln zu lassen und nicht mehr auf dem Marae zu Oro und Hiro, sondern in der Kirche zu Jesus Christus zu beten.«

Ein überzeugter Christ schien Tahitoa nicht zu sein, dachte Ruth. Dies bewies auch die Tatsache, dass er einen einheimischen Namen trug und keinen christlichen, so wie die Dienerinnen Sally und Mary der Wiggles.

Hinrich bat Tahitoa, sich zu setzen und von Hiva Oa zu berichten. »Mich interessiert alles, was mit dieser Insel zu tun hat«, setzte er hinzu und meinte dann lachend, dass Wiggles alles getan habe, um ihn für die London Missionary Society zu gewinnen, der dieser angehörte.

»Ich habe nicht Ja und nicht Nein gesagt. Immerhin hat uns meine Missionsgesellschaft eine Heimkehr in einigen Jahren zugesagt. Bei Wiggles' Society müssten wir mindestens dreimal so lange in der Südsee bleiben und die Heimreise selbst bezahlen.« Hinrich grinste wie ein Schuljunge, denn er wollte weder unter die Aufsicht von Wiggles oder die eines anderen Missionars auf Tahiti geraten noch sich für mehr als maximal drei bis fünf Jahre dem Missionsdienst verschreiben. Danach wollte er nach Hamburg zurückkehren und Pastor einer angesehenen Kirchengemeinde werden.

Dies war auch Ruths Vorstellung. Zunächst aber mussten sie nach Hiva Oa gelangen und die Zeit dort überstehen. Tahitoas

Wissen konnte entscheidend dazu beitragen. Daher hörte sie, als dieser zu berichten begann, nicht weniger aufmerksam zu als ihr Mann.

»Hiva Oa, Nuku Hiva und die anderen Inseln der Te Fenua Enata sind so, wie einst Tahiti war, bevor König Pomare I. sich zum Herrn der Insel aufschwang. Es gibt dort nur wenige weiße Männer. Zumeist sind es Walfänger, die sich dort Vorräte holen, und das sind keine guten Leute.«

Tahitoa hob, um diese Worte zu bekräftigen, seinen Zeigefinger. Dann berichtete er von den Missionsversuchen, die dort begonnen worden und gescheitert waren.

»Auf Nuku Hiva brachte ein Missionar seine Ehefrau mit. Die dortigen Frauen hatten noch keine weiße Frau gesehen und haben sie daher nackt ausgezogen, um zu schauen, ob die Haut am Körper ebenfalls so hell ist. Seltsamerweise hat sie sich gesträubt und geschrien, als würde ihr schlimmes Leid angetan. Danach haben sie und ihr Mann Nuku Hiva mit dem nächsten Schiff wieder verlassen.«

»Würden diese Weiber es auch bei Ruth machen?«, fragte Hinrich schockiert.

Tahitoa nickte. »Es ist zu erwarten. Arikifrauen tragen zwar auch oben Kleidung«, er deutete dabei einen Busen an, »doch sie scheuen sich nicht, sich nackt vor anderen zu waschen. Vor allem anderen Frauen gegenüber haben sie kein Geheimnis.«

An diesen Worten hatte Hinrich zu kauen. Schließlich sah er Ruth beinahe ängstlich an. »Wärst du notfalls dazu bereit?«

Es war mehr als ungehörig, sich vor fremden Frauen nackt zu zeigen. Selbst in Familienkreisen versuchte man, es zu vermeiden, sobald ein Mädchen in die Pubertät kam. Hier ging es jedoch um Hinrich und darum, dass seine Mission erfolgreich sein würde. Daher nickte Ruth schweren Herzens. Das Schlimmste aber, sagte sie sich, würde erst noch kommen.

Tahitoa legte eine kurze Pause ein und berichtete dann von dem jungen Missionar, der gerade noch mit heiler Haut davongekommen war, nachdem er die Aufforderung der Frau des Häuptlings, ihr beizuwohnen, ausgeschlagen hatte.

Wäre die Sache nicht so ernst gewesen, hätte Ruth bei dem entgeisterten Gesicht, das ihr Mann aufsetzte, lauthals gelacht.

»Das ist doch unmöglich! Welch eine Verworfenheit!«, brachte Hinrich mit Mühe heraus.

»So ist es dort nun einmal Sitte«, sagte Ruth säuerlich.

»Bei Gott, das kann ich nicht tun! Es würde meine ganze Mission in Zweifel ziehen.« Für einige Augenblicke wirkte Hinrich, als wäre er mit allem in seinem Leben gescheitert.

Ruth empfand Mitleid mit ihm und legte ihm die rechte Hand auf den Arm. »Tahitoa sagt, dass es eine Möglichkeit gibt, dies zu verhindern.«

Hinrich hob mit neuer Hoffnung den Kopf. »Wirklich? Wie soll das gehen?«

»Sie erklären sich für tapu.«

»Was heißt das?«, fragte Hinrich.

»Heilig! Niemand darf Sie gegen Ihren Willen berühren oder etwas von Ihnen fordern, das nicht in Ihrem Sinn ist. Dafür aber müssen Sie Macht zeigen.«

»Und wie?«, unterbrach Hinrich Tahitoa.

»Sie müssen Dinge wissen und können, die den einheimischen Priestern verborgen sind. Vielleicht kann Ihnen der Kapitän Ihres Schiffes dabei weiterhelfen«, schlug Tahitoa vor.

Ruth schüttelte den Kopf. »Ich würde mich eher an Mr Hutton wenden.«

»Ich werde sehen, was ich tun kann. Und weiter?« Hinrichs Aufforderung galt Tahitoa, der seine Rede gleich fortsetzte.

»Zum Zweiten brauchen wir einen Stamm, der bereit, vielleicht sogar froh ist, einen Mann mit großer Macht bei sich aufnehmen zu können, und der sich auch an dessen Gott gewöhnen will. Es darf keiner der großen Stämme wie die Hanamate sein. Deren Priester sind zu stolz und würden alles daransetzen, Sie zu vernichten. Die Priester, die wir brauchen, müssen Sie als mächtigen Helfer ansehen, ja, sogar als ihr Oberhaupt.«

Tahitoa sprach noch länger, und Ruth begriff immer mehr, dass die Missionsarbeit, die vor ihrem Mann lag, sich nicht so einfach anlassen würde, wie sie es erwartet hatten, und auch ganz anders, als Reverend Wiggles über die Mission auf Tahiti berichtet hatte.

Am Abend klatschte Ruth rechtzeitig, und ihnen wurde ein Mahl vorgesetzt, bei dem sie Angst bekam, bald genauso breit und wohlgenährt auszusehen wie einige der höhergestellten Frauen. Sie selbst sah ihr Missionswerk nun wieder in rosigerem Licht, während Hinrich große Zweifel hatte, ob er seiner Aufgabe gewachsen war.

Nachdem die Speisereste abgeräumt und die Schlafmatten ausgelegt waren, verschwanden die dienstbaren Geister, und Hinrich und Ruth blieben allein im Haus zurück. Ruth packte die Kopfkissen und die leichten Decken aus, ebenso ihre Nachthemden und ging dann nach draußen, um sich zu waschen und die Zähne zu putzen. Da sie diesmal darauf verzichtet hatte, einen Lampion aufzuhängen, war es bei dem kleinen Wasserfall dunkel. Sie legte daher ihre Kleidung ganz ab und stellte sich in das herabstürzende Wasser. Es war erstaunlich kühl, nach dem heißen Tag aber sehr angenehm, und sie war froh, sich den Schweiß abwaschen zu können.

Nachdem sie sich abgetrocknet hatte, streifte sie nur mehr ihr Nachthemd über und kehrte ins Haus zurück. Hinrich saß auf einer Matte und starrte vor sich hin. Erst als sie ihn aufforderte, nach draußen zu gehen, stand er auf und ergriff den Lampion.

»Darauf solltest du verzichten, denn es ist dunkel genug, so dass du dich ganz ausziehen und waschen kannst. Du riechst doch ein wenig verschwitzt«, schlug Ruth ihm vor.

Hinrich zögerte kurz und sah sie dann verwirrt an. »Sag bloß, du hast es getan?«

»Frauen müssen sich an gewissen Stellen nun einmal sauberer halten als Männer«, antwortete Ruth lächelnd. »Außerdem verfügen wir hier über keine Badewanne, und ich glaube auch nicht, dass eine solche in unseren Schiffstruhen zu finden sein wird.«

Hinrich wollte etwas sagen, schluckte es dann aber hinunter und verließ den Raum. Es dauerte eine gewisse Zeit, bis er zurückkehrte. Da er sein Nachthemd im Haus gelassen hatte, huschte er nackt herein. Bevor er es jedoch anziehen konnte, trat Ruth auf ihn zu und schlang die Arme um ihn.

»Wir sollten die Gelegenheit nützen, nicht in den engen Kojen unserer Kabine eingepfercht zu sein«, sagte sie lockend.

Hinrich atmete tief durch, fand dann aber, dass die Zweisamkeit mit seiner Frau genau das war, bei dem er seine Sorgen vergessen konnte, und kniff ihr spielerisch in den Hintern.

»Das, meine Liebe, finde ich auch«, antwortete er und spürte, wie sein Körper auf ihren warmen Leib und ihren angenehmen Duft reagierte. Zumindest zu dieser Stunde, sagte er sich, wollte er nicht an die Wilden auf Hiva Oa denken, sondern das mit Ruth tun, was sie als Eheleute genießen durften.

DRITTER TEIL

AM ZIEL

1.

Wieder an Bord der *Hesione,* sehnte Ruth sich nach den angenehmen Tagen auf Tahiti zurück. Dort hatten Hinrich und sie lange Spaziergänge unternommen, von den Früchten genascht, die ihnen die freundlichen Insulaner gereicht hatten, und ausgezeichnet gegessen. In den Nächten hatten sie das Haus für sich gehabt und sich ungestört als Mann und Frau beweisen können.

Nun mussten sie wieder in der engen Kabine hausen, die für zwei Leute eigentlich zu klein war. Ruth fragte sich, wie sie es all die Wochen ihrer Reise darin hatten aushalten können. Mehr denn je sehnte sie deren Ende herbei und fragte sich gleichzeitig, was sie auf Hiva Oa erwarten mochte.

Während das Schiff nordwärts strebte, führte Hinrich lange Gespräche mit James Hutton, aber auch mit dem Pulvermaat und anderen Männern an Bord, um Tahitoas Ratschläge umsetzen zu können. Selbst Captain Smyth erwies ihm die Ehre, mit ihm darüber zu sprechen. Dieser hatte sich während des Aufenthalts auf Tahiti etwas erholt, ohne jedoch mehr zu tun, als sich von James und den Maaten berichten zu lassen, was sich an Bord tat. Zwar machte er ein paar Vorschläge, überließ es aber James, diese auszuführen.

Tahitoa war zu Ruths Erleichterung mit ihnen gekommen. Im Grunde war er Hinrichs bester Berater, denn er kannte die Bewohner von Hiva Oa und konnte sagen, wie diese zu beeindrucken waren. Eine ganze Menge Waren wurden daher zusammengesucht und verpackt, um auf die Insel geschafft zu werden. Tahitoa war es auch, der die Hanatea-Bucht als Ankerplatz vorschlug. Sie lag mittig an der Südküste, und das Tal dahinter wurde von dem gleichnamigen Stamm bewohnt. Da dieser laut Tahitoas Informationen unter seinen stärkeren Nachbarn zu leiden hatte, würde er sich wohl am ehesten einem neuen, starken Gott mit einem mächtigen Priester unterordnen. Ungefährlich, so hatte Tahitoa gesagt, sei aber auch diese Lösung nicht.

Ruth vertraute jedoch auf Gott und ihren Ehemann. Hinrich war klug und würde wissen, was zu tun war. Zudem war er kein Missionar nach Wiggles' Vorbild, der die Bewohner Tahitis am liebsten in strenger Zucht und Ordnung gehalten hätte und selbst den Blumenschmuck der Frauen, so harmlos der auch sein mochte, mit scheelem Blick betrachtete.

Jeder Tag brachte sie ihrem Ziel näher, und als schließlich der Ruf »Land in Sicht!« erscholl, eilte Ruth undamenhaft hastig an Deck, um Ausschau zu halten.

Tatsächlich war an Backbord eine Insel zu sehen. Obwohl sie noch ein ganzes Stück entfernt war, konnte man erkennen, dass sie sehr hoch war und sehr grün.

»Das ist Tahuata. Nun ist es nicht mehr weit bis Hiva Oa«, erklärte Tahitoa, der mit Hinrich zusammen zu ihr getreten war.

Im ersten Augenblick war Ruth enttäuscht, denn sie hatte gehofft, vielleicht noch an diesem Tag von Bord gehen zu können.

»Was ist das für eine Insel?«, fragte Hinrich und wies auf ein Eiland, das an Steuerbord schemenhaft zu erkennen war.

»Das ist Mohotani!«, erklärte Tahitoa. »Die Menschen auf Hiva Oa sprechen ungern über sie. Sie ist tapu, und es darf sie niemand betreten. Dort sollen einmal sehr viele Menschen ums Leben gekommen sein.«

Ruth schauderte, als sie nach Mohotani hinübersah. Bei Tahuata, das näher auf die *Hesione* zu lag, überkam sie dieses unangenehme Gefühl nicht. Wahrscheinlich kam es daher, weil Tahitoa die Insel als verboten und als großes Grab bezeichnet hat, dachte sie, sah aber dann noch einmal nach Mohotani hinüber.

Irgendeinen Grund muss es geben, weshalb die Insel nicht betreten werden darf. Vielleicht leben giftige Schlangen darauf, sagte sie sich, ohne daran zu denken, dass sie auf Tahiti keine einzige Schlange entdeckt hatte und dort selbst kleine Kinder ohne Aufsicht umherstreifen konnten.

»Dort vorne, Madam! Das ist Hiva Oa!« Tahitoa wies über den Bug hinaus zu einer Landmasse, die nun deutlicher zu erkennen war als das fernere Mohotani. Es war eine grüne Insel mit hohen Bergen, deren Spitzen sich kahl gen Himmel reckten.

Das also würde für die nächsten Jahre ihre Heimat sein. Ruth atmete tief durch und ging zum Bug.

»Wird nicht mehr lange dauern, dann haben wir dieses verdammte Kannibalennest erreicht!«

Die Bemerkung des Schiffsarztes empörte Ruth. Bereits unterwegs und noch mehr auf Tahiti hatte Merrick gezeigt, dass er Inselbewohner für Menschen niederen Ranges hielt, deren einziger Zweck es sein sollte, Großbritannien zu dienen. Sie wollte jedoch nicht, dass die Insulaner gezwungen wurden, ihre Frauen den Walfängern zu überlassen, die sie teilweise bis zu ihren Stützpunkten in der kalten, südlichen See mitnahmen. Auch hatte sie auf Tahiti gesehen, dass dort Schweine gezüchtet wurden, deren einziger Zweck es war, als Proviant für die Walfänger zu dienen. Was diese dafür bezahlten, war ein Bettel im Vergleich zu dem Wert, den das Fleisch und auch die Früchte und das Gemüse tatsächlich besaßen.

»Du siehst besorgt aus, meine Liebe! Dafür ist aber kein Grund vorhanden.« Hinrich hatte sich zu ihr gesellt und lächelte sie an.

»Wir haben uns gut vorbereitet. Doch hoffe ich, dass ich diesen ganzen Schnickschnack nicht benötige, sondern Gottes Wort ausreicht, um die Menschen hier zu bekehren.«

Ruth schickte ein stummes Stoßgebet gen Himmel, auf dass Hinrich recht behalten möge. Auf Tahiti war die Missionierung doch auch gelungen. Aber nur, weil die Europäer einem Häuptling im Gegenzug dafür Musketen und Pulver zur Verfügung gestellt und ihm dabei geholfen haben, zuerst ganz Tahiti und dann die anderen Inseln zu unterwerfen, sagte etwas in ihr. Es war eine Bekehrung mit Feuer und Schwert gewesen, und die Feinde von Pomare I. hatten sich erbittert zur Wehr gesetzt. Wie viel Blut mochte auf Tahiti, Moorea und den anderen Inseln geflossen sein, damit Reverend Wiggles in seiner Kirche vor versammeltem Volk predigen konnte?

Mühsam schüttelte Ruth diesen Gedanken ab und richtete ihre Aufmerksamkeit erneut auf Hiva Oa. Nicht mehr lange, dann würden Hinrich und sie dort an Land gehen. Sie fragte sich, ob der Häuptling des Hanatea-Stammes ebenso wie Pomare I. auf Tahiti als Preis für die Annahme des christlichen Glaubens Musketen erwartete, mit denen er dann ebenfalls den ganzen Archipel unterwerfen konnte. Bei diesem Gedanken stieß sie einen leisen Laut aus, der Hinrich dazu brachte, sich besorgt zu ihr umzudrehen.

»Was ist mit dir, meine Liebe?«

»Nichts, nur dumme Gedanken!«, antwortete Ruth und zwang sich ein Lächeln auf. »Bald werden wir zum letzten Mal auf dieser Reise den Ruf ›Lass fallen Anker‹ hören.«

Mittlerweile war deutlich zu erkennen, dass Hiva Oa bedeutend größer war als Tahuata oder Mohotani. Laut den Informationen, die James Hutton Hinrich gegeben hatte, war sie die zweitgrößte Insel des Archipels und ebenso bedeutend wie ihre größere Schwester Nuku Hiva, die sich viele Meilen nordwestlich von ihr befand.

»Wir sollten langsam unsere Sachen packen«, schlug Hinrich vor.

Ruth zögerte, da sie am liebsten am Bug geblieben wäre, um mitzuerleben, wie sie der Insel immer näher kamen und die HMS *Hesione* schließlich vor Anker ging. Dann aber nickte sie entschlossen und folgte Hinrich nach unten.

2.

Ruth vernahm das Spritzen, mit dem der Anker ins Wasser eintauchte, und fand es ungerecht, dass sie vorerst an Bord bleiben musste, weil Hinrich beschlossen hatte, zuerst nur von James Hutton und Tahitoa begleitet an Land zu gehen. Dort waren ein Stück vom Strand entfernt mehrere Hütten zu erkennen, bei denen sich etliche Dutzend Männer sammelten und zu ihnen herüberstarrten. Anders als auf Tahiti kam ihnen kein Kanu entgegen.

»Hier, Mistress Mensing! Wenn Sie sehen wollen?« Einer der Midshipmen reichte Ruth ein Fernrohr.

Sie setzte es an. Nun konnte sie die Insulaner deutlich erkennen. Sie waren vom gleichen Schlag wie die Menschen auf Tahiti. Aber sie sah keine einzige Frau darunter, sondern nur Männer, und die wirkten sehr kriegerisch. Bekleidet waren sie jeweils mit einem Lendenschurz aus schmalen, grünen Blättern. Weitere grüne Blätter hatten sie um Waden und Oberarme geschlungen, und die Körper waren fast vollständig mit Tatau bedeckt. Jeder von ihnen hielt mindestens zwei Waffen in den Händen. Auch wenn es sich dabei nur um Keulen aus Holz und Speere mit Steinspitzen handelte, so konnten diese durchaus tödlich sein. Die groß und kräftig wirkenden Männer stießen nun abgehackte Laute aus und stampften mit den Füßen.

»Das ist der Haka!«, erklärte Tahitoa. »Damit wollen die Krieger uns zeigen, dass sie zum Kampf bereit sind.«

»Ist dann ein Anlanden überhaupt ratsam?«, fragte Ruth.

»Der Empfang wäre auf der Insel überall gleich! Wenn es uns hier nicht gelingt, die Freundschaft dieser Leute zu gewinnen, gelingt uns das nirgends.«

Tahitoa wirkt nicht gerade zuversichtlich, dachte Ruth besorgt. Da befahl James Hutton, das größte Beiboot der *Hesione* zu Wasser zu lassen.

»Wir nehmen zwanzig mit Musketen bewaffnete Männer mit und halten uns zunächst außerhalb der Reichweite ihrer Speere, während Tahitoa mit ihnen verhandelt«, setzte er hinzu und bestimmte diejenigen, die mitkommen sollten.

Nicht alle schienen sich darüber zu freuen. »Die sehen verdammt hungrig aus. Nicht, dass sie uns aufspießen und fressen«, rief ein Matrose mit ängstlicher Miene.

»Machst du dir jetzt schon in die Hose?«, spottete ein Kamerad. »Uns führt Lucky Jim an, und – beim Klabautermann! – der Kannibale, der ihn einmal verspeist, ist noch nicht geboren!«

Hoffentlich ist es auch der Kannibale nicht, der Hinrich fressen will, durchfuhr es Ruth. Sie schämte sich jedoch sofort dieses Gedankens, denn Gott würde ihr und ihrem Mann gewiss beistehen. Unwillkürlich erinnerte sie sich an die Franzosenzeit in Hamburg. Damals hatte Gott ihnen auch nicht geholfen. Sehr viele waren an Hunger und Auszehrung gestorben und ihr Großvater Simon von den Franzosen als angeblicher Spion erschossen worden. Schuld daran war Hinrichs Vater gewesen, denn dieser hatte ihn denunziert.

Es fiel Ruth schwer, sich des Ballasts der Vergangenheit zu erwehren. Daher richtete sie ihr Augenmerk auf das Beiboot, das eben mit raschem Ruderschlag auf das Ufer zuhielt. Auf James Huttons Befehl stemmten sich die Ruderer mit ihren Riemen gegen die Fahrtrichtung, und das Boot blieb etwa fünfzig Schritt vom Ufer entfernt stehen.

Tahitoa stand auf und rief etwas zu den Einheimischen hinüber. Seine klangvolle Stimme trug weit, und Ruth wünschte sich, so viel von der Sprache der Tahitianer zu verstehen, dass sie seinen Worten folgen konnte. Tahitoa begleitete seine Worte mit ausgreifenden Gesten und zeigte dabei immer wieder auf Hinrich. Ruth verstand mehrmals die Form, mit der Tahitoa seinen Namen auf Tahiti ausgesprochen hatte – Hiniriki –, und sie betete, dass Tahitoa die richtigen Worte fand und sie in Frieden empfangen würden.

Hinrich war nicht weniger angespannt als seine Frau. Zwar hatte er mit Tahitoa immer wieder über Hiva Oa gesprochen und dabei einiges über dessen Bevölkerung erfahren. Diese hatte weitaus weniger Kontakt zu Europäern als die Menschen auf Tahiti und war ihnen nicht gerade wohlgesinnt.

Wie sollten sie auch? Die Insulaner hatten bislang meistens nur mit Walfängern zu tun gehabt, und das waren raue Gesellen, die rasch zu Raufereien bereit waren und sich nichts dabei dachten, einen Gegner niederzustechen. Ihr einziges Interesse an diesen Inseln galt den Frauen, mit denen sie sich nach den langen, harten Wochen auf See vergnügen konnten, und Vorräten, die sie für möglichst wenig Tand eintauschten.

Es war an der Zeit, dass ein ehrlicher Mann zu ihnen kam und sie nicht nur zu Gott führte, sondern sie auch beriet, wie sie sich dieser wüsten Gesellen erwehren konnten, dachte Hinrich und überhörte dabei fast Tahitoas Aufforderung, ein paar Worte an die Eingeborenen zu richten.

»Sie müssen laut sprechen und vor allem Macht in Ihre Worte legen«, riet ihm der Mann aus Tahiti.

Hinrich atmete tief durch, stand auf und spürte das leichte Schaukeln des Bootes. »Lieber Herrgott, lass nicht zu, dass ich stürze und diesen Menschen ein beschämendes Bild biete!«, flehte er leise.

Dann breitete er die Arme aus und begann zu sprechen. »Ich begrüße das stolze Volk von Hanatea im Namen Gottes, des Herrn

Jesu Christus und des Heiligen Geistes, amen! Es ist mein Wunsch und mein Wille, euch sein Heil zu bringen und euch das Evangelium zu lehren. Gott, der Herr, wird euch das Himmelreich öffnen, und ihr werdet erlöst sein am letzten aller Tage, da Jesus Christus die Sünden der Menschen richten und jene, die an ihn glauben, in sein Himmelreich führen wird.«

Hinrich hatte in den Jahren seines Studiums seine Stimme geschult, um ein guter Prediger zu werden, und so schlug der Klang seiner Worte die Menschen in ihren Bann.

Ruth stellte sich ihn auf der Kanzel von Sankt Michaelis vor und sagte sich, dass ihr Ehemann den jetzigen Prediger, der gewiss nicht schlecht war, bei Weitem übertraf. Hier aber musste Hinrich keine braven Hamburger Christen überzeugen, sondern Menschen, die noch nichts von Gott gehört hatten und die, wie sie sowohl von James Hutton wie auch von Tahitoa erfahren hatte, selbst vor dem Genuss von Menschenfleisch nicht zurückscheuten. Sie fragte sich, wie Gott es hatte zulassen können, dass diese Völker so verderbt waren. Auf jeden Fall aber erschien es ihr als ehrenvolle Aufgabe, diese Leute zum christlichen Glauben zu bekehren, damit sie gegen die Versuchungen des Satans gefeit wurden.

»Es wäre das Beste für Ihren Ehemann und Sie, wenn die Kanaken ein paar Speere werfen würden und er nicht an Land gehen könnte«, sagte Merrick, der wieder einmal ihre Nähe gesucht hatte.

Obwohl er nie aufdringlich wurde, missfiel Ruth seine Art, und sie sagte sich, dass sie lieber unter Wilden leben wollte, als länger an Bord dieses Schiffes zu bleiben, denn sie mochte weder Merrick noch Captain Smyth. Auch hatte sie Midshipman Simmons nicht vergessen, von dem die Mannschaft annahm, dass er spätestens in England wieder an Bord kommen würde.

»Es sieht aus, als wollten sie verhandeln«, mischte sich der Schiffszimmermann Cribbic ein.

Ruth nickte, denn eben erwiderte einer der Insulaner, der sich durch einen schwarzen Lendenschurz und ebensolche Schmuckbänder um Oberarme und Waden von den anderen Männern seines Stammes unterschied, etwas auf Hinrichs Ansprache. Auch seine Stimme war geschult, und so nahm Ruth an, dass er der Priester war. Als solcher konnte er, wenn er das Christentum annahm, Hinrichs engster Verbündeter werden oder, falls er auf seinem Aberglauben beharrte, auch sein erbittertster Feind.

Tahitoa antwortete darauf und bat dann Hinrich, noch ein paar Worte zu sprechen. »Ihre Stimme muss ebenso klingen wie vorhin, und Sie sollten etwas länger reden«, setzte er drängend hinzu.

Er war der Einzige, der die hiesige Sprache verstand. Zwar unterschied sich deren Dialekt etwas von der Sprache auf Tahiti, aber er kam gut damit zurecht.

Hinrich überlegte kurz, hob dann die Arme zum Himmel und begann mit den ersten Worten der Heiligen Schrift. »Am Anfang schuf Gott Himmel und Erde, doch die Erde war wüst und leer. Finsternis lag über der Welt, und so sprach Gott:

Es werde Licht, und es ward Licht …«

Hinrich wusste zuletzt nicht, wie lange er sprach. Als er endete, bemerkte er, dass die Matrosen, eigentlich hartgesottene Kerle, wie staunende Kinder zu ihm aufsahen. Auch die Insulaner schienen dem Bann seiner Worte erlegen zu sein, obwohl sie diese nicht hatten verstehen können.

»Das wird dem Priester und dem Häuptling zu denken geben! Ich glaube nicht, dass sie einen Mann mit einer solchen Zauberstimme abweisen werden«, erklärte Tahitoa.

Hinrich sah ihn hoffnungsvoll an. »Du glaubst, sie werden mich an Land lassen und bei sich aufnehmen?«

»Diese Möglichkeit besteht! Doch nun hört! Sie antworten jetzt.«

Hinrich lauschte, was zuerst der Mann im schwarzen Lendenschurz und dann ein großer, kräftiger Mann, der über und über tatauiert war, zu ihnen herüberriefen.

»Sie fordern, dass ich für sie übersetze, was Sie gesagt haben«, erklärte er Hinrich und stellte sich in Positur.

Es war gut, dass der junge Pastor seine Worte nicht verstehen konnte, denn Tahitoas Übersetzung hatte mit den ersten Strophen des Buches Genesis nicht mehr gemein, als dass Gott darin die Welt erschuf. Was danach kam, war ein wüstes Gemetzel, bei dem Gott den Satan zuletzt gegen eine Felswand der Insel Mohotani schleuderte und ihn dort aufaß, um dessen geistige Kraft in sich aufzunehmen. Da die Überreste des Satans dort liegen würden, wäre die Insel verflucht, und Gott habe deshalb ein Tapu darüber ausgesprochen.

Eines konnte Hinrich dieser Rede nicht absprechen. Die Zuhörer waren sichtlich beeindruckt. Tahitoa grinste und sah dann James Hutton an.

»Jetzt wäre es Zeit für den Kanonenschuss!«

James nickte. »Mr Mensing soll den rechten Arm deutlich sichtbar heben. Ich gebe hinter seinem Rücken das Zeichen, dass der Kanonenschuss erfolgen soll!«

Hinrich hob mit einer theatralischen Geste die geballte Faust der Rechten, während James Hutton unbemerkt das Signal gab.

Auf der *Hesione* wurde eine Stückpforte geöffnet und eine Kanone ausgerannt. Augenblicke später erschien ein kleines, weißes Wölkchen vor der Mündung, und der Knall des Schusses hallte wie ein Donnerschlag über die Bucht. Einige Insulaner zuckten zusammen, der Priester hingegen und der Häuptling gaben sich unbeeindruckt. Sie kannten Kanonen von den Walfängern her, die damit die Verhandlungen oft zu ihren Gunsten entschieden. Es war jedoch ein großer Unterschied zwischen den relativ leichten Geschützen jener Schiffe und dem Vierundzwanzigpfünder, der eine Kettenkugel in die Kokospalmen seitlich der Eingeborenen abgefeuert hatte.

Palmwedel, Kokosnüsse und Teile ganzer Stämme flogen durch die Luft. Nun zeigte auch der Häuptling Furcht, während der Priester mit großer Mühe seine Selbstbeherrschung wahrte.

Nachdem der Hall des Schusses verklungen war, begann Tahitoa wieder zu sprechen. Die Eingeborenen hörten eingeschüchtert zu, und dann kam die Antwort, die Tahitoa erwartet und Hinrich erhofft hatte.

»Häuptling Matahi vom Stamm der Hanatea heißt den großen Magierpriester in seinem Dorf willkommen!«, erklärte Tahitoa zufrieden. »Aitu'ha'anui, der Priester, ist übrigens bereit, alle Tapus zu sprechen, die Sie von ihm fordern, und Ihre eigenen anzuerkennen. Ich habe ihnen erklärt, dass Gott Ihnen große Macht gegeben hat, wenn Sie sich von anderen Frauen als der Ihren fernhalten, und Sie diese Kräfte unweigerlich verlieren würden, wenn Sie geschlechtlich mit einer Frau aus dem Dorf verkehren würden.«

»Das erleichtert mich«, antwortete Hinrich, dem es undenkbar erschien, Gottes Wort zu verkünden, wenn man gleichzeitig gegen eines der Zehn Gebote verstieß.

3.

Als Ruth hörte, dass der Stamm sich bereit erklärt hatte, Hinrich und sie an Land zu lassen und bei sich aufzunehmen, atmete sie auf. Damit hatten sie diese Reise nicht umsonst unternommen, und Hinrich würde seine Befähigung als Missionar beweisen können. Auch war sie froh, vom Schiff herunterzukommen. Noch einmal die gleiche Strecke nach Hause in der engen Kabine und mit nicht mehr Möglichkeiten, sich zu bewegen, als das Oberdeck bot, erschien ihr so schrecklich, dass sie beinahe wünschte, sie könnten auf Dauer hierbleiben, nur um einer weiteren solchen Fahrt zu entgehen.

Bei diesem Gedanken schoben sich die Gesichter ihrer Eltern und ihrer Geschwister vor ihr inneres Auge, und Ruth spürte, wie die Sehnsucht erwachte, ihre Lieben wiederzusehen. Zwei, vielleicht auch drei Jahre würde Hinrich hier segensreich wirken und dann die Mission an einen Nachfolger übergeben. Bis dorthin, so sagte sie sich, würde sie sich an den Gedanken gewöhnt haben, erneut das Deck eines Schiffes zu betreten. Nur wünschte sie sich dann eine größere Kabine für Hinrich und sich und mehr Freiraum, als sie auf der *Hesione* zugebilligt bekommen hatten. Eines der neuen Handelsschiffe, die ihr Vater bauen lassen wollte, wäre dafür geeignet.

Ruth nahm daher Papier, Feder und Tinte zur Hand und schrieb einen Brief an ihre Familie. Da die Schiffe ihres Vaters bis nach Batavia in Niederländisch-Indien fuhren, konnten sie auch bis hierher gelangen. Nur brauchte sie dafür ein Handelsgut, damit es sich auch lohnte. Eingesalzenes Schweinefleisch, wie die Walfänger es von den Bewohnern der Insel erwarben, zählte leider nicht dazu.

»Vielleicht schickt Papa doch ein Schiff, vielleicht sogar eines, auf dem sich Jeremias befindet«, flüsterte sie, während sie gegen die Tränen ankämpfte, die der Sehnsucht nach ihrer Familie geschuldet waren.

Ein wenig haderte sie auch damit, dass sie nicht sofort mit an Land gehen durfte. Hinrich und Tahitoa befanden sich bereits auf der Insel, und anhand der Geräusche, die auf dem Schiff zu hören waren, wurden auch bereits ihre großen Schiffstruhen und andere Dinge, die Hinrich mitnehmen wollte, an Deck gebracht, um mit den Booten an Land gerudert zu werden. Sie selbst durfte das Schiff erst verlassen, wenn dort alles vorbereitet war und die *Hesione* kurz darauf die Anker lichten würde.

Es klopfte, und ein Matrose steckte den Kopf herein. »Sorry, Madam! Wir sollen die kleinen Reisetruhen an Land schaffen.«

»Ich bin gleich so weit!« Ruth beendete ihren Brief mit Grüßen an alle, die sie liebte und vermisste, faltete und versiegelte ihn. Danach räumte sie alles, was sie nicht dringend brauchte, in die Kisten und überließ den Matrosen das Feld. Sie würde noch eine Nacht an Bord verbringen und dann ihre letzten Sachen zu einem Bündel geschnürt mitnehmen müssen.

Kurz darauf war die Kabine leer. Nun hatte sie zwar mehr Platz darin, fand sie aber noch weniger wohnlich als vorher. Wie gerne wäre sie zusammen mit den Kisten zusammen an Land gegangen. Mit einem schiefen Blick betrachtete sie das Kleid, das sie am nächsten Tag tragen sollte. Es war weiß wie Schnee und der Stoff so dick, dass sie darin mit Gewissheit schwitzen würde. Dazu hatte Hinrich darauf bestanden, dass sie genug Unterröcke darunter anzog, damit kein Eingeborener auch nur einen Blick auf ihre Beine erhaschen konnte. Zu dieser Kleidung sollte sie den Schirm tragen, den ihre Mutter gleichermaßen als Schutz vor Regen und zu starker Sonnenstrahlung eingepackt hatte. Sie hatte das Ding bereits vergessen gehabt und war erst durch Hinrich wieder darauf aufmerksam geworden. Mit dem Schirm in den Händen würde sie auch diesmal nicht die Jakobsleiter benützen können, sondern erneut wie ein Gepäckstück mit einem Bootsmannstuhl nach unten gelassen werden.

»Es ist immerhin das letzte Mal für die nächsten zwei, drei Jahre«, sagte sie sich und machte sich für das Abendessen an Bord fertig. Viele Gäste würden sich nicht einfinden. Außer dem Arzt besaß eigentlich nur noch der Erste Offizier das Vorrecht, an der Tafel des Kapitäns sitzen zu dürfen. James Hutton hatte jedoch meistens darauf verzichtet, angeblich, um an Bord etwas zu erledigen. Nach Ruths Meinung aber hatte er es getan, um nicht andauernd den Bissigkeiten des Kapitäns ausgeliefert zu sein, der seinen

Neid auf den Erben eines englischen Earls nicht verbergen konnte. Diesmal aber, so hoffte sie, würde er anwesend sein. Allein mit Smyth und Merrick am Tisch zu sitzen, war ihr zuwider.

Mit diesem Gedanken verließ sie ihre Kabine und legte die wenigen Schritte zur Kapitänskajüte zurück. Als sie eintrat, saßen der Kapitän und der Arzt bereits am Tisch. Lange werde ich nicht bleiben und die beiden Herren dann ihrem Schnaps überlassen, fuhr es ihr durch den Kopf. Das Einzige, von dem es an Bord anscheinend unerschöpfliche Vorräte gab, waren alkoholische Getränke. Smyths Diener Benson hatte zuletzt noch in Batavia mehrere kleine Fässer Arak an Bord gebracht. Sie selbst trank gelegentlich einen Likör, konnte aber die Vorliebe der Männer für Getränke nicht verstehen, die sie alle Hemmungen vergessen ließen und ihnen zudem am nächsten Tag Kopfschmerzen bereiteten.

Wenigstens waren Smyth und Merrick noch nüchtern. Beide erhoben sich, um sie zu begrüßen, und tranken dann einander zu. In Ruths Glas war Wein. Sie nippte jedoch nur daran und erwiderte den üblichen Trinkspruch auf den König. Danach tischte Benson auf. Hier, wo sie für ein paar Nägel oder ein Messer die größten Köstlichkeiten eintauschen konnten, ließ Smyth es an nichts fehlen. Es gab ausgezeichneten Fisch, Garnelen, Schweinebraten und einen Pudding, wie ihn nur Engländer zubereiten, aber auch nur sie essen konnten.

Ruth kostete ein Stück und begnügte sich ansonsten mit Fisch und ein wenig Schweinefleisch. Ihr fehlte allerdings Brot dazu. Stattdessen gab es Zwieback, der in Batavia gekauft worden und trotzdem bereits von Maden befallen war. Die beiden Seeleute klopften sie mit der Geschicklichkeit von Männern aus, die dies seit vielen Jahren gewohnt waren, während Ruth den Zwieback in kleine Stücke brach und ihn vorsichtig verzehrte. Nur der Gedanke an den Hungerwinter von 1813, in dem so viele Hamburger während der französischen Besatzung umgekommen waren, sorgte dafür, dass sie ihn über die Lippen brachte.

Smyth und der Schiffsarzt unterhielten sich und bezogen sie gelegentlich in ihr Gespräch mit ein. Viel lieber hätte Ruth sich mit James Hutton unterhalten, doch der Erste Offizier mied auch an diesem Tag den Abendbrottisch des Kapitäns.

Mit einem Mal beugte Merrick sich ein wenig vor. »Ich werde Ihre Anwesenheit bei Tisch vermissen, Mistress Mensing, und ebenso die Ihres Ehemanns. Es waren angenehme Gespräche, die uns nun fehlen werden. Das sagen Sie doch auch, Captain Smyth?«

Dieser nickte. »Das werde ich auch! Jetzt wird mir nichts anderes übrig bleiben, als den Segelmeister und ein paar Maate an den Tisch zu bitten. Das ist eines Gentlemans nicht würdig, doch die See schreibt ihre eigenen Gesetze. Ich werde froh sein, wenn wir wieder daheim in England sind. Dort wird auch Midshipman Simmons wieder zu uns stoßen.«

Und dann kann ich James Hutton endlich über den Styx schicken, setzte der Kapitän in Gedanken hinzu. Er konnte nur hoffen, dass der Earl of Huttonsfield noch lebte, wenn die *Hesione* London anlief. War dieser tot, würde Hutton das Schiff verlassen, um dessen Erbe anzutreten. Zwar traute er Zechariah Bartlett zu, sich James' irgendwie zu entledigen. Aber das würden andere übernehmen und ihn damit um die versprochene Belohnung bringen, die ihm, wenn er endgültig von Bord ging, den Lebensabend versüßen sollte.

Ruth begriff, dass die beiden Männer ein paar freundliche Worte von ihr erwarteten, und beteuerte, wie schwer es ihr fiele, auf ihre Gesellschaft zu verzichten.

»Ich glaube gerne, dass es Ihnen an Bord unseres Schiffes besser gefällt als bei den Kanaken da draußen! Passen Sie auf, dass Sie dort nicht irgendwann auf einen Bratspieß gesteckt werden.« Etliche Gläser Rum und Arak hatten Merricks gute Kinderstube, falls er denn je eine gehabt hatte, beseitigt, und er lachte schallend über seine Bemerkung.

Aber gerade damit sorgte er dafür, dass Ruth doppelt froh war, dieses Schiff verlassen zu können. Nach dem letzten Bissen verabschiedete sie sich von den beiden Männern und wollte in ihre ausgeräumte Kabine zurückkehren. Vor der Tür überlegte sie es sich anders. Sie griff an ihr Kleid und vergewisserte sich, dass sie ihre kleine Pistole bei sich hatte, und wandte sich dem Aufgang zum Deck zu.

Oben herrschte eine sanfte Stimmung. Auf der einen Seite lag die Insel, deren Konturen vor dem Sternenhimmel messerscharf herausstachen, auf der anderen Seite strahlte der Mond zu gut zwei Dritteln in goldenem Licht.

Ein sich nähernder Schatten brachte Ruth dazu, nach ihrer Pistole zu greifen. Sie ließ diese jedoch wieder los, als sie James Hutton erkannte.

»Guten Abend, Mr Hutton«, grüßte sie.

»Guten Abend, Mistress Mensing.«

James atmete tief durch und blickte zur Insel hinüber. Am nächsten Morgen würde die junge Frau an Land gebracht werden und die *Hesione* nur wenig später den Anker lichten und in See stechen. Das Gefühl eines großen Verlusts packte ihn, und er spürte, dass das Leben für ihn danach nie mehr so sein würde wie vor ihrer Bekanntschaft.

»Es ist Ihr letzter Abend an Bord, Mistress Mensing«, brachte er mühsam hervor.

»Das ist es«, antwortete Ruth und spürte Bedauern. Wenn es einen Menschen auf der *Hesione* gab, den sie vermissen würde, so war es Leutnant Hutton.

»Geben Sie gut acht auf sich!«, fuhr James fort. »Sie werden die nächsten Jahre unter Menschen verbringen, die heute liebenswert und morgen Ihr schlimmster Feind sein können. Sie dürfen die Eingeborenen nicht mit den Maßstäben messen, die wir von zu

Hause kennen. Fast wünschte ich, diese Inseln wären nie entdeckt worden. Was haben wir den Bewohnern Tahitis schon gebracht, außer Krieg, Elend und Verlogenheit?«

»Sie meinen die Hilfe, die Pomare I. und seinen Nachfolgern durch die Missionare und Walfänger zuteilwurde?«, fragte Ruth.

»Auch früher gab es zwischen den Stämmen Krieg, doch diese waren nicht sehr blutig. Es gab ein paar Tote, gelegentlich wurde einer aufgegessen, doch sonst lebten sie glücklich und kannten weder Gier noch schlimme Krankheiten. Die Musketen, die Pomare übergeben wurden, metzelten jedoch viele nieder. Krankheiten rafften andere dahin, und die Frauen, die sich zunächst den Fremden in kindlicher Unschuld hingaben, wurden zu Huren gemacht. Verzeihen Sie, so etwas sollte ich nicht vor einer Dame sagen!« James senkte den Kopf, da lachte Ruth leise auf.

»Ich bin die Tochter und Enkelin von Männern, die noch selbst zur See gefahren sind, und weiß vieles, was eine Dame nicht wissen sollte. Das, was ich auf Tahiti gesehen habe, zeigt mir, dass Sie recht haben. Es gibt eine kleine Schicht von Adeligen, die von den Kontakten mit den Europäern profitiert, während alle anderen dafür bezahlen müssen. Wenn ich daran denke, dass Missionare wie Wiggles von den Bewohnern ein keusches Leben einfordern! Gleichzeitig aber drücken sie die Augen zu, wenn die Frauen der unteren Schichten aus Not zu den Schiffen hinausschwimmen, um sich dort für einen Bettel jedem verlausten Matrosen hinzugeben.« Sie straffte die Schultern und schüttelte energisch den Kopf. »Eine solche Entwicklung wird Hinrich niemals zulassen. Er wird dieses Volk zu Christus führen, ohne es durch Walfänger und dergleichen betrügen und ausbeuten zu lassen.«

»Das wird nicht leicht werden und Gefahren mit sich bringen«, sagte James leise.

»Das mag sein! Doch darf uns das Wissen darum niemals verleiten, den leichteren Weg zu gehen. Gute Nacht, Mr Hutton.«

»Gute Nacht!«, antwortete James und blickte ihr nach, als sie zum Niedergang ging und nach unten stieg. Er hatte sich so gewünscht, noch einmal mit ihr sprechen zu können, doch anstatt ihr das zu sagen, was sein Herz erfüllte, hatte er von Krankheiten, Huren und ähnlich schlimmen Dingen geredet. Nun würde sie morgen an Land gehen und er sie niemals wiedersehen.

»Das ist auch besser so«, sagte er leise. »Sie ist eine verheiratete Frau und zudem treu. Sie wird an der Seite ihres Mannes bleiben, was auch immer geschieht. Möge Gott geben, dass sie die Heimat wiedersieht, und möge er ihr ein erfülltes Leben schenken.«

4.

Die Hitze erschien Ruth unerträglich, und sie bekam Angst, ohnmächtig zu werden. Das Atmen fiel ihr wegen der eng geschnürten Taille schwer, und sie hätte liebend gerne ein bequemeres Kleid getragen. Auf Hinrichs Bitte hin sollte sie jedoch ganz als Dame an Land kommen, um den Menschen hier zu zeigen, dass sie anders war als deren Frauen. Es ging dabei nicht nur darum, dass sie blonde Haare mit einem leichten Kupferstich hatte und die Insulanerinnen schwarze, auch zählte hier nicht nur ihre helle Haut, während die hiesige einen ins Goldene schimmernden Braunton aufwies. Nein, sie sollte sich besonders durch ihre Kleidung und in ihrem Auftreten von ihnen unterscheiden. Ihr war es nicht recht, doch Tahitoa hatte Hinrich dazu geraten. Nur wenn sie wirklich anders war, konnten sie damit rechnen, dass Aitu'ha'anui, der Priester des Hanatea-Stammes, das Tapu bestätigte, das laut Tahitoa auf ihr liegen sollte und ihr eine Stellung verlieh, in der sie für die Eingeborenen sakrosankt war.

Ruth wäre es lieber gewesen, wenn sie dafür nicht mit Atemnot und viel Schweiß hätte bezahlen müssen. Es fiel ihr bereits schwer, den Niedergang des Schiffes hochzusteigen. Sie trug ein weißes Kleid mit weiten Puffärmeln an den Oberarmen, während die Ärmel an den Unterarmen eng anlagen und an den Handgelenken sogar geknöpft waren. Die Schuhe hatten fingerlange Absätze und waren ihr auf einmal zu eng, obwohl sie ihr in Hamburg noch gepasst hatten. Den Kopf schützte ein Strohhut mit weit nach vorne gezogenem Rand, und in der linken Hand hielt sie ihren Schirm und ein beutelartiges Ridicule. Zu Hause wäre sie so niemals auf die Straße gegangen. Hier aber herrschten andere Gesetze, und sie sollte den Insulanern zeigen, dass sie die Ehefrau eines mächtigen Mannes war.

So ganz verstand sie nicht, wie Tahitoa dies gemeint hatte. Nahm er sich etwa die Frau von Reverend Wiggles zum Vorbild, die sehr deutlich erkennen ließ, dass sie als weiße Dame weit über den vermeintlichen Wilden zu stehen glaubte? So wie diese wollte Ruth gewiss nicht werden. Sie hoffte im Gegenteil, unter den hiesigen Frauen Freundinnen zu finden, die ihr halfen, sich hier einzuleben. Auch wusste sie nicht, ob sie es gutheißen sollte, dass Tahitoa Hinrich den Insulanern als Mann mit großen magischen Kräften vorgestellt hatte. Es mochte vielleicht Menschen mit übernatürlichen Kräften geben, doch weder Hinrich noch sie besaßen welche. Es trotzdem vorzugeben, hatte für sie etwas mit Hochstapelei und Schwindel zu tun.

»Mistress Mensing, es ist alles bereit!« James Hutton war auf sie zugetreten und salutierte sichtbar für die am Ufer Versammelten, um zu zeigen, dass nun eine Frau von großem Ansehen das Schiff verließ.

»Ich danke Ihnen, Mr Hutton!« Ruth bedauerte, dass Hinrich und sie sich nicht so von dem jungen Offizier verabschieden konnten, wie sie es gerne getan hätte. So viele Wochen hatten sie gemeinsam auf dem Schiff verbracht, und nun kam innerhalb weniger Augenblicke der Abschied.

»Auf Wiedersehen!«, rief sie und winkte James und auch der Mannschaft zu.

Ein dreifaches »Hurra!« antwortete ihr.

Dann trat sie zur Bordwand, setzte sich auf den Bootsmannstuhl und wurde nach außen geschwenkt. Wie oft hatte sie sich gewünscht, die *Hesione* verlassen zu können. Nun aber hätte sie viel dafür gegeben, an Bord zu bleiben und mit Hinrich zusammen in die Heimat zurückkehren zu können.

Der Bootsmannstuhl wurde abgesenkt, und unten im Boot streckten zwei Männer die Hände aus, um ihn zu ergreifen und festzuhalten, so dass sie leichter aussteigen konnte. Sie setzte sich auf die Bank im Heck, während die acht Mann, die sie rudern würden, ihre Riemen kurz in die Höhe hoben, dann ins Wasser eintauchten und dem Ufer zustrebten.

Ruth blickte auf die Palmen, deren Wedel sich im Wind wiegten, und musterte die Wartenden, deren Zahl die hundert gewiss überschritt. Sie entdeckte zwei Frauen unter ihnen. Ihrer Tracht aus geflochtenen Matten nach, die sowohl die Knie wie auch die Brüste bedeckten, und mit ihrem Schmuck aus Perlmutt und Perlen schienen sie zu den obersten Familien des Stammes zu gehören. Die jüngere Frau schätzte Ruth auf etwa zwanzig. Ihre Gefährtin war älter und mochte um die vierzig Jahre zählen und sah ihr so ähnlich wie eine Mutter der Tochter. Noch hielten sie sich im Hintergrund, doch Ruth sah Blumenkränze in ihren Händen. Man würde sie also willkommen heißen.

Wenig später lief das Boot auf. Auf einen Befehl des Bootsmanns sprangen die Ruderer ins Wasser und schoben das Boot den Strand hoch. Danach bildeten sie ein Spalier. Bevor Ruth an Land steigen konnte, erschien Tahitoa mit einem mit Blättern, Gräsern und Bast geschmückten Stock, stampfte ein paarmal mit dem Fuß auf und stieß mit durchdringender Stimme einige Laute aus, deren Ähnlichkeit mit einer Sprache Ruth für unwahrscheinlich hielt. Schließlich stimmte er einen Singsang an, der sie an die Lieder auf Tahiti erinnerte. Dabei tanzte Tahitoa, schwang seinen Stab und trat schließlich mit einem letzten dröhnenden Ruf zurück.

»Seid willkommen auf der Insel Hiva Oa, Gewaltige!«, rief er und ging in die Knie, um seine Verehrung für die weiße Frau zu bekunden.

Ruth atmete so tief durch, wie es ihr enges Kleid zuließ, und stieg an Land. Dabei betete sie, nicht mit ihren Absätzen an der Bordwand hängen zu bleiben und den Eingeborenen das beschämende Bild zu bieten, wie ein Mehlsack umzufallen. Es gelang ihr, das Boot mit Anstand zu verlassen, und sie sah Hinrich auf sich zutreten.

»Verzeih diesen ganzen Aufzug, doch es ist unbedingt notwendig, dass die Eingeborenen Ehrfurcht vor uns bekommen. Nur so kann ich ihre Herzen für Gott gewinnen«, sagte er mit einem um Entschuldigung bittenden Lächeln.

»Es ist schon gut, mein Lieber«, antwortete Ruth und ging langsam den Strand hoch. Sie war froh, dass der Sand fest genug war und sie nicht einsank, denn sonst wäre ihr Gang wenig elegant gewesen.

Die beiden Frauen kamen heran, verbeugten sich und legten ihr die Blumenkränze um den Hals. Trotz des störenden Hutes gelang ihnen dies gut, und sie traten ebenso wortlos, wie sie auf Ruth zugetreten waren, wieder zurück.

Tahitoa stand neben Ruth und erklärte ihr, dass es sich bei den beiden um Noelani, die Ehefrau des Häuptlings, und um deren Mutter Noha'aia handele. Danach stellte er Ruth den beiden wichtigsten Männern des Stammes vor, dem Priester Aitu'ha'anui und Matahi, der die Stelle des Häuptlings einnahm. Beide Männer wirkten für Hamburger Verhältnisse wie Hünen und überragten sogar noch Tahitoa. Auch die Frauen waren größer, als Ruth es gewohnt war. Sie selbst hatte zu Hause als recht groß gegolten und musste hier zu anderen Frauen aufschauen. Unterdessen sagten der Priester und der Häuptling etwas, doch während Ersterer so gepresst klang, als wisse er nicht, ob diese Begegnung sich negativ auf seine Stellung im Stamm auswirken könne, wirkte Matahi auf Ruth erfreut und sogar ein wenig hoffnungsvoll.

»Wir werden nun zu unserem neuen Heim gehen«, sagte Hinrich und legte den Arm um Ruths Schulter, um seine Verbundenheit mit ihr zu zeigen.

»Ist es weit?«, fragte Ruth erschrocken. »Das Kleid engt mich ein, und ich habe Angst, Atemnot zu bekommen.«

Noch während sie es sagte, klatschte Tahitoa in die Hände. Vier Männer erschienen mit einem Tragstuhl und stellten diesen vor Ruth auf den Boden.

»Steig ein, meine Liebe!«, forderte Hinrich Ruth auf.

Diese betrachtete das Ding mit gerümpfter Nase. »Ich hoffe, ich muss mich auf der Insel nicht andauernd tragen lassen? Schließlich hat Gott mir Beine gegeben, damit ich sie auch benutzen kann.«

Hinrich lachte leise. »Keine Sorge, meine Liebe! Es ist nur für heute, um dich heimzuholen.«

Mit einem leisen Schnauben nahm Ruth Platz und ärgerte sich erneut über ihr Kleid, das ihr kaum Luft zum Atmen ließ. Sie wäre die Strecke zu dem Haus, das für Hinrich und sie bereitgestellt worden war, weitaus lieber zu Fuß gegangen, um unterwegs ein wenig verweilen und sich die Blüten ansehen zu können, die überall prangten. Dann aber tröstete sie sich damit, dass sie schon bald ein bequemeres Kleid anziehen und sich dann ausgiebig umsehen konnte.

Ein lauter Ruf erscholl. Sofort ergriffen die vier Träger die Stangen der Sänfte und hoben sie auf. Sie schritten so ruhig aus, dass Ruth auf ihrem Tragstuhl nicht durch das geringste Schaukeln behelligt wurde.

Der Weg war weiter, als sie es sich vorgestellt hatte, doch Hinrich blieb an ihrer rechten Seite, während Tahitoa links neben der Sänfte ging. »Die Hanatea halten Sie für etwas ganz Besonderes, Madam, denn Sie sind die einzige Frau, die ein Boot besteigen darf. Ihren eigenen Frauen ist dies verboten«, sagte Tahitoa zu ihr.

»Wie dieses?«

»Die Hänge der Täler sind steil und kaum geeignet für einen Überfall. Wenn ein Stamm einen anderen überfallen will, muss er mit Booten kommen. Daher liegen die Dörfer so weit, wie es möglich ist, vom Ufer entfernt. Auf die Weise gibt es genug Platz, einen Feind zu bekämpfen oder, wenn sich dieser als zu stark erweist, den Frauen und Kindern die Möglichkeit zu geben, sich in die Festung weiter oben im Tal zurückzuziehen. Oft aber«, Tahitoa hob den rechten Zeigefinger, »werden nur die Kanus angegriffen, die auf dem Meer sind. Würden sich Frauen darauf befinden, wären sie eine leichte Beute und würden als Sklavinnen mitgenommen. Um ihnen dieses Schicksal zu ersparen, darf keine von ihnen auf ein Boot steigen.«

Ruth fand diese Sitte der Hanatea zwar seltsam, aber verständlich. »Wird hier oft Krieg geführt?«, fragte sie aus einer gewissen Besorgnis heraus.

»Laut Häuptling Matahis Bericht fand der letzte Überfall auf seinen Stamm vor zwei Monaten statt. Sein Bruder und vier Krieger seines Stammes wurden getötet. Er glaubt, dass sie nun zwei bis drei Jahre in Ruhe gelassen werden. So will es der Brauch.«

»Zwei, drei Jahre, sagst du?«

Ruth atmete auf, denn bis dorthin konnte Hinrichs Segenswerk bereits die ersten Früchte tragen und die Stämme zum Frieden bewegen. Aufatmend sah sie sich um. Die beiden Frauen, die ihr die Blumenkränze umgehängt hatten, gingen als eine Art Ehrengeleit voraus, und hinter ihrem Tragstuhl kamen Matahi und der Priester. Diesen folgten die Krieger der Hanatea. Sie schwangen immer wieder ihre Waffen und stießen wilde Laute aus, die ihr einen Schauer über den Rücken jagten. Für einen Augenblick befürchtete sie sogar, dass der Empfang womöglich gar nicht freundlich gemeint war, sondern man sie als Opfer für einen Eingeborenengott vorgesehen hatte.

»Warum rufen die Männer so?«, fragte sie Tahitoa.

»Sie zeigen damit, dass sie Madam bis zum Letzten gegen jeden Feind verteidigen werden«, erklärte dieser.

Die Auskunft war beruhigend, verriet aber auch das kriegerische Wesen dieses Volkes. Nach einer Weile tauchte das Dorf vor ihnen auf. Wie auf Tahiti bestanden die Häuser aus einem Balkengestell auf einer aus Stein errichteten Plattform sowie einem Palmblattdach und kunstvoll geflochtenen Matten, die als Wände dienten. Die Balken waren über und über mit Schnitzereien verziert, zu denen verzerrte Gesichter gehörten, die lange Zungen heraushängen ließen. Selbst die bei diesem Volk üblichen Tatauierungen waren als feine Linien in diese Fratzen eingearbeitet.

Einige Häuser waren größer, und eines bildete eine große Halle. Zuerst glaubte Ruth, man werde sie dorthin bringen. Ihre Träger gingen jedoch daran vorbei und bogen vom Hauptweg ab. Wenig später lag das Dorf hinter ihnen. Ruth wunderte sich, weil sie dort keine einzige Frau und kein Kind gesehen hatte. Wo mochten diese sein?, fragte sie sich, während sie auf einem anscheinend erst vor Kurzem angelegten Weg auf die Flanke des Berges zugetragen wurde. Dort standen zwei Gebäude. Bei dem kleineren handelte es sich um einen stabil aussehenden Schuppen aus festen Balken, der mit Brettern gedeckt war. Das andere Gebäude war um ein mehrfaches Stück größer und im hiesigen Stil erbaut.

Noch während Ruth dorthin schaute, entdeckte sie die Frauen und Kinder, die sie bis jetzt vermisst hatte. Diese saßen neben dem Weg, schwangen grüne und weiße Wedel und sangen. Als sie an ihnen vorbeigetragen wurde, senkten die meisten ehrfürchtig den

Kopf, um ihn gleich wieder zu heben und ihr neugierig hinterherzuschauen. Es war ein Empfang wie für eine Königin, und Ruth fragte sich, was noch daraus werden sollte.

Auf einen lauten Ruf des Priesters stellten die Träger die Sänfte ab.

»Sie können nun aufstehen und ins Haus gehen. Die Leute werden noch ein wenig singen und dann gehen. Bis zum Abend haben Sie Ruhe, dann wird das große Fest zu Ihrer Begrüßung gefeiert«, erklärte Tahitoa.

Ruth erhob sich, stieg auf den Boden und wandte sich den versammelten Eingeborenen zu. »Ich danke euch für euren herzlichen Empfang. Mag Gott es euch segnen!«

»Ka'oha nui!«, rief der Priester, und die Menschen fingen erneut zu singen an. Es waren ähnliche Lieder, wie Ruth sie auf Tahiti gehört hatte, und dort waren sie freundlich gewesen.

Ruth winkte der Menge noch einmal zu und betrat dann an Hinrichs Seite das Haus. Es war wie das der Wiggles auf Tahiti durch leichte Zwischenwände in mehrere Zimmer aufgeteilt. In einem davon standen ihre großen Seekisten, während die, die sie auf der *Hesione* in die Kabine hatten mitnehmen können, am Rand des Zimmers zu finden waren, das den Matten und Nackenstützen zufolge zum Schlafen vorgesehen war. Im Wohnzimmer befanden sich zwei aus Tahiti mitgebrachte Korbstühle sowie ein niedriger Tisch, auf dem mehrere geflochtene Schüsseln mit Obst, Fleisch und Fisch standen. Statt Brot gab es jenen kleisterartigen Brei, der ihnen bereits auf Tahiti vorgesetzt worden war. Hinrich hatte sich dort nicht daran gewöhnen können. Hier aber würde er es tun müssen, dachte Ruth belustigt. Es gab nun einmal keinen Bäcker, bei dem sie am Morgen frisches Brot besorgen konnte.

»Bist du zufrieden mit unserem neuen Heim?«, fragte Hinrich lächelnd.

»Das Haus ist größer und schöner als das von Reverend Wiggles auf Tahiti«, antwortete Ruth und lachte dann. »Ich sollte keine Vergleiche anstellen, die unpassend sind. Der Reverend und seine Frau leben anders als wir.«

Hinrich sah sie verwundert an. »Wie kommst du auf diesen Gedanken?«

»Du willst diese Menschen durch Liebe zu Gott führen, und nicht durch die Musketen, die du einem ihrer Häuptlinge überlässt, damit er die ganze Insel erobert und die Bewohner in deinem Auftrag zum neuen Glauben zwingt, so wie es auf Tahiti geschehen ist.«

»Das hast du schön gesagt! Ich hoffe, ich werde mich deiner Worte als würdig erweisen«, antwortete Hinrich.

Nur einen Augenblick später fegte der Knall eines Kanonenschusses durch das Tal. Ruth zuckte erschrocken zusammen. »Was ist das?« Noch während sie es sagte, hörte sie einen zweiten Kanonenschuss und gleich darauf einen dritten.

»Hab keine Sorge, meine Liebe. Die *Hesione* läuft eben aus und hat drei Schuss Salut abgefeuert, um den Hanatea unsere Bedeutung mitzuteilen!« Hinrich lachte fröhlich, während Ruth den Kopf schüttelte.

»Du musst mich wirklich für ein schreckhaftes Huhn halten!«

»Nein, eher für ein ganz entzückendes, das in meine Arme zu nehmen mir große Freude bereitet«, sagte Hinrich und setzte es auch gleich in die Tat um.

5.

Sie hatten Hiva Oa erreicht und waren von den Menschen hier freundlich aufgenommen worden. Diese hatten ihnen ein schönes Haus zur Verfügung gestellt, in dem Hinrich und sie sich wohlfühlen konnten, dachte Ruth, während sie die beiden großen Schiffstruhen auspackte. Die Sachen, die sie nicht gleich brauchten, wollte sie wieder in die Truhen tun. Einige Gegenstände wie Hinrichs Bücher hingegen wanderten in die kleinen Schiffskisten, die sie bereits ausgeräumt hatte. Darin waren sie vor allen Unbilden geschützt, und Hinrich konnte sie jederzeit herausnehmen. Während sie arbeitete, fiel ihr ein, dass sie die Dinge, die Hinrich aus den Schiffsvorräten erhalten hatte, nicht im Haus gesehen hatte, und fragte danach.

»Die sind drüben im Schuppen. Mr Cribbic und einige Matrosen haben ihn so fest erbaut, dass man ihn nur mit Gewalt öffnen kann, es sei denn, man besitzt den Schlüssel.« Hinrich zeigte ihr zufrieden einen eisernen Haken mit einem seltsamen Bart.

»Ist es etwas so Wichtiges, dass man es wegsperren muss?«, wunderte sich Ruth.

»Mr Hutton sagte – und das solltest auch du im Gedächtnis behalten! –, dass die Eingeborenen der südlichen See große Diebe wären. Nicht zuletzt deswegen trug die spanische Kolonie, die nach König Philipp benannt ist, ursprünglich den Namen Islas de Ladrones, also Diebesinseln.«

Hinrich klang ernst, denn einiges, was er mit an Land gebracht hatte, durfte nicht verloren gehen. Einen Kochtopf oder ein Messer konnten Ruth und er verschmerzen. Die mit geteertem Segeltuch eingehüllten Pakete im Schuppen wären nicht nur ein herber Verlust, sondern auch noch gefährlich. Eigentlich hatte er vor Ruth verbergen wollen, was sie enthielten, doch nun erschien es ihm besser, es sie wissen zu lassen.

»Komm bitte her!«, forderte er sie auf.

Ruth sah ihn verwundert an. Da legte er einen Arm um sie und führte sie zum Schuppen. »Höre mir gut zu! Es ist von immenser Wichtigkeit, denn unser Leben kann davon abhängen.« Hinrichs Stimme klang so leise, als hätte er Angst, jemand könnte mithören.

»Unser Leben?«

»Ja, unser Leben!«, erklärte ihr Mann ernst. »In dem Schuppen sind mehrere Fässchen Pulver, ein paar Musketen und Pistolen, Entersäbel – und auch eine Kiste mit Handgranaten, deren Lunten man anzündet, bevor man sie auf die Feinde wirft.«

»Ich dachte, du bist hierhergekommen, um die Menschen das Evangelium zu lehren, und nicht, um Krieg zu führen«, antwortete Ruth verständnislos.

»So Gott uns helfe, wünsche ich, diese Dinge nie anwenden zu müssen. Mr Hutton war ebenso wie Tahitoa jedoch der Ansicht, dass ich, wenn der Stamm von einem Nachbarstamm angegriffen wird, ihnen meinen Wert als Beschützer und damit die Macht Gottes beweisen soll.«

»Indem du die Angreifer tötest?« In Ruths Stimme klang Abwehr mit, denn wenn hier einmal die Kriegsfurie entfacht war, würde auch Hinrich sie nicht mehr bändigen können.

»Ich will sie nicht töten, sondern verscheuchen. Aus diesem Grund gibt es auch eine Handvoll Raketen, unter denen sich einige befinden, die mehrere Hundert Yards weit fliegen und die Feinde erschrecken werden. Du musst mir eines versprechen: Komme nie mit Feuer in die Nähe der Hütte. Sollte diese in Brand geraten, müssen wir beide sehr schnell rennen, und ich weiß nicht, ob wir weit genug kommen, während hinter uns alles explodiert!«

»Keine Sorge! Ich werde mich diesem Schuppen weder mit Feuer noch ohne nähern.«

Ruth empfand eine gewisse Anspannung, weil ihr Mann sich mit Waffen versehen hatte, die denen der Eingeborenen weit überlegen waren. Andererseits konnte auch eine mit reicher Schnitzerei verzierte Kriegskeule töten, und so fand sie es verständlich, dass Hinrich hatte vorsorgen wollen.

»Wollen wir hoffen, dass du diesen Schuppen niemals öffnen musst«, sagte sie und schmiegte sich an ihren Mann.

»Ein paar Sachen sind darin, die wir irgendwann brauchen werden. Ich wollte sie nur vor Dieben sicher verwahrt wissen.« Hinrich bemerkte Ruths Bedenken und umarmte sie. Dabei sah er sich um und entdeckte, dass die Sonne kurz davor war, im Westen im Meer zu versinken. »Du solltest dich festlich anziehen! Es wird gewiss nicht mehr lange dauern, bis man uns abholen kommt.«

»Zu unserem Begrüßungsfest!« Ruth atmete tief durch, löste sich aus seinen Armen und öffnete ihre Truhe. Diesmal wählte sie ihr bequemstes Kleid, doch als sie hineinschlüpfte, hatte sie das Gefühl, als wäre es ebenfalls zu eng.

»Bei der Feuchtigkeit auf dem Schiff müssen meine Kleider geschrumpft sein«, sagte sie enttäuscht.

»Die meinen sind es nicht«, antwortete Hinrich verwundert.

»Wahrscheinlich sind deine Hosen, Hemden und Westen aus Tuchen, die nicht so empfindlich sind«, antwortete Ruth, während sie überlegte, wie sie das Kleid weiten könne. »Wenigstens hat Mama darauf geachtet, dass ich mich allein an- und auskleiden kann und mir niemand helfen muss«, sagte sie mit einem Blick auf die vorne angebrachten Knöpfe.

»Ich würde dir gerne helfen«, bot Hinrich an.

»Ich möchte dich sehen, wenn du gerade deine Predigt ausarbeitest und ich dann mit so einer profanen Bitte zu dir komme!« Ruth lachte.

Auch Hinrich lächelte und wies nach hinten auf die Felswand, die nur wenige Schritte vom Fenster entfernt in die Höhe strebte. »Hast du bereits unser Badezimmer gesehen?«

»Nein«, sagte Ruth und streckte den Kopf zum Fenster hinaus.

Ein kleiner Wasserfall kam von oben und floss als Bach weiter. Auf der einen Seite war er durch den Schuppen vor fremden Blicken geschützt, auf der anderen durch eine geflochtene Wand. Ein Stück Felswand war behauen worden und bildete eine Nische, die groß genug war, um dort Handtuch und Toilettensachen ablegen zu können. Weiter oben entdeckte Ruth eine Öffnung, die vom Wasserfall fast ganz verdeckt wurde und auf eine Höhle hinwies. Diese interessierte sie jedoch weniger als der Platz, an dem sie baden konnte.

»Das ist großartig!«, rief sie begeistert. »Wenn du erlaubst, werde ich mich jetzt ausziehen und von oben bis unten waschen. Ich fühle mich doch arg verschwitzt.«

»Tu das!«, sagte Hinrich und sah zu, wie seine Frau sich rasch entkleidete. Er selbst wollte seine Sachen sortieren, blickte dann aber doch wieder zu Ruth. Diese stand nackt unter dem Wasserfall. Es mochte nicht sittsam sein, so zu baden, doch er verstand sie. Immerhin war es sehr heiß, und wenn man nicht auf peinliche Sauberkeit achtete, begann man rasch, unangenehm zu riechen.

Mit einem leichten Schuldgefühl dachte er daran, dass er sich genauso benahm wie die alten Männer in der Bibel, die Susanna heimlich beim Bade beobachtet hatten. Dann aber schüttelte er lächelnd den Kopf. Ruth war seine Frau, und es war sein Recht, sich an ihrem Anblick zu erfreuen. Er fand sie wunderschön. Ihr langes nasses Haar glänzte in der Sonne wie Kupfer, dazu besaß sie ein liebliches Gesicht und einen schlanken, wohlgeformten Leib. Ein wenig schien sie während der Reise zugenommen zu haben, fand er, denn ihre Taille wirkte etwas fülliger. Es tut ihrer Schönheit jedoch keinen Abbruch, sagte er sich und kehrte wieder an seine Arbeit zurück.

Wenig später kam Ruth herein und zog das ausgewählte Kleid an. Sie musste jedoch ausatmen, um überhaupt die Knöpfe schließen zu können.

»So wie es aussieht, werde ich wohl eine Droschke rufen und zur Modistin fahren müssen, damit sie mir neue Kleider anfertigt«, rief sie scherzhaft, denn hier, das war ihr klar, würde sie ihre Garderobe selbst nähen müssen. Sie hatte nur nicht erwartet, dass es so schnell nötig sein würde.

»Tu dies, meine Liebe, und sage ihr, ich werde die Rechnung begleichen, sobald ich wieder in Hamburg bin«, sagte Hinrich und lachte. »Ich bin so froh, dass du bei mir bist!«

»Und ich freue mich, dass ich bei dir sein kann!« Ruth umarmte ihren Mann, und sie küssten sich.

Dann hoben beide die Köpfe.

»Trommeln! Wie es sich anhört, wird das Fest bald beginnen. Wir sollten uns fertig machen, meine Liebe, und hoffen, dass wir etwas zu essen erhalten und nicht selbst gegessen werden.«

Kaum hatte Hinrich es ausgesprochen, schämte er sich dafür. »Verzeih, meine Liebe, das war ein sehr schlechter Scherz!«

»Damit habe ich einen schlechten Scherz bei dir gut!« Ruth lachte leise. Als sie gerade den Hut aufsetzte, kam Tahitoa herein.

»Die Trommeln rufen zum Tamure! Sie werden gleich abgeholt. Es wird das größte Fest seit Jahren werden. Der Häuptling hat viele Schweine schlachten lassen, und die Leute werden singen und tanzen. Da nun die himmlischen Heerscharen von Jesus Christus für den Hanatea-Stamm streiten werden, wird er bald mächtiger und größer sein als alle anderen Stämme auf Hiva Oa.«

»So etwas will ich nicht hören!«, rief Ruth aus. »Mein Mann ist Missionar und wird diesen Menschen den Frieden und die Liebe Jesu Christi lehren, und nicht, mächtig und groß zu sein.«

»Beruhige dich, meine Liebe!«, sagte Hinrich sanft. »Tahitoa hat nicht unrecht, nur drückt er es mit seinen Worten aus. Doch auch du musst sagen, dass der Hanatea-Stamm durch Gottes Segen eine Stellung einnehmen wird, die ihn über die anderen Stämme der Inseln emporhebt. Diese werden jedoch nicht durch Waffengewalt zu Gott hingeführt, sondern durch das Beispiel, das die Hanatea ihnen geben werden.«

Ruth nickte, doch Hinrichs Worte vertrieben nicht die Schatten, die sie am Horizont aufziehen sah. Was bist du nur für ein jämmerliches Wesen, tadelte sie sich in Gedanken. Es wird alles gut werden. Hinrich wird die Hanatea zum christlichen Glauben führen und deren Beispiel die anderen Stämme dazu bringen, die Macht Gottes anzuerkennen.

»Du hast recht, mein Lieber!«, sagte sie daher mit einem gequälten Lächeln.

»Ich höre sie kommen! Komm, wir wollen sie empfangen.« Hinrich bot ihr den Arm und führte sie zur Tür.

Draußen hatte sich fast das ganze Dorf versammelt. Die Männer waren allesamt über und über tatauiert und hatten ihre Haare zu zwei Knoten gebunden, die wie Hörner vom Kopf abstanden. Die nackten, mit Kokosöl eingeriebenen Oberkörper glänzten, die Blättergirlanden an den Oberarmen waren so lang wie die Arme selbst, und um den Hals trugen sie Ketten mit Hai- und Eberzähnen. Diesmal aber hielten sie zu Ruths Erleichterung keine Waffen in den Händen.

Hinter den Männern kamen die Frauen. Bei Ruths Ankunft hatten diese gekniet oder gesessen, und sie selbst war zu aufgeregt gewesen, um sie genauer anzuschauen. Nun aber stellte sie fest, dass die meisten nur einen aus Blättern geflochtenen Lendenschurz trugen, der mit einem Rock aus roten Bastfäden verziert war. Die Brüste waren unbedeckt und wurden durch Ketten aus Muscheln und Blumen noch betont. Auf dem Kopf trugen viele eine Art Krone aus Blumen, und die meisten waren ebenfalls mit Tatauierungen versehen, die allerdings nur Teile des Körpers bedeckten. Ohne diesen eigenartigen Hautschmuck hätte Ruth sie als schön empfunden. Ich werde mich daran gewöhnen müssen, sagte sie sich und blickte zu Noelani, der Ehefrau des Häuptlings, hinüber. Wie schon bei ihrem Empfang auf der Insel hatte diese Frau sich auch diesmal in eine schmiegsame Matte gehüllt, welche auch Brüste und Knie bedeckte. Dazu trug sie lange Halsketten aus Perlmutt und Perlen, die in Hamburg ein Vermögen wert gewesen wären.

Ein halbes Dutzend anderer Frauen war ähnlich gekleidet, und Ruth beschlich das Gefühl, dass die Verhüllung ihrer Reize weniger weiblicher Schamhaftigkeit geschuldet war als dem Willen, ihren hohen Rang im Stamm zu betonen.

Aitu'ha'anui trat vor und stimmte einen Singsang an, den Tahitoa als Einladung zum Fest übersetzte. Dem Priester war anzusehen, dass er noch immer nicht wusste, wie er sich zu Hinrich stellen sollte, den er doch als Konkurrenten ansehen musste. Im Gegensatz zu ihm blickte der junge Häuptling Hinrich so verzückt an, als könne dieser alle Probleme seines Stammes durch ein Gebet oder ein magisches Ritual aus dem Weg räumen.

Zu Ruths Erleichterung wurde sie diesmal nicht getragen, sondern durfte zu Fuß gehen. Sechs Mädchen, die gerade so alt waren, dass ihnen die Brüste zu sprießen begannen, führten den Zug an. Nach ihr selbst und Hinrich kamen Noelani und die anderen hohen Damen. Diesen folgten Matahi und der Priester, dann die übrigen Frauen und zuletzt die Männer. Es war ein malerischer Anblick, und für Augenblicke dachte Ruth, dass sie dieses Schauspiel um nichts in der Welt missen wollte. Sie schämte sich ein wenig dafür, denn nach den Sitten der Heimat war es eine große Sünde, so herumzulaufen, wie die Menschen hier es taten. Nicht einmal eine Hafenhure in Hamburg würde auf offener Straße die Brüste zeigen, und bei einer Kleidung, die nicht nur den Oberkörper, sondern auch die Beine bis zu den halben Oberschenkeln frei ließ, hätte man jede Frau dort sofort in Decken gehüllt und ins Gefängnis gesperrt.

Ruths Gefühle schwankten daher zwischen widerwilliger Bewunderung und Abscheu. Gleichzeitig fragte sie sich, was Hinrich empfinden mochte. Er war Pfarrer und Gottes Gebot daher doppelt verpflichtet. Doch würde er zunächst Nachsicht üben müssen, so schwer es ihm auch fallen mochte.

6.

Der Festplatz lag außerhalb des Dorfes und war bretteben. Das lag hauptsächlich an den gut eingepassten, flachen Steinen, mit denen er belegt war. An der einen Seite sah Ruth die Trommeln, die sie gerufen und ihren Weg bis hierher begleitet hatten. Ein paar davon waren größer als die Männer, die sie schlugen, so dass diese auf einem Hocker stehen mussten. Auf der anderen Seite befanden sich blumengeschmückte Matten auf einem Podium, auf dem etwa zwanzig Menschen sitzen konnten. Zu beiden Seiten des Podiums lagen weitere Matten, deren Zahl so groß war, dass wohl alle restlichen Mitglieder des Stammes dort Platz fanden.

Hinrich und sie wurden zu dem Podium geführt und gebeten, auf der am meisten geschmückten Matte Platz zu nehmen. Links von ihnen setzten sich Matahi und mehrere andere Anführer samt ihren Frauen, rechts von ihnen Aitu'ha'anui und andere hochrangige Männer und Frauen. Die meisten Stammesmitglieder hingegen ließen sich auf den Matten an den Seiten des Festplatzes nieder. Tahitoa, dem kein direkter Platz zugewiesen worden war, setzte sich zu Hinrichs Füßen und erklärte, dass nun als Erstes die Kinder tanzten.

Es waren etwa zwanzig Mädchen und Jungen, die mit gezierten Tanzschritten den Festplatz betraten. Ruth schätzte, dass sie zwischen vier und zwölf Jahre alt waren. Es war kein Mädchen dabei, welches bereits Ansätze zu Brüsten zeigte. Die Oberkörper waren frei, doch während die Knaben grüne Blätter trugen wie die Männer, hatten sich die Mädchen Blumengirlanden um die Hüften geschlungen, die ihre kurzen Lendentücher fast ganz verbargen. Blumen, Federn und Muscheln bildeten den Schmuck der Mädchen, während die Jungen Lederbänder um den Hals trugen, an denen kleine geschnitzte Symbole hingen.

Ruth lächelte den Kleinen zu. Die Trommeln und der eigenartige Ton seltsamer Flöten gaben den Takt an. Der Tanz begann mit fließenden Bewegungen, wurde dann aber rasch schneller. Während die Jungen kräftig auf den Boden stampften, schwangen die Mädchen die Hüften und machten so fließende Bewegungen, dass Ruth sich an Schlangen erinnert fühlte.

Während die Eingeborenen zu singen begannen, schüttelte Hinrich den Kopf. »So verderben sie schon die Kinder!«, stieß er angeekelt auf Deutsch hervor.

Für Ruth war es, als hätte man einen Kübel eisigen Wassers über sie ausgeschüttet, denn ihr hatte der Tanz der Kinder gefallen. Zwar sagte sie sich, dass Hinrich nicht ganz unrecht hatte. Einige Bewegungen der Mädchen erschienen ein wenig anzüglich, doch sie fand nichts Schlimmes daran.

Das Fest ging weiter, und die Trommeln klangen lauter, als die Nacht schlagartig herniedersank. Fackeln und Feuerstöße erhellten den Festplatz, und immer wieder sprangen die Menschen auf, um zu tanzen. Solange Frauen und Männer es gemeinsam taten, wurden ihre Bewegungen auch für Ruth etwas zu gewagt. Sie ließ sich jedoch nichts anmerken und war erleichtert, weil Hinrich sich beherrschte.

»Sie sind wie Kinder«, sagte er erneut auf Deutsch. »Man muss sie an die Hand nehmen und sie lehren, was richtig für sie ist.«

Was war richtig für die Menschen auf Hiva Oa?, fragte Ruth sich. Es war gewiss ein lohnenswertes Werk, sie dem christlichen Glauben zuzuführen. Doch musste man dafür alles, was ihnen etwas bedeutete, verbieten oder gar zerstören, so wie Reverend Wiggles und seine Mitstreiter in Christus es auf Tahiti getan hatten?

Sie sah weiter zu und spürte, wie ihr Blut durch den Klang der Trommeln in Wallung geriet. Es herrschte eine wundervolle Stimmung, und sie störte sich auch nicht mehr an den halb nackten Tänzerinnen und Tänzern.

»Es ist ein heiliger Tanz für diese Menschen. Er soll den Göttern gefallen und Fruchtbarkeit bringen«, erklärte Tahitoa, als die Trommeln und der Gesang etwas leiser geworden waren.

»Diese Menschen sollen Gott gefallen und in der Kirche beten und singen«, antwortete Hinrich. Sein Wirken als Missionar hatte er sich anders vorgestellt. Für ihn waren diese Menschen ein Volk, das vom Satan verdorben worden war und Sitten folgte, die jedem aufrechten Christenmenschen ein Gräuel sein mussten. Er wusste jedoch selbst, dass er dies nicht von einem Tag auf den anderen ändern konnte. Hier half nur noch der Gedanke an den berühmten Spruch, dass steter Tropfen den Stein höhlt. Für ihn hieß dies, dass Ruth und er diesen Menschen ein Vorbild sein mussten, dem sie irgendwann alle folgten. Trotzdem war es für ihn nicht leicht, die Tänze mit anzusehen. Der Anblick der barbusigen Frauen und ihrer schlanken Schenkel blieb nicht ohne Wirkung auf ihn, und er wappnete sich mit Gebeten gegen die Gefühle, die sie in ihm auslösten.

Er war daher erleichtert, als die Frauen sich wieder setzten und nun die Männer mit grimmigen Mienen Aufstellung nahmen. Das Stakkato der Trommeln steigerte sich kurz und verebbte dann ebenso wie der Gesang der Menge. Für Augenblicke herrschte Stille, dann klang ein wilder Schrei aus über vierzig Männerkehlen auf. Fäuste wurden gen Himmel gereckt, und der Tanz begann. Anders als bei den Frauen hatte er nichts Fließendes an sich, sondern bestand aus abrupten, stoßartigen Bewegungen. Immer wieder stampften die Männer auf den Boden und stießen drohende Laute aus.

Der Häuptling erhob sich von seinem Platz und gesellte sich zu den Tänzern. Seine Rufe waren am lautesten, und wenn er sich bewegte, sah es so aus, als würde er einen Feind bekämpfen, besiegen und in den Boden stampfen.

Dies war nichts, was Ruth gefiel, während Hinrich sich fasziniert aufrichtete, um besser sehen zu können. Diese Zurschaustellung ungezügelter männlicher Kraft sprach ihn an, und er spürte, wie seine Arme und seine Beine mit im Takt der tanzenden und stampfenden Männer zuckten. Dies war etwas anderes als die schamlose Darbietung der Frauen, durchfuhr es ihn. Diese waren wahrlich Evas Töchter, schwach und zu leicht den Verlockungen des Satans erlegen. Wie konnten sie es wagen, ihre Brüste so zur Schau zu stellen und ihre Hüften zu schwingen wie ein Tier, das gerade kopuliert? Diese Männer hingegen waren stark und bereit, es mit jedem Feind aufzunehmen, und sei es der Teufel selbst.

Plötzlich sprang auch Aitu'ha'anui auf und wirbelte zwischen den Tänzern umher. Seine Bewegungen waren so schnell, dass Hinrich ihnen kaum folgen konnte. Die schwarzen Federn, die für den Priester Schmuck und Kleidung zugleich waren, erschienen ihm wie ein Symbol des Teufels. Er war jedoch sicher, auch Aitu'ha'anui vor dem Verderben retten und zu Gott hinführen zu können. Da hielten die Tänzer mit einem letzten, weithin hallenden Schrei inne, und Hinrich sah, wie sich die Blicke aller auf ihn richteten.

»Die Leute erwarten, dass Sie nun etwas tun«, raunte Tahitoa Hinrich zu.

»Mein Mann kann weder so schreien noch so herumhüpfen wie diese Männer«, wandte Ruth besorgt ein.

»Dies wäre auch nicht die Art eines Pastors«, antwortete Hinrich und stand auf. Noch wusste er nicht, wie er beginnen sollte. Er erinnerte sich jedoch, dass es ihm bei seiner Ankunft gelungen war, die Eingeborenen mit seiner Stimme in Bann zu schlagen, und hob langsam die Arme bis zur Höhe der Brust.

»So hört mich denn an im Namen des Vaters, des Sohnes und des Heiligen Geistes!«, begann er und sah zufrieden, wie die Mienen seiner Zuhörer andächtig wurden.

Während des Studiums hatten seine Lehrer seine ausgezeichnete Stimme gelobt, und er hatte oft Gebete und Predigten vortragen dürfen. Nun begann er eine dieser Predigten. Auch wenn diese Menschen seine Worte nicht verstanden, so würde Gott trotzdem das Saatkorn des wahren Glaubens in sie einpflanzen und dafür sorgen, dass er sie vor den Schlingen des Satans erretten und zum Heil führen konnte.

Hinrich predigte aus dem Gleichnis von Hiob, den Gott so hart geprüft und der doch niemals seinen Glauben verloren hatte. Für Ruth war es das erste Mal, dass sie ihn in dieser Art predigen hörte, und wünschte sich, es wäre in Sankt Michaelis oder einer anderen Kirche in Hamburg. Dort hätte er Gott gewiss Ehre gemacht. Hier verstand nur sie allein seine Worte, da er auf Deutsch predigte, und das fand sie schade.

Als Hinrich ganz zuletzt sein »Amen« nicht weniger kraftvoll in die Nacht hineindonnerte, als Aitu'ha'anui es mit seinen Rufen getan hatte, herrschte für Augenblicke eine ehrfürchtige Stille, dann brandete Jubel auf. Frauen und Männer sprangen auf und stimmten ein Lied an, in dem sie, wie Tahitoa erklärte, Hinrich priesen.

»Die Leute sagen, Sie haben eine Stimme wie ein Gott«, setzte er hinzu, und es war offensichtlich, dass er sich in dem Glanz sonnte, in dem Hinrich bei den Eingeborenen stand.

Ruth hingegen wusste nicht so recht, was sie denken sollte. Um diese Menschen zu Christus zu bekehren, erschien es ihr zwingend notwendig, dass Hinrich und sie deren Sprache erlernten. Sie hoffte, dass Hinrich in der Lage sein würde, so zu predigen, dass ihn die Hanatea verstanden. Bis dorthin sollte er es zumindest auf Englisch tun, damit Tahitoa seine Worte übersetzen konnte.

Darüber aber wollte sie mit ihrem Mann in der Abgeschlossenheit ihres Heims sprechen. An diesem Abend würde es wohl nicht mehr möglich sein, doch am nächsten Tag ergab sich gewiss die Gelegenheit. Langsam verspürte sie Hunger und beugte sich daher zu Tahitoa vor. »Wann ist das hier zu Ende? Ich will nach Hause und etwas essen!«

Noch während sie es sagte, fiel ihr siedend heiß ein, dass sie keine Möglichkeit zum Kochen und auch keine Vorräte besaß, die sie auf den Tisch bringen konnte. Sie war hier ebenso wie auf Tahiti darauf angewiesen, dass ihnen die Eingeborenen etwas brachten.

Da zwinkerte Tahitoa ihr fröhlich zu. »Gleich gibt es zu essen. Sehen Sie, der Erdofen wird bereits geöffnet!«

Als Ruth in die gewiesene Richtung blickte, räumten dort mehrere Frauen Erde, Steine und Blätter beiseite. Sie fragte sich, wie aus diesem Loch ein gutes Essen kommen sollte, und zog die Nase kraus. Trotzdem beobachtete sie weiterhin, was die Frauen taten. Diese schafften große Blätter und sogar ganze Palmwedel beiseite, und kurz darauf erschienen Mädchen mit geflochtenen Körben, die mit Blättern ausgelegt waren. Wie es aussah, wurden Speisen zerteilt und in die Körbe gefüllt. Bei diesem Anblick meldete ihr Magen, dass er bereit war, alles zu essen, was ihr vorgesetzt wurde, wenn es nicht allzu abstoßend schmeckte.

Sie und Hinrich erhielten die ersten Portionen, und das Einzige, was sie erkannte, war Schweinefleisch. Der Rest musste Gemüse oder Obst sein, das mit den Schweinen zusammen gedünstet worden war, nur hatte das Essen auf Tahiti anders ausgesehen. Nimm dich zusammen, schalt Ruth sich. Da Hinrich die Insulaner zum christlichen Glauben bekehren wollte, durften sie diese nicht vor den Kopf stoßen.

»Weißt du, was das ist?«, fragte Hinrich misstrauisch.

»Nein! Uns bleibt aber nichts anderes übrig, als so zu tun, als würde es uns schmecken. Immerhin sind wir die Ehrengäste und müssen einen guten Eindruck hinterlassen.«

In Ruths Worten schwang eine Mahnung an ihren Mann mit, sich zu beherrschen. Sie hatte es kaum gesagt, da nahm sie eine Frucht, steckte sie in den Mund – und schnaufte überrascht. Obwohl das Stück ein wenig von dem Geschmack des Schweinefleisches und der anderen Beilagen angenommen hatte, strömte es ein wunderbares Aroma aus.

»Das ist sehr gut!«, sagte sie zu dem Mädchen, das sie bediente, und nahm das nächste Stück. Danach aß sie etwas Schweinefleisch, anschließend wieder eine Frucht und einen Bissen von einem rötlich aussehenden Gemüse, das ebenfalls leicht süßlich schmeckte.

Auch Hinrich aß jetzt, sah dabei aber etwas verwundert zu seiner Frau hin. »Wenn dein Appetit weiterhin so anhält, nimmt es mich nicht wunder, wenn dir deine Kleider nicht mehr passen!«, sagte er kopfschüttelnd, als Ruth sich das nächste, nicht gerade kleine Stück Schweinefleisch griff.

Obwohl er recht hatte, empfand Ruth diese Bemerkung als ungalant. Sie versuchte, sich ein wenig zu bremsen, doch ihr Magen hatte die Herrschaft über sie ergriffen und war so gierig, dass sie sich dessen schämte. Es schmeckte jedoch zu gut, und sie konnte nicht aufhören.

Den Frauen schien es zu gefallen. Sie klatschten rhythmisch, und Noelani, die nun ebenfalls etwas bekommen hatte, reichte ihr ein Stück von jener gedünsteten Frucht, die ihr am besten geschmeckt hatte.

7.

Obwohl der martialische Tanz der Krieger Ruth erschreckt hatte, gefiel ihr das Fest, und sie fühlte sich glücklich, als sie an Hinrichs Arm in ihr Haus zurückkehrte. Sechs Hanatea leuchteten ihnen den Weg mit Fackeln aus, und zwei Mädchen folgten ihnen, um die Lampions anzuzünden und die Bettmatten auszulegen. Danach verabschiedeten sie sich und kehrten mit den Fackelträgern ins Dorf zurück. Ruth und Hinrich sahen ihnen nach, schlossen die Tür und sahen einander an.

»Endlich allein! Aber es war ein Schauspiel, das musst du zugeben!«, sagte Ruth lachend.

Hinrich zog die Mundwinkel nach unten. »Das war es allerdings! Doch ich fand es äußerst schamlos. Ich hätte mir gewünscht, du wärst nicht gezwungen gewesen, es mitzuerleben. Ich werde sehr viel tun müssen, um das Unkraut, das der Satan hier gesät hat, auszureißen.«

Der kühle Tonfall seiner Stimme ernüchterte Ruth. »So schlimm, wie du meinst, fand ich es nicht.«

»Du bist eine Frau, und Frauen sind nun einmal, wie man an Eva sieht, vom Satan leichter zu verführen.«

Hinrichs Worte waren für Ruth wie ein kalter Guss. Er war doch zu Hause in Hamburg kein Eiferer gewesen, sondern hatte Nachsicht mit den kleinen Schwächen der Menschen gezeigt. Nun hörte er sich an, als hätte er Reverend Wiggles' Meinung über die Insulaner übernommen. Im nächsten Moment ärgerte sie sich, weil sie an ihrem Ehemann zu zweifeln begann, und gab sich die Schuld daran, weil sie in letzter Zeit rasch ermüdete und gelegentlich mit trübsinnigen Stimmungen zu kämpfen hatte.

»Du wirst es schon richtig machen!«, antwortete sie daher. »Nur darfst du nicht erwarten, dass du den Hanatea-Stamm in wenigen Wochen zu solchen Christen formen kannst, wie es die Leute bei uns zu Hause sind. Denke daran, Reverend Wiggles und die anderen Missionare wirken schon viele Jahre auf Tahiti, und doch sind die alten Bräuche dort noch nicht ganz vergessen.«

»Damit hast du recht, meine Liebe. Wer zu rasch vorangeht, kommt leicht ins Stolpern, und das darf mir, da es um das Seelenheil dieser Menschen geht, nicht passieren.«

Damit war die Unstimmigkeit beseitigt, und beide berichteten einander, was ihnen am besten gefallen hatte. Bei Ruth war es eindeutig das Festmahl, obwohl es so anders gewesen war, als sie es von zu Hause gewohnt waren. Dazu nannte sie den Tanz der Kinder und Sitztanz der Frauen mit ihren sanften, fließenden Bewegungen. Die ihr anzüglicher erscheinenden Tänze verschwieg sie, da es Hinrich nicht gefallen hätte.

»Der Tanz der Männer hat mir allerdings Angst eingejagt«, gab sie zu. »Er erinnerte mich zu sehr an Doktor Merricks Worte, dass die Bewohner dieser Inseln alles Wilde seien.«

»Für mich war es der Ausdruck stolzen Mannestums, und ich bin mir sicher, aus diesen Männern ehrfürchtige Christen machen zu können!«, antwortete Hinrich mit einem nachsichtigen Lächeln. Ruth war nun einmal eine Frau und wusste nichts von den Regeln, die Männer befolgten. Es war bereits auf dem Gymnasium so gewesen und auch später beim Studium. Wer dazugehören wollte, musste sich gewissen Ritualen unterwerfen, die Frauen unbekannt waren und von denen sie auch nichts wissen sollten.

»Du hast gewiss recht«, sagte Ruth und begann, sich zu entkleiden. »Wenn du nichts dagegen hast, werde ich mir jetzt die Zähne putzen und mich waschen. Es ist auch gut, dass der Schiffszimmermann den kleinen Abtritt für uns errichtet hat. So müssen wir doch nicht ins Gebüsch.«

»Ich habe ihn darum gebeten«, erwiderte Hinrich stolz. Auch wenn sie sich auf einer fernen Insel befanden, wollte er nicht alles entbehren, was er aus der Heimat gewohnt war.

Ruth war damit zufrieden, auch wenn es ungewohnt für sie war, sich mit großen Blättern den Hintern abwischen zu müssen. Sie machte sich für die Nacht fertig und zog ihr Nachthemd an, wollte aber wach bleiben, bis auch Hinrich zurückkehrte. Der Rhythmus der Trommel, der Tanz und die fremden Lieder hatten in ihr die Sehnsucht nach trauter Zweisamkeit erweckt, und so hoffte sie, dass es bei Hinrich ebenso war und er und sie das teilen konnten, das Paare sich seit Adam und Eva gegenseitig schenkten.

Es verging einige Zeit, bis Hinrich wieder zurückkam. Doch anstatt sich zu ihr zu legen, kniete er nieder und begann zu beten. Die Gefühle, die das Fest in ihm ausgelöst hatte, erschienen ihm zu sündhaft, um mit der Buße bis zum Morgen zu warten. Um Ruth nicht zu stören, betete er leise, aber voller Inbrunst und bat

Gott um Verzeihung für die Verirrungen, die seine Gedanken eingeschlagen hatten.

Ruth wunderte sich, da Hinrich sonst nur ein kurzes Nachtgebet gesprochen hatte, während es diesmal schier ewig dauerte. Eigentlich hatte sie wach bleiben und ihn bitten wollen, zu ihr zu kommen. Der anstrengende Tag forderte jedoch seinen Tribut von ihr, und so fielen ihr schließlich die Augen zu.

Sie wachte nur einmal kurz in der Nacht auf, um zum Abtritt zu gehen. Danach legte sie sich wieder hin und dachte an ihre Lieben zu Hause. Ob diese sie auch vermissten?, fragte sie sich. Es war nicht gerade der richtige Gedanke für ihre erste Nacht in ihrer neuen Heimat, doch wünschte sie sich, diese wäre ihr vertrauter. Dann aber spottete sie über sich selbst. Sie hatte dunkelhäutige Menschen in Kapstadt gesehen, braunhäutige in Batavia und nun die Leute auf Tahiti und Hiva Oa. Gleichgültig, welche Sitten und Gebräuche sie befolgten, sie waren doch alle Geschöpfe Gottes. Mit dieser Überlegung schlief sie wieder ein und träumte von einem Schiff, das die Eltern und Geschwister zu ihr bringen würde. Der Traum war so intensiv, dass sie am nächsten Morgen aufstand und in die anderen Kammern schaute, in denen sie glaubte, die Familie untergebracht zu haben. Doch diese waren leer, und sie spürte, wie ihr die Tränen kamen.

»Ich bin ein jämmerliches Wesen!«, sagte sie halblaut zu sich selbst und kehrte ins Schlafzimmer zurück.

Hinrich war bereits aufgestanden und hatte seine Morgentoilette beendet. Daher zog sie sich aus, schlüpfte ins Freie und genoss es, sich nackt unter den kleinen Wasserfall zu stellen. Das war etwas, was sie zu Hause nie hätte tun können. Zum einen gab es in Hamburg keine Wasserfälle, und zum anderen standen die Häuser so eng zusammen, dass ihr gewiss jemand hätte zusehen können.

Danach zog sie sich an und fand, dass ihre Kleider für das hiesige Klima doppelt ungeeignet waren. Zum einen waren die Stoffe zu schwer und zu warm, und zum anderen schrumpften sie, so dass ihre Taille förmlich eingezwängt wurde.

Damit war ihre Arbeit in den nächsten Tagen vorgegeben. Sie würde ein paar Kleider auslassen, damit sie weiter wurden, und sich dann aus leichtem Tuch ein paar neue nähen, mit denen sie besser zurechtkäme als mit ihren alten. Vorerst aber würde sie auf Unterröcke verzichten und nur Hemd und Kleid tragen, um ein wenig Erleichterung zu finden.

Hinrich hatte einen kleinen Spaziergang gemacht und kam nun herein. Als er sah, wie Ruth die Unterröcke wegräumte, hob er abwehrend die Hand. »Du solltest den Weibern ein Vorbild sein und dich so kleiden, wie es einer christlichen Frau zukommt!«

»Aber ich bin doch bekleidet«, wandte Ruth missmutig ein.

»Wenn du so das Haus verlässt, würde jeder Windstoß deinen Rock und dein Hemd aufstieben lassen, und jeder könnte deine Beine sehen!«

Für Ruth klang ihr Mann, als würde er einem Schüler ermahnen, etwas Unziemliches zu unterlassen. Da sie keinen Streit wollte, zog sie ihr Kleid wieder aus und streifte mehrere Unterröcke über, damit Hinrich zufrieden war. Als sie ihr Kleid wieder anlegte und die Knöpfe schloss, war es durch die Unterröcke so eng, dass sie Beklemmungen bekam. Gleichzeitig durchlief sie eine Hitzewallung, dass sie am liebsten die ganze Kleidung vom Leib gerissen hätte und zum Wasserfall gestürzt wäre, um sich abzukühlen.

8.

Ruth war schlechter Stimmung und kämpfte dagegen an, um ihrem Mann nicht das Bild einer zänkischen Frau zu bieten. Doch sie kam sich überflüssig vor. Hinrich las in seinem Brevier, sie hatte Hunger und keine Ahnung, wie sie an etwas Essbares gelangen sollte. In die Hände klatschen hatte hier, etliche Steinwürfe vom eigentlichen Dorf entfernt, wenig Sinn, und sie wünschte sich, sie würden so wohnen wie Reverend Wiggles und dessen Ehefrau. Diese hatten wenigstens Dienstpersonal, das den Haushalt führte. Doch selbst darauf hätte sie verzichten können, wenn sie es selbst hätte übernehmen können. Sie besaß zwar Töpfe, Pfannen und Teller, aber keinen Herd und konnte daher nicht einmal eine Tasse Kaffee zubereiten.

Zudem fragte sie sich, wovon Hinrich und sie auf Dauer leben sollten. Sie konnten nicht damit rechnen, dass die Einheimischen sie die ganze Zeit ernährten. In der Heimat erhielt ein Pastor Geld für sein Amt. Hier aber musste Hinrich die Menschen erst bekehren. Bis dies geschehen war, würde sie wohl selbst die Hände rühren müssen, damit sie nicht verhungerten. Dafür aber würde sie lernen müssen, wie man hier säte und erntete, und auch, welche Früchte essbar waren und welche nicht. Viel Zeit blieb ihr nicht, sich dieses Wissen anzueignen. Schließlich sollte Hinrich nicht sagen müssen, er hätte eine schlechte Hausfrau geheiratet.

Verärgert, weil sie während der ganzen Reise nicht an diesen wichtigen Punkt gedacht hatte, verließ sie das Haus und blickte sich um. In der Nähe wuchsen ein paar Bäume, deren Früchte hingen jedoch zu hoch für sie. Auch waren sie ihr unbekannt, und sie hätte nur im Notfall davon gekostet.

Als sie Stimmen hörte, eilte sie in die Richtung. Weniger als fünfzig Schritte vom Haus entfernt standen Tahitoa und zwei junge Mädchen und redeten miteinander. Als eines der Mädchen Ruth entdeckte, stupste sie Tahitoa an und zeigte auf sie.

Der junge Mann aus Tahiti trat fröhlich auf Ruth zu. »Ich wünsche Ihnen einen schönen guten Morgen, Madam!«

»Er wäre noch schöner, wenn es Frühstück gäbe.«

»Es wird gleich gebracht!« Tahitoa sagte zu den beiden Mädchen ein paar Sätze, und die beiden eilten flink wie Gazellen davon.

»Aipua und Hoani sind gleich zurück. Dann können Sie essen«, sagte er, als er sich Ruth wieder zugewandt hatte.

»Danke! Nach dem Frühstück würde ich mich gerne mit dir unterhalten, Tahitoa. Ich muss wissen, wie es hier weitergeht. Hinrich und ich können dem Stamm doch nicht auf Dauer auf der Tasche liegen.«

An Tahitoas verwirrter Miene erkannte sie, dass ihm trotz seiner guten Englischkenntnisse solche Redensarten fremd waren. Daher erklärte sie ihm, dass sie wissen wollte, wie sie Vorräte ansammeln und daraus Speisen zubereiten konnte.

»Aber das ist nicht nötig«, antwortete er verwundert. »Der Hanatea-Stamm ist glücklich, mit Hinrich einen mächtigen Priester gewonnen zu haben. Würde er jetzt in der Erde graben oder aufs Meer hinauspaddeln, um Fische zu fangen, würden die Hanatea sich sehr wundern. Aitu'ha'anui tut es auch nicht und wird trotzdem satt.«

Einesteils erleichterte Ruth die Auskunft, da sie damit rechnen konnte, dass Hinrich und sie hier nicht verhungern würden. Andererseits bedeutete es eine Verpflichtung für ihren Mann, sich dafür einmal dankbar erweisen zu müssen. Wie dies jedoch geschehen sollte, wusste sie nicht. Die Rückkehr der beiden Mädchen beendete diesen Gedankengang.

Es waren zwei hübsche Dinger, die um die sechzehn Jahre alt sein mochten und bis auf einen Bastlendenschurz und eine um die Hüften gewundene Blumenkette unbekleidet waren. Wenn die beiden sie länger bedienen sollten, würde sie sie bitten müssen, sich anders zu kleiden, sagte sich Ruth. Allerdings wusste sie noch nicht, wie das geschehen sollte, denn das lange, hemdartige Zeug, zu dem die Missionare auf Tahiti ihre Dienerinnen zwangen, hatte abscheulich ausgesehen. Es würde ihr daher vorerst reichen, wenn die Mädchen die Brüste verhüllten.

Ruth folgte den beiden ins Haus und sah zu, wie sie geschickt den Tisch deckten. Langsam gelang es ihr, sie auseinanderzuhalten. Beide waren groß und schlank, doch Aipuas Gesicht war etwas breiter und die Lippen voller als Hoanis. Sie wollte Tahitoa fragen, wie sie sich bei den beiden bedanken konnte. Als sie sich jedoch nach ihm umdrehte, sah sie, dass er mit Hinrich sprach, und bekam mit, dass ihr Mann am Abend erneut predigen sollte.

Was ist mit mir?, fragte sie sich erneut. Während ihr Mann den Einheimischen das Christentum nahebrachte, sah sie, abgesehen von ein wenig Näharbeit für ihre und seine Garderobe, ein Leben ohne Aufgaben und Pflichten vor sich, bei dem sich bald Langeweile und Überdruss einstellen würden. Dies war weder in ihrem Sinn, noch wollte sie Hinrich zumuten, mit einer unzufriedenen Frau geschlagen zu sein.

»Ich brauche eine Beschäftigung«, sagte sie leise und beschloss, als Erstes die hiesige Sprache zu lernen oder, besser gesagt, die von Tahiti, da Tahitoa sie ihr beibringen musste. Sein Dialekt unterschied sich von dem auf Hiva Oa, wurde hier aber verstanden. Sobald sie in der Lage war, sich mit den Einheimischen zu unterhalten, würde sich auch eine Aufgabe für sie finden. Dieser Gedanke verlieh ihr Mut, und sie setzte sich, um mit dem Frühstück zu beginnen.

Hinrich kam hinzu und deutete mit ärgerlicher Miene auf ihre beiden Dienerinnen. »Sieh dir diese schamlosen Dinger an! So können sie hier nicht bleiben. Du musst dafür sorgen, dass sie Brüste und Knie bedecken!«

»Das, mein Lieber, habe ich bereits beschlossen. Du musst mir allerdings verzeihen, wenn ich sie nicht in solche Säcke stecke, die Reverend Wiggles für die Frauen auf Tahiti für nötig erachtet. Wie du selbst sagtest, höhlt nur der stete Tropfen den Stein und nicht ein einziger Schwall Wasser, der danach wieder verebbt.«

VIERTER TEIL

DIE WALFÄNGER

1.

Ruth musterte den Blumenschmuck auf dem Tisch und nickte. »E fārerei ā tātau – so ist es gut!«

Ihre Helferinnen Aipua und Hoani strahlten bei diesen Worten, denn sie hatten sich Mühe gegeben, um Ruhutia, wie sie Ruth nannten, zufriedenzustellen. Sie arbeiteten gerne für sie, auch wenn deren Mann sie tadelnd ansah, wenn sie wieder einmal vergaßen, sich ein Tuch um den Busen zu binden, wie Ruth es wünschte.

»Sollen wir das Essen bringen?«, fragte Aipua.

»Noch nicht! Erst wenn mein Mann zurückgekommen ist.«

Es fiel Ruth nicht immer leicht, die richtigen Worte in dieser Sprache zu finden, zumal sie einen unverständlichen Mangel an Mitlauten aufwies. Sie gab sich jedoch Mühe, mit jedem Tag mehr zu lernen, und hätte sich gewünscht, dass auch Hinrich dies täte. Er hatte ihr jedoch erklärt, dass er Aitu'ha'anui und Matahi nicht das Bild eines stammelnden Narren bieten wolle. Außerdem wäre es für sie alle leichter, wenn Tahitoa übersetzte.

Noch in einem weiteren Punkt gab Hinrich sich engstirniger, als Ruth es sich wünschte. So hatte er ihr strikt verboten, sich vor Eingeborenen in leichter Kleidung zu zeigen. Es wäre ihr nie im Leben eingefallen, ihre Waden zu zeigen oder gar die Brüste zu entblößen. Doch die beiden leichten, weiten Kleider, die sie sich genäht hatte, durfte sie nur im Haus tragen – und auch dann bloß, wenn sie und Hinrich allein waren. Selbst Aipua und Hoani durften sie nicht darin sehen.

Auch jetzt steckte sie in einem ihrer alten Kleider und fühlte sich darin wie eine zu stark in den Darm gepresste Wurst. Wenn sie sich hastig bewegte, bekam sie Atemnot. Hinrich schob dies auf ihre Schwangerschaft, war aber nicht bereit, von seinen Vorstellungen abzuweichen. Für Ruth wurde daher bereits der Weg ins Dorf zur Qual. Am Strand war sie seit Wochen nicht mehr gewesen.

»Wir sind so weit fertig. Dürfen wir jetzt gehen?«, fragte Hoani.

Ruth nickte, denn sie war froh darüber, sich eines der locker fallenden Kleider anziehen zu können. In der Hinsicht hätte sie sich etwas mehr Verständnis von ihrem Mann erhofft. Da Hinrich jedoch stets korrekt gekleidet vor die Einheimischen trat, erwartete er von ihr dasselbe, obwohl ihr Hitze und Schwangerschaft zusetzten.

Auch fehlte ihr eine Freundin, mit der sie hätte über alles reden können. Aipua und Hoani waren zu jung dafür, und die anderen Frauen waren zwar freundlich, aber um Freundschaften schließen zu können, hätte sie sie öfter aufsuchen müssen. Ihrerseits kamen sie nicht, da mit Hinrich hier ein mächtiger Priester wohnte und dessen Haus deshalb für die meisten tapu war. Nur Auserwählte durften es betreten. Dies waren der Priester, der Häuptling und ein paar wenige weitere Anführer. Dazu kamen Aipua und Hoani. Anderen war es verboten.

Ruth machte sich mittlerweile Sorgen um ihre beiden Dienerinnen. Die Mädchen hier sparten sich nämlich nicht auf, bis sie einen Mann gefunden hatten, mit dem sie die Ehe eingehen konnten, sondern ließen sich von jungen Burschen, die ihnen gefielen, viel zu leicht überreden, in die Büsche zu verschwinden.

Diese Unmoral erbitterte Hinrich, denn in seinen Augen war es der Einfluss des Satans, der die Eingeborenen zur Sünde trieb. Ruth wollte die Hanatea nicht verdammen, denn sie dachte an die Huren in Hamburg, zu denen nicht nur ledige Matrosen nach langer Fahrt gingen, sondern auch, wie sie den Gesprächen früherer Nachbarinnen entnommen hatte, verheiratete Männer bis hoch zum Senat.

Verwundert darüber, wohin ihre Gedanken sich verirrten, entließ Ruth ihre beiden Helferinnen und zog sich um. Es wurde sofort um einiges leichter, und sie setzte sich in einen Korbstuhl, um in dem Buch weiterzulesen, das sie letzte Woche begonnen hatte. Im Augenblick war Lesen das Einzige, was sie ohne Anstrengungen unternehmen konnte, und sie fragte sich, wie das noch werden würde, wenn ihre Schwangerschaft weiter fortschritt. Da es ihr erstes Kind war, wusste sie von einer Geburt nicht viel mehr, als dass das Kleine irgendwann aus ihr herausschlüpfen würde. Es sollte mit großen Schmerzen verbunden sein. Davor, dass ihr bereits jetzt jeder Schritt schwerfiel, hatte sie niemand gewarnt.

Ruth dachte an ihre Mutter, die nach Vaters Rückkehr aus England noch zweimal Kinder geboren hatte, mit Esther und Anna sogar Zwillinge. Zwar hatte die Mutter über Hitzewallungen geklagt, war aber in der Lage gewesen, bis kurz vor der Niederkunft ihrer gewohnten Arbeit nachzugehen. Ihr hingegen fiel es sogar schwer, den kleinsten Topf mit Wasser zu füllen und ins Haus zu tragen.

»Mama hatte auch nicht unter dieser Hitze und den viel zu warmen Kleidern zu leiden!«, schimpfte sie und spitzte die Ohren.

Draußen waren Schritte zu hören. Kam Hinrich etwa schon zurück? Wenn ja, war er in Begleitung, denn sie vernahm nun mehrere Stimmen, die auf Englisch miteinander redeten. Keine davon schien ihr vertraut.

Verwundert lupfte Ruth die Matte an der Tür, blickte hinaus und sah drei Männer näher kommen. Sie hatte genug Matrosen gesehen, um diese auf Anhieb einordnen zu können: Es war Gesindel. Der Vorderste, der einen offenen blauen Mantel und einen Dreispitz trug, mochte Kapitän eines Schiffes sein, doch in Hamburg hätte man ihm nicht einmal eine Müllschute anvertraut. Seine beiden Begleiter wirkten noch übler. Sie trugen lange, gestreifte Hosen und Hemden von einer Farbe, die sich erst während des Tragens hatte bilden können. Auf Hüte hatten sie verzichtet, sondern sich Tücher um den Kopf gebunden, die ihnen das Aussehen von Piraten verliehen.

Da diese See für Piraten ebenso unergiebig war wie eine Regenwasserpfütze für Angler, schätzte Ruth sie als Walfänger ein. Diese suchten die Inseln der Südsee auf, um Vorräte zu erstehen. Da sie dem Hörensagen nach nicht immer friedlich vorgingen, eilte Ruth zu ihrer Truhe, zog ihre kleine Pistole heraus und lud sie in fieberhafter Eile. Anschließend versteckte sie die Waffe in einer Tasche, die sie an ihr Kleid genäht hatte. Da klang draußen eine raue Stimme auf.

»Hallo, ist da jemand?«

»Wer sind Sie und was wollen Sie?«, antwortete Ruth.

»Captain Rave Wally von der *Newport* aus Nantucket, Madam. Habe gehört, dass sich hier seit Neuestem ein Missionar herumtreiben soll. Hätte nicht gedacht, dass sich einer auf diese Kannibaleninsel traut.«

Ruth wusste nicht, ob sie sich täuschte, doch sie glaubte, einen gewissen Ärger in Wallys Stimme zu vernehmen. »Der Missionar ist mein Ehemann, und er ist sehr gut von den Hanatea aufgenommen worden.«

»Hanatea? Ach so, Sie meinen die Nigger hier. Wo kann ich ihn finden?«

Der Mann wurde Ruth immer unsympathischer. »Er ist bei Häuptling Matahi im Dorf. Es liegt in dieser Richtung!«

Sie trat wieder zur Tür und wies den Besuchern die Richtung. Dabei fragte sie sich, weshalb die Männer nicht den normalen Weg ins Dorf genommen hatten. Sie mussten den Pfad gekommen sein, der laut Aipua von hier zur Bucht führte. Vielleicht hatten die Wachen die Walfänger für harmlos gehalten und sie diesen Weg hochgeschickt, damit sie zuerst zu Hinrich kommen und mit diesem sprechen sollten, überlegte sie. Aber dann hätten die Wachen sie doch mit ihren Muschelhörnern ankündigen können, wunderte sie sich, während die Männer sich kurz berieten.

Schließlich sagte Wally etwas, das vermutlich ein Abschiedsgruß sein sollte, und stiefelte an der Spitze seiner Männer los.

Auf dem Weg zum Dorf stieß er einen seiner Begleiter an. »Ein hübsches Ding, findest du nicht auch, Dick? Der würde ich gerne einmal meine zehn Zoll reinschieben.«

»Das hat ihr Mann schon kräftig getan, denn wenn mich nicht alles täuscht, hat er ihr bereits einen dicken Bauch verschafft!«, antwortete der Matrose mit einer wegwerfenden Handbewegung.

Bert, der Dritte im Bunde, lachte auf. »Es gibt hier genug Weiber! Da werden wir schon nicht zu kurz kommen!«

»Es ist ganz schön weit bis zum Dorf«, meinte Dick brummig.

Der Kapitän nickte. »Aber einen Schrei könnte man noch hören«, schränkte er dann ein.

Bert zeigte nach vorne. »Dort sind die ersten Hütten. Wo klopfen wir an?«

»Natürlich beim Häuptling. Haben wir den, haben wir alle«, antwortete Wally und suchte mit kundigem Blick nach dem Haus, das durch seine besonderen Schnitzereien das Heim des Häuptlings auswies.

Die Wachen am Ufer waren beim Anblick des Schiffes ins Dorf gelaufen, um das Auftauchen der Fremden zu melden. Daher warteten Dörfler bereits auf ihre Besucher und kamen näher.

Wally hob die Hand und winkte ihnen. »Wir sind Freunde!«, rief er auf Englisch und dann in einem stümperhaften Hawaiianisch.

»Hoffentlich war es kein Fehler, hierherzukommen. Immerhin sind es Wilde«, wandte Bert ein, da die Mienen der Einheimischen nicht freundlicher wurden.

»Lass Captain Wally nur machen! Der weiß, wie man mit solchen Niggern umgeht«, meinte sein Kumpan, blieb aber vorsichtshalber hinter Wally zurück. Der kannte keine Furcht und erklärte dem ersten Hanatea, der ihm entgegenkam, dass er mit dem Oberhaupt des Stammes sprechen wolle.

Es dauerte einen Augenblick, bis der begriff, was er meinte, dann winkte er Wally und dessen Begleitern, mit ihm zu kommen, und führte sie zu Matahis Haus. Ein anderer eilte voraus, um dem Häuptling von den so überraschend aufgetauchten Fremden zu berichten. Matahi und Aitu'ha'anui standen daher bereits zusammen mit Hinrich vor der Tür, als Wally zu ihnen geführt wurde.

»Guten Morgen, Sir! Captain Wally von der *Newport* aus Nantucket! Freue mich, Sie kennenzulernen«, sprach er Hinrich an. »Wäre erfreut, wenn Sie mir helfen könnten, ein paar Vorräte von Ihren Schützlingen einzutauschen. Unsere Salzfleischfässer sind fast leer, und wir haben noch nicht genug Walrat und Tran, um die Heimfahrt antreten zu können. Aber selbst dann müssten wir unterwegs auch noch etwas zu beißen haben.«

»Guten Tag, Captain! Seien Sie uns willkommen. Ich werde mit Häuptling Matahi sprechen, wie viel er Ihnen abgeben kann.«

Noch während er es sagte, suchte Hinrichs Blick Tahitoa. Dieser war bereits neugierig näher getreten und übersetzte nun Wallys Worte für den Häuptling und Aitu'ha'anui.

Der Hanatea-Stamm besaß nicht mehr allzu viele Schweine, doch ein Dutzend glaubte Matahi verkaufen zu können, und er fragte, was die Fremden dafür zahlen würden. Seinen Gesten nach ging es ihm um Musketen.

»Die kann er haben! Eine Muskete für fünf Schweine«, sagte Wally, als Tahitoa den Wunsch des Häuptlings übersetzt hatte. Es war ein angemessener Preis, wie Tahitoa, der solche Handelsgeschäfte auf Tahiti erlebt hatte, Hinrich und dem Häuptling erklärte.

Matahi erhöhte die Zahl der Schweine, die er verkaufen wollte, auf fünfzehn, da er drei Musketen dafür erhalten würde, und zeigte Aitu'ha'anui, dass er mit diesem Handel einverstanden sei. Der Priester dachte an den letzten Überfall auf den Stamm, der kurz vor Hinrichs und Ruths Ankunft geschehen war, und sagte sich, dass drei Musketen bei einem weiteren Angriff den Ausschlag geben konnten, und gab ebenfalls sein Einverständnis.

»So mache ich am liebsten Geschäfte«, sagte Wally grinsend, als Tahitoa es ihm übersetzte. »Wir brauchen auch noch Früchte, Bataten und Süßkartoffeln. Dafür geben wir euch das Wasser, das fröhlich macht.«

»Er meint wahrscheinlich Rum«, erklärte Tahitoa Hinrich.

Dieser setzte eine ernste Miene auf. »Wir sollten uns nicht darauf einlassen. Captain Wally soll etwas anderes anbieten, Stoffe vielleicht, die …«

»Mister, unser Schiff ist ein Walfänger und kein schwimmender Krämerladen. Wir können euch nur das anbieten, was wir haben. Für die Schweine gibt es Musketen, für alles andere guten, karibischen Rum, im Kielraum unseres Schiffes gereift und so gut, dass Präsident John Quincy Adams ihn mit Vergnügen trinken würde.«

»Wir sollten ihn trotzdem nicht nehmen«, mahnte Hinrich und schlug vor, den Walfängern ein paar Früchte und Süßkartoffeln umsonst zu geben.

Matahi schien damit einverstanden, doch der Priester erhob Einwände. Ihm missfiel der Einfluss, den Hinrich bereits auf den Häuptling hatte, und er erklärte, er sei bereit, das Wasser, das fröhlich macht, aufzubewahren.

»Guten Rum hebt man nicht auf. Den trinkt man! Das werden wir heute Abend tun. Wir feiern ein Fest, dass sich die Balken biegen, mein Niggerfreund.«

Wally klopfte Aitu'ha'anui auf die Schulter, dann auch Matahi und schielte dabei begehrlich auf dessen Ehefrau Noelani. Da Matahi sich mit dem Priester unterhielt und Hinrich Tahitoa aufforderte, Aipua zu Ruth zu schicken, um sie von der Ankunft der Walfänger zu informieren, bemerkte es keiner. Doch auch Wallys Kumpane sahen sich forschend um und entdeckten mehrere Frauen, die ihnen ins Auge stachen.

2.

In den knapp zwei Monaten, die Ruth und Hinrich nun schon auf der Insel lebten, hatten die Hanatea mehrmals gefeiert, wenn auch nie mehr so ausgiebig wie bei ihrer Ankunft. Ruth war bisher gerne dabei gewesen, aber an diesem Abend hatte sie ein schlechtes Gefühl und schüttelte daher den Kopf, als Hinrich sie zum Mitkommen aufforderte.

»Verzeih mir, mein Lieber, doch ich empfinde Übelkeit und habe Angst, erbrechen zu müssen. Dies will ich nicht vor allen Leuten tun.«

»Das verstehe ich!«, erwiderte Hinrich. Sein Wissen über Schwangerschaften war gering. Eines aber wusste er. Frauen, die ein Kind austrugen, wurde oft übel, und so gab er Ruth den Rat, sich hinzulegen.

»Hoffentlich kannst du trotz der Trommeln schlafen«, setzte er hinzu und zog seinen dunkelblauen Staatsrock an. Da Europäer anwesend waren, auch wenn sie aus den Vereinigten Staaten stammten, wollte er etwas darstellen.

Ruth sah ihm lächelnd zu und legte ihm dann die Hand auf die Schulter. »Gib gut acht, mein Lieber, und trinke nicht zu viel. Du weißt, du musst den Hanatea ein Vorbild sein!«

»Das weiß ich, meine Liebe!« Hinrich lächelte ihr zu, nahm aber ihre Ermahnung nicht ernst. Ein oder zwei Becher Rum würden ihm gewiss nicht schaden. Mit diesem Gedanken verabschiedete er sich von Ruth und strebte dem Festplatz zu.

Dort war bereits alles vorbereitet. Die Frauen hatten Schweine, Gemüse und Obst im Erdofen gedünstet, und es standen genug Kokosnüsse mit süßem Inhalt zum Trinken bereit. Gelegentliches Schweinequieken, das aus der Richtung der Bucht herüberdrang, verriet, dass Matahis Männer dabei waren, die Schweine zum Ufer zu treiben, damit die Walfänger sie schlachten, einsalzen und in ihre Fässer füllen konnten.

Von den Walfängern nahmen nur Captain Wally und fünf seiner Männer am Fest teil. »Die anderen müssen sich um die Schweine kümmern und die Vorräte an Bord bringen«, sagte Wally lachend, füllte eine halbe Kokosnussschale mit Rum und reichte sie Hinrich.

»Hier, trinken Sie! Das regt den Appetit an.«

In der Kokosnussschale befanden sich mindestens drei normale Becher, doch Hinrich wollte sich nicht sträuben und nahm das Gefäß entgegen. Bereits der erste Schluck verriet ihm, wie gut der Rum schmeckte, aber auch, wie stark er war. Er beschloss daher, nicht mehr als den Inhalt dieser einen Schale zu trinken, und nahm seinen gewohnten Platz ein.

Die Insulaner wirkten verwundert, weil er allein erschienen war. Einen Augenblick lang ärgerte Hinrich sich über Ruth, da es ihr ausgerechnet an diesem Abend nicht gut ging, schämte sich dann aber dieses Gedankens. Immerhin war sie gesegneten Leibes und musste dies fern der Heimat ohne eine Frau durchstehen, an die sie sich vertrauensvoll wenden und die ihr helfen konnte. Unwillkürlich trank er einen kräftigen Schluck Rum und musterte dabei Captain Wally. Dieser hielt in der einen Hand einen großen Zinnkrug und in der anderen eine Reihe von halbierten Kokosnussschalen, die er nun eine nach der anderen füllte und an Matahi, dessen Frau, den Priester und andere hochrangige Hanatea verteilte.

Als er sah, dass Hinrichs Schale fast leer war, goss er auch diesem nach. »So jung kommen wir nicht mehr zusammen, Reverend! Lasst uns daher feiern, dass sich die Balken biegen.«

Das war anscheinend sein Lieblingsspruch, dachte Hinrich und stieß dann, als Wally ihm die eigene Kokosnussschale entgegenhielt, mit diesem an.

»Auf Ihr Wohl!«, sagte er.

»Und auf das Ihre, Reverend, und darauf, dass Sie diese Nigger zu guten Christenmenschen machen!«

»Ich würde es vorziehen, wenn Sie statt Nigger Menschen sagen würden«, tadelte Hinrich Wally, trank ihm aber dann doch zu.

Das Grinsen des Kapitäns wurde womöglich noch breiter. »Sind aber doch Wilde, die dem Teufel gehören, bis sie von Männern wie Ihnen gerettet werden.«

»Es sind wie wir Geschöpfe Gottes!«

»Das mag sein, aber es sind nicht die Nachkommen Abels wie wir, sondern die von Kain, und die hat dieser mit Lilith oder einer anderen Dienerin des Satans gezeugt. Ich weiß das genau, denn mein Schwiegervater ist Prediger in Nantucket und hat die Bibel von vorne bis hinten und von hinten bis vorne studiert.«

Wally lachte und stieß erneut mit Hinrich an. »Werde ihm sagen, dass Sie sich die Mühe machen, diese Ni… äh, Menschen zu guten Christen zu bekehren. Wird ihn freuen. Sagt immer, die Wilden sind folgsamer, wenn sie an Gott glauben, als wenn sie noch ihre heidnischen Götzen verehren würden.«

Captain Wally lachte schallend über seine eigenen Worte, füllte erneut Hinrichs Kokosnussschale auf und sorgte dann dafür, dass auch die anderen genug zu trinken hatten.

Seine fünf Matrosen schenkten unterdessen den anderen Insulanern ein. Die meisten Hanatea-Krieger standen zwar auf, als sie tanzen sollten, waren aber schon recht unsicher auf den Beinen. Einer stolperte sogar und fiel hin. Sonst hätte es ihm einen Tadel seiner Mittänzer eingebracht, doch jetzt brachen diese in schallendes Gelächter aus, und ein paar andere versuchten sogar, ebenso zu fallen wie ihr Freund.

Hinrich rieb sich über die Stirn, als er das beobachtete. Hinter ihm lachte Captain Wally wieder laut und forderte Aitu'ha'anui und den Häuptling zum Trinken auf. Als Hinrich zu ihnen hinsah, stellte er fest, dass die beiden bereits sturzbetrunken waren. Auch er spürte, wie sich die Welt langsam um ihn zu drehen begann. Ich habe doch nicht so viel getrunken, dachte er, erinnerte sich dann aber, dass Wally ihm andauernd nachgeschenkt hatte. Bei zwei oder drei Bechern Rum war es nicht geblieben. Doch warum war Wally noch nüchtern, obwohl er so oft mit den anderen angestoßen hatte?

Hinrich kniff die Augen zusammen, da sie ihm den Dienst aufzusagen drohten, und begriff, dass Wally ihm und den anderen fleißig nachgeschenkt hatte, ohne es bei sich selbst zu tun. Zumindest hatte er dies nicht gesehen.

»Was soll das Ganze?«, fragte er mit schwerer Stimme.

»Wir feiern! Zum Wohl!« Wally schenkte ihm erneut ein, und ohne es zu wollen, trank Hinrich auch diesmal leer. Danach spürte er, wie ihm die Beine schwer wurden, und er sank langsam nieder. Als Wally sich über ihn beugte, war er eingeschlafen und schnarchte mit dem Häuptling und Aitu'ha'anui um die Wette.

»Das Tau lief ja wie geschmiert!«, rief Wally höhnisch, da fast alle Männer des Stammes mittlerweile vom Alkohol überwältigt waren. Ein paar erbrachen sich, und andere lagen starr da. Bei vielen verriet nur das Heben und Senken der Brust, dass sie noch lebten. Auch von den Frauen waren etliche nicht weniger betrunken als die Männer.

»Da liegen sie, einschließlich ihres famosen Missionars! Wenn er Pech hat, wandert er morgen in den Kochtopf. Ein Schwein, das sie an seiner Stelle schlachten können, haben sie dann nicht mehr.« Einer von Wallys Kumpanen stimmte in dessen Lachen ein und begann, Hinrichs Taschen zu durchsuchen.

»Was machst du?«, fragte der Kapitän verwundert.

»Ich will nur nachschauen, ob er eine Börse eingesteckt hat!«

»Glaubst du, er wollte nach der Feier in eine Schenke gehen oder seiner Frau Blumen kaufen?«, spottete Wally. »Du bist hier am absoluten Arsch der Welt, und es gibt auf dreitausend Meilen keinen Laden, in dem du auch nur einen Cent ausgeben kannst. Da läuft dieser Gentleman sicher nicht mit einem Beutel voller Dollars herum.«

»Es hätte ja sein können, dass er etwas anderes Wertvolles bei sich hat!«

»Falls er Geld hat, so befindet es sich in seinem Haus«, erklärte Wally ihm spöttisch und blickte in Richtung Ufer. Mehrere Lichter waren nun dort zu sehen, die immer näher kamen und sich als ein halbes Dutzend Walfänger entpuppten.

»Na, wie war's, Captain?«, fragte einer.

»Ausgezeichnet, das siehst du doch«, antwortete Wally. »Habt ihr die Sachen schon an Bord gebracht?«

Der Walfänger schüttelte den Kopf. »Wir haben bis eben gebraucht, um die Wilden, die die Schweine gebracht haben, betrunken zu machen. Wir wollten nur schauen, wie es euch geht. Dann legen wir los. Bis morgen früh sind wir fertig und können wieder nach Süden steuern, um die restlichen Wale zu fangen. Wenn wir Glück haben, wird es die kürzeste Fangfahrt, die wir je hatten, und wir können das Weihnachtsfest bereits zu Hause feiern.«

Aus dem Mann sprach eine Sehnsucht nach der Heimat, aber auch der Wunsch, dies als wohlhabender Mann tun zu können, und nicht als armer Schlucker, auf dessen Schiff die Tran- und Walratfässer gerade einmal bis zur Hälfte gefüllt waren.

Wally trat nun zu Matahi und Aitu'ha'anui und nahm ihnen die Perlenketten ab. »Bringen zu Hause ein paar Dollar«, meinte er zufrieden und wies auf Noelani, die zwar noch wach war, aber hilflos dalag.

»Nehmt sie mit und drei, vier andere Weiber dazu, damit wir ein wenig Spaß haben, wenn wir auf den Eisinseln im Süden unseren Tran auskochen. Ein halbes Dutzend Nigger können es auch sein. Die bringen unterwegs gutes Geld, wenn wir sie als Sklaven verkaufen.«

»Wir könnten die Kerle nehmen, die die Schweine gebracht haben. Dann müssen wir niemanden von hier mitschleppen!«, meinte der Walfänger und trat auf die Frauen zu. Etliche waren noch nüchtern und hatten entsetzt zugesehen, wie ihre Stammesverwandten vom Rum förmlich betäubt worden waren. Auch wenn sie nicht verstanden, was die Fremden sagten, so sprachen deren Taten für sich. Als diese nun unter den angetrunkenen Mädchen die hübschesten aussuchten, fesselten und Richtung Strand trieben, rafften die übrigen Frauen und Mädchen die ihnen zunächst stehenden Kinder an sich und rannten kreischend davon.

Auch Aipua floh, bog aber bald zu Ruths und Hinrichs Haus ab. Als sie über die Schulter zurückschaute, sah sie, wie drei Walfänger ihr folgten. Aipua war flink und gewann einen gewissen Vorsprung vor den Männern. Sie erreichte das Haus, stürzte hinein und fasste nach Ruths Hand.

»Was ist los?«, fragte diese, da sie schon seit geraumer Zeit die Trommeln nicht mehr hörte.

»Wir müssen fliehen und uns verstecken! Die bösen Männer haben alle durch einen Zauber gelähmt, auch Hiniriki«, stieß Aipua hervor und wollte Ruth hinter sich herziehen. Diese wehrte ihren Griff ab und packte sie bei den Schultern.

»Jetzt beruhige dich und berichte!«

»Sie kommen gleich!«, wimmerte das Mädchen.

Ruth ließ sie los und eilte zur Tür. Tatsächlich kamen da drei Männer heran. Einen davon hatte sie bereits am Tag bei Wally gesehen.

Mit ein paar raschen Schritten war sie bei der Truhe, in der Hinrich seine wertvollsten Sachen aufbewahrte, holte den Schlüssel für den Schuppen heraus und winkte Aipua, ihr durch die Hintertür zu folgen. Sie selbst nahm ihre Pistole und einen der Lampions mit. Dabei erinnerte sie sich an Hinrichs Warnung, kein Feuer in dem Schuppen zu entzünden.

»Ohne Licht sehe ich nichts«, stieß sie hervor, eilte an die Schuppentür und steckte den Schlüssel ins Schloss. Geh auf, betete sie und jubelte innerlich, als die Tür nachgab.

»Komm herein! Sie dürfen nicht merken, wo wir sind«, befahl sie Aipua und bedauerte, dass ihre Sprachkenntnisse noch nicht gut genug waren, um deren atemlos herausgestoßenen Bericht folgen zu können. Eines aber entnahm sie Aipuas hastigen Worten: Die Walfänger hatten die Männer des Stammes betrunken gemacht und raubten sie nun aus. Dabei begnügten sie sich nicht nur mit Proviant und anderen Waren, sondern wollten auch Frauen und Männer auf ihr Schiff verschleppen.

»Nicht, wenn ich es verhindern kann!«, schwor sie sich und wies Aipua an, den Lampion zu halten.

Sie ergriff die erste Muskete und lud sie. Auch kontrollierte sie, ob die Pistole schussbereit war, und nahm sich, als sie dies festgestellt hatte, die nächste Muskete vor. Dabei lauschte sie immer wieder nach draußen. Geräusche, die aus dem Haus drangen, verrieten ihr, dass die drei Schurken dabei waren, alles zu durchsuchen.

»Das Weibsstück kann nur nach hinten verschwunden sein«, rief einer der Männer gerade.

»Willst du sie unbedingt rammeln, Bert? Sie hat doch einen dicken Bauch!«

»Ich habe die dunklen Weiber satt! Ich will endlich wieder einmal eine Frau mit heller Haut und blonden Haaren unter mir spüren. Kommt jetzt! Weit kann sie nicht gekommen sein!«

»Ich bin näher, als du denkst«, flüsterte Ruth und richtete den Lauf der Muskete auf die Tür. Aus dem Spiel aus Licht und Schatten, das sie durch einen Spalt beobachten konnte, schloss sie, dass die drei Männer das Haus verließen.

Da zeigte einer von ihnen auf den Schuppen. »Dort muss sie sein!« Mit raschen Schritten kam er näher, riss die Tür auf und starrte in den Lauf der Muskete, die Ruth auf ihn richtete.

»Du traust dich doch nicht zu schießen«, sagte er spöttisch und trat auf sie zu.

In dem Augenblick drückte Ruth ab und spürte den Rückschlag wie einen harten Stoß gegen die Schulter. Der Walfänger wurde wie von einer Riesenfaust getroffen nach draußen geschleudert und fiel seinen beiden Kumpanen vor die Füße. Bevor diese begriffen, was geschehen war, hielt Ruth die zweite Muskete in den Händen, legte an und feuerte. Mit einem Aufschrei stürzte der

Mann zu Boden. Der Dritte starrte Ruth an, die ihre Muskete nun weglegte und ihre Pistole zückte. Das zornige Gesicht der Frau brachte ihn dazu, sich umzudrehen und davonzulaufen.

Ruth zögerte einen Augenblick, sagte sich dann jedoch, dass diese Kerle die Hanatea übelst betrogen hatten und etliche von ihnen wegschleppen wollten, und drückte ab. Wie gut sie den Kerl getroffen hatte, konnte sie nicht sagen, da er weiterlief. Im Augenblick aber hatte sie ihn vertrieben.

»Kannst du noch andere Frauen holen? Wir müssen zur Bucht, um die Unsrigen zu befreien!«, sagte sie mühsam zu Aipua und machte sich daran, die Musketen neu zu laden.

Kaum war dies geschehen, öffnete sie eine der Kisten und fand mehrere Tonflaschen, bei denen oben eine Lunte heraushing. Das mussten die Handgranaten sein, von denen Hinrich gesprochen hatte. Sie holte einen Beutel aus dem Haus, in dem sie die Waffen tragen konnte.

Unterdessen kam Aipua mit mehreren Frauen, Kindern und halbwüchsigen Jungen heran.

»Könnt ihr mir mehr über diese Schurken berichten?«, fragte Ruth und wünschte sich, Tahitoa wäre bei ihr, um übersetzen zu können. Der junge Mann aus Tahiti war jedoch Aipuas Worten zufolge ebenso wie Hinrich und die anderen von den Walfängern übertölpelt und betrunken gemacht worden.

Doch auch so erfuhr Ruth, dass sich etwa dreißig Walfänger auf der Insel aufhielten. Captain Wally und fünf seiner Kumpane hatten die Feiernden mit Rum versorgt, die Übrigen die Hanatea, die ihnen die Schweine und die Vorräte gebracht hatten, unter den Tisch getrunken. Nun waren sie dabei, ihre Beute am Ufer zu sammeln und aufs Schiff zu bringen. Außer Vorräten waren dies mit Noelani die Ehefrau des Häuptlings und fünf weitere junge Frauen. Auch hatten die Walfänger mehrere Männer gefesselt, um diese ebenfalls mitzunehmen.

Ruth überlegte verzweifelt, wie sie das verhindern konnte. Gleichzeitig ärgerte sie sich über Hinrich, Matahi und die anderen Männer, die beim Trinken kein Maß hatten halten können und nun besinnungslos auf dem Festplatz herumlagen. Von denen konnte ihr keiner helfen. Wenn sie etwas unternehmen wollte, musste sie es mit der kleinen Gruppe tun, die sich um sie versammelt hatte. Sie lud alle fünf Musketen, die Hinrich von der *Hesione* erhalten hatte, sowie sämtliche Pistolen und sah die Frauen auffordernd an.

»Wenn wir verhindern wollen, dass eure Freundinnen und Brüder verschleppt werden, müssen wir rasch handeln. Holt euch Waffen und ruft so viele Frauen zusammen, wie es nur geht!«

Da sie sich in deren Sprache nur bruchstückhaft ausdrücken konnte und immer wieder englische und deutsche Worte mit einflocht, dauerte es, bis die anderen verstanden, was sie wollte.

Aipua schüttelte entsetzt den Kopf. »Waffen sind für uns Frauen tapu!«

»Wenn wir nichts tun, seid ihr eure Freunde und eure Schweine los!«, schrie Ruth sie an.

»Vielleicht können die Knaben die Waffen nehmen«, schlug Hoani vor.

Zwei Dutzend kräftiger Frauen wären eine stattlichere Streitmacht gewesen als die paar Knaben. Da Ruth jedoch keine Zeit mehr verlieren wollte, nickte sie.

»Sie sollen sich bewaffnen! Jemand muss meine Musketen und Pistolen tragen. Alle Frauen sollen mitkommen! Wenn ihr schon keine Waffen tragen wollt, so nehmt wenigstens Stöcke mit! Sobald ihr nahe genug seid, schreit ihr, was eure Kehlen hergeben. Habt ihr verstanden?« Ruth begleitete ihre Worte mit Gesten und sah erleichtert, wie die Frauen nickten.

»Dann nichts wie los!«, rief sie, reichte vier Knaben je eine Muskete und eine Pistole. Zwei weitere Pistolen steckte sie in den Beutel, in dem sie die Handgranaten verstaut hatte, und schulterte die fünfte Muskete selbst.

»Wie brauchen noch Fackeln!«, sagte sie zu Aipua und machte sich dann auf den Weg. Sie trug nur ihr Nachthemd, war aber froh darüber, denn die Nacht war wärmer als ein sonniger Sommertag in Hamburg, und sie wäre in der Kleidung, die Hinrich von ihr forderte, keine fünfzig Schritt weit gekommen.

Nach einer Weile sah sie einen brennenden Feuerstoß am Strand. Vereinzeltes Lachen verriet ihr, dass die Walfänger nicht nur den Hanatea kräftig eingeschenkt, sondern auch sich selbst nicht vergessen hatten.

Drei große Boote lagen am Ufer, doch die Walfänger hatten weder die Vorräte noch die gefesselten Frauen und Männer in eines von ihnen geschafft. Auch von den Schweinen waren die meisten noch nicht geschlachtet worden. Stattdessen standen die Walfänger herum, wechselten gelegentlich ein paar Worte und starrten in das Tal hinein.

»Sie haben meine Schüsse gehört und wissen nicht, was sie davon halten sollen«, murmelte Ruth und war froh, dass sie den schmalen Pfad von ihrem Haus hierher gewählt hatte. Das Gros der Frauen und Kinder würde jedoch auf dem Hauptweg kommen. Hoffentlich dauert es nicht zu lange, sonst sind die Schurken weg, dachte sie.

Da klang Captain Wallys Stimme auf. »Ihr verdammten Kerle! Fangt endlich an, die Boote zu beladen! Wenn diese Nigger morgen wach werden, will ich auf hoher See sein.«

»Aber wer kann geschossen haben?«, fragte einer der Männer.

»Das kann nur die Frau des Missionars gewesen sein. Sie war bei der Feier nicht dabei.«

»Der wird Bert inzwischen zeigen, dass man nicht auf Menschen schießt«, antwortete Wally und bewegte anzüglich die Hüfte vor und zurück.

»Mir passt es verdammt wenig, dass eine weiße Frau vergewaltigt wird«, stieß einer der Walfänger zornig hervor.

»Du kannst es Bert ja sagen, wenn er zurückkommt. Aber ich glaube, er ist mit dem Messer schneller als du«, spottete Wally und beugte sich über Noelani, um sie zu einem Boot zu tragen.

Ruth legte ihre Muskete an, bereit zu schießen, auch wenn die Streitmacht, die sie unterstützen sollte, noch nicht gekommen war.

»Bei Gott, dort kommt Henry!«, rief da einer der Walfänger und wies auf den Mann, auf den Ruth mit der Pistole geschossen hatte. Er schleppte sich mehr vorwärts, als er ging. Etwa fünfzig Schritte vom Ufer entfernt brach er in die Knie. Mehrere seiner Kameraden, darunter auch Wally, eilten zu ihm hin.

»Verdammt noch mal, was ist denn los? Wo sind Bert und Dick?«, fragte Wally sichtlich erschrocken.

»Die kommen nicht mehr!«, stieß der Mann hervor. »Bert hat es als Ersten erwischt. Musketenschuss genau in die Brust. Wo es Dick getroffen hat, kann ich nicht sagen. Mir hat man eine Kugel in den Rücken gejagt. Verflucht, ich will nicht sterben!«, stöhnte er verzweifelt, während die anderen Walfänger voller Angst in Richtung des Dorfes blickten.

»Das sind Fackeln!«, rief einer.

»Ich sehe Krieger! Verdammt, Captain, Sie haben doch gesagt, diese Nigger wären alle besoffen!«

»Das waren sie auch!« Wally trat ein paar Schritte vor und schüttelte den Kopf. »Ich dachte, wir hätten sie alle erwischt!«

»Verflixt, sie haben Speere und sind uns mindestens viermal überlegen!«

Captain Wally ballte ärgerlich die Faust. »Jetzt macht euch nicht in die Hosen, ihr Feiglinge. Die Musketen her! Ein oder zwei Salven, und die Wilden werden rennen.«

Vier Mann traten mit Schusswaffen vor und schätzten die Entfernung. »Die sind noch zu weit weg, um sie treffen zu können«, meinte einer.

»Haltet einfach in das Rudel hinein, dann trefft ihr schon. Auf die Weise habt ihr genug Zeit für einen zweiten und vielleicht sogar für einen dritten Schuss!« Wallys Stimme ließ keinen Zweifel daran, dass er nicht ohne seine Beute von hier abziehen wollte. Seine Männer sammelten sich etwa vierzig Schritte vom Ufer entfernt, um den Angriff abzuwehren.

Ruth hatte keine Fackel bei sich, sondern nur einen Lampion, dessen schwaches Licht den Walfängern bislang entgangen war. Nun nahm sie eine Handgranate aus ihrem Umhängetuch, duckte sich hinter einen Busch und zündete die Lunte an. Danach reichte sie das Ding einem der Jungen, die mit ihr gekommen waren.

»Schleiche dich an die Männer heran und werfe das hier zwischen sie. Mach aber rasch, bevor die Lunte abbrennt. Hast du verstanden?«

Der Junge nickte und rannte los. Sein Glück war, dass alle Walfänger in Richtung der Fackeln starrten, die vom Dorf her näher kamen. Als er glaubte, nahe genug herangekommen zu sein, holte er aus und schleuderte den mit Pulver und gehacktem Eisen gefüllten Tontopf nach vorne. Noch bevor dieser auf den Boden fiel, warf er sich hinter einen Busch und wartete angespannt darauf, was passieren würde.

»Was war das?«, fragte Captain Wally, als die Handgranate zwischen seinen Männern zu Boden fiel.

»Verdammt, da ist eine Lunte dran!«, schrie einer der Männer voller Angst.

»Trete sie aus!«, herrschte Wally ihn an.

Stattdessen wichen alle erschrocken zurück. Nur wenige Herzschläge später explodierte das Ding und ließ schreiende und sich am Boden wälzende Männer zurück.

»Vorwärts, auf sie!«, schrie Ruth, so laut sie konnte, und feuerte ihre erste Muskete ab. Sie achtete nicht darauf, ob sie traf, sondern ließ die Muskete fallen, ergriff die nächste und schoss erneut.

Inzwischen begannen die Frauen und Knaben mit einem wilden Gebrüll. Da die Walfänger im Fackellicht nicht erkennen konnten, dass sie keine Krieger vor sich hatten, gerieten sie in Panik. Einige rannten zu den Booten, ohne sich um ihre verletzten Kameraden zu kümmern. Selbst die Musketenschützen wichen zurück, während Captain Wally so übel fluchte, dass seinem Schwiegervater, dem Prediger in Nantucket, die Ohren klingen mussten. Für einige Augenblicke sah er in Ruths Richtung. Im schwachen Licht des Lampions konnte er sie nicht richtig erkennen, begriff aber, wer sie war, und richtete seine Pistole auf sie. Der Schuss knallte, doch die Entfernung war zu groß für einen Treffer.

Ruth hätte ebenfalls schießen können, aber ihr graute davor, noch mehr Blut zu vergießen, und so ließ sie es sein. »Verschwinde, du Schwein, mitsamt deinem Gesindel, und lasse dich hier nie wieder sehen!«, rief sie wütend und legte drohend auf ihn an.

So schnell war Wally wohl noch nie in einem Boot gewesen. Der Rest seiner Männer ließ ebenfalls alles liegen und stehen. Wenige Augenblicke später waren zwei der drei Boote unterwegs. Beim letzten waren nur zwei Mann, konnten es aber allein nicht ins Wasser schieben. Als sie die brüllenden Frauen und Kinder näher kommen sahen, hechteten sie ins Wasser und schwammen voller Angst hinter den anderen Booten her.

3.

Als es vorbei war, fühlte Ruth sich wie zerschlagen. Sie hatte erneut Gottes Gebot gebrochen und Menschen getötet. Auch wenn es sich um üble Schurken und Menschenjäger gehandelt hatte, lag ihr dieser Gedanke schwer auf der Seele. Sie überließ es daher den Hanatea-Frauen, Noelani und die anderen Gefangenen loszubinden sowie die Schweine aus ihrem Pferch zu befreien, die prompt grunzend im Gebüsch verschwanden. Mehrere robuste Frauen schleiften unterdessen die toten und verletzten Walfänger auf einen Felsvorsprung und warfen sie in die See.

»Sollen die Haie sie fressen!«, stieß Aipua hasserfüllt aus.

Ruth hätte den Männern trotz allem ein christliches Begräbnis gegönnt, besaß aber nicht mehr die Kraft, sich durchzusetzen. Ein halbes Dutzend Frauen eilte nun zu ihrem Haus, um die dort niedergeschossenen Seeleute zu holen und ebenfalls den Haien zu überlassen. Ruth selbst starrte zur *Newport* hinüber. Wally und die Walfänger, die hatten fliehen können, befanden sich bereits an Bord und machten das Schiff in rasender Eile zum Auslaufen bereit.

»Die haben Angst, wir könnten in die Boote steigen und sie angreifen«, sagte Aipua voller Verachtung.

Ruth nickte und musste mit einem Mal dagegen ankämpfen, in ein schallendes Gelächter auszubrechen. Ebenso wie Waffen waren auch Boote für die Frauen tapu, und sie hätte keine Einzige dazu gebracht, in eines zu steigen.

Als der Walfänger sich in Bewegung setzte, feuerte man dort drei Kanonenschüsse ab. Die Kugeln schlugen abseits im Gebüsch ein, ohne Schaden anzurichten. Danach verschwand die im Mondlicht hell schimmernde Segelpyramide des Walfängers rasch hinter der Kimm, und über die Bucht legte sich eine Stille, die Ruth als schmerzhaft empfand.

Sie sammelte ihre Musketen ein und schleppte sich in Richtung ihres Hauses. Ein Dutzend Frauen folgte ihr singend und klatschend. Obwohl Ruth zu müde war, um auf den Text zu achten, ahnte sie, dass ihr Lob gesungen wurde. Dabei hätte sie sich am liebsten irgendwo verkrochen, um zu weinen. Als sie zu Hause ankam, waren andere Frauen bereits dabei, die Dinge, die Bert und seine Kumpane auf ihrer Suche nach Wertgegenständen aus den Truhen gerissen hatten, wieder sorgfältig einzupacken. Der kleine

Hof zwischen Haus und Schuppen war aufgeräumt, und die Stellen, die vom Blut der Schurken gefärbt waren, hatte jemand mit Sand bestreut.

Ruth packte die Musketen und die Handgranaten, die sie nicht gebraucht hatte, wieder in den Schuppen, sperrte diesen zu und steckte den Schlüssel ein, um ihn später Hinrich zu geben.

»Wir bringen jetzt die Männer nach Hause. Als Erster wird Hiniriki gebracht werden«, meldete Aipua.

»Das ist gut«, antwortete Ruth.

Im Grunde aber war es ihr gleichgültig, was jetzt noch geschah. Sie wollte sich nur waschen, Zähne putzen und hinlegen, um im Schlaf die schlimmen Bilder zu vergessen, die sie quälten. War es wirklich notwendig gewesen, die Handgranate zu zünden?, fragte sie sich. Es waren einige Walfänger dadurch gestorben und andere verletzt worden. Sie schalt sich ebenfalls, weil sie die Hanatea-Frauen nicht daran gehindert hatte, die verwundeten Walfänger ebenfalls ins Meer zu werfen. Nicht jeder von ihnen war ein Schurke gewesen und hätte gewiss lieber unter einem besseren Kapitän gedient als unter Captain Wally.

Die Ankunft der Frauen, die Hinrich hereintrugen, beendete Ruths Gedankengang. Ihr Mann selbst hatte offenbar nicht erbrochen, war aber von einem anderen Betrunkenen beschmutzt worden. Obwohl das Haus und auch er als tapu galten, entkleideten die Frauen ihn ohne jede Scham, wuschen seinen Körper mit einem weichen Lappen und wollten ihn nackt ins Bett legen.

»Halt!«, rief Ruth. »Zieht ihm sein Nachthemd über!«

Aipua erklärte den Frauen, was Ruth gefordert hatte, und wandte sich dann ihr zu. »Du wirst auch müde sein!«

»Das bin ich«, gab Ruth zu.

»Dann komm!« Aipua winkte mehrere ältere Frauen zu sich. Diese ergriffen Ruths Hände und führten sie zu dem kleinen Wasserfall. Dort zogen sie ihr das Nachthemd aus und begannen, sie wie ein kleines Kind zu waschen. Dabei sangen sie und lächelten nur, wenn Ruth ihre Hände abwehren wollte.

»Wenn du fertig bist, waschen wir noch deine Kleidung und hängen sie zum Trocknen auf«, erklärte Aipua in einem Gemisch aus ihrer Sprache und ein paar englischen Brocken, die sie von Tahitoa gelernt hatte.

Ruth nickte, kehrte ins Haus zurück und suchte sich ein anderes Nachthemd, das sie überstreifen konnte. Danach brachten die Frauen sie wie ein kleines Kind zu Bett. Obwohl Ruth geglaubt hatte, von ihren Gedanken gequält nicht einschlafen zu können, dämmerte sie rasch weg.

4.

Am nächsten Morgen erwachte Ruth aus einer tobenden Schlacht, in der sie als Kapitänin eines nur von Frauen geführten Schiffes einer ganzen Piratenflotte hatte widerstehen müssen. Als sie jedoch die Augen aufschlug, sah alles so aus wie immer. Die Truhen standen in den Ecken, neben ihr schnarchte Hinrich leise und wurde auch nicht wach, als sie aufstand und das Haus nach hinten verließ, um sich für den Tag frisch zu machen. Der Traum hing ihr allerdings so intensiv nach, dass sie im Augenblick nicht wusste, ob das, was sie in der Nacht erlebt hatte, Wirklichkeit oder nur Illusion gewesen war.

Unschlüssig beendete sie ihre Morgentoilette, sah dann einen der frischen Sandflecken vor dem Schuppen und schob ihn etwas beiseite. Darunter kam angetrocknetes Blut zum Vorschein. So rasch sie konnte, bedeckte sie den Fleck wieder und eilte ins Haus. Erst als sie ihre kleine Pistole in der Hand hielt, fühlte sie sich ruhiger.

Wird dieser elende Wally wiederkommen?, fragte sie sich. Die Rachsucht mochte ihn dazu treiben. Allerdings war er Walfänger und den Eignern seines Schiffes verpflichtet. Wenn er das Schiff der Gefahr aussetzte, von Eingeborenen geentert zu werden, würden seine Auftraggeber ihm einiges erzählen.

Bei dem Gedanken lachte sie bitter auf. Wenn die Hanatea Captain Wallys Schiff aufbrachten, würde er sich vor niemandem mehr verantworten müssen, außer vor Gott. Außerdem war er in der Nacht äußerst übel abgewiesen worden, und so bezweifelte sie, dass er noch einmal den Mut aufbringen würde, diese Bucht anzulaufen.

Als sie nach draußen blickte, entdeckte sie Aipua und Hoani. Beide redeten leise miteinander und beobachteten dabei Tahitoa, der ein Stück weiter unter einem Tamarindenbaum lag und im Schlaf seltsame Töne von sich gab.

Warum mussten Männer so unvorsichtig sein und sich betrinken, dachte Ruth, nahm dabei aber die Hanatea in Schutz. Da diese keinen Rum kannten, wussten sie nicht, was für verheerende Auswirkungen das Getränk haben konnte. Hinrich hingegen und auch Tahitoa, der eine Zeit lang unter Europäern gelebt hatte, hätten es wissen und die Hiesigen warnen müssen. So aber hatten sich alle betrunken und sie damit gezwungen, zur Mörderin zu werden.

Auch wenn sie es getan hatte, um Noelani und die anderen Frauen vor der Versklavung zu bewahren, so brannte diese Tatsache in ihrem Herzen. Dabei war es nicht das erste Mal. So hatte sie bereits als Siebenjährige einen französischen Soldaten erschossen, der ihre Mutter und deren Freundin Molly hatte vergewaltigen wollen. Es hatte damals lange gedauert, bis sie den Schrecken überwunden hatte. Nun hatte sie Angst, dass diese Tat sie bis zum Ende ihres Lebens verfolgen würde.

Ruth wandte sich von der Tür ab, doch Aipua hatte sie bereits entdeckt und eilte rasch herbei. »Hoani und ich werden dir gleich das Frühstück bringen«, sagte sie lächelnd.

»Mein Mann ist noch nicht wach!«, wandte Ruth ein, da sie sonst immer mit Hinrich zusammen gefrühstückt hatte.

»Wir bringen später noch einmal Frühstück«, antwortete Aipua und lief los.

Ruth ging in den Raum, in dem Hinrich und sie aßen, und setzte sich auf einen der Korbstühle. Ihre Gedanken wanderten von den Walfängern zu den in ihren Augen unsinnigen Regeln, denen sich die Hanatea unterwarfen, und endeten erst, als Aipua und Hoani mit einigen großen Schalen erschienen. Mehrere Frauen begleiteten sie und machten sich daran, Ruths Haare zu kämmen, und setzten ihr anschließend einen Kranz aus Blumen auf den Kopf.

»Du hast in der Nacht großes Mana gezeigt«, sagte Noelanis Mutter Noha'aia und küsste Ruth auf beide Wangen. Auch die anderen Frauen taten es und setzten sich dann um sie herum. Eine füllte ihre Tasse mit Kokoswasser, eine andere reichte ihr die Schale mit Popoi. Der Brei aus der Brotfrucht ersetzte hier das Brot, das Ruth mehr als alles andere vermisste.

Während Ruth aß, sangen die Frauen und bewegten dabei Arme und Oberkörper wie Blätter im Wind. Der Gesang beruhigte sie, und sie konnte ihr Frühstück essen, ohne von trüben Gedanken gequält zu werden.

»Wie geht es den Männern?«, fragte sie.

Noha'aia machte eine wegwerfende Handbewegung und deutete mit Gesten an, dass etliche noch immer erbrachen. Ihre Miene verriet Ruth, dass die Männer des Stammes einiges an Ansehen verloren hatten. Schließlich hatten die Hanatea-Krieger bei ihrer wichtigsten Aufgabe versagt, nämlich ihre Frauen und Kinder zu beschützen. Das würden diese ihnen so schnell nicht vergessen.

»Ich hoffe, es wird ihnen eine Lehre sein«, sagte Ruth und setzte für sich »und auch für Hinrich« hinzu.

Nach dem Frühstück brachten Aipua und Hoani alles weg und kehrten mit Blüten zurück, mit denen sie den Tisch und den Stuhl schmückten, auf dem Ruth saß. Diese lächelte über diesen Ausdruck der Dankbarkeit, der mehr aussagte als tausend Worte. Dann fragte sie sich, warum die Frauen nun auf den Eingang schauten, so als erwarteten sie jemanden.

Da klangen draußen Schritte auf. Augenblicke später schleppte Noha'aia ihre Tochter heran. Noelani sah schrecklich aus. Ihr Gesicht war bleich, ebenso die Lippen, und ihre Lider flatterten. Außerdem stieß sie heftig auf und kämpfte sichtlich mit Übelkeit. Sie beherrschte sich jedoch und trat mit unsicheren Schritten auf Ruth zu. Noch hielt die Mutter sie aufrecht. Dann aber entwand sie sich deren Armen und sank zu Ruths Füßen nieder.

»ko'u ta'u – Danke!«, sagte sie mit schwankender Stimme. »Ohne dich hätten diese bösen Männer mich auf ihr Schiff gebracht und mitgenommen.«

»Dies ist anzunehmen«, antwortete Ruth.

»Dort hätte ich jedem Matrosen die Schenkel öffnen müssen!« Noelanis Gesicht zeigte den Ausdruck großen Ekels, und sie ergriff Ruths Hand. »Es ist das eine, sich einem Mann hinzugeben, der mir gefällt und mich umwirbt. Aber gegen den eigenen Willen einer Rotte brünstiger Eber zur Stillung ihrer Lust dienen zu müssen, sollte keines Weibes Schicksal sein.«

Ruth hatte Mühe, Noelanis Worte zu verstehen, und musste etliches aus dem Zusammenhang schließen. Wie diese war auch sie der Meinung, dass es eine Schande war, wenn Männer Frauen zum Beischlaf zwangen. Sie spürte, wie ein Teil der Schuldgefühle schwand, und sie empfand eine gewisse Zufriedenheit, weil sie Noelani und mehrere andere Hanatea-Frauen vor diesem Schicksal bewahrt hatte.

Hinrich erholte sich im Lauf des Tages so weit, dass er am Abend eine Kleinigkeit zu sich nehmen konnte. Er jammerte jedoch über Kopfschmerzen und zeigte nicht das geringste Interesse an den Neuigkeiten, die Ruth ihm mitteilen wollte. Selbst als sie sagte, dass sie die Walfänger mit den Musketen und einer Handgranate aus dem Schuppen vertrieben hatte, starrte er sie nur verständnislos an.

Ruth wusste nicht, was sie erwartet hatte. Ein Lob, ein Dankeschön oder »das hast du gut gemacht« wäre ihrer Ansicht nach angebracht gewesen. Insgeheim ärgerte sie sich über Hinrichs Desinteresse, sagte sich aber, dass er noch unter den Folgen seines Gewaltrausches litt und am nächsten Tag gewiss aufmerksamer sein würde. Sie versorgte ihn daher so, wie er es sich wünschte.

Am nächsten Morgen ging es ihm besser. Er schämte sich jedoch, weil er sich vom Teufel Alkohol hatte verführen lassen, und blieb die meiste Zeit stumm. Zwar hörte er sich Ruths Bericht über die Ereignisse der vorletzten Nacht an, gab aber keinen Kommentar dazu ab.

Da Ruths Nerven noch immer angegriffen waren, wurde sie zuletzt laut. »Du und die anderen Männer, ihr habt euch wie Narren verhalten! Diese elenden Schweine hätten Noelani und die anderen Frauen mitgeschleppt und zu Huren gemacht, während ihr betrunken herumgelegen seid. Hätte ich nicht eingegriffen, wären auch noch sämtliche Schweine geraubt worden, und wer weiß, was die Hanatea danach mit uns gemacht hätten! Du giltst immerhin als großer Priester, ja, als Zauberer. Also hättest du dich beherrschen müssen!«

Ruths Vorwürfe trafen Hinrich tief. Er, der den Insulanern der große Lehrer sein sollte, hatte bei seiner ersten richtigen Prüfung versagt. Wenn schon die eigene Frau die Achtung vor ihm verlor, würden es auch die Einheimischen tun und seinen Gott für zu schwach halten, um ihn anbeten zu können.

»Wie konnte ich wissen, dass diese Walfänger solche Schurken waren?«, fragte er verzweifelt.

»Du hättest nicht so viel trinken dürfen«, fuhr Ruth fort. »Wäre es dir gelungen, nüchtern zu bleiben, hättest du die Frauen und

Knaben anführen und dadurch großes Ansehen erringen können. Die Hanatea wären dir freudig zu Jesus Christus gefolgt!«

Gerade weil er diese Gelegenheit vergeben hatte, schmerzte es Hinrich doppelt. Er hatte sich ebenso übertölpeln lassen wie die Insulaner, die im Vergleich zu ihm doch nur Wilde waren. Warum hat Gott das zugelassen?, fragte er sich und ärgerte sich über seine Frau, die den Walfängern ihre Beute entrissen und sie vertrieben hatte. Es wäre besser gewesen, Ruth hätte sich vor den Kerlen, die ihr nachgestellt hatten, in einem Gebüsch versteckt, und die Schurken hätten die Insel samt ihren Gefangenen und den Schweinen ungestört verlassen können. Dies hätte ihn weniger beschämt, und es wäre ihm gewiss gelungen, sein Ansehen bei den Eingeborenen zu behalten. Immerhin hatten auch Häuptling Matahi und mit Aitu'ha'anui der Priester versagt. So aber hatte seine Frau ihn übertrumpft, und das war das Schlimmste, was einem Mann seiner Meinung nach passieren konnte.

»Ich gehe, um mich mit Matahi und Aitu'ha'anui zu beraten. Wir müssen gewappnet sein, sollte so etwas noch einmal geschehen«, erklärte er und gab Ruth damit erneut das Gefühl, dass das, was sie geleistet hatte, für ihn nicht zählte.

5.

Der Haussegen hing in diesen Tagen nicht nur bei Ruth und Hinrich schief. Die Krieger der Hanatea, allen voran der Häuptling und der Priester, durften sich einiges anhören. Noelani war kurz davor, Matahi zu verlassen und sich einen anderen Gefährten zu wählen. Allerdings hatte sich an jenem Abend keiner der Männer mit Ruhm bedeckt. Hätte es einer getan, so hätte dieser Matahi in der Führung des Stammes ablösen können. So aber beschlossen die Männer, die Angelegenheit auf sich beruhen zu lassen und so zu tun, als wäre nichts geschehen.

Ähnlich wie Ruth hatten auch Aipua, Hoani und die anderen Frauen auf Lob gehofft, ebenso die Knaben, die Ruth im Kampf gegen die Walfänger unterstützt hatten. Dass es jetzt so aussah, als wäre dies alles nichts wert gewesen, erbitterte sie. Die Frauen rächten sich, indem es länger als zwei Wochen kein einziges Stück Schweinefleisch zu essen gab. Einige von ihnen stellten ihren Männern, Söhnen und Vätern nur Popoi sowie jene Fische hin, die diese im Meer fingen. Wer sich darüber beschwerte, erhielt schnippisch zur Antwort, dass alle Schweine von den Walfängern mitgenommen worden wären.

Auch zwischen Ruth und Hinrich stand es nicht zum Besten. Ruths Schwangerschaft schritt fort, und sie litt immer mehr unter der Hitze. Die Beine schwollen an, und wenn sie das Haus verließ, musste sie immer wieder stehen bleiben, um nach Luft zu schnappen. Am besten ging es noch, wenn sie die locker fallenden Kleider aus leichtem Tuch trug, die sie sich genäht hatte. Doch die waren Hinrich mehr denn je ein Dorn im Auge.

»Wie kannst du nur so herumlaufen?«, schalt er sie. »Reverend Wiggles' Gattin wusste sich zu kleiden, wie es sich gehört!«

»Die anderen Kleider sind zu schwer und zu warm«, wandte Ruth ein. »Ich komme nicht mehr darin zurecht!«

»Ich wünsche, dass du sich so kleidest, wie es der Ehefrau eines Pastors geziemt, und nicht wie eine Wilde – und zwar auch hier im Haus!«

Es war für Ruth wie ein Schlag. Voller Zorn holte sie eines ihrer Kleider aus der Truhe, streifte das leichte Kleid ab und zog das andere über. Es war ihr bereits wieder zu eng.

»Es geht nicht, Hinrich. Weiter kann ich diese Kleider nicht auslassen! Die Säume sind jetzt schon viel zu schmal«, sagte sie.

»Es muss gehen! Zieh dich fertig an! Ich will Häuptling Matahi aufsuchen. Du solltest dabei sein, damit sein Weib sieht, welche Eintracht zwischen einem christlichen Ehepaar herrschen kann.

Wagt dieses schamlose Weib es doch, ihrem Mann damit zu drohen, ihn zu verlassen und zu ihrer Mutter zurückzukehren.«

Ruth glaubte, nicht richtig zu hören. Ihr Mann schalt sie, weil sie wegen der Hitze leichter gekleidet sein wollte, und sprach gleichzeitig von der Eintracht eines christlichen Paares? Von dieser Eintracht waren Hinrich und sie im Augenblick sehr weit entfernt.

»Ich will zu Hause bleiben«, sagte sie rebellisch.

»Als meine Ehefrau hast du mir zu gehorchen. Zieh dich an!«, befahl Hinrich.

»Willst du mich etwa schlagen, wenn ich es nicht tue?«, fragte Ruth und bezähmte nur mühsam ihre Wut.

Bis zu jener Nacht, in der sie die Walfänger vertrieben hatte, hatten Hinrich und sie eine gute Ehe geführt. Doch seitdem tat er alles, um ihr zu zeigen, dass er der Herr war und sie zu gehorchen hatte. Zwar hatte sie dies bei ihrer Eheschließung gelobt, aber erwartet, ihr Mann werde sich von seinem Verstand leiten lassen und nicht von seinen Launen.

Da sie innerlich zu wund geschlagen war, um weiter Widerstand leisten zu können, zog sie das geforderte Kleid an und fühlte sich darin wie in einem Panzer eingezwängt, der sie mehr und mehr zusammenpresste. Noch schlimmer wurde es, als sie nach draußen trat und in das offene Sonnenlicht geriet. Sie bekam kaum Luft, und der Schweiß trat ihr aus allen Poren. Sie wollte Hinrich sagen, dass sie sich zu elend fühlte, um Matahi und Noelani aufsuchen zu können. Dann aber erwachte ihr Trotz. Er sollte sie nicht schwach sehen wie andere Weiber, die zu Füßen ihrer Männer knieten und diese anflehten, Gnade mit ihnen zu üben. Sie folgte ihm daher mit zusammengebissenen Zähnen.

Es wurde ein schlimmer Gang für Ruth. Schon bald rang sie keuchend nach Atem. Kurz bevor sie das Dorf erreichten, wurde ihr schwindlig, und sie griff rasch nach Hinrichs Arm, um sich festzuhalten. Die nächsten Schritte taumelte sie mehr, als sie diese ging.

Hinrich wurde jedoch nicht langsamer. In seinen Augen war das alles Getue, mit dem Ruth ihn dazu bringen wollte, sie in ihren lockeren Fetzen herumlaufen zu lassen. Wenigstens aber ließ er ihr den Arm, so dass sie einen Halt hatte, und half ihr schließlich auf die Plattform, auf der das Haus des Häuptlings stand.

»Nun kannst du dich ausruhen und ein wenig Kokoswasser trinken«, sagte er gönnerhaft und winkte Tahitoa zu sich. »Du wirst für mich übersetzen!«

»Yes, Sir!«, antwortete Tahitoa und trat an seine Seite.

»Wie geht es Ihnen, Madam?«, fragte er Ruth besorgt, da deren Gesicht auf einmal wie von Blut übergossen aussah.

»Meine Frau befindet sich wohl«, gab Hinrich an Ruths Stelle Antwort und betrat das Haus.

Matahi erwartete ihn bereits und führte ihn zu der Matte, die eine von Noelanis Dienerinnen ausgelegt hatte. Bei einem so geehrten Gast wäre es eigentlich die Aufgabe der Ehefrau gewesen, es zu tun. Noch aber war Noelani nicht bereit, ihrem Mann und Hinrich zu verzeihen.

So bediente eines der Dorfmädchen die beiden Männer, während Noelani Ruth an den Händen fasste und zur Seite führte.

»Du bist viel zu dick angezogen, und vor allem zu eng«, tadelte sie die Schwangere.

»Er wollte es so!« Ruth warf Hinrich einen entrüsteten Blick zu.

Noelani schüttelte den Kopf. »Männer! Sie haben viele Muskeln, aber wenig Verstand.« Sie sagte es laut genug, so dass ihr Mann es hören sollte, und fuhr leiser, nur für Ruth gedacht, fort. »Du aber solltest genug Verstand haben, um zu wissen, was dir guttut und was nicht!«

Ruth wusste, dass die Frauen der Hanatea sich nicht scheuten, sich gegen Forderungen ihrer Männer zu stemmen, wenn sie ihnen nicht passten. Hinrich war jedoch gewohnt, dass eine Frau bei der Hochzeit dem Mann Gehorsam versprach, und diesen suchte er bei ihr mit allen Umständen zu erzwingen. Wie kann ein Mensch sich so verändern?, dachte sie traurig. Dann aber raffte sie die geöffnete Kokosnuss an sich und trank gierig deren Saft.

»Ich wusste gar nicht, wie durstig ich bin«, sagte sie, als die Kokosnuss leer war.

»Willst du etwas essen? Hinanui hat vorhin Früchte gepflückt. Sie sind wunderbar süß und zergehen auf der Zunge!« Noch während sie es sagte, brachte das Mädchen eine Schale mit Obst.

Auch wenn die Unterhaltung stockend verlief und Ruth oft nachdenken musste, was dieses oder jenes von Noelani benützte Wort bedeuten mochte, kamen sie beide gut zurecht. Die Zeiten, in denen Ruth Tahitoas Hilfe gebraucht hatte, um den Hanatea-Frauen ihre bescheidensten Wünsche mitzuteilen, waren endgültig vorbei.

Hinrich hätte daher zu Recht stolz auf sie sein können, doch dies war wieder etwas, das sie ihm voraushatte, und er ärgerte sich unwillkürlich darüber. Sie sollte eine Frau sein, so wie er es sich vorstellte, eine Gefährtin, die ihn unterstützte und seine Wünsche und Anweisungen so befolgte, wie es sich gehörte. Er nahm sich vor, ihr zu erklären, dass sie sich mit den Weibern des Stammes nicht weiter so gemeinmachen sollte wie jetzt. Immerhin war sie eine weiße Frau und sollte die anderen nach ihrem Vorbild formen und sich nicht deren Sitten zu eigen machen.

Wenig später kam Aitu'ha'anui hinzu und forderte Hinrich auf, ihm von Jesus Christus zu berichten. Die Tatsache, dass dieser ans Kreuz genagelt worden war, schien ihm nicht zu gefallen. Andererseits war ein Gott, der die Welt in sechs Tagen erschaffen hatte, nicht zu verachten. Er erzählte von seinen eigenen Göttern Oro, Hiro, Pere, Makemake und Tangaroa, lauschte dann aufmerksam den Erzählungen über David und Salomo, die für ihn große

Häuptlinge gewesen waren, und fand auch die Propheten interessant, die ihren Häuptlingen den Willen Gottes mitgeteilt und sie gezwungen hatten, ihnen zu gehorchen. Dies hätte er sich bei Matahi auch gewünscht, doch seit es den Kriegern des feindlichen Hanamate-Stammes vor etlichen Monaten gelungen war, das Hanatea-Tal zu überfallen und einige Krieger zu töten, war sein Einfluss gesunken. Damals hatten die Feinde es auch noch fertiggebracht, den Bruder des Häuptlings lebend zu fangen und in ihr Tal mitzunehmen.

Die Angelegenheit mit den Walfängern hatte sein Ansehen weiter sinken lassen. Zwar war dies auch bei Hiniriki der Fall, doch dessen Weib hatte den donnernden Stock in die Hand genommen und die Feinde vertrieben. Obwohl sie nur eine Frau war, stand sie unter einem anderen Tapu als die Frauen des Stammes. Durch sie hatte Hinirikis Gott seine Macht bewiesen, während die eigenen Götter geschlafen hatten, als hätten auch sie zu viel von diesem Wasser getrunken, das fröhlich macht.

In ihr Gespräch und ihre Gedanken verstrickt, achtete keiner der Männer auf Ruth und Noelani. Letztere sah mit Besorgnis, dass Ruths Kopf noch immer glutrot war, und forderte sie auf, wenigstens ihr Kleid zu öffnen.

Ruth schüttelte den Kopf, denn sie wollte keinen weiteren Streit mit Hinrich. Gleichzeitig aber fragte sie sich, wie sie die restlichen Monate ihrer Schwangerschaft überstehen sollte. Dieses Kleid war ihr weitestes und trotzdem bereits zu eng. Schon bald würde sie nur noch die weiten Hängekleider tragen können, obwohl Hinrich es ihr verboten hatte. Traurig dachte sie, dass sie sich ihre Ehe mit ihm anders vorgestellt hatte. Während sie ihren Gedanken nachhing, ging ihr Atem immer schwerer, und sie spürte, wie der Schwindel wiederkehrte und schlimmer wurde. Plötzlich schwankte sie und griff sich mit schmerzverzerrter Miene an den Leib.

»Es tut auf einmal so weh!«

»Komm, ich bringe dich zu meiner Mutter«, rief Noelani erschrocken und winkte eines der Mädchen heran, damit es ihr helfen konnte, Ruth aufzurichten und nach draußen zu bringen. Die Männer achteten zunächst nicht darauf, sahen aber verwundert auf, als Ruth einen Schmerzensschrei nicht unterdrücken konnte.

6.

Noelani und ihre Helferin mussten Ruth zuletzt tragen, weil sie vor Schmerz fast die Besinnung verlor. Als sie in Noha'aias Haus eintraten, scheuchte diese die Männer und Knaben hinaus, da sie wusste, dass Ruth sich nie in deren Gegenwart entkleiden lassen würde, und schälte sie dann mithilfe ihrer Tochter aus den viel zu engen Kleidern.

»Sie ist doch eine so kluge Frau. Wie kann sie so dumm sein, das hier anzuziehen«, sagte Noha'aia kopfschüttelnd.

»Ihr Mann will es so«, erklärte ihre Tochter.

»Dann ist sie dumm, wenn sie es tut. Doch nun hilf mir! Es sieht übel aus!« Die alte Frau wies auf Ruths Leib, der sich immer wieder krampfartig zusammenzog. Gemeinsam mit Noelani legte sie in kühles Wasser gelegte Tücher auf Ruths Bauch und flößte ihr einen Trank ein. Sie kämpften mehrere Stunden verzweifelt, dann mussten sie aufgeben und blickten voller Trauer auf das kleine Stückchen Mensch, das Ruths Körper mit einem Blutschwall ausgestoßen hatte.

Ruth war ohnmächtig, und Noha'aia wusste nicht zu sagen, ob sie bald ihrem toten Kind folgen oder überleben würde.

»Teile deinem Vater und deinen Brüdern mit, sie sollen zu Freunden gehen und bei ihnen bleiben. Wir brauchen das Haus für uns allein. Danach hole alle unsere Freundinnen zusammen, damit unser Mana Ruhutia die Kraft gibt, weiterzuleben!«

»Steht es so schlimm?« Noelani schauderte es bei dem Gedanken, Ruth könnte sterben. Diese hatte ihre ganze Kraft aufgewendet, um den Stamm zu retten, und dabei etliche Tapus verletzt. War dies die Rache der Götter?, fragte sie sich. So leicht aber würde ihre Freundin nicht aufgeben, und sie und die anderen Frauen würden alles tun, um ihr beizustehen.

Noelanis Vater verstand rasch, was seine Tochter wollte, und bat mehrere Freunde, ihn und seine Söhne für eine gewisse Zeit bei sich aufzunehmen. Da Ruth seine Tochter davor bewahrt hatte, von den Walfängern verschleppt zu werden, war er ihr dankbar und bereit, alles zu tun, damit seine Frau sich um die Kranke kümmern konnte.

Während er, seine Söhne und zwei Enkel bei Verwandten Unterschlupf fanden, rief Noelani so viele Frauen zusammen, wie es nur ging. Nicht alle passten ins Haus, und so setzten sich viele draußen um das Gebäude und begannen zu singen. Es war ein trauriges Lied, das gleichzeitig Mut machen sollte. Mut brauchten die Frauen, um sich der offensichtlichen Rache der Götter entgegenzustellen, und ebenso Ruth, die nach schier endloser Zeit aus ihrer Bewusstlosigkeit erwachte und nur langsam begriff, was mit ihr geschehen war.

Sie hatte ihr Kind verloren! Der Gedanke trieb ihr die Tränen in die Augen. Ihr Herz schmerzte, und sie wünschte sich nur noch, zu sterben. Zuletzt versetzte Noha'aia ihr ein paar Ohrfeigen, um sie wach zu halten.

»Du darfst nicht aufgeben!«, schrie sie Ruth an. »Du hast Kraft, und dein Mana ist stark. Du hast die bösen Männer bezwungen! Mit der Hilfe deines Gottes wirst du dich auch gegen unsere Götter behaupten, die dich bestrafen wollen, weil du ihre Tapus gebrochen hast.«

In diesen Stunden herrschte eine eigenartige Stimmung im Dorf. Zwar gingen die Männer ihren Beschäftigungen nach, und einige Frauen kochten für alle, doch jeder lauschte auf die Lieder, die vor und in Noha'aias Haus gesungen wurden.

Mittlerweile hatte auch Hinrich erfahren, dass seine Frau eine Fehlgeburt erlitten hatte. Voller Entsetzen wollte er zu ihr gehen, doch Noelani und ihre Mitstreiterinnen verlegten ihm den Weg.

»Sie sollen mich vorbeilassen! Ich muss zu Ruth!«, sagte er zu Tahitoa.

Dieser schüttelte den Kopf. »Die Frauen lassen keinen Mann zu ihr, da sein Mana sich mit den bösen Kräften, die sie bekämpfen, verbinden und sie endgültig töten würde!«

»Ruth darf nicht sterben!«, rief Hinrich verzweifelt.

»Das liegt in Gottes Hand«, antwortete Tahitoa und wies dann auf Noelani. »Ich soll dir sagen, dass du ein schlechter Mensch bist, weil du dein Weib gezwungen hast, diese Kleidung zu tragen. Hättest du es nicht getan, wäre ihr Mana stark genug gewesen, um sich gegen die feindlichen Kräfte zu behaupten!«

Es tat Tahitoa weh, Ruth so leiden zu sehen. Im Gegensatz zu ihrem Mann war sie bereit gewesen, sich auf die Kultur der Hanatea einzulassen und sie zu akzeptieren. Sie hatte sich auch Mühe gegeben, mit seiner Hilfe deren Sprache – oder besser gesagt, den auf Tahiti gebräuchlichen Dialekt – zu erlernen.

Vor allem aber war es ihr gelungen, Noelani und die anderen, die die Walfänger hatten mitnehmen wollen, zu befreien. Tahitoa befürchtete, dass Aitu'ha'anui und Matahi sonst in Hinrich einen Sündenbock gesucht hätten, um ihre eigene Macht über den Stamm zu erhalten. Zusammen mit Hinrich hätten sie auch ihn getötet. Ruths mutiger Einsatz hatte ihrem Mann und damit auch ihm das Leben gerettet, sagte er sich und betete sowohl zu dem Gott der Christen wie auch zu jenen Mächten, die die Missionare verboten hatten, um der jungen Frau zu helfen.

Aipua kam heran und wies in die Richtung des Hauses, das Ruth und Hinrich sich teilten. »Hoani und ich haben Essen hingebracht. Ihr solltet gehen und es euch teilen!«

»Als wenn ich in dieser Situation etwas essen könnte«, stöhnte Hinrich, als Tahitoa ihm Aipuas Worte übersetzte.

»Sie müssen etwas essen«, sagte Tahitoa und sah dann, wie Noha'aia das Haus verließ und auf ihn zukam. Dem Gesicht der alten Frau konnte er nicht entnehmen, welche Nachricht sie brachte. Es wirkte zwar ernst, aber nicht traurig.

»Sage diesem Mann, dass seine Frau mithilfe ihres Gottes leben wird«, erklärte sie. »Doch sie fühlte den Haizahn des Todes bereits an ihrem Herzen und wird lange schwach sein. Sobald sie dazu in der Lage ist, muss sie im Meer baden, um neue Kraft zu sammeln. Auch muss sie vor dem Neid und der Eifersucht der Götter geschützt werden! Sage ihm das!«

Tahitoa übersetzte es für Hinrich. Diesen schockierte, dass Ruth baden sollte, doch wenn es nicht anders ging, so musste sie es abseits der anderen tun und alles vermeiden, was den guten Sitten widersprach. Was Noha'aia mit dem Schutz vor den Göttern meinte, begriff er hingegen nicht.

»Frag sie, was das soll!«, bat er Tahitoa.

Dieser wandte sich, nachdem Noha'aia geantwortet hatte, mit einem gewissen Zaudern wieder Hinrich zu. »Die Schwiegermutter des Häuptlings sagt, Ihre Frau braucht etwas, das sie mit den Hanatea verbindet, um den Neid der Götter zu besänftigen.«

»Und was soll das sein?«, fragte Hinrich.

»Ein Tatau!«

»Niemals!«, rief Hinrich empört.

»Dann wird sie sterben«, erklärte Noha'aia eisig.

Hinrich wand sich vor innerer Qual. Er liebte seine Frau und hätte sein Leben für sie gegeben. Doch sollte er dem dumpfen Aberglauben der Eingeborenen folgen und heidnische Symbole auf Ruths Haut dulden?

Wenn du es verbietest und Ruth stirbt, wird hier kein einziger Eingeborener mehr bereit sein, sich von dir bekehren zu lassen, sagte etwas in ihm. Deshalb aber seine Frau opfern … Wer spricht von opfern?, meldete sich ein anderer Gedanke. Selbst wenn man ihr ein solches Zeichen in die Haut ritzt, wird sie es zu Hause in Hamburg gewiss niemandem zeigen.

»Wir sind beide auf den guten Willen der Hanatea angewiesen. Mag es uns den Lohn bringen, den wir uns davon erhoffen«, sagte er und meinte mit der Belohnung die Bekehrung dieses im Augenblick noch heidnischen Volkes. Danach atmete er tief durch und nickte dann mit verkniffener Miene. »Sie sollen es tun, aber dort, wo man es nicht sieht.«

Erleichtert teilte Tahitoa Noha'aia Hinrichs Entscheidung mit und brachte diesen dann mit ein paar aufmunternden Worten dazu, mit ihm in sein Haus zu gehen und den Speisen, die Aipua und Hoani bereitgestellt hatten, wenigstens etwas Ehre anzutun.

7.

Die Lieder der Frauen waren das Erste, was Ruth hörte, als sie das nächste Mal erwachte. Ihre Gedanken waren träge, und sie fühlte eine Schwäche in sich, wie sie sie noch nie erlebt hatte. Plötzlich klangen Stimmen auf. Hände ergriffen sie, tasteten nach ihrem Gesicht und strichen ihr sanft über die Wangen. Mühsam öffnete sie die Augen und sah Noha'aia über sich gebeugt.

»Sie ist nicht nach Hawaiki gegangen«, sagte die alte Frau.

Hawaiki – das war doch das Land jenseits des Todes, wie die Hanatea es nannten. Weshalb sollte sie dorthin?, fragte Ruth sich. Von einem Gedanken getrieben, griff sie sich an den Bauch. Eine Hand hielt die ihre fest.

»Dein Kind ist nach Hawaiki gegangen, doch du bist ihm nicht gefolgt«, erklärte Noha'aia mit ernster Stimme.

Bei dem Gedanken an das Kind, das sie nun niemals in den Armen halten würde, füllten sich Ruths Augen mit Tränen.

»Was ist geschehen? Ich kann mich nicht erinnern«, flüsterte sie.

»Du hast Großes vollbracht, indem du die bösen Männer besiegt und vertrieben hast. Dabei hast du das Tapu gebrochen, dass eine Frau keine Waffen tragen darf. Dies erzürnte die Götter, und so nahmen sie Rache. Du aber bist zu stark, um ihnen zu erliegen. Zwar hast du ihnen das zu früh geborene Kind überlassen müssen, bist aber selbst noch am Leben. Um zu verhindern, dass die Götter dir weiterhin übelwollen, musst du sie versöhnen.«

Es war eine so lange Rede, dass Ruth sich wünschte, Tahitoa wäre bei ihr, um übersetzen zu können. Sie musste mehrmals nachfragen und schließlich noch Gesten deuten, um alles zu verstehen.

Sie glaubte nicht an die Götter der Hanatea, sondern nur an den einen Gott im Himmel. Alles andere war Aberglaube, der bedauerlicherweise noch viele Völker in seinen Klauen hielt. Für sie war die Hitze an ihrer Fehlgeburt schuld, und Hinrichs dumme Anweisung, die viel zu warmen Kleider tragen zu müssen. Für einen Augenblick fühlte sie einen Hass auf ihren Mann, der sie zutiefst erschreckte.

Nein!, rief sie sich zur Ordnung. Hinrichs Befehl mochte dumm gewesen sein. Er hat jedoch mit Gewissheit nicht gewollt, dass ich dadurch mein Kind verliere. Wie auch sie hatte er sich auf das Kleine gefreut und würde nicht weniger traurig sein als sie selbst.

»Wie wollt ihr die Götter versöhnen?«, fragte sie Noha'aia mit matter Stimme.

»Wenn du wieder etwas kräftiger bist, wirst du dich im Wasser des Meeres waschen und danach ein Tatau erhalten, welches den Göttern zeigt, dass du zu uns gehörst!«

»Baden und ein Tatau? Das wird Hinrich niemals zulassen!«

»Er hat es versprochen«, erwiderte Noha'aia.

Will ich es überhaupt?, fragte Ruth sich. Ein Bad im Meer lockte sie, doch ein solches heidnisches Symbol wollte sie nicht auf ihrer Haut sehen. Allerdings begriff sie, dass sie ihre Freundinnen nicht vor den Kopf stoßen durfte. Für diese war es die einzige Möglichkeit, um sie vor der Eifersucht der hiesigen Götter zu schützen. Da selbst Hinrich bereit schien, es zuzulassen, durfte auch sie sich nicht sträuben.

»Dann soll es so sein! Es darf aber nicht groß werden und an keine Stelle kommen, an der man es sehen kann.«

»Es wird so geschehen«, versprach Noha'aia und bat ihre Tochter, mit zuzugreifen, um Ruth ein wenig aufrichten zu können.

»Du musst trinken!«, sagte sie und hielt ihr eine geöffnete Kokosnuss an den Mund. »Später erhältst du etwas zu essen.«

Ruth trank gierig. Dabei dachte sie jedoch an das Kleine, das sie nun niemals würde herzen können, und weinte ihren Schmerz hinaus.

Noha'aia ließ sich eine Schale mit Popoi reichen und begann, Ruth wie ein kleines Kind zu füttern. Zuerst wollte diese nicht essen, doch der Hartnäckigkeit der alten Frau war sie nicht gewachsen.

Nachdem sie etwas zu sich genommen hatte, legte man sie wieder hin und zog ihr eine leichte Bastmatte über den Körper.

»Schlaf! Der Schlaf mildert den Schmerz«, sagte Noha'aia, und obwohl Ruth es nicht wollte, schlief sie rasch ein.

Als Ruth das nächste Mal erwachte, fühlte sie sich körperlich besser, doch die Trauer um ihr verlorenes Kind schmerzte wie eine offene Wunde. Sie trank etwas Wasser, das Noelani ihr reichte, und blickte dann nach draußen. »Ich muss …« Es fiel ihr schwer zu sagen, dass sie dringend austreten musste.

Noha'aia begriff, was sie meinte, und rief mehrere Frauen zu sich. Gemeinsam halfen sie Ruth auf die Beine, hüllten sie in eine weite Matte, die sich fast so weich wie ein Tuch um ihren Körper schmiegte, und führten sie hinaus. Es schmerzte, als Ruth Wasser ließ, doch die Fürsorge der Frauen tat ihrem wehen Herzen gut.

Danach brachten sie sie in Noha'aias Haus zurück, betteten sie auf eine frische Matte und sprachen mit ihr über alles Mögliche. Ruth begriff, dass man ihr nicht die Zeit lassen wollte, nur an ihr verlorenes Kind zu denken. Es störte sie, denn sie hätte gerne in aller Ruhe darum getrauert. Das aber konnte sie immer noch tun, sagte sie sich, während sie eine Frage von Noelani beantwortete und dabei dem Gesang der Frauen lauschte, die mittlerweile wieder ihrem gewohnten Tagwerk nachgingen, aber immer noch Lieder für sie sangen.

8.

Für die Nacht mischte Noha'aia etwas in Ruths Getränk, so dass diese traumlos bis zum Morgen durchschlief. Danach wuschen die alte Frau und deren Tochter sie und hüllten sie anschließend in eine große Matte, die so geflochten war, dass sie genug Luft durchließ, um zu kühlen. Nachdem sie gefrühstückt hatten, wies Noha'aia auf einen großen Brotfruchtbaum. »Du solltest dich in seinen Schatten setzen. Es wird dir guttun.«

Mir wird nie mehr etwas guttun, durchfuhr es Ruth. Dennoch machten es ihr die Freundlichkeit der Frauen und deren Sorge um sie leichter, den Verlust des Kindes zu überwinden.

Sie folgte Noha'aia und Noelani zu dem Baum und setzte sich auf die Matte, die Noelanis Dienerin Hinanui für sie auslegte. Aipua brachte eine geöffnete Kokosnuss, damit sie deren Saft trinken konnte, ein anderes Mädchen eine Schale mit wohlschmeckenden Früchten. Man ließ sie auch jetzt nicht allein. Noelani blieb bei ihr und bedankte sich wortreich dafür, sie vor den Walfängern gerettet zu haben. Immer wieder kam eine andere Frau hinzu, brachte entweder eine Blume oder eine schöne Feder und schmückte Ruths Haar damit.

Nach einer Weile sah Noelani Ruth nachdenklich an. »Dein Mann macht sich große Sorgen um dich. Es wäre an der Zeit, mit ihm zu sprechen, damit er sieht, dass es dir besser geht.«

Etwas in Ruth sträubte sich dagegen, Hinrich zu sehen, ein anderer Teil hingegen wünschte es sehr. Sie schwankte, sagte sich dann aber, dass es nichts brachte, das, was sein musste, hinauszuschieben, und nickte. »Dann soll es sein!«

»Dein Herz darf keinen Zorn fühlen!«, mahnte Noelani, und Ruth begriff, dass auch sie mehr der unpassenden Kleidung als den hiesigen Göttern die Schuld an ihrer Fehlgeburt gab.

»In meinem Herzen ist kein Zorn, sondern nur Trauer«, sagte sie mit einem schmerzlichen Lächeln.

»Diese sollte bald der Liebe weichen, damit dein Leib sich wieder füllen kann.«

Noelanis Worte waren für Ruth so zweideutig, dass sie unwillkürlich rot wurde. Dann aber blickte sie in die Richtung, in die ihre Freundin wies, und sah Hinrich herankommen. Er sah so elend aus, dass sie unwillkürlich Mitleid mit ihm empfand.

Er zögerte ein wenig, trat dann ein Stück näher und blieb erneut stehen, während es in seinem Gesicht arbeitete. Für Ruth sah es so aus, als würde er sich verzweifelt gegen die Tränen wehren, die in ihm aufsteigen wollten. Männer waren so seltsam, dachte sie. Immer mussten sie Stärke und Festigkeit beweisen, auch wenn es ihnen nach ein paar Tränen leichter werden würde. Da er zu zweifeln schien, ob er ihr willkommen war, machte sie eine einladende Handbewegung.

Nun endlich kam er zu ihr, setzte sich neben sie und fasste nach ihren Händen. »Wie geht es dir, meine Liebe?«, fragte er leise.

»Wenn ich sagen würde: gut, dann müsstest du mir die Beichte abnehmen«, antwortete Ruth ungeachtet der Tatsache, dass nur die katholische Kirche auf einer mündlichen Beichte bestand, nicht jedoch die protestantische, der Hinrich und sie angehörten.

»Ich bin so glücklich, dass du noch lebst. Noha'aia deutete an, dass es sehr schlimm um dich gestanden hat.«

»Ich lebe, aber mein Kind tut es nicht!« Ruths Stimme klang herb genug, um als Vorwurf wahrgenommen zu werden.

»Tahitoa meinte, du wärst für dieses Klima viel zu warm angezogen gewesen«, fuhr Hinrich geknickt fort.

»Es war nicht mein Wille!« Ruths Stimme wurde um keinen Deut freundlicher.

»Es tut mir so leid!« Nun vermochte Hinrich seine Tränen nicht mehr zurückzuhalten, und er sank weinend in ihren Schoß.

Gedankenverloren strich Ruth ihm übers Haar, während sich in ihrem Herzen schwarze Wolken ballten, die sie kaum vertreiben konnte.

»Ja, ich werde dir verzeihen«, sagte sie nach einer Weile. »Doch zwinge mich nie mehr, Dinge zu tun, die ich nicht will! Ich werde in Zukunft die leichten Kleider tragen, und ich werde im Meer schwimmen. Auch werde ich mir eine Beschäftigung suchen und mit den Frauen zusammenarbeiten. Ich bin keine Mistress Wiggles und werde es auch niemals sein.«

Einen Augenblick lang stemmte sich Hinrichs männlicher Stolz gegen diese Forderung. Er begriff jedoch, auf welch schmalem Grat Ruths Gefühle für ihn wandelten. Wenn er es ihr jetzt verbot, würde sie ihn hassen und vielleicht sogar die Gemeinschaft mit ihm aufgeben. Dabei waren sie auf dieser verfluchten Insel aufeinander angewiesen. Hinrich ertappte sich bei dem Wunsch, nie Missionar geworden zu sein. Der Widerspruch zwischen seinen jungenhaften Träumen und der Wirklichkeit war so groß, dass er sich auf die schlichte Kanzel einer Hamburger Kirche sehnte, um dort den Fischern, Schauerleuten und Marktweibern das Wort Gottes zu predigen.

»Du sollst deinen Willen haben«, sagte er mit dem Versuch eines Lächelns. »Die Eingeborenen sollen dir ein Tatau in die Haut brennen. Wenn wir uns weigern würden, würden sie uns wohl kaum mehr als geehrte Gäste ansehen.«

Ruth glaubte nicht daran, dass sich die Gefühle der Hanatea so rasch wandeln würden. Allerdings widersprach sie nicht, da sie es als den Grund ansah, aus dem Hinrich endlich nachzugeben bereit war.

»Nur eines solltest du mir versprechen«, sagte er zaghaft.

»Und was?«

»Wenn wir Besuch von Europäern bekommen, solltest du vielleicht doch ein normales Kleid anziehen.«

Im ersten Impuls wollte Ruth schroff antworten, sagte sich dann aber, dass Hinrich ihr so weit entgegengekommen war, dass auch sie einen Schritt auf ihn zugehen konnte.

»Du musst aber erlauben, dass ich mir dafür ein Kleid nähe, das sich besser dafür eignet als die, die ich aus der Heimat mitgebracht habe.« Außerdem, so sagte sie sich, war die Gefahr, dass Europäer auf diese Insel kamen, äußerst gering. Sie erwartete es eigentlich erst, wenn Hinrich und sie nach Beendigung seines Missionsdienstes von hier abgeholt würden. Das aber würde frühestens in zwei Jahren sein.

»Die Kleider, die die Frauen auf Tahiti tragen, waren eigentlich recht hübsch«, meinte Hinrich.

Ruth schüttelte es bei dem Gedanken, einen solchen Sack tragen zu müssen. »Ich werde mich im Schnitt wohl mehr nach meinen alten Kleidern richten«, sagte sie und fand, dass sie ihren Zorn auf Hinrich nun lange genug gehegt hatte. »Ich werde hier bei Noha'aia bleiben, bis ich das Tatau trage, und dann in unser Haus zurückkehren. Dort werden wir wieder zusammenleben, wie es sich gehört. Vergiss aber nie mehr, dass ich selbst am besten weiß, was gut für mich ist!«

Hinrich nickte, denn ihm war klar, dass ihm nichts anderes übrig blieb, wenn er Ruth als Frau behalten wollte.

FÜNFTER TEIL

ÜBLE SCHLICHE

1.

In Hamburg, etliche Tausend Meilen von Hiva Oa und Ruth entfernt, musterte Mathias Mensing den Schwiegervater seines Bruders Hinrich mit abschätzenden Blicken. Jakob Simonsen war nicht nur ein Seemann von altem Schrot und Korn, sondern auch, wie Mathias widerwillig zugeben musste, ein ausgezeichneter Kaufmann. Außerdem wusste er Schiffe in Auftrag zu geben, die allen anderen überlegen waren. Mit Neid betrachtete er das Modell des neuesten Schiffes, das Simonsen hatte erbauen lassen und das kurz vor seiner Jungfernfahrt stand. Es war eines der größten, die je in Hamburg gebaut worden waren, und konnte Lasten tragen, die das Fassungsvermögen seiner eigenen Schiffe weit übertraf.

»Es ist wirklich ein ausgezeichnetes Schiff«, lobte er scheinheilig. »Wie wollen Sie es nennen?«

»*Neuwerk,* so wie jenes Schiff, mit dem mein Vater Simon einst gefahren ist!«, antwortete Jakob Simonsen mit sichtlichem Stolz.

»Der Name einer so kleinen Insel für ein so großes Schiff?«

»Es soll mich und später auch meine Söhne daran erinnern, woher wir kommen. Wie Ihre Vorfahren gehören auch wir Simonsens nicht zu den altbekannten Patriziergeschlechtern von Hamburg, sondern haben uns Schritt für Schritt nach oben gearbeitet, so dass jetzt auch die Herren Senatoren die Hüte lüften, wenn sie uns auf der Straße begegnen.«

»Gewiss, gewiss«, sagte Mathias Mensing, der am liebsten vergessen machen würde, dass sein Großvater als einfacher Seemann begonnen hatte und, wie sein Gastgeber es genannt hatte, Schritt für Schritt den Weg zum Maat, Steuermann und schließlich zum Kapitän mit eigenem Schiff zurückgelegt hatte.

»Wissen Sie, ich habe die *Neuwerk* auch deshalb bauen lassen, damit ich mit ihr bis in die Südsee fahren und Ruth und Hinrich auf ihrer Insel aufsuchen kann. Wer weiß, vielleicht haben die beiden bis dorthin auch schon genug und kehren mit der *Neuwerk* in die Heimat zurück. Haben Sie schon etwas Neues von ihnen gehört?«

Simonsen klang besorgt, denn Ruth und Hinrich hatten Hamburg vor vielen Monaten verlassen, und es war bislang noch keine Nachricht von ihnen eingetroffen.

Mathias hätte ihm sagen können, dass sein Bruder von Kapstadt aus geschrieben hatte, schüttelte aber den Kopf. »Nein! Genauso wenig wie Sie. Allerdings ist es ein weiter Weg in die Südsee, und ein Schiff ist etliche Wochen dorthin unterwegs. Captain Smyths Order war, Kap Hoorn zu umrunden. Dahinter ist es so gut wie unmöglich, Briefe zu schicken.«

»Captain Smyth hat gewiss in Chile angelegt. Bis dorthin fahren doch immer wieder Schiffe. Hinrich hätte die Gelegenheit finden können, von dort zu schreiben!« Jakob Simonsen klang enttäuscht, denn er hatte mehr Familiensinn von seinem Schwiegersohn erwartet.

Hinrich war aber nicht in Chile gewesen, dachte sein Gast spöttisch. Er verschwieg auch, dass Gervase Smyth vor der Kap-Hoorn-Umrundung zurückgeschreckt war und die längere Strecke um Afrika herum und durch den Indischen Ozean eingeschlagen hatte. Mittlerweile mussten Hinrich und Ruth auf der Insel der Menschenfresser angekommen sein. Vielleicht waren sie auch bereits in deren Mägen gelandet.

Einen Augenblick lang befürchtete Mathias, diesen Gedanken laut ausgesprochen zu haben. Da aber Simonsen das Schiffsmodell anschaute und nichts sagte, atmete er auf.

»Wirklich ein schönes Schiff! Wann wollen Sie damit in See stechen?«, fragte er.

»Ich will es im nächsten Monat auf einer Fahrt nach Bergen erproben. Wenn es sich so macht, wie ich es mir vorstelle, will ich im Herbst damit aufbrechen und hoffe, Kap Hoorn im südlichen Sommer umrunden zu können.«

»Also wenn hier alles im Winter erstarrt ist«, meinte Mathias, für den es immer noch eigenartig war, dass die Jahreszeiten auf der südlichen Halbkugel genau entgegen den hiesigen verliefen.

Jakob Simonsen nickte. »Genau so habe ich es mir gedacht. Habe ich erst Kap Hoorn geschafft, liegt die offene Südsee vor mir, und ich werde dann bald bei Ruth und Hinrich sein!«

Die dann hoffentlich schon von den Kannibalen gefressen worden sind, dachte Mathias Mensing spöttisch und hoffte, dass Jakob Simonsen nicht mehr von dieser Reise zurückkehren würde. Vielleicht fiel er ebenfalls den Menschenfressern zum Opfer oder einem der Stürme, auf die er unterwegs mit Gewissheit treffen würde. Er jedenfalls würde den alten Kampf mit den Simonsens, den schon sein Großvater und sein Vater geführt hatten, inzwischen fortführen und gewinnen. Bis dorthin aber hieß es, den Schafspelz anzubehalten und so zu tun, als wären Hinrichs Schwiegervater und er nicht nur Geschäftspartner, sondern durch die Heirat seines Bruders mit Simonsens Tochter auch enge Verwandte.

»Es würde mich freuen, etwas von Hinrich zu hören. Ich war ganz überrascht, dass er unseren Oheim in London gebeten hatte, ihm diesen Missionsauftrag zu verschaffen. Da ich gerade von Onkel Zechariah spreche: Ich werde noch in dieser Woche aufbrechen und nach London fahren, um mit ihm mehrere Geschäfte abzuwickeln. Vielleicht ist ja Nachricht von meinem Bruder zu ihm gelangt«, sagte Mathias und bemühte sich dabei, hoffnungsvoll auszusehen.

»Mich würde es sehr freuen«, antwortete Jakob Simonsen.

»Dann machen wir es so! Doch nun muss ich mich verabschieden. Entbieten Sie Ihrer Frau Gemahlin meinen Gruß. Bei meinem nächsten Besuch habe ich mit Gewissheit mehr Zeit, um auch ihr meine Aufwartung machen zu können.«

»Frieda wird sich ebenfalls freuen«, antwortete Simonsen und begleitete seinen Gast bis zur Tür. »Auf Wiedersehen! Kommen Sie vor Ihrer Abreise nach London noch einmal zu uns?«

Mathias wiegte scheinbar unschlüssig den Kopf. »Wenn ich es einrichten kann, gewiss! Doch nun sage auch ich Ihnen Auf Wiedersehen.«

Mit diesen Worten verließ er das Haus und atmete erst einmal tief durch. Obwohl er gelernt hatte, sich zu verstellen, forderten die Besuche bei Simonsen ihm stets einiges an Selbstbeherrschung ab. Zeit seines Lebens hatte er Jakob Simonsen als Feind angesehen, den es in den Staub zu treten galt, und nun musste er so tun, als wären sie die besten Freunde.

»Es wird Zeit, dass das ein Ende nimmt«, murmelte er vor sich hin.

Bereits der alte Simon Simonsen hatte seinem Großvater Jörgen Mensing das Leben verbittert und diesen durch Lügen und Intrigen um die Mitgift gebracht, die dessen Frau, seine Großmutter, hätte erhalten sollen. Mathias erinnerte sich noch gut an den hochgewachsenen, kräftigen Mann, der allein schon bei der Erwähnung des Namens Simonsen in Zorn geraten war und alles darangesetzt hatte, es Simon heimzuzahlen. Auch sein Vater Derek hatte es versucht, aber eine Dummheit begangen, indem er den alten Simonsen bei den Franzosen als feindlichen Agenten denunziert hatte – und das zu einem Zeitpunkt, an dem sich Napoleons Niederlage bereits abzeichnete. Er selbst hatte seinen Vater, als dieser betrunken gewesen war, die Treppe hinunterstoßen müssen, um das Wenige zu retten, das von der Reederei Mensing noch übrig geblieben war. Ohne die tätige Mithilfe seines Onkels Zechariah in London wäre er trotzdem nicht mehr auf die Beine gekommen.

Mit diesem Gedanken erreichte er sein Haus und bereitete alles für die Abreise nach London vor. Dabei sah er auch die Einladungen durch, die ihn an diesem Tag erreicht hatten. Die meisten stammten von Vätern hoffnungsvoller Töchter, die an den Mann gebracht werden wollten. Da Mathias mittlerweile das dreißigste Jahr überschritten hatte, nahmen einige der Herrschaften in Hamburg an, dass er sich bald eine Braut suchen werde, um eine neue Generation Mensings in die Welt zu setzen.

Mathias war durchaus bereit, sich eine Frau zu wählen. Doch eine Ehe war für ihn ein Geschäft, das ihm den größtmöglichen Gewinn bringen sollte. Auch aus diesem Grund wollte er nach London reisen. Mit Unterstützung seines Onkels Zechariah Bartlett hoffte er, dort eine Braut mit einer Mitgift zu finden, die ihm kein Hamburger Mädchen ins Haus bringen konnte. Wichtiger noch war für ihn, mit Onkel Zechariah, der die Simonsens womöglich noch mehr hasste als er selbst, zu beraten, wie sie diese endgültig vernichten konnten.

2.

Als Mathias Mensing die unter seiner Flagge fahrende *Arcadia* betrat, packte ihn der Neid. Das hier war sein bestes und größtes Schiff, doch Simonsens *Neuwerk* würde es um etliche Tonnen an Fassungsvermögen übertreffen. Mit diesem Gedanken begrüßte er den Kapitän und stieg nach unten, wo er mit großer Selbstverständlichkeit dessen Kajüte übernahm. Er ging auch nicht an Deck, als die Leinen gelöst wurden und die *Arcadia* der Elbe folgend dem Meer zustrebte. Stattdessen studierte er intensiv die Papiere, die er mitgenommen hatte, um für das Gespräch mit seinem Onkel gewappnet zu sein.

Mathias ließ sich die Mahlzeiten in der Kajüte servieren und mied die Messe, in der die Schiffsoffiziere aßen. Sie waren seine Angestellten und standen damit weit unter ihm. Wäre er wirklich auf einer Handelsfahrt gewesen, hätte er vielleicht mit dem Kapitän über die Möglichkeiten geredet, die sich dabei ergaben. So aber verließ er, nachdem die *Arcadia* in der Themse Anker geworfen hatte, das Schiff und nahm eine Droschke, die ihn zu Zechariah Bartletts Haus brachte. Als er dort angekommen war, bezahlte er den Kutscher und ließ den Blick über das stattliche Gebäude schweifen. Sein Onkel hatte es vor ein paar Jahren errichten lassen, und es wirkte wie ein Schloss und nicht wie das Heim eines Geschäftsmannes.

Die Häuser in der Nachbarschaft waren ebenfalls stattlich. An dieser Stelle wohnen die wirklich reichen Kaufleute, dachte er. Gegen diese Herren waren die Handelsherren in Hamburg kleine Lichter. Unwillkürlich überlegte er, ob er den Sitz seines Handelshauses nicht hierher verlegen sollte. Damit aber würde er in direkte Konkurrenz zu seinem Onkel treten, und das konnte er sich nicht leisten.

Verärgert, weil er überall Hindernisse sah, die ihn bremsten, trat er zur Tür und betätigte den Türklopfer. Zwei, drei Augenblicke später wurde sie geöffnet, und ein großer, dunkelhäutiger Mann in einer prachtvollen Livree blickte heraus.

»Oh, Mr Mathew! Welcome!«, grüßte der Lakai.

Mathias hatte nie herausgefunden, ob der Schwarze nun ein Sklave war oder ob sein Onkel sich nur die Laune leistete, einen solchen Mann zu beschäftigen.

Auf dessen Wink eilten mehrere Diener herbei, um Mathias' Gepäck hereinzuholen, das der Droschkenkutscher neben die Tür gestellt hatte. Ihm selbst nahm ein anderer Diener Mantel, Hut und Stock ab und bat ihn, einem halbwüchsigen Boy in einen der Salons zu folgen.

»Mr Bartlett wird gleich erfahren, dass Sie angekommen sind!«, sagte er mit einer Verbeugung.

»Ich bitte darum«, antwortete Mathias und ging hinter dem Boy her.

Das hier war ein wahrlich erstrebenswertes Leben, dachte er, während er die kostbaren Tapeten und die großen Bilder an den Wänden musterte. Sein eigenes Heim in Hamburg hätte mehrfach in dieses riesige Gebäude gepasst. Auch er besaß einige schöne Bilder, allerdings hatten diese noch seine Mutter und seine Großmutter malen lassen. Ihn selbst interessierte nur der Wert eines Gemäldes und die Frage, ob man damit imponieren konnte.

Als er wenig später ein Glas Wein kredenzt bekam, fiel ihm ein, dass er sich bei seiner Abreise nicht von seiner Großmutter verabschiedet hatte. Dabei war sie schwer krank, und es war daher unsicher, ob er sie bei seiner Rückkehr noch lebend antreffen würde. Einen Augenblick lang empfand er ein leichtes Schuldgefühl, wischte es jedoch mit einer hastigen Handbewegung hinweg. Die alte Frau hatte, soweit er zurückdenken konnte, stets Hinrich vorgezogen und ihn als Kind mehrfach bestraft, wenn er seinem Bruder eine Ohrfeige gegeben oder ihm etwas weggenommen hatte. Dabei war er der Ältere und hatte damit das Recht gehabt, so zu handeln. »Wenn die alte Mina stirbt, wird man sie gewiss in allen Ehren begraben«, sagte er mit einer verächtlichen Handbewegung. Er würde, wenn er nach Hause kam, ein paar Krokodilstränen weinen und danach so weitermachen wie bisher.

Die Rückkehr des Boys beendete Mathias' Überlegungen. Der Junge verneigte sich und wies zur Tür. »Mr Bartlett ist bereit, Sie zu empfangen, Sir!«

Wenig später fand sich Mathias in dem großen Raum wieder, in dem der Handelsherr und Reeder Zechariah Bartlett residierte. Untergebene und Besucher, denen er nicht zu viel Achtung schenken wollte, empfing er sitzend. Bei seinem Neffen stand er jedoch auf und umarmte ihn. »Willkommen in London, mein Junge! Ich freue mich, dich zu sehen.«

Mathias löste sich aus Bartletts Armen und deutete eine Verbeugung an. »Ich freue mich auch, Sie zu sehen, Onkel!«

»Nun, was führt dich nach London? Sag nicht, dass du Sehnsucht nach mir hattest, denn die hattest du gewiss nicht. Ich kenne keinen, der mit einem kühleren Verstand gesegnet ist als du. Für dich ist das ganze Leben nur ein einziges großes Geschäft, bei dem du so gut wie möglich verdienen willst.«

»Einen gewissen Familiensinn werden Sie mir wohl doch zusprechen, Onkel«, wandte Mathias ein.

Zechariah Bartlett musste lachen. »Diesen Familiensinn hast du bei deinem Bruder vortrefflich bewiesen. Ich schätze, dass er schon im Bauch dieser Wilden gelandet ist, und die Simonsen, die er geheiratet hat, mit ihm!« Bartlett war reich und konnte sich Dinge leisten, die sich selbst wohlhabende Leute nicht erträumen konnten. Umso mehr verbitterte es ihn, dass es weder seinem Vater noch ihm gelungen war, sich an Simon Simonsen zu rächen. Dieser war zwar als alter Mann von den Franzosen erschossen worden, galt aber gerade deshalb in Hamburg als guter Patriot und als ein Mann, den sich die Jugend zum Vorbild nehmen sollte.

»Es ist nicht meine Schuld, dass Hinrich sich zum Missionar berufen fühlte«, antwortete Mathias nicht gerade wahrheitsgemäß, denn er selbst hatte dem Bruder schon als Knaben zugeredet, dies zu werden.

»Jeder ist seines eigenen Glückes Schmied!«, tat Bartlett die Angelegenheit ab. »Doch nun sag, weshalb du wirklich gekommen bist.«

Mathias beschloss, nicht gleich mit der Tür ins Haus zu fallen, und lächelte so sanft, wie er es vermochte. »Ich wünsche mir ein Weib zu nehmen und dachte dabei an eine Engländerin, wie meine Mutter es war.«

Bartlett begriff, dass Mathias eine möglichst reiche Braut für sich gewinnen wollte. Ihm gefielen der Geschäftssinn seines Neffen und das kalte Blut, das dieser zeigte. Dies hätte er sich auch bei seinem eigenen Sohn gewünscht, aber der trat, von der Aussicht getrieben, einmal der Nachfolger seiner Mutter und damit Earl of Huttonsfield zu werden, wie ein Gentleman auf und hatte für Handel und Gewerbe nur Verachtung übrig. Das erinnerte ihn daran, dass es noch ein Hindernis zu überwinden gab, bevor seine Frau Ellinor sich endlich Countess of Huttonsfield nennen konnte. Dieses Hindernis hieß James Hutton und befand sich an Bord der HMS *Hesione*. Zunächst aber richtete er seine Gedanken auf das, was sein Neffe gesagt hatte.

»Ich glaube nicht, dass du hier in London bei der Brautschau Erfolg haben wirst. In den Familien der wirklich reichen Kaufleute heiratet man untereinander und gibt eine Tochter nicht in die Fremde.«

»Aber meine Mutter stammt doch auch aus London«, wandte Mathias ein.

»Das war eine andere Sache, mein Junge. Damals war das Handelshaus Bartlett nicht so bedeutend wie jetzt. Zudem waren mein Vater und dein Großvater befreundet. Selbst wenn ich mich für dich verwenden würde, wäre es vergebens. Für Anthony bekäme ich jedes Mädchen, das ich mir vorstelle. Für dich aber müssten wir große Abstriche machen. Da bist du in deiner Heimat besser dran.«

Für Mathias wirkten diese Worte wie ein Guss eiskalten Wassers. Drastischer hätte sein Onkel ihm nicht sagen können, wie groß der Unterschied zwischen dem Handelshaus Bartlett und seinem eigenen war. Für Zechariah und dessen Freunde war er gerade gut genug, die Waren, die ihre Schiffe aus aller Welt nach London brachten, nach Hamburg und in andere europäische Häfen zu schaffen. Sonst aber wollte man so wenig wie möglich mit ihm zu tun haben. Irgendwann einmal, schwor er sich, würde es anders sein. Nun aber verbeugte er sich erneut vor seinem Onkel.

»Wenn es so ist, wie Sie sagen, werde ich Ihrem Rat folgen. Allerdings hat eine Heirat keine Eile. Andere Dinge hingegen können nicht warten.«

»Welche Dinge?«, fragte Zechariah Bartlett interessiert.

»Simonsen!«

Bartletts Gesicht verdüsterte sich jäh. »Dieser verfluchte Hund! Der Teufel soll ihn holen!«

»Wenn Sie diesen Herrn dazu bringen könnten, uns den gewünschten Gefallen zu erweisen, würde es mich freuen. Da ich das jedoch nicht glaube, sollten wir die Sache in die eigenen Hände nehmen. Sie sagten doch, Sie hätten Freunde bei der Royal Navy, die Ihnen den einen oder anderen Gefallen erweisen könnten. Es wäre an der Zeit, sie daran zu erinnern!« Mathias lächelte, doch seine Augen blickten kalt.

»Wir Bartletts haben bis jetzt jede Beleidigung heimgezahlt, die uns angetan worden ist. Nur bei Simonsen ist es uns nicht gelungen. Und jetzt hast du dich mit denen auch noch verwandtschaftlich verbunden!« Bartlett verriet deutlich, dass er seinem Neffen dies übel nahm, erntete von Mathias jedoch nur ein Lachen.

»Ich tat es, um Jakob Simonsen in Sicherheit zu wiegen und leichter herauszufinden, wie ich ihm am meisten schaden kann«, antwortete er, nachdem er wieder ernst geworden war.

»Und wie soll das geschehen?«, wollte sein Onkel wissen und ballte dann die Faust. »Der Vater dieses Schweins hat es gewagt, meinen Vater hinterrücks niederzuschlagen, ohne dass er dafür bezahlen musste. Mein Vater litt lange darunter, dass er sich nicht dafür rächen konnte. Selbst heute noch treffe ich manchmal auf einen Kapitän, der mir auf den Kopf zusagt, der Sohn des Mannes zu sein, den ein lumpiger Hamburger Schiffer zu Boden hatte schlagen können, ohne dafür bestraft worden zu sein.« Für Zechariah Bartlett war dies eine kaum hinzunehmende Demütigung, zumal er hoffte, noch höher aufzusteigen, wenn seine Frau endlich die offizielle Erbin ihres Vaters geworden war.

Mathias kannte seinen Onkel gut genug, um zu wissen, wie dieser auf den Namen Simonsen reagierte. Ihm selbst ging es hingegen nicht allein um Rache, sondern vor allem darum, Jakob Simonsens Vermögen dem seinen zuzuschlagen. Wenn sein Onkel ihm half, konnte dies gelingen.

»Ich habe einen Plan«, sagte er. »Für den brauche ich Ihre Unterstützung und die Ihrer Freunde bei der Marine.«

»In einer solchen Sache würde ich ungern auf jemand anderen als Captain Smyth zurückgreifen«, sagte Bartlett in dem Wissen, dass ihm einige Marineoffiziere zwar dabei halfen, zusätzliches Geld bei Lieferungen an die Navy zu verdienen. Ein richtiges Verbrechen würde jedoch keiner von ihnen begehen, und Mathias' Vorschlag klang schwer nach einem solchen.

»Smyth befindet sich allerdings in der Südsee, und er wird vor einem Jahr nicht zurückkehren«, sagte er bedauernd und hoffte inständig, dass es diesem inzwischen gelungen war, ihn von James Hutton und dessen Erbanrecht auf den Titel eines Earls of Huttonsfield zu befreien.

»Wenn Captain Smyth noch in der Südsee weilt, könnte er uns helfen«, erklärte Mathias und fasste nach der Schulter seines Onkels. »Hören Sie mir gut zu!«

3.

Mathias blieb gut zwei Stunden im Kontor seines Onkels und entwickelte mit diesem zusammen einen Plan, den Bartlett zwar für kühn, aber auch für durchführbar hielt. Beiden ging es darum, die Feindschaft, die schon ihre Väter und bei Mathias auch der Großvater gegenüber Simon Simonsen und dessen Sohn Jakob gehegt hatten, endlich zu einem für sie befriedigenden Abschluss zu bringen.

Im Anschluss klingelte Bartlett nach dem Diener und befahl ihm, eine Karaffe mit dem besten Cognac zu bringen, der im Haus zu finden war. Als dies geschehen war, erhob er sein Glas und trank seinem Neffen zu. »Darauf, dass wir Erfolg haben werden!«

»Auf den Erfolg!« Mathias war zufrieden, denn bei dieser Aktion würde er sechzig Prozent des Gewinns erhalten, Bartlett dreißig, und die letzten zehn Prozent sollten als Belohnung für dessen Mithilfe an Captain Gervase Smyth gehen.

»Ich glaube, vorhin Anthonys Stimme gehört zu haben. Er ist also zu Hause. Wenn du ihn sehen willst?«, fragte Bartlett.

Mathias verstand, dass sein Onkel sich nun seinen Alltagsgeschäften widmen wollte.

Er trank aus und deutete eine Verbeugung an. »Natürlich möchte ich Anthony sehen! Auch will ich Tante Ellinor meine Aufwartung machen. Ihr geht es hoffentlich gut?«

»Du kannst dich gleich davon überzeugen.« Bartlett klingelte erneut und forderte den umgehend eintretenden Diener auf, Mathias in Lady Ellinors Salon zu führen.

Auch wenn Ellinor Hutton durch ihre Heirat mit dem schlichten, bürgerlichen Zechariah Bartlett für ihre Kreise eine Mesalliance eingegangen war, stand ihr immer noch die Anrede Lady zu, und sie tat alles, damit dies nicht in Vergessenheit geriet. Sie empfing Mathias als große Dame und ließ ihn deutlich fühlen, dass sie die Verwandtschaft zu ihm nicht als übermäßig eng empfand. So entschuldigte sie sich bereits nach wenigen Minuten mit dem Hinweis, ausfahren und ihre Schneiderin aufsuchen zu wollen.

Anders als seine Mutter begrüßte Anthony Bartlett seinen Vetter fröhlich. »Sieh an, der langweilige Mathew ist wieder im Lande! Du hast es in deinem hinterwäldlerischen Hamburg wohl nicht ausgehalten?«

»Einen schönen guten Tag, lieber Cousin«, grüßte Mathias und umarmte ihn.

Anthony sah ihn grinsend an. »So wie ich dich kenne, haben dich wichtige Geschäfte hierhergetrieben.«

»So kann man es sagen«, antwortete Mathias und betrachtete seinen Vetter.

Anthony Bartlett war mit hautengen hellbraunen Hosen, einem noch engeren roten Rock sowie einer gelben Weste bekleidet. Allein der Stoff, der für diese Gewandung verwendet worden war, dürfte mehr gekostet haben, als ein Handwerker in Hamburg in einem Jahr verdiente. Für Mathias war Kleidung ein Zeichen seines Standes, doch für solch modische Verirrungen hatte er nichts übrig. So wie Anthony ihn als den langweiligen Mathew verspottete, nannte er diesen scherzhaft den Pfau. Im Grunde verachtete er ihn jedoch, weil sein Vetter nicht das geringste Interesse für Geschäfte zeigte, die für ihn der Inhalt seines Lebens waren.

»Und? Wie geht es?«

Der junge Bartlett lachte fröhlich. »Ausgezeichnet! Und dir?«

»Ich kann nicht klagen! Meine Geschäfte gehen gut und …«

»Ist dein Bruder schon von den Kannibalen aufgefressen worden?«, unterbrach Anthony ihn.

»Das will ich nicht hoffen«, log Mathias und ärgerte sich über seinen Onkel, weil Zechariah in jener Angelegenheit nicht den Mund gehalten hatte.

»Ich habe Henry ja nur ein paarmal gesehen, aber er ist wirklich ein Tropf. Pfarrer werden und dann auch noch Wilde bekehren wollen! Das kann wirklich nur ein Narr.«

Anthony Bartlett lachte erneut, während Mathias aufatmete. Wenigstens hatte sein Onkel verschwiegen, dass er Hinrichs Missionsreise veranlasst hatte.

»Er tat es wohl wegen unserer Großmutter, denn die ist auf ihre alten Tage arg fromm geworden«, antwortete Mathias.

Sein Vetter grinste verstehend und machte dann eine missbilligende Handbewegung. Von diesem Stimmungswechsel irritiert, sah Mathias ihn fragend an.

»Gibt es etwas?«

Sein Vetter nickte mit verkniffener Miene. »Ich ärgere mich, weil Captain Smyth immer noch in der Südsee weilt. Mein sehr entfernter Vetter James Hutton kann längst mit einer Kanonenkugel beschwert am Grunde des Meeres liegen, und ich erfahre nichts davon. Wäre meine Mutter offiziell die Countess of Huttonsfield, könnte ich mich jetzt Viscount Broulie nennen, und mir würden sich alle Türen öffnen.«

»Ich glaube nicht, dass du klagen kannst«, wandte Mathias ein.

»Es geht auch um meine Heirat! Als Viscount Broulie und Titelerbe von Huttonsfield könnte ich mir eine Braut aus dem Hochadel suchen. Als schlichter Mr Bartlett müsste ich mich hingegen mit einer bürgerlichen Braut begnügen – oder einer Adeligen, deren Vater dringend Geld braucht, um sich zu sanieren.« Anthony lachte erneut, doch es schwang keine Freude mit. Bislang war er für alle nur der Sohn des Reeders und Kaufherrn Zechariah Bartlett, doch er sehnte sich danach, endlich einen Titel zu tragen und wirklich jemand zu sein.

»Was macht ihr eigentlich, wenn Lord Humphrey Hutton stirbt und dieser James zurückkehrt, um seine Stelle einzunehmen?«, fragte Mathias interessiert.

Anthony war in den Plan seines Vaters, James Hutton beseitigen zu lassen, eingeweiht, wollte dies aber vor Mathias nicht zugeben. »Ich lebe in der Hoffnung, dass James Hutton vom Giftpfeil eines Eingeborenen dahingerafft, von den Zähnen eines Krokodils zerrissen wird oder im Sturm über Bord geht. Die Chancen stehen gut, denn wie es heißt, soll er ein tollkühner Bursche sein, der kein Risiko scheut. Wäre er nicht mein Konkurrent, würde ich wohl Freundschaft zu ihm suchen, denn ein solcher Mann weiß gewiss vorzüglich von seinen Abenteuern zu erzählen – und von den kleinen braunen Mädchen, die sich in der Südsee jedem schenken, der dorthin kommt. Hol's der Geier! Manchmal wünschte ich, ich hätte mehr von meinem Großvater. Der alte Sam Bartlett wäre sicher in die Südsee gefahren, um auszuprobieren, wie gut die Mädchen dort wirklich sind.«

Um Mathias' Lippen spielte ein Lächeln. Er hatte Samuel Bartlett gekannt und wusste, dass dieser Mann so hart gewesen war wie das Holz einer Virginiaeiche. Er hätte gewiss keine Reise angetreten, nur um zu erproben, wie sich die Mädchen jener Inseln lieben ließen. Für Sam Bartlett war ein Schiff, das mit einem teilweise leeren Laderaum zurückkehrte, eines, das eine vergebliche Reise gemacht hatte. So hielt auch er es. Dies einem Burschen wie Anthony, der nur noch den Nachnamen und die Gestalt, aber sonst nichts mit seinem Großvater gemein hatte, zu erklären, wäre jedoch vergebliche Liebesmüh.

Das Gespräch ging nun in Allgemeinplätze über. Während Anthony Bartlett hoffte, dass James Hutton bald vom Mast fallen oder auf andere Weise ums Leben kommen würde, dachte Mathias an seinen Bruder und dessen Frau. Erst seit Hinrichs Verlobung mit Ruth wusste er, wie sehr er Simon Simonsens Enkelin begehrt hatte. In gewisser Weise bedauerte er es sogar, dass sie mit Hinrich in die Südsee gereist war. Andererseits war es so besser, denn eine Heirat mit ihr hätte ihn auf seinem Weg, zum größten und bedeutendsten Reeder in Hamburg zu werden, um keinen Deut weitergebracht.

4.

Ruth genoss das warme Wasser der Bucht, das ihren Körper umspülte. Auch wenn ihr Herz noch voller Trauer war, tat das Baden ihr gut, und sie fühlte, wie die Last ihres Verlusts mit jedem Tag ein wenig geringer wurde. Noha'aia hatte ihr erklärt, dass sie nicht zu sehr trauern dürfe, weil sie in der Lage sei, noch viele Kinder zu bekommen. Nun hoffte sie, dass es bald so weit sein würde. Nur noch wenige Tage, dann konnte sie laut Noha'aia wieder in ihr Haus zurückkehren und so mit Hinrich zusammenleben, wie Ehepaare es tun sollten.

Vorher aber musste sie in die Tatau-Hütte gehen, in der ihr der alte Mako ein Schutztatau stechen würde. Zudem hatte Noelani von einem Fest gesprochen, das nur von Frauen gefeiert werden sollte. Ruth hatte nicht wenig Angst davor, ihre Haut so verunzieren zu lassen, wie es hier üblich war. Vor allem die Männer waren über und über mit Symbolen bedeckt. Auch bei Noha'aia und Noelani, die ein Stück von ihr entfernt in völliger Nacktheit wie Fische durchs Wasser glitten, konnte sie großflächige Tataus erkennen. Bei der Tochter waren es zwar weniger als bei der Mutter, doch der Großteil der Hinterbacken, der rechten Wade und der linken Schulter war auch bei Noelani damit bedeckt.

Ruth hielt sich an einer Stelle auf, an der ihr das Wasser gerade bis zum Bauch reichte, und trug ein Hemd aus festem Leinenstoff, bei dem sich die Brustwarzen selbst dann, wenn es nass war, nicht abzeichneten. So nackt wie ihre beiden einheimischen Freundinnen hätte sie sich nicht einmal in völliger Dunkelheit ins Wasser gewagt. Sie beneidete Noha'aia und Noelani jedoch um deren Schwimmkünste. Wenn sie bei ihren Meerbädern nicht an so flachen Stellen wie hier bleiben wollte, musste auch sie lernen, wie ein Fisch durchs Wasser zu gleiten.

Der Gedanke war da, und sie beschloss, ihn auszuführen. Sie sah den beiden zu und beugte sich dann zur Wasseroberfläche nieder. Noch bevor sie den ersten Armzug getan hatte, ging sie unter wie ein Stein. Salziges Wasser geriet ihr in Augen, Nase und Mund, und für einen kurzen Moment überkam sie die Panik, ertrinken zu müssen. Irgendwie schaffte sie es, mit dem Kopf über das Wasser zu kommen, befand sich aber an einer tieferen Stelle, so dass die Fluten sogar ihre Schultern überspielten.

»Was machst du?«, rief Noelani erschrocken. »Du kannst doch nicht schwimmen! Geh sofort wieder zurück!«

Während Ruth der Stelle zustrebte, an der sie vorhin gestanden hatte, schüttelte Noelani den Kopf. Sie begriff nicht, wieso Ruth niemals schwimmen gelernt hatte. Ihre Mutter hingegen musterte Ruth mit ernster Miene.

»Es ist vielleicht ganz gut, dass Ruhutia ihr Kind verloren hat.«

»Weshalb?«, fragte Noelani entgeistert.

»Es verhindert, dass sie an das Blut denkt, das sie vergossen hat. Immerhin ist sie kein Krieger, sondern eine Frau und dazu geschaffen, Leben zu schenken, und nicht, es zu nehmen.«

Noha'aia war eine erfahrene Frau und hatte vieles in ihrem Leben gesehen. Auch wenn Ruth aus der Fremde zu ihnen gekommen war und zu einem anderen Gott betete, so mussten ihre Gefühle und Gedanken doch den ihren ähnlich sein.

»Ich werde alles dafür tun, damit sie es überwindet«, erklärte Noelani, die es noch immer bei der Vorstellung grauste, die Walfänger hätten sie mitgenommen und würden sich ihrer wie eines Gegenstands bedienen.

»Wir alle werden es tun!«, bekräftigte ihre Mutter. »Doch nun hat sie genug gebadet. Wir sollten uns abtrocknen und zu Mako gehen, damit er das Tatau anbringt.«

Noelani schwamm auf Ruth zu und stand kurz darauf neben ihr. »Wir sollten nun in die Höhle gehen, damit du dich umziehen kannst!« Auch dies war eine der seltsamen Sitten, die Ruhutia befolgte. Während sie selbst sich nichts dabei dachte, nackt vom Meer zu kommen, wollte diese stets vollständig angekleidet sein.

Da Ruth wusste, dass nun das Tatau kommen sollte, zögerte sie. Am liebsten hätte sie Noelani gebeten, noch etwas länger im Wasser bleiben zu können. Doch dann sagte sie sich, dass es besser war, wenn sie diese Sache bald hinter sich brachte.

»Dann tun wir es! Aber du musst mir eines versprechen.«

»Und was?«, wollte Noelani wissen.

»Du wirst mir das Schwimmen beibringen! Ich will nicht andauernd an dieser flachen Stelle sitzen und dir zusehen müssen, wie du durch die Wellen gleitest.«

»Dazu bin ich bereit. Und nun komm!«, antwortete Noelani und eilte voraus.

Ruth folgte ihr etwas langsamer, denn sie war bedacht darauf, ihre Beine bedeckt zu halten. Als sie die kleine Höhle erreichte, wartete dort auch Noha'aia auf sie.

»Zieh das nasse Ding aus!«, sagte die alte Frau. »Aipua soll es nachher waschen, damit kein Salz daran haften bleibt.«

Zu Beginn ihrer Meerwasserbäder hatte Ruth sich noch geniert, sich vor Noha'aia und deren Tochter nackt zu zeigen. Mittlerweile aber hatte sie sich daran gewöhnt, drehte ihnen aber, so gut es ging, nur ihre Kehrseite zu. Plötzlich spürte sie eine Hand knapp über dem Steißbein.

»Ich glaube, das ist die richtige Stelle«, hörte sie Noha'aia sagen.

»Stelle? Wofür?«, fragte sie.

»Für das Tatau! Du willst nicht, dass man es sieht, und an der Stelle würde es außer deinem Mann und uns niemand sehen.«

Ruth musste schlucken, denn so nackt, wie Noha'aia meinte, sah ihr Mann sie nur selten, und sie wusste auch nicht, ob sie ihm das Tatau überhaupt zeigen sollte. Für Hinrich war es der Ausdruck des Aberglaubens, den er hier beseitigen musste. Das Tatau nahm er nur deswegen hin, weil die Eingeborenen darauf bestanden. Die Krieger hatten Angst, ihre Götter könnten sie für ihr Versagen strafen, und die Frauen wollten deren Zorn besänftigen, weil sie Ruth geholfen hatten, gegen die Walfänger zu kämpfen.

Während sie die weiche Bastdecke entgegennahm, die Noelani ihr reichte, und sich damit abtrocknete, betrachteten die beiden Hanatea-Frauen sie aufmerksam. Auch wenn die Kinder des Stammes bei ihrer Geburt recht hell waren, so färbte ihre Haut sich in der Sonne rasch dunkler. Ruths Haut war jedoch so weiß wie Muttermilch, wie Noha'aia es einmal genannt hatte.

»Ich werde doch meinen, äh …«, Ruth zeigte auf ihren Hintern, »… nicht entblößen müssen, wenn das Tatau gemacht wird?«

»Da wir kein Loch in dein Hemd schneiden wollen, werden wir deinen Hintern, deine Beine und deine Schultern mit Tapamatten bedecken«, erwiderte Noelani, die Ruths Schamhaftigkeit einfach nicht begreifen konnte.

»Dann macht das aber auch!« Ruth reichte das Basttuch zurück und zog ein trockenes Hemd über. Ein Kleid, das weit genug war, um luftig zu sein, folgte, und zuletzt setzte sie den aus Palmblattrippen geflochtenen Hut auf, den Aipua ihr angefertigt hatte. So gerüstet, fühlte sie sich in der Lage, sich dem Unabänderlichen zu stellen.

5.

Aipua und Hoani erwarteten sie mit mehreren Frauen zusammen am Strand. Sie alle wirkten feierlich, denn mit dem Tatau würde Ruth eine der Ihren werden. Auf dem Weg ins Dorf nahmen sie Ruth in die Mitte und begannen zu singen. Diesmal war nicht Noha'aias Haus ihr Ziel, sondern eine kleine Hütte weiter talaufwärts. Mako erwartete sie bereits. Er war so alt, dass nur die ältesten Hanatea sagen konnten, ihn als jungen Mann erlebt zu haben. Bis vor einigen Jahren war er der Priester des Stammes gewesen, hatte dieses Amt dann aber an Aitu'ha'anui abgegeben. Nicht wenige behaupteten daher, der Stamm hätte den Überfall der Feinde abwehren und die Gefangennahme von Matahis Bruder verhindern können, wäre Mako noch ihr Priester gewesen.

Nun übte er das verantwortungsvolle Amt aus, die Tataus anzubringen. Dies war eine diffizile Angelegenheit, denn ein nicht richtig gestochenes Symbol konnte die Götter erzürnen. Bei Ruth, die aus der Fremde kam, war es daher umso wichtiger, die Riten genau zu befolgen.

Einen Unterschied zum Tatauieren der Einheimischen gab es jedoch. Die Frauen hatten die Wände der Tatau-Hütte bis zur Hälfte mit Matten abgedeckt, so dass niemand von außen zusehen konnte, wie Ruth ihr Symbol erhielt. Ihr Gewissen beruhigten sie damit, dass die Götter ja auch durch Bastmatten schauen und die Zeremonie daher miterleben konnten.

Ruth trat mit einem mulmigen Gefühl in die Hütte und hätte sich gewünscht, Hinrich wäre bei ihr und würde ihr die Hand halten, wenn Mako mit seiner Arbeit begann. Von Noelani wusste sie, dass das Tatauieren schmerzhaft sein sollte, und so hätte sie seinen Beistand gut brauchen können. Da Noelani Hinrichs Abneigung gegen etliche hiesige Gebräuche, darunter auch das Tatauieren, kannte, hatte sie erklärt, Hinrich wäre besser in seinem Haus aufgehoben als bei ihnen.

Damit Ruth sich nicht vor Mako nackt ausziehen musste, blieb dieser zunächst vor der Hütte stehen. Noelani, ihre Mutter und Aipua halfen Ruth aus den Kleidern und forderten sie auf, sich bäuchlings auf eine vorbereitete Matte zu legen. Danach bedeckten sie ihr Gesäß, ihre Beine und den Rücken mit Tapamatten, so dass nur ein etwa handspannenbreiter Streifen knapp über ihrem verlängerten Rücken frei blieb.

»So ist es richtig!«, sagte Noha'aia und wies ihre Tochter an, Mako zu holen. Kaum hatte dieser die Hütte betreten, klang von draußen der Gesang der Frauen herein, die sich um die Hütte versammelt hatten.

Mako sprach einige Worte, von denen Ruth annahm, dass es sich um Beschwörungen handelte, und fragte sich, ob sie sich nicht gegen Gott versündigte, wenn sie dieses heidnische Ritual über sich ergehen ließ. Es gab jedoch keine Alternative. Ohne dieses Tatau würden sie nicht bei den Hanatea bleiben können. Da es kein Schiff gab, das sie von hier fortbringen konnte, hätten sie bei einem anderen Stamm um Aufnahme bitten müssen und wären damit wohl in ernste Gefahr geraten, getötet und verspeist zu werden. Noha'aia hatte zwar erklärt, dass dies die Ausnahme und bei den Hanatea schon lange nicht mehr geschehen sei, aber sie hatte Ruth vor den anderen Stämmen gewarnt, vor allem die benachbarten Hanamate seien üble Menschenfresser.

Nicht zum ersten Mal dachte Ruth, dass Hinrich sich ein friedlicheres Fleckchen Erde für seine Missionstätigkeit hätte aussuchen können. Aber sie waren nun einmal hier und mussten alles tun, damit die Hanatea sie als Gäste behielten.

Makos gemurmelte Beschwörungen erstarben, und er zeigte Ruth etwas, das wie ein kurzer Kamm aussah. Die Zähne dieses Kammes wirkten sehr spitz, und Ruth biss aus Angst, sie würde sonst beim ersten Schmerz schreien, die Zähne zusammen. Noha'aia hatte ihr nämlich erklärt, dass man sich bei der Tatauierung nichts anmerken lassen dürfe.

Der Gesang der Frauen wurde lauter, und nun stimmten auch Noelani und ihre Mutter mit ein. Ruth begriff, dass es so weit war, und schloss die Augen. Etwas berührte die Stelle über ihrem Steißbein, ein leichter Schlag erfolgte und ein kurzer Schmerz. Noch ist es auszuhalten, dachte sie, während der nächste Schlag kam.

Auf die Dauer schmerzte es immer stärker, und Ruth fragte sich, wie die anderen Frauen das ertragen hatten. Immerhin trugen die meisten von ihnen Tataus von beträchtlicher Größe. Bei den Männern musste es noch schlimmer sein, denn einige von ihnen wie Mako oder Aitu'ha'anui waren so von Tataus bedeckt, dass kaum ein Quadratzoll freier Haut zu sehen war.

Der Gedanke an die Schmerzen, die diese Prozedur bei anderen auslösen musste, half Ruth, die ihren zu verbeißen. Sie lauschte den Liedern der Frauen und war erleichtert, als Mako verkündete, fertig zu sein. Er sprach noch einige Gebete, dann verließ er die Hütte, damit Ruth aufstehen und sich wieder anziehen konnte. Ihre gesamte Lendengegend tat weh, und sie fragte sich, was für ein scheußliches Symbol der alte Mann ihr in die Haut geschlagen hatte.

»Am liebsten würde ich wieder baden«, sagte sie.

Sofort schüttelte Noha'aia den Kopf. »Heute geht es nicht! Du würdest vor Schmerzen vergehen, denn das Salzwasser würde wie Feuer in den kleinen Wunden brennen.«

»Ist es so schlimm?«, fragte Ruth besorgt.

»Wie kommst du auf den Gedanken? Dein Tatau ist kaum größer als meine Hand«, sagte die alte Frau lächelnd.

»So groß?« Erschrocken sah Ruth ihre eigene Hand an.

Noha'aia lachte und hielt die ihre daneben. »Wie du siehst, ist meine Hand etwas kleiner als die deine. Daher ist es nicht schlimm.«

Ruth fand Noha'aias Hand trotzdem so groß, dass sie am liebsten um einen Spiegel gebeten hätte, um zu sehen, was Mako auf ihrem Rücken angerichtet hatte. Sie kam zunächst nicht auf den hiesigen Ausdruck für Spiegel und verspottete sich dann selbst. Noelani und die anderen benützten das Wasser eines stillen Teiches oder einer Schale als Spiegel, und die konnten sie nicht aufrecht stellen, um ihre Eitelkeit zu befriedigen. Sie hatte dieses Ding nun einmal knapp über dem Hintern, und das Beste war, nicht daran zu denken. Andere weiße Menschen würden es sowieso nicht zu Gesicht bekommen, höchstens Hinrich, wenn er es überhaupt wollte.

Mit diesem Gedanken sah sie Noelani an und bekannte, Hunger zu haben.

»Dann sollten wir etwas essen«, antwortete ihre Freundin und hakte sich bei ihr unter.

6.

Drei Tage lang musste Ruth in Noha'aias Haus bleiben, damit der Rücken abheilen konnte. Danach sah die alte Frau sie auffordernd an.

»Du wolltest doch schwimmen lernen! Heute wäre ein schöner Tag dafür.«

Obwohl Noelani und deren Mutter ihr mehrfach erklärt hatten, ihr Rücken sei vollkommen in Ordnung, so hoffte Ruth, dass die Salzbäder das Symbol etwas ausbleichen würden. Dann aber betrachtete sie das Tatau auf Noha'aias Schulter. Es sah so frisch aus, als wäre es erst vor kurzer Zeit angebracht worden, dabei musste es schon etliche Jahre alt sein.

Dann muss ich eben damit leben, dachte sie und erneuerte ihren Vorsatz, nicht an das Tatau zu denken. Sie folgte Noha'aia und Noelani zum Meer, betrat mit ihnen die kleine Höhle und zog dort das Kleid aus, um im Unterhemd baden zu gehen. Da die Steine glitschig waren, nahm Noelani sie an der Hand und führte sie zu einer anderen Stelle am Ufer. Das Wasser war hier etwas tiefer, so dass Noelani sie aufforderte, auf dem einzeln stehenden Felsblock Platz zu nehmen, der leicht vom Wasser überspült wurde.

Als Ruth sich umsah, waren die meisten Frauen aus dem Dorf um sie versammelt und blickten sie neugierig an.

»Sie wollen dein Tatau sehen«, erklärte Noelani, als wäre es für Ruth das Einfachste auf der Welt, ihr Hemd so weit hochzuziehen, dass das in die Haut eingehämmerte Symbol sichtbar wurde.

In einem Akt der Verzweiflung tat Ruth es dann doch und setzte sich so hin, dass möglichst wenig von ihrem Hintern zu sehen war. Die Frauen waren ihre Schamhaftigkeit gewohnt und kicherten darüber. Dann aber wurden sie ernst und kamen eine nach der anderen näher, um sich die Tatauierung anzusehen. Dutzende Hände berührten Ruths Rücken, und eine Frau kniff ihr sogar frech in den sichtbaren Teil ihrer Hinterbacken. Wer es war, konnte Ruth nicht sehen, fauchte aber empört und brachte Noha'aia damit zum Lachen.

»Die anderen haben dich noch nie so nackt gesehen wie jetzt und wundern sich, wie hell deine Haut gerade an dieser Stelle ist.«

»Deswegen braucht man mich nicht gleich zu kneifen«, beschwerte Ruth sich.

»Wenn du willst, wird Hinanui dir den Hintern hinhalten, damit du sie auch kneifen kannst«, schlug Noelani belustigt vor.

»Ihr seid alles Kindsköpfe!«, stöhnte Ruth und brachte damit alle zum Lachen.

Ein paar Frauen kniffen ihr spielerisch in den Hintern und reckten ihr dann das eigene Gesäß hin, damit sie es ihnen gleichtun solle. Ruth fand die Sache zunächst albern, ging aber auf das Spiel ein und lachte zuletzt mit den anderen um die Wette.

Zum ersten Mal seit vielen Tagen fühlte sie die Last, die ihr Gemüt bedrückt hatte, leichter werden. Auch wenn sie ihr Kind verloren hatte, würde Gott es gewiss bei sich im Himmelreich aufnehmen, so dass sie es nach ihrem Tod wiedersehen und umarmen konnte, dachte sie. Die durch ihre Hand gestorbenen Walfänger hingegen würde sie niemals wiedersehen. Da ihnen der Eintritt ins Himmelreich versagt sein würde, mussten sie Satan in der Hölle um Aufnahme bitten.

Noha'aia und ihre Tochter sahen einander an und lächelten. Dies war genau die richtige Medizin für Ruhutia, dachten sie. Sie hatten die Frau aus der Fremde lieb gewonnen und wünschten ihr, so glücklich zu leben, wie es ihr nur möglich war. Zufrieden langte Noelani ins Wasser und spritzte Ruth an. Zwei, drei andere Frauen taten es ihr gleich, und so entspann sich innerhalb kürzester Zeit eine Wasserschlacht, bei der alle voller Begeisterung mitmachten. Noelani vergaß aber nicht, Ruth anzuleiten, damit diese schwimmen lernte. Es zeigte sich jedoch rasch, dass deren Hemd nicht gerade die ideale Kleidung dafür war. Es auszuziehen, wagte Ruth jedoch nicht, da Hinrich sie dann gewiss schelten würde.

Nach einer Weile blickte Noha'aia zum Himmel und maß den Stand der Sonne. »Wir sollten nun gehen«, sagte sie. »Es wird Zeit, das Fest vorzubereiten. Noch eine Nacht, und du kannst wieder in den Armen deines Mannes schlafen!«

Das Letzte galt Ruth, die die Anzüglichkeit, die in den Worten mitschwang, durchaus begriff und unwillkürlich rot wurde.

Die anderen bemerkten ihre leichte Röte und kicherten. Zwar verfärbten sich auch bei ihnen die Gesichter, doch so auffallend wie bei Ruth war es bei keiner.

Als sie gemeinsam um die Felsnadel herumgingen, rutschte Ruth aus und stürzte in tieferes Wasser. Noch bevor sie in Panik geriet, spürte sie, wie eine Hand nach ihren Haaren griff und sie wieder hochzog.

»Du musst wirklich dringend schwimmen lernen«, sagte Noelani lachend und half ihr ans Ufer.

Dort wartete bereits Aipua auf sie. »Wir haben alles vorbereitet«, meldete sie. »Das Essen im Erdofen ist so gut wie fertig, ebenso die Kawa. Die Männer werden neidisch sein, weil wir welche trinken können, während sie warten müssen, bis wir wieder bereit sind, Kawa auch für sie zuzubereiten.«

»Sehr schön!« Noelani nickte ihr kurz zu und wandte sich zu Ruth um. »Es wird heute das größte Fest seit langer Zeit, doch es ist ein Fest der Frauen. Männer dürfen nicht dabei sein.«

Ruth begriff die Regeln des Stammes noch immer nicht richtig, sagte sich aber, dass sie sich als Frau an die Frauen halten sollte, und lächelte. »Ich freue mich, mit euch feiern zu dürfen.«

»Dann komm, damit wir dich schmücken können!« Aipua ergriff ihre Hand und zog sie mit sich.

Vor ein paar Wochen noch war sie sehr scheu gewesen und hatte sich vor der weißen Frau etwas gefürchtet. Mittlerweile aber waren sie Freundinnen geworden, und so führte sie Ruth fröhlich zu Noha'aias Haus. Dort wurde Ruth sogleich von mehreren jungen Frauen umgeben.

»Du musst dich ausziehen!«, forderte Aipua Ruth auf.

»Vor allen?«, fragte diese verwirrt.

Schon griffen mehrere Hände nach ihrem Kleid und zogen es ihr über den Kopf. Das Hemd folgte, und während Ruth sich unwillkürlich die rechte Hand vor den Schoß hielt, brachte Noelani eine weiche Bastmatte und hüllte sie darin ein. Die Matte verbarg Ruths Busen und reichte etwa bis zu den Knien. So würde sie mit Gewissheit nicht nach draußen gehen, dachte sie. Da brachten Noha'aia und Noelani eine weitaus größere Matte, legten diese einmal zusammen und schlangen sie um Ruth. Sie gingen so geschickt vor, dass auch ihre Schultern verhüllt waren und unten nur noch die Füße herausschauten. Blumen, eine Kette aus Fruchtsamen und Perlmuttscheiben und eine Federkrone für ihr Haar vollendeten Ruths Tracht.

Ihr kam dies alles so unwirklich vor, dass sie sich fragte, ob sie womöglich nur träumte. Die Hände, die sie bei den Armen fassten und nach draußen führten, fühlten sich jedoch sehr real an. Als sie das Haus verließen, stand ein Tragstuhl wie jener bereit, mit dem sie nach ihrer Ankunft auf der Insel ins Dorf gebracht war. Nur war dieser über und über mit Blumen geschmückt und mit einer herrlich weichen und kunstvoll geflochtenen Matte ausgelegt.

»Setz dich!«, forderte Noha'aia Ruth auf.

Diese gehorchte verwirrt und sah zu, wie acht kräftige Frauen die Stangen ergriffen und die Sänfte hochhoben. In einem Gleichschritt, den sie mit Sicherheit lange hatten üben müssen, ging es los.

Männer sah Ruth unterwegs keine. Als Noelani ihre verwunderten Blicke bemerkte, lachte sie.

»Matahi und die anderen sind fischen gegangen. Die Knaben begleiten sie, um es zu lernen.«

»Keine Sorge, sie werden nicht verhungern, sondern am Ufer Fische braten und sie dort verspeisen. Sie haben auch Hiniriki dazu eingeladen – und Tahitoa ebenso!«

Aipua strahlte übers ganze Gesicht. Ihr gefiel der junge Mann aus Tahiti, und da sie sich alt genug fühlte, um die Matte mit einem Mann zu teilen, überlegte sie, ob sie es ihm nicht anbieten sollte.

Nun aber ging es erst einmal darum, Ruhutia zu feiern, dachte sie und eilte zum Festplatz voraus, um dieser, wenn sie gebracht wurde, Kawa anbieten zu können. Eine große Holzschale war mit dem Getränk gefüllt, und Aipua wagte einen kleinen Schluck, um sich davon zu überzeugen, dass es gelungen war.

Das Singen der Frauen, die Ruth begleiteten, kam näher, und so füllte sie eine reich mit Symbolen verzierte Holzschale mit Kawa und trat damit auf Ruth zu, kaum dass deren Sänfte abgesetzt worden war.

»Was ist das?«, fragte Ruth, da die Kawa anders aussah als das Kokoswasser oder die Fruchtsäfte, die man ihr sonst anbot.

»Du musst es trinken«, sagte Aipua lächelnd.

Ruth setzte die Schale an die Lippen und trank vorsichtig einen Schluck. Es schmeckte seltsam, irgendwie pfeffrig, dachte sie und leerte die Schale nun ganz.

Die Frauen jubelten und nahmen ihre Plätze ein. Auch Ruth setzte sich auf jene Stelle, die Noelani ihr wies. Ihr Platz war zwischen der jungen Häuptlingsfrau und deren Mutter, während Aipua zu ihren Füßen kauerte, um sie jederzeit bedienen zu können. Trommeln klangen auf, nur wurden sie diesmal von Mädchen geschlagen, die noch kein einziges Mal geblutet hatten, und nun sangen die Frauen. Eine Gruppe jüngerer Frauen tanzte mit Grasröcken bekleidet und nacktem Oberkörper und hielt dabei Rasseln in der Hand, die sie immer wieder gegeneinanderschlugen.

Es war ein schöner Anblick, doch Ruth glaubte nicht, dass er Hinrich gefallen hätte. Ihm waren die nackten Brüste der Frauen ein Gräuel, und er hatte schon mehrmals bedauert, dass er ihnen nicht einfach befehlen konnte, sich zu bedecken. Auch Ruth wäre vor einigen Wochen noch schockiert gewesen, doch mittlerweile hatte sie sich an den Anblick halb und teilweise sogar ganz nackter Hanatea-Frauen gewöhnt. Bei Männern sah sie jedoch noch immer schamhaft weg, wenn diese mit einem knappen Lendentuch bekleidet ins Meer stiegen, um Fische zu fangen.

Aipua reichte ihr eine weitere Schale Kawa, und Noelani raunte ihr ins Ohr, dass sie diese über den Kopf heben solle, bevor sie trank. Andere Frauen erhielten nun ebenfalls das Getränk, Noelani und ihre Mutter als Erste und dann alle anderen absteigend im Ranggefüge des Stammes. Die Menge reichte aus, so dass jede Frau mindestens eine Schale erhielt, während die jüngeren Mädchen leer ausgingen. Diese begannen nun zu tanzen und wirbelten dabei teilweise ausgelassen herum. Die Lieder, die zuerst den Reichtum der Natur und des Meeres gepriesen hatten, wurden nun anzüglicher und die Frauen ausgelassener. Selbst Ruth ertappte sich dabei, wie sie über einen schlüpfrigen Vers schallend lachte.

Es muss an diesem Getränk liegen, dachte sie. Man merkte es ihm zwar nicht an, doch es schien berauschend zu sein. Da sie, um ihre klaren Sinne zu behalten, alkoholischen Getränken abhold war, wollte sie die nächste Schale verweigern. Mit ein bisschen Zureden brachten Noelani und Aipua sie dazu, doch davon zu trinken.

Mittlerweile wurde auch der Erdofen geöffnet und ihr vor allen anderen aufgetischt. In den Minuten lernte Ruth, dass die Frauen und Mädchen der Hanatea essen und gleichzeitig reden und singen konnten. Es wurde ein fröhliches Fest ohne das bedrohliche Stampfen des Hakatanzes der Männer und auch nicht ganz so ernst, als wenn Aitu'ha'anui und Matahi und ihr Gefolge dabei gewesen wären.

Als Ruth ein weiteres Mal lachte, sahen Noha'aia und ihre Tochter einander zufrieden an. Wie es aussah, war es ihnen gelungen, Ruths Gedanken von ihrem Verlust und dem Schrecken, den sie erlitten hatte, zu befreien. Beide hofften nun, dass ihre Freundin, wenn sie wieder mit ihrem Mann zusammen war, bald schwanger würde und die Freude auf das neue Kind jenes eine vergessen machen würde, das nicht hatte leben dürfen.

7.

Das Fest war noch in vollem Gange, als Noelani und Noha'aia es verließen. Ruth bemerkte es zunächst nicht, da sie im Takt der Lieder in die Hände klatschte und sogar ein paar Strophen mitsang, die sie mittlerweile kannte.

Als Noha'aia und ihre Tochter zurückkamen, trug die Mutter eine mit einer kleinen Bastmatte bedeckte Schüssel, während Noelani eine große Muschelschale in Händen hielt. Mit dieser trat die junge Frau auf Ruth zu und kniete vor ihr nieder.

»Nimm hier meinen Dank für das, was du für mich und andere unseres Volkes getan hast«, sagte sie und reichte Ruth die Muschelschale.

Diese war bis zum Rand mit kleinen Blüten gefüllt, doch zwischen diesen lagen die schönsten und größten Perlen, die Ruth je gesehen hatte. Dazu waren sie so schwarz wie die Perlen, die sie bereits auf Tahiti bewundert hatte, und die, die Matahi und einige andere Hanatea trugen. Es waren genug Perlen für eine zweifach geschlungene Halskette und stellten in ihrer Makellosigkeit einen Wert dar, der selbst die Fahrt eines kleineren Handelsschiffs von Hamburg bis hier lohnen würde.

»Aber die kannst du mir nicht schenken!«, entfuhr es Ruth.

»Ich kann – und ich werde dir noch mehr davon schenken. Ich bin die beste Taucherin unseres Stammes und weiß, wo die Muscheln mit den schönsten Perlen zu finden sind.«

Ein gewisser Stolz sprach aus Noelani, und Ruth begriff, dass sie die Perlen annehmen musste, wenn sie ihre Freundin nicht kränken wollte.

»Ich danke dir von ganzem Herzen!«, sagte sie daher und beschloss, sich ein passendes Gegengeschenk für Noelani auszudenken.

Drei Frauen, die von den Walfängern ebenfalls hätten entführt werden sollen, kamen nun zu Ruth und schenkten ihr ebenfalls Perlen. Dies taten auch die Mütter der jungen Burschen, denen das gleiche Schicksal gedroht hatte. Selbst wenn es jeweils nur ein oder zwei Perlen waren und sich nicht alle mit der Farbe und Ebenmäßigkeit von Noelanis Geschenk messen konnten, so war es doch ein ansehnlicher Schatz.

Ruth war gerührt und umarmte die Frauen. Mittlerweile war es Nacht, und Fackeln erhellten die aus Steinen gefügte Plattform. Alle waren satt, und langsam verklangen die Lieder. Daher glaubte Ruth, die Festgemeinschaft würde sich bald auflösen und sie mit Noha'aia in deren Haus gehen, um dort die letzte Nacht zu verbringen, bevor sie zu Hinrich zurückkehrte.

Da aber bat Noha'aia sie, die Perlen Aipua zu übergeben, die sie in ihr Haus bringen sollte. Noha'aia selbst nahm eine Fackel und hielt sie in die Höhe. Dabei sagte sie etwas, aber zu schnell, als dass Ruth es verstehen konnte. Ein lauter Ruf aus mehreren Dutzend Kehlen antwortete der alten Frau. Danach packten andere ebenfalls Fackeln und sahen Ruth auffordernd an.

Diese begriff, dass sie mitkommen sollte, und stand auf. Zu ihrer Verwunderung ging es nicht ins Dorf, sondern weiter das Tal hinauf. Nach kurzer Zeit wurde der Pfad so schmal, dass die Zweige der Büsche und Bäume Ruth streiften. Oft, so sagte sie sich, wurde dieser Weg nicht benützt. Bald schon wurde es steiler, und sie mussten über Felsstufen steigen.

Nach einer Weile tauchte eine ähnliche Plattform wie der Festplatz vor ihnen auf, allerdings war diese kleiner, und sie war auch nicht leer. Im Licht der Fackeln entdeckte Ruth etliche Statuen mit großen Köpfen, weit aufgerissenen Mündern und riesigen Augen. Die meisten bestanden aus Stein, doch ein paar waren auch aus Holz geschnitzt. Eine unterschied sich von den anderen. Ruth musste mehrfach hinsehen, um zu erkennen, dass sie eine Gestalt darstellte, die an einer Art Kreuz aus krummen Ästen aufgehängt war.

Im ersten Moment entsetzte es sie, dass die Hanatea ein Abbild Jesu Christi zu ihren eigenen Göttern gestellt hatten. Dann aber sagte sie sich, dass sie dies als ersten Erfolg von Hinrichs Mission ansehen konnte, und freute sich darauf, es ihm berichten zu können.

Die meisten Frauen blieben nun zurück, so als wäre es ihnen verboten, sich dieser Stelle zu nähern. Noha'aia bedeutete Ruth jedoch, mit ihr zusammen weiterzugehen. Noelani kam bis kurz vor den Rand der Plattform mit, hielt dort aber an, während ihre Mutter die vier Stufen hochstieg, die auf die Plattform führten.

Ruth folgte der alten Frau. Im Licht der Fackel wirkten die grimmigen Gestalten der Götter bedrohlich, und Ruth fragte sich, welche Geschichten sich wohl um sie ranken mochten.

Nun entfernte Noha'aia das Tuch über ihrer Schüssel, und es kamen Blumen und Früchte zum Vorschein. Während die Frauen leise sangen, legte Noha'aia auf die meisten Statuen Blumen und auf ein paar auch Früchte. Zuletzt reichte sie Ruth die Schüssel und wies auf die Christusstatue und zwei andere.

»Lege die Blumen auf die Tikis«, forderte sie.

Sollte sie wirklich bei einem heidnischen Opferritual mitmachen?, fragte Ruth sich.

Warum nicht, wenn es Hinrich hilft, die Hanatea zum wahren Glauben zu bekehren, antwortete etwas in ihr, und sie nahm die Schale. Als sie jedoch den hölzernen Christus bekränzte, bat sie ihn um Verzeihung, weil sie es nicht nur bei ihm, sondern auch bei den beiden anderen Statuen tun sollte. Dann aber sagte sie sich, dass diese Tikis nur aus behauenem Stein bestanden und keine eigene Macht besaßen, und vollendete ihr Werk.

»Damit«, rief Noha'aia, »hast du die Götter versöhnt und bist in unserem Tal heimisch geworden. Möge die Sonne deines Lebens niemals vom Mond verschlungen werden, und wenn doch, soll sie strahlender als zuvor wieder am Himmel erscheinen.«

»Das wünsche ich allen von uns«, antwortete Ruth und verließ die Plattform wieder. Noha'aia folgte ihr und sagte, dass sie nun nach Hause zurückkehren könnten.

8.

Am nächsten Morgen erwachte Ruth mit widerstrebenden Gefühlen. Sie hatte noch einmal wirr geträumt und dabei erlebt, wie die Götzen der Hanatea sich mit den Walfängern verbündeten, um Hinrich und ihr zu schaden. Sie schüttelte diesen Gedanken jedoch rasch ab, schlüpfte in ihr Kleid und blickte nach draußen. Es war ein wunderschöner Tag. Die Sonne hatte ihre Reise von Horizont zu Horizont bereits vor mehreren Stunden angetreten und strebte dem Zenit zu. Viele Frauen saßen vor ihren Hütten und flochten Körbe und Matten. Immer wieder sangen sie dabei, und als sie Ruth entdeckten, winkten sie ihr fröhlich zu.

»Willst du frühstücken?«, fragte Noha'aia.

In dem Augenblick spürte Ruth, dass sie trotz des kräftigen Festmahls am Abend Hunger hatte, und nickte. »Ich könnte etwas vertragen!«

»Dann setz dich! Es wird gleich gebracht.« Noha'aia zeigte auf zwei frische Matten, die Aipua eben auslegte, und setzte sich.

Ruth folgte dem Beispiel und nahm eine kleine Schale Popoi aus Aipuas Händen entgegen. Mittlerweile hatte sie sich an den Brei aus Brotfrucht gewöhnt, vor allem, weil sie süße Früchte dazu essen konnte. Außerdem gab es Fisch, frische Muscheln, die ihrer Meinung nach nicht schlechter schmeckten als Austern, sowie dünne, über dem Feuer geröstete Scheiben Schweinefleisch.

Während Ruth von ihrer Heimat gewohnt war, beim Essen zu schweigen, redete ihre Gastgeberin nahezu ununterbrochen und erzählte anzügliche Anekdoten. Ruth ahnte, dass die alte Frau ihr das intime Zusammensein mit Hinrich schmackhaft machen wollte, und musste unwillkürlich lächeln. Hatte sie nach ihrer Fehlgeburt gedacht, es nie mehr tun zu wollen, so freute sie sich nun doch darauf, sich wieder mit ihrem Mann vereinen zu können. Aus Höflichkeit antwortete sie auf Noha'aias Bemerkungen, ohne selbst jedoch schlüpfrig zu werden.

Die alte Frau war trotzdem zufrieden. Wie es aussah, erinnerte ihr Gast sich daran, dass sie eine junge, gesunde Frau war, und würde ihrer natürlichen Lust folgen, sobald sie zusammen mit ihrem Mann auf der Matte lag. Hinrich bereitete ihr in dieser Beziehung mehr Sorgen. Anders als seine Frau hielt er sich vor den Hanatea zurück und nahm nur an ihren Feiern teil, wenn man ihn dazu drängte. Allerdings hatte er eine wundervolle Stimme, und es war ein Genuss, ihm zuzuhören, auch wenn man ihn seiner fremden Sprache wegen nicht verstand. Schon deshalb hatte Matahi dafür gesorgt, dass ein Tiki seines Gottes Iesua auf dem Me'ae aufgestellt worden war. Lieber wäre ihnen der Obergott Iehova gewesen, doch Hinirikis Worten zufolge sollte es ein unsichtbarer Gott sein, der jedoch alles sah, alles hörte und alles wusste, was die Menschen sagten und taten.

Nach einer Weile blickte Noha'aia nach draußen und sah Tahitoa in der Nähe stehen. Sie winkte ihn heran und wies auf den mit einer Tapamatte eingehüllten Packen, der nicht nur Ruths persönliche Gegenstände, sondern auch die ihr geschenkten Perlen enthielt.

»Du kannst das hier tragen!«, sagte sie.

»Sehr wohl!« Tahitoa nahm das Bündel und blickte forschend zu Ruth hin. In den zwei Wochen, die sie in Noha'aias Haus verbracht hatte, hatte Hinrich viel mit ihm gesprochen und aus seiner Heimat erzählt. Er hatte dabei sogar ein wenig Deutsch gelernt und war gespannt, wie Ruth darauf reagieren würde.

»Tag, guten«, sprach er sie an.

Ruth schüttelte verwirrt den Kopf und musste dann lachen. »Guten Tag, Tahitoa! Dich zeichnen wahrlich viele Talente aus!« Sie antwortete auf Deutsch, merkte aber, dass dieser Satz zu kompliziert für ihn war, und wiederholte es auf Englisch.

Tahitoa grinste. »Ich kluger Kopf, sagen auch Hiniriki!«, brachte er erneut auf Deutsch vor.

»Ich glaube, er freut sich, noch jemanden zu haben, mit dem er sich in unserer Muttersprache unterhalten kann!« Auch diese Worte wiederholte sie auf Englisch. Daraufhin stand sie auf und trat zur Tür.

»Es ist Zeit zu gehen!«, sagte sie zu Noha'aia.

Diese umarmte sie und rieb kurz ihre Nase an der ihren. »Du weißt, dass du mir jederzeit willkommen bist!«

»Dein Mann und deine Söhne würden sich bedanken, wenn ich sie wieder aus ihrem Heim vertreiben würde«, meinte Ruth lachend und verließ das Haus.

Als sie Tahitoa folgte, schlossen sich ihr Dutzende Frauen an und sangen fröhlich. Da nur ein paar von ihnen ihre Brüste mit Tapamatten verhüllt hatten, war es gewiss nicht das Geleit, das Hinrich sich wünschen würde, dachte sie und musste über sich selbst lachen. Sie befanden sich nun einmal auf dieser Insel und mussten mit Bedacht und viel Geduld darangehen, die Sitten und Gebräuche der Hanatea in die Richtung zu verändern, die in ihren Augen richtig war.

Doch waren sie dies auch für die Hanatea?, fragte etwas in ihr. Gott hatte diesem Volk diese Inseln geschenkt und sich gewiss auch etwas dabei gedacht, ihnen diese Sitten zu lassen. Zwar entsprachen sie nicht denen in ihrer Heimat, aber durfte man ihnen wirklich alles verbieten, so wie es auf Tahiti der Fall war? Ruth musste an James Hutton denken und dessen Bemerkung, dass die Christianisierung Tahitis und seiner Nebeninseln viel Blut gekostet hatte. Auch hatten die Europäer nicht nur ihren Glauben mitgebracht, sondern auch Krankheiten, denen viele Menschen auf Tahiti zum Opfer gefallen waren. Sich das Gleiche bei den Hanatea vorzustellen, war so schlimm, dass sie einen Augenblick lang mit den Tränen kämpfte.

»Ich bin nach all dem, was in letzter Zeit geschehen ist, doch arg nahe am Wasser gebaut und sollte mich zusammennehmen«, mahnte sie sich selbst und beschleunigte ihre Schritte, um so rasch wie möglich ihr Heim zu erreichen.

Ein wenig hatte sie gehofft, Hinrich würde ihr entgegengehen, doch schien dies nicht der Fall zu sein. Bevor Enttäuschung in ihr aufsteigen konnte, sah sie ihn kommen. Er wirkte etwas schmäler als vor dem Überfall der Walfänger, und seine Miene ließ Zweifel erkennen. Zweifel woran?, fragte sie sich. Waren es Zweifel an seinem Erfolg, Zweifel an ihr oder Zweifel an etwas ganz anderem?

Da leuchtete sein Gesicht auf, und sie begriff, dass gewiss nicht sie es war, an der er zweifelte. Am liebsten wäre sie zu ihm hingelaufen, um ihn zu umarmen, beherrschte sich aber, um den Eingeborenen kein schlechtes Beispiel zu bieten. In Hamburg küssten sich Eheleute nur hinter verschlossenen Türen oder wenn sie mit ihren engsten Verwandten zusammen waren, und dann nicht voller Leidenschaft, sondern zärtlich und – wie sie auf einmal fand – auch arg langweilig.

Da eilte Hinrich auf sie zu und fasste nach ihren Händen. »Wie geht es dir, meine Liebe?«, fragte er besorgt.

»Es geht mir besser, als ich erwartet habe. Noha'aia hat mich aber auch umsorgt wie eine Tochter«, antwortete Ruth und wünschte sich, er würde sie doch in die Arme nehmen.

Hinrich beließ es jedoch dabei, ihr den Arm zu bieten, so wie er es auch auf den Straßen in Hamburg getan hätte, und erklärte lang und breit, welche Sorgen er sich um sie gemacht habe.

»Aber nun bin ich froh, dass du wieder bei mir bist«, sagte er zuletzt, als ihr Haus vor ihnen auftauchte.

An dieser Stelle verabschiedete Ruth sich von ihren Begleiterinnen und betrat ihre Räume. Aipua und Hoani hatten das Haus über und über mit Blumen geschmückt. Auf der Westseite gab es nun eine Terrasse, auf der zwei geflochtene Stühle unter einem aus Matten bestehenden Schutzdach standen.

»Ich dachte, wir könnten von hier aus den Sonnenuntergang betrachten, bevor wir uns für die Nacht fertig machen«, sagte Hinrich.

»Es ist sehr schön, und wir sollten es heute Abend ausprobieren.« Noch während sie es sagte, entdeckte Ruth eine Steinwurfweite entfernt eine kleine Hütte, die ebenso wie ihr Haus aus Balken und Mattenwänden erbaut war.

»Was ist das?«, fragte sie erstaunt.

Hinrich lächelte etwas verlegen. »Das ist nun Tahitoas Heim. Ich habe erfahren, dass er bislang immer dort schlief, wo man ihn eingeladen hat. Es ärgert mich, dass ich mir vorher keine Gedanken gemacht habe, wo er wohnen könnte. Daher habe ich Matahi gebeten, ihm diese Hütte bauen zu lassen.«

»Das hast du gut gemacht!«, lobte Ruth und begann, im Haus so umzuräumen, wie sie es gewohnt war.

Hinrich setzte sich auf einen Stuhl und sah ihr zu. »Man merkt, dass du eine gute Hausfrau bist«, sagte er lächelnd.

»Dabei tue ich hier weitaus weniger, als ich tun könnte, da Aipua und Hoani das meiste erledigen. Auch koche ich nicht …«

»Aber das tut deine Mutter doch auch nicht, und ebenso wenig haben es meine Mutter und meine Großmutter getan«, wandte Hinrich ein.

»Meine Großmutter hat noch selbst gekocht!«, erklärte Ruth. Sie empfand eine gewisse Traurigkeit, als sie an Erna Simonsen, geborene Lüders, dachte. Diese Frau hatte mit beiden Beinen im Leben gestanden, und so wollte auch sie es halten. Etliche Ältere behaupteten sogar, sie sähe ihrer Großmutter sehr ähnlich, und das nicht nur wegen des rötlichen Glanzes in ihren Haaren.

»Nun, sie war auch die Frau eines Schiffers«, sagte Hinrich. Im nächsten Augenblick fand er den Vergleich dumm. Seine Großmutter war ebenfalls die Frau eines Schiffers gewesen. In der Küche gestanden war sie jedoch nie, sondern hatte immer eine Köchin gehabt.

»Verzeih, ich wollte deine Großmutter nicht kränken«, setzte er daher hinzu.

Ruth schüttelte lächelnd den Kopf. »Es gibt nichts zu verzeihen! Meine Großmutter war die Ehefrau eines Schiffers.«

»Ebenso wie die meine! Wir sollten uns gegenseitig mehr über unsere Großmütter erzählen. Ich liebe die meine sehr!«

»Ich habe die meine auch sehr geliebt«, antwortete Ruth. »Doch ich sehe, du hast die Mattenwand neben unserem Badewasserfall erhöhen lassen.«

»Da es in diesem Klima nötig zu sein scheint, sich von Kopf bis Fuß zu waschen, wenn man nicht wie ein kleines Schweinchen riechen will, habe ich mir gedacht, ich sorge dafür, dass wir dies auch bei Tag unbesorgt können.«

»Das ist gut! Doch ich werde auch weiterhin im Meer baden!« Dass sie auch schwimmen lernen wollte, verschwieg Ruth lieber. Dafür, so dachte sie, würde ihr Mann wohl kaum Verständnis aufbringen.

»Doch sag, wie hast du die letzten Tage verbracht?«, fragte sie.

»Ich habe mich viel mit Tahitoa unterhalten. Der Bursche will jetzt auch noch Deutsch lernen.«

Hinrichs Stimme verriet, dass er den jungen Mann nicht ganz ernst nahm. »Auch habe ich viel gebetet und von Matahi gelernt, wie man Fische speert. Er sagt, ich wäre darin schon sehr gut.«

»Fische speeren? Wie geht das?«

»Man nimmt dazu eine Harpune und steigt an einer Stelle ins Meer, bei der man höchstens bis zu den Hüften im Wasser steht. Dann wartet man, bis ein Fisch vorbeischwimmt, und stößt mit der Harpune zu. Man muss dabei allerdings achtgeben, dass man nicht den eigenen Fuß zum Ziel nimmt!«

Hinrich lachte so fröhlich, wie Ruth es selten erlebt hatte. Sie war erleichtert, weil er hier nun doch noch eine andere Beschäftigung gefunden hatte, als zu lesen und jeden zweiten oder dritten Tag den Hanatea das Christentum zu predigen.

Da kam er auf sie zu und schloss sie in die Arme. »Ich freue mich, dass du bei mir bist, und ganz besonders auf heute Abend!«

»Darauf freue ich mich auch«, antwortete Ruth und sagte sich, dass sie ihm ein wenig mehr Mut gewünscht hätte. Da sie ganz allein im Haus waren, hätten sie nicht bis zum Abend warten müssen, um wieder ein richtiges Ehepaar zu sein.

9.

Am selben Tag im fernen London starrte der Kaufherr Zechariah Bartlett auf den Brief, den ihm der Leibarzt seines Schwiegervaters geschickt hatte. Nach einer Weile griff er zur Klingel und betätigte sie. Ein Lakai trat ein und verneigte sich.

»Sie wünschen, Sir?«

»Richte Ihrer Ladyschaft aus, dass ich sie bitte, umgehend zu erscheinen«, erklärte Bartlett.

»Hierher?« Der Diener wunderte sich, denn bislang hatte die Ehefrau seines Herrn dessen Kontor noch nie betreten.

»Hätte ich ein anderes Zimmer gemeint, hätte ich es gesagt«, gab Bartlett ätzend zurück. »Ach ja, sollte mein Sohn ausnahmsweise zu Hause sein, soll auch er kommen. Sage beiden, es wäre dringend.«

Der Diener verneigte sich und verschwand. Derweil wandte Bartlett sich wieder dem Brief zu. Er versank dabei so in seinen Gedanken, dass er das Erscheinen seiner Ehefrau nicht bemerkte.

Ellinor Bartlett räusperte sich ob dieser Unhöflichkeit und musterte ihren Mann dann mit sichtlicher Abwehr. »Was ist das für eine Art, mich hierherrufen zu lassen, als wäre ich eine Dienerin? Sie hätten in meinen Salon kommen müssen!«

»Wo ist Anthony?«, stellte Bartlett eine Gegenfrage.

Da seine Frau die Erziehung des Sohnes übernommen hatte, damit er einmal seinem Großvater und ihr als Earl of Huttonsfield nachfolgen sollte, ohne sich durch die Manieren eines Krämers zu blamieren, wusste sie meistens, wo sich Anthony aufhielt. Bevor sie jedoch zu einer Antwort kam, trat der junge Mann ein.

»Sie wünschen, Herr Vater?«, fragte er besorgt, denn er fürchtete, sein Lebensstil könnte diesem zu aufwendig geworden sein.

»Setzt euch!«, befahl Zechariah Bartlett und wies dann auf den Brief. »Lord Humphreys Leibarzt erwartet, dass Ihr Vater, Ellinor, sich noch in diesem Monat zu seinen Ahnen begeben wird. Sobald dies geschehen ist, wird uns jede Verfügungsgewalt über Huttonsfield aus der Hand genommen, da James Edward Hutton als Erbe gilt.«

»Das wird sich ändern, sobald James Huttons Tod bekannt wird«, sagte Anthony und unterstrich diese Bemerkung mit einer abwertenden Geste.

»Was ist, falls James Hutton wider Erwarten noch lebt, wenn die *Hesione* einen Hafen erreicht, in dem der Tod des Earls bereits bekannt ist? Er wird das Schiff verlassen und auf schnellstem Weg nach England zurückkehren, um sein Erbe anzutreten! Sollte er danach ermordet werden, fiele der Verdacht sofort auf uns«, rief Bartlett und klopfte erregt auf den Brief. »Mein Vater und ich haben Lord Humphrey mit einer gewaltigen Summe von seinen finanziellen Sorgen befreit. Man kann fast sagen, meine liebe Ellinor, dass wir jedes Pfund an Ihnen teuer bezahlt haben!«

Diesmal galt Bartletts bissiger Spott seiner Frau, die ihm in all den Jahren ihrer Ehe allzu deutlich gezeigt hatte, wie sehr sie sich zu einem Krämer wie ihm hatte herablassen müssen.

»Sie sind impertinent!«

»Es ist die Wahrheit! Mein Vater und ich haben Sie gekauft wie einen Ballen Seide oder ein Fass Rum. Bis jetzt war es ein gutes Geschäft. Das aber wird es nicht mehr sein, wenn James Hutton in Huttonsfield einzieht.«

»Was erregen Sie sich, Vater? Der liebe James hat sich mittlerweile bestimmt längst zu seinen Ahnen begeben, um Ihre Worte zu benützen!« Anthony grinste überheblich.

Doch seine Mutter schüttelte ausnahmsweise den Kopf. »Wir können uns nicht auf Vermutungen verlassen, sondern brauchen einen unwiderlegbaren Beweis, dass James Hutton tot ist. Captain Smyth hätte ihn längst aus dem Weg räumen sollen, so wie mein Vater es wollte. Fast befürchte ich, er hat so lange gezögert, um seinen Preis in die Höhe zu treiben, oder er tut sich sogar mit meinem elenden Vetter zusammen.«

Es war eine Befürchtung, die Zechariah Bartlett nicht von der Hand weisen konnte. James Hutton war vor neun Jahren als Vierzehnjähriger auf Smyths Schiff gekommen und hätte schon damals aus dem Weg geräumt werden sollen. Stattdessen hatte er zumindest beim letzten Auslaufen der *Hesione* aus London noch gelebt.

»Wir brauchen Sicherheit über Huttons Tod! Sofern dieser noch nicht erfolgt ist, muss er auf eine Weise in die Wege geleitet werden, die nicht mit uns in Verbindung gebracht werden kann«, erklärte er und starrte durch Frau und Sohn hindurch in die Ferne.

Die *Hesione* weilte noch in der Südsee und wurde nicht vor einem Jahr zurückerwartet. Bartlett überlegte, welchen Weg die Fregatte nehmen würde, um nach Hause zu kommen. Auf der Hinreise hatte Captain Smyth vor der Fahrt um Kap Hoorn zurückgescheut. Ein zweites Mal konnte er sich das nicht leisten, wenn er nicht als Feigling verrufen sein wollte. Verlassen darauf konnte Bartlett sich jedoch nicht. Das Dumme war nur, dass er zwar Briefe losschicken konnte, in denen er fragte, ob James Hutton noch lebte, aber keinen, in dem er dessen Tod forderte. Um Smyth diese Anweisung erteilen zu können, hätte er einen Boten schicken müssen, doch er kannte niemanden, der dafür vertrauensvoll genug war.

»Oder vielleicht doch«, murmelte er vor sich hin.

»Was haben Sie, Herr Vater?«, fragte Anthony neugierig.

»Ich habe nur laut gedacht. Ach ja, sollte Lord Humphrey in die ewige Seligkeit eingehen, erwarte ich strikte Trauer. Zudem sollten Sie, Ellinor, Ihren Freundinnen gegenüber verlauten lassen, dass Sie auf die baldige Rückkehr Ihres lieben Vetters nach London hoffen, damit er Huttonsfield übernehmen kann.«

»Wie käme ich dazu?«, fuhr Ellinor Bartlett auf. »Dieser Mensch ist mir aus tiefstem Herzen zuwider!«

»Nicht nur Ihnen, Mylady! Dies ist er auch mir und Anthony, denn er steht zwischen diesem und dem Titel eines Earls of Huttonsfield, und als solchen wollen Sie unseren Sohn doch sehen.«

»Ja, aber erst nach meinem Tod!«, antwortete seine Frau, die hoffte, noch viele Jahre als Countess of Huttonsfield zu erleben.

»So soll es auch sein!«, sagte Bartlett mit einem Lächeln, das seine Geschäftspartner im Allgemeinen dazu brachte, besonders vorsichtig zu werden. »Wir sind uns einig, dass wir niemals auf Huttonsfield verzichten werden. Nach außen hin dürfen wir dies aber keineswegs zeigen.«

Ein mahnender Blick traf dabei seinen Sohn, der aus seinem Wunsch, einmal der Erbe der Grafschaft zu sein, nie einen Hehl gemacht hatte.

»Ich überlege, ob wir nicht zum Schein einige Gegenstände aus Huttonsfield Castle hierherschaffen lassen sollten, damit die Leute sehen, dass wir uns mit dessen Verlust abgefunden haben. Es sollte nichts sehr Wertvolles sein, nur ein paar lieb gewonnene Andenken. Überlegen Sie sich, Ellinor, was dies sein könnte. Und nun bitte ich euch beide, mich allein zu lassen. Ich habe Dringendes zu erledigen.«

»Wegen dieser Sache hätten Sie mich auch aufsuchen können«, tadelte seine Frau, da sie es unter ihrer Würde hielt, selbst zu ihm zu kommen.

Bartlett musste lachen. »Ich habe dieses Zimmer so einrichten lassen, dass niemand von außen erlauschen kann, was darin gesprochen wird. In Ihren Salons, verehrte Ellinor, ist dies nicht geschehen. Was ist, wenn ein Zimmermädchen oder ein Lakai mitbekommen hätte, was wir eben besprochen haben? Eine solche Kreatur könnte versucht sein, sich zu überlegen, wie sie dieses Wissen zu Geld machen kann. Sie haben noch weitere Verwandte, Ellinor. Zwar sind diese aufgrund der komplizierten Erbregeln von Huttonsfield im Augenblick nicht erbberechtigt, aber die Angelegenheit sähe anders aus, wenn uns die Schuld am bedauerlichen Ableben von James Hutton nachgewiesen werden könnte. In einem solchen Fall würden etliche Verwandte die Gerichte bemühen. Ob diese dann zu unseren Gunsten entscheiden würden, wage ich nicht vorherzusagen.«

Ellinor Bartlett krallte ihre Finger erregt in die Lehne ihres Stuhles. »Sie sollen es wagen!«

»Drohungen ohne die Macht, die Taten auch auszuführen, sind wie ein Schiff in der Flaute. Sie bringen uns nicht voran, meine verehrte Ellinor. Hier muss man handeln, und das werde ich jetzt tun.« Noch während er es sagte, legte Zechariah Bartlett einen Bogen Papier auf seinen Schreibtisch, öffnete das Tintenfass und nahm die Schreibfeder zur Hand.

Seine Frau und sein Sohn hätten gerne gewusst, was er vorhatte. Doch als Anthony zu fragen wagte, machte sein Vater ein so abweisendes Gesicht, dass beide es vorzogen, sein Kontor umgehend zu verlassen.

10.

In den nächsten Tagen ging Zechariah Bartlett wie gewohnt seinen Geschäften nach. Aber wenn die Post gebracht wurde, schaute er sofort, ob eine Nachricht über seinen Schwiegervater eingetroffen war. Im Augenblick wünschte er diesem fast das ewige Leben. Erst, wenn die Nachricht eingetroffen war, dass James Edward Hutton diesem in den Tod vorausgegangen war, sollte der Earl seiner Meinung nach ebenfalls sterben.

Bartlett fand die Ungewissheit quälend. Zudem ärgerte er sich, weil er Smyth nicht schon früher gedrängt hatte, dieses Ärgernis endgültig zu beseitigen. Auf die Vorsehung zu hoffen, die ihnen diesen Gefallen tun sollte, hatte sich als Fehler erwiesen. Er haderte gerade erneut mit sich wegen seines Zauderns, da wurde ihm ein Gast gemeldet.

»Ein Mr Simmons ersucht, von Ihnen empfangen zu werden, Sir!«, berichtete der Lakai.

»Simmons? Gott sei Dank!« Bartlett forderte den Diener auf, den Herrn hereinzubringen.

Es war tatsächlich Captain Smyths Neffe Trevor Simmons. Allerdings trug dieser keine Uniform mehr, sondern einen zivilen grauen Rock und auf dem Kopf einen Zylinderhut von enormer Höhe.

»Guten Tag, Sir!«, grüßte er.

»Auch Ihnen einen schönen guten Tag, Mr Simmons. Wie ich an Ihrer Kleidung sehe, haben Sie der Flotte Seiner Majestät den Rücken gekehrt!«

Auf Bartletts Worte hin verzog Simmons kurz das Gesicht, rang sich dann aber eine freundlichere Miene ab. »So ist es, Sir!«

Er verschwieg dabei, dass er von der Admiralität wegen der Tatsache, dass er sich dem Duell mit Hinrich Mensing durch eine vorgetäuschte Krankheit entzogen hatte, aufgefordert worden war, die Royal Navy zu verlassen.

»Was gedenken Sie in Zukunft zu tun?«, fragte Bartlett scheinbar beiläufig.

Durch seine Beziehungen zu einigen führenden Herren der Admiralität wusste er über seinen Gast bestens Bescheid. Simmons war ein nachgeborener Sohn ohne jede Aussicht auf ein brauchbares Erbe und würde nach seinem Ausschluss aus der Marine auch keine Braut mit entsprechender Mitgift mehr finden.

Simmons zuckte unbewusst mit den Achseln. »Ich gedachte, mir eine entsprechende Stellung in der Handelsschifffahrt zu suchen.«

Das wusste Bartlett natürlich ebenfalls, und auch, dass Simmons Vorstellungen hatte, bei denen jeder Handelsherr oder Kapitän, an den er herangetreten war, nur den Kopf geschüttelt hatte. Gerade deswegen aber war er für ihn brauchbar.

»Ich habe Ihnen einen Vorschlag zu machen, Mr Simmons«, legte er seinen ersten Köder aus.

Simmons hob den Kopf. »Einen Vorschlag, Sir?«

»Genau das, Mr Simmons. Sie sind ein junger Mann, der die Seefahrt von der Pike auf gelernt hat. So jemanden wie Sie kann ich brauchen!«, sagte Bartlett und zeigte sein gefürchtetes Lächeln.

Er wusste nur zu gut, dass Simmons vor etlichen Jahren als Midshipman auf dem Schiff seines Onkels angefangen und es im gleichen Rang wieder verlassen hatte. Selbst wenn man ihn nicht aus der Royal Navy ausgeschlossen hätte, wären seine Aussichten auf einen Offiziersrang verschwindend gering gewesen. Simmons blieb nur noch die Wahl, als Matrose auf einem Handelsschiff anzuheuern, oder auf seinen Vorschlag einzugehen.

»Nun, ich wäre geneigt, in Ihre Dienste zu treten, Sir«, sagte Simmons mit einem unbewegten Gesicht, hinter dem er seine Erleichterung zu verbergen suchte. Zu Hause hatte der Vater ihm sehr deutlich klargemacht, dass er ihn für einen Versager hielt. Wenn Zechariah Bartlett ihm jedoch eine gut dotierte Stelle auf einem seiner Schiffe verschaffte, konnte er seiner Familie beweisen, wie ungerecht sie ihn behandelt hatte.

»Ich habe nichts anderes erwartet!« Bartlett kramte in einem Fach seines Schreibtischs und brachte ein in geteertes Leinen gehülltes Päckchen zum Vorschein. »Sie werden sich innerhalb der nächsten drei Tage auf eines meiner kleineren Handelsschiffe begeben, mit diesem auf der Strecke um Kap Hoorn in die Südsee aufbrechen und dort alles tun, um die *Hesione* zu finden. Sobald dies geschehen ist, übergeben Sie Captain Smyth diese Botschaft so unbeschädigt, wie Sie sie jetzt von mir erhalten. Haben Sie verstanden?«

»Das schon! Aber die Südsee ist riesig«, wandte Simmons ein.

»Es gibt nur wenige Häfen, die man dort anlaufen kann. In einem davon werden Sie sicher Nachricht über den Verbleib der *Hesione* erhalten. Folgen Sie ihr unbedingt, selbst wenn sie sich bereits auf den Weg in die Heimat gemacht hat. Ach ja, fragen Sie auch in jedem Hafen, den Sie auf dieser Reise in die Südsee anlaufen, nach dem Schiff Ihres Onkels. Vielleicht haben Sie Glück und treffen ihn unterwegs.«

»Und was soll ich dort tun?«, fragte Simmons und hoffte, nicht das Missionarspaar aus Hamburg abholen und in die Heimat bringen zu müssen. Da Hinrich Mensing Bartletts Neffe war, war dies durchaus zu befürchten.

»Sie übergeben Ihrem Onkel dieses Päckchen und befolgen anschließend die Befehle, die er Ihnen erteilt. Ach ja: Sobald Sie die Südsee erreicht haben, sind Sie dem Kapitän gegenüber weisungsberechtigt«, antwortete Bartlett.

»Und warum nicht schon vorher?«, platzte Simmons heraus.

»Weil ich annehme, dass Ihr Onkel über Südamerika zurückkommt, und ich nicht will, dass Sie wie er damals vor der Umrundung von Kap Hoorn zurückschrecken und die andere Route wählen. Bis Sie die Südsee auf Ostkurs erreicht haben, könnte Ihr Onkel bereits in London eingetroffen sein.«

Simmons sah es als Vorwurf der Feigheit an, hielt aber den Mund. Wenn er es sich mit Zechariah Bartlett verdarb, blieb ihm nichts anderes übrig, als England zu verlassen und sich in der Fremde durchzuschlagen.

»Also gut, Sir! Ich mache es«, erklärte er und fragte dann nach dem Lohn, den er dafür erhalten würde.

»Sie werden genauso gut bezahlt wie der Kapitän des Schiffes. Sollte ich mit Ihnen zufrieden sein, sorge ich dafür, dass Sie eines meiner Schiffe als Kapitän übernehmen können.«

Bartlett machte ihm damit ein großzügiges Angebot, und Simmons wusste das. Als Handelskapitän würde er zwar nicht das gleiche Ansehen wie ein Captain der Royal Navy genießen, aber einen Versager konnte ihn dann keiner mehr heißen.

»Ich danke Ihnen, Sir!«, antwortete Simmons aufatmend.

»Dann ist es beschlossen«, erklärte Bartlett und griff zur Klingel. »Sie sind bis zur Abfahrt mein Gast! Polliver wird Ihnen Ihr Zimmer zeigen.«

»Ich bin Ihnen sehr verbunden, Sir!«

Simmons war Bartletts Ruf, zu ihm zu kommen, mit einer gewissen Besorgnis gefolgt. Nun aber hätte er ihn am liebsten umarmt. Schon bald würde er Captain Trevor Simmons sein, der im feinen blauen Staatsrock durch London spazieren konnte und vor dem selbst jene Herren, die jetzt noch über ihn hinwegsahen, den Hut lüften mussten.

Zechariah Bartlett wartete, bis sein Diener Simmons hinausgeführt hatte, dann griff er erneut zu Papier, Tinte und Feder. Auch wenn er seine größte Hoffnung darin setzte, dass Simmons die *Hesione* finden würde, musste er sich doch darauf vorbereiten, dass sich die beiden Schiffe verfehlten. Daher schrieb er an Captain Smyth einen Brief in mehrfacher Ausfertigung, in dem er ihm das baldige Ableben Lord Humphrey Huttons ankündigte. Deutlicher wagte er nicht zu werden, da diese Briefe auch in andere Hände geraten könnten. Was ihn wirklich bewegte, stand allein in dem Brief, den Trevor Simmons seinem Onkel persönlich übergeben sollte.

Wenn James Hutton jetzt noch lebend in England eintraf, so sollte Gervase Smyth und dessen Neffen der Teufel holen, sagte er sich und fand, dass er in dem Fall auch noch dafür sorgen musste, dass sie ihn nicht verraten konnten. Starben zwei so nebensächliche Personen wie Smyth und Simmons, würde dies niemand kümmern. Beim Erben eines Lords hingegen war dies anders, und so hoffte er, dass Gervase Smyth mit genug Sorgfalt ans Werk ging, um jeden Verdacht von ihm fernhalten zu können.

SECHSTER TEIL

GLÜCK UND UNGLÜCK

1.

Ruth machte noch einen letzten Zug mit den Armen und hielt sich dann an einem gerade noch aus dem Wasser ragenden Felsen fest. Hinter ihr schwamm Noelani und lachte.

»Wer dich bei deinen ersten Schwimmübungen gesehen hat, würde nicht glauben, wie rasch du es gelernt hast.«

»Du bist aber auch eine gute Lehrerin«, antwortete Ruth und sah sich um.

Ein Stück von ihnen entfernt planschten mehrere Kinder im flachen Wasser. Weiter draußen auf dem Meer waren die Kanus der Männer zu sehen, die Fische fingen, und bei der kleinen Höhle, die sie immer noch zum Umziehen benützte, warteten Noha'aia und Aipua auf sie.

Es war ein friedliches Bild, doch Ruth ließ sich nicht täuschen. Die Hanatea waren ein stolzes und kriegerisches Volk, und das mussten sie auch sein, weil in den Tälern ringsum ebenfalls kriegerische Völker lebten. Die Wächter hatten erst letztens mehrere Kanus der Hanamate, des mächtigsten Stammes der Insel, auf dem Meer entdeckt. Daraufhin hatte Noelani mit einer gewissen Scham zugegeben, dass zwei Monate vor ihrer und Hinrichs Ankunft auf Hiva Oa die Hanamate die Hanatea schon einmal überfallen und etliche Krieger getötet hatten. Einer davon war Matahis jüngerer Bruder gewesen, und so musste der Häuptling seitdem mit der Schande leben, dass es dem Feind gelungen war, den Leib des Bruders mitzunehmen.

Auch wenn die Frauen, mit denen sie sprach, nur Andeutungen machten, so hatte Ruth doch begriffen, dass Matahis Bruder von seinen Feinden in einem barbarischen Ritual verspeist worden war. Da diese Tat laut Noha'aia Vergeltung erforderte, hoffte Ruth, dass der Frieden hier im Hanatea-Tal andauern möge, bis Hinrich und sie die Insel wieder verlassen hatten. Noch während sie sich dies vorstellte, schämte sie sich dieses Gedankens. Sie hatte Noelani, deren Mutter und etliche andere Frauen dieses Stammes lieb gewonnen und wünschte ihnen allen ein friedliches Leben weit über ihren Abschied hinaus.

»Du solltest keine so schweren Gedanken wälzen. Dies ist nicht gut für …«, rief Noelani und berührte sachte Ruths Leib. Sie waren beide schwanger, und ihre Kinder würden nur wenige Tage hintereinander zur Welt kommen.

»Wieso glaubst du, dass ich schwere Gedanken hege?«, fragte Ruth.

»Ich erkenne deine Stimmungen am Gesicht. Woran dachtest du eben?«

Ruth blickte unwillkürlich auf das Meer hinaus. »Ich dachte an die Kanus, die weiter draußen gesehen worden sind.«

Noelani stieß ein Schimpfwort aus, das diesen Booten galt. Dann lachte sie. »Wer sie auch sein mögen, unsere Krieger werden sie besiegen. Wir haben mit Hiniriki einen großen Priester, dessen Zauber alle Feinde vertreiben wird, so wie du vor gut acht Monden die Walfänger vertrieben hast.«

»So lange ist das schon her?«, fragte Ruth.

Sie konnte kaum glauben, wie schnell die Zeit vergangen war. Es waren zumeist schöne Monate gewesen, in denen ihr Schrecken über die toten Walfänger und ihre Trauer über ihr verlorenes Kind allmählich geschwunden waren. Nun freute sie sich auf das Kind, das laut Noha'aia – die es als Hebamme ihres Stammes ja wissen musste – in weniger als drei Monaten zur Welt kommen sollte.

Mit einem sanften Lächeln strich sie sich über den Bauch. »Ich freue mich auf das neue Leben, aber auch darüber, dass ich zum Schwimmen noch nicht zu unbeholfen bin.«

»Du wirst noch am Morgen des Tages schwimmen können, an dessen Abend du gebärst«, erklärte Noha'aia lächelnd.

»So lange noch?«

»Eine Frau soll im Wasser schwimmen, wenn sie ein Kind trägt, und zwar bis zum Ende!«, fuhr die alte Frau fort. »Das Kind kommt dadurch schneller, und die Frau quält sich weniger ab.«

»Das heißt, du hast auch schon andere Geburten erlebt?«, sagte Ruth.

»Ja, bei Frauen, die nicht ins Wasser gehen durften, weil ein Tapu auf ihnen lag, das es ihnen verbot. Doch lass dir davon das Herz nicht schwer werden. Auch wenn es dein und Noelanis erstes Kind ist, so prophezeien mir die Ahnen, dass alles gut gehen wird.«

Noha'aia strich bei diesen Worten über Noelanis Bauch und dann über den von Ruth. Dort blieb ihre Hand liegen. Sie schloss die Augen, murmelte etwas, das weder ihre Tochter noch Ruth verstanden, und schüttelte verwirrt den Kopf.

»Die Ahnen sagen, dass das Kind deines Kindes einmal das Blut unseres Volkes weitertragen wird!«

Nun musste Ruth doch lächeln, denn in ihren Augen war der Aberglaube der Hanatea ein seltsames Ding. Selbst Frauen, die so fest im Leben standen wie Noha'aia und Noelani, ließen sich von Vorzeichen und Traumbildern täuschen. Um Hinrich bei seiner Missionierung zu helfen, hatte sie versucht, dagegen anzugehen. Noha'aia und die anderen Frauen hatten bei ihren Worten stets freundlich gelächelt, aber so weitergemacht, wie sie es gewohnt waren.

Wenigstens gibt es hier mittlerweile eine Kirche, in der diese Menschen Gottes Wort hören konnten, dachte sie. Die Hanatea hatten sie auf Hinrichs Wunsch hin oberhalb des Festplatzes etwa auf halbem Weg zur Plattform mit ihren Göttern errichtet. Sie kamen auch fleißig zum Gebet und hörten staunend zu, wenn Tahitoa Hinrichs Predigten in ihre Sprache übersetzte.

Ruth seufzte leise. Wie sehr hatte sie gehofft, dass Hinrich sich die Sprache der Hanatea aneignen würde. Selbst wenn er nicht lernen würde, sie fließend zu sprechen, wäre es für alle besser als Tahitoas eigenwillige Übersetzung seiner Predigten. Bei ihm hörten sich Teile des Alten Testaments wie die Heldenlieder des Stammes an, in denen die Feinde getötet und aufgegessen wurden. Auch das Neue Testament erzählte in Tahitoas Version wenig von Liebe und Vergebung. Am extremsten empfand sie Christi Gefangennahme im Garten Gethsemane. Dort hätten die Scharen des Heilands die Römer besiegen können, doch hatte laut Tahitoa Christus den Seinen Einhalt geboten, um durch seinen Opfertod die Feinde zu beschämen und das Mana, die geistige Kraft, seiner Anhänger durch die Übertragung seiner eigenen so zu stärken, dass sie unbesiegbar wurden. Zwar wusste Ruth, dass die Hanatea-Krieger solche Geschichten liebten, doch hatten sie kaum etwas mit dem Glauben zu tun, den Hinrich lehren wollte.

Mit diesem Gedanken stieg sie aus dem Wasser, trat dabei fehl und wurde durch Aipuas rasches Zugreifen davor bewahrt, hinzufallen.

»Du musst vorsichtiger sein«, tadelte diese sie.

»Danke!« Ruth atmete tief durch und nahm das Tuch entgegen, mit dem sie sich abtrocknen konnte.

»Du solltest, wenn du wieder zu Hause bist, dich unter den kleinen Wasserfall stellen, damit er das Salz von deiner Haut und aus deinen Haaren wäscht«, riet Noha'aia. »Dein Haar wird immer bleicher und wird bald wie Greisenhaar aussehen.«

»Das wäre nicht schlimm«, antwortete Ruth lachend. »Bei uns gibt es viele Leute mit hellen Haaren!«

Noha'aia war stolz auf ihr noch immer glänzendes schwarzes Haar und konnte nicht begreifen, dass es Ruth gleichgültig war, ob das ihre ausbleichte oder nicht. Irgendwie, sagte sie sich, würde sie die weiße Frau niemals ganz verstehen, auch wenn diese sich ihrem Volk weit mehr angepasst hatte als ihr Ehemann.

Hiniriki konnte gerade die wichtigsten Begrüßungsformeln sprechen, hatte sich aber nie bemüht, ihre Sprache so zu lernen, wie Ruhutia es tat. Auch lebte der Priester mehr für sich und erschien nur im Dorf, wenn er predigte oder eingeladen wurde. Dennoch war es stets ein Ereignis, wenn er mit seinem seltsamen langen schwarzen Gewand bekleidet zu seinen drei Göttern betete. Zwar fragten sich die Hanatea, weshalb er es nicht unter freiem Himmel tat, wie es hier Sitte war. Die Männer hatten ihm aber trotzdem das Haus erbaut, das er Kirike nannte, und die meisten Hanatea kamen zu seinen Predigten.

»Nun sind deine Waden wieder verhüllt, und wir können gehen!« Ein wenig Spott lag in Noha'aias Stimme, da Ruhutia stets achtgab, dass niemand außer ihnen ihre Beine sehen konnte. Dann aber zuckte sie mit den Achseln. Auch wenn sie sich jedes Mal drüber wunderte, so war es eben die Art des Volkes, dem Ruhutia und Hiniriki angehörten, und sie hielten daran fest.

2.

Es war ein Tag wie viele andere. Am Morgen war Ruth zum Meer gegangen, um mit Noelani zusammen zu baden. Auf dem Rückweg nahm sie ein paar Früchte mit, die einige Frauen ihr reichten, und bedankte sich dafür. Als sie nach Hause kam, war Hinrich nicht da.

»Er ist vorhin losgegangen«, erklärte Hoani, die sie immer noch zusammen mit Aipua bediente.

»Er ist wohl zur Kirche. Er sagte ja gestern, dass er dort ein Kreuz mit einem richtigen Christus haben will. Teomo soll es schnitzen.«

Ruth lächelte ein wenig über den Eifer, den ihr Mann an den Tag legte, um seine Kirche auszuschmücken. Ein aus Holzbalken und Bastmatten gefertigtes Gebäude war nun einmal kein Dom. Trotzdem hoffte sie, dass er den besten Schnitzer des Stammes mit Tahitoas Unterstützung erklären konnte, wie sein Jesus Christus aussehen sollte.

Ihr Mann und sie waren mit dem Bildnis des Gekreuzigten aufgewachsen und sahen dessen Gegenwart als selbstverständlich an. Für die Hanatea hingegen war er das Symbol eines kriegerischen Volkes, bei dem die gefangenen Feinde auf diese Weise hingerichtet wurden. Ihnen daher von Frieden und Vergebung zu predigen, erschien ihr ein Unterfangen, an dem noch etliche Missionare verzweifeln würden.

Sie schämte sich ein wenig dieses Gedankens, denn sie wünschte Hinrich von ganzem Herzen Erfolg. Ihre Erfahrung sagte ihr jedoch, dass die Hanatea nie ohne Zwang von ihren Göttern lassen würden. Einige galten sogar als ihre Vorfahren, und der gesamte Stamm fühlte sich verpflichtet, sie zu ehren und anzubeten.

Gelegentlich sprach sie mit Hinrich über ihre Zweifel, doch er sagte immer, sie solle Vertrauen zu Gott haben. Dieser werde schon dafür sorgen, dass die Hanatea und nach ihnen alle anderen Stämme auf Hiva Oa zum wahren Glauben fänden. Er verwies auf die vielen Menschen, die zu seinen Gottesdiensten kamen. Ein paar hatten sich sogar schon taufen lassen, doch anders als ihr Mann vermutete Ruth, dass diese Christus nur als einen weiteren Gott in ihren Götterhimmel aufnahmen und nicht daran dachten, von den anderen zu lassen.

»Heute bist du wirklich zu ernst!«, tadelte Aipua. »Zieh dich jetzt aus und bade. Danach kämmen wir dir die Haare und ölen sie ein, damit sie richtig glänzen.«

»Du bist ein Plagegeist!«, spottete Ruth, gehorchte aber und stand kurz darauf unter dem kleinen Wasserfall.

Es war erfrischend, hier zu baden, und sie tat es ausgiebig. Als sie ins Haus zurückkehrte, war Hinrich wieder da. Er zog kurz die Augenbrauen zusammen, als er sie nackt eintreten sah, sagte aber nichts. Immerhin reichte Aipua ihr eben das weite Hemd, das sie, wenn sie im Haus blieb, meist als einziges Kleidungsstück trug.

Es ist wichtig, dass Ruth sich wohlfühlt, sagte er sich. Noha'aia hatte ihm über Aipua, die mittlerweile sowohl ein wenig Deutsch wie auch Englisch gelernt hatte, ausrichten lassen, dass Ruth kein zweites Mal eine Fehlgeburt erleiden dürfe. Ihr Geist werde dann dunkel und ihr Herz keine Freude mehr empfinden können.

Mehr denn je bedauerte Hinrich, dass sie die einzigen Europäer auf dieser Insel waren. Zwar kamen gelegentlich Walfänger in Dörfer jenseits der Stammesgrenzen, um zu handeln. Da diese Stämme jedoch mit den Hanatea verfeindet waren, war es unmöglich, mit den Schiffern in Kontakt zu treten. Zudem handelte es sich seiner Meinung nach um den Abschaum der Menschheit, der die Hanatea verdarb und sie dadurch noch mehr von Gott entfernte.

Es war eine unglückliche Situation, denn Ruth hätte eine weiße Frau als Freundin gebraucht, die ihr in ihrer schweren Zeit raten könnte. So aber war sie auf den Aberglauben der einheimischen Weiber angewiesen, und dies fand er sehr bedenklich. Da er Ruth nicht beunruhigen oder kränken wollte, lächelte er. »Wie geht es dir, meine Liebe? Du solltest dich mehr schonen und auf diese Bäder im Meer verzichten.«

Ruth schüttelte lachend den Kopf, so dass ihre nassen Haare aufstoben. »Noha'aia sagt, ich soll selbst am Morgen des Tages, an dem das Kleine zur Welt kommt, noch schwimmen gehen. Es soll helfen, leichter zu gebären.«

»Nun, dann will ich hoffen, dass dies auch der Fall ist. Du solltest aber trotzdem ein wenig auf dich achten«, sagte Hinrich und legte die Arme um sie. »Dein Haar ist noch ganz nass.«

»Ich habe ja auch gebadet«, antwortete Ruth lachend. »Du solltest dir keine Sorgen um mich machen. Mir geht es so gut wie schon lange nicht mehr. Selbst die Übelkeit, unter der ich zu Beginn der Schwangerschaft gelitten habe, ist mittlerweile geschwunden, und dank Noha'aias Rat habe ich auch keine Rückenschmerzen, von denen Molly während ihrer ersten Schwangerschaft gequält wurde. Molly … Wie mag es ihr gehen – und all den anderen? Hoffentlich lebt deine Großmutter noch!«

Eine Träne stahl sich aus Ruths Augen, und Hinrich fühlte ebenfalls, dass seine Augen feucht wurden. So viele Monate waren sie nun schon von zu Hause fort, und seit ihrer Abreise hatten sie nichts mehr von ihren Lieben gehört. Heimweh erfasste die beiden, und sie blieben eine Weile eng umschlungen stehen, bis Ruth sich aus Hinrichs Armen befreite.

»Verzeih mir, aber es drückt zu sehr gegen meinen Bauch. Ich bekomme nur noch schlecht Luft.«

Hinrich fragte sich, wie beides zusammenhängen sollte, und bedauerte, dass er zu wenig von der weiblichen Natur verstand, um Ruth die Stütze zu sein, die sie hier so notwendig gebraucht hätte.

»Hast du mit Teomo wegen des Kruzifixes gesprochen?«, fragte Ruth.

»Das habe ich! Ich glaube, er hat nun verstanden, wie ich es mir vorstelle, und wird morgen anfangen.«

»Oder übermorgen oder überübermorgen!« Ruth lachte, denn sie wusste, dass die Hanatea keine Leute waren, die heute einen Entschluss fassten und ihn bereits morgen ausführten. Es mochte sein, dass ein Freund Teomo aufforderte, mit ihm fischen zu gehen, oder er Kokosnüsse sammeln ging. Eines aber war gewiss: Er würde das Kreuz mit dem darauf genagelten Christus schnitzen, und es würde ein wundervolles Werk werden.

»Ich habe ihm ein Messer und eine kleine Axt als Belohnung versprochen. Die wird er sich gewiss verdienen wollen.«

Hinrich lächelte ein wenig über seine Frau, die Bedenken zu haben schien. Für ihn war der Auftrag ein Geschäft, wie er es auch mit einem Holzschnitzer aus Hamburg vereinbaren würde. Doch auch er wusste, dass dieser rasch arbeiten würde, um das Brot für seine Frau und seine Kinder zu verdienen. Diesem Zwang unterlag Teomo nicht. Er musste nur einen Fisch fangen und ein paar Früchte pflücken, um satt zu werden. Allerdings war er stolz auf seine Kunst, und dieser Stolz würde ihn dazu bringen, den gewünschten Christus zu schnitzen.

Dies erklärte Hinrich seiner Frau, die freundlich dazu nickte und ihn fragte, ob er zu Mittag Fisch oder ein Stück Schweinebraten haben wolle.

Wie sprunghaft Frauen doch waren, dachte er nachsichtig und entschied sich für Fisch.

»Willst du ihn selbst speeren, oder soll Hoani jemanden schicken, der es für uns übernimmt?«, fragte Ruth.

Zu ihrer Freude ging Hinrich zur Wand, nahm die Harpune mit der Knochenspitze, die Matahi ihm geschenkt hatte, und verließ nach einem fröhlichen Gruß das Haus.

»Es ist gut, dass Hiniriki fischen geht«, erklärte Aipua. »Er sitzt sonst viel zu viel herum und macht sich trübe Gedanken.«

»Das war auch meine Überlegung«, sagte Ruth und nahm eine der Früchte an sich, die ihr die Frauen vorhin geschenkt hatten. Sie schälte sie und verzehrte sie mit Genuss, während Aipua mit nachsichtiger Miene die Schalen wegräumte, die Ruth einfach auf den Boden fallen ließ.

3.

Nachdem Aipua eine der Matten geöffnet hatte, damit ein gewisser Luftzug herrschte und Ruth Kühlung brachte, verließ sie das Haus und wanderte in Richtung Ufer. Anerkennende Blicke folgten ihr, denn sie war ein hübsches Mädchen und hätte sich mittlerweile einen Freund wählen können. Im Gegensatz zu Hoani hatte sie es jedoch noch nicht getan. Der, auf den sie es abgesehen hatte, biss nämlich nicht so recht an.

Mit einem leichten Schnauben erreichte Aipua den Strand und sah mehrere Dutzend Schritte weiter Hinrich und Tahitoa im Wasser stehen. Beide achteten nur auf die leicht bewegte See und lauerten auf Fische. Plötzlich stieß Hinrich mit seiner Harpune zu, zog sie aber mit einem leisen Fluch leer wieder zurück. Dafür aber speerte Tahitoa den Fisch, der Hinrich entkommen war, und hob ihn grinsend hoch.

»Für uns alle ist es noch zu wenig, aber es ist ein Anfang«, sagte er zu Hinrich.

Dieser nickte und ließ einen großen Fisch nicht aus den Augen. Komm näher, komm näher, flehte er in Gedanken und stieß Augenblicke später zu. Als er die Harpune aus dem Wasser zog, hatte er einen kapitalen Barsch gefangen.

»Ich glaube, der reicht für uns alle«, sagte er.

Da sauste Tahitoas Harpune ins Wasser und erlegte einen noch größeren Fisch. »Den können wir Mako schenken. Ihm tut das Knie heute zu weh, als dass er hätte fischen gehen können«, meinte Tahitoa grinsend.

Er mochte den alten Mann, der es vor zwei Monaten aufgegeben hatte, weiterhin die Tataus anzubringen. Aber er wusste immer noch gut zu erzählen und war zudem Aipuas Großvater. Tahitoa war nicht entgangen, dass er dem Mädchen gefiel, und sie gefiel ihm auch, doch bis jetzt hatte er gezögert, sie zu fragen, ob sie die Matte mit ihm teilen würde. Immerhin stand er in Hinrichs Diensten, und dieser würde darauf bestehen, dass er Aipua in einer christlichen Zeremonie zur Frau nahm. Laut Reverend Wiggles' Predigten auf seiner Heimatinsel Tahiti dauerte eine Ehe bis zum Tod, und er wusste nicht, ob er sich so lange an eine Frau binden wollte.

Bei dem Gedanken sah er zu dem Mädchen hinüber, das am Ufer stand und sie beobachtete. Aipua war wirklich verteufelt hübsch, wie der Kapitän des Schiffes, auf dem er ein gutes Jahr gedient hatte, sagen würde. Ihr Gesicht war lieblich, aber die Brüste noch etwas klein. Doch die würden bald voller werden, und ihre Hüften hatten jenen Schwung, der selbst bei einem halb toten Mann noch Begehren erwecken würde. Wenn er sie heiratete, musste er allerdings auf Hiva Oa bleiben, denn sie würde ihre Heimat und ihren Stamm gewiss nicht verlassen wollen.

Hin- und hergerissen, übernahm er den Barsch, den Hinrich gefangen hatte, brachte ihre Beute ans Ufer und machte sich ans Ausnehmen. Danach reihte er die Fische an einer Schnur auf und trat zu Aipua.

»Glaubst du, dass Mako einen dieser Fische mag?«, fragte er.

»Das wird er gewiss!«, sagte Aipua eifrig und wollte nach den Fischen greifen.

»Die sind zu schwer für dich«, erklärte Tahitoa und schulterte seine Beute.

Während Hinrich schweigend vor ihnen herging, unterhielt er sich mit Aipua und kam immer mehr zu der Überzeugung, dass es vielleicht doch nicht so schlimm wäre, für immer mit ihr verheiratet zu sein. Er war jedoch ein Fremder für den Stamm und würde, wenn sie ihn überhaupt bei sich aufnahmen, irgendwo am Ende der Rangliste stehen. Sie hingegen war die Enkelin eines mächtigen Priesters und zählte zu jenen, die in seiner Heimat die Ariki rahi genannt wurden: »Die, die ganz oben stehen«.

»Wie es aussieht, nimmst du dir ein Beispiel an Hiniriki. Deinem Gesicht nach musst du über sehr unangenehme Dinge nachdenken«, spottete Aipua, da er auf einmal verstummt war.

»Ich denke im Gegenteil über sehr schöne Dinge nach«, antwortete Tahitoa. »Zum Beispiel darüber, ob dein Haar nur bis zu den Oberschenkeln reicht oder vielleicht bis zu den Kniekehlen.«

Aipua hatte herrliches, mit Noni-Öl gepflegtes Haar, welches so lang wuchs, dass sie sich daraufsetzen konnte. Entsprechend stolz war sie auf diese üppige Fülle und freute sich, dass diese Tahitoa aufgefallen war.

»Willst du es einmal messen?«, fragte sie kokett.

»Sehr gerne!« Tahitoa lächelte sie an und fragte sie, ob sie den kleineren Fisch haben wolle, den er als Erstes gefangen hatte.

»Da finden wir schon jemanden, der ihn mag!« In einer Kultur aufgewachsen, in der es üblich war, die Nahrung miteinander zu teilen, wenn man zu viel und der andere zu wenig hatte, gefiel es Aipua, dass ihr Schwarm sich den hiesigen Sitten anpasste. Seine Ahnen waren zwar ebenso wie die ihren von Havai'iki aufgebrochen, um neue Inseln zu suchen und zu besiedeln, dennoch hätte sein Stamm ähnlich verschroben sein können, wie es Hiniriki und in geringerem Maße auch Ruhutia waren.

Da sie zwei Fische verschenken wollten, schlugen sie den Weg ins Dorf ein und passierten die beiden großen Tikis, die am Ufer kurz vor den ersten Hütten standen. Für Hinrich waren sie Symbole eines Aberglaubens, den zu beseitigen ihm die Mittel fehlten, und er stellte sich wie schon öfter die Frage, ob er als Missionar überhaupt geeignet war. Vielleicht wäre es besser gewesen, in der Heimat zu bleiben und eine Pfarre zu übernehmen. Dort hätte Ruth ihm die Gefährtin sein können, die einem Pastor angemessen war. Anders als hier hätte sie mit den anderen Frauen des Kirchspiels sprechen und ihnen ein Vorbild sein können.

Da fiel ihm auf, dass sie hier genau das Gleiche tat. Sie sprach mit den Frauen und hatte dafür sogar deren Sprache gelernt. Auch war sie insofern ein Vorbild, indem sie Aipua und Hoani dazu gebracht hatte, sich die Tücher, die sie ihnen geschenkt hatte, um die Brüste zu binden, um Gott nicht durch den Anblick ihrer halb nackten Körper zu erzürnen. Die meisten anderen Frauen kamen entblößt in seine Kirche, um seinen Predigten zu lauschen. Wenn er sie durch Tahitoa bat, sich doch bitte keuscher zu kleiden, sahen sie ihn nur verwundert an.

Trotzdem war Hinrich froh, dass sie überhaupt die Kirche betraten. Dort konnten sie Gottes Größe fühlen und von ihm beseelt werden, so wie einst die zweifelnden Jünger durch die Flammen des Pfingstfestes beseelt worden waren.

Während Hinrich seinen Gedanken nachhing, unterhielten Aipua und Tahitoa sich neckend. Beiden war es ernst miteinander, und so fragte der junge Mann das Mädchen, ob es die Nacht in seiner Hütte verbringen würde.

Aipua sah ihn von oben herab an. »Ist sie nicht zu klein für zwei?«

»Ich könnte sie etwas größer bauen«, bot Tahitoa an. »Aber willst du wirklich bis dorthin warten?«

Aipua schüttelte lachend den Kopf. »Nein, das will ich nicht. Ich werde kommen!«

Tahitoa atmete auf. Zwar hatte er in den Monaten, die er mit Hinrich und Ruth bereits auf dieser Insel lebte, in dieser Hinsicht nicht darben müssen, da ihn immer wieder eine der Frauen zu sich ins Haus eingeladen hatte. Es war aber etwas anderes, eine eigene Frau zu haben und nicht nur als nächtlicher Gast zu gelten, den man am nächsten Tag mit einem Lächeln weiterschickte. Daher nahm er sich fest vor, seine Hütte so auszubauen, dass Aipua gerne bei ihm blieb.

4.

Die nächsten Tage verliefen ruhig. Während Hinrich las, betete und gelegentlich mit seiner Harpune den Fischen nachstellte, hielt Ruth sich die meiste Zeit bei Noha'aia und deren Tochter auf. Die alte Frau erklärte ihnen, was sie alles zu bedenken hatten, bevor die Kinder das Licht der Welt erblickten, und berichtete von den Geburten anderer Frauen, um ihnen die Angst zu nehmen.

»Noch ruhen eure Kinder in euch und wollen nicht heraus. Doch schon bald werdet ihr mit mir in die Geburtshütte gehen, um dort niederzukommen!«, erklärte Noha'aia.

Ruth sah sie erstaunt an. »Ich wollte mein Kind zu Hause bekommen!« Dabei ist es nicht einmal mein Zuhause. Das liegt Tausende Meilen von hier entfernt, fuhr es ihr durch den Kopf.

»In deinem Haus ist es nicht gut! Du musst dort gebären, wo es die Frauen des Stammes seit alters tun. Es ist ein heiliger Ort mit großer Kraft, der auch dir helfen wird, ein gesundes Kind zur Welt zu bringen.« Noha'aia klang drängend, denn ein Abweichen von den gewohnten Gebräuchen konnte die Götter und die Ahnen erzürnen.

Ruth fragte sich, was für ein Ort diese Geburtshütte sein würde, und stellte sie sich als einen finsteren Bau im Schatten einer überhängenden Felswand vor, dessen Bodenmatten bereits vom Schleim und Blut zahlloser gebärender Frauen getränkt waren. Gleichzeitig wusste sie, dass es ihr kaum möglich war, Noha'aias Forderung abzulehnen. Hinrich und sie waren auf das Wohlwollen der Hanatea angewiesen und mussten sich im Zweifel deren Sitten und Gebräuchen unterwerfen.

Plötzlich lachte sie über sich selbst. Sie hatte Noha'aia als ruhige und gelassene Frau kennengelernt, die ihre Kinder gewiss nicht in irgendwelchen dunklen Löchern zur Welt gebracht hatte, und war sicher, dass sie auch für sie und ihre Tochter nur das Beste wollte.

»Dann machen wir es so«, antwortete sie.

Noha'aia erklärte ihr, dass bei der Geburt keine Männer anwesend sein durften, da deren Mana das der Geburtshütte stören oder gar schwächen konnte.

Für Ruth war es faszinierend, dass die Insulaner belebten, aber auch unbelebten Dingen eine geistige Macht zumaßen, die teilweise zusammenwirken, aber auch gegeneinander arbeiten konnte.

Sie hielt es zwar für Aberglauben, doch um die Seelen dieser Menschen zu erreichen, musste man ihnen das Christentum langsam und vorsichtig nahebringen. Es mit Zwang zu tun, wie es offensichtlich auf Tahiti geschehen war, brachte sie nur dazu, insgeheim an ihrem alten Glauben festzuhalten und die neue Religion lediglich überzustreifen wie ein Gewand, dessen man sich jederzeit wieder entledigen konnte.

Aipua hat recht. Ich denke zu viel krauses Zeug, tadelte sie sich und hörte aufmerksam zu, als Noha'aia erklärte, was bei einer Geburt alles zu beachten war. Die alte Frau zeigte ihnen die Übungen, die sie von nun an täglich machen sollten, und nannte ihnen Speisen, die für hochschwangere Frauen gesund waren. Auch forderte sie ihre Tochter und Ruth auf, spazieren zu gehen und zu schwimmen, selbst wenn es ihnen schwerfiel.

Das alles war für Ruth fremdartig, und doch fühlte sie sich geborgen. Mochte Hinrich auch ein wenig die Nase darüber rümpfen, so wollte sie den Ratschlägen folgen. Noha'aia hatte bereits Kinder geboren und wusste, was zu beachten war. Auch war sie die Hebamme des Stammes und half seit zwanzig Jahren, die Kinder auf die Welt zu bringen. Besser konnte auch eine Hebamme in Hamburg nicht sein.

Noha'aia hatte die Matten an den Wänden wieder festspannen lassen, so dass niemand hereinsehen konnte, denn Ruth war zu schamhaft, um sich bei offenen Wänden nackt zu zeigen. Nun forderte sie die beiden jungen Frauen auf, sich auszuziehen, und untersuchte sie.

»Es ist alles in Ordnung«, sagte sie lächelnd und machte sich nun daran, Ruth und Noelani nacheinander mit Noni-Öl zu massieren.

Es tat gut, und Ruth fühlte, wie sie sich entspannte und in sich hineinhorchte, bis sie den leisen Herzschlag ihres Kindes zu spüren glaubte. Unvermittelt schlief sie ein.

Noha'aia deckte sie und Noelani, die nun auch entschlummerte, mit einer Matte zu und setzte sich neben sie. Dabei sang sie leise ein Lied, in dem sie ihre Ahnen bat, zuzulassen, dass auch Ruths Kind dort geboren wurde, wo seit Generationen alle Kinder des Stammes zur Welt gekommen waren.

5.

Während Ruth bei Noha'aia war, wanderte Hinrich talaufwärts. Zuerst kam er an dem Festplatz vorbei, auf dem er bereits die eine oder andere Festlichkeit miterlebt hatte. Die Zurschaustellung männlichen Mutes und männlicher Kraft der Kriegstänze sagte ihm noch immer zu, während er den Tanz der Frauen mehr denn je als zu anzüglich und vom Satan gelehrt ansah. Noch hatte er nicht die Macht, ihnen zu verbieten, sich so schamlos aufzuführen. Aber der Tag würde kommen, sagte er sich im Weitergehen.

Nach einer Weile tauchte der Kultplatz vor ihm auf. Hinrich hatte diesen noch nie betreten und blieb auch diesmal außerhalb stehen. Sein Blick streifte die steinernen Götzen mit ihren weit aufgerissenen Augen und heraushängenden Zungen. Etliche wirkten, als wären sie nachlässig in den Stein gehauen worden, während er andere auf eine barbarische Weise kunstvoll fand. Doch ebenso wie die wenigen Statuen aus Holz waren sie Ausdruck eines üblen Aberglaubens, den er im Auftrag Gottes zu bekämpfen hatte. Er schwor sich, hier einmal mit eisernem Besen zu kehren – auch wenn es Jahre dauern sollte.

Ihm fiel ein, dass er Ruth versprochen hatte, nur zwei, drei Jahre als Missionar zu wirken und dann nach Hamburg zurückzukehren, um eine Stelle als Pastor anzutreten. Doch konnte er sein Werk unvollendet zurücklassen?, fragte er sich – und gab sich selbst die Antwort: Es wäre ein Verrat an Gott und diesen Menschen, wenn er hier den Keim des Christentums pflanzen und diesen wieder verdorren ließ, indem er in die Heimat zurückkehrte.

»Ruth wird begreifen, dass ich das nicht kann«, sagte er schwer atmend. In der Hinsicht war er froh, dass sie mit den Weibern des Stammes gut auskam. Auf diese Weise würde es ihr leichter fallen, eine längere Zeit hier zu leben. Was das Kind betraf, mit dem sie schwanger ging, und auch jene, die noch kommen würden, so konnten diese die ersten Jahre hier aufwachsen. Er würde ihnen die Grundzüge ihrer Bildung selbst beibringen und sie, wenn sie sich auf das Gymnasium vorbereiten mussten, zu ihren Verwandten nach Hamburg schicken.

Den Gedanken, dass bislang außer Rave Wallys Walfängern kein Schiff diese Küste angelaufen hatte, tat er mit einer kurzen Handbewegung ab. In zehn Jahren – und früher musste es nicht sein – würden gewiss Schiffe kommen. Sein Schwiegervater hatte erklärt, Handel mit den entferntesten Winkeln der Erde treiben zu wollen. Auch hielt er den Geschäftssinn seines Bruders Mathias für groß genug, um ebenfalls Schiffe hierherzuschicken.

Zufrieden mit der Entscheidung, die er nun getroffen hatte, kehrte er dem Marae den Rücken zu und wanderte in Richtung seines Hauses. Kurz bevor er es erreichte, kam er an Tahitoas Hütte vorbei. Zwar war die Tür geschlossen und die Wände mit Matten verhängt. Dennoch musste sein Diener zu Hause sein. Und er war nicht allein!

Hinrich vernahm leise Stimmen, die er Tahitoa und Aipua zuordnete, und dann erregtes Keuchen, das nicht misszuverstehen war. Voller Zorn, weil die beiden sich miteinander vergnügten, ohne vor Gott zusammengegeben worden zu sein, trat er auf die Hütte zu.

Im letzten Moment blieb er vor der Tür stehen. Er wollte nicht durch das Beispiel anderer daran erinnert werden, dass er Ruth wegen ihrer Schwangerschaft nicht mehr beiwohnen konnte. Von anderen Missionaren hatte er gehört, dass diese sich in solchen Fällen einheimische Frauen als Beischläferinnen hielten. Da er wahrlich nicht so tief sinken wollte, öffnete er die Tür nur einen Spalt, um sich zu überzeugen, dass Tahitoa und Aipua tatsächlich das taten, was Männer und Frauen seit Adams und Evas Tagen miteinander trieben.

Im Weggehen dachte er mit einem gewissen Zorn daran, dass die beiden nicht ohne Strafe bleiben durften. Vor der eigenen Haustür blieb er jedoch stehen. Christus war gnädig und verzieh selbst Sündern. Er würde daher auch Tahitoa und Aipua verzeihen. Eines aber war unabdingbar: Da die beiden, wie es in der Bibel hieß, die Blöße des anderen gesehen hatten, würden sie vor Gott den Bund der Ehe eingehen müssen. Es würde die erste christliche Hochzeit sein, die auf dieser Insel geschlossen wurde, genau wie sein und Ruths Kind das erste sein würde, das hier die heilige Taufe erhielt.

6.

Die Tage vergingen in einem Gleichklang, ohne dass Ruth unter Langeweile litt. Jeden Morgen ging sie zum Schwimmen ins Meer. Anschließend kehrte sie nach Hause zurück, um unter dem kleinen Wasserfall zu baden. Dann frühstückte sie und ruhte sich aus, bis sie sich schließlich zu Noha'aia begab, um von dieser massiert zu werden. War dies geschehen, schlief sie ein wenig, aß, wenn sie wieder wach war, zu Mittag und lernte danach, Bastmatten zu weben und Körbe und Taschen zu flechten. Um ihre Kleider zu schonen, hatte sie sich angewöhnt, nur ein Hemd anzuziehen und Tapamatten darüber zu binden, wie es die Frauen der Anführer hielten. Obwohl sich die Matten sehr weich anfühlten und angenehm zu tragen waren, so konnten sie nicht wie normales Tuch zu Kleidung genäht werden, da sich ihr Gewebe auflöste, wenn man es zurechtschneiden wollte. Alle ihre Versuche, dies mit der Nähnadel zu verhindern, waren vergebens gewesen.

Ruth bedauerte dies, denn Hinrich hätte es gewiss lieber gesehen, wenn sie Kleider in der Art getragen hätte, wie sie sie von zu Hause mitgebracht hatte. Diese konnte sie jedoch bis auf zwei Sommerkleider nicht brauchen, und selbst jene hob sie auf, um passend gekleidet zu sein, falls wirklich einmal europäische Gäste kamen.

Verwundert über ihre krausen Gedanken – wie sie es nannte –, sah sie zu, wie Noha'aia sanft den Leib ihrer Tochter abtastete.

»Du wirst diese Nacht bereits im Geburtshaus verbringen. Ich bringe dich nach dem Abendessen hin!«

»Ist es so weit?«, fragte Ruth.

Die alte Frau nickte. »Matahis Sohn kann schon morgen seinen verstorbenen Ahnen gezeigt werden, damit diese sehen, dass in unserem Stamm noch immer gesunde und kräftige Kinder geboren werden. Allerdings wird Noelani mit ihrem Kind noch im Geburtshaus sein, wenn ich dich hinbringe. Bei dir wird es nämlich auch nicht mehr lange dauern, zudem habe ich oft erlebt, wie die eine Geburt die nachfolgende beschleunigt hat.«

Ruth strich sanft über ihren gewölbten Leib und lächelte versonnen. Bald werde ich dich in meinen Armen halten, dachte sie. Ob es wirklich ein Sohn sein würde, so wie Noha'aia es Noelani und ihr vorhersagte? Sie wäre auch mit einem kleinen Mädchen zufrieden gewesen. Sollte es dazu kommen, würde Hinrich wohl enttäuscht sein, denn er wünschte sich einen Sohn. Es hatte bereits Streit zwischen ihnen gegeben, denn er wollte einen Jungen nach seinem Großvater Jörgen nennen. Für sie war dieser Name jedoch nur schwer hinzunehmen. Immerhin war Jörgen Mensing ein Feind ihres Großvaters gewesen und hatte ihre Familie zeit seines Lebens bekämpft.

Daher hatte sie vorgeschlagen, dass der Kleine als Sohn eines Pastors einen Namen aus dem Neuen Testament erhalten sollte. Ihr wäre selbst ein Lazarus Mensing lieber als ein Jörgen Mensing.

»Ihr Weißen seid wirklich seltsame Leute«, hörte sie Aipua sagen. »Ihr macht euch immer so viele Gedanken über Dinge, die einmal sein könnten. Dabei ist es, wie Hiniriki immer predigt, Gottes Wille, was auch immer geschieht. Warum also darüber nachdenken, wenn es doch so kommt, wie es kommt?«

»Unser Leben verläuft anders als das eure«, antwortete Ruth lächelnd. »In unserer Heimat können wir nicht in einen Kokoshain gehen, auf eine Palme klettern und ein paar Nüsse ernten, um zusammen mit den Fischen, die wir fangen, und den Früchten, die das ganze Jahr über wachsen, für die nächsten Wochen versorgt zu sein. Bei uns ist es viele Monate sehr kalt, und auf den Feldern wächst nichts. Da heißt es Vorräte sammeln, wenn man nicht hungern will. Darüber hinaus braucht man genug Holz zum Heizen und der Dinge mehr.«

»Dann war euer Gott aber sehr dumm, weil er euch ein so schlechtes Land gegeben hat«, rief Aipua kopfschüttelnd.

»Es ist durchaus schön, und die Menschen leben gerne dort«, sagte Ruth.

Im nächsten Moment griff sie sich an den Leib, denn plötzlich zog ein starker Schmerz durch ihren Unterleib.

»Es tut auf einmal so weh!«, rief sie.

Noha'aia kam zu ihr und untersuchte sie besorgt. Dann lächelte sie. »Ich sagte doch, dass eine Geburt eine andere beschleunigen kann. So wie es jetzt aussieht, werdet ihr beide mit mir ins Geburtshaus gehen, und zwar sofort! Aipua und die anderen werden dafür sorgen, dass alles bereitliegt, was wir benötigen.«

Während Aipua mit weiteren Frauen loseilte, half Noha'aia Ruth auf die Beine und hakte sich sowohl bei ihr wie auch bei Noelani unter. Sie führte die beiden vorsichtig aus dem Haus und schlug zunächst den Weg zum Festplatz ein. Kurz davor bog sie auf einen Pfad ab, der dem Anschein nach erst vor Kurzem von seinem Bewuchs befreit worden war. Eine Weile ging es nun auf die steil aufragende Felswand zu, so dass Ruth bereits glaubte, ihre Vorstellung von einem düsteren, verborgenen Ort würde sich bewahrheiten.

Da erreichten sie eine kleine Plattform, auf der ein mit geschnitzten Brettern und Balken verziertes Haus stand, dessen Mattenwände besonders sorgfältig gewebt worden waren. Die Sonne schien darauf und vertrieb Ruths Ängste. Hier, sagte sie sich, konnte sie ihr Kind unbesorgt zur Welt bringen.

Das Innere des Hauses bestand aus einem einzigen Raum, der sauber war und dessen Fußboden man mit neuen Matten belegt hatte. Ruth ließ sich aufatmend auf eine der Sitzmatten nieder und betastete ihren Leib. »Warum tut das nur so weh?«, stöhnte sie.

»Der Schmerz soll uns daran erinnern, dass die Kinder, die wir zur Welt bringen, wertvoll sind und sorgsam behütet werden müssen«, erklärte ihr Noha'aia.

Wäre der Schmerz geringer gewesen, hätte Ruth bei diesen Worten gelacht. Schließlich eilten die Dorfrangen, kaum dass sie laufen konnten, ans Meer zum Schwimmen, ohne auch nur die geringste Furcht vor Riffhaien oder vor tiefem Wasser zu zeigen. Der Gedanke, ihr Kind könnte es genauso machen, trieb ihr den Angstschweiß auf die Stirn. Sie erinnerte sich allerdings daran, dass die älteren Kinder auf die Kleinen aufpassten und dafür sorgten, dass ihnen nichts passierte, und empfand bei diesem Gedanken eine gewisse Erleichterung.

»Du denkst wirklich über zu viel nach. Dabei sollten deine Gedanken allein deinem Kind gelten, sonst kommt es aus dir heraus, ohne dass es dir bewusst wird. Dann kann es nichts von deinem Mana aufnehmen! Aber das braucht es, um am Leben zu bleiben«, tadelte Noha'aia sie.

Ruth nahm sich sofort vor, alles andere außer ihrem Kind zu vergessen. Als sie nach draußen blickte, waren dort mehrere Frauen zu sehen, die Matten, Essen und andere Utensilien brachten. Mehrere ältere Frauen kamen herein, während Aipua und die Jüngeren ihre Sachen draußen ablegten und wieder gingen.

»Weshalb tun sie das?«, fragte Ruth verwundert.

»Sie stehen unter Tapu. In das Geburtshaus dürfen nur Frauen, die ihre Kinder zur Welt bringen, und die, die bereits Kinder geboren haben und den Gebärenden beistehen«, erklärte Noha'aia und reichte ihr eine geöffnete Kokosnuss, damit sie ihren Durst stillen konnte.

Bald kamen die Wehen rascher, und Noha'aia forderte Ruth auf, sich auszuziehen. Auch Noelani griff sich immer öfter an den Bauch und legte schließlich ihre Kleidung ab. Ruth folgte ihr nach kurzem Zögern. Sie hatte die Geburt ihrer jüngeren Geschwister zwar nicht miterlebt, aber davon gehört, dass es bald sehr feucht werden würde.

Es zeigte sich, dass Noha'aias Vorhersage sich als richtig erwies, denn Noelani kam als Erste nieder. Noch während der Kleine abgenabelt und seiner Mutter in die Arme gelegt wurde, spürte auch Ruth, wie ihr Körper begann, das Kind, das er neun Monate in sich getragen hatte, aus sich herauszupressen. Sie stöhnte vor Schmerz, bäumte sich noch einmal auf und sank dann erschöpft zurück.

»Es ist ebenfalls ein Sohn. Er wird gewiss einmal ein gewaltiger Krieger werden«, erklärte Noha'aia, die sich nun Ruths Kind annahm.

Ruth lächelte nur. Wenn es nach Hinrich ging, würde der Kleine Theologie studieren und ein Pastor wie der Vater werden. Doch bis dorthin, so sagte sie sich, verging noch viel Zeit. Vorerst konnte sie ihn einfach in die Arme nehmen und bewundern. Es war ein wunderschönes Kind, fand sie, wenn auch noch ein wenig runzlig und rot. Das aber – so viel wusste sie von ihren jüngeren Geschwistern – würde sich bald legen.

Der Kleine klammerte sich an sie, und sie wunderte sich, über wie viel Kraft dieses winzige Wesen bereits verfügte. Noha'aia kam nun, um dem Kind eine Blätterwindel anzulegen. Es erinnerte Ruth daran, dass sie wegen ihrer eiligen Abreise nach der Hochzeit selbst nicht die geringsten Vorbereitungen für ein Kind hatte treffen können. Daher war sie auf das angewiesen, was die Hanatea besaßen. Da deren Kinder jedoch gesund und kräftig waren, würde es auch ihrem Sohn nicht schaden.

»Er wird bald Hunger bekommen«, sagte Noha'aia eben zu Noelani. Danach wandte sie sich wieder Ruth zu. »Dein Sohn wird das auch bald tun. Vorher solltet ihr vier euch draußen am Wasserfall reinigen. Sei unbesorgt, Ruhutia, es ist kein Mann in der Nähe, der dich sehen könnte. Das Geburtshaus ist für alle tapu, außer für uns Frauen.«

Ruth nickte und wunderte sich, wie glücklich sie sich fühlte. So sollte es immer sein, dachte sie, während Noha'aia zuerst bei ihrer Tochter und dann bei ihr dafür sorgte, dass auch die Nachgeburt abging. Dann konnten sie mit ihren Kindern auf dem Arm nach hinten auf die Felswand zutreten, über die ein schleierartiger Wasserfall niederging. Sie trat mit ihrem Kleinen darunter und genoss das kühle Wasser, während das Kind, als es nass wurde, bewies, dass auch seine Stimme bereits recht kräftig war.

7.

Hinrich erfuhr von Aipua, dass Ruth in das Geburtshaus geschafft worden war. Zwar hätte er es lieber gesehen, wenn das Kind in seinem eigenen Haus zur Welt gekommen wäre, fühlte sich aber gleichzeitig erleichtert, weil ihm dadurch die ganze Aufregung um die Geburt erspart blieb.

»Du kannst zu deiner Herrin gehen und ihr helfen«, sagte er zu Aipua.

Diese schüttelte heftig den Kopf. »Das Geburtshaus ist für mich tapu. Nur Frauen, die bereits Kinder geboren haben, dürfen hinein.«

»Du darfst aber doch gewiss bis zur Tür gehen und fragen, wie es meiner Frau geht!« Hinrich war besorgt, wie Ruth die Geburt fern der Heimat und ohne eine erfahrene Hebamme überstehen würde. Wissen, mit dem sie ihr eine wirkliche Hilfe sein konnten, traute er den Eingeborenenfrauen nicht zu.

»Ich kann nach Ruhutia schauen«, sagte Aipua.

»Dann tu das!«, antwortete Hinrich. Da fiel ihm ein, dass er ihr und Tahitoa ins Gewissen reden wollte, und rief: »Halt! Ich muss dir noch etwas sagen. Dir auch, Tahitoa!«

Die beiden traten verwundert näher, denn für sie gab es nichts Wichtigeres, als zu erfahren, ob Ruth bereits geboren hatte und wie es ihr ging.

Hinrich stellte sich so hin, dass er auf die zwei hinabschauen konnte, und zeigte eine ernste und tadelnde Miene. »Ich habe gesehen, dass ihr euch vom Teufel verführt der Wollust hingegeben habt! Dies ist eine schwere Sünde, die nur im Gebet Vergebung findet. Damit Gott euch aber auch vergibt, habt ihr vor seinen Altar zu treten und den Bund der Ehe einzugehen.«

Obwohl Aipua sich ein wenig Englisch angeeignet hatte, brauchte sie Tahitoas Hilfe, um Hinrichs Worte zu verstehen. Danach sah sie ihren Geliebten fordernd an. »Du hast Hiniriki gehört! Er will, dass wir auf Dauer die Matte miteinander teilen.«

Es klang ein wenig anzüglich, sagte aber im Grunde das Gleiche aus, was Hinrich forderte. Nur kam es diesem zusätzlich noch auf das christliche Sakrament der Eheschließung an.

Tahitoa war sich in dieser Hinsicht längst mit Aipua einig, und so nickte er eifrig. »Wir beide werden heiraten, Mr Mensing!«

»Nicht wir, sondern ihr beide werdet heiraten«, antwortete Hinrich und bedachte seine fröhlichen Sünder mit einem strengen Blick.

Tahitoa grinste, und Aipua kicherte. Manchmal war Hiniriki wirklich zu seltsam. Hatte er wirklich gemeint, Tahitoa wolle ihn heiraten?

Unterdessen beschäftigten sich Hinrichs Gedanken mit einem anderen Problem. »Um euch vor Gott zusammengeben zu können, muss Aipua die Taufe und einen christlichen Namen erhalten.«

Aipua verstand den Grund dafür nicht, doch wenn Hiniriki es wollte, sollte es so sein.

Hinrich wandte sich an Tahitoa: »Du bist auf Tahiti getauft worden und müsstest daher einen richtigen Namen tragen und nicht diesen barbarischen, den du uns bis jetzt genannt hast.«

Er brachte den braven Burschen damit in Bedrängnis. Tahitoa hatte zwar vor etlichen Jahren die Taufe und dabei auch einen neuen Namen erhalten, diesen aber nie benutzt. Jetzt überlegte er angestrengt, wie er gelautet haben mochte.

»Thomas … Tobias … Nein, Thaddeus!«, rief er und reckte triumphierend die Rechte hoch.

»Thaddäus also!«, sagte Hinrich und sprach den Namen so aus, wie er in deutschen Landen gebräuchlich war. »Nun denn, so trage ich dich mit dem Namen Thaddäus Tahitoa in mein Kirchenbuch ein, und dich«, er wandte sich Aipua zu, »als Anna Aipua!«

Er fragte nicht, ob es den beiden so recht war, sondern fand, dass er sehr gut entschieden hatte. Nun aber gewann die Sorge um seine Frau wieder die Oberhand. »Wolltest du nicht zu dieser Geburtshütte gehen und nachsehen, wie es meiner Frau geht?«, mahnte er Aipua.

Weit davon entfernt, sich von seinem tadelnden Ton erschrecken zu lassen, nickte diese lachend. »Ich eile und werde hoffentlich bald mit guten Nachrichten wiederkehren.« Sie sagte es in ihrer Sprache und überließ es Tahitoa, es für Hinrich zu übersetzen.

Aipua hatte nicht zu viel versprochen. Schon bald kam sie fröhlich winkend zurück und zupfte Hinrich am Ärmel seines Rocks. »Ruhutia hat einen wunderschönen Sohn geboren und Noelani ebenso!«

Noelani und deren Kind interessierten Hinrich im Augenblick überhaupt nicht. Er ergriff Aipuas Hände und hielt sie fest. »Wie geht es meiner Frau?«

»Sie ist sehr glücklich und zufrieden«, sprudelte es aus Aipua heraus. »In drei Wochen werden Noelani und sie das Geburtshaus verlassen und nach Hause zurückkehren können.«

»In drei Wochen erst?«, rief Hinrich entsetzt, der seinen Sohn am liebsten sofort gesehen und auf die Arme genommen hätte.

»So ist es der Brauch«, antwortete Aipua, befreite dann eine Hand und zupfte ihn erneut am Ärmel. »Ruhutia will wissen, wie der Junge heißen soll!«

Sie brachte Hinrich damit in arge Schwierigkeiten. Während all der Wochen zuvor hatte er sich eine ganze Reihe von passenden Namen zurechtgelegt, doch nun fiel ihm kein einziger davon ein. Hatte er den Jungen nach einem der Evangelisten benennen wollen oder nach einem der altbiblischen Propheten?

Hinrich rang verzweifelt die Hände und entschied sich dann von einem Augenblick zum anderen.

»Gehe zu meiner Frau und sage ihr, dass unser Sohn Johannes heißen soll!«, befahl er Aipua und fand, dass Johannes Mensing ein guter Name für den Sohn eines Pastors war, der – wie er hoffte – auch einmal Pastor sein würde.

8.

Während Ruth ihren Sohn geboren und Hinrich nach angestrengter Überlegung zu einem Namen für den kleinen Johannes gelangt war, lag Seiner britischen Majestät Schiff *Hesione* vor Tahiti auf Reede.

Captain Smyth hatte seinen Auftrag, in der Südsee Präsenz zu zeigen, so ausgelegt, dass es reichte, einige der näher gelegenen Inseln anzulaufen und anschließend wieder hierher zurückzukehren. In seinem Logbuch hatte er allerdings Breitengrade eingetragen, die er erreicht haben wollte, ohne dass es der Fall gewesen war. Auf diese Weise würde er der Admiralität längere Fahrten vorgaukeln können.

Der Einzige, der ihm diese Täuschung nachweisen konnte, war Leutnant James Edward Hutton, denn er musste die Schiffsführung zum größten Teil übernehmen, da Smyth zumeist bettlägerig war. Auch an diesem Tag lag der Kapitän wieder in seiner Kajüte und starrte trübsinnig durch die Heckfenster nach draußen. Es war ein herrlicher Sonnentag, und er hörte das Lachen der Matrosen von oben zu ihm hereindringen. Diese mochten das warme Klima genießen, aber er ging in der Hitze kaputt.

Mit missmutiger Miene wandte er sich seinem Schiffsarzt Merrick zu, der eben eine braune Flüssigkeit in einen Becher goss und mit Wein auffüllte.

»Das müsste fürs Erste helfen, Captain! Auf Dauer aber würde ich Ihnen raten, diese Breiten zu verlassen und im guten, alten England zu bleiben. Hier ist es einfach zu heiß für Sie. Das macht Ihr Herz nicht mehr mit.«

Smyth griff mit Abscheu nach dem Becher. Auch der Wein konnte den bitteren Geschmack der Medizin nicht verdecken, aber er musste sie nehmen, wenn er nicht endgültig vor die Hunde gehen wollte. In seinen schlimmsten Befürchtungen sah er sich schon in einem von Cribbic eilig gezimmerten Sarg mit zwei Kanonenkugeln beschwert am Boden des Meeres liegen, während Hutton das Schiff nach England zurückbrachte, dort zum Kapitän zur See befördert wurde und dann seinen Abschied nahm, um als Earl of Huttonsfield seinen Platz in der englischen Gesellschaft einzunehmen. Wenn es wirklich so kam, machte James Hutton seinem Spitznamen Lucky Jim alle Ehre.

Der einzige Trost für Smyth war, dass es ihn als Toten kaltlassen konnte, wenn Zechariah Bartlett deswegen tobte. Anders war es jedoch, wenn er am Leben blieb und James Hutton in England erfuhr, dass sein adeliger Verwandter Lord Humphrey das Zeitliche gesegnet hatte und er der neue Earl of Huttonsfield war. In dem Fall würde Bartlett alles tun, um ihn für sein Versagen zu bestrafen.

Die jetzige Fahrt verriet Smyth, dass seine Zeit bei der Royal Navy zu Ende ging. Wenn er wieder in England war, würde er nicht mehr in See stechen. Es war das eine, als geachteter Seeheld an einem angenehmen Ort zu leben, sich ein Häuschen und ein paar Bedienstete leisten zu können und von den Honoratioren in ihren Kreis aufgenommen zu werden, aber eine andere, Bartletts Rache fürchten zu müssen. In dem Fall würde man ihn wohl nicht einmal in einem Heim für arme Seeleute aufnehmen.

Hutton musste sterben, bevor die *Hesione* an Englands Küsten den Anker fallen ließ. Doch wie dies geschehen sollte, war Smyth ein Rätsel. Bei den Männern war Hutton zu beliebt, als dass er einen davon als Meuchelmörder gewinnen konnte. Auch brauchte er Hutton, wenn er selbst krank in seiner Koje lag, damit dieser das Schiff heil nach Hause brachte. Von welcher Seite aus er es auch betrachtete, die besseren Karten hatte im Augenblick Lucky Jim.

»Wir sollten diese Breiten wirklich verlassen«, hörte er den Arzt erneut sagen.

»Ich habe den Befehl, auf meine Ablösung zu warten. Erst wenn diese innerhalb von vierundzwanzig Monaten nicht eingetroffen ist, kann ich nach Sydney ablaufen, um dort nach neuen Instruktionen zu fragen.« Auch das verärgerte Smyth. Zwar hatte die *Hesione,* da er Kap Hoorn gemieden und die Südsee auf östlichem Kurs angesteuert hatte, einige Monate länger gebraucht, um hierherzugelangen. Seit ihrer Ankunft war mittlerweile mehr als ein Jahr vergangen, aber er musste immer noch mindestens fünf bis sechs Monate in dieser Gegend verbringen, bevor er Segel setzen lassen konnte, um Kurs auf Australien und danach hoffentlich auf die Heimat nehmen zu können.

»Es geht Ihnen wirklich nicht gut, weil Sie heute so schweigsam sind«, setzte Merrick das arg einseitige Gespräch fort.

»Ich mache mir Gedanken um das Schiff«, erklärte Smyth.

»Sie können Leutnant Hutton voll und ganz vertrauen, Captain. Selbst wenn Sie die gesamte Zeit im Bett bleiben müssten, würde er die *Hesione* heil nach Plymouth, Portsmouth oder London zurückbringen. Machen Sie sich da keine Sorgen. Mehr Gedanken sollten Sie sich über Ihre Gesundheit machen, denn Ihr Herz hält diese Hitze nicht mehr lange aus.«

Der Arzt klang besorgt und verstärkte damit Smyths Angst. Er wollte nicht sterben, nicht jetzt, da Zechariah Bartlett ihm genug Geld geben wollte, um den Rest seines Lebens angenehm verbringen zu können. Dafür aber musste James Hutton sterben. Um dessen Tod herbeizuführen, war er zu schwach und krank und zu weit weg von zu Hause, um es einem seiner Midshipmen zuzutrauen, die *Hesione* zurück in die Heimat zu bringen.

Smyth überlegte, ob er Merrick ins Vertrauen ziehen konnte. Als Arzt besaß dieser sicher ein Mittel, das James Hutton kurz vor der Ankunft in England zu seinen Ahnen schicken würde. Wohl war Merrick ein angenehmer Saufkumpan, allerdings würde er, wenn er tatsächlich dazu bereit sein sollte, einen großen Teil des Kuchens abhaben wollen. Smyth aber wollte nicht teilen.

Eine Möglichkeit gab es noch, dachte er. Laut Merrick würde es ihm wieder besser gehen, wenn sie kühlere Breiten erreichten. Dann konnte er James Hutton beseitigen, den nächsten Hafen anlaufen und von einem anderen englischen Schiff einen brauchbaren neuen Ersten Offizier anfordern.

»Wenn das Fieber erneut steigen sollte, werde ich Ihnen noch einmal Chinarinde verabreichen. Das hat bis jetzt gut geholfen!«, unterbrach Merricks Stimme erneut die Gedanken des Kapitäns.

»Warum geben Sie mir das Zeug nicht gleich?«, fragte dieser bissig.

»Weil mein Vorrat sonst zu früh verbraucht ist! Ich habe zwar einiges davon mitgenommen, weil ich mir schon dachte, dass Sie es brauchen würden. Aber dass es so schlimm mit Ihnen stehen würde, habe ich nicht erwartet.«

»Ich auch nicht«, antwortete Smyth brummig und deutete auf eine leere Flasche. »Sagen Sie Benson, er soll mir eine neue Flasche holen. Rum ist das Einzige, das mich diese beschissene Situation ertragen lässt.«

»Ich würde Ihnen davon abraten! Sie hatten schon zweimal einen Rückfall, weil Sie trotz Ihrer Krankheit zu viel getrunken haben. Beim dritten Mal könnte es sein, dass es auch das letzte Mal ist.« Merricks Rat war weise, kam aber bei Smyth nicht an.

»Verdammter Knochenflicker, was wissen Sie schon, was mir guttut!«, schrie er und griff nach dem Becher, um ihn dem Arzt an den Kopf zu werfen.

Da klopfte es an der Tür.

»Herein, zum Teufel noch mal!«, rief Smyth mit überraschend kräftiger Stimme.

Die Tür wurde geöffnet, und James Hutton betrat die Kajüte. Er berührte kurz die Krempe seines Hutes mit zwei Fingern und blieb neben der Koje stehen. »Ich habe Meldung zu erstatten, Sir!«

»Meldung? Was ist jetzt schon wieder los?« Smyth zeigte deutlich, dass er nicht gestört werden wollte.

»Sir, die Matrosen Banks und Stanley sind zusammen mit zwei Tahitianerinnen in einem gestohlenen Auslegerkanu geflohen.«

James Huttons Stimme klang kühl und beherrscht, doch Smyth fühlte Kritik darin schwingen. Immerhin hatte er erlaubt, dass ein Teil der Matrosen während der Liegezeit vor Tahiti auch nachts an Land bleiben konnte. Da war es für die beiden Männer ein Leichtes gewesen, sich mit einheimischen Frauen anzufreunden und zusammen mit diesen ein Kanu zu nehmen und zu verschwinden. Wenn er Banks' und Stanleys Flucht jetzt ins Logbuch eintrug, würde es eine Untersuchung geben, die ihn in keinem guten Licht erscheinen lassen würde.

»Haben Sie eine Ahnung, wo die Kerle hinwollten, Mr Hutton?«

»Ich halte es für unwahrscheinlich, Sir, dass die beiden hier auf Tahiti oder drüben auf Moorea bleiben werden, sondern nehme an, dass sie die Inseln unter dem Wind erreichen wollen, Tahaa zum Beispiel, Bora-Bora oder Maupiti.«

»Dann nehmen Sie zum Teufel noch mal ein paar Männer und das große Beiboot und holen die Kerle zurück. Haben Sie verstanden?«

»Aye, aye, Sir!« James salutierte noch einmal und verließ, begleitet von einem gotteslästerlichen Fluch des Kapitäns, dessen Kabine.

Kaum waren James' Schritte draußen verhallt, fluchte Smyth erneut und sah dann den Arzt an. »Dieser verdammte Hutton! Andauernd muss man ihm sagen, was er zu tun hat.«

Merrick wusste genau, dass James Hutton sich nur deshalb rückversicherte, damit der Kapitän ihm nichts am Zeug flicken konnte. Da er den Grund für Smyths Abneigung nicht kannte, wunderte er sich nicht zum ersten Mal über dessen Verhalten. Er nahm an, dass der Kapitän den Posten des Ersten Offiziers seinem Neffen zuschanzen wollte. Dafür aber musste Trevor Simmons erst einmal die Prüfung zum Seeoffizier bestehen, und zum anderen befand dieser sich derzeit vermutlich am anderen Ende der Welt.

9.

James wählte acht Mann aus, ließ das große Beiboot mit Vorräten für mehrere Tage ausrüsten und die Segel setzen. Zwar waren die Kanus der Einheimischen im Allgemeinen recht schnell, doch er glaubte nicht, dass Banks und Stanley sich so gut mit dem Boot vertraut gemacht hatten, um es mit den Männern aus Tahiti aufnehmen zu können. Gleichzeitig versuchte er, sich in die beiden Flüchtlinge hineinzuversetzen. Wie würde er an deren Stelle vorgehen?, fragte er sich.

Sie vertrauten wahrscheinlich darauf, dass man sie erst einmal an der Küste Tahitis oder drüben auf Moorea suchen würde. Dies hieß, zunächst so weit zu segeln, wie es nur ging, und sich dann auf einer ferneren Insel zu verstecken. James betrachtete die Karte der Inseln, die er mitgenommen hatte, und überlegte. Hinter Moorea würden Banks und Stanley zuerst auf Huahine oder Raiatea treffen. Die letzte Insel anzulaufen, war nicht ratsam. Zwar zählte sie ebenso wie die anderen Inseln zum Reich des Königs von Tahiti, doch bei den Einheimischen hatte sie eine spezielle Bedeutung. Auch wenn es dort christliche Missionare gab, so blieben diese nur am Leben, weil die Bewohner Rachefeldzüge aus Tahiti fürchteten.

Huahine hingegen war ein zu offensichtliches Ziel. Die Fliehenden würden dort vielleicht kurz anlegen, ihre Vorräte ergänzen und weiterfahren. Es gab westlich von Bora-Bora noch weitere Inseln, und nicht jede war bereits auf der Karte eingezeichnet. Wenn Banks und Stanley eine davon erreichten und ihr Kanu versteckten, würde er suchen können, bis er alt und grau wurde.

James beschloss, sich auf sein Gefühl zu verlassen und die näher gelegenen Inseln erst einmal zu ignorieren. Daher ließ er so viele Segel setzen, wie das Beiboot tragen konnte, und achtete immer wieder auf den Wind. Dies würden auch die Verfolgten tun und zusehen, dass sie so schnell segeln konnten, wie es nur ging.

»Glauben Sie, dass wir die beiden Deserteure finden, Sir?«, fragte ihn einer seiner Männer.

»Wenn wir es nicht tun, wird der Captain uns den Kopf abreißen. Also müssen wir sie finden«, antwortete James lächelnd und korrigierte den Kurs eine Kleinigkeit, damit sie noch ein wenig schneller wurden.

Um seine Männer machte er sich keine Sorgen. Sie waren ein verschworener Haufen und hatten kein Verständnis für Kameraden, die vom Schiff flohen und sie im Stich ließen. Außerdem wussten alle, dass die Royal Navy keine Ruhe geben würde, bis die Deserteure aufgespürt und bestraft waren. Banks und Stanley waren daher Narren, anzunehmen, auf Dauer damit durchzukommen.

Die Jagd ging weiter, und die Männer sahen immer wieder zu James hin. Huahine kam in Sicht und blieb hinter ihnen zurück, ebenso Tahaa, ohne dass James Anstalten machte, dort an Land zu gehen. Das Boot lief gut, die See war ruhig, und ihre Vorräte reichten für etliche Tage. Trotzdem fragten die Matrosen sich, wie der Leutnant die Flüchtlinge fangen wollte, wenn er nirgends nach ihnen fragte.

James sagte sich, dass es hier vor allem auf Geschwindigkeit ankam. Um die Strecke bis Bora-Bora zu schaffen, brauchten sie mehrere Tage. Ein Wettrennen mit Insulanern hätte er von vorneherein verloren gegeben. Deren Auslegerkanus waren schneller und beweglicher als sein Boot. Also musste er darauf vertrauen, dass Banks und Stanley schlechter mit dem Kanu zurechtkamen als Männer, die von Jugend an gewohnt waren, damit zu fahren.

Als sie nach zwei Tagen Bora-Bora an Steuerbord sahen, glaubte jeder der Matrosen, James würde wenigstens dort anlanden, um sich nach den Flüchtlingen zu erkundigen. Stattdessen segelte er weit genug von den vorgelagerten Korallenriffen entfernt vorbei, um das Boot nicht in Gefahr zu bringen. Nun musste James sich entscheiden. Wollte er jetzt nach Südwesten auf Maupiti drehen oder auf Westkurs bleiben, um Tupai zu erreichen. Noch während er überlegte, deutete einer seiner Männer nach vorne.

»Kanu genau voraus!«

James überließ die Steuerpinne einem der Matrosen und ging zum Bug. Nun sah er das Kanu auch. Ein zweiter Blick zeigte ihm, dass es leewärts von ihnen lag und er damit den Windvorteil hatte. Gleichgültig, wohin das Kanu auch wollte – er war in der Lage, es jederzeit verfolgen zu können.

Im Kanu hatte man sie offenbar auch entdeckt, denn es änderte seinen Kurs, um den Wind so gut wie möglich in die Segel zu bekommen. Dies hieß aber auch, dass sie Maupiti nicht anlaufen konnten, weil sie die Insel kaum vor ihren Verfolgern erreichen würden.

»Sie halten aufs offene Meer zu. Damit haben wir sie!«, sagte James zufrieden.

Seine Männer sahen einander staunend an. »Das schafft auch nur Lucky Jim, ein Eingeborenenkanu so zielsicher aufzugabeln. Jeder andere hätte auf den Inseln nach ihnen gefragt!«, rief einer.

Und hätte dabei wertvolle Zeit verloren, dachte James. In einem solchen Fall hätten die Deserteure längst ein Versteck gefunden und ihm eine lange Nase gedreht. Irgendwann hätte man sie zwar gefunden, aber für Captain Smyth wie auch für ihn wäre ihre Flucht kein Ruhmesblatt gewesen.

»Wir holen auf!«, rief einer der Männer.

James sah es nun selbst. Die Flüchtlinge versuchten zwar alles, um ihre Geschwindigkeit zu erhöhen, kamen aber mit dem unbekannten Boot und dessen Beseglung nicht zurecht. Schon bald hatte sich die Entfernung halbiert, und es war abzusehen, dass sie das Kanu innerhalb der nächsten Stunde erreichen würden.

»Jetzt nehmen sie auch noch die Paddel«, spottete ein Matrose.

James behielt das Kanu im Blick und sah, wie die beiden Deserteure und die Frauen hastig paddelten. Damit aber schoben sie das Unvermeidliche nur eine Viertelstunde oder eine halbe hinaus.

Schließlich sahen Banks und Stanley ein, dass alle Bemühungen umsonst waren, und gaben auf. Wenig später schob sich das Beiboot der *Hesione* neben ihr Kanu. Die beiden Flüchtlinge saßen weinend im Rumpf, und die Frauen klammerten sich verzweifelt an sie.

Banks hob den Kopf und sah James bitter an. »Warum können Sie uns nicht laufen lassen? Wir haben nichts gestohlen, und es würde niemandem schaden, wenn wir nicht mehr an Bord sind. Sie müssen einfach nur ins Logbuch schreiben, dass wir auf Tahiti verstorben sind!«

»Du vergisst, dass der Captain das Logbuch führt, und der würde so etwas niemals eintragen«, antwortete James. Ihm taten die beiden Männer leid, doch er konnte nichts für sie tun.

»Sie können immer noch zur *Hesione* zurückkehren und dem Captain sagen, Sie hätten uns nicht gefunden!«, schlug Stanley vor.

James schüttelte den Kopf. »Wenn ich das täte, würde sich die Bevölkerung dieser Inseln innerhalb von drei Tagen um die halbe Mannschaft der *Hesione* erhöhen, weil dann viele das Hierbleiben dem Dienst in der Flotte vorziehen würden.«

»Da haben Sie verdammt recht, Sir! Ich hätte nichts gegen eine mollige Vahine, die für mich kocht und mich im Bett wärmt«, rief einer seiner Männer, und die anderen nickten.

Banks und Stanley waren ihre Kameraden gewesen und hatten Verrat an ihnen geübt, indem sie geflohen waren. Der Gedanke, sie hätten an Bord für die beiden mitarbeiten müssen, während diese es sich auf diesen paradiesischen Inseln wohlergehen ließen, brachte sie dazu, härter über sie zu urteilen, als James es tat.

»Sir, bitte! Ich bin seit über zwanzig Jahren in der Royal Navy und war schon bei Trafalgar dabei. Das muss doch reichen, das sagen Sie doch auch«, flehte Stanley.

»Ich habe auch gegen die Frösche gekämpft, Sir, und es kann keiner sagen, ich hätte meinen Dienst schlecht versehen«, jammerte Banks.

»Ihr hättet damals, als die meisten Schiffe der Flotte außer Dienst gestellt wurden, abmustern können!«

Banks lachte bitter auf. »Man hat Stanley und mich aus dem Gefängnis geholt, als der Krieg gegen Napoleon schlecht stand. Entweder an den Galgen oder lebenslänglicher Dienst in der Flotte, hieß es damals. Hätten wir nach dem Krieg so, wie Sie es sagten, abgemustert, wären wir wieder ins Gefängnis gesteckt und vielleicht noch aufgehängt worden.«

So ganz glaubte James dies nicht. Er wusste aber, dass es auch nicht unmöglich war. Wenn der Kapitän oder einer der Offiziere so etwas behauptet hatte, konnte er verstehen, dass Stanley und Banks lieber bei der Royal Navy geblieben waren.

»Auf jeden Fall war es ein saudummer Gedanke von euch, fliehen zu wollen«, sagte er und wies sie an, zusammen mit den Frauen auf das Beiboot überzusteigen.

»Wir werden euer Kanu in Schlepp nehmen.« Er blickte nach Osten. Wegen des Windes würden sie bis Tahiti doppelt so lange brauchen wie auf dem Herweg. Er war nicht unglücklich darüber, denn Smyths Gehässigkeit und seine Ungerechtigkeiten zehrten immer mehr an seinen Nerven. Wäre noch Krieg, hätte er längst um Versetzung auf ein anderes Schiff gebeten. So aber war er mit ebenso starken Ketten an die *Hesione* gebunden wie die beiden Narren, die vergebens versucht hatten, diese zu zerbrechen.

10.

Etwa zu der Zeit, in der James Hutton die beiden Deserteure einholte, klopfte Midshipman Naybs an Captain Smyths Tür. »Sir!«, rief er. »Ein Schiff läuft ein! Der Flagge nach stammt es aus England.«

Die Ablösung kommt, fuhr es Smyth durch den Kopf. Aber sie erschien zu einem äußerst ungünstigen Zeitpunkt. Deserteure auf einem Schiff machten sich nie gut.

»Danke, Mr Naybs! Ich komme an Deck.«

Smyth stand keuchend auf und war froh, dass es ihm an diesem Tag etwas besser ging. Er brauchte trotzdem die Hilfe seines Dieners Benson, um die Uniform anzuziehen. Weil ihm sofort zu heiß wurde, verfluchte er seinen Rock. Bei diesem Klima war selbst eine Weste zu viel. Die Vorschrift erforderte jedoch ordnungsgemäße Kleidung, ob es dem Träger passte oder nicht. Bevor er die Kajüte verließ, reichte er Benson den Schlüssel zur Getränkekammer und befahl ihm, eine Flasche Wein und einen Krug Rum zu bringen.

»Der Captain des anderen Schiffes wird sicher etwas trinken wollen«, setzte er hinzu und ging nach oben.

Benson wusste genau, dass das meiste die Kehle seines Herrn hinunterlaufen würde, zuckte aber mit den Schultern. Es war nicht seine Aufgabe, dafür zu sorgen, dass der Captain die Ratschläge des Bordarztes befolgte. Außerdem war Smyth niemand, dem er gerne diente. Da war Leutnant Hutton schon ein anderes Kaliber. Für einen Augenblick stellte Benson sich vor, wie es sein würde, wenn Smyth hier das Zeitliche segnete und er dann James Hutton bedienen würde. Dieser würde ihn vielleicht sogar nach Huttonsfield mitnehmen und einen hochherrschaftlichen Lakaien oder gar Kammerdiener aus ihm machen.

Ohne auch nur das Geringste von den Gefühlen und Gedanken seines Dieners zu ahnen, stieg Gervase Smyth schwer atmend zum Deck hoch und ließ sich von Naybs das Fernrohr reichen. Bereits ein Blick auf das langsam heransegelnde Schiff zeigte ihm, dass es nicht die Ablösung sein konnte. Dafür war es zu klein – ganz offensichtlich ein Handelssegler.

Neugierig schaute er durch das Fernrohr auf die Flaggen, die das Schiff aufgezogen hatte, und zuckte zusammen. Unter der britischen Handelsflagge war eindeutig die Flagge des Reeders Zechariah Bartlett zu erkennen. Was suchte dieses Schiff hier?, fragte er sich. Außer einzelnen Kriegsschiffen aus England, Frankreich,

Russland und den ehemaligen Rebellen aus Nordamerika kamen höchstens Walfänger in diese Gegend.

Hatte Bartlett etwa vor, hier Handel zu treiben? Doch welche Ware gab es auf den Inseln, um so eine Fahrt rentabel zu gestalten? Smyth konnte sich keine vorstellen. Das einzige halbwegs interessante Handelsgut war getrocknetes Kokosmark, aus dem die Eingeborenen ein brauchbares Öl pressten. Allerdings müsste diese Kopra in weitaus größerem Maße erzeugt werden, als es bisher der Fall war.

Gervase Smyth begriff, dass er einem falschen Gedankengang nachhing. Wenn er es richtig bedachte, kam dieses Schiff nicht, um zu handeln, sondern um ihn zu suchen. Da die Admiralität in London ihm Tahiti als den Ort genannt hatte, an dem er auf seine Ablösung warten sollte, hatte Bartlett gewusst, dass die *Hesione* hier zu finden war. Aber wenn der Kaufmann extra ein Schiff hierherschickte, musste es wichtig sein. Dies hieß, Lord Humphrey Hutton war verstorben, und Bartlett wollte nun die Nachricht von James Huttons Tod einholen, damit seine Frau ihr Erbe als Countess of Huttonsfield antreten konnte.

»Sie setzen ein Boot aus«, meldete Midshipman Naybs.

Smyth richtete sein Fernrohr darauf und kniff überrascht die Augen zusammen. »Es ist Mr Simmons! Machen Sie alles bereit, damit er an Bord kommen kann«, rief er Naybs zu.

Dessen Miene wirkte alles andere als begeistert. Seit Simmons in Kapstadt von Bord gegangen war, hatte er Dienst als zweiter Offizier getan und dabei von James Hutton einiges gelernt. Wenn aber Smyths Neffe zurück an Bord kam, würde er wieder nur ein nachrangiger Midshipman sein.

Unterdessen starrte Simmons mit brennenden Augen auf das Schiff, das er in Schande hatte verlassen müssen, und kämpfte mühsam seine Wut und Enttäuschung nieder.

»Bitte an Bord kommen zu dürfen!«, rief er.

»Erlaubnis gewährt!«, antwortete jemand, in dem er Naybs erkannte.

Simmons wartete, bis das Boot die Bordwand der *Hesione* leicht berührte, schwang sich dann auf die Jakobsleiter und stieg an Deck. Nicht nur Naybs, sondern auch sein Onkel warteten dort auf ihn. Er trat auf Letzteren zu und salutierte, als wäre er noch bei der Royal Navy.

»Ich freue mich, Sie zu sehen, Sir!« Dabei dachte er sich, dass sein Onkel schlechter aussah als früher.

»Willkommen an Bord!«, antwortete Smyth. Da er nicht mehr vor den Ohren anderer sagen wollte, wies er zum Niedergang. »Gehen wir in meine Kajüte. Dort können wir unser Wiedersehen mit einem Glas Rum feiern!«

»Mit größtem Vergnügen, Sir!«

Simmons war erleichtert, weil die monatelange Fahrt durch den Atlantik, um Kap Hoorn herum und durch den Stillen Ozean vorerst zu Ende war und er seinen Onkel auf Anhieb gefunden hatte. Er folgte diesem nach unten und sah zu, wie Benson einen Zinnkrug mit Rum und zwei Becher auf den Tisch stellte. Da die *Hesione* in ruhiger See vor Anker lag, musste der Diener sich keine Sorgen machen, es könnte etwas vom Tisch fallen.

»Du kannst gehen!«, beschied Smyth dem Mann und blickte, als dies geschehen war, noch einmal nach draußen, um sicherzustellen, dass niemand ihn und seinen Neffen belauschen konnte. Dann setzte er sich stöhnend an den Tisch.

»Schenk mir ein, Trevor, und berichte, was es Neues gibt!«

Simmons gehorchte und vergaß dabei auch sich selbst nicht. »Ich habe abgemustert, Sir, und stehe nun in den Diensten von Mr Zechariah Bartlett.« Es fiel ihm schwer, dies zuzugeben, weil dadurch sein Versagen in der Royal Navy offenkundig wurde.

Sein Onkel sah erstaunt auf, sagte aber nichts. Daher zog Simmons den Packen, den er von Bartlett erhalten hatte, unter seinem Rock hervor und legte ihn auf den Tisch.

»Mr Bartlett gab mir den Auftrag, Ihnen diese Briefe zu überbringen!«

»So? Den gab er dir?« Smyth starrte das Päckchen an, nahm ein Messer zur Hand und schlitzte die Umhüllung aus geteerter Leinwand auf. Innen kamen mehrere ebenfalls in geteerte Leinwand gehüllte Briefe zum Vorschein. Er öffnete den ersten und begann zu lesen.

Bartlett hatte das Schreiben so abgefasst, dass jemand, der es zufällig in die Hände bekam, keinen Verdacht schöpfen sollte. Für Smyth aber machten mehrere einzelne Passagen des Briefes zusammengefasst Sinn. An einer Stelle stand, dass Sir Humphrey Hutton, Earl of Huttonsfield, zu dem Zeitpunkt, an dem er diese Zeilen las, bereits seinen Platz in der Familiengruft eingenommen haben würde. Danach folgten mehrere belanglose Sätze, bis zuletzt der Absatz kam, in dem Bartlett ihm mitteilte, dass er erwarte, dass Captain Smyth die Abmachungen, die sie getroffen hatten, erfüllt habe.

Da James Hutton immer noch unter den Lebenden weilte, war dies nicht der Fall. Allerdings war es nun dringend notwendig, dafür zu sorgen, dass er starb. Schon bald konnte das Schiff vor Tahiti erscheinen, das die *Hesione* ablösen sollte, und James Hutton die Nachricht bringen, dass er Lord und Earl geworden wäre. Ihn dann noch umzubringen, würde weitaus mehr Aufsehen erregen, als wenn es vorher geschah.

Smyth legte den Brief zurück und starrte nachdenklich auf die Tür. »Wir sollten jetzt leise sprechen, damit der alte Knochenflicker Merrick uns nicht hören kann«, erklärte er im Flüsterton.

Simmons begriff zwar nichts, nickte aber. »Aye, aye, Sir!«

»Ich bin froh, dass du hier bist. Es geht um meine Zukunft und auch um die deine. Wir müssen uns Mr Bartlett noch mehr verpflichten. Dann wird er seine Schatulle öffnen, und wir werden fürderhin ein gutes Leben führen«, erklärte Smyth.

»Aye, aye, Sir!«, wiederholte Simmons, ohne mehr zu begreifen als zuvor.

»Mr Bartletts Ehefrau Lady Ellinor ist nach James Hutton die nächste Erbin des alten Earls. Das heißt, wenn dieser verfluchte Lucky Jim tot ist, wird sie die Countess of Huttonsfield – und das ist Mr Bartletts Ziel.«

»Das verstehe ich nicht ganz, Sir.«

Es gab Augenblicke, in denen Smyth sich wünschte, sein Neffe besäße einen helleren Kopf. Er beuge sich vor und packte Simmons beim Ärmel. »Ich habe mit Mr Bartlett die Vereinbarung getroffen, dafür zu sorgen, dass James Hutton das Erbe nicht antreten kann. Bis jetzt habe ich gehofft, dies durch einen Unfall oder dergleichen zustande bringen zu können. Der Bursche hat jedoch zu viel Glück. Wir müssen daher selbst dafür sorgen, dass dieses Glück ein Ende findet.«

»Das heißt, wir müssen ihn umbringen?«, fragte Simmons schockiert. Auch wenn er James Hutton nicht mochte und ihn in der Vergangenheit um seinen höheren Rang beneidet hatte, so war er doch ein Schiffskamerad gewesen.

»Ja, das heißt es!«, antwortete Smyth leise. »Es muss schnell geschehen, denn wir haben nicht mehr viel Zeit.«

Simmons' Gedanken rasten. Eines aber begriff er rasch: Bartlett hatte ihn nicht ohne Grund um die halbe Welt geschickt und ihm einen Posten als Kapitän angeboten. Den aber würde er nur erhalten, wenn er in Bartletts Sinn handelte. Außerdem war er seinem Onkel verpflichtet. Bartlett würde nicht zögern, diesen zur Rechenschaft zu ziehen, wenn James Hutton auf Huttonsfield einzog, und nicht Lady Ellinor als neue Countess.

»Ich bin der Ihre, Sir!«, sagte er daher und stellte dann die Frage, wie es geschehen sollte.

»Das muss ich mir noch überlegen! Auf jeden Fall bleibst du vorerst an Bord«, antwortete Smyth und griff zum nächsten Brief. Als er ihn las, begriff er zunächst gar nichts.

»Was soll das, Trevor?«, fragte er Simmons aufgebracht.

»Verzeihung, Sir, das habe ich vergessen. Mr Bartlett erteilte mir die Anweisung, Ihnen zu sagen, dass Sie zuerst, von hinten angefangen, jedes fünfte Wort aufschreiben und zwischen jedes dieser Worte jeweils das sechste von vorne einschieben sollen.«

Smyth griff knurrend nach Papier, Tinte und Feder und machte sich ans Werk. Dabei verschrieb er sich zweimal und musste korrigieren. Als schließlich der übersetzte Brief vor ihm lag, schüttelte er den Kopf. Etwas stockend, da einige Füllwörter fehlten, stand da, dass er spätestens ab Mitte Dezember den Hafen von Valparaiso unter Beobachtung halten und nach dem Hamburger Handelsschiff *Neuwerk* des Reeders Jakob Simonsen Ausschau halten solle. Sobald er dieses Schiff gesichtet habe, solle er ihm folgen, es übernehmen und es einem Reeder in Callao übergeben. Sollte der Schiffseigner an Bord sein, sei dieser zu erschießen. Mit der Besatzung solle so verfahren werden, dass sie Europa niemals mehr erreichen würde.

Es handelte sich um eine Anweisung, die mit seiner Aufgabe als Kapitän eines britischen Kriegsschiffs nicht zu vereinbaren war. Smyth begriff, dass er sie trotzdem würde befolgen müssen, und sah seinen Neffen auffordernd an. »Es gibt viel zu tun, Trevor. Sobald Mr Hutton zurückgekehrt ist, lichten wir den Anker!«

»Aber ich sollte auf meinem Schiff bleiben«, wandte Simmons ein.

»Da ich dich hier brauche, Neffe, wird dies nicht möglich sein.«

Smyth interessierte es nicht, dass Simmons nicht mehr zur Royal Navy gehörte. Seine Besatzung wusste dies nicht, und zum anderen kam er auf diesem Schiff gleich nach Gott und konnte jeden Handelsschiffer an Bord holen, wenn er ihn brauchte.

11.

Als James Hutton mit dem Beiboot die *Hesione* erreichte, erlebte er eine doppelte Überraschung. Zum einen war Trevor Simmons wieder an Bord, und zum anderen wirkte Captain Smyth, den er im Bett liegend zurückgelassen hatte, so agil wie seit Monaten nicht mehr.

»Es wird Zeit, dass Sie zurückkommen, Mr Hutton. Wir haben Befehl erhalten, ankerauf zu gehen und die südamerikanische Küste anzulaufen!«, rief ihm Smyth zu, noch während er an Bord kletterte.

»Aye, aye, Sir! Wir haben die beiden Deserteure gefangen und die Frauen, die sie bei sich hatten, zusammen mit ihrem Kanu in Tahiti an Land gebracht«, meldete James.

»Um die Kerle kümmern wir uns später. Jetzt heißt es hurtig sein!«

Smyth ließ keinen Zweifel daran, dass er den Schlendrian an Bord, den er selbst verschuldet hatte, innerhalb kürzester Zeit beseitigt sehen wollte.

»Aye, aye, Sir! Soll ich ein Boot an Land schicken, um die Männer, die dort sind, an Bord zu holen?«, fragte James.

Smyth schüttelte den Kopf. »Dies hat Mr Simmons bereits getan. Hieven Sie das Beiboot an Deck und lassen Sie es festlaschen. Wir dürfen keine Zeit verlieren.«

James nickte und erteilte die entsprechenden Befehle. Dabei wunderte er sich über den Kapitän, der sich sonst immer Zeit gelassen hatte, um auszulaufen. Nur einmal war es ähnlich hektisch geworden, nämlich als Hinrich Mensing und dessen Frau in London an Bord gekommen waren. Damals hatte Smyth es ebenfalls nicht erwarten können, die Segel zu setzen.

Da er nichts an den Befehlen ändern konnte, zuckte James mit den Schultern und sorgte dafür, dass klar Schiff gemacht und dem

Befehl des Kapitäns gemäß der Anker gelichtet wurde. Noch während das Geräusch der Ankerwinde über das Deck hallte, wurde das Vorsegel aufgezogen, damit das Ruder griff. Wenig später trugen auch der Groß- und der Kreuzmast der *Hesione* ihr Tuch, und Tahiti blieb hinter dem Schiff zurück.

An diesem Abend versammelte Smyth seinen Leutnant, seine Unteroffiziere und die Midshipmen um sich und teilte die Wachen ein. Naybs, Hutton und Simmons sollten einander ablösen.

»Wir können froh sein, dass wir in Tahiti genug Wasser und Vorräte an Bord genommen haben. Daher können wir unbesorgt auf Ostkurs gehen!«, setzte Smyth mit grimmiger Zufriedenheit hinzu.

»Zu unbesorgt sollten wir trotzdem nicht sein, denn wir können unterwegs immer wieder auf Atolle und Riffe treffen«, gab James zu bedenken.

»Das ist richtig, Mr Hutton. Aus diesem Grund hoffe ich, dass Sie und die anderen Wachoffiziere die Augen offen halten«, antwortete Smyth.

»Und die Ohren!«, rief der Schiffszimmermann dazwischen. »Riffe hört man in der Nacht oft eher, als man sie sieht.«

»Dann werden die Herren auch die Ohren offen halten. Nun aber trinken wir auf den Erfolg unserer Reise!«

Smyth hob das Glas und sprach den erwarteten Trinkspruch auf den König aus. Gleichzeitig wunderte er sich, wie rasch er sich besser fühlte. Hatte er vor drei Tagen noch geglaubt, dieses Klima nicht zu überleben, ging es ihm jetzt direkt gut. Es lag mit an dem Seewind, der durch das Schiff zog und dafür sorgte, dass er die Hitze dieser Breiten nicht mehr ganz so quälend empfand. Wenn er seine letzten Aufgaben erfüllt hatte, würde er die Marine verlassen und als geachteter Mann auf dem Lande leben. Eigentlich war er noch kein Greis, sondern jung genug, um heiraten zu können. Das Geld, um entsprechend zu leben, würde Bartlett ihm zahlen müssen.

Smyths Blick streifte James Hutton. Nicht mehr lange, dachte er, dann würde es aus sein mit Lucky Jim – und ein wenig später hoffentlich auch mit Jakob Simonsen. Bartletts Brief hatte er entnehmen können, dass es sich dabei um den Sohn von Simon Simonsen handelte, dessen Schiff er als junger Leutnant hatte kapern sollen, was ihm allerdings nicht gelungen war. Diese Angelegenheit hatte damals seine Karriere zerstört, denn sein Mentor Admiral Cage hatte ihn wegen dieses Fehlschlags fallen lassen wie eine heiße Kartoffel. Hätten sich nicht Samuel und Zechariah Bartlett für ihn eingesetzt, wäre er nach dem Sieg über Napoleon entlassen worden und müsste auf Halbsold gesetzt dahinvegetieren. Er hatte Simonsen diese Niederlage nie vergessen und freute sich, nach so vielen Jahren Rache üben zu können.

»Also, meine Herren, geben Sie acht, dass wir nicht auf ein Riff laufen. Und nun sollte Mr Naybs an Deck gehen und die erste Wache übernehmen. Damit Gott befohlen!«

James und die anderen Herren sahen es als Aufforderung an, zu gehen, und verabschiedeten sich. Nur Simmons blieb bei seinem Onkel zurück.

»Wann machen wir es, noch heute?«, fragte dieser mit gepresster Stimme.

Smyth schüttelte den Kopf. »Noch liegt Tahiti zu nahe, und so könnte ein Kanu ihn retten. Eine solche Sache muss man mit Bedacht angehen, aber wenn der Zeitpunkt da ist, ohne Gnade zuschlagen! Und bei Gott, das werden wir!«

SIEBTER TEIL

INTRIGEN

1.

Seiner britischen Majestät Fregatte *Hesione* segelte bei gutem Wind ostwärts. Seit sie Tahiti verlassen hatte, waren drei Tage vergangen, und die See um das Schiff herum war so leer, wie Captain Gervase Smyth es sich nur wünschen konnte. Es herrschte Nacht, und bis auf die Deckswache lag die Mannschaft in ihren Hängematten und schlief. Zu dieser nächtlichen Deckswache zählten auch die beiden wieder verhinderten Flüchtlinge Banks und Stanley. Smyth hatte ihnen laut seinem Logbucheintrag je zwanzig Peitschenhiebe wegen Ungehorsams verabreichen lassen, damit, wie er sagte, die *Hesione* nicht durch diese Deserteure beschmutzt werde. Dafür durften die beiden die ganze Nacht mit wund geschlagenem Rücken Wache halten, der eine von ihnen als Ausguck im Krähennest und der andere als Rudergänger.

Für die Wachoffiziere hieß dies, besonders gut achtzugeben, damit die beiden nicht trotz der Schmerzen vor Erschöpfung einschliefen. Außerdem waren weitere Matrosen zur Nachtwache eingeteilt, doch die wechselten im normalen Turnus.

Kurz bevor Simmons Hutton ablösen sollte, erschien der Kapitän an Deck. »Wie steht es, Hutton? Sind Atolle oder Riffe in Sicht?«

»Nein, Sir! Von Deck aus war nichts zu sehen, und Stanley hat auch nichts gemeldet«, antwortete James.

»Ich will nicht hoffen, dass der Lump schläft!«, sagte der Kapitän und blickte nach oben.

»Soll ich ihn rufen?«, wollte James wissen.

»Nein, Mr Hutton! Sobald die Ablösung erfolgt ist, soll Braxton hinaufklettern und nachsehen. Bolten kann derweil schon nach unten gehen. Ich will nur noch prüfen, ob alles in Ordnung ist!« Noch während er es sagte, wanderte Smyth bereits über das Deck.

James befahl Braxton, der eben eilig den Niedergang hochkam, zum Ausguck auf dem Hauptmast hochzuklettern und nachzusehen, ob Stanley wach war. Er hoffte es für den Mann, denn er traute dem Kapitän zu, ihn ein weiteres Mal auspeitschen zu lassen.

Er sah kurz zu Banks hin, der das Steuerrad mit verkniffener Miene umklammerte. Die Laterne neben dem Ruder reichte nicht aus, um größere Teile des Decks zu beleuchten. Daher musste er erst suchen, bis er Smyth fand.

»Ich habe Braxton auf den Mast geschickt, Sir«, meldete er.

»Gut! Ich will noch warten, was er meldet, dann gehe ich wieder unter Deck!«

Smyth trat bei diesen Worten so vor James, dass dieser gegen das Ruder hin verdeckt wurde. Auch wenn der Schein der Lampe nicht bis hierher reichte, wollte er nichts riskieren. Wie von ihm erhofft, blickte James Hutton nach oben und achtete nicht auf Simmons, der auf leisen Sohlen hinter ihn trat, kurz den Arm hob und mit einem Belegnagel zuschlug.

Smyth fing James auf, damit dieser nicht zu Boden fiel, und bleckte die Zähne zu einem Grinsen. »Gut gemacht, Trevor! Und jetzt über Bord mit ihm!«

Simmons steckte den Belegnagel in eine Halterung, bückte sich und packte James an den Fußknöcheln. Beide blickten sich noch einmal um, trugen den Bewusstlosen dann zur Reling und schoben ihn darüber. Bevor er ins Wasser klatschte, rief Smyth mit lauter Stimme: »Was ist, Braxton? Ist Stanley wach oder ist dieses Schwein eingeschlafen?«

»Er ist wach, Sir!«, antwortete der Matrose und klopfte Stanley, den er mit einer Berührung geweckt hatte, auf die Schulter.

»Dafür habe ich aber etwas bei dir gut!«

»Danke!« Stanley atmete erleichtert auf, denn er war froh, einer erneuten Peitschenstrafe entkommen zu sein.

»Schlaf aber jetzt nicht mehr ein! Ich will nicht deinetwegen auf ein Riff laufen«, schärfte Braxton ihm ein und stieg wieder hinab.

Unten an Deck atmete Captain Smyth nicht weniger erleichtert auf als der einfache Matrose im Ausguck. Endlich hatte er Bartletts Auftrag erfüllt. Mit einem Grinsen wandte er sich an seinen Neffen. »Übernehmen Sie jetzt die Wache, Mr Simmons! Informieren Sie mich, wenn sich etwas Unvorhergesehenes ereignen sollte.«

»Selbstverständlich, Sir!«, antwortete sein Neffe mit schwankender Stimme.

Er war zu jung, um noch im Krieg gegen Napoleon dabei gewesen zu sein, und hatte noch nie kämpfen und töten müssen. Nun aber war ein Mann durch seine Hand gestorben, und das war schwer zu verkraften. Dennoch würde er so tun müssen, als wüsste er nicht das Geringste darüber, wie James Edward Hutton das Schiff verlassen hatte.

2.

Als James ins Wasser fiel, weckte ihn der Aufprall aus seiner Bewusstlosigkeit. Er begriff zunächst nicht, was mit ihm geschehen war. Erst als er tiefer sank, erwachte sein Überlebensinstinkt, und er strebte mit heftigen Arm- und Beinstößen nach oben. Es schien eine Ewigkeit zu vergehen, bis er an die Oberfläche kam, und er musste husten und würgen, bis er das Wasser loswurde, das ihm in Mund und Kehle geraten war. Einige Augenblicke später hielt er nach der *Hesione* Ausschau und sah deren Hecklaterne in der Ferne verschwinden.

»He, was soll das? Holt mich hier heraus!«, rief er. Aber er wusste selbst, dass die Entfernung bereits viel zu groß war, als dass ihn jemand an Bord hören konnte.

Im Augenblick hatte er mehr damit zu tun, an der Wasseroberfläche zu bleiben, als daran zu denken, wie er über Bord gegangen sein konnte. Im Gegensatz zu den meisten Matrosen konnte er schwimmen, fragte sich aber, ob er damit seine Qual nicht nur verlängerte. Auf jeden Fall hatte ihn sein sprichwörtliches Glück verlassen, genau so, wie einige Männer an Bord es ihm prophezeit hatten. Er ärgerte sich unwillkürlich, weil er nun schlicht und einfach ertrinken würde. Im Kampf gegen irgendwelche Einheimischen zu fallen, hätte ihm wenigstens den Nimbus des Helden eingetragen.

Bei dem Gedanken lachte er. Tot war tot, ob man ein Held war oder nicht. Da ihn seine Schuhe behinderten, streifte er sie ab, und es gelang ihm auch, den Uniformrock auszuziehen, der sich mit Wasser vollgesogen hatte und an ihm zerrte. Er wusste selbst nicht, weshalb er sich gegen den Tod wehrte. Immerhin befand er sich mehr als vierhundert Seemeilen von Tahiti entfernt in einem Meer, das schier endlos erschien. Zwar gab es einzelne Atolle und Inseln in diesem Seegebiet, doch viele wurden von Menschen bewohnt, die jeden Fremden als möglichen Mittagsbraten ansahen.

James wollte weder ertrinken noch gut gesalzen und gewürzt in einem Erdofen landen. Daher hielt er sich einfach nur an der Wasseroberfläche, bis sich der östliche Horizont rötlich färbte und schließlich die Sonne in voller Pracht aufging. Als ihn eine höhere Welle über die anderen hob, hielt er Ausschau und entdeckte in der Ferne einen schmalen, weißen Streifen, der auf ein Korallenriff hinwies. Auch wenn er nicht wusste, was ihn dort erwarten mochte, schwamm er in die Richtung.

Nach einer Weile hatte er das Gefühl, als käme er dem Riff schneller näher, als er schwimmen konnte, und begriff, dass eine Strömung ihn darauf zutrieb. Dies hatte sie wahrscheinlich schon während der Nacht getan. Ein Teil seines sprichwörtlichen Glücks war ihm also doch geblieben. Vielleicht hielt es an, dachte James, als er nicht weit von sich eine dreieckige Flosse über die Wasseroberfläche hinausragen sah.

Es war eine verdammt große Rückenflosse, und er war waffenlos. Nicht ganz, korrigierte er sich, denn er besaß noch seinen Dolch. Gegen einen sechs, sieben Yard langen Hai aber war die Klinge eine erbärmliche Waffe.

Mit verbissener Miene schwamm er weiter und sah nur noch ab und an zu dem Hai hinüber. Dieser schien satt zu sein, denn er blieb zwar in der Nähe, kam aber nicht auf ihn zu. Trotz des Wassers in seinen Ohren vernahm James nach einer Weile das Tosen der Brandung und begriff, dass er bald andere Sorgen haben würde als den Hai. Er blicke nach vorne und sah die gegen das Riff prallenden Wellen aufstieben. Ein Stück dahinter waren die Kronen von Kokospalmen zu erkennen.

Ein Blick zum Hai zeigte James, dass dieser sich jetzt seitlich hielt. Da es ihm unmöglich schien, das Riff an dieser Stelle unbeschadet zu überwinden, schwamm er in die gleiche Richtung. Soviel er wusste, griffen Haie an, wenn sie Blut im Wasser schmeckten, und wenn die Wellen ihn gegen das Riff schleuderten, würde er bluten. Mit diesem Gedanken hielt er sich quer zu der gefährlichen Untiefe und flehte Gott an, ihn eine Passage finden zu lassen, durch die er die Insel erreichen konnte.

Mit einem Mal bewegte sich der Hai auf eine Stelle zu, an der das Wasser weniger wild aufstob. Es war ein Kampf mit sich selbst, ob er es wagen sollte, dem Hai zu folgen. Wenn er sich verletzte, würde es sein Ende sein. Andererseits spürte er, wie Arme und Beine immer schwerer wurden. Lange würde er sich nicht mehr über Wasser halten können. Ob es angenehmer war zu ertrinken, als von einem Hai gefressen zu werden?, fragte er sich und beschloss, es zu riskieren.

Das Riff kam näher, und er sah, dass es fast geschlossen über die Meeresoberfläche aufragte. Nur an einer Stelle wurde es vom Meer überspült. Es waren noch wenige Yards bis dorthin, doch die Strömung drückte ihn davon weg. Die Strömung!, schoss es ihm durch den Kopf. Wenn das Wasser aus der Lagune floss, musste es auch wieder hineinströmen.

James hielt sich Wasser tretend an der Oberfläche und hielt nach den anrollenden Wellen Ausschau. Eine kam heran und trug ihn tatsächlich auf die flache Stelle zu. Bevor er diese jedoch erreichte, ebbte die Welle ab, und der Gegenstrom setzte ein. Im ersten Moment war er enttäuscht, sagte sich dann aber, dass er nun wusste, wie es ging, und hielt sich so nahe wie möglich in der Nähe des Riffs.

Die nächste Welle war ebenfalls zu schwach, um ihn über das Riff zu tragen. Dann aber rollte ein wahrer Kaventsmann heran, riss ihn hoch und spülte ihn wie ein Stück Treibgut in die Lagune. Einen Augenblick lang sah er einen großen, grauen Schatten so nahe neben sich, dass er die dreieckige Flosse mit Händen hätte greifen können. Er erwartete den Angriff des Hais, schwamm aber, als dieser unterblieb, so schnell auf das Ufer zu, wie er nur konnte. Irgendwann spürte er Grund unter den Füßen, stapfte den Strand hoch und blieb dort keuchend liegen.

Als James wieder zu Atem gekommen war, ließ er seinen Blick über die Lagune schweifen. Der Hai schwamm immer noch darin, doch das Wasser war teilweise so flach, dass das Tier sich beim Ablaufen der Wellen winden musste, um vorwärtszukommen. Schließlich strebte der Hai wieder der Passage zu und wälzte sich über die flache Stelle, bis er das offene Meer erreicht hatte. Dann verschwand er wie ein Geist in den Tiefen des Ozeans.

»Du hättest mich fressen sollen, als du die Gelegenheit dazu hattest!«, rief James grinsend und sah sich dann auf der Insel um.

Sie war flach und ragte an der höchsten Stelle kaum mehr als zwei Yards aus dem Meer heraus. Auf ihr wuchsen eine Unmenge an Kokospalmen und zwischen diesen ein paar Büsche. Sonst gab es nichts, auch keine Spuren einer Besiedlung. Allerdings fand er auch keine Süßwasserquelle, ja nicht einmal einen Tümpel, in dem sich Regenwasser sammeln konnte. Die Insel war vielleicht vierhundert Yards lang und nicht ganz zweihundert breit. Damit war sie zu klein, um die Heimstatt einer Sippe oder gar eines Stammes zu sein. Wie groß die Lagune war, vermochte er nicht zu erkennen, da sich das Riff auf beiden Seiten in der Ferne verlor. Seine Insel lag dicht am Rand des vom Riff begrenzten Gebiets, und ob es weitere Inseln gab, konnte er vom Boden aus nicht erkennen. Wenn er mehr über seine Umgebung erfahren wollte, würde er auf eine Palme klettern müssen. Dafür aber war er im Augenblick zu erschöpft und zu müde. Er suchte sich einen schattigen Platz, legte sich hin und war innerhalb kürzester Zeit eingeschlafen.

3.

Als James aufwachte, sah er sich verwirrt um. Im Traum hatte er eben noch auf dem Deck der *Hesione* mit Ruth Mensing gesprochen, und nun fand er sich zwischen Palmen wieder. Mit einem Mal verspürte er brennenden Durst und auch einen gewissen Hunger und begriff, dass er sich etwas einfallen lassen musste, wenn er überleben wollte.

Er suchte noch einmal die gesamte Insel ab, in der Hoffnung, doch irgendwo Süßwasser zu finden, vergeblich. Auf einmal hörte er einen heftigen Schlag, fuhr herum, doch es war nicht das Geringste zu sehen. Verwirrt ging er weiter, vernahm erneut das Geräusch und sah eine Kokosnuss über den Boden rollen.

»James, du bist ein Narr!«, verspottete er sich selbst.

Wenn er so weitermachte, würde er weder von einem Hai gefressen noch ertrinken, sondern von einer simplen Kokosnuss erschlagen werden. Da er sich bislang im Schatten der Bäume aufgehalten hatte, erschien ihm dies auf einmal zu gefährlich. Er hob eine der herabgefallenen Kokosnüsse auf und ging mit ihr an den Strand. Die äußere Hülle konnte er mithilfe des Dolches abschälen. Als er jedoch auf die eigentliche Nuss kam, brach er bei dem Versuch, sie zu öffnen, beinahe seine Klinge ab.

Er suchte daher nach einem Stein oder etwas anderem, mit dem er die Kokosnuss aufschlagen konnte. Der Boden der Insel bestand jedoch aus feinem, weißem Korallensand, und die wenigen festeren Brocken, die er fand, konnte er fast mit den Fingern zerbröseln. Schließlich vermochte er die Kokosnuss aufzubrechen, doch sie war so reif, dass sie zu wenig Kokoswasser enthielt, um seinen Durst stillen zu können. Dafür aber hing das Fruchtfleisch daumendick an der Schale und stellte eine willkommene Mahlzeit dar.

Während er aß, glitt sein Blick immer wieder zu den Kronen der Palmen hoch. An jeder hingen Kokosnüsse, und etliche davon enthielten gewiss um einiges mehr Flüssigkeit als die herabgefallene. Um an die unreifen Früchte heranzukommen, musste er jedoch die Palmen hochklettern und die Kokosnüsse losschlagen.

Da ihn der Durst quälte, wagte er es und war froh um die borkige Rinde, die ihm Halt bot. Da er nicht wegen jeder einzelnen Nuss hochklettern wollte, schnitt er mehrere unreife Kokosnüsse ab, um sich einen gewissen Vorrat zu schaffen. Während er wieder nach unten strebte, beneidete er die Insulaner, die so geschickt die Palmen erklommen, als wäre es das Einfachste der Welt.

Wenigstens ließen sich die unreifen Nüsse leichter öffnen, und so trank er zwei davon gierig leer. Anschließend sammelte er abgefallene Palmwedel und begann, sich einen Unterschlupf zu bauen. Aus den dickeren Zweigen mehrerer Büsche errichtete er mit viel Mühe ein Gestell und band sie mit den Fasern alter Kokosnusshüllen zusammen. Als das Ding endlich fertig war, sah es jedoch so aus, als würde jeder heftige Windstoß es gleich wieder zusammenfallen lassen.

»Wollen wir hoffen, dass kein Sturm aufkommt«, sagte James mangels eines anderen Gesprächspartners zu sich selbst. Wenn wirklich ein Unwetter heraufzog, konnten sich die Wellen hoch auftürmen und die gesamte Insel überfluten.

»Dann klettere ich eben auf eine Palme und binde mich mit meinem Gürtel fest«, sagte er laut, um sich Mut zu machen.

Nun musterte er die Lagune. Auf das Riff zu war sie flach und nur an wenigen Stellen so tief, dass er schwimmen musste. Wie es auf das Innere der Lagune zu aussah, konnte er nicht erkennen. Auf jeden Fall bot ihm die andere Seite der Insel die Möglichkeit, Fische zu fangen, so dass er nicht nur von Kokosnüssen leben musste. Allerdings würde er seinen Fang roh essen müssen, da er keine Möglichkeit besaß, Feuer zu machen. Nun, er hatte den Zwieback und das Salzfleisch der Royal Navy überstanden, da würde er auch das schaffen.

James überlegte, wie er sich ein Floß bauen könnte, um die Insel zu verlassen. »Doch womit?«, fragte er sich bitter. »Weder kann ich mit dem Dolch eine Kokospalme fällen, noch habe ich Stricke, um deren Stämme zusammenbinden zu können!« Außerdem, setzte er in Gedanken hinzu, wusste er nicht, welche Menschen auf den umliegenden Inseln hausten. Bei den meisten Eingeborenen bestand die unangenehme Aussicht, als Sonntagsbraten auf dem Teller zu landen. Da half ihm auch sein Spitzname Lucky Jim nichts. Und Tahiti selbst war viel zu weit entfernt, um es mit einem so primitiven Floß erreichen zu können.

»Wenn ich überhaupt eins hätte!«, verspottete er sich selbst und hatte sich damit im Kreis gedreht. Ihm blieb demnach nichts anderes übrig, als hier zu warten und zu hoffen, dass in absehbarer Zeit ein Schiff vorbeikam. Mit den Kokosnüssen und den Fischen, die er fing, glaubte er, etliche Wochen, ja sogar Monate überstehen zu können. Doch selbst wenn ein Schiff vorbeikam, standen seine Chancen schlecht, denn er konnte kein Feuer entzünden, dessen Rauch weit genug zu sehen war, um auf sich aufmerksam zu machen.

»Irgendwie wird es schon gehen. Immerhin bin ich Lucky Jim!«

Erneut schwang Spott in seiner Stimme. Er hatte diesen Spitznamen nie gemocht, denn kein Mensch konnte immer nur Glück haben. Noch während er darüber nachdachte, erinnerte er sich daran, dass er auf die Palme geklettert war, ohne dabei Ausschau zu halten. Das war ein Fehler gewesen, denn auf der *Hesione* hatte man sicher bereits bemerkt, dass er fehlte, und war auf der Suche nach ihm.

James kletterte, so schnell er konnte, die höchste Palme hoch. Doch so weit sein Blick auch reichte, war das Meer wie leer gefegt. Dafür entdeckte er in der Ferne einen leichten Schatten, der eine Insel sein mochte. Sie war jedoch zu weit weg, als dass er hätte hinschwimmen können, und zum anderen erschien sie ihm auch nicht viel größer als die, auf der er sich befand.

Enttäuscht kletterte er wieder hinab und suchte im Schatten seines Unterstands Schutz vor der sengenden Sonne. Nun fand er endlich Zeit, sich Gedanken über das zu machen, was geschehen war. Er hatte Nachtwache gehalten – und das Nächste, an das er sich erinnern konnte, war Wasser gewesen. Er fand dies eigenartig, denn die *Hesione* hätte schon einen heftigen Stoß erhalten müssen, der ihn über Bord hätte werfen können. Aber die See war ruhig gewesen, und kein Riff hatte die Fahrt der *Hesione* gehemmt.

Warum also war er ins Meer gestürzt?, fragte James sich. Einen Grund dafür musste es doch gegeben haben. Er erinnerte sich, als Letztes mit Captain Smyth geredet zu haben. Noch während des Gesprächs war alles um ihn herum schwarz geworden. Unwillkürlich griff er sich an den Hinterkopf und spürte eine Beule unter den Fingern. Im Wasser hatte er zu sehr darauf achten müssen, zu überleben, und sie daher nicht bemerkt. Nun aber spürte er einen gewissen Nachhall von Kopfschmerzen.

Stück für Stück setzte sich das Geschehen in seinem Kopf zusammen. Er war während seiner Unterhaltung mit Captain Smyth niedergeschlagen und über Bord geworfen worden. Das musste geplant gewesen sein, denn Smyth hatte die beiden Deserteure gezwungen, die ganze Nacht durchzuwachen. Banks und Stanley waren daher viel zu kaputt gewesen, um auf mehr als ihre direkten Aufgaben zu achten. Zudem hatte der Kapitän den Matrosen Bolten bereits nach unten geschickt und Braxton, der diesen ablösen sollte, befohlen, auf den Mast zu klettern, um nachzusehen, ob Stanley wach war.

Seine eigene Ablösung wäre Simmons gewesen, doch dieser hatte auf sich warten lassen. Plötzlich war James sicher, dass Simmons derjenige gewesen war, der ihn niedergeschlagen hatte. Doch warum? Der Mann war doch erst wenige Tage zuvor wieder an Bord gekommen.

»Ich bin ein Idiot!«, stieß er erregt hervor. Simmons war mit einem Schiff nach Tahiti gekommen, das unter der Flagge des Reeders Zechariah Bartlett lief. Zudem war Bartlett Lord Humphrey Huttons Schwiegersohn. Nun konnte James eins und eins zusammenzählen. Er war noch ein Kind gewesen, als ihm sein Vater erklärt hatte, wie die Erbregeln des Earldoms of Huttonsfield gestaltet waren. Diese waren sehr kompliziert, und es sollte darin bestimmt sein, dass eine Frau den Titel erben konnte, falls es keine männlichen Erbanwärter unter der weiteren Verwandtschaft gab. Dazu gab es eine weitere Einschränkung, denn die Abstammung eines männlichen Erben durfte nicht weiter als drei Generationen hinter die des Titelträgers zurückreichen. Lord Humphrey und sein Großvater waren Brüder gewesen. Damit war er der einzige männliche Verwandte, der diese Bedingung erfüllte. Wenn er tot war, würde Humphrey Huttons Tochter aus eigenem

Recht Countess auf Huttonsfield werden und deren Sohn der nächste Earl.

Bei dem Gedanken begann James, schallend zu lachen. Im Gegensatz zu seinem Vater hatte er nie danach gestrebt, Earl of Huttonsfield zu werden. Hätte Lady Ellinor ihm tausend Pfund geboten, wäre er in die Vereinigten Staaten ausgewandert und hätte sich dort eine Existenz aufgebaut. Stattdessen wollten sie und ihr Ehemann ihn tot sehen. Ob sie der Mord an ihm billiger kam als diese tausend Pfund, bezweifelte er. Er kannte Smyth und Simmons und ahnte, wie gierig sie werden konnten.

»Die beiden werden für ihre Tat bezahlen und ebenso Bartlett und seine Frau«, schrie er voller Zorn, doch nur die Kokospalmen auf seiner Insel hörten ihm zu.

»Irgendwann wird ein Schiff kommen und mich nach England bringen. Dann aber …«

Er stockte und schüttelte mit einem bitteren Lachen den Kopf. Wenn er nach England zurückkehrte, brauchte er erst einmal mindestens zwei Männer, die bezeugen konnten, wer er war, und dann stand er ohne einen Penny in der Tasche einem Mann gegenüber, der reich genug war, um jeden Lumpen in England dafür bezahlen zu können, ihn endgültig ins Himmelreich zu schicken.

Zudem war nicht sicher, ob überhaupt ein Schiff hier vorüberfuhr. Wahrscheinlich würde er hier im Lauf der Monate elend zugrunde gehen und der nächstfolgende Sturm seinen Leichnam ins Meer spülen, so dass ihn doch noch die Fische bekamen.

»So viel zu Lucky Jim!«, rief er voller Selbstverspottung und beschloss, an etwas Angenehmeres zu denken als an seine Verwandten in England, denen kein Preis zu hoch war, um ihn endgültig loszuwerden. Ruth Mensings Bild tauchte in seinen Gedanken auf, und er sagte sich, dass er sich wenigstens in seiner Fantasie vorstellen konnte, mit ihr zusammen auf dieser Insel gestrandet zu sein.

4.

Ruth lächelte ein wenig über Hinrichs sichtlichen Stolz. An diesem Tag würde er mit ihrem Sohn und dem von Noelani und Matahi zwei Kinder taufen und zudem Tahitoa und Aipua trauen. Es waren seine ersten großen Aufgaben auf dieser Insel, und er benahm sich im Vorfeld, als wären sämtliche Bischöfe und Dekane der protestantischen Kirche anwesend, um ihm dabei zuzusehen. So hatte er die entsprechenden Stellen in seinen Büchern so oft gelesen, dass er sie ihrer Meinung nach auswendig vortragen konnte. Auch für den Blumenschmuck seiner Kirche hatte er spezielle Anforderungen gestellt, es aber ihr überlassen, sie umzusetzen.

Da Aipua als Braut nicht mithelfen durfte, hatte Hoani mehrere Frauen aus dem Dorf zur Unterstützung geholt. Nun prangten weiße Blumen als Symbol der Reinheit, blaue als Zeichen der Treue und rote für die Farbe der Liebe an den Wänden und auf dem Altar.

Zwar freute Ruth sich, weil Hinrich mit diesen Zeremonien endlich einen sichtbaren Beweis seiner Missionsarbeit erhielt. Sie befürchtete jedoch, dass die Hanatea sie nur als einen Anlass für ein großes Fest ansahen und den tieferen Sinn nicht einmal in Ansätzen begreifen würden. Wie sollten sie auch, da Hinrich ihnen das Sakrament nur über Tahitoa übermitteln konnte, und was der daraus machte, hatte sie schon häufig gehört. In der Hinsicht hätte sie ihrem Mann ein größeres Selbstbewusstsein gewünscht.

Er war ein guter Prediger, und das wäre er auch in der Sprache der Einheimischen, wenn er sich bemüht hätte, diese zu erlernen. Am liebsten hätte sie für ihn übersetzt, um jene Ausschmückungen zu verhindern, die Tahitoa erfand. Sie war jedoch eine Frau, und schon deshalb war es für Hinrich undenkbar, dass sie neben ihm stehen und heilige Worte sprechen könnte.

Als Frau hatte sie, wie es ihrem Geschlecht zukam, brav auf dem für sie vorgesehenen Platz zu stehen und zuzuhören. An diesem Tag stimmte dies allerdings nicht ganz, denn sie hatte den kleinen Jan bei sich, damit er die Taufe erhalten konnte. Hinrich hatte sich zuletzt entschieden, ihren Sohn zwar Johannes zu taufen, ihn aber, wie es sich für einen Hamburger Jungen gehörte, Jan zu rufen.

»Weißt du, wie das Ganze vor sich geht?« Noelanis Frage beendete Ruths Gedankengang.

»Das kann ich dir sagen. Wir setzen uns mit unseren Söhnen auf die beiden Stühle, die für uns bereitgestellt wurden, und stehen auf, wenn es so weit ist. Ich werde dir ein Zeichen geben. Nachdem mein Mann den Kleinen etwas Wasser über die Stirn geschüttet hat, setzen wir uns wieder hin und sehen zu, wie Aipua und Tahitoa verheiratet werden.«

»Das hört sich recht einfach an. Als Hiniriki mir jedoch erklärt hat, was alles zu beachten ist, schien es sehr schwierig zu sein«, antwortete Noelani verwundert.

»Da ging es auch mehr darum, was er selbst tun muss. Wir beiden brauchen uns keine Gedanken zu machen. Doch komm! Wir sollten unsere Plätze einnehmen, bevor noch mehr Besucher kommen und wir uns nach vorne drängeln müssen.«

Ruth sah ihre Freundin auffordernd an, wiegte dann ihr Kind, das unruhig zu werden drohte, und betrat die Kirche. Drinnen hatten sich schon mehrere Dutzend Hanatea eingefunden, doch sie machten ihr und Noelani Platz, so dass sie ohne Probleme nach vorne zum Altar gehen konnten. Vor diesem standen zwei Stühle bereit, die aus ihrem Haus hierhergebracht worden waren. Ruth hätte die Zeremonie auch stehend durchgestanden, denn die Tage der Ruhe im Geburtshaus hatten ihr gutgetan, und sie fühlte sich kräftig genug. Am Morgen war sie bereits mit Noelani schwimmen gewesen. Sie hatten ihre Söhne bei sich gehabt und diese kurz ins Meerwasser getaucht. Bei dem Gedanken, dass dies schon eine

Art Taufe gewesen war, musste Ruth sich das Kichern verkneifen, denn sie hätte damit ein schlechtes Beispiel für die Menschen um sie herum abgegeben und wohl auch Hinrich verärgert, der sich nun in seinem dunklen Talar vor dem Altar aufstellte.

Die Zeremonie begann, und Hinrichs klare, beschwörende Stimme erfüllte die kleine Kirche. Fast der ganze Stamm war anwesend, und während die meisten das Geschehen mit Neugier verfolgten, verriet Matahis Miene sichtlichen Stolz, weil das Mana seines Sohnes nun auch durch die Kraft des Christengottes gestärkt werden sollte. Selbst Aitu'ha'anui, der als Priester des Stammes eigentlich Hinrichs Konkurrent war, hatte nichts dagegen. Die Hanatea zählten zu den kleineren Stämmen auf Hiva Oa und hatten in der Vergangenheit immer wieder unter den Angriffen mächtigerer Nachbarn gelitten. Nun, da mit Hinrichs Jesus Christus und dessen Vater zwei neue, mächtige Götter auf ihrer Seite standen, hofften sie, ihren Feinden endlich die Stirn bieten zu können.

Aufmerksam folgte Ruth dem Gottesdienst und tippte Noelani kurz an, als es an ihnen war, aufzustehen und die Kinder nach vorne zu bringen. Da diese christliche Paten benötigten, hatte er beschlossen, seinen Bruder Mathias und Ruths Bruder Jeremias als Jans Paten zu bestimmen. Für Noelanis und Matahis Sohn hatte er sich für seinen Schwiegervater und seinen Onkel Zechariah Bartlett entschieden. Alle vier, so hoffte er, sollten in Zukunft sein Missionswerk tatkräftig unterstützen. Irgendeine Ware würde es auf der Insel schon geben, die die Schifffahrt hierher rentabel machte. Einen Teil des Gewinns sollten seine Verwandten ihm für sein Missionswerk überlassen, damit er hier zu Gottes Zufriedenheit wirken konnte.

Nur mit Mühe gelang es Hinrich, sich wieder darauf zu konzentrieren, den eigenen Sohn und den des Häuptlings zu taufen. Schließlich ergriff er eine Muschelschale, tauchte sie in das Wasserbecken, das Tahitoa ihm hinhielt, und benetzte Jans Stirn.

»Und so taufe ich dich im Namen Gottes, im Namen Jesu Christi und im Namen des Heiligen Geistes auf den Namen Johannes, auf dass du stets ein Pfeiler des heiligen, christlichen Glaubens sein wirst.«

Der Begriff Pfeiler erschien Ruth ein wenig hochtrabend. Sie freute sich aber, weil ihr kleiner Jan zwar das Mäulchen verzog, als das Wasser auf ihn geschüttet wurde, sich aber nur zu einem kurzen Protestlaut hinreißen ließ. Noelanis Sohn taufte Hinrich auf den Namen Jakob. Das geschah nicht nur wegen Ruths Vater, sondern auch, weil er hoffte, dass der kleine Jakob einmal der Stammvater eines christlichen Volkes auf Hiva Oa sein würde, so wie der biblische Jakob einst der Stammvater des Volkes Israels geworden war.

Nach einem weiteren Gebet war diese Zeremonie beendet, und die beiden Frauen konnten wieder Platz nehmen. Eigentlich hätte Aipuas und Tahitoas Hochzeit für sich gefeiert werden müssen. Aber Hinrich hatte beide Zeremonien zusammengefasst, um mehr Insulaner in seine Kirche zu locken. Als er seinen Blick über die versammelte Menge schweifen ließ, war er mit dem Anblick hochzufrieden. Niemand, den er kannte, fehlte, es sei denn, er war zu alt, um kommen zu können, oder noch zu klein.

Auf sein Zeichen hin verließ Tahitoa, der bislang für ihn übersetzt hatte, die Kirche, um dann noch einmal hereinzukommen. Als Beteiligter konnte er nicht übersetzen. Kurz erwog Hinrich, ob er nicht doch Ruth bitten sollte, es zu tun, erinnerte sich dann aber an Paulus' Worte, der da befohlen hatte: Das Weib schweige in der Gemeinde. Daher sagte er sich, dass nicht die Worte die Zeremonie ausmachten, sondern der Geist, in dem sie abgehalten wurde. Auch wenn die Menschen ihn nicht verstanden, so würden sie doch erkennen, was für ein heiliger Akt die Trauung war.

Das Brautpaar kam herein, Aipua mit einer Blumenkrone auf dem Kopf und den von einer breiten Blumengirlande bedeckten Busen züchtig mit einer weichen Matte umwickelt, und Tahitoa in Hosen und einem Rock, die Hinrich ihm zur Verfügung gestellt hatte. Der Dolmetscher grinste zufrieden, als er bemerkte, welchen Eindruck er in diesem Gewand auf die Hanatea machte. Auch er trug eine Blumengirlande um den Hals und hatte sich zwei weiße Blüten hinter die Ohren gesteckt.

Hinrich brachte die Trauung gut hinter sich, und es gab sogar Ringe. Teomo hatte sie aus einem grünlich schimmernden Stein geschnitten. Er war der Einzige, der die Ringübergabe ein wenig störte, weil er den anderen Stammesmitgliedern voller Stolz mitteilte, dass diese Ringe sein Werk seien.

Nach den Zeremonien in der Kirche ließen die Hanatea sich die Gelegenheit, zu feiern und zu tanzen, nicht entgehen. Ruth hatte zuerst überlegt, nicht daran teilzunehmen, doch Noelani hatte so lange gedrängt, bis sie doch mit zum Festplatz kam. Zunächst tanzten die Kinder, und dann erhielt Ruth von den Frauen erneut schimmernde Perlen in den verschiedensten Farben als Geschenk, unter denen sich auch drei makellose schwarze befanden. Sie besaß nun bereits so viele, dass sie sich wünschte, sie könnte sie nach Hamburg schicken und dort verkaufen.

Ruth bedankte sich bei den Frauen und hoffte, doch einmal Nachricht an ihren Vater senden zu können. Er sollte dafür sorgen, dass sie etliche Dinge erhielt, die ihr, aber auch den Hanatea-Frauen das Leben erleichtern würden. Es ging um nichts besonders Wertvolles, sondern um Kochtöpfe, Nähnadeln, einige Ballen Tuch, ein paar Haushaltsgegenstände und dergleichen. Als Gegenlast konnte sie mehrere Fässer getrocknetes Kokosmark und Schnitzereien, wie Teomo sie anfertigte, nach Hause mitgeben – und ihre Perlen.

Während Ruths Gedanken der Heimat galten, sah Hinrich mit einer gewissen Abscheu zu, wie nun junge Frauen und Männer tanzten. Da es eine Hochzeit zu feiern gab, wurde der Tanz sehr eindeutig und galt Hinrich daher als Ausdruck unzüchtiger Lust, wie ihn nur der Satan die Menschen hier gelehrt haben konnte. Er hätte lieber dem Tanz der Männer zugesehen, den Haka, wie die

Hanatea ihn nannten. Frauen hingegen sollten seiner Ansicht nach überhaupt nicht tanzen oder nur allein und mit sanften, fließenden Bewegungen, also nicht wie jetzt, mit der deutlichen Aufforderung zum Geschlechtsverkehr.

Es gibt noch viel hier zu tun, dachte er seufzend. Die zwei, drei Jahre, die er sich für den Missionsdienst vorgenommen hatte, würden niemals ausreichen, um aus diesem Volk gute Christenmenschen zu machen. Dafür brauchte es weitaus mehr Zeit und mehr Anstrengungen. Er hatte sich deshalb im Lauf der letzten Monate entschieden, länger auf der Insel zu bleiben. Da er seinen Sohn und weitere Kinder, die Ruth ihm gebären würde, nicht allein unter Wilden aufwachsen lassen wollte, beschloss er, darauf zu dringen, dass mindestens noch eine Missionarsfamilie auf die Insel geschickt wurde, damit er Unterstützung und seine Frau und seine Kinder die zivilisierte Gesellschaft bekamen, die sie brauchten.

Hinrichs Blick streifte Ruth, die den Tänzerinnen und Tänzern mit sichtlichem Vergnügen zusah. Es wurde wirklich an der Zeit, dass sie zivilisierteren Umgang erhielt als die Frau des Häuptlings und deren Mutter, die eine halbe Hexe zu sein schien. Sonst verwandelte sie sich noch vollends in eine Wilde und würde, wenn er in zehn oder fünfzehn Jahren in die Heimat zurückkehrte, mit ihrer Art Anstoß erwecken.

Bei dem Gedanken erinnerte er sich daran, dass er mit Ruth noch nicht darüber gesprochen hatte, dass er länger bleiben wollte, und begriff, dass er dies wohl bald würde tun müssen.

5.

Für Ruth war es ein schönes Fest gewesen, und sie freute sich, dass Tahitoa in Aipua eine passende Ehefrau erhalten hatte. Sie mochte beide und konnte nun sicher sein, dass Aipua länger ihre Dienerin bleiben würde. Hoani hingegen würde sie über kurz oder lang verlieren, da diese sich ebenfalls einen Freund gesucht hatte. Sobald sie ihn heiratete, würde sie zu dessen Sippe ziehen und dort mitarbeiten.

»Du machst dir wieder einmal zu viele Gedanken, Ruhutia«, sagte Hoani, die ihr an diesem Tag half, den kleinen Jan zu wickeln.

»Es ist nun einmal wichtig, zu wissen, was man in diesem oder jenem Fall tun soll«, antwortete Ruth.

»Und was willst du tun?«, wollte Hoani wissen.

»Du wirst heiraten und dann nicht mehr bei mir sein. Aipua wird auch mehr bei Tahitoa sein, und so brauche ich bald eine andere Dienerin.«

»Das macht dir Sorgen?«, fragte Hoani verständnislos. »Es gibt genug Mädchen im Dorf, die gerne zu dir kommen werden.«

Ruth lag auf der Zunge zu sagen, dass sie sich an sie und Aipua gewöhnt hatte und diese an sie. Eine neue Dienerin würde sie wieder anlernen müssen, und danach vielleicht noch eine. Sie wusste nicht, wann das Schiff erschien, das Hinrich und sie abholen und wieder nach Hause bringen sollte. Mittlerweile befanden sie sich bereits länger als ein Jahr auf der Insel und mussten auf jeden Fall noch ein weiteres bleiben, vielleicht auch ein drittes.

»So, die Windel ist fest! Du kannst Ianoa nähren.«

Hoanis Stimme holte Ruth aus ihren Gedanken, und sie schalt sich wegen ihrer Grüblerei, denn die brachte nichts. Sie knöpfte ihr Kleid auf und legte das Kind an die Brust. Jan trank zufrieden. Nun fühlte Ruth sich ruhiger und entspannter und blickte mit leuchtenden Augen auf den Kleinen nieder. »Trink, mein Schatz! Danach musst du schlafen, damit du groß und stark wirst«, sagte sie mit sanfter Stimme.

Hinrich kam herein, sah sie und blieb stehen. Die Mutter mit dem Kind an der Brust war ein bewegender Anblick, und er fühlte sich als der glücklichste Mann auf der Welt. Ruth mochte sich für sein Gefühl etwas zu sehr mit den hiesigen Weibern verschwestern, aber sie war eben eine Frau und brauchte andere Frauen um sich. Sobald eine weitere weiße Frau hier war, würde sie sich mehr dieser anschließen und dann auch wieder Kleider anziehen, die passender waren als jene, die sie jetzt trug. Seinetwegen konnten ihre Kleider des Klimas wegen aus leichten Stoffen bestehen, doch ein gewisser Abstand zu den Hanatea-Frauen musste gewahrt bleiben – oder, besser gesagt, von Ruth wieder eingehalten werden.

»Ich hoffe, du hast die Taufe und die Hochzeitszeremonie gut überstanden«, sagte er lächelnd.

Ruth nickte. »Ich habe mich gut erholt und fühle mich wohl.«

»Das freut mich! Was macht unser Kleiner?«

»Jan wächst und gedeiht«, antwortete Ruth, während sie das Kind, das mittlerweile satt war, Hoani übergab, damit diese ihn in die an einem Dachbalken hängende Wiege legen konnte. Während sie ihr Kleid schloss, sah sie Hinrich nachdenklich an. »Bedrückt dich etwas?«

»Nein, wie kommst du auf diesen Gedanken?«, rief Hinrich, verzog dabei aber leicht das Gesicht. »Weißt du, es ist so: Ich fühle mich für das Seelenheil dieser Leute verantwortlich und sehe bereits erste Fortschritte bei meiner Mission. Allerdings habe ich Zweifel, ob mein Werk Bestand haben wird, wenn ich die Insel in ein oder zwei Jahren wieder verlasse.«

»Aber du sollst doch abgelöst werden. Es kommt ein neuer Missionar«, sagte Ruth verwundert.

»Das stimmt schon! Es ist nur so, dass die Menschen hier mir vertrauen. Sie könnten es als Verrat ansehen, wenn ich gehe und ein anderer meine Stelle einnimmt.«

Hinrich druckste ein wenig herum. Immerhin hatte Ruth die Heimat verlassen müssen, damit er Missionar werden konnte. Nun teilte er ihr mit, dass sie diese noch länger nicht wiedersehen würde.

»Weißt du, ich habe mir gedacht, ich bleibe so lange auf der Insel, bis der christliche Glaube fest verwurzelt ist. Ich würde es dabei begrüßen, wenn mich ein zweiter Missionar bei diesem Werk unterstützen könnte. Du hättest in dessen Frau eine treue Gefährtin und unser Sohn andere Spielgefährten als die Kinder dieser Wilden.«

Es war das erste Mal, dass Hinrich die Hanatea mit diesem abschätzigen Begriff bezeichnete, und das störte Ruth. Um die Herzen der Menschen zu gewinnen, musste man ihnen mit Liebe und Verständnis begegnen und durfte sich nicht als über ihnen stehend betrachten.

»Du sagst nichts?«, fragte Hinrich, da sie stumm blieb.

»Es kommt sehr überraschend«, antwortete Ruth mit einer gewissen Abwehr in der Stimme.

»Du musst mich verstehen! Es geht um den Willen Gottes, seinen Glauben auf der ganzen Welt zu verbreiten. So hat es unser Herr Jesus Christus bereits im Neuen Testament gefordert. Wenn du dich an die Worte erinnerst, sie heißen ›Geht hin in alle Welt und lehret alle Völker‹!«

Hinrichs Stimme klang eindringlich, und Ruth begriff, unter welchen Seelenqualen er litt. Da sie nicht wollte, dass er sich als Versager fühlte und dadurch zu Hause in Hamburg ein missmutiger Pastor wurde, war sie bereit, länger bei den Hanatea zu bleiben. Dann aber wollte sie eine sinnvolle Aufgabe haben und sich nicht überlegen müssen, was sie sonst noch tun konnte, außer im Meer zu schwimmen, mit anderen Frauen zusammen Matten zu weben, Körbe zu flechten, gelegentlich im flachen Wasser Fischen nachzustellen und Muscheln zu suchen.

Sie dachte erneut an das getrocknete Fleisch der Kokosnüsse, aus dem die Hanatea-Frauen ein gutes Öl pressten. Als Brennstoff in einer Lampe verbreitete es einen angenehmen Duft und konnte gewiss noch zu anderen Dingen verwendet werden. Daraus musste sich doch etwas machen lassen …

Der einzige Pferdefuß, den sie kommen sah, waren der zweite Missionar und dessen Frau. Wenn diese so waren wie Reverend Wiggles und dessen Gattin, konnte sie gut und gern auf diese verzichten. Doch selbst wenn diese Neuen guten Willens waren, würde es zunächst Probleme geben und sie dadurch vielleicht sogar mit Hinrich in Streit geraten. Dann aber straffte sie die Schultern. Es war sein Wille, länger hierzubleiben. Damit hatte sie auch das Recht, in dieser Zeit ihren eigenen Wünschen zu folgen, mochte ihm dies gefallen oder nicht. Dinge, die völlig gegen seine Natur waren, würde sie ohnehin nicht tun.

6.

Hinrich war erleichtert, weil Ruth schweigsam geblieben war, als er ihr erklärt hatte, dass sie länger auf Hiva Oa bleiben würden. Allerdings sehnte er ein Schiff herbei, mit dem er Nachricht nach Tahiti senden konnte. Der dortige Missionsleiter Reverend Wiggles würde ihm gewiss einen seiner Missionare schicken, damit seine Frau und er wieder mit zivilisierten Menschen zusammenleben konnten. Zudem würden sie zu zweit mit ihrem Missionswerk viel rascher ans Ziel gelangen.

Wichtig war auch, dass sie möglichst bald einen geistlichen Helfer bekamen, der die Sprache dieser Menschen verstand. Auf Tahiti hatte er gesehen, dass Wiggles und die anderen Missionare Einheimische zu Hilfspriestern ausgebildet hatten. Einen oder zwei solcher Männer brauchte er auch hier. Doch um nach Tahiti zu kommen, fehlte ihm ein Schiff. Die Fahrt mit einem Eingeborenenkanu zu wagen, erschien ihm zu gefährlich, sonst hätte er Matahi gebeten, ihn von einigen seiner Männer hinbringen zu lassen.

Ruth hingegen dachte darüber nach, wie sie einen gewissen Handel in Gang bringen konnte. Immerhin war sie die Tochter von seefahrenden Kaufleuten und brauchte dringend eine Beschäftigung. Sie plünderte daher ihre Seekisten und sortierte alles aus, was sie bei den Hanatea-Frauen eintauschen konnte. Zunächst ging es ihr um Waren, die leicht zu transportieren waren. Die Perlen waren dafür am besten geeignet. Für die Hanatea waren sie nur ein Schmuck wie die Federn der Fruchttauben, Perlmutt oder Blumen. Für sie stellten sie einen Schatz dar, der zwar nicht mit jedem Tag, aber doch fast jede Woche wuchs.

Auch an diesem Tag brachte Noelani ihr ein paar sehr schöne Perlen mit. Dabei wirkte sie überraschend ernst. »Erinnerst du dich noch daran, wie du die bösen Männer verjagt hast?«

Ruth nickte. Wie hätte sie das vergessen können? Sie hatte mehrere dieser Schurken getötet und einige verwundet. »Ja, ich erinnere mich!«

»Es waren damals nur wenige. Doch was ist, wenn eine zehnfache Zahl an Feinden unser Tal angreift? Glaubst du, dass Hiniriki diese ebenso vertreiben kann wie du die weißen Männer?«

Es schwang eine Angst in Noelanis Stimme mit, die Ruth verwunderte. »Besteht die Gefahr, dass wir angegriffen werden?«

»Es sind weiter draußen auf dem Meer wieder Krieger der Hanamate gesehen worden, die mit ihren Kanus unser Tal beobachten. Sie haben das nicht mehr getan, seit du die Walfänger besiegt hast. Doch nun sind sie zurück.«

Ruth sah ihre Freundin besorgt an. »Du glaubst, dies könnte Gefahr bedeuten?«

Noelani nickte bedrückt. »So war es schon mehrmals! Auch vor eurer Ankunft haben uns die Hanamate mit ihren Kanus wochenlang beobachtet und sind dann plötzlich über uns hergefallen. Meistens haben sie sich damit zufriedengegeben, ein paar unserer Krieger zu töten und einen oder zwei als Gefangenen mit sich zu schleppen. Diesmal aber könnte es schlimmer sein.«

»Weshalb?«

»Es mag sein, dass sie Hiniriki fangen oder töten wollen!«

Noelanis Auskunft war für Ruth ein Schlag. Auch wenn die Walfänger den Frieden des Hanatea-Tales kurz gestört hatten, so war sie doch der Ansicht gewesen, es könnte zwischen den Stämmen Frieden herrschen. Diese Ansicht schien sich als trügerisch zu erweisen. Kampf bedeutete Gefahr, und wie es aussah, erwarteten die Hanatea, dass Hinrich sie vor ihren Feinden beschützte.

Konnte er das überhaupt?, fragte sie sich. Sie erinnerte sich an die Waffen im Schuppen und atmete auf. Immerhin besaßen sie mehrere Musketen, einige Handgranaten und jene Dinger, die Hinrich Raketen genannt hatte. Da ihnen keine weißen Männer gegenüberstanden, die das Knallen von Schüssen gewohnt waren, musste es doch möglich sein, die feindlichen Krieger ohne größeres Blutvergießen zu vertreiben.

»Hab keine Angst! Der Feind wird Hiniriki nicht fangen, sondern entsetzt vor ihm fliehen.«

Noch während sie es sagte, fragte Ruth sich, was Hinrich wohl sagen würde, dass sie ihn im Gespräch mit den Hanatea bei dem Namen nannte, unter dem Tahitoa ihn diesen vorgestellt hatte. Nun aber interessierte sie sich mehr für die fremden Kanus.

»Wo sind sie, kann man sie sehen?«, fragte sie Noelani.

Diese wies auf einen vorspringenden Hügel, der eine Art Halbinsel bildete. »Dort halten unsere Wachen Ausschau nach ihnen.«

»Wir sollten hinaufgehen und es ebenfalls tun.« Ruth funkelte ihre Freundin auffordernd an und holte das Etui mit dem Fernrohr, das sie aus Hamburg mitgebracht hatte.

Noelani zögerte. »Wir werden die Kleinen mitnehmen müssen, denn sie bekommen bald Hunger.«

Bislang hatte Ruth Jan nur im Haus gestillt und überlegte, ob sie ihm wirklich im Freien die Brust geben sollte. Es gab jedoch genug ruhige Plätze im Tal, wo sie es ungestört tun konnte. Daher trat sie auf die Wiege zu und wollte den Jungen an sich nehmen. In dem Augenblick kam Aipua und nahm ihr Jan ab.

»Ich werde ihn tragen! Hoani soll Noelanis Sohn übernehmen.«

Erneut begriff Ruth, dass es bei den Hanatea gewisse Rangunterschiede gab, die man sonst nicht bemerkte. Noelani zählte zu den Ariki rahi, wie sie auf Tahiti genannt wurden, und sie war zwar eine Fremde, aber auch ein hochgeehrter Gast.

»Gib gut auf Ianoa acht!«, sagte sie zu Aipua und verließ das Haus.

Unterdessen war auch Hoani erschienen und trug Noelanis Sohn hinter ihnen her. Zunächst war ihr Weg noch halbwegs eben, wenn auch so schmal, dass sie hintereinandergehen mussten. Schon bald aber führte er steil in die Höhe. Auf der einen Seite stürzte die Bergflanke fast senkrecht ab, und Ruth wagte es nicht, nach unten zu schauen. Ein Blick nach hinten zeigte ihr, dass auch Aipua und Hoani es nicht taten, während Noelani flink wie eine Bergziege nach oben strebte.

Es dauerte einige Zeit, bis sie an eine Stelle kamen, die ihnen einen ausgezeichneten Blick in die Ferne bot. Hier blieb Noelani stehen und drehte sich zu den anderen um.

»Geht es so, oder sollen wir wirklich bis nach vorne zur Spitze gehen?«

Da ihr die Stelle zu schmal war, schüttelte Ruth den Kopf. »Ich würde lieber einen besseren Platz suchen, an dem wir uns auch umdrehen können.«

»Das wäre mir auch lieber«, bekannte Aipua.

Noelani setzte sich wieder in Bewegung. Ihr Weg wurde nun flacher und führte sogar wieder leicht bergab. Nach einer Weile trafen sie auf einen kleinen Felsvorsprung, der von einer hüfthohen Trockenmauer aus Bruchsteinen eingefasst war. Daneben stand ein grob behauener Tiki, der gewissen körperlichen Merkmalen nach eine Frau darstellen konnte.

Zwei junge Hanamate hielten Wache und sahen die Frauen verwundert an.

»Was wollt ihr? Glaubt ihr, dass ihr bessere Augen habt als wir?«

»Das glaube ich!«, antwortete Ruth und zog ihr Fernrohr aus der Hülle. »Wo sind die fremden Kanus?«

Einer der beiden Männer wies in südwestliche Richtung, wo hinter dem Kap Teaehoa die Insel Tahuata zu sehen war. »Sie befinden sich fast genau zwischen den Inseln«, erklärte er.

Ruth zog ihr Fernrohr aus und setzte es ans rechte Auge, während sie das linke zukniff. Zuerst sah sie nur das Kap, dann entdeckte sie drei Kanus. Sie schienen größer zu sein als die der Hanatea, denn sie zählte mehr Männer darauf, als die Boote ihrer Gastgeber zu tragen vermochten. Trotzdem erschien ihr die Zahl zu gering, um einen Angriff wagen zu können. Als sie das sagte, lachte Noelani bitter auf.

»Dies sind nur die Boote derjenigen, die ebenso uns beobachten wie das Motopu-Tal auf Tahuata! Mögen sie diesen Stamm überfallen und uns in Ruhe lassen.«

»Sie werden dort angreifen, wo sie sich das meiste Mana erhoffen, und das sind wir wegen Hiniriki«, wandte einer der Wächter ein.

»Wir werden sie besiegen!« Ruth versuchte, zuversichtlich zu klingen, und musterte die Kanus genauer. Die Männer darin trugen Bastmäntel und hatten die Haare bis auf zwei Büschel an den Seiten geschoren. Trotz der Entfernung konnte Ruth feststellen, dass die Gesichter und bei einigen sogar die Schädel tatauiert waren.

»Es sind ihre besten Krieger«, erklärte ein Wächter auf ihre diesbezügliche Bemerkung. »Und sie sind geschickt, denn so, wie sie ihre Boote ausgerichtet haben, können sie sich vor jedem Angreifer in ihre Bucht zurückziehen.«

Ruth beobachtete die Boote eine Weile und richtete das Fernrohr dann auf Tahuata. Die Insel war nicht allzu weit von Hiva Oa entfernt, und es hätte eigentlich regen Austausch und Handel geben müssen. Die Stämme blieben jedoch für sich, und das sogar dann, wenn sie als befreundet oder gar verbündet galten. In der Hinsicht hielt sie es für dringend geboten, dieses Volk unter dem Zeichen des Kreuzes zu einen. Das aber sollte möglichst in Frieden geschehen. Doch der Frieden war hier, wie sie nun begriff, ein rares Gut.

Nach einer Weile gab Ruth es auf, Tahuatas Nordküste zu beobachten, und richtete ihr Fernrohr nach Südosten auf die Insel Mohotani. In dem Augenblick trat Noelani zu ihr und drückte das Fernrohr nach unten. »Diese Insel darfst du nicht anschauen! Es bringt Unglück. Sie ist viel tapu!«

»Weshalb das?«, fragte Ruth.

Sie hatte die Insel bei ihrer Anreise auf der *Hesione* gesehen und ein eigenartiges Gefühl bei diesem Anblick verspürt. Wie es aussah, wohl nicht zu Unrecht.

»Das ist die Insel des Todes«, flüsterte Noelani mit bleichen Lippen, so als hätte sie Angst, die Geister des Windes könnten sie hören und verraten.

»Kein Mann auf Hiva Oa, gleichgültig, zu welchem Stamm er gehört, wagt es, mit seinem Kanu auch nur in die Nähe dieser Insel zu fahren. Selbst ihr Anblick ist verderblich. Wer es tut, dem geschieht ein Unglück!«

Aipua war nicht weniger erregt als Noelani, und beide drängten Ruth, zurückzukehren.

»Unsere Kleinen bekommen bald Hunger, und da sollten wir eine Stelle suchen, an der wir sie nähren können«, rief Noelani und zerrte an Ruth, um sie zum Mitkommen zu bewegen.

Diese warf noch einen kurzen Blick auf Mohotani, folgte dann aber ihrer Freundin. Da sie lange genug auf Hiva Oa weilte, kannte sie die Macht des Tapu, begriff aber trotzdem nicht, weshalb Noelani und Aipua sich so sehr vor dieser Insel fürchteten. Sie wirkten regelrecht aufgelöst und eilten den gefährlichen Steig in so unverantwortlicher Eile entlang, dass Ruth zu schelten begann.

»Was soll das? Wenn ihr nicht achtgebt, werdet ihr noch abstürzen!«

Nun erst wurden Noelani und Aipua langsamer und warteten auf sie. Da Mohotani von hier aus nicht mehr zu sehen war, wagten sie es auch, sich umzudrehen.

»Jetzt sagt endlich, was es mit dieser Insel auf sich hat!«, fragte Ruth.

Aipua presste die Lippen zusammen und schüttelte den Kopf. Noelani hingegen musterte Ruth nachdenklich. »Du bist eine Frau mit einem großen Mana, wie es sonst nur Priester und Häuptlinge haben. Es wird dir daher nicht schaden, wenn du es erfährst. Das darf aber nicht im Dorf geschehen. Kommt mit! Ich weiß eine Stelle, an der wir sitzen, unsere Kleinen nähren und uns unterhalten können. Aipua und Hoani sollen dort ein paar Früchte für uns pflücken.«

Da Ruth neugierig war, was ihre Freundin über diese seltsame Insel zu erzählen wusste, folgte sie ihr. Kurze Zeit später lag der Anstieg hinter ihnen. Noelani bog nun von dem Pfad ab, der ins Dorf führte, und drang in ein kleines Gehölz ein, in dessen Mitte sich ein riesiger Baum mit gewaltigen Luftwurzeln Raum geschaffen hatte. Zwischen dem mächtigen Stamm und den Luftwurzeln befand sich eine Höhlung, die groß genug war, dass alle vier sich setzen konnten.

Noelani nahm ihren Sohn von Hoani entgegen und roch kurz an den Windeln. »Es geht noch. Du wirst sie wechseln, wenn der Kleine satt ist.«

»Wie ist es bei Ianoa?«, fragte Aipua, als sie den Jungen Ruth übergab.

»Der kann auch warten, bis ich ihn gestillt habe«, antwortete Ruth und öffnete nach einem prüfenden Blick, ob auch niemand in der Nähe war, ihr Kleid.

Die Stelle zwischen den Luftwurzeln und dem Stamm war schattig und kühl. Nach der anstrengenden Wanderung fand Ruth es angenehm, an diesem Ort sitzen und nur für ihren Sohn da sein zu können. Es herrschte eine so friedliche Stimmung, dass Ruth die fremden Kanus und die furchterregende Insel Mohotani für eine gewisse Zeit vergaß. Als Jan mit seinen kleinen, zahnlosen Kiefern nur noch auf ihrer Brustwarze herumkaute, ohne zu trinken, reichte sie ihn an Aipua weiter, die sofort daranging, seine Windeln zu wechseln, und wandte sich Noelani zu.

»Was ist an Mohotani so Schlimmes, dass ihr sie nicht einmal anzusehen wagt?«

»Es ist …«, Noelanis Stimme wurde zu einem kaum mehr vernehmbaren Flüstern, »… die Insel des Todes!«

Ruth erinnerte sich daran, dass auch Tahitoa bei ihrer Anfahrt nach Hiva Oa diese Insel so bezeichnet hatte. Es sollte viele Tote gegeben haben. Doch was genau geschehen war, hatte er ihr nicht sagen können.

»Der Zorn der Götter hat auf jener Insel einen ganzen Stamm vernichtet«, fuhr Noelani leise fort. »Dieser zählte weitaus mehr Menschen als wir. Alle Leute dieses Stammes feierten in einer großen Höhle ein Fest, und dabei vergaßen sie die Achtung vor den Göttern. Voller Zorn ließen diese den Eingang der Höhle zusammenbrechen und schlossen die Menschen im Innern des Berges ein. Diese schlugen verzweifelt die Trommeln, damit ihre Verbündeten von hier kommen und sie retten sollten. Doch als diese kamen und sie befreien wollten, ließ sich kein einziger der zusammengebrochenen Felsen bewegen. Fünfzehn Tage lang hörte man die Trommeln aus dem Innern der Höhle dringen. Dann verstummten sie. Es heißt jedoch, dass den Geistern der Umgekommenen der Weg nach Hawaiki verweigert wurde. Daher streifen sie noch immer auf jener Insel umher und töten alle, die dorthin kommen.«

»Und warum sollten sie das tun?«, fragte Ruth.

»Es ist ihre Rache, weil niemand in der Lage war, ihnen zu helfen. Sie zürnen damit auch deren Nachkommen und … reden wir besser nicht mehr davon!« Nach einer Weile sprach sie doch weiter. »Ich habe selbst gesehen, wie ein Boot, das auf Mohotani zugefahren ist, von einer Windhose erfasst und versenkt worden ist! Auch kann man die Trommeln in manchen Nächten noch hören. Sie bringen die Klagen derer zu uns, die damals sterben mussten.«

Es war eine seltsame Geschichte, fand Ruth, tragisch und unheimlich. Sie wusste nicht zu entscheiden, wo hier der Grat war, der die Wirklichkeit vom Aberglauben trennte. Auf jeden Fall besaß Mohotani für die Hanatea und die anderen Stämme auf Hiva Oa eine schreckliche Bedeutung, an der besser nicht gerührt würde. Nun tat es ihr leid, dass sie Noelani dazu gezwungen hatte, davon zu erzählen, denn sie spürte deren Angst.

Daher ergriff sie ihre Hände. »Fasse Mut! Die Insel ist weit weg, und die Geister, die dort leben, können uns hier nicht schaden!«

Kaum hatte sie es gesagt, fragte sie sich, wie Geister leben konnten, da sie doch tot waren. Das war aber nichts, worüber sie mit Noelani sprechen wollte, denn die junge Frau war bereits verschreckt genug.

7.

Als Ruth an diesem Abend zusammen mit Hinrich im Haus saß und den kleinen Jan wiegte, drehten sich ihre Gedanken immer noch um das Schicksal der Menschen auf Mohotani. Da Hoani und Aipua bereits gegangen waren, erzählte sie die Geschichte ihrem Mann.

Hinrich schüttelte schließlich den Kopf. »Es wird Zeit, dass man diesen Leuten ihren Aberglauben austreibt und sie zu aufrechten Christen macht!«

»Es gibt auch bei uns Menschen, die Angst vor den Geistern und Toten haben«, wandte Ruth ein.

»Das tun nur wenige, und es sind ganz dumme Leute«, antwortete Hinrich verächtlich.

Ruth sah ihn sinnend an. »Weißt du, was ich nicht begreife?«

»Was?«

»Gott hat den Menschen doch nach seinem Ebenbild geschaffen. Wie kann es da sein, dass der eine klug ist, der andere aber strohdumm?«

Diese Frage hatte Hinrich sich noch nie gestellt. Er öffnete mehrmals den Mund zu einer Antwort, brach aber jeweils nach den ersten ein, zwei Worten ab, da er nicht wusste, wie er antworten sollte.

»Es ist eben Gottes Wille, dass es so ist«, sagte er schließlich und fand, dass Ruth sich besser keine solchen Gedanken mehr machen sollte.

Ruth legte ihren mittlerweile schlafenden Sohn in die Wiege und schaute ihn eine Weile zärtlich an. Dabei dachte sie an die fremden Kanus und an Noelanis Angst vor einem Angriff.

»Erinnerst du dich noch an die Walfänger, die uns vor einem Jahr überfallen haben?«, fragte sie Hinrich.

»Ja, wie kommst du jetzt darauf?«, antwortete er verwundert.

Ruth berichtete ihm von Noelanis Ängsten, erntete von Hinrich jedoch nur ein nachsichtiges Lächeln.

»Warum sollte ein anderer Stamm ausgerechnet den unseren überfallen?«

»Noelani sagt, es wäre deinetwegen. Du bist ein mächtiger Priester mit einer großen geistigen Kraft, die sie den Hanatea wegnehmen und für sich selbst haben wollen.«

»Dafür brauchen sie nicht anzugreifen. Es reicht, wenn sie einen Boten schicken. Dann komme ich auch zu ihnen, um ihnen Gottes Wort nahezubringen«, antwortete ihr Mann.

Für Ruth nahm er die Sache nicht ernst genug. »Noelani sagt, sie wollen dich umbringen, weil auf diese Weise deine Kraft auf sie übergeht.«

»Bei dem Aberglauben dieser Wilden wäre dies möglich«, sagte Hinrich nachdenklich.

»Wir sollten uns auf einem möglichen Angriff vorbereiten.«

»Es wird wohl so sein müssen!« Hinrich klang bedrückt, aber auch verärgert. Er war auf diese Insel gekommen, um den Menschen Gottes Heil zu bringen, und nicht, um in Stammeskriege verwickelt zu werden. Er musste jedoch an Ruth und seinen Sohn denken, die bei einem feindlichen Angriff in großer Gefahr schwebten.

»Ich werde mich vorbereiten und, wenn es sein muss, auch meine Waffen einsetzen«, sagte er entschlossen.

Da Ruth nicht wollte, dass er die Angelegenheit auf die leichte Schulter nahm, brachte sie einen weiteren Einwand.

»Allein schaffst du das nicht! Es war für mich schon schwierig, die Walfänger zu verjagen. Dabei waren es gerade einmal dreißig Mann. Noelani befürchtet hier mindestens die zehnfache Anzahl an Feinden.«

»Ich werde ein paar Musketen an Matahi und einige ausgewählte Krieger verteilen«, sagte ihr Mann. »Sie wollten ein paar von den Walfängern eintauschen, doch die ließen keine zurück.«

»Matahi und seine Männer sind diese Waffe nicht gewohnt! Du müsstest ihnen beibringen, sie zu bedienen und zu laden. Allerdings wirst du nicht verhindern können, dass sie die Musketen anschließend gegen ihre Nachbarn einsetzen. Sie haben in den letzten Jahren mehrfach unter den Angriffen anderer Stämme gelitten, und da ist ihr Wunsch nach Rache verständlich.«

Dies sah auch Hinrich ein. Ebenso wusste er, dass er die Büchse der Pandora nicht mehr würde schließen können, sobald sie geöffnet war. Wenn er die Waffen den Hanatea gab, musste er auf diesem Weg weitergehen und mit ihrer Hilfe die anderen Stämme zum Christentum zwingen, so wie es auf Tahiti geschehen war. Dafür aber brauchte er Nachschub an Waffen und Munition, und der war derzeit nicht in Sicht.

»Du kannst höchstens Tahitoa eine Muskete anvertrauen. Doch auch zu zweit seid ihr zu wenige«, rief Ruth mahnend.

»Du wirst nicht mitkämpfen! Verstanden?« Hinrich klang verärgert, weil Ruth den Eingeborenennamen ihres Dieners benützt hatte und nicht seinen christlichen Namen Thaddäus.

»Ich will auch nicht kämpfen und töten!« Ruth schauderte es bei dieser Vorstellung, doch um ihren Mann und ihren Sohn zu verteidigen, war sie auch dazu bereit. Da sie Hinrich dies nicht sagen konnte, erklärte sie ihm, dass sie ja die Musketen für ihn und Tahitoa laden und ihnen die Raketen und Handgranaten zureichen könne.

Schließlich nickte Hinrich widerwillig. »Wenn es nicht anders geht, soll es so sein.«

»Danke!« Ruth lächelte erleichtert, denn nichts wäre für sie schlimmer gewesen, als sich auf Hinrichs Befehl hin verstecken zu müssen, während er selbst im Kampf Gefahr lief, getötet zu werden. Sie beschloss, darauf zu dringen, dass er ihre Vorräte an Pulver, Blei und den anderen Waffen überprüfte. Den Entermessern tat es gewiss gut, wenn sie entrostet und geschliffen wurden. Als sie dies sagte, hob Hinrich in gespielter Verzweiflung die Hände.

»Ich tue ja alles, was du wünschst, meine Liebe, damit ihr beide, du und Jan, sicher schlafen könnt.«

Ruth hoffte es und nahm sich vor, Hinrich an seine Waffen zu erinnern, falls er es über dem Studium der Bibel vergessen sollte.

8.

Rave Wally, Captain des Walfängers *Newport* aus Nantucket, spie wütend seinen letzten Priem Kautabak über Bord. »Der Teufel soll die verdammten Wale holen! Irgendwo müssen diese elenden Biester doch sein.«

»Dann müssen wir eben nach Irgendwo segeln«, antwortete sein Steuermann Thoulder mit bitterem Spott.

»Das geht nicht mit rechten Dingen zu!«, mischte sich einer der beiden Harpuniere ein, die ihm verblieben waren. »Seit dieser beschissenen Insel, von der uns ein einzelnes Weib verjagen konnte, haben wir keinen einzigen Wal mehr gefangen. Dabei hätten wir bereits im letzten Jahr wieder in Nantucket sein sollen. Die Schiffseigner werden glauben, wir wären im Sturm gesunken oder anderweitig draufgegangen.«

Der Überfall auf Hiva Oa schmerzte Rave Wally noch immer. Dabei hatte alles so gut begonnen. Die Männer waren besoffen und damit wehrlos gemacht worden, und so hätten sie genug Vorräte für den Rest ihrer Waljagd mitnehmen können. Zudem wären ihnen etliche Weiber in die Hände gefallen, mit denen sie ihren Spaß hätten haben können und die ihnen später bei einem Verkauf an gewisse Bordelle gut bezahlt worden wären. Wally hatte auch gehofft, etliche Männer mitnehmen und während der Heimfahrt an einen Minenbetreiber verkaufen zu können, der immer Bedarf an Arbeitskräften hatte.

Dieses hübsche Zubrot hätten er und seine Männer in die eigene Tasche gesteckt. Stattdessen sah es so aus, als würden sie zu den fliegenden Holländern des Walfangs werden. Dabei hatten sie bei ihren letzten Fangfahrten ihre Fässer in weitaus kürzerer Zeit mit Tran, Walrat und Ambra füllen und nach Hause fahren können.

»Es ist wie verhext!«, stieß Wally wütend hervor.

»Sie sagen es, Captain! Wir sind verhext worden!« Thoulder schüttelte es bei diesem Gedanken, und er schlug rasch das Kreuzzeichen, so als wolle er sich gegen einen Fluch wappnen.

»Lassen Sie diesen Unsinn!«, wies Wally seinen Steuermann zurecht, obwohl auch er sich ihr fürchterliches Pech nicht erklären konnte. Andere Walfänger hatten in denselben Gewässern wie sie Wale erbeutet. Dagegen hatten sie seit jenem so übel ausgegangenen Überfall auf Hiva Oa kein einziges Walboot mehr aussetzen, geschweige denn eine Harpune werfen können.

»Wir sind verflucht!«, wiederholte der Steuermann. »Sie hätten ehrlich mit den Wilden handeln sollen. Es war gegen Gottes Gebot, sie auf diese Weise berauben zu wollen. Er hat ihnen auch gleich seinen Engel geschickt und dieser uns mit seinem Flammenschwert vertrieben.«

»Sie sind ein noch größerer Narr, als ich dachte, Thoulder!«, fuhr Wally ihn an. »Erstens war das kein Engel, sondern die Ehefrau dieses Pfaffen. Auch hatte sie kein Flammenschwert, sondern ein paar Scheißmusketen und eine Sprengladung. Wenn ihr Kerle nur ein bisschen Mumm gezeigt hättet, wären wir mit diesem Weibsstück fertiggeworden und hätten genug Beute gemacht, um uns auf die Taschen klopfen zu können.«

»Haben wir aber nicht!«, antwortete der Steuermann giftig. »Stattdessen haben wir drei Harpuniere verloren. Einer ist erschossen worden, der zweite hat seine Verletzung nicht überlebt, und Craven ist ein Krüppel, der gerade noch dem Koch zur Hand gehen kann. Auch sonst haben etliche von uns ins Gras gebissen.«

»Höchstens ins Meerwasser!«, höhnte Wally.

Für Augenblicke sah es so aus, als wolle Thoulder das Messer ziehen. Da erklang vom Mastkorb der Ruf herab, den die Walfänger mehr als alles andere ersehnten.

»Wal! Da bläst er!«

In dem Augenblick waren alle Zwistigkeiten an Bord vergessen. Wally eilte zur Reling und brauchte dort nicht einmal ein Fernglas, um den Wal zu erkennen. Es handelte sich um ein prachtvolles Exemplar, und es war nahe genug, um die Boote aussetzen zu können.

»Wenn wir den kriegen, ist unser Laderaum voll, und wir können nach Hause fahren«, rief er seinen Männern zu und erteilte Befehle: »Macht die Boote fertig! Drei Stück, denn diesmal bin ich dabei! Mit der Harpune in der Hand!«

Ein Jubelsturm antwortete ihm. Die beiden Harpuniere eilten an Deck, ebenso der verkrüppelte Craven, der an der rechten Hand nur noch zwei Finger besaß.

»Lass auch das vierte Boot bemannen«, forderte er. »Ich werfe mit links!«

Wally zögerte einen Augenblick. Die Verluste auf Hiva Oa hatten seine Mannschaft ausgedünnt. Zwei Boote konnten sie immer noch ohne Probleme aussetzen, auch das dritte ging noch. Bei einem vierten mussten jedoch auch Männer rudern, die sonst an Bord blieben, wie der Koch mit seinem Holzbein und jene, die durch den Sprengsatz dieses verfluchten Weibes ebenfalls körperliche Schäden erlitten hatten. Dann aber sagte er sich, dass vier Boote den Wal leichter zur Strecke bringen würden als drei, und nickte. »Das tun wir! Kümmert euch darum!«

Der Koch humpelte bereits heran. Vor mehr als zehn Jahren hatte ihn auf einem anderen Schiff die Waljagd ein Bein gekostet. Nun lachte er grimmig. »Wir holen uns den Burschen, Captain! Und dann wird Speck gekocht, bis der Rauch zu Gott im Himmel aufsteigt!«

»Lästere nicht Gott!«, schalt ihn Thoulder.

In ihrer Vorfreude auf einen reichen Fang achtete jedoch keiner der Männer auf ihn. Für einige Minuten sah es so aus, als würde an Deck das Chaos ausbrechen, denn alle rannten umher, um die Boote vorzubereiten. Die drei Harpuniere und der Kapitän stiegen nach unten, um ihre Harpunen zu holen, die jeweils von ihrem Besitzer mit einem weit sichtbaren Muster gekennzeichnet worden war. Als sie wieder nach oben kamen, wurde das erste Boot bereits ausgeschwenkt. Es war das des ersten Harpuniers. Früher war das Craven gewesen. Nun schwang Captain Wally sich über die Reling und stieg die Jakobsleiter hinab. Der Bootssteurer und die Ruderer folgten. Kurz darauf stießen sie das Walboot von der Bordwand ab und strebten auf ihre Jagdbeute zu.

Das zweite Boot folgte, dann das dritte. Selbst das vierte konnte rasch ablegen, denn Craven hatte sich die Harpune unter den Arm mit der verkrüppelten Hand geklemmt und war trotz seiner Behinderung flink wie ein Affe nach unten geklettert. Seine Mannschaft bestand zum größten Teil aus Männern, die durch Ruths Handgranate verletzt worden waren. Das Steuer führte der Koch, obwohl dieser noch zwei gesunde Arme hatte, mit denen er hätte rudern können. Keiner im Boot wagte es jedoch, ihm diesen Platz streitig zu machen. Bei einem Schiff, das so lange auf See bleiben musste wie die *Newport*, war er nach dem Kapitän der wichtigste Mann. So, wie er kochte, war die Stimmung an Bord, und bis jetzt hatte sich keiner über den Smutje beschweren müssen.

Alle wussten, dass ihre Vorräte sich ebenso dem Ende zuneigten wie das Geld, das ihnen die Eigner zum Kauf von Lebensmitteln und dem Ersatz von Ausrüstungsteilen mitgegeben hatten. Wenn sie diesen Wal fingen, konnten sie endlich in die Heimat zurückkehren. Dass ihnen die Jagd misslingen könnte, glaubte keiner von ihnen.

»Der Wal ist abgetaucht! Gebt acht, wo er wieder hochkommt«, rief Wally den Männern in den anderen Booten zu und blickte kurz zur *Newport* zurück. Dort war nur noch der Schiffsjunge an Bord und hielt oben im Mastkorb Ausschau, während das Schiff in der Strömung dümpelnd dahintrieb. Dem Zeichen nach, das der Junge machte, sah auch er nicht, wo der Wal sein könnte.

»Diese Hexe hat ihn hinweggezaubert!«

Der Steuermann Thoulder im zweiten Boot fing wieder damit an, dass Schiff und Mannschaft verflucht wären. Er konnte sich einfach nicht vorstellen, dass es der weißen Frau auf Hiva Oa ohne die Hilfe der Geisterwelt gelungen sein könnte, sie auf eine solch üble Weise zu verjagen.

»Halt's Maul und gib lieber acht, wo dieses verdammte Biest auftaucht!«, schrie Wally ihn an.

Doch auch ihm wurde die Sache langsam unheimlich. Ein Wal musste auftauchen, um zu atmen. Doch dieser Wal blieb so lange unter Wasser, dass sein Bootssteurer den Kopf schüttelte. »Das wird heute nichts mehr, Captain. Der Wal hat Lunte gerochen und ist davongeschwommen!«

»Wie ich es gesagt habe! Die Hexe hat uns mit einem Fluch bedacht. Wir werden keinen einzigen Wal mehr fangen, sondern so lange auf diesem Schiff herumfahren, bis uns ein Sturm versenkt oder wir alle verhungert sind.« Thoulder zog dabei ein Gesicht, als sähe er Gevatter Tod bereits vor sich stehen.

»Verflucht noch mal, wir …«, begann Wally, als vom vierten Boot ein jubelnder Schrei aufklang.

»Dort ist er! Drauf und dran!«

Wally fuhr herum und sah, wie Cravens Boot hastig gerudert wurde. Augenblicke später entdeckte er auch den Wal. Dieser war keine dreihundert Yards von ihnen entfernt aus dem Meer aufgetaucht und blies eine Fontäne aus verbrauchter Atemluft und Wasser aus.

»Pullt, ihr Kerle!«, schrie Wally. »Pullt in Dreiteufelsnamen! Der Bursche gehört uns!«

Seine Männer legten sich in die Riemen und ließen die drei anderen Boote bald hinter sich. Wally starrte auf den Wal, als könne er ihn mit seinen Blicken festhalten. Das Tier war riesig, und es würde mehr als eine Harpune brauchen, um es zur Strecke zu bringen. Rasch blickte er sich um. Thoulders Boot war dicht hinter ihnen, zum dritten war etwas mehr Abstand, während das Boot der Verkrüppelten trotz verzweifelter Anstrengungen ein ganzes Stück zurückgeblieben war.

»Wir schaffen es auch zu dritt!«, stieß Wally hervor und hob seine Harpune. Er musste den Wal etwas hinter dem Kopf treffen, um seine Lunge zu verletzen, damit er nicht mehr tauchen konnte. Der Harpunier in Thoulders Boot sollte seine Harpune gleich nach ihm werfen und der dritte Harpunier in dem Augenblick, in dem er nahe genug an den Wal herangekommen war.

Noch schwamm das Tier an der Oberfläche, als gäbe es keinerlei Gefahr. Wally erteilte seinem Steuerer den Befehl, auf den Koloss zuzuhalten. Nun hatte auch das dritte Boot aufgeschlossen, und der Harpunier hielt seine Waffe wurfbereit.

Nur noch ein paar Yards, dann konnten sie das Biest nicht mehr verfehlen, dachte Wally. Da schlug der Wal mit seiner Schwanzflosse so wuchtig auf das Wasser, dass sich Wellen auftürmten und die drei Walboote wild schaukelten. Wally verlor fast den Halt, und als er wieder sicher auf den Beinen stand, war der Wal abgetaucht.

»Hast du ihn erwischt?«, fragte er den Harpunier in Thoulders Boot, der im Gegensatz zu ihm seine Harpune noch hatte schleudern können. Dieser holte jedoch fluchend die Leine ein und zog seine Harpune wieder ins Boot.

»Es war, als hätte dieser Behemoth sich einfach in Luft aufgelöst«, rief Thoulder. »Ich sagte doch, wir sind verflucht!«

»Langsam glaube ich es auch!«, antwortete sein Harpunier. »Ich hätte das Biest treffen müssen, doch es war schneller weg, als ich es je bei einem Wal gesehen habe.«

»Was ist mit euch los? Reißt euch am Riemen! Ihr benehmt euch ja wie alte Weiber, die sich nicht auf den Kirchhof trauen, weil sie Angst vor den Geistern der Verstorbenen haben«, schimpfte Wally und sah sich angestrengt um. »Diesmal konnte der Wal nicht viel Luft in die Lungen saugen, er muss bald wieder hochkommen. Haltet euch bereit. Wir kriegen ihn, und wenn es das Letzte ist, was wir tun!«

»Versündigen Sie sich nicht, Captain!«, mahnte Thoulder erschrocken. »Wir jagen hier keinen normalen Wal, sondern einen, der unter dem Schutz der Geister steht. Wir sollten zurück an Bord gehen.«

»Und mit halb beladenem Schiff nach Hause fahren, was?«, brüllte Wally voller Zorn. »Die Eigner würden keinen von uns mehr auf eines ihrer Schiffe lassen, wenn wir mit halb leeren Fässern zurückkommen.«

Bevor der Steuermann etwas darauf antworten konnte, klang der Ruf des Jungen im Ausguck auf. »Dort ist er!«

»Wo?«, schrie Wally.

»Bei Gott, er schwimmt auf das Schiff zu. Er wird es versenken!« Thoulders Stimme hatte nichts Menschliches mehr an sich, als er mit zitternder Hand auf den Wal wies, der kaum kleiner war als das Schiff und auf dieses zuhielt.

Selbst Wally blieb das Herz stehen, als das Tier die *Newport* streifte. Das Schiff erhielt einen so heftigen Stoß, dass die Masten wackelten, dann tauchte der Wal erneut, und das Meer war bis auf das Schiff und die vier Walboote so leer wie ein Klingelbeutel, aus dem der Pfarrer gerade das Geld herausgeholt hatte.

»Was ist mit dem Schiff?«, fragte Wallys Bootssteurer besorgt.

Der Captain legte die Harpune weg und spähte zur *Newport* hinüber. Sie schwamm noch aufrecht, also mussten die Planken gehalten haben. Da sie trotzdem Wasser aufgenommen haben konnte, befahl er, die Waljagd zu beenden und zum Schiff zurückzukehren. Als sie sich der *Newport* näherten, waren zu ihrer Erleichterung keine Schäden zu erkennen.

»Der Wal hat es nicht gerammt, sondern nur gestreift«, meldete der verkrüppelte Craven, der es von seinem Boot aus besser hatte beobachten können als die Männer in den drei anderen Booten.

»Wie es wirklich aussieht, werden wir erst sehen, wenn wir unter Deck nachschauen!«

So wie Thoulder sich anhörte, schien er zu glauben, der Wal habe dem Schiff unter der Wasserlinie Schäden zugefügt. Wally wartete, bis sein Boot mit einem leichten Ruck die Bordwand der

Newport berührte, packte die immer noch ausgelegte Jakobsleiter und kletterte an Bord.

An Deck sah alles noch so aus wie gewohnt. Nur ein paar Taurollen waren verschoben. Auch lag das Schiff so gerade, dass es mit Sicherheit kaum Wasser aufnahm. Wally fielen etliche Felsbrocken vom Herzen, und er trat beiseite, damit die anderen an Bord kommen konnten.

»Fünf gehen nach unten und schauen nach, ob dort alles in Ordnung ist. Such dir die Männer aus, die du brauchst!«

Der letzte Satz galt dem Steuermann, da Wally der Meinung war, dieser würde sich besonders genau umsehen und selbst den kleinsten Sprung in einer Planke entdecken.

Thoulder nickte, nannte vier Namen und wollte zum Niedergang. Plötzlich blieb er stehen und stieß einen gellenden Schrei aus.

Sofort war Wally bei ihm. Bevor er fragen konnte, was los wäre, sah er es selbst. Bei dem Zusammenprall mit dem Wal war der Schiffsjunge aus dem Krähennest geschleudert worden und aufs Deck gestürzt. Bereits auf den ersten Blick war zu erkennen, dass er nie mehr nach einem Wal Ausschau halten würde.

»Ich sagte es ja, wir sind verflucht!«, flüsterte Thoulder mit bleichen Lippen.

Rave Wally sah den Jungen an, den bereits auf seiner ersten Fahrt der Tod ereilt hatte, und glaubte es fast selbst.

9.

Jakob Simonsen sog die würzige Seeluft tief in die Lungen und sah dann zu der mächtigen Segelpyramide hoch, die seine *Neuwerk* mit erstaunlicher Geschwindigkeit vorwärtstrieb. Es ist ein gutes Schiff, dachte er zufrieden. Sie hatten den gesamten Atlantik durchquert und Kap Hoorn umrundet, ohne dass auch nur ein Tau gerissen oder eine Spiere gebrochen wäre.

»Das war bisher eine gute Fahrt«, sagte er zu Detlef Klemme, der die *Neuwerk* als Kapitän führte.

»Jedenfalls haben wir nach unserer Rückkehr einiges zu erzählen«, antwortete Klemme nicht weniger zufrieden als sein Reeder.

»Jetzt liegt der Stille Ozean vor uns. Wollen wir beten, dass er auch still bleibt«, setzte Jakob Simonsen das Gespräch fort.

»Zu ruhig soll er auch nicht sein, denn wir brauchen Wind in den Segeln, um nach Dominica zu kommen!« Klemme verzog das wettergegerbte Gesicht zu einem breiten Grinsen. »Fräulein Ruth wird Augen machen, wenn wir vor ihrer Insel Anker werfen!«

Obwohl Ruths Heirat mit Hinrich bereits über zwei Jahre zurücklag, war sie für die Männer ihres Vaters immer noch das Fräulein. Sie und ihr Mann waren nach der Hochzeit einfach zu schnell abgereist, als dass sich diese an ihren neuen Familienstand hätten gewöhnen können.

Selbst Jakob musste sich gelegentlich daran erinnern, dass er einen Schwiegersohn hatte. Er lachte darüber, denn hätte Ruth nicht Hinrich geheiratet, würde sie noch in Hamburg leben. Verheiratet aber wäre sie bereits auch dort – und vielleicht schon Mutter. Der Gedanke an ein Enkelkind zauberte ihm einen weichen Ausdruck aufs Gesicht. Vielleicht gab es sogar schon eines. Bei seiner eigenen Frau hatte es zwar fast zehn Jahre gedauert, bis mit Jeremias das erste Kind geboren worden war. Ruth war allerdings rasch danach gekommen. Die Pause zu ihren späteren Kindern war durch Napoleons Truppen bedingt gewesen, denn er hatte etliche Jahre Hamburg und seiner Frau fernbleiben müssen.

Unterdessen war Klemme selbst darauf gekommen, dass die älteste Tochter seines Reeders bereits unter der Haube war, und lachte. »Ein Fräulein ist Ruth ja nicht mehr, sondern kann Ihnen vielleicht schon den ersten Enkel präsentieren. Frau Frieda wünscht es sich so sehr! Wie haben Sie Ihre Gattin eigentlich davon abhalten können, mit uns auf der *Neuwerk* zu fahren?«

»Einer von uns beiden muss ja auf die Kleinen achtgeben, und das hat sie eingesehen. Die Kleinen!« Jakob Simonsen lachte erneut. »David ist bereits zwölf und die Zwillinge zehn. Bei Gott, wie die Zeit vergeht!«

»Das tut sie fürwahr!«, stimmte ihm Klemme zu. »Wenn wir wieder in Hamburg auf der Elbe vor Anker gehen, werden wir fast zwei Jahre unterwegs gewesen sein und haben dabei die ganze Welt umrundet.«

»Fast zwei Jahre? Es ist kaum zu glauben!« Jakob hatte beschlossen, nicht wieder um Kap Hoorn herum zurückzukehren, sondern wollte in den Häfen Südasiens anlegen, um dort Geschäfte zu machen. Auch wenn er diese Fahrt aus Sehnsucht nach seiner Tochter angetreten hatte, war er zu sehr Handelsmann, um auf einen guten Gewinn verzichten zu wollen.

»Was ist unser nächster Hafen, Kapitän Klemme?«, fragte er, obwohl er es genauso wusste.

»Valparaiso! Dort werden wir noch einmal Vorräte an Bord nehmen und zusehen, ob wir einen Teil unserer Ladung mit Gewinn losschlagen können. Danach geht es schnurstracks zu Fräulein … ich meine, zu Frau Ruth!«

»So ist es, mein Freund!« Jakob klopfte Klemme lächelnd auf die Schulter. Dem fernen Schiff, dessen Segel der Ausguck eben meldete, maßen weder er noch der Kapitän eine Bedeutung zu.

10.

Die HMS *Hesione* lag auf der Lauer. Nachdem es ihm endlich gelungen war, James Hutton zu beseitigen, war Captain Gervase Smyth bester Hoffnung, auch Zechariah Bartletts zweiten Auftrag ausführen und die *Neuwerk* aus Hamburg aufbringen zu können. Im Logbuch würde er vermerken, dass sie ein Piratenschiff abgefangen und es den örtlichen Behörden gegen Prisengeld übergeben hätten.

James Huttons Ende stand ebenfalls im Logbuch verzeichnet. Angeblich war er während seiner Wache verschwunden. Der Abdiensttuende zweite Offizier Trevor Simmons hätte ihn bei der Ablösung nicht mehr angetroffen. Die Suche auf dem Schiff und am Tag dann auch in dem Seegebiet, wo es geschehen sein musste, wäre vergeblich gewesen. Smyth hatte noch die Sichtung mehrerer großer Haie notiert und sein Bedauern darüber geäußert, dass sein verschollener Erster Offizier zu großen Hoffnungen Anlass gegeben habe.

Um jeden Verdacht zu zerstreuen, er oder sein Neffe könnten in James' Verschwinden verwickelt sein, hatte er Hutton in ein möglichst gutes Licht gerückt, machte sich doch ein Seeheld sehr gut in der Ahnentafel der Hutton-Bartletts. Wie er Zechariah Bartlett kannte, würde dieser ein Bild malen lassen, dessen Ähnlichkeit mit James Hutton nur in der Uniform bestand, und es als das des soundsovielten Earls neben Sir Humphrey an die Wand hängen. Insgeheim aber würde er sich die Hände reiben, weil seine Ehefrau den Titel für sich und ihre gemeinsamen Nachkommen hatte sichern können.

An diesem Tag war er selbst zum Ausguck hochgestiegen und beobachtete ein Schiff, das seiner Besegelung nach ein großer Kauffahrer sein musste. Solche waren in dieser Gegend selten, denn meist umrundeten nur Walfänger Kap Hoorn.

Smyth richtete sein Fernrohr auf die *Neuwerk* und bedauerte, dass er nicht nahe genug kam, um ihre Flagge zu sehen. Der Beschreibung nach aber konnte es das Schiff sein, das er abfangen sollte. Um ganz sicherzugehen, beschloss er, seinen Neffen mit dem großen Beiboot loszuschicken, um in Valparaiso Vorräte zu besorgen. Vor allem der Inhalt seines Lieblingsrumfasses hatte auf ein bedenkliches Maß abgenommen. Mit diesem Gedanken stieg er nach unten und rief Simmons zu sich.

»Mr Simmons! Ein Seemann ohne Grog ist wie ein Schiff ohne Wasser. Das kann so nicht gehen. Sie werden daher mit acht Mann nach Valparaiso segeln und ein paar Fässer Rum kaufen!«

»Aye, aye, Sir!«, antwortete Simmons.

»Kommen Sie mit in meine Kajüte. Dort bekommen Sie Ihre genauen Instruktionen!« Smyth stieg wieder in den Bauch des Schiffes hinab.

Simmons folgte ihm. Er wusste, dass der Rum nur vorgeschoben war. Oder auch nicht, denn die Vorräte waren tatsächlich knapp geworden. In erster Linie aber ging es um diesen Hamburger Kauffahrer, der laut Bartlett gekapert und an irgendeinen peruanischen Reeder übergeben werden sollte. Er hätte eine solche Sache wahrscheinlich nicht angefangen. Oder vielleicht doch? Immerhin galt es, einen guten Eindruck auf Bartlett zu machen. Da ihm die erhoffte Karriere in der Royal Navy versagt blieb, musste er wieder in Bartletts Dienste treten. Mit diesem Gedanken nahm er das Glas Rum entgegen, das Benson ihm reichte.

Smyth wartete, bis sein Diener die Kajüte verlassen hatte, und stieß mit seinem Neffen an. »Auf uns beide! Soll doch der Teufel dreinfahren, wenn ich nicht als geachteter Kapitän meinen Ruhestand genießen kann und du der geachtete Kapitän eines Handelsschiffs wirst.«

»Darauf trinke ich gerne!«, antwortete Simmons und verwarf die Bedenken, die ihn eben noch gequält hatten.

»Wenn du nach Valparaiso kommst, wirst du nach dem Hamburger Schiff Ausschau halten und nach Möglichkeit versuchen, herauszufinden, welchen Kurs es von dort aus nehmen wird. Zu nahe an Land können wir es nicht angreifen. Doch die See ist groß, und ich will nicht, dass sie uns entschlüpfen.«

»Ich tu mein Bestes, Onkel!«, versprach Simmons.

»Das weiß ich!« Smyth klopfte ihm lächelnd auf die Schulter, doch seine Augen blickten kalt.

»Es geht mir hier nicht nur um Bartlett, sondern auch um mich und um dich!«

»Um mich?«, fragte sein Neffe verwundert.

»Auch das! Der Vater dieses Simonsen hat den Vater von Zechariah Bartlett tödlich beleidigt, ohne dass dieser es ihm heimzahlen konnte. Das soll nun geschehen. Doch auch ich habe mit den Simonsens eine Rechnung offen. Ohne diese Hamburger Schiffsratten wäre ich heute ein wohlbestallter Admiral und mindestens Baronet. Dann hätte ich nach meinem Abschied aus der Navy eine Lady in brauchbarem Alter heiraten können. Aber das hat mir der Vater dieses Simonsen verdorben – und dessen Enkelin hat dir die Karriere zerstört! Als Handelskapitän wirst du vielleicht reich, aber niemals ein Sir werden, und kein Lord wird vor dir den Hut lüften, sondern erwarten, dass du den deinen vom Kopf reißt und ihm aus dem Weg gehst.«

Gervase Smyth klang bitter, und sein Neffe begriff, dass es ihn immer noch kränkte, kein Admiral und Lord, sondern nur ein schlichter Fregattenkapitän geworden zu sein. Er würde nicht einmal das werden, und das war allein die Schuld dieses rothaarigen Biestes, das ihn niedergeschlagen und zum Gespött gemacht hatte.

Simmons sagte sich, dass es die richtige Strafe für Ruth war, wenn ihr Vater in Kürze ins Gras biss. Er jedenfalls war bereit, das Seine dafür zu tun.

ACHTER TEIL

SCHLIMME TAGE

1.

Ruth setzte das Fernrohr ab und überlegte. Noch immer lagen die Kanus der Hanamate zwischen Hiva Oa und Tahuata, ohne dass es jemand wagte, sie anzugreifen. Wahrscheinlich beteten die Eingeborenen des Motopu-Stammes, dass die Hanamate die Hanatea überfallen würden, so wie diese beteten, es solle die Stämme auf Tahuata treffen. Auch wenn diese Haltung menschlich war, hielt Ruth sie für schlecht. Sie verstärkte die Angst und schwächte den Willen zur Verteidigung.

Es war aber nicht so, dass die Hanatea keine Vorbereitungen trafen. Derzeit fertigte der Holzschnitzer Teomo keine Schalen oder kleine Tikis an, die als Schutzgötter in den Häusern aufgestellt wurden, sondern fast mannslange Keulen. Deren Schneidkanten besetzte er mit Haifischzähnen. In den Augen eines Europäers mochte eine solche Waffe primitiv erscheinen, doch Ruth hatte erlebt, wie Häuptling Matahi mit einer solchen Waffe einem Schwein den Kopf abgetrennt hatte.

Auch andere Hanatea arbeiteten derzeit als »Waffenschmiede«, wobei sie weder Esse noch Amboss dafür brauchten. Es wurden Keulen angefertigt oder repariert, die aus eisenhartem Holz bestanden und entweder glatt poliert oder mit Haizähnen besetzt waren. Dazu stellten sie Speere mit Steinspitzen und anderes Kriegsgerät neu her oder setzten es wieder instand. Auf Ruth wirkten all diese Bemühungen mehr wie das Pfeifen eines Kindes im

Wald, denn auch mit diesen Waffen würden Matahi und die Seinen einem ebenso gut gerüsteten, aber mehrfach überlegenen Feind niemals standhalten.

Ruth hoffte und vertraute daher auf Hinrichs und auch auf Tahitoas Waffenfertigkeit. Ihr Dolmetscher hatte lange genug unter Weißen gelebt, um zu wissen, dass die Kugel durch Schießpulver aus dem Lauf einer Muskete getrieben wurde, nicht durch einen Zauber. Allerdings bereitete es ihr Sorge, dass Hinrich die Gefahr nicht ernst zu nehmen schien. Er verließ sich auf die Überlegenheit seiner Waffen, ohne in Betracht zu ziehen, dass auch ein mit Musketen ausgerüsteter Mann von einer Masse keulenbewehrter Feinde überwältigt werden konnte.

Erneut blickte sie durchs Fernrohr. Die fremden Kanus näherten sich kurz der Küste von Tahuata und machten dann kehrt, um die Fischer der Hanatea durch Geschrei, Gesten und das Herausstrecken der Zunge zu beleidigen. Hinrich meinte, die Gegner wollten die Hanatea damit zum Angriff reizen, um die Männer auf zwei oder drei Kanus töten zu können und dann als große Sieger in ihr eigenes Tal zurückzukehren.

Für ein solches Ziel aber trieben die Hanamate für Ruths Gefühl zu viel Aufwand. Sie drehte sich zu Aipua um, die mit Jan auf dem Schoß hinter ihr saß und dem Kleinen mehr Aufmerksamkeit zukommen ließ als den Booten auf dem Meer. Ruth hatte die Stelle, an der sie sich nun aufhielten, durch Zufall gefunden und kam hierher, um den schmalen, gefährlichen Weg zur Aussichtsplattform zu vermeiden. Die Krieger, die dort Wache hielten, sahen es zudem nicht gerne, wenn Frauen zu ihnen kamen, da es ihre geistige Kraft, die sie Mana nannten, schwächen könnte.

Ruth fand, dass Hinrich auch diesem Aspekt zu wenig Beachtung schenkte. Für ihn war es dumpfer Aberglaube, den er den Eingeborenen austreiben wollte. Dieses ausgeklügelte System der

Tapus und des Mana war ihrer Ansicht nach aber wichtig, um die Geisteshaltung der Hanatea und ihrer Nachbarstämme überhaupt begreifen zu können. Mana war etwas, das man mehren, aber auch verlieren konnte. Durch einen erfolgreichen Fischfang konnte man Mana ebenso gewinnen wie durch Tanzen. Verstieß man hingegen gegen ein Tapu, wurde das eigene Mana geringer, oder es verließ einen ganz.

Ruth schob ihr Fernrohr zusammen und verstaute es in seinem Futteral. Als sie zu Aipua trat, sah diese auf.

»Sie sind noch immer da, nicht wahr?«

»Ja, das sind sie!« Ruth nahm den Kleinen an sich und kitzelte ihn am Kinn. Ihre Gedanken schlugen jedoch andere Wege ein. »Ich frage mich, weshalb sie das jetzt schon so viele Tage tun?«

»Das weiß ich nicht. Wenn unsere Krieger einen Angriff durchgeführt haben, haben sie es heimlich getan, damit niemand vorher gewarnt worden ist«, antwortete Aipua.

»Vielleicht wollen sie, dass mögliche Feinde Angst vor ihnen bekommen und sie nicht angreifen?«

Es war eine der Erklärungen, die Ruth in den Sinn kamen. Wahrscheinlicher war jedoch, dass die Kanus so lange draußen blieben, bis die Wachsamkeit derer, die sie angreifen wollten, nachließ, um dann umso überraschender auf sie losgehen zu können. Oder aber sie zwangen ihre Feinde dazu, sich auf einen Angriff vom Meer aus zu konzentrieren, und kamen stattdessen über Land.

Ruth drehte sich um und blickte in das Hanatea-Tal hinein. Es war von steilen Felswänden umgeben, die herabzusteigen und wieder zu erklettern viel Übung und Geschicklichkeit erforderten. Für einen Angriff mochte das reichen, doch die Steilwände waren ein Hindernis für den Rückzug. Mit Beute und Gefangenen belastet würden die Feinde langsamer sein als ihre Verfolger und dadurch unnötig Verluste erleiden.

Doch was war, wenn sie über die Berge kamen und über das Meer flohen? Als Ruth dieser Gedanke kam, spürte sie es kalt über den Rücken laufen. Davon hatte noch keiner gesprochen. Wäre sie an der Stelle der Hanamate, würde sie so handeln. Mit dem Gefühl, möglichst rasch mit Hinrich darüber sprechen zu müssen, machte sie sich auf den Weg.

Aipua lief hinter ihr her und fasste sie am Arm. »Ianoa wird Hunger haben!«

»Ich gebe ihm die Brust, sobald wir zu Hause sind«, antwortete Ruth und dachte, dass die Entfernungen im Hanatea-Tal zum Glück nicht so groß waren, dass sie Stunden für den Heimweg benötigten.

2.

Hinrich war nicht zu Hause, als Ruth ihr Heim erreichte, und so nahm sie die Gelegenheit wahr, Jan zu stillen. Sie liebte es, ihn im Arm zu halten und zuzusehen, wie er zufrieden ihre Milch trank. Bisher war er noch keinen Tag krank gewesen und gedieh zusehends. Es tat ihr allerdings leid, dass seine Großeltern ihn nicht sehen konnten, ja, nicht einmal wussten, dass es ihn überhaupt gab. Der Gedanke betrübte sie, und sie fragte sich, ob Hinrich wirklich zehn oder gar mehr Jahre hierbleiben musste. Sie wollte nicht so engherzig sein, die Rückkehr schon nach zwei Jahren zu fordern. Nach drei oder spätestens vier Jahren aber wollte sie dann doch in die Heimat segeln. Immerhin würden sie monatelang in der Enge eines oder sogar verschiedener Schiffe hausen müssen, bis sie endlich wieder in Hamburg an Land gehen konnten.

Sie fragte sich, wieso bislang noch kein Schiff gekommen war, um nach ihnen zu schauen. Hinrich vertraute darauf, dass die

Missionsgesellschaft, die ihn geschickt hatte, sich auch um sie beide kümmern würde. Allerdings fand Ruth, dass die Verantwortlichen wenigstens für einen gewissen Schiffsverkehr zwischen hier und Tahiti hätten sorgen können. So waren sie und Hinrich ganz allein auf sich gestellt, so wie jener Mann, von dem sie in einem Buch ihres Bruders Jeremias gelesen hatte. Ein Engländer hatte es geschrieben, und es handelte von einem Matrosen namens Robinson Crusoe und seinem Diener und Gefährten Freitag. So wie diese waren auch Hinrich und sie auf das angewiesen, was sie selbst mit auf diese Insel gebracht hatten. Allerdings gab es hier mehr Einheimische als einen Freitag, und sie wurden von diesen gut versorgt.

Nachdem Jan satt war, wechselte sie seine Windel und legte das Kind wieder in seine Wiege. Anschließend wollte sie ein Buch zur Hand nehmen und es zum dritten Mal lesen, da riss ein Musketenschuss sie hoch.

»Werden wir angegriffen?«, rief sie erschrocken.

Aipua hob beschwichtigend die Hände. »Tahitoa hat gesagt, dass Hiniriki ihm das Schießen mit einer Muskete beibringen will. Vielleicht tun sie das jetzt.«

»Hoffentlich!« Ruth atmete auf, nahm aber doch ihre Pistole an sich und wies Aipua an, bei Jan zu bleiben. Sie strebte in die Richtung, aus der eben ein zweiter Schuss fiel.

Nach einigen Hundert Schritten erreichte sie den provisorischen Schießstand, den Hinrich eingerichtet hatte. Er und Tahitoa waren allein dort. Aitu'ha'anui hatte diese Stelle mit einem Tapu belegt, so dass ihn kein Stammesmitglied der Hanatea betreten durfte. Ruth nahm an, dass der Priester verhindern wollte, dass die Hanatea Hinrich für noch stärker und mächtiger hielten, als sie es ohnehin schon taten.

Eben gab ihr Mann einen Schuss auf die als Ziel dienende Kokosnuss ab. Diese rührte sich nicht, dafür raschelte es etwas seitwärts im Gebüsch. Hinrich verzog das Gesicht. In der Heimat hatte er als treffsicherer Schütze gegolten und dies auch auf der *Hesione* bewiesen. Nun aber begriff er, dass er aus der Übung gekommen war. Zudem war es etwas anderes, mit einer Pistole zu schießen als mit einer fast mannslangen Muskete.

»Es wäre ein Körpertreffer gewesen«, meinte er zu Tahitoa. »In einem Gefecht sollte man nie auf den Kopf zielen, sondern auf den Leib. Den trifft man leichter!«

»Damit hast du vollkommen recht, mein Lieber!« Ruth trat auf ihn zu und legte ihm die Hand zärtlich an die Wange.

Auf Hinrichs Lippen erschien ein Lächeln, und er streichelte ihre Hand. »Du brauchst keine Angst zu haben, meine Liebe. Ein Mensch ist ein größeres Ziel als eine Kokosnuss.«

»Ich habe keine Angst«, antwortete Ruth nicht ganz wahrheitsgemäß. »Wie macht sich Tahitoa?«, fragte sie dann.

»Thaddäus würde einen Elefanten treffen, wenn er ihm die Mündung der Muskete auf den Leib setzt!«

In Hinrichs Stimme schwang ein Tadel für Ruth mit, weil sie den Mann aus Tahiti noch immer bei dessen heidnischem Namen nannte und nicht bei dem, den er bei seiner christlichen Taufe erhalten hatte.

»Ihr solltet üben, bis ihr die Waffe gut genug beherrscht«, schlug Ruth vor.

Sie zeigte keineswegs das Schuldbewusstsein, welches Hinrich eigentlich bei ihr erkennen wollte. Um die Eingeborenen zu bekehren, musste man konsequent sein. Dies bedeutete auch, Tahitoa bei dem Namen zu nennen, der im Almanach der Heiligen und Propheten verzeichnet war, und das war nun einmal Thaddäus.

»Wenn wir zu viel Pulver vergeuden, haben wir vielleicht zu wenig, wenn wir es brauchen«, sagte er abwehrend und lud die beiden Musketen neu. »Jeder von uns tut noch einen Schuss. Das muss reichen.« Er legte an. Als er diesmal feuerte, wackelte die Kokosnuss. Tahitoas Kugel hingegen riss ein ganzes Stück davon entfernt ein paar Blätter vom Baum.

»Ich glaube, es wäre besser, wenn ich statt seiner schießen würde«, sagte Ruth besorgt.

Hinrich schüttelte energisch den Kopf. »Das wirst du nicht tun! Ein wenig Pulver und Blei kann ich entbehren, damit Thaddäus mehr Übung bekommt. Du wirst, wie wir es vereinbart haben, unsere Waffen laden, aber nur, wenn es wirklich nötig sein sollte.«

Ruth nickte, auch wenn sie davon überzeugt war, besser zu treffen als Tahitoa. Dann wies sie auf die Felswände, die das Tal umgaben. »Wir sollten uns mit dem Gedanken vertraut machen, dass die Angreifer über die Berge kommen könnten.«

Hinrich warf einen Blick auf die steilen Hänge und lachte. »Die kann höchstens eine Ziege erklimmen, aber kein Mensch!«

»Trotzdem dürfen wir diese Möglichkeit nicht aus den Augen lassen«, erwiderte Ruth drängend.

»Damit es dich beruhigt, werde ich es tun«, versprach Hinrich, denn seine Frau sollte sich nicht unnötig Sorgen machen.

»Wir könnten Matahi bitten, Verhaue errichten zu lassen, hinter denen du und Tahitoa-Thaddäus gegen feindliche Speere und dergleichen gedeckt seid und unbehelligt feuern könnt«, schlug Ruth vor.

»Es müssten mehrere Befestigungen sein, da wir uns, je nachdem, wie viele Feinde es sind, mehrfach zurückziehen müssen!« Hinrich lächelte Ruth aufmunternd zu. In der Hinsicht konnte er mit ihr zufrieden sein. Sie hatte den Kopf nicht nur, damit Haare darauf wachsen konnten, sondern verfügte über einen wachen Verstand. Allerdings hätte er ihr etwas weniger Sturheit gewünscht. Auch trat sie manchmal viel zu energisch auf. Gott hatte die Frauen als gehorsame Gefährtinnen ihrer Männer geschaffen, aber bei ihr war dies dem Herrn nicht vollkommen gelungen.

Erschrocken über diesen Gedanken, der einen Pastor niemals befallen durfte, nahm er beide Musketen an sich, reinigte sie und legte sie sich über die Schulter. »Für heute reicht es. Du solltest mit einem geraden Stock zielen üben, Thaddäus, und du, Ruth, musst dir keine Gedanken wegen eines möglichen Angriffs irgendwelcher Wilden machen. Mit Gottes Hilfe werden wir sie besiegen.«

»Das werden wir, mein Lieber«, antwortete Ruth und beschloss, das Ihre dazu beizutragen.

3.

Um die Zeit, in der Ruth sich Sorgen wegen eines feindlichen Angriffs machte, durchpflügte das neueste Schiff ihres Vaters, die *Neuwerk*, bei gutem Wind die Wogen des Pazifischen Ozeans auf Westkurs. Auch wenn sie nur ein Handelsschiff war, so hatte man sie doch mit Kanonen bestückt, die selbst ein Dutzend angreifender Kanus zerstören konnten. Noch lagen mehrere Tausend Meilen zwischen der *Neuwerk* und der Insel Hiva Oa, doch Jakob Simonsen hoffte, diese Strecke in wenigen Wochen bewältigen zu können.

Im Augenblick fühlte er sich so glücklich wie lange nicht mehr. Er liebte seine Frau und seine Familie und war gerne bei ihnen, doch er war zu lange zur See gefahren, um deren Lockruf widerstehen zu können. Zwar führte nicht er das Schiff, sondern Detlef Klemme, aber das tat seiner Freude, wieder einmal Schiffsplanken unter den Füßen zu spüren, keinen Abbruch.

Mit einem gewissen Bedauern dachte er daran, dass er wohl zum letzten Mal in seinem Leben auf eine so lange Fahrt gehen konnte. In Zukunft würden seine Ziele wieder die nahen europäischen Hafenstädte sein. Aus diesem Grund wollte er diese Reise ganz besonders genießen und freute sich schon, im Kreis der Hamburger Reeder damit prahlen zu können, um die ganze Welt gefahren zu sein.

»Wir haben ausnehmend guten Wind!«, meldete Kapitän Klemme. »Unser braves Mädchen läuft fast so schnell wie eine Fregatte. Es sollte mich wundern, würden wir weniger als acht Knoten machen.«

Für ein Schiff dieser Größe war dies eine beachtliche Geschwindigkeit, und Jakob fand, dass die Änderungen, auf die er beim Bau der *Neuwerk* bestanden hatte, sich gelohnt hatten. »Wie lange, glauben Sie, werden wir noch bis Dominica brauchen?«, fragte er.

»Wir werden uns bald nördlicher halten müssen, und damit geht dann ein Teil der Geschwindigkeit verloren. Aber wenn uns keine Flaute überrascht, werden wir nicht zu lange brauchen. Für die hiesigen Verhältnisse, meine ich«, schränkte Klemme ein.

»Dann wollen wir hoffen, dass wir in keine Flaute geraten«, antwortete Jakob und blickte auf die See hinaus, die wenigstens zur Stunde ihrem Namen »Stiller Ozean« alle Ehre machte.

»Wenn Hoffen allein nützen würde, hätten wir stets eine gute Fahrt«, erwiderte Klemme gut gelaunt. Auch ihm gefiel diese Reise, die ihn weiter führte, als es jede andere bisher getan hatte. Zu Beginn hatte er gefürchtet, dass sein Reeder sich in seine Schiffsführung einmischen würde, war aber eines Besseren belehrt worden. Jakob wusste, was er an ihm hatte, und dachte nicht daran, die Ordnung an Bord umzustoßen.

»Schiff steuerbord voraus!«, meldete der Ausguck.

»Kannst du erkennen, was es sein kann?«, rief Klemme zurück.

»Von der Beseglung her könnte es ein englisches Kriegsschiff sein, eine Fregatte wahrscheinlich.«

»Auf die trifft man hier auch nur durch Zufall«, sagte Klemme lachend, wurde aber rasch wieder ernst. »Wir sollten trotzdem wachsam sein. Nicht, dass es ein Kaperschiff ist. Ich traue den Brüdern, die hier an den Küsten leben, nicht über den Weg. Immerhin haben sie, obwohl sie selbst spanischen Geblüts sind, sich gegen Spanien erhoben und ihre Unabhängigkeit erkämpft. Besser ist es seitdem allerdings nicht geworden, denn jetzt schlagen sie sich gegenseitig die Köpfe ein.«

»Sie sind eben von heißem Geblüt«, spottete Jakob, während Klemme befahl, die Kanonen zu laden.

Danach blickte der Kapitän wieder zum Ausguck hoch. »Siehst du schon mehr?«

»'s ist ein Engländer, Käpt'n! Ich kann die Fahne erkennen«, meldete der Mann im Krähennest.

»Das gefällt mir schon besser«, erklärte Klemme. »Ich sagte ja, den Brüdern an dieser Küste traue ich nicht. Da könnte doch der eine oder andere denken, er könnte uns entweder Geld abpressen, damit er uns passieren lässt, oder uns gleich kapern.«

»Ist das nicht ein bisschen weit hergeholt?«, fragte Jakob amüsiert.

»Gesetz und Ordnung sind zwei Dinge, die es noch nicht bis hierher geschafft haben. Darum schicken die Engländer, aber auch die Franzosen solche Fregatten in diese See, teils, um das Meer und seine Inseln zu vermessen, teils aber auch, um bösen Buben auf die Finger zu klopfen, falls sie sich hier zeigen sollten.«

»Da wir keine bösen Buben sind, haben wir nichts zu befürchten.«

»'s ist die *Hesione!*«, rief der Ausguck. »Ich kann den Namen lesen.«

»Die *Hesione?*« Jakob klopfte Klemme begeistert auf die Schulter. »Das ist das Schiff, das meine Ruth in die Südsee gebracht hat. Vielleicht kann ich schon heute etwas über sie erfahren.«

Er eilte an die Reling und starrte zu der Fregatte hinüber, die nun mehrere Segel raffte, um ihren Kurs und ihre Geschwindigkeit der *Neuwerk* anpassen zu können.

»Welches Schiff?«, klang es von einem Megafon verstärkt herüber.

Klemme ließ sich ebenfalls eine Flüstertüte reichen. »Die *Neuwerk* aus Hamburg von der Reederei Simonsen. Sehr erfreut, euch zu treffen!«

Auf dem Engländer rieb sich Captain Smyth zufrieden die Hände. »Sie sind es!«, sagte er zu seinem Neffen. »Jetzt müssen wir nur noch zusehen, wie wir an Bord gelangen, ohne dass sie Verdacht schöpfen.«

»Das Beiboot kann jederzeit ausgeschwenkt werden, und die Männer sind bereit«, antwortete Simmons.

Er hatte Matrosen ausgewählt, die für einen zusätzlichen Becher Rum nicht fragten, warum dieses Schiff gekapert werden sollte.

Unterdessen setzte Smyth erneut die Flüstertüte an den Mund. »Seiner britischen Majestät Fregatte *Hesione*. Dürfen wir an Bord kommen, um Depeschen auszutauschen?«

Einander Briefe zur Weiterbeförderung zu übergeben, war ein übliches Verfahren, wenn zwei Schiffe sich in den Weiten des Meeres trafen. Daher schöpften weder Jakob Simonsen noch Kapitän Klemme Verdacht, als ein Boot von der *Hesione* abstieß und von acht Matrosen gerudert auf sie zukam. Zwei Männer standen vorne am Bug, ihren Uniformen nach der Kapitän und einer seiner Offiziere, während ein Midshipman im Heck saß und die Steuerpinne führte.

Das Boot kam näher, und man warf von der *Neuwerk* ein Seil hinab, damit es festgebunden werden konnte und nicht abtrieb. Nachdem auch die Jakobsleiter ausgelegt worden war, stiegen die beiden Offiziere an Bord.

»Willkommen auf der *Neuwerk!*«, begrüßte Jakob sie. »Wenn Sie in meine Kabine mitkommen wollen? Ich habe dort einen guten Cognac. Oder mögen Sie lieber Rum?«

»Wir haben zwar einiges gegen Franzosen, aber nichts gegen ihren Cognac«, antwortete Smyth lachend und reichte Jakob die Hand. »Captain Smyth! Mit Verlaub gesagt, ich hätte nicht gedacht, dass wir in diesen Breiten auf ein europäisches Schiff stoßen. Die Walfänger halten sich meistens weiter im Süden auf, weil es dort Inseln gibt, auf denen sie ihren Tran kochen können. Hier fahren sonst nur Schiffe aus Peru, Chile oder Großkolumbien herum, deren Kapitäne ich für halbe Piraten halte.«

»Was habe ich Ihnen gesagt, Herr Simonsen? Captain Smyth bestätigt meine Worte.« Klemme grinste und wies dann zum Niedergang. »Wenn Sie mir folgen wollen, meine Herren!«, sagte er auf Englisch.

Smyth gab seinem Neffen einen auffordernden Wink und setzte sich in Bewegung. Als er schon halb im Schiff verschwunden war, drehte er sich noch einmal um und sah, dass seine Matrosen an Bord kletterten, ohne dass einer der Hamburger Fahrensleute sich darum kümmerte.

4.

Die Kajüte erregte den Neid der Besucher, denn sie war sorgfältig eingerichtet und mit guter Tischlerarbeit bestückt worden. Durch eine Zwischenwand getrennt gab es auf der einen Seite einen größeren Raum mit einem Tisch, mehreren Stühlen sowie einem Schrank, dessen Fächer für solche Seefahrten wie diese angefertigt worden waren. Obwohl der Raum eine hanseatische Kühle ausstrahlte, verriet er, dass Geld hier die geringste Rolle gespielt hatte. Jakob Simonsen konnte es sich leisten, die wichtigste Kajüte seines Schiffes so auszustatten, dass sie seinen Vorstellungen entsprach.

»Nicht übel!«, brummte Simmons und sagte sich, dass seine Kajüte, wenn er eines von Bartletts Schiffen übernahm, dieser hier in nichts nachstehen sollte. Immerhin war Zechariah Bartlett nicht nur ein Londoner Großreeder, sondern bald auch ein Lord.

Wenn der alte Humphrey Hutton seinem verhassten Neffen zweiten Grades bereits ins Jenseits gefolgt war, konnte Bartlett sich jetzt schon so nennen. Zwar erbte nur Ellinor Bartlett den Titel des Vaters, nicht aber ihr Mann, doch das spielte für Simmons keine Rolle. Er sah seine Zukunft in Bartletts Diensten gesichert, und dafür musste er ein paar Sachen erledigen, die andere vielleicht abgelehnt hätten. Da er gut leben wollte, war er jedoch zu einigem bereit.

Während Jakob Simonsen den Schrank öffnete und ein kleines Holzfässchen mit Cognac herausholte, um vier Gläser zu füllen, zog Simmons seine Pistole, legte auf ihn an und schoss.

Jakob zuckte zusammen und starrte Simmons an, als könne er es nicht glauben. Dann griff er sich mit der rechten Hand an die Brust und starrte auf seine Finger, die sich rot färbten.

»Was soll das?«, schrie Klemme voller Wut und ging auf Simmons los.

Da der Kapitän ein großer, kräftiger Mann war, hing Simmons hilflos in seinen Pranken, und sein Genick knirschte bereits unter Klemmes Griff. Da holte Smyth seine Pistole unter dem Uniformrock hervor, setzte die Mündung auf den Hinterkopf des Hanseaten und drückte ab.

Klemme stürzte wie ein gefällter Baum zu Boden und riss Simmons mit sich. Im ersten Schreck glaubte Smyth seinen Neffen bereits tot, doch da wand dieser sich unter Klemmes Leichnam hervor und funkelte ihn zornig an. »Sie haben sich ja verdammt viel Zeit gelassen, Herr Onkel! Der Kerl hätte mir beinahe das Genick gebrochen.«

»Du hast übereilt gehandelt! Die beiden Hamburger hätten sich erst setzen sollen, bevor wir sie erledigen. Außerdem hast du schlecht getroffen. Simonsen steht immer noch!«

»Nicht mehr lange!«, fauchte Simmons und trat Jakob von hinten in die Kniekehlen.

Nun stürzte auch Jakob zu Boden. Das Letzte, was er noch begriff, war, dass er weder Ruth noch seine Frau oder seine anderen Kinder jemals mehr wiedersehen würde.

Smyth überzeugte sich, dass sowohl Jakob Simonsen wie auch Kapitän Klemme tot waren, dann lud er seine Pistole und forderte seinen Neffen auf, es ihm gleichzutun.

»Es kann sein, dass wir noch ein paar Matrosen niederschießen müssen, wenn sie Sperenzien machen.«

»Unsere Jungs werden schon alles im Griff haben.« Simmons' Augen leuchteten. Zum ersten Mal in seinem Leben hatte er jemanden eigenhändig erschossen – und es war ihm leichter gefallen, als er erwartet hatte. Nachdem auch er seine Pistole geladen hatte, verließ er die Kajüte und stürmte seinem Onkel voran an Deck, bereit, alles niederzukämpfen, das sich ihm in den Weg stellte. Ehe er es erreichte, vernahm er ein paar Schüsse und wurde schneller.

Doch als er nach oben kam, hatten ihre acht Matrosen alles unter Kontrolle. Drei Hamburger Seeleute lagen am Boden und würden nie mehr aufstehen. Ihre Kameraden waren in eine Ecke getrieben worden und begriffen die Welt nicht mehr.

»Es ist alles glattgegangen, Sir!«, meldete Banks.

Er war einer der Deserteure von Tahiti, und Smyth hatte ihn aufgrund seiner kriminellen Vergangenheit mit dem Kommando über die anderen sieben Matrosen betraut. Nur Midshipman Railey hatte unten im Boot bleiben müssen. Jetzt drang seine kieksende Stimme von unten hoch.

»Hören Sie mich, Sir? Was ist dort oben los? Warum ist geschossen worden?«

Simmons trat an die Reling und sah zu seinem mehr als ein Jahrzehnt jüngeren Kameraden hinab. »Keine Sorge, Mr Railey! Hier ist alles in Ordnung. Es war ein als Handelsschiff getarnter Kaperer! Wir konnten die Kerle überraschen und niederkämpfen.«

»Benötigen Sie Hilfe, Mr Simmons?«, fragte der Junge.

Von dir pickeligem Bübchen gewiss nicht, dachte Simmons und verneinte es etwas höflicher. Danach wandte er sich wieder seinem Onkel zu. »Das war so leicht wie Kuchen essen!«

»Für den Bericht im Logbuch haben diese Kerle sich wütend zur Wehr gesetzt, und es hat ein paar Verluste bei uns gegeben.«

Smyth hatte Banks, Stanley und einen weiteren Matrosen mit dem Versprechen geködert, sie in Callao mit einer gewissen Summe als Zehrgeld an Land zurückzulassen. Da er jedoch jeden Mann für die Umfahrung Kap Hoorns benötigte, überlegte er sich, ob er dieses Versprechen zurückziehen sollte. Allerdings musste er dann damit rechnen, dass die Kerle alles tun würden, um ihm am Zeug zu flicken. Daher waren sie hier auf der England abgewandten Seite Südamerikas am besten aufgehoben. Er würde in Callao Ersatz für sie suchen. Doch vorher galt es, klug die nächsten Schritte anzugehen.

»Ich werde auf die *Hesione* zurückkehren, Mr Simmons. Sie übernehmen dieses Piratenschiff und folgen uns nach Callao. Vorher machen Sie hier Reinschiff. Werfen sie die toten Piraten den Haien vor. Die anderen lassen Sie im Kielraum in Eisen legen.«

Er wartete, bis die Hamburger Matrosen nach unten getrieben und angekettet worden waren, dann stieg er in das Beiboot hinab und klopfe Midshipman Railey gönnerhaft auf die Schulter.

»Das war Ihr erster Kampfeinsatz, Mr Railey. Ich werde es im Logbuch gebührend vermerken. Für Ihre weitere Karriere macht es sich sicher gut.«

»Da… danke, Sir!«, stotterte der Midshipman. »Haben sich die Piraten sehr gewehrt?«

»Und ob! Aber es hat ihnen nichts geholfen. Und nun zurück zur *Hesione!*«

Unterdessen waren vier Matrosen ins Boot gestiegen, ergriffen die Riemen und richteten den Bug auf die Fregatte.

Smyth war hochzufrieden. Er hatte auch diesen Auftrag zu Zechariah Bartletts Zufriedenheit ausgeführt, und wenn er diesen

Zwischenfall im Logbuch entsprechend darstellte, hatte er sogar die Chance, mit einer Beförderung aus dem Dienst in der Royal Navy entlassen zu werden. Wenn es dazu kam, hatte er dies seinem Gönner Bartlett zu verdanken.

5.

Banks, Stanley und zwei weitere, laut Logbuch im Kampf gegen die Piraten gefallene Matrosen blieben an Bord der *Neuwerk*, damit die anderen Besatzungsmitglieder der *Hesione* an ihren Tod glaubten und sich nicht zu Hause verplapperten. Diejenigen, die das Hamburger Schiff geentert hatten, kannten zwar die Wahrheit, doch Smyth überlegte bereits, wie er auch ihnen den Mund stopfen konnte.

Zunächst einmal kehrten die vier Mann, die ihn zur *Hesione* gerudert hatten, auf die *Neuwerk* zurück, um sie unter Simmons' Kommando zu segeln. Auch wenn der Wind ungünstig stand, so erwartete Smyth, mit beiden Schiffen in gut zwei Wochen im Hafen von Callao vor Anker gehen und die Sache abschließen zu können. Bartlett zufolge würde er von dessen Geschäftsfreund eine gewisse Summe erhalten, die er der Admiralität in London als Verkaufspreis für diese Prise übergeben konnte. Zwar entsprach dieses Geld bei Weitem nicht dem Wert der *Neuwerk*, doch deren Größe war in seinem Bericht und im Logbuch um einiges geschrumpft, so dass diese Summe verhältnismäßig erschien. Als Zusatz schrieb er hinzu, dass der gekaperte Segler, dem er einen spanischen Fantasienamen gegeben hatte, für eine Umrundung von Kap Hoorn nicht geeignet sei.

Auf diese Weise abgesichert, nahm Smyth Kurs auf Callao, ließ Anker werfen, als die Küste vor ihnen auftauchte, und sandte Simmons mit einem Beiboot voraus, damit dieser Señor Corello in Callao von ihrer Ankunft berichten konnte.

Noch am selben Tag kehrte Simmons mit dem Boot zurück. Ihm folgte ein kleineres Segelschiff mit mehr als sechzig Mann an Bord. Die Fahne der Republik Peru wehte am Mast, doch Smyth war sicher, dass der Eigner seinen eigenen Gesetzen folgte anstatt jenen, die in der Hauptstadt Lima beschlossen worden waren.

Das Schiff ankerte in ihrer Nähe, und ein Mann rief in schlechtem Englisch herüber, dass es für Señor Corello eine Ehre sei, den hochgeachteten Capitano Smyth an Bord begrüßen zu dürfen.

Smyth befahl, die Kapitänsgig klarzumachen, und ließ sich zu dem Schiff hinüberrudern. Als er drüben an Bord stieg, wurde er von einem Mann in einer prachtvollen Uniform empfangen. Glich Corello selbst eher einem Pfau, so machten seine Männer den Eindruck einer Räuberbande. Sie trugen gestreifte Ponchos und Hosen, die kaum bis zu den Waden reichten. Dazu liefen sie mit blanken Füßen über das Deck. Allerdings war jeder von ihnen mit einer Pistole, einem Entermesser und mindestens zwei Dolchen bewaffnet. So, dachte Smyth, stellte man sich südamerikanische Piraten vor.

Der Pfau trat auf ihn zu und entblößte zwei Reihen prachtvoller, weißer Zähne. »Señor Capitano Smyth, ich heiße Sie willkommen!«, sagte er und ergriff nicht nur Smyths Hand, sondern dessen ganzen Arm.

Einen Augenblick lang befürchtete der Engländer, sein Gegenüber würde ihn auch noch umarmen und küssen. Doch da ließ der Mann ihn los und wies auf den Niedergang. »Folgen Sie mir in meine Kajüte, Señor Capitano Smyth.«

»Mit Vergnügen!«

Corellos Kajüte nahm fast das gesamte hintere Viertel des Schiffes ein und war glanzvoller eingerichtet als die eines englischen Lordadmirals. Einen Teil der Möbel hatte man sogar mit Blattgold überzogen, und der Cognac, den ein dunkelhäutiger Diener servierte, stammte von den teuersten Lagen Frankreichs.

»Ich hoffe, der Cognac schmeckt Ihnen, Señor Capitano Smyth«, begann Corello das Gespräch.

»Ausgezeichnet!«, antwortete Smyth und überlegte, wie er den Diener dazu bringen konnte, ihm noch einmal nachzuschenken.

Corello bemerkte den Blick, mit dem sein Gast den Mann bedachte, und gab diesem einen Wink. Sofort eilte der Diener herbei und goss dessen Glas erneut voll.

»Wollen wir nun über das Geschäftliche sprechen, Señor Capitano Smyth?«, fuhr Corello fort.

»Sehr gerne!« Smyth lehnte sich aufmerksam vor, denn er war nicht willens, sich von diesem Mann über den Tisch ziehen zu lassen.

»Meine Leute werden noch an diesem Tag das von Ihnen aufgebrachte Piratenschiff *Santa Maddalena* übernehmen und in einen Hafen bringen, der zu meinen Besitzungen gehört. Dort wird das Schiff nach meinen Ansprüchen umgebaut.«

Smyth ahnte, dass aus den Achterkabinen der *Neuwerk* eine einzige, riesige Kajüte für Corello gemacht werden sollte, mit Möbeln, die einem Sultan angemessen waren. Ihm war dies gleichgültig. Hauptsache war, er bekam das ihm zugesagte Geld. Außerdem musste er noch zwei weitere Punkte besprechen.

»Sie kennen die Summe, die für dieses Schiff gefordert wird?«, fragte er.

»Hier ist sie!« Corello legte einen Lederbeutel auf den Tisch.

»Sie erlauben!« Smyth nahm den Beutel, öffnete ihn und schaute hinein. Beim Anblick der Goldmünzen schluckte er, denn er hatte nicht erwartet, dass es so viel war. Das musste er der Admiralität wirklich nicht mitteilen.

»Sehr gut!«, sagte er und sah dann Corello an. »Die Besatzung des Schiffes befindet sich noch an Bord. Diese Männer sollten nach Möglichkeit nicht freikommen.«

»Mein Schwager ist Besitzer einer Silbermine und benötigt laufend Arbeiter, die in den Tiefen der Erde das Erz für ihn brechen.

Er wird die Männer übernehmen! Seien Sie versichert, ihm ist bis jetzt noch kein Einziger seiner Sklaven entkommen.«

»Sehr gut!« Smyth atmete auf und wandte sich dann seinem nächsten Problem zu. »Ich habe im Kampf gegen diese Piraten ein paar meiner Männer verloren. Da der Dienst in der Südsee ebenfalls Opfer gekostet hat, habe ich zu wenig Matrosen an Bord, um die *Hesione* um Kap Hoorn segeln zu können. Ich brauche mindestens zehn Mann.«

»Von meinen Matrosen kann ich Ihnen keinen abgeben, denn ich benötige diese selbst. In Callao aber bleiben immer wieder Matrosen zurück, denen der Dienst auf ihren Schiffen nicht gefällt. Ich werde dafür sorgen, dass Sie von denen genug als Ersatz erhalten. Dafür müssen Sie allerdings in Callao einlaufen. Brauchen Sie auch Vorräte?« Corello klang geschäftstüchtig, und so befürchtete Smyth schon, er wolle sich einen Teil des ausgezahlten Geldes wieder zurückholen.

»Sie erhalten diese selbstverständlich als Geschenk von mir«, setzte Corello hinzu, der ihm diesen Gedanken förmlich von der Nase ablas. Dabei dachte er, dass Engländer immer so taten, als wären sie die edelsten und besten Menschen der Welt. Dabei waren sie die gleichen Schurken wie alle anderen auch.

6.

Während Captain Gervase Smyth in Callao seine Pesos zählte und Ruth sich auf Hiva Oa auf den Angriff eines feindlichen Stammes vorbereitete, fristete James Edward Hutton auf Lucky Island, wie er seine Insel in einem Anfall von schwarzem Humor getauft hatte, ein elendes Leben.

Das Fruchtwasser unreifer Kokosnüsse, das Fruchtfleisch reifer Kokosnüsse, Muscheln und roher Fisch schmeckten vielleicht eine kurze Zeit. Auf Dauer riss ihn diese Diät nicht gerade zu Freudenstürmen hin. Die Hoffnung, sein angeblich sprichwörtliches Glück könne zurückkehren, hielt ihn jedoch aufrecht. Irgendwann, sagte er sich, würde er es Zechariah und Ellinor Bartlett, Captain Smyth und auch dessen Neffen Trevor Simmons zeigen.

Als er an diesem Tag in der Lagune nach Muscheln suchte und diese mühsam losbrach, gab er sich ganz seinen Rachefantasien hin. Er hatte sich aus Kokosfasern eine Art Beutel angefertigt, um nicht jedes Mal wegen ein, zwei Muscheln an Land eilen und sie dort irgendwo ablegen zu müssen.

Nach einer Weile war er mit seinem Fang zufrieden, stapfte durch den weichen Sand ans Ufer und suchte sich einen bequemen Platz. Doch als er nach seinem Dolch greifen wollte, um die erste Muschel zu öffnen, war die Scheide leer. Dieser Verlust traf James wie ein Schlag. Eine Weile saß er wie erstarrt da und wollte es nicht glauben. Er tastete den ganzen Gürtel ab und suchte dann in seinen Taschen. Aber der Dolch blieb verschwunden.

Der zornige Fluch, den er ausstieß, hätte jede Dame von Stand in Ohnmacht fallen lassen. Allerdings stand auch er selbst kurz davor, vor Entsetzen das Bewusstsein zu verlieren. Ohne Dolch konnte er weder Muscheln knacken noch Kokosnüsse öffnen. Da es auf der Insel kein Frischwasser gab, war er auf die Flüssigkeit der Kokosnüsse angewiesen, wenn er nicht verdursten wollte. Zwar konnte er Fische mit der Hand fangen, aber keine Kokosnüsse aufzaubern.

»Sollte dieser Drecksack Bartlett am Ende doch gewinnen?«, rief er verzweifelt und beschimpfte sich selbst, weil er nicht genügend auf seinen Dolch achtgegeben hatte.

Allmählich wurde er ruhiger. Ganz verschwunden konnte dieser nicht sein. Er hatte ihn noch bei sich gehabt, als er vorhin ins Wasser gestiegen war. Damit konnte er ihn nur dort verloren haben, wo er nach Muscheln gesucht hatte.

»Halt! Zu Beginn musste ich mehrere Muscheln mit dem Dolch vom Untergrund lösen. Erst ganz zuletzt habe ich ein paar so herausnehmen können«, sagte er zu sich selbst und wandte sich dem Strand zu. Er war irgendwo an Land gegangen, nur wusste er nicht mehr genau, an welcher Stelle.

James versuchte, seine Spuren zu finden, doch war er an diesem und an den vergangenen Tagen so oft am Strand herumgelaufen, dass er nicht herausfinden konnte, welche frisch waren. Als sein Blick über den schmalen Streifen am Strand glitt, den die Wellen des Meeres beleckten, hatten sie die Stelle, an der er das Wasser verlassen hatte, längst überspült.

»Du darfst nicht aufgeben!«, mahnte er sich und ging langsam am Ufer entlang.

Wenig später entdeckte er eine halb verwischte Fußspur und stieg an dieser Stelle ins Meer. Da jede Welle Sand anspülte und wieder mit sich riss, tastete er mit Händen den Boden ab, da das Messer bereits unter dem Sand begraben sein konnte. Er fand jedoch nichts und geriet in immer tieferes Wasser. Schon bald musste er beim Tasten den Kopf unter die Wasseroberfläche stecken, um den Grund noch erreichen zu können.

Sein Messer fand er trotzdem nicht. Verbissen suchte er weiter, bis er die Stellen erreichte, an denen er die Muscheln gesammelt hatte. James versuchte, sich zu erinnern, wo er den Dolch zum letzten Mal gebraucht hatte, wusste es aber nicht mehr und suchte und suchte, bis ihn die Verzweiflung zu übermannen drohte. Er hatte fast zehn Jahre auf der *Hesione* überstanden, obwohl Captain Smyth, wie ihm mittlerweile klar geworden war, alles getan hatte, um ihn loszuwerden. Der alte Lord Humphrey hatte ihn auf dieses Schiff geschickt, damit er sterben sollte und dessen Tochter Rang und Vermögen der Huttonsfields erben konnte. Doch bislang war er allen Gefahren glücklich entronnen. Sich nun sagen zu müssen, dass er sein Ende durch eigene Schuld finden würde, schmerzte wie Salz in einer offenen Wunde.

Irgendwann kam James an eine Stelle, an der er eine Muschel mit dem Dolch von Untergrund gelöst hatte. Hier hielt er inne und sah sich um. Es war seltsam, wie fremd ihm die Umgebung auf einmal erschien, obwohl er doch genau hätte wissen müssen, wo er bei der Muschelsuche überall gewesen war. Für Augenblicke verließ ihn der Mut, und er sagte sich, dass es wohl das Beste war, wenn er jetzt den Riffsaum überwand und aufs Meer hinausschwamm. Der Tod durch Ertrinken oder durch einen angreifenden Hai erschien ihm leichter, als auf der Insel zu bleiben und inmitten von Kokosnüssen, Fischen und Muscheln, die es in Hülle und Fülle gab, elend zu verschmachten.

James schwamm bereits auf die kleine Lücke im Riff zu, als er sich zur Ordnung rief. Wenn er das tat, hatten Humphrey Hutton, dessen Tochter Ellinor und Zechariah Bartlett endgültig gewonnen. Nur wenn er sich mit aller Kraft ans Leben klammerte und bis zum letzten Atemzug durchhielt, hatte er die Chance, dass doch ein Schiff kommen und ihn retten könnte. Mit diesem Gedanken drehte er um und kehrte zum Ufer zurück.

Als er den Strand hochschritt, trat er auf etwas Hartes. Verwundert bückte er sich, fasste zu und hielt seinen Dolch in der Hand. Im ersten Moment glaubte er, ihn träfe der Schlag. Stundenlang hatte er im Wasser gesucht, dabei hatte sich das Ding die ganze Zeit keine zehn Schritte von der Stelle entfernt befunden, an der er seine Muscheln hatte essen wollen. Er konnte noch von Glück sagen, dass er auf den Griff getreten war und nicht auf dessen Klinge. Ebenso hätte er sich die Hand verletzen können, als er nach dem Ding gegriffen hatte. Ein wenig von Lucky Jims sagenhaftem Glück schien also immer noch vorhanden zu sein.

James nahm es als gutes Omen und ging zu seiner Vormittags-Beute. Aber als er die erste Muschel öffnete, schlug ihm ein übler Gestank in die Nase. Während seiner langen Suche nach dem Dolch waren alle verdorben. Angewidert nahm er sie und schleuderte sie in die Lagune. Danach wusch er seinen Dolch im Wasser, holte eine der Kokosnüsse, die er als Vorrat gesammelt hatte, öffnete sie und trank erleichtert den süßlichen Saft. Ein zweites Mal, schwor er sich, würde er seinen Dolch nicht mehr verlieren. Gleichzeitig hoffte er, dass sich sein Ruf als Glückspilz bewahrheiten und bald ein Schiff kommen würde, das ihn in die Heimat brachte.

7.

Schon seit Stunden erklangen die Trommeln. Die wilden Schreie und das Stampfen der Krieger hallten über den Festplatz, und die Gesänge erzählten von Kampf und Tod. Obwohl Ruth seit über einem Jahr bei den Hanatea lebte und sich bemüht hatte, deren Sprache zu lernen, verstand sie nicht alles. Zu viele Ausdrücke zählten zur Sprache der Männer und wurden von den Frauen kaum benutzt.

Sie und Noelani saßen mit den Frauen außerhalb des eigentlichen Festplatzes und sahen zu, wie die Männer ihre Kraft und Geschicklichkeit bekundeten, aber auch den Willen, ihren Stamm zu verteidigen. Es waren prachtvolle Gestalten, glänzend von Kokosöl und ihrer Stellung im Stamm nach tatauiert. Bei hochgerühmten Männern wie dem alten Mako war kein Quadratzoll Haut ohne ein Tatau geblieben. Auch Matahi prunkte mit vielen Tataus und hatte erst vor wenigen Tagen ein neues erhalten.

Ein einziger Mann auf dem Ehrenpodest trug kein Tatau, und das war Hinrich, der anders als seine Frau an dem Fest teilnehmen durfte. Neben ihm saß ein hünenhafter Mann, der nicht weniger tatauiert war als Matahi, und unterhielt sich mit ihm, wobei Tahitoa wort- und gestenreich übersetzte.

Der Hüne hieß Teina, und er und seine sechs Begleiter gehörten zum Stamm der Hakeani. Sie waren am Morgen mit einem Kanu angelandet und hatten das Zeichen des Friedens gemacht. Nun hofften Matahi, Aitu'ha'anui und die anderen Hanatea, die Hakeani als Verbündete gegen die Hanamate zu gewinnen.

Ruth hoffte es ebenfalls, auch wenn ihr die Fremden wilder erschienen als Matahis Volk. An die Hanatea habe ich mich gewöhnt, dachte sie und schüttelte über sich selbst den Kopf. Wenn sie es genau betrachtete, waren diese ihr anfangs ebenso fremd erschienen. Außerdem war es wichtig, Verbündete zu gewinnen, denn damit konnte Hinrich auch diesen Stamm zum Christentum bekehren. Gelang es dann auch noch, die Hanamate zu besiegen, würde dieser Stamm ebenfalls den neuen Glauben annehmen, da Gott und Jesus Christus sich als stärker erwiesen hatten als ihre alten Götter.

Ruth beendete ihren Ausflug in eine grandiose Zukunft, die Hinrich den Ruf des Propheten der Südsee einbringen würde, mit einem weiteren Kopfschütteln. Es galt erst einmal, die nächste Zeit zu überstehen. Mit Gottvertrauen würde Hinrich und ihr dies gelingen. Dabei fragte sie sich nicht zum ersten Mal, ob die Missionsgesellschaft sie beide vergessen hatte. Mittlerweile waren so viele Monate ins Land gegangen, ohne dass ein Schiff vor der Hanatea-Bucht vor Anker gegangen war und Nachrichten aus der Welt gebracht hatte. Es hätte nicht einmal ein europäisches oder nordamerikanisches Schiff sein müssen. Laut Tahitoa waren die großen Doppelrumpfkanus seiner Heimatinsel in der Lage, diese Entfernungen zu bewältigen. Zudem besaß die Missionsgesellschaft auf Tahiti eigene Schiffe, daher hätte Reverend Wiggles jemanden hierherschicken können, um nachzusehen, wie es ihnen hier erging.

»Die Hakeani sind große Krieger! Mit ihrer Hilfe werden wir die Hanamate besiegen. Sie waren schon einmal unsere Verbündeten, und damals sah es fast schon so aus, als würden unsere Ahnen eins werden und wir ein gemeinsames Volk.«

Noelanis Bemerkung riss Ruth aus ihren Gedanken, und sie sah ihre Freundin verwundert an. »Und warum kam es nicht dazu?«

»Die Ahnen ihres Stammes und die unseren forderten, dass der Häuptling und der Priester jeweils aus ihrer Blutlinie stammen müssten. Dies hätte die Unterordnung des einen Stammes unter den anderen bedeutet, und das konnte man nicht zulassen. Es gab Streit, und wir trennten uns wieder. Nun aber brauchen sie uns und wir sie, um uns gegen die Hanamate behaupten zu können.«

Noelani klang zuversichtlich, und auch Ruth atmete auf. Von dem großen Krieg, den sie als Kind erlebt hatte, hatte sie gelernt, dass ein Bündnis besser war als keines. Wenn die beiden Stämme zusammenhielten, konnten sie jedem anderen Stamm auf der Insel trotzen.

Daher waren Ruths Blicke, mit denen sie den hünenhaften Häuptling und dessen Begleiter bedachte, freundlicher als zuvor. Noch immer tanzten die Männer ihren Haka, wie sie dieses Stampfen, Brüllen und Drohen nannten, und obwohl sie es schon seit Stunden taten, zeigte keiner Anzeichen von Ermüdung.

»Warum machen die Männer keine Pause?«, fragte sie Noelani. Sie mussten laut reden, um das Wummern der Trommeln zu übertönen.

»Sie zeigen damit ihre Kraft und ihren Mut. Nun werden auch Aitu'ha'anui tanzen und Matahi!«

Ruth spürte, wie stolz ihre Freundin auf ihren Mann war. Matahi war ein großer, gut aussehender Mann. Zudem war er mutig und bewies als Führer des Stammes Übersicht. Als er und Teina aufstanden, war jedoch deutlich zu erkennen, dass ihn der Häuptling der Hakeani noch um einen halben Kopf überragte. Teina hatte auch breitere Schultern und so muskulöse Oberarme, wie manche Männer sie sich als Oberschenkel wünschen mochten. Für Ruth sah der Mann so aus, als könne er jeden Gegner mit einem einzigen Fausthieb zu Boden schlagen.

In Hamburg, dachte sie, würde man solch einem Riesen in weitem Bogen aus dem Weg gehen. Ihr Hinrich war beileibe kein kleiner Mann, aber Teina übertraf alles, was sie je gesehen hatte.

Beide Häuptlinge reihten sich in die Tänzer ein und bemühten sich, kraftvoll und kühn zu erscheinen. Noelanis Augen glänzten, als Matahi wie ein Sturmwind über die Plattform fegte und seine Stimme selbst die Felswände am Rand des Tales erzittern ließ. Auch Aitu'ha'anui tanzte. Als Einziger trug er einen Lendenschurz aus schwarzen Federn. Weitere schwarze Federn bedeckten seinen Bastmantel, während die Krieger grüne Grasröcke trugen und ihre Oberarme und Waden mit Büscheln aus Gras geschmückt hatten.

Auch wenn die Hanatea Verbündete brauchten und sich selbst Mut machen mussten, stieß der Haka Ruth nach wie vor ab. Eine Kultur, in der es solche Tänze gab, konnte nur kriegerisch sein.

Im Gegensatz zu seiner Frau gefiel Hinrich der Tanz der Männer immer mehr. Er war für ihn frei von erotischen Anspielungen, wie es bei den Tänzen der Frauen der Fall war. Diese Männer zeugten von einer urwüchsigen Kraft und würden, wenn sie von einem überlegenen Intellekt geleitet wurden, Krieger Gottes werden und das Heidentum auf dieser Insel mitsamt den Wurzeln ausreißen.

Zudem zeigte der fremde Häuptling großes Interesse am Christentum und an der Macht, die es seinen Gläubigen verlieh. Daher beschloss Hinrich, Teina am nächsten Tag seine Kirche zu zeigen und trotz seines Abscheus für den Kultplatz der Eingeborenen auch jene von Teomo im hiesigen Stil geschnitzte Christusfigur. Teina sollte sehen, wie stark das Christentum hier bereits verankert war.

Hinrich freute sich über die Achtung, die der Häuptling und dessen Begleiter ihm zollten. In ihrer Vorstellung war er ein großer Priester, dessen Macht schier unendlich war. Wenn es zum

Kampf gegen die Hanamate kam, würde er ihnen beweisen, wie mächtig er im Vergleich zu diesen war.

»Der Bruder des Häuptlings fragt, ob du einen Zauber kennst, der die Donnerrohre zum Verstummen bringt? Die Hanamate haben mehrere davon von Walfängern eingetauscht und damit Hakeani aus der Ferne getötet«, erklärte Tahitoa.

Hinrich sah zu ihm hin. »Eine Kugel, die einmal den Lauf verlassen hat, kann niemand aufhalten. Sage ihm aber, dass ich noch weitaus stärkere Zauber beherrsche als den mit dem Donnerrohr.«

Zu Beginn seines Aufenthalts unter den Eingeborenen hatte Hinrich versucht, ihnen die Techniken, die man im Westen kannte, mit einfachen Worten zu erklären. Mittlerweile aber war er dazu übergegangen, alles, was diese nicht kannten und nicht begriffen, als Wunder oder Zauber hinzustellen.

»Er will wissen, welche Zauber?«, übersetzte Tahitoa weiter.

Dies ging Hinrich nun doch zu weit. »Sagt ihm sein Priester, welche Zauber er vollbringt?«

Tahitoa übersetzte wieder. Der andere beugte sich zu Hinrich hin, fasste nach dessen Oberschenkel und sagte etwas.

»Er würde gerne so einen großen Zauber sehen!«

»Frag ihn, ob ich meine geistige Kraft oder mein Mana, wie ihr es nennt, schwächen soll, nur damit er einen sinnlos ausgeführten Zauber erlebt?« Hinrich sprach das Wort Mana wie Manna aus, trotzdem zuckte der fremde Häuptling zusammen.

»So hat er es nicht gemeint«, übersetzte Tahitoa dessen nächsten Satz.

»Dann ist es gut! Er wird den Zauber erleben, wenn es zum Kampf mit den Hanamate kommt, und er wird schrecklich sein«, erklärte Hinrich.

Auch wenn die Angreifer Musketen kannten und wohl auch schon einmal einen Kanonenschuss erlebt hatten, so musste eine fauchende, Feuer speiende Rakete sie bis ins Mark erschrecken.

Das kriegerische Fest ging weiter. Da die Festplattform an diesem Tag für die Frauen tapu war, bedienten Knaben die Männer. Den Erdofen aber betreuten die Frauen, und es war zu erkennen, dass man weder an Schweinebraten noch an Fisch, Süßkartoffeln und anderen Zutaten gespart hatte. Die Hanatea taten alles, um sich ihren Gästen als wohlhabendes und starkes Volk zu präsentieren.

Eben brachte Teomo eine seiner neu angefertigten Haizahnkeulen und reichte sie Matahi. Mit einem wilden Schrei begann dieser zu tanzen, während die anderen zurückwichen und einen Kreis um ihn bildeten. Nach einem weiteren, weit hallenden Kriegsruf Matahis begannen nun auch sie zu tanzen. Immer wieder schnellte Matahi auf sie zu, schwang die Keule so nahe an ihnen vorbei, dass Ruth Angst bekam, er könnte im Überschwang einen seiner eigenen Männer treffen.

Noelani erklärte ihr, dass er mit diesem Tanz seinen Urahnen Hana'ea würdigte, der einst seinen Stamm auf diese Insel geführt und das Tal gegen alle Feinde verteidigt hatte. Jedes Mal, wenn er einen seiner imaginären Gegner getötet hatte, streckte Matahi die Zunge heraus und reckte die Arme triumphierend gen Himmel.

Der Tanz sollte zeigen, dass der Stamm der Hanatea seit Anbeginn nichts von seiner Kraft und seinem Mut verloren hatte. Alle sahen auf ihn. Nur Ruth blickte zu dem fremden Häuptling hin, der wieder auf der Ehrenplattform Platz genommen hatte, und kniff überrascht die Augen zusammen. Obwohl der Mann ein ganzes Stück von ihr entfernt war, glaubte sie, Verachtung auf seinem Gesicht zu lesen, und das war für jemanden, der gekommen war, um sich als Verbündeter anzudienen, doch höchst verwunderlich.

8.

Teinas seltsames Mienenspiel ging Ruth nicht aus dem Kopf. Aus diesem Grund achtete sie am nächsten Tag sehr aufmerksam auf ihn und seine Begleiter. Diese wanderten durch das Dorf, ließen sich hier und dort einladen, sprachen mit den Einheimischen, lachten mit ihnen und wirkten so, als wären sie tatsächlich gekommen, um hier Verbündete zu finden. Wenn sie sich jedoch unbeobachtet fühlten, trat auf ihre Gesichter ein listiger, teilweise sogar höhnischer Zug.

Ruth überließ die Pflege des kleinen Jan an diesem Tag fast ganz Aipua und nahm den Jungen nur zu sich, um ihn zu stillen. Die meiste Zeit aber ging sie durchs Dorf und tat so, als würde sie ihre Freundinnen besuchen. Dabei hielt sie nach den Fremden Ausschau, und so entging ihr nicht, dass diese immer wieder nach Hinrich und seinen angeblichen Zauberkräften fragten. Zwar fand sie es verständlich, wenn sie mehr über die Fähigkeiten ihrer Verbündeten erfahren wollten. Doch Teina und die Seinen fragten für Ruths Gefühl zu penetrant nach.

Als sie Noelani darauf ansprach, meinte diese leichthin, dass die Hakeani wohl Angst hätten, sich bei einem Bündnis wegen Hinrichs Zaubermacht den Hanatea unterordnen zu müssen.

Auch wenn diese Antwort schlüssig klang, schlug Ruth sich mit einigen Fragen herum, auf die sie keine Antwort wusste. Es war möglich, dass sie sich irrte und die Fremden in guter Absicht gekommen waren. Matahi und Aitu'ha'anui glaubten daran, und Hinrich ebenso, der erklärte, ihnen das Christentum beibringen zu wollen. Auch wenn er Tahitoa als Übersetzer brauchte, sprach er viel mit Teina und zeigte den Gästen seine Kirche.

Ein Stück weit folgte Ruth ihnen mit Aipua im Schlepptau, die den kleinen Jan auf den Armen trug. Obwohl sie bemüht war, nicht direkt bei der Gruppe zu stehen, lauschte Ruth doch den

Worten ihres Mannes und war zum ersten Mal mit Tahitoas blumiger Übersetzung zufrieden. Dieser stellte ihren Hinrich als einen großen Zauberpriester dar, unter dessen Schutz die Hanatea stark und mächtig sein würden.

Plötzlich kniff sie die Augen zusammen. Als die Gruppe den Festplatz passiert hatte, waren noch alle sieben Hakeani beisammen gewesen. Nun aber zählte sie nur noch fünf. Ruth sah sich suchend um, doch zwei Krieger blieben verschwunden. Ein Blick in die Kirche verriet ihr, dass sie sich auch dort nicht aufhielten.

Ruth ging einmal um das Gebäude herum, ohne eine Spur der Vermissten zu entdecken. Schließlich blieb sie bei Aipua stehen. »Hast du gesehen, wohin zwei unserer Hakeani-Gäste gegangen sind?«

Aipua wies mit dem Kinn in eine Richtung. »Sie sind dort weitergegangen. Ich denke, sie wollen sich erleichtern.«

Verwundert kniff Ruth die Augen zusammen. Es war die Richtung, in der Hinrichs und ihr Haus lag. Es war derzeit niemand dort, und es konnte jeder hinein. Außerdem stand da der Schuppen mit all dem Pulver, den Musketen und den übrigen Waffen.

»Geh zu Noelani und bleib dort, bis ich wiederkomme«, sagte sie zu Aipua und rannte los.

Unterwegs fragte sie sich, ob sie nicht zu misstrauisch war. Ihr erschien es jedoch besser, einmal zu oft vorsichtig gewesen zu sein, als sich hinterher der Unachtsamkeit zeihen zu müssen.

Als sie das Haus erreichte, fand sie dort niemanden. Auch ihr Freilichtbadezimmer zwischen dem Schuppen und dem kleinen Wasserfall war leer. Schon dachte sie, sie habe sich geirrt, und wollte wieder gehen. Da vernahm sie hinter dem Schuppen ein Knacken. Im nächsten Moment drang eine gedämpfte, aber verärgert klingende Stimme an ihr Ohr. »Die Hütte ist zu fest! Wenn wir die Bretter aufbrechen, wird es weithin zu hören sein.«

»Dann zünden wir sie eben an, damit das Hexenzeug vernichtet wird«, schlug der andere vor.

»Aber erst heute Abend, wenn wir aufbrechen. Das Feuer wird die Bewohner hierherlocken, so dass wir uns ungesehen zum Ufer schleichen und fortpaddeln können! Wenn diese Hütte wirklich mit Schießpulver gefüllt ist, wird es ziemlich krachen. Vielleicht stirbt der fremde Zauberer dabei sogar.«

»Das würde Häuptling Teimana von den Hanamate gar nicht passen. Er will das Mana dieses Mannes für sich haben.«

»Er muss es mit uns teilen! So war es abgemacht.«

Ruth war froh, dass sie sich die Mühe gegeben hatte, die Sprache der Hanatea zu lernen. Die Fremden verwendeten zwar einen leicht anderen Dialekt, doch sie konnte ihren Worten gut folgen. Wie es aussah, planten diese Kerle finstersten Verrat. Sie steckten mit den Feinden der Hanatea unter einer Decke und wollten zudem Hinrich gefangen nehmen, wie ein Schwein schlachten und bei einer ihrer grauenvollen Zeremonien aufessen.

Voller Wut kehrte sie ins Haus zurück, lud ihre und Hinrichs Pistole und trat ins Freie. Noch wusste sie nicht, ob sie die beiden Kerle gleich niederschießen oder nur verjagen sollte. Als sie jedoch um das Haus herumkam, waren die Fremden verschwunden. Dafür lehnte ein reich belaubter Zweig an der Wand des Schuppens.

Ruth wollte ihn beiseiteschieben, doch hatten die Männer ihn fest in die Erde gesteckt. Ärgerlich zerrte sie an dem Zweig, bis er sich löste, und warf ihn beiseite. Nun konnte sie die Stelle erkennen, an der die Fremden versucht hatten, in den Schuppen einzudringen. Sie hatten eine der Latten, die auf die Bretter genagelt worden waren, losgerissen und eines der Bretter leicht angeknackst. Hätten sie weitergemacht, wäre dies nur mit Lärm gegangen, und der hätte jemanden alarmieren können.

Ruth sah sich um, ob die Kerle noch in der Nähe waren, doch diese hatten es wohlweislich vorgezogen, sich rasch zu entfernen.

Obwohl sie erleichtert war, da sie nur ungern auf sie geschossen hätte, fragte Ruth sich, was sie tun sollte. Wenn sie die Fremden beschuldigte, sie hätten in den Schuppen einbrechen wollen, würden die Hanatea es nicht glauben wollen. Dafür klammerten sie sich zu sehr daran, dass die Hakeani ihnen gegen die Hanamate beistehen würden. Auch Hinrich tat es und träumte davon, alle beteiligten Stämme zum Christentum bekehren zu können. Er würde die Sache der unausrottbaren Neugier dieses Volkes zuschreiben und ihre Warnung nicht ernst nehmen. Außerdem, so sagte sie sich, würde sie, wenn sie die Fremden anklagte, diese nur warnen, so dass sie ihren Plan zu einem anderen Zeitpunkt durchführen würden.

War es da nicht besser, den Mund zu halten, dafür aber auf der Hut zu sein? Allein gegen sieben zu allem entschlossene Krieger zu stehen, erschien ihr jedoch wenig aussichtsreich. Wer konnte ihr helfen? Hinrich würde es tun, sobald er die Gefahr erkannt hatte. Allerdings war er im höchsten Maße gefährdet, von den Fremden überwältigt und als Gefangener mitgeschleppt zu werden. Da die Frauen sich weigerten, Waffen in die Hand zu nehmen, blieben ihr nur Tahitoa und die halbwüchsigen Knaben, die ihr bereits gegen die Walfänger beigestanden hatten.

Ruth beschloss, als Erstes mit Tahitoa zu reden, denn er würde ihr am ehesten glauben. Hinrich würde es nicht tun, dabei war sie seine Ehefrau und damit eigentlich jemand, dem er zuhören müsste. Es tat ihr leid, dass er den Aufenthalt auf Hiva Oa von einer anderen Warte aus sah als sie. Viele der Schwierigkeiten, die sie zu sehen glaubte, tat er als Empfindungen ab, wie Frauen sie nun einmal von Zeit zu Zeit hatten.

Zu Hause hätte sich ihre Ehe wohl etwas anders angelassen, dachte sie traurig. Hier war ihr Mann jedoch versessen darauf, ein erfolgreicher Missionar zu sein, und übersah dabei, dass die Hanatea ihn nur duldeten, weil sie auf seine magischen Kräfte hofften. Von dem Christentum, wie er es sich vorstellte, waren sie meilenweit entfernt.

9.

Es wurde für Ruth schwieriger als erwartet, mit Tahitoa zu sprechen. Da Häuptling Teina so großes Interesse an Hinrich und dem Christentum zeigte, konnte dieser nicht auf seinen Übersetzer verzichten. Er hielt sogar einen Gottesdienst außer der Reihe ab, um den Fremden Gott nahezubringen. Auch dabei musste Tahitoa als Dolmetscher bereitstehen.

Erst als Hinrich nach der Messe nach Hause ging, um seinen Talar abzulegen, fand Ruth die Gelegenheit, Tahitoa zur Seite zu ziehen und ihm zu berichten, was sie gehört und gesehen hatte.

Zunächst wollte er ihr nicht glauben, blickte dann aber zu Teina hin. Für einen Augenblick bemerkte auch er den verschlagenen Ausdruck auf dessen Gesicht und rieb sich nachdenklich das Kinn. »Sie meinen, die Hakeani geben nur vor, in Frieden zu kommen und Verbündete gegen die Hanamate zu suchen?«

Ruth nickte. »Genau das meine ich! Ich kann dir die Stelle zeigen, wo sie die Hütte aufbrechen wollten.«

»Woher wissen die Gäste davon?« Noch während Tahitoa es sagte, schlug er sich mit der flachen Hand gegen die Stirn. »Richtig! Matahi hat gestern damit geprahlt, dass in diesem Schuppen mächtige Zauber verborgen liegen, und ihnen sogar erklärt, wo er zu finden ist.«

»Teina und seine Männer kennen Weiße und wissen, dass der Zauber in der Hütte mit Schießpulver zu tun hat. Ebenso wissen sie, dass Schießpulver, wenn es von Feuer erfasst wird, explodiert!«, sagte Ruth beschwörend.

Tahitoa nickte mit ernster Miene. »Sie wollten unbedingt erfahren, welche Zauber Hiniriki besitzt. Außerdem waren eine Zeit lang nur fünf von ihnen bei uns. Die beiden anderen kamen irgendwann wieder dazu und sahen verärgert aus. Dann haben sie so mit Teina getuschelt, dass ich kein Wort verstehen konnte«, sagte er nachdenklich. Er hob den Kopf. »Ich glaube, Sie haben recht! Teina und die Seinen haben Verrat im Sinn. Wir müssen Matahi warnen!«

»Wird er uns glauben?«

Tahitoa wollte schon loseilen, doch Ruths Worte hielten ihn zurück. »Wir brauchen einen Beweis für Teinas Verrat, um Matahi überzeugen zu können.«

»Den bekommen wir aber erst, wenn sie den Verrat begehen. Dann ist es zu spät, Matahi zu warnen. Wir müssen selbst etwas tun!«, erklärte Ruth entschlossen.

»Und was?«, fragte Tahitoa besorgt, denn wenn Teina Erfolg hatte, würden alle Vorräte an Pulver und Blei vernichtet sein – und ebenso Hinrichs Ansehen bei den Hanatea.

»Wir müssen diese Schurken daran hindern, den Schuppen niederzubrennen. Dafür brauchen wir mehrere Knaben und junge Krieger, die uns helfen werden«, sagte Ruth entschlossen.

»Das bedeutet Kampf!«, erwiderte Tahitoa abwehrend.

Ruth nickte bedrückt. »Es wird wohl sein müssen! Ohne die Waffen im Schuppen könnten wir uns niemals gegen zwei feindliche Stämme behaupten.«

Mit einem leichten Grummeln im Magen dachte Tahitoa daran, dass sowohl Hinrich wie auch er im Fall einer Niederlage den Hakeani und Hanamate als Festmahl dienen würden. Selbst Ruth war gefährdet, da sie als fremde Frau mit großem Mana bezeichnet worden war.

»Ich werde das Meine tun, damit es nicht dazu kommt«, antwortete er entschlossen, musste Ruth dann aber verlassen, weil Hinrich ihn zu sich rief, damit er für ihn übersetzte.

Ruth spürte die Begeisterung ihres Mannes, Teina von den Hakeani und dessen Männern Jesus Christus nahebringen zu können. Für ihn würde es eine herbe Enttäuschung sein, wenn er erfuhr, dass diese Männer ihn belogen und betrogen hatten. Bei dem

Gedanken quoll Zorn auf diese Verräter in ihr auf, und sie musste sich zwingen, sich nichts anmerken zu lassen.

Zum Glück kümmerten Teina und die Seinen sich nicht um die Frauen. Einige ihrer Freundinnen schienen dies sogar übel zu nehmen. Mittlerweile wusste sie, dass es für die Hanatea-Frauen durchaus ehrenhaft war, mit hochrangigen Gästen die Matte zu teilen. Hinrich hatte diesen Brauch bereits mit äußerster Abscheu kommentiert. Zwar fand Ruth ihn ebenfalls befremdlich, verdammte die Frauen aber nicht.

Auch an diesem Abend gab es ein Fest. Diesmal durften die Frauen auf der Festplattform Platz nehmen und tanzen. Da die Sitzplattform der Häuptlinge durch die Gäste belegt war, setzten Ruth und Noelani sich zu jenen Frauen, die nicht tanzen wollten. Das Essen war gut, ebenso die Stimmung, und es wurden Schalen mit Kawa gereicht. Ruth wusste mittlerweile, wie er hergestellt wurde, und begnügte sich mit einem winzigen Schluck, während andere die rare Gelegenheit nutzten, das berauschende Getränk in sich hineinzuschütten. Zwar nannte Ruth sich zimperlich, weil der Wein gewonnen wurde, indem die Winzer und ihre Knechte die Trauben mit bloßen Füßen zerstampften. Trotzdem ekelte sie sich vor einem Getränk, das fermentiert wurde, weil die Frauen, die es zubereiteten, hineinspuckten.

Da Hoani ihre Abneigung kannte, brachte sie ihr eine aufgeschlagene Kokosnuss, damit sie deren Saft trinken konnte. Aipua war mit Jan beschäftigt und flößte ihm ebenfalls etwas Kokosmilch ein. Aber der Kleine spuckte sie sofort wieder aus. Ruth lachte leise und ließ sich dann ihr Kind reichen. Sofort verschwand die missmutige Miene des Jungen, und er lächelte ihr zu. Auch Jan war ein Grund, um zu kämpfen, dachte sie. Zwar kannte sie die Hanatea gut genug, um zu glauben, dass Noelani und deren Mutter Noha'aia den Kleinen großziehen würden, wenn Hinrich und ihr etwas zustieß. Doch er war ein Sohn der Stadt Hamburg und hatte dort seine Verwandten, auch wenn er auf dieser Insel geboren worden war.

Ihr Blick suchte Teina, der breit und wuchtig zwischen Hinrich und Matahi saß und die beiden beinahe wie Zwerge aussehen ließ. »Du wirst hier scheitern, das schwöre ich dir«, flüsterte sie mit einem Hass in der Stimme, der Noelani erschreckte.

»Was hast du?«, fragte diese.

»Nichts, was dich bedrücken sollte«, antwortete Ruth mit einem Lächeln, das ihrer Freundin zeigte, dass diese Worte eigentlich ganz anders gemeint waren.

Noelani begriff, dass Ruth nicht darüber reden wollte, und rätselte, weshalb die Freundin auf einmal so zornig war.

10.

Die Nacht war bereits fortgeschritten, als die Feuer am Festplatz langsam niederbrannten. Ein Teil der Hanatea machte sich bereits auf den Weg nach Hause. Auch Ruth tat es und wartete dort auf Hinrich, der mit dem Priester, Matahi, Teina und dessen Männern als Letzter aufbrach. Die Stimmung der Männer war gut, und das war nicht nur der Kawa zu verdanken, der Hinrich ebenso kräftig wie Matahi zugesprochen hatte, sondern auch der Tatsache, dass Teina großes Interesse am Christentum gezeigt und er und sein Stamm sich als Verbündete gegen die Hanamate angeboten hatten.

Am Dorf trennten sie sich. Während Teina und seine Hakeani die Schlafstellen aufsuchten, die man ihnen angeboten hatte, gingen Hinrich und Tahitoa weiter zu ihren Häusern. Zu Hinrichs Verwunderung blieb Tahitoa nicht bei seiner Hütte zurück, sondern kam mit ihm mit. Als sie das Haus betraten, fanden sie Ruth noch vollständig angekleidet vor. Sie hatte inzwischen mehrere

Musketen aus dem Schuppen geholt und diese ebenso wie ihre Pistolen geladen.

Hinrich kniff überrascht die Augen zusammen. »Was soll das?«

»Teina hat Verrat im Sinn und will in dieser Nacht unseren Schuppen anzünden und verschwinden«, erklärte Ruth.

»Das ist doch …« Hinrich fand auf die Schnelle keinen Ausdruck, den er benützen konnte. Der, der ihm auf der Zunge gelegen war, hätte Ruth gekränkt.

»Heute Nachmittag waren zwei Hakeani hier und wollten den Schuppen aufbrechen. Cribbic, der Zimmermann der *Hesione,* hat diesen aber besonders fest gebaut, um Diebereien zu verhindern, und daran sind sie gescheitert.«

»Sie wollten gewiss die Musketen stehlen«, sprang Tahitoa Ruth bei. »Immerhin haben sie berichtet, welche zu kennen!«

»Aber ich …« Zu verwirrt, um einen klaren Gedanken fassen zu können, brach Hinrich ab.

»Würden diese Kerle den Schuppen anstecken, während wir schlafen, würde das Pulver explodieren und wir dabei umkommen«, sagte Ruth und legte die Hand auf Hinrichs Arm. »Bitte glaube mir! Es ist so.«

In Hinrichs Kopf wirbelten die Gedanken wild durcheinander. Sollte Teinas Interesse an Jesus Christus wirklich nur Lug und Trug gewesen sein? Er konnte und wollte es nicht glauben. Ebenso wenig wollte er Ruth verletzen. Daher sagte er sich, dass es besser war, wachsam zu bleiben und sie am nächsten Morgen, wenn alles ruhig geblieben war und Teina und die Seinen als Freunde das Tal verlassen hatten, in die Arme zu nehmen und zu trösten.

Ruth war erleichtert, dass ihr Mann sich bereit erklärte, mit ihr zu wachen, und sah Tahitoa an. »Kannst du Aipua holen, damit sie sich um Ianoa kümmert? Er wird Angst bekommen, wenn geschossen wird!«

»Aipua würde auch Angst bekommen, wenn sie nicht vorgewarnt wird«, antwortete Tahitoa grinsend und verließ das Haus.

Ruth betrachtete ihren Mann derweil mit Sorge. Es war ihm anzumerken, dass er nicht an den geplanten Überfall glaubte, und so sah sie eine riesige Enttäuschung für ihn voraus. Es würde ihn, der sich schon als Bekehrer der ganzen Insel gesehen hatte, zutiefst schmerzen, von Teina nur ausgenutzt worden zu sein.

Kurz darauf erschien Tahitoa mit seiner Frau. Der Lampion zeichnete ihre Silhouette an die Wand, und Ruth starrte darauf. Im Spiel von Licht und Schatten war eine leichte Wölbung auf dem Leib der jungen Hanatea zu sehen. Ruth wollte sie schon fragen, ob sie schwanger sei, verschob es aber auf später. Im Augenblick war es erst einmal wichtig, den Schuppen zu retten, damit sie ihre Waffen und Hinrich seinen Ruf als großer Prediger und Zauberer behielten.

»Nimm Ianoa zu dir und bleib im Haus, was auch immer geschehen mag«, sagte sie zu Aipua und richtete dieser eine Matte, auf der diese sowohl sitzen wie auch liegen konnte.

Aipua nickte, ohne zu begreifen. Ruth blies die Kerze des Lampions aus, hielt aber das wie eine kleine Pistole gestaltete Feuerzeug bereit, um sofort Licht machen zu können, wenn es nötig war.

Danach begann das Warten. Die Zeit verlief quälend langsam, und Ruth wünschte sich ein Licht, um auf Hinrichs Taschenuhr schauen zu können. Wenn sie jedoch erneut die Kerze im Lampion anzündete, konnte es Teina und dessen Leute warnen.

Irgendwann hörte sie draußen ein Geräusch und wollte zur Tür, um nachzusehen. Da erklang ein kurzer Vogelruf und Tahitoas leises Lachen.

»Keine Sorge! Unsere Freunde sind hier und verstecken sich jetzt. Wenn diese Schurken kommen, haben sie es nicht nur mit uns dreien zu tun, sondern auch mit einem guten Dutzend wackerer Burschen!«

»Wie hast du so viele überreden können, zu kommen?«, fragte Ruth verblüfft.

»Ich habe ihnen gesagt, dass Sie es gesagt haben. Ihnen vertrauen sie, denn Sie sind für sie eine Priesterin mit großem Wissen.«

Als Hinrich das vernahm, zog er die Stirn kraus. Er wollte diese Menschen zum Christentum und damit zum Licht führen. Doch stattdessen steigerte seine eigene Frau den Aberglauben der Eingeborenen. Obwohl er wusste, dass dies nicht Ruths Schuld war, ärgerte er sich darüber. Sie hätte sich ein Beispiel an Reverend Wiggles' Frau nehmen und den gebührenden Abstand zu den Weibern einhalten sollen.

Wem hätte sie sich sonst anschließen sollen?, fragte etwas in ihm. Mistress Wiggles hatte die Frauen der anderen Missionare zur Gesellschaft, Ruth hingegen niemanden außer ihm. Aber er konnte ihr, was weibliche Dinge betraf, nicht im Geringsten beistehen.

Noch während Hinrich seinen Gedanken nachhing, klang erneut der Vogelruf auf.

»Die Kerle kommen!«, raunte Tahitoa ihm und Ruth zu.

Hinrich wollte es nicht glauben. Doch als er leise zur Tür schlich und hinausschaute, sah er im Licht des gut halb vollen Mondes sieben Gestalten herankommen. Eine davon hielt eine brennende Fackel in der Hand, eine zweite einen fast mannslangen Stock.

Zu erkennen, betrogen worden zu sein, traf ihn wie ein brennender Pfeil. Noch wollte ein Teil von ihm es nicht wahrhaben. Als die Hakeani jedoch am Haus vorbeigingen und auf den Schuppen zuhielten, waren ihre Absichten allzu deutlich zu erkennen.

Kaum waren Teina und seine Männer um die Ecke gebogen, betätigte Ruth ihr Feuerzeug und war froh, weil es nur leicht fauchte und nicht wie eine richtige Pistole knallte.

»Nun rasch, bevor die Kerle den Schuppen in Brand setzen können!« Hinrich packte voller Wut eine Muskete und stürmte hinaus.

»Hinterher!«, rief Ruth, griff ebenfalls nach einer Muskete und rannte ihm nach. Tahitoa folgte ihr auf dem Fuß.

Der Mond war hell genug, um die Hakeani sehen zu können. Diese standen hinter dem Schuppen und hielten die Fackel an die Holzwand, ohne dass diese Feuer fing.

»Sucht trockene Zweige, damit wir diese Hütte endlich in Brand setzen können«, befahl Teina seinen Männern.

»Das würde ich bleiben lassen!«, erklärte Ruth mit eisiger Stimme und legte auf ihn an.

Teina fuhr herum, sah sie, Hinrich und Tahitoa und glaubte sich mit seinen Männern in der Überzahl. »Auf sie! Sie haben nur je einen Schuss«, rief er, stürmte los und schwang seinen Stock wie eine Keule.

In dem Augenblick verließ Tahitoas Hilfsschar ihr Versteck und rannte brüllend auf die Hakeani zu. Als Teina erkannte, dass ihnen statt zwei Männern und einer Frau auf einmal eine überlegene Zahl an Feinden gegenüberstand, entriss er einem seiner Männer die Fackel, warf sie auf das Dach des Schuppens und ergriff dann die Flucht. Seine Männer folgten ihm und waren innerhalb weniger Augenblicke verschwunden.

Anders als die Hütten der Eingeborenen bestand das Dach des Schuppens nicht aus Palmwedeln, sondern aus kräftigen Brettern, die nicht sogleich Feuer fingen. Rasch stellte sich einer der jungen Burschen an die Wand und verschränkte die Hände vor dem Körper, so dass ein Freund sie als Stufe verwenden und aufs Dach klettern konnte. Keine zwei Herzschläge später flog die Fackel herab. Um zu verhindern, dass sich das kleine Glutnest, das sie hinterlassen hatte, ausbreiten konnte, holte der junge Mann sein Glied unter dem Lendenschurz hervor und löschte das Feuer mit einem kräftigen Urinstrahl.

»Es ist alles in Ordnung!«, meldete er danach zufrieden.

Ruth befahl trotzdem zweien der jungen Männer, das Dach und die Wand mit Wasser zu begießen, damit ja nichts passieren konnte. Dann sah sie Hinrich an. »Was machen wir jetzt?«

»Hinterher!«, rief Hinrich von rasendem Zorn erfüllt.

Das christliche Gebot der Vergebung war vergessen, und er wollte nur noch Vergeltung für das üble Spiel, das Teina mit ihm getrieben hatte. Ohne darauf zu warten, dass ihm jemand folgte, rannte er hinter den Hakeani her.

»Warte doch!« Ruth versuchte, ihn aufzuhalten, aber als er nicht stehen blieb, lief sie selbst los.

Tahitoa und die jungen Burschen rannten ebenfalls hinter ihm her und hatten sie bald einge- und schließlich überholt. Da die Muskete Ruth behinderte, überlegte sie, diese zurückzulassen. Wenn es jedoch zum Kampf mit Teinas Kriegern kam, brauchte sie die Waffe.

Ruth rannte so schnell wie seit ihrer Kindheit nicht mehr, wurde aber weit abgehängt. Doch auch die jungen Hanatea kamen zu spät. Das Kanu der Hakeani hatte sich bereits mehr als hundert Yards vom Ufer entfernt, und im Schein des Mondes konnten sie Teina im Heck des Bootes stehen sehen. Er hielt einen Häuptlingsstock hoch und streckte ihnen die Zunge heraus.

Plötzlich stieß einer der jungen Männer einen Schrei aus. »Diese Schurken haben Ponui und Tunui erschlagen!«

Hinrich drehte sich um und sah die beiden Krieger, die am Ufer Wache gehalten hatten, in ihrem Blut liegen. Ohne daran zu denken, dass das Kanu der Hakeani bereits weit jenseits eines gezielten Schusses war, legte er die Muskete an. Das Kanu stieg und sank mit den Wellen und hätte selbst bei Tag ein unsicheres Ziel geboten. Jetzt in der Nacht war es im Mondlicht gerade noch zu sehen. Hinrichs Musketenlauf folgte zunächst den Bewegungen des Boots. Dann hielt er inne und wartete, bis das Kanu wieder in ein Wellental hineinfuhr. In dem Augenblick feuerte er.

Ein gellender Schrei ertönte. Teina riss die Arme hoch, taumelte und stürzte ins Wasser. Ohne sich um ihn zu kümmern, paddelten seine Männer voller Angst weiter.

»Kommt, lasst uns nachsehen, wo der Schurke abgeblieben ist. Vielleicht kriegen wir ihn«, rief einer von Hinrichs Begleitern und wollte ins Wasser springen.

Einer seiner Kameraden hielt ihn fest und wies mit der anderen Hand auf zwei schwarz glänzende dreieckige Rückenflossen, die im Mondlicht zu erkennen waren. Kurz darauf ertönte ein grässlicher Schrei, und danach wurde es auf einmal unheimlich still.

Ruth hatte Hinrichs Schuss gehört und noch im Laufen gesehen, dass er getroffen hatte. Jetzt blieb sie neben ihm stehen und starrte auf das Meer, während die jungen Hanatea in ein Triumphgebrüll ausbrachen.

»Jetzt wissen sie auch im Dorf, dass hier etwas passiert ist«, sagte Tahitoa mit belegter Stimme.

Die beiden toten Wächter waren seine Freunde gewesen. Auch die anderen erinnerten sich an die Toten und schrien den fliehenden Hakeani Verwünschungen nach. Gleichzeitig blickten sie Hinrich bewundernd an.

»Du bist ein großer Krieger!«, lobte ihn einer der jungen Männer.

»Nein, ein gewaltiger Zauberer, der jeden Feind aus der Ferne töten kann!«, rief ein anderer.

Hinrich stand am Ufer und starrte aufs Meer. Er hatte gegen Gottes Gebot verstoßen und getötet. Dieser Gedanke erschreckte ihn bis ins Mark. Vor allem aber begriff er nicht, was ihn dazu getrieben hatte, Teina und dessen Männer mit einem wahrhaft biblischen Zorn zu verfolgen. Am liebsten hätte er sich irgendwohin verkrochen und geweint. Doch wenn er das tat, würden die Hanatea den Glauben an ihn und damit auch an Jesus Christus verlieren. Dabei war es wichtig, die Stämme dieser Insel die Macht Christi erkennen zu lassen und sie zum wahren Glauben zu führen. Wer sich dagegen sträubte, war des Teufels und hatte den Tod verdient.

Während Hinrich von widerstrebendsten Gedanken und Gefühlen durchflutet wurde, trat Ruth ans Ufer und spürte die sanfte Liebkosung der Wellen, die an dieser Stelle ausliefen. Sie war ebenfalls aufgewühlt und fragte sich, ob die Zwillinge Ponui und Tunui noch leben würden, wenn sie Matahi und die anderen vor Teinas Falschheit gewarnt hätte. Sie kam zu keinem Ergebnis und fühlte sich daher für den Tod der beiden jungen Männer verantwortlich.

Da erweckte ein auf dem Meer treibender Gegenstand ihre Aufmerksamkeit. Sie wich im ersten Augenblick zurück, erkannte dann aber, dass es nur ein Stück Holz war. Sie wollte es nicht beachten, doch da spülte ihr das Meer dieses Ding direkt vor die Füße. Im schwachen Mondlicht sah sie den mit reichen Schnitzereien verzierten Stab und griff unwillkürlich zu.

Noch während sie darauf schaute, klangen hinter ihnen Rufe auf. Eine Gruppe von Männern eilte mit Fackeln, Keulen und Speeren in den Händen auf sie zu.

»Wo sind sie?«, hörte sie Matahi schreien.

»Was ist geschehen?«, fragte Tahitoa, als die anderen keuchend herankamen.

»Diese verfluchten Hakeani haben den Zeremonialstab des Häuptlings gestohlen«, erklärte einer, da Matahi vor Wut kaum reden konnte.

»Ist es dieser?«, fragte Ruth und hielt ihren Fund ins Licht der Fackeln.

»Er ist es!«, rief Matahi, dem eine ganze Felswand vom Herzen fiel. »Wie kommst du dazu?«

»Das Meer hat ihn angespült, nachdem Hiniriki den Verräter Teina erschossen hat«, antwortete Ruth herb.

»Dieser Schurke ist tot! Wo ist er?«

Mehrere von Hinrichs Begleitern begannen nun fast gleichzeitig zu sprechen und berichteten, dass Teina und seine Männer die beiden Wachen erschlagen hätten und mit ihrem Kanu hatten fliehen wollen.

»Hiniriki, der große Priester und Zauberer, hat sein Donnerrohr benützt und diesen Schmutz auf viele Hundert Schritt Entfernung getötet. Teinas Kadaver wurde von den Haien gefressen und der Stab uns vom Meer zurückgegeben! Dies alles hat Hiniriki vollbracht!«

Die Begeisterung des jungen Mannes war überschäumend, und Ruth begriff, dass er Hinrich mit den vergötterten Ahnen ihres Volkes gleichsetzte. Einen Augenblick lang fragte sie sich, ob die Hanatea ihren Mann nun ebenfalls mit einem Tiki auf dem Kultplatz ehren würden. Sie schämte sich jedoch sofort dieses Gedankens. Immerhin war Hinrich auf diese Insel gekommen, um die Eingeborenen zum Christentum zu bekehren, und nicht, um ein Heros ihrer Götterwelt zu werden.

11.

Es regnete, als Lord Humphrey Hutton, Earl of Huttonsfield, auf seinem Landsitz zu Grabe getragen wurde, und seine Tochter trauerte aufrichtig um ihren Vater. Während die Trauergäste kondolierten, brauchte Ellinor immer wieder ihr Taschentuch, um ihre feuchten Augen zu trocknen. Ihr Mann Zechariah Bartlett hingegen wirkte eher verärgert als bedrückt. Bei dem nasskalten Wetter wollte er nicht länger als nötig im Freien bleiben und fasste seine Frau am Arm.

»Wir sollten in die Kutsche steigen und zum Schloss zurückfahren. Dort ist es gewiss angenehmer, die Trauerbekundungen unserer Gäste entgegenzunehmen.«

Nicht wenige sagten sich, dass Bartlett etwas mehr Pietät zeigen sollte. Immerhin war hier sein Schwiegervater in die Gruft gesenkt worden. Andere hingegen, die noch eine Weile würden warten müssen, bis sie an der Reihe waren, atmeten auf. Auf Huttonsfield Castle konnten sie sich aufwärmen und trockene Kleidung anziehen, bevor sie sich in den Reigen derer einreihten, die Ellinor und ihrem Mann ihr Beileid aussprechen wollten.

Auch Ellinor war froh, den kalten Friedhof verlassen zu können, und ließ sich von ihrem Mann zur Kutsche führen. Es war eine der wenigen Kutschen ohne Wappen, die hier warteten. Dieser Umstand kränkte Bartlett, denn er hatte gehofft, das Wappen der Huttons verwenden zu können. Solange jedoch James Huttons Tod nicht offiziell bestätigt war, galt dieser als Erbe und neuer Earl.

Während der Fahrt dachte Bartlett an Captain Gervase Smyth, dem es seit fast zehn Jahren nicht gelungen war, James zu beseitigen. Er verstand ja, dass Smyth es wie einen Unfall aussehen lassen wollte, dennoch hätte er die Sache energischer betreiben müssen. Sein Blick suchte das Schloss, das in einem sanften Tal lag und einen imposanten Anblick bot. Obwohl es Huttonsfield Castle genannt wurde, stammte es nicht aus dem Mittelalter, sondern war vom Vater seines Schwiegervaters vor sechzig Jahren erbaut worden. Die Reste der ursprünglichen Burg standen auf einem nahen Hügel.

Zechariah Bartlett hatte genau wie sein Vater Samuel vor ihm einiges Geld in das Schloss gesteckt, so dass sich behaglich darin wohnen ließ. Nicht zuletzt deshalb ärgerte es ihn, dass er und seine Frau ebenso wie alle anderen, die zur Trauerfeier gekommen waren, nur als Gäste auf Huttonsfield galten.

Dies zeigte sich auch später beim Dinner. Der Platz an der Stirnseite der Tafel, wo der alte Lord Humphrey immer gesessen hatte, blieb leer. Dabei wäre es sein Recht gewesen, ihn einzunehmen. Den Stuhl auf der anderen Seite nahm auch nicht seine Frau ein, sondern ihre einzige überlebende Tante. Bartlett wusste, dass diese ihn schon mehrmals als einen Pfeffersack ohne Manieren bezeichnet hatte und auch Ellinor gegenüber ihre Verachtung für ihn nicht verbarg. Daher hätte er sie am liebsten aufgefordert, Huttonsfield zu verlassen und nie mehr wiederzukommen. Damit aber musste er warten, bis der vom Gericht eingesetzte Nachlassverwalter von James Huttons Tod überzeugt war und Ellinor den Siegelring ihres Vaters überreichte. Bis zu jenem Augenblick galt James Edward Hutton als der neue Earl of Huttonsfield, auch wenn er in der Südsee längst tot und verfault sein mochte.

NEUNTER TEIL

TODESZAUBER

1.

Ruth folgte Noelani bergan und blieb schließlich stehen, um zu verschnaufen. So weit wie diesmal war sie noch nie gegangen. Als sie sich umdrehte, lag das Meer ein ganzes Stück unter ihr, und sie blickte in das lang gestreckte Hanatea-Tal hinab, das von hohen, steil aufstrebenden Felswänden umgeben war, die wie ein natürlicher Schutzwall wirkten. Noelani hatte bemerkt, dass ihre Freundin stehen geblieben war, und folgte ihren verwunderten Blicken. Mit großer Überzeugung erklärte sie ihr, dass es für Feinde viel zu beschwerlich sei, diese steilen Berge zu überwinden.

»Die Angreifer kommen immer vom Meer«, setzte sie hinzu und wies auf eine einzelne Kuppe, die nicht weit vor ihnen lag und sich inmitten des schmalsten Talabschnitts befand.

»Das ist die Festung unseres Volkes. Wenn zu viele Feinde kommen, versammelt sich der gesamte Stamm darin, und unsere Krieger verteidigen sie.«

Nun entdeckte auch Ruth die Festung. Sie stand auf einer Plattform aus großen Steinen und bestand aus einem Steinwall, der von einem Palisadenkranz gekrönt wurde. Der Hang unterhalb des Walls war von Bäumen und Unterholz befreit, um Angreifern keine Deckung zu bieten, und der Weg führte so steil hinauf, dass Ruth sich fragte, wie Kinder und alte Leute ihn so rasch, wie es bei einem Angriff nötig war, bewältigen konnten.

Im Näherkommen erkannte Ruth, dass es zwischen den einzelnen Palisadenpfosten Lücken gab, durch die man mit Speeren nach draußen stechen konnte. Die Palisade selbst war fast doppelt mannshoch, und solange es in der Festung Verteidiger gab, dürfte sie kaum zu überwinden sein. Ruth verstand zu wenig vom Festungsbau, um sagen zu können, ob diese Anlage hier gut war oder nicht. Sie nahm jedoch wahr, dass die Hanatea sie in letzter Zeit ausgebessert hatten, denn einzelne Pfosten waren neu. Die Festung selbst bestand aus zwei Teilen, die durch eine Pfahlreihe getrennt wurden. Im hinteren Teil, an jener Stelle, an der der Hang des Hügels recht steil abfiel, standen zwei Hütten.

Noelani führte sie in eine davon und zeigte auf den Boden. »Siehst du etwas?«

»Nein«, antwortete Ruth kopfschüttelnd.

Lächelnd kniete Noelani sich hin und schob den Sand auf dem Boden ein wenig zurück. Eine Matte kam in Sicht, und als sie diese entfernte, befand sich darunter eine längliche Abdeckung aus dünnen Holzstangen. Noelani hob mehrere Stangen hoch, und Ruth sah in eine kellerartige Vertiefung, die mit Speeren und Keulen gefüllt war.

Noelani legte die Abdeckung zurück und blickte Ruth lächelnd an. »Wenn ein Angriff erfolgt, werden die meisten Krieger ihre Waffen mitbringen. Doch sobald sie ihre Speere und Keulen auf die Feinde schleudern, brauchen sie Ersatz. Hier sind genug Waffen, um viele Feinde töten zu können.«

»Glaubst du wirklich, dass es zum Kampf kommt?«, fragte Ruth. »Immerhin haben wir Teina und dessen Männer verjagt.«

»Und Teina dabei getötet!«, antwortete Noelani grimmig. »Zu seiner großen Schande wurde er von einem Hai gefressen, so dass seine Gebeine nicht zu denen seiner Ahnen gelegt werden können. Allein schon um ihres Ansehens willen müssen die Hakeani uns angreifen. Da sie allein dazu zu schwach sind, müssen sie sich mit den Hanamate verbünden. Also werden unsere Krieger gegen eine noch größere Zahl an Feinden kämpfen müssen, als wir erwartet haben. Daher werden wir uns hierher zurückziehen und unsere Krieger im Kampf großen Ruhm erwerben. Matahi hat geschworen, dass er Häuptling Teimana gefangen nehmen und für den Tod seines Bruders bezahlen lassen wird!«

Ruth blickte sie verwirrt an. »Aber so geht es nicht! Wenn ihr euch hierher zurückzieht, müssten Hiniriki, Tahitoa, Aipua und ich es auch tun. Wir können aber niemals die Musketen, Pulverfässer und die anderen Waffen mit uns tragen. Entweder müssten wir das, was zurückbleibt, zerstören oder uns dort verteidigen!«

Noelanis entgeisterter Miene entnahm sie, dass die Hanatea dieses Problem bislang nicht bedacht hatten. Je eine Muskete konnten Hinrich, Tahitoa und sie tragen, auch ein gefülltes Pulverhorn und einen Beutel mit Bleikugeln. Doch die Raketen, Handgranaten und die beiden mit Schießpulver gefüllten Fässer waren zu schwer. Ohne diese Waffen aber war das Tal gegen einen Feind, wie ihre Freundin ihn erwartete, nicht zu verteidigen.

»Ich werde mit Matahi sprechen«, sagte Noelani und machte sich daran, den Keller mit den Speeren und Keulen wieder zu schließen. Als sie auch den Sand verteilt hatte und nicht mehr zu erkennen war, wo die Waffen lagen, wandte sie sich an Ruth. »Wir können wieder ins Dorf hinabgehen!«

»Das können wir«, antwortete Ruth, sah sich aber weiter genau um. Der Hügel ragte wie eine Warze aus dem umgebenden Land heraus und war für einen Angreifer, der nicht über Kanonen verfügte, nur schwer zu erstürmen. So viel verstand sogar sie. Wenn sie bei der Verteidigung zudem Raketen und Handgranaten einsetzten, würde es unter den Angreifern zu einem Blutbad kommen. Das würde es auch so, dachte sie bedrückt. Die Hanatea waren durch Teinas Hinterlist so aufgebracht und zornerfüllt, dass kein Feind damit rechnen konnte, geschont zu werden. Dazu kam der Hass, den Hinrich auf die

Hakeani empfand. Obwohl er Pastor war, würde wohl auch er nicht zur Schonung raten, sondern wie die alttestamentarischen Patriarchen mit dem Zorn Gottes über die Feinde kommen.

Während sie Noelani langsam folgte, kam ihr die Erkenntnis, dass Hinrichs Wunsch, als Missionar hierherzukommen, grundlegend falsch gewesen war. Für die Hanatea war er nicht der Mann, der sie zur christlichen Religion führen sollte, sondern ein Zauberpriester, dessen Hilfe sie sich gegen ihre Feinde erhofften. Dabei ging es Matahi und den Seinen nicht mehr nur darum, sich zu verteidigen. Wenn sie Noelani richtig verstanden hatte, wollten die Hanatea, sobald der Angriff ihrer Feinde abgeschlagen war, ihre Kanus besteigen und deren Täler heimsuchen. Ruth kam das Gesetz im Alten Testament in den Sinn, das Auge um Auge, Zahn um Zahn und Blut für Blut forderte. Es schien ihr ein Menetekel zu sein und ein Fluch, dem weder Hinrich noch die Hanatea sich entziehen konnten – und sie selbst ebenfalls nicht.

2.

Angesichts der Nachricht, dass Hinrich seine Zauberwaffen bei einem Angriff nicht zur Festung würde schaffen können, rief Häuptling Matahi seine engsten Getreuen zum Kriegsrat. Hinrich und Tahitoa als dessen Übersetzer nahmen daran teil, Ruth hingegen wurde nicht dazu geladen. Obwohl sie sich nicht für kriegerisch hielt und ihr ein friedlicher Aufenthalt am liebsten gewesen wäre, bedauerte sie es, weil sie Tahitoas oft sehr fantasievolle Übersetzungen hätte berichtigen können. So musste sie hoffen, dass Hinrich auf der einen Seite und die Hanatea auf der anderen begriffen, was jeweils gemeint wurde.

Aber Ruth hatte auch so genug zu tun. Wenn der Angriff kam und die Hanatea sich bis zu ihrer Festung zurückzogen, war ihr

Heim den Feinden schutzlos ausgeliefert. Sie wollte nicht zurückkehren und es ausgeraubt oder gar niedergebrannt vorfinden. Gegen Letzteres konnte sie sich kaum wappnen, doch sie vermochte die Dinge, die ihr wichtig oder wertvoll waren, vor fremden Augen zu verbergen.

Bei dem kleinen Wasserfall, den Hinrich und sie zum Waschen benützten, gab es in vier Yards Höhe hinter dem Wasserschleier eine Grotte, die nur vom Haus aus schwach zu erkennen war. Diese Höhlung erschien ihr als ideales Versteck. Um hinaufzuklettern, war der nasse Fels viel zu schlüpfrig. Mithilfe einer Leiter, die Tahitoa für sie angefertigt hatte, konnte sie jedoch hochsteigen und in die Höhle eindringen. Zwar wurde ihr Kleid nass, als sie durch den Wasservorhang ging, aber die Kerze, die sie in einer ausgehöhlten Kokosnussschale mit sich trug, brannte weiter, und so konnte sie sich sorgfältig umschauen.

Die Höhle war tiefer, als sie angenommen hatte, und schien bereits früheren Generationen der Hanatea als Versteck gedient zu haben. Mehrere Körbe mit längst verdorbenen Lebensmitteln lagen ebenso herum wie Lederbeutel mit steinernen Angelhaken, Schmuck aus geschnitzten Eberzähnen und anderem. Ein rissig wirkender, kopfgroßer Beutel war mit Perlen gefüllt, die in allen Farben schimmerten. Es war ein Schatz, der ihren eigenen weit übertraf und dessen Glanzstück ein Dutzend fast vollkommen gleicher, ebenholzschwarzer Perlen war.

Ruth betrachtete fasziniert diesen Fund. Wie lange die Perlen schon hier verborgen lagen, vermochte sie nicht zu sagen. Dieser Schatz stellte jedenfalls einen Wert dar, der in Hamburg ausreichen würde, ein großes Schiff zu bauen. Doch durfte sie sich diesen Reichtum einfach aneignen?, fragte sie sich. Wer auch immer diese Perlen hier verborgen hatte, war nicht mehr in der Lage gewesen, sie von hier wegzuholen. Damit gehörten sie dem, der sie fand, und das war sie.

Dieser Gedanke brachte die Entscheidung. Ruth räumte in der Höhle auf und legte den Beutel mit den Perlen an eine Stelle im hinteren Teil, wo sie später auch ihre eigenen Wertsachen verstecken wollte. Die verdorbenen Vorräte und alles, was sie nicht brauchen konnte, warf sie nach unten und bat Aipua, sie wegzuschaffen. Danach holte sie das, was sie in Sicherheit bringen wollte, aus dem Haus und trug es mit Aipuas Hilfe nach oben. Auch einiges, was Hinrich nicht laufend brauchte, wanderte in das Höhlenversteck.

Hinrich kam zurück, als sie auf der Leiter stehend einen Packen von Aipua entgegennahm, und sah ihr kopfschüttelnd zu, wie sie in der kleinen Höhle verschwand.

»Glaubst du, Teimana und seine Krieger greifen heute noch an, weil du alles in Sicherheit bringen willst?«, fragte er verwundert, als sie zurückkehrte.

Ruth lachte leise auf. »Du bist gut! Wenn der Feind gemeldet wird, bleibt uns nicht mehr die Zeit, etwas zu verstecken.«

»Da muss ich dir recht geben. Du hast als Frau doch mehr Hausverstand als ich!« Auch Hinrich lachte und reichte ihr ein paar Dinge zu.

Ruth überlegte, ob sie ihm von ihrem Perlenfund berichten sollte. Doch er hatte für ihre eigenen Perlen kaum Interesse gezeigt und sie sogar ihrer Farbe wegen als Schmuck des Satans bezeichnet. Wenigstens hatte er ihr nicht verboten, sie zu behalten. Für allzu teuflisch schien er sie demnach nicht zu halten. Trotzdem beschloss sie, ihm nichts zu sagen. Wenn sie von einem Schiff abgeholt und nach Hause gebracht wurden, wollte sie die Perlen mitnehmen. Während sie hier kaum mehr galten als bunte Federn, Perlmuttscheiben oder geschnitzte Eberzähne, würden sie ihnen in Hamburg helfen, sich großzügig einzurichten, ohne ihre Familien bitten zu müssen, ihnen das Geld dafür zu geben.

Zum ersten Mal seit Monaten erinnerte sie sich wieder an Hinrichs Bruder. Längst hatte sie sich eingestanden, dass ihr Mathias

Mensing nicht sympathisch war. Hinrichs und Mathias' Großmutter war ganz anders, nur glaubte sie nicht, dass sie Mina Mensing bei ihrer Rückkehr noch lebend antreffen würde. Sie war bei ihrer Abreise bereits schwer krank gewesen, und seitdem waren mehr als zwei Jahre vergangen.

Ihre Eltern und ihre Geschwister aber hoffte sie wiederzusehen. Immerhin waren ihr Vater und ihre Mutter nur wenig über fünfzig und hatten stets jünger gewirkt, als sie waren. Mit einem Mal kamen ihr die Tränen, und die Sehnsucht nach der Heimat überschwemmte sie wie eine Welle. Für eine Weile stellte sie sich vor, dass es eine Möglichkeit zur Heimreise gäbe. Sie würde alles daransetzen, damit Hinrich diese auch ergriff.

Mit einem Fauchen, das Hinrich erstaunte, vertrieb sie diesen Gedanken wieder.

»Was hast du, meine Liebe?«, fragte er.

»Ich jage nur Traumbilder fort, die mich foppen wollen«, antwortete sie und zwang sich zu einem Lächeln. »Oder wie sagst du immer? Frauen sind von tieferem Gemüt als Männer und daher auch eher ein Opfer wechselnder Stimmungen.«

»Und welche Stimmung überfiel dich eben?«

»Da du mich fragst, muss ich es dir wohl sagen. Ich hatte Heimweh nach Hamburg, Sehnsucht nach einem kühlen Winter, nach Eis und nach Schnee und nach dem Rumpunsch, den unsere Köchin so meisterhaft zu bereiten verstand, wenn wir durchgefroren nach Hause gekommen sind.«

Erneut rann eine Träne über Ruths Gesicht, und sie begriff sich selbst nicht. Sie hatte hier ein Paradies, in dem niemand frieren musste und in dem es immer genug zu essen gab. Sie konnte im Meer schwimmen und hatte Tätigkeiten gelernt, von denen man in Hamburg nicht einmal wusste, dass es sie gab – und doch sehnte sie sich nach Hause.

Auch Hinrich wurde mit einem Mal von Heimweh gepackt. Dann aber dachte er an den Ruhm, den er als Bekehrer dieser Inseln erringen würde, und schob dieses Gefühl von sich. »Ich habe mit Matahi gesprochen. Wir werden das Pulver und die Raketen in die Festung bringen«, sagte er, um sie auf andere Gedanken zu bringen.

»Hältst du das für klug? Das Pulver muss doch sowohl vor Regen wie auch vor Feuer geschützt werden, und das wird dort kaum möglich sein!« In ihren schlimmsten Befürchtungen sah Ruth bereits, wie Hinrich eine der Raketen abschießen wollte, doch da ihr Pulver nass geworden war, ging es nicht mehr.

»Mach dir da mal keine Sorgen!«, antwortete Hinrich mit einem überlegen wirkenden Lächeln. »Ich habe Matahi genau erklärt, was für ein Gebäude ich dafür brauche. Es wird fest genug werden und ein Dach von Steinplatten erhalten, damit es nicht in Brand gesteckt werden kann.«

Ruth atmete auf. Auch wenn ihr Mann kein Soldat war, so hatte er einen messerscharfen Verstand, an dem sie niemals zweifeln sollte.

»So ist es gut!«, lobte sie ihn.

»Zusätzlich wird alles in geteerte Leinwand eingewickelt. Die Raketen sind es sowieso, und wir haben genug, um auch den Rest einhüllen zu können. Und nun mach dir keine Sorgen mehr, sondern überlege, wie du an einen Mahi-Mahi-Fisch kommen kannst. Mich gelüstet ausgerechnet heute danach!« Mit diesen Worten tätschelte Hinrich ihr die Wange und kehrte ins Haus zurück.

Ruth wandte sich den restlichen Kostbarkeiten zu, die sie noch in ihr Höhlenversteck bringen wollte, und überlegte, welcher Fischer den schönsten Mahi-Mahi gefangen haben mochte.

3.

Als Ruth das nächste Mal zur Festung hochstieg, waren die Arbeiten dort in vollem Gange. Mehrere Hanatea besserten die Palisaden aus, und andere verstärkten den Wall. Im hinteren und sichersten Teil der Festung errichteten die besten Zimmerleute des Stammes unter Teomos Aufsicht einen Schuppen nach dem Vorbild des Schiffszimmermanns Cribbic. Die Bretter und Balken waren mehr als daumendick und würden sich nicht so leicht in Brand setzen lassen. Auch das Dach wirkte dort, wo es bereits fertig war, äußerst stabil. Es würde wohl keiner darauf pinkeln müssen, um ein Feuer zu löschen, dachte Ruth und musste bei dem Gedanken kichern.

Teomo kam auf sie zu und blickte sie Beifall heischend an. »Wir machen es genauso, wie Hiniriki es gesagt hat«, erklärte er.

»Das tut ihr wirklich! Der Schuppen sieht sehr fest aus. Was ist, wenn es stark regnet? Nicht, dass Wasser durchkommt!«, antwortete Ruth.

»Das Dach ist dicht.« Stolz wies Teomo dann auf die Schnitzereien, mit denen er die Balken und Bretter versehen hatte. Auf der Tür war ein großes Kreuz zu sehen, darüber schwebte ein Vogel, der anscheinend den Heiligen Geist darstellen sollte, und zwei Figuren konnten die heilige Maria und der heilige Johannes, der Evangelist, sein. Obwohl alles im Stil dieser Insel gefertigt worden war, erkannte Ruth Ähnlichkeiten der Maria mit sich, während Johannes nach Hinrichs Vorbild gestaltet war.

»Du bist ein großer Künstler!«, lobte sie Teomo.

Zu Hause in Europa, dachte sie, wäre dieser Mann berühmt, und die Könige und Fürsten würden alles geben, um ihn in ihre Dienste nehmen zu können. Auch wenn er von Hinrich brauchbare Messer und ein kleines Beil erhalten hatte, formte er die meisten Schnitzereien noch mit Werkzeugen aus Stein und Muschelschalen.

»Das ist ein starkes Haus, so stark wie Hinirikis Wille, unsere Feinde zu bezwingen! Ich werde dabei helfen!«, sagte Teomo und klopfte sich auf die Brust. Doch es war nicht die angeberische Geste, die Ruth aus ihrer Heimat kannte, sondern sie zeigte neben gesundem Selbstvertrauen auch die Bereitschaft, für andere da zu sein.

Es waren diese Augenblicke, in denen sie froh war, auf diese Inseln gekommen zu sein, denn sonst hätte sie diese Menschen niemals kennengelernt. In Hamburg mochte man sie Wilde nennen, und sie pflegten durchaus Sitten und Gebräuche, die ihr nicht gefielen. Es war jedoch auch ein fröhliches und ehrliches Volk, das jedem das gönnte, was er besaß, und das weder Geiz noch Neid kannte. Wenn es gelang, sie für das Christentum zu gewinnen, würden sie wahrscheinlich bessere Christen sein als die Menschen in Europa.

»Es ist wundervoll!«, rief sie laut genug, damit auch Teomos Helfer und die anderen Hanatea in der Festung es hören konnten.

»Wir werden heute fertig werden und können Hinirikis große Zauber schon morgen hierherbringen.«

Teomo klang zufrieden, es in so kurzer Zeit geschafft zu haben. Damit hatte er auch Ruth überrascht. Diese wusste, dass die Insulaner zwar die Arbeiten erledigten, die getan werden mussten, sich dabei aber gewöhnlich Zeit ließen. Nun aber hatte es gedrängt und Teomo und seine Männer sich entsprechend ins Zeug gelegt.

»Ich werde Hiniriki berichten, dass wir morgen mit dem Transport beginnen können«, versprach sie Teomo und verabschiedete sich lächelnd.

Während sie ins Tal zurückkehrte, konnte sie im Süden das Meer sehen, und stellte fest, dass die Kanus der Hanamate immer noch herausfordernd vor der Küste schwammen. Matahi hatte bereits vorgeschlagen, sie anzugreifen und sie mithilfe von Hinrichs Zauberwaffen zu besiegen. Nur war Wasser kein Freund von Schießpulver, und es wäre auf den Kanus schwierig, die Waffen vor Nässe zu schützen. Ruth hoffte daher, dass die Feinde nicht während eines starken Regengusses angriffen. Auch in dem Fall könnte es passieren, dass die Musketen streikten. Die Lunten der Raketen und Handgranaten würden sie im Schuppen entzünden müssen, und dies bedeutete doppelte Gefahr, da die Lunten zu schnell abbrennen und die noch im Schuppen befindlichen Waffen explodieren konnten. Ohnehin war das Hantieren mit Feuer in einem mit Schießpulver gefüllten Raum eine knifflige Angelegenheit.

Auf halbem Weg zur Kultplattform blieb Ruth stehen und blickte sich um. Von hier aus war die Festung gerade noch zu sehen. Doch bereits ein Stück weiter würde ein kleiner Hügel sie verdecken. Unwillkürlich glitt ihr Blick die Felswände hoch, die hinter der Festung schier in den Himmel ragten. Würde man es wagen, hier hinauf- oder hinabzuklettern? Den gewandtesten Einheimischen traute sie es zu.

Noch während sie dies überlegte, sah sie knapp unter dem Gipfelgrat eine Bewegung. Die Entfernung war zu groß, um erkennen zu können, was es war. Da es auf der Insel außer Schweinen keine größeren Tiere gab und diese sich nicht gerade durch Kletterkünste auszeichneten, blieb nur ein Schluss: Dort oben lauerte ein feindlicher Späher und beobachtete, wie die Festung instand gesetzt wurde.

Ruth bedauerte, kein Fernrohr bei sich zu haben, um zu erkennen, wer sich dort oben herumtrieb. Die Begebenheit erschien ihr in jedem Fall wichtig genug, um Häuptling Matahi davon zu berichten. Sie eilte daher rasch weiter und erreichte außer Atem das Dorf.

Eine Gruppe Krieger probte einen Tanz, mit dem sie ihre Feinde einschüchtern wollten. Matahi und Aitu'ha'anui beobachteten sie dabei.

Ruth trat auf den Häuptling zu und wies in das aufsteigende Tal. »Die Arbeiten an der Festung gehen gut voran«, begann sie.

»Teomo ist ein guter Mann, und die anderen auch«, lobte Matahi seine Leute.

»Das sind sie«, stimmte Ruth ihm zu. »Mich aber bewegt ein anderer Gedanke. Als ich die Berge hochgeblickt habe, konnte ich dort einen Späher unserer Feinde entdecken, der die Festung überwacht.«

»Es wäre seltsam, wenn die Hanamate unser Tal nicht unter Beobachtung hielten«, erklärte Aitu'ha'anui.

»Ihr sagt immer, der Feind würde von der See her kommen. Aber was ist, wenn dies nur geschieht, um eure Aufmerksamkeit auf das Meer zu lenken, und stattdessen eine Reihe Krieger die Felswände herabklettert, um die Festung zu erstürmen, bevor unsere Krieger sie besetzen können?«

Ruths Frage traf den Häuptling sichtlich. Er bewegte die Kiefer, als müsse er einen harten Brocken kauen, und sah Aitu'ha'anui Hilfe suchend an.

Dieser musterte Ruth und nickte. »Die Frau, die Kriegerin sein darf, bestätigt meinen eigenen Verdacht. Daher sollten wir stets genug Krieger in der Nähe der Festung lassen, aber gut versteckt, damit die Feinde sie nicht bemerken. Sollten diese es wagen, von den Bergen herabzuklettern, werden wir sie angreifen und gefangen nehmen. Sobald das geschehen ist, werden wir unsere Ahnen und unsere Götter mit einem großen Opfer versöhnen!«

Es klang etwas in der Stimme des Priesters mit, das Ruth einen Schauder über den Rücken trieb. Sie schluckte und wandte sich erneut an Matahi. »Teomo sagt, wir können Hinirikis Waffen morgen zur Festung bringen. Ab da muss sie scharf bewacht werden. Gelingt es dem Feind, sie durch einen Handstreich einzunehmen, ist es unser Untergang.«

Diese Mahnung verfing. Matahi und Aitu'ha'anui nickten und besprachen, welchen Kriegern sie diese verantwortungsvolle Aufgabe anvertrauen konnten. Ruth ging weiter und erreichte kurz danach ihr Haus. Sie traf Hinrich vor dem Schuppen an, wo er ihre fünf Musketen reinigte und ihre Schlösser mit dem Öl der Nonifrucht behandelte.

»Sie sind gut in Schuss und werden wohl noch etliche Jahre ihren Dienst versehen!«, rief er Ruth zu. »Die Engländer nennen sie übrigens Brown Bess. Musketen dieser Art wurden bereits im Großen Krieg gegen Napoleons Heere eingesetzt. Der Herzog von Wellington soll ihnen in der Schlacht von Waterloo den Sieg verdanken.«

»Die Preußen behaupten, der Sieg dort wäre ihrem Blücher zu verdanken«, meinte Ruth.

Hinrich lachte. »Es mag sein, dass Blüchers Armee zuletzt den Ausschlag gegeben hat. Doch ohne das rasche Musketenfeuer von Wellingtons Infanterie hätten die Franzosen die Engländer überrannt, bevor Blücher auch nur in die Nähe gekommen wäre.«

Es war eines der kleinen Streitgespräche, die sie so liebten, weil sie ihnen die Zeit vertrieben. Im Augenblick aber war anderes wichtiger, und so kam Ruth darauf zu sprechen, dass sie am nächsten Tag die Waffen zur Festung bringen konnten.

»Es wird aber unter den Augen der Feinde geschehen«, setzte sie hinzu. »Ich habe daher Matahi gebeten, die Festung bewachen zu lassen. Aitu'ha'anui befürchtet, dass ein Kriegertrupp der Hanamate die Berge herabklettern könnte, um die Festung einzunehmen, bevor sie bemannt worden ist.«

Sie nannte den Priester als denjenigen, der auf diesen Gedanken gekommen war, weil Hinrich gelegentlich dazu neigte, ihre eigenen Vorschläge zu belächeln.

»Aitu'ha'anui ist ein kluger Mann. Wenn er das sagt, sollte man es beachten«, erklärte Hinrich.

Ruth seufzte. Auch das war etwas, was sie nie begreifen würde. Weshalb hielten Männer Ratschläge von anderen Männern für wichtiger als welche von Frauen, selbst wenn diese klüger waren?

»Kannst du nach Jan sehen?«, fragte Hinrich. »Aipua bat mich vorhin darum, aber wie du siehst, bin ich beschäftigt«, sagte Hinrich lächelnd.

Ruth nickte und kehrte ins Haus zurück. Zwar hatte sie ihn gestillt, bevor sie aufgebrochen war, doch er machte ihr deutlich klar, dass er wieder Hunger hatte. Lächelnd nahm sie ihn aus der Wiege, öffnete ihr Kleid und legte ihn an die Brust. Sofort wurde der Kleine still und trank. Ruth roch, dass seine Windel voll war, und wunderte sich darüber, da Aipua sonst immer Sorge trug, dass sie rechtzeitig gewechselt wurde. Nun versorgte sie Jan selbst mit einer trockenen Windel. Noch immer verwendete sie getrocknetes Gras und Blätter, wie es die einheimischen Frauen taten. Diese musste sie wenigstens nicht waschen, wie sie es bei den zu Hause gebräuchlichen Leinenwindeln hätte tun müssen, denn sie wurden als Dünger für Süßkartoffeln und andere Feldfrüchte verwendet.

Ruth behielt ihr Kind auf dem Arm und verließ mit ihm das Haus. Besorgt, weil Aipua sich nicht sehen ließ, ging sie zu deren Hütte hinüber und trat ein. Ihre Dienerin lag auf ihrer Schlafmatte und sah wie ein verwundetes Tier zu ihr auf.

»Es tut mir leid, Ruhutia, dass ich mich nicht um Ianoa kümmern konnte. Mir war jedoch so übel, dass ich den ganzen Vormittag erbrochen habe.«

»Hast du etwas Falsches gegessen?«, fragte Ruth, da bei den hier herrschenden Temperaturen leicht etwas verderben konnte.

Aipua schüttelte den Kopf. »Nein, ich habe das Gleiche gegessen wie du, Hiniriki und Tahitoa. Es ist auch nicht das erste Mal, dass mir übel geworden ist. Es war vor ein paar Tagen schon so, aber bei Weitem nicht so schlimm wie heute!«

Eine so lang anhaltende Übelkeit war selten, es sei denn …, dachte Ruth und lächelte. »Wann hattest du deinen letzten Mondfluss?«

Auf Aipuas vorher so gequält aussehendem Gesicht erschien wie durch Zauber ein Strahlen. »Du glaubst, ich könnte schwanger sein?«

»Das müssen die nächsten Wochen zeigen! Aber von nun an solltest du achtgeben, dass dir nichts zustößt.« Ruths Miene verdüsterte sich, als sie sich an ihre Fehlgeburt in den ersten Monaten ihres Aufenthalts auf Hiva Oa erinnerte. Dann aber fasste sie mit der Linken nach Aipuas Schulter. »Wenn du schwanger bist, werden wir beide alles tun, damit dein Kind gesund zur Welt kommt.«

»Das werden wir«, antwortete Aipua, setzte sich auf und streckte die Hände nach Jan aus. »Reichst du mir Ianoa, sonst vergisst er noch ganz, wie ich aussehe!«

Ruth musste lachen, überließ ihr aber das Kind und stellte erleichtert fest, dass es Aipua wieder besser zu gehen schien.

4.

Zechariah Bartlett hielt sich für einen beherrschten Mann, doch das Verhalten des Nachlassverwalters konnte selbst einen Engel zu Zornausbrüchen treiben. Eben versiegelte diese Anwaltskreatur namens Halverstock die Räume des verstorbenen Earls, nachdem er alles genauestens kontrolliert und mit der Liste verglichen hatte, die nach Lord Humphreys Tod erstellt worden war.

»Ich hoffe, Sie sehen es nicht als Misstrauen gegen sich an, Mr Bartlett. Es wäre jedoch möglich, dass ein Domestik in Versuchung geraten könnte, einen oder mehrere wertvolle Gegenstände zu entwenden, um die eigenen pekuniären Verhältnisse zu verbessern!«, sagte der Mann und wandte sich den Räumlichkeiten zu, welche für die Ehefrau des Earls bestimmt waren.

Bartlett wusste genau, dass Halverstocks Maßnahmen vor allem ihm und seiner Ehefrau galten. Immerhin war Ellinor die Tochter des verstorbenen Earls, und der Nachlassverwalter wusste, dass er seinem Schwiegervater mit größeren Summen dazu verholfen hatte, Huttonsfield Castle wieder in die Höhe zu bringen. Nun nahm diese Paragrafenseele an, er könnte versuchen, einen Teil des Geldes dadurch zurückzugewinnen, indem er wertvolle Gemälde, Möbel und dergleichen wegholen ließ. Dabei war er Geschäftsmann genug, um zu wissen, dass diese Sachen alle auf Halverstocks Liste standen und man ihn als Allerersten verdächtigen würde, wenn etwas fehlte.

Der Anwalt verglich nun auch in den Gemächern der Gräfin die Einrichtung mit seiner Liste. Mit einem Mal hob er die Augenbrauen und betätigte den Klingelzug. Kurz darauf erschien Dobbs, die Mamsell des Schlosses.

»Sie wünschen, Sir?«, fragte sie mit ausdrucksloser Stimme.

Halverstock richtete seinen Blick wie Pfeile auf sie. »Auf dieser Anrichte befand sich bei meinem letzten Besuch auf Huttonsfield ein Spiegel mit silbernem Rahmen. So habe ich ihn in meiner Liste notiert. Nun muss ich sein Fehlen bemerken!«

»Nun, Sir, ich habe den Spiegel in die Gemächer Ihrer Ladyschaft gebracht, da der dortige Spiegel nicht ihren Vorstellungen entsprach. Er war zerbrochen.«

Der Anwalt blätterte in seiner Liste. »Hier ist dieser Spiegel! Laut meiner Liste befand er sich in unzerbrochenem Zustand!« Es klang wie eine Anklage.

»Es ist nun einmal so, dass Dinge kaputtgehen können, Sir. Der Spiegel müsste in Reparatur gegeben werden, damit ein neues Spiegelglas eingefügt werden kann. Aber solange Seine Lordschaft nicht hier ist, kann ich das nicht veranlassen«, sagte die Frau gekränkt. »Wenn Sie mir die Erlaubnis dafür geben, werde ich es tun.«

Nach kurzem Bedenken schüttelte Halverstock den Kopf. »Bedaure, doch es darf nichts von Wert aus Huttonsfield Castle weggebracht werden. Die Gefahr ist zu groß, dass vergessen wird, es zurückzuholen.«

»Ich muss schon bitten, Sir!«, rief die Mamsell empört.

»Eine solche Möglichkeit darf nicht ausgeschlossen werden. Ich bin Seiner Lordschaft, dem neuen Earl, gegenüber verpflichtet, ihm Huttonsfield Castle so zu übergeben, wie ich es nach dem bedauerlichen Ableben seines Vorgängers vorgefunden habe.«

»Dann muss aber der Spiegel repariert werden, denn bei Lord Humphreys Tod war er noch ganz«, antwortete die Mamsell auf Halverstocks salbungsvolle Worte.

Bartlett klatschte der Frau in Gedanken Beifall. Ihm ging dieser Anwalt derart auf die Nerven, dass er ihn am liebsten mit der Hundepeitsche aus dem Schloss getrieben hätte. Nun forderte der Kerl die Mamsell auch noch auf, den Spiegel, der in diesen Raum gehörte, zurückzuholen.

»Geben Sie jedoch acht, dass er nicht auch noch Schaden nimmt!«, rief Halverstock der Frau nach und wandte sich dann an Bartlett. »Von der Admiralität Seiner Majestät habe ich Nachricht erhalten, dass Lord James sich als Offizier auf Seiner Majestät Fregatte *Hesione* in der Südsee befindet. Wurde Seiner Lordschaft bereits Kunde über das Ableben seines Vorgängers mitgeteilt, Mr Bartlett?«

Zechariah Bartlett erwürgte Halverstock im Geiste ein weiteres Mal. Während er von diesem schlicht Mr Bartlett genannt wurde, bestand dieser darauf, Sir genannt zu werden. Dabei war sein einziges Verdienst, als später Sohn in der zahlreichen Kinderschar eines Viscounts geboren worden zu sein, der mangels eines zu erwartenden Erbes den Beruf eines Anwalts ergriffen hatte.

»Als der Tod meines Schwiegervaters abzusehen war, habe ich ein eigenes Schiff in die Südsee geschickt, um Mr Hutton …«

»Lord James Hutton«, korrigierte der Nachlassverwalter Bartlett und lief nun Gefahr, auch in Wirklichkeit erwürgt zu werden.

»Ich habe Seiner Lordschaft James Edward Hutton, Earl of Huttonsfield und mangels eines bisher bekannten Sohnes auch Viscount Broulie, Botschaft geschickt, dass mein verehrter Schwiegervater im Sterben liegt, und ihn gebeten, auf schnellstem Weg in die Heimat zurückzukehren. Ebenso habe ich die Nachricht vom Ableben meines Schwiegervaters den ehrenwerten Herren der Admiralität Seiner Majestät mit der Bitte übermittelt, sie Lord James zukommen zu lassen.«

Zechariah Bartlett musste sich Luft machen, und dafür blieb ihm nur der mühsam verbrämte Spott durch Übertreibung.

Halverstock bemerkte dies jedoch nicht, sondern nickte nur. »Wir haben daher Hoffnung, dass Lord James bald erscheinen wird. Wie lange, glauben Sie, Mr Bartlett, wird eine Reise aus der Südsee nach London dauern?«

»Da ich sie noch nicht unternommen habe, kann ich es Ihnen nicht sagen, Sir. Die Südsee, auch Pazifischer Ozean genannt, soll sehr groß sein. Lord James Hutton kann sich weiß der Himmel wo dort aufhalten.« Hoffentlich in der Hölle, setzte Bartlett in Gedanken hinzu und fürchtete einen Augenblick lang, es laut ausgesprochen zu haben. Da Halverstock nicht reagierte, hatte er sich wohl doch beherrscht.

Unterdessen kehrte die Mamsell mit zwei Dienern zurück, die vorsichtig einen riesigen Spiegel trugen. Während dieser auf die Anrichte gestellt wurde, sagte Bartlett sich, dass er hier wohl überflüssig war, und bat Halverstock, ihn zu entschuldigen.

»Gewiss, gewiss, Mr Bartlett! Sie werden Ihre Abreise und die von Lady Ellinor in die Wege leiten wollen«, antwortete dieser und ging in den nächsten Raum weiter.

Bartlett verkniff sich im letzten Moment den Fluch, der ihm über die Lippen dringen wollte. Hatte Halverstock es doch gewagt, ihm mitzuteilen, dass sein Hiersein und das seiner Ehefrau vor der Rückkehr des Erben nicht erwünscht sei! Dabei war diese Hütte, wie er Huttonsfield Castle für sich nannte, nur deswegen nicht zusammengebrochen, weil er sie mit goldenen Ziegeln gestützt hatte.

Verärgert begab er sich in das Zimmer, in dem seine Frau sich aufhielt, und fand diese nicht weniger aufgebracht vor, als er es war.

»Denk dir!«, rief sie mit ätzender Stimme. »Diese dumme Dobbs hat den schönen Spiegel wegholen lassen, der mir so gefällt! Jetzt muss ich mich vor diesem zerbrochenen Ding ankleiden.«

»Du solltest es positiv sehen, meine Liebe. Der Spiegel befindet sich in den Räumen, die du schon bald für immer beziehen wirst«, antwortete Bartlett, der allmählich seine Ruhe wiederfand.

Seine Ehefrau war jedoch noch immer voller Zorn und schimpfte weiter. »Es ist eine Schande, so im eigenen Haus behandelt zu werden! Mein heiß geliebter Vetter James Edward ist längst mit unseren Ahnen versammelt, und wir haben jedes Recht, hier als Herren zu leben. Doch dieser Winkeladvokat Halverstock verhindert dies wie ein Engel mit dem Flammenschwert, so als wäre dieser Besitz hier das Paradies, welches er vor uns bewahren müsse. Er erlaubt uns nicht einmal, eine Kutsche mit dem Wappen meiner eigenen Familie zu benützen. Sobald der Wind sich gedreht hat und ich als Countess of Huttonsfield eingesetzt bin, wird er für seine Impertinenz bezahlen – und diese Dobbs ebenso!«

»Bei Halverstock sollten wir Zurückhaltung üben, denn er hat Verwandtschaft, die uns einige Türen verschließen könnte, wenn wir sie verprellen. Wir müssen an unseren Sohn denken, der auf Freiersfüßen gehen sollte, sobald wir hier eingezogen sind. Doch wenn wir das tun, kommen wir in einer neuen Kutsche mit einem prachtvoll gestalteten Wappen und nicht in einer der alten Karossen, wie dein Vater sie verwendet hat.«

Wie schon häufig in der Vergangenheit überkam Lady Ellinor der Gedanke, dass ihr Ehemann wirklich nur ein plebejischer Händler war, dem jede feine Lebensart fehlte. Für ihr Gefühl war sie von ihrem Vater an ihn verkauft worden, damit dieser sich auch weiterhin den gewohnten erstklassigen französischen Cognac hatte leisten können. Sie stritt nicht ab, dass sie durch diese Ehe in weiche Wolle gepackt worden war, aber die Spanne zwischen einem schlichten Mr Zechariah Bartlett und der Tochter eines Earls war einfach zu groß, um durch gegenseitige Zuneigung überbrückt werden zu können. Nicht zuletzt deshalb setzte sie alles daran, dass ihr Sohn ein Edelmann wurde und kein Krämer, der abends mit tintenfleckigen Händen die Schillinge zählte, die er tagsüber eingenommen hatte.

5.

Am anderen Ende der Welt hätte James Hutton mit seinen ererbten Titeln eines Earls of Huttonsfield, Viscount Broulie und Baronet Hutton höchstens den Kokospalmen imponieren können. Mittlerweile weilte er seit etlichen Monaten auf Lucky Island und verzweifelte an der einseitigen Ernährung durch Kokosnüsse, Fische und Muscheln. In den Nächten träumte er von Festmählern, bei denen er sich durch alle Leckerbissen schlemmte. Seinen Grafenrang hätte er für ein Steak aufgegeben und den Baronet Hutton für ein Ei.

Seit er vor Monaten seinen Dolch verloren und danach gesucht hatte, um ihn wiederzufinden, wachte er über sein Werkzeug mit Argusaugen. Als die Schneide stumpf wurde, war er so lange in der Lagune getaucht, bis er auf dem Grund einen Stein gefunden hatte, mit dem er die Waffe schleifen konnte. Mit weiteren aus der Lagune geborgenen Steinen hatte er versucht, Feuer zu schlagen, allerdings ohne Erfolg. Daher war er weiterhin auf Kokoswasser, das Fruchtfleisch der Kokosnüsse und rohes Meeresgetier angewiesen.

Es war ein Leben, wie er es Captain Gervase Smyth, Trevor Simmons und Zechariah Bartlett und dessen Ehefrau gewünscht hätte. Jeder von ihnen sollte auf so einer Insel wie er leben müssen, in Sichtweite voneinander, aber durch die vielen Haie, die zwischen den Inseln schwammen, unerreichbar für die anderen. Ebenso wie die kulinarischen Genüsse, die er sich in seiner Fantasie vorstellte, überlegte er sich die Strafen, die er seinen Feinden zukommen lassen wollte. Doch es lag ebenso wenig in seiner Macht, auch nur an einen einzigen Brocken Salzfleisch und einen Schiffszwieback zu kommen, wie Rache an seinen Feinden zu nehmen.

Es wechselten Tage, in denen er voll rasender Wut über die Insel stapfte und seinen Hass auf Smyth und Bartlett aus sich hinausschrie, mit anderen ab, in denen er apathisch vor seiner primitiven Hütte hockte und vor sich hin stierte. Manchmal packte ihn die

Angst, verrückt zu werden. Gleichzeitig sagte etwas in ihm, dass es dann für ihn leichter würde, ein Leben zu ertragen, das er sowieso nicht mehr ändern konnte.

An diesem Tag war er wieder auf eine Palme geklettert, um seinen Vorrat an unreifen Kokosnüssen zu ergänzen, deren Saft ihm als Ersatz für Trinkwasser diente. Von dort oben hatte er einen weiten Überblick über das Meer. Wieder sah er in die Ferne, auch wenn er sich keinerlei Hoffnung mehr machte. Es ist wie immer, dachte er. Weiter im Norden lagen die anderen Inseln des Atolls. Im Süden erstreckte sich das Meer schier endlos bis zu den eisigen Küsten der Antarktis, und im Westen musste irgendwo Tahiti sein. Gegen Osten gab es einige einzelne Inseln in unerreichbarer Ferne und dahinter die Küste des südamerikanischen Kontinents.

Doch gerade, als er die Palme verlassen wollte, sah er das Schiff. James kniff die Augen zusammen und öffnete sie wieder. Das Schiff war immer noch da. Es kam aus südöstlicher Richtung und würde das Riff vor seiner Insel in sicherer Entfernung passieren.

Es war unwichtig, woher das Schiff kam und wohin es fuhr. In seiner jetzigen Situation wäre James auch ein Pirat willkommen gewesen. Da er kein Feuer entzünden konnte, sah er jedoch keine Möglichkeit, die Besatzung auf sich aufmerksam zu machen. Rufen war sinnlos, denn dafür würde das Schiff die Insel in zu großer Entfernung passieren.

Ihm blieb nur eine Möglichkeit: Er musste alles riskieren und hinausschwimmen, in der Hoffnung, so nahe an das Schiff heranzukommen, dass ihn die Besatzung entdeckte. Viel Zeit blieb ihm dafür nicht, denn wenn er zu langsam war, hatte das Schiff die Insel passiert, ohne dass er es erreichen konnte. Er schätzte noch einmal dessen Geschwindigkeit und Kurs, dann kletterte er rasch die Palme hinab und stieg ins Wasser.

So schnell war er noch nie durch die Lagune geschwommen. Er erreichte die kleine Lücke im Riff, kletterte hinaus und kämpfte gegen die Strömung an, die ihn auf einen Parallelkurs zu dem Schiff zwingen wollte. Er musste jedoch darauf zuschwimmen. Als ihn eine Welle hochtrug, hielt er danach Ausschau. Es steuerte noch weiter von dem Riff weg, als er es erwartet hatte.

Ich muss die Strömung ausnützen, dachte er. Dies hieß zwar, dass er weitaus länger brauchen würde, um in die Nähe des Schiffes zu gelangen. Eine andere Chance sah er jedoch nicht. Wenn er seitlich zur Strömung schwamm, war er zu langsam und würde das Schiff niemals erreichen.

Da ihn sein zerrissenes Hemd störte, entledigte er sich dessen und streifte nach einer Weile auch die Kniehosen ab, denn er hoffte, nackt noch etwas schneller zu sein. Nur den Gurt mit dem Dolch, den er um die Hüfte geschlungen hatte, behielt er an. Gelegentlich sah er von einem Wellenkamm auf das Schiff, doch jedes Mal war er noch viel zu weit entfernt, als dass seine Besatzung ihn hätte bemerken können. Dennoch wuchs seine Hoffnung, es zu erreichen.

James schwamm buchstäblich um sein Leben. Längst hatte er sich so weit von der Insel entfernt, dass er sie gegen die Strömung schwimmend nicht mehr erreichen würde. Als er entdeckte, dass das Schiff durch ebendiese Strömung Fahrt aufnahm, packte ihn die Angst, es doch zu verfehlen. Er raffte seine letzten Kräfte zusammen, um schneller zu werden, wusste aber, dass er nicht mehr lange durchhalten würde. Seine Muskeln schmerzten, doch er kämpfte sich durch die Wellen und nahm nach einer Weile an, nahe genug zu sein, damit sie sein Rufen hören konnten.

Gerade als er einen Wellenkamm ausnützte, um zu schreien und zu winken, sah er nur wenige Dutzend Yards entfernt eine große dreieckige Rückenflosse aus dem Wasser auftauchen und dachte mit zynischem Spott, dass sich nun entscheiden würde, ob er seinen Spitznamen Lucky Jim zu Recht trug oder sich die Unkenrufe der Kassandras unter der Besatzung der *Hesione* bewahrheiteten, die das baldige Ende seines sprichwörtlichen Glücks prophezeit hatten.

6.

Captain Rave Wally vom Walfangschiff *Newport* aus Nantucket haderte mehr denn je mit seinem Schicksal. Vor zwei Wochen hatte es so ausgesehen, als hätten sie Glück und könnten einen großen Pottwal fangen. Mit dem Tran dieser Beute wären ihre Fässer so weit gefüllt gewesen, dass sie nur noch Proviant aufnehmen und nach Hause hätten zurückkehren können. Das Biest war jedoch abgetaucht, bevor es ihnen gelungen war, es zu harpunieren. Als sie den Wal endlich wiedergefunden hatten, war dieser bereits an der *Maid of New Bedford* vertäut und deren Mannschaft dabei gewesen, ihn zu zerteilen.

»Es ist ein verfluchtes Meer!«, stieß sein Erster Offizier voller Hass hervor.

Wally ahnte, dass mit »verflucht« weniger der Ozean gemeint war, sondern ihr Schiff und vor allem er persönlich. Thoulder ist ein abergläubischer Hund, dachte er und schwor sich, ihn nie mehr auf eine Fangfahrt mitzunehmen. Mit seinem Geschwafel hatte der Kerl die anderen Besatzungsmitglieder vergiftet und ihnen den Mut genommen, eine entdeckte Beute energisch anzugehen. Sie hätten den Wal, dessen Tran jetzt die Fässer der *Maid* füllte, fangen können, wenn diese verfluchten Hunde nur schneller gerudert wären.

»Nun, Captain, wo sollen wir diesmal unsere Vorräte holen? Wieder auf Dominica wie damals, als einige unserer Mannschaft in den Kochtopf der dortigen Kannibalen gewandert sind?«, fragte Thoulder giftig.

Er hatte in den letzten Wochen versucht, Teile der Mannschaft auf seine Seite zu ziehen, um den Jonas, wie er Wally für sich nannte, ablösen und mit mehr Glück als bisher auf Fangfahrt gehen zu können. Für die Matrosen kam der Kapitän jedoch gleich nach Gott, und so waren sie vor einer Meuterei zurückgeschreckt. Wenn die *Newport* unversehens Glück hatte und sie, sobald sie

Vorräte aufgenommen hatten, einen Wal fingen, war es sogar möglich, dass Wally ihn als Meuterer festsetzen ließ. Er konnte dann von Glück sagen, wenn er Nantucket lebend erreichte. Seine Gedanken lenkten ihn so weit ab, dass er beinahe Wallys Antwort überhört hätte.

»Wir machen es auf unsere altbewährte Weise, Mr Thoulder. Wir suchen uns ein bewohntes Atoll, feuern auf das dortige Dorf ein paar Kanonenschüsse ab und holen uns das, was wir brauchen, sobald die dortigen Nigger geflohen sind! Wenn Sie hinterher in einen saftigen Schweinebraten beißen, werden auch Sie begreifen, dass das ganze Geschwätz von Flüchen und Verwünschungen Unsinn ist. Anschließend holen wir uns den letzten Wal, den wir brauchen, und kehren nach Hause zurück. Dort können Sie dann abmustern und sich einen Kapitän suchen, der einen solchen Narren wie Sie an Bord brauchen kann.«

Die Beleidigung war so deftig, dass Thoulder Wally am liebsten niedergeschlagen hätte. Dieser war jedoch der Kapitän, und solange die Männer zu ihm standen, durfte niemand die Hand gegen ihn erheben. Daher wies Thoulder voller Wut auf eine Stelle im Meer, an der die Rückenflosse eines riesigen Hais zu sehen war.

»In diesen Meeren gibt es keine Wale, Captain Wally, sondern nur Haie und sonst nichts!«

Wally blickte in die Richtung, in die sein Erster Offizier zeigte, und stieß einen überraschten Ruf aus. »Dort schwimmt jemand!«

Jetzt sah Thoulder es auch. »Der sieht wie ein Weißer aus. Wo kommt denn so einer her?«

»Er hatte noch keine Gelegenheit, es mir zu sagen«, antwortete Wally ätzend.

»Wie es aussieht, wird er auch keine Gelegenheit dazu bekommen«, mischte sich der verkrüppelte Harpunier Craven ein.

Wally sah, wie der Hai den Fremden zunächst umkreiste, dann aber auf ihn zuschoss und ihn packen wollte. Der Mann wich ihm geschickt aus und tauchte beim zweiten Angriff des Hais blitzschnell unter diesem hindurch. Lange wird er nicht durchhalten, dachte Wally und gab dem Rudergänger den Befehl, zwei Strich nach Steuerbord abzufallen.

»Wenn der Bursche nicht vom Hai gefressen wird, können wir ihn brauchen«, meinte er und sah zu, wie der Fremde dem angreifenden Räuber erneut um Haaresbreite entging.

Craven hatte sich eine Harpune geschnappt und trat neben den Kapitän. Als er die Harpune heben wollte, drückte Wally sie nieder. »Lass das! Ich will wegen eines lumpigen Hais keine Harpune verlieren!«

»Aber es geht um ein Menschenleben!«, rief Craven erregt.

»Werft ihm ein Seil zu, vielleicht kann er es erreichen«, antwortete Wally und beugte sich nach vorne, um die verzweifelten Versuche des Schwimmers, dem Hai zu entkommen, weiter beobachten zu können.

Craven schmiss die Harpune wütend aufs Deck und forderte einen Matrosen auf, einen Belegnagel an das Ende einer Leine zu binden.

»Damit fliegt das Seil weiter«, setzte er hinzu und bedachte seinen Kapitän mit einem erbosten Blick, weil dieser es unterließ, dem Schwimmer zu helfen. Dabei hätte ein gut gezielter Schuss ausgereicht, um den Hai zu vertreiben.

Es vergingen nur wenige Sekunden, die sich für jene Männer an Bord, die mit dem Schwimmer mitfieberten, schier zu Stunden dehnten. Irgendwann schleuderte Craven die Leine auf den Mann zu. Dieser griff danach und wickelte sich das Ende rasch um den rechten Unterarm.

»Und jetzt hievt«, rief Craven und zog an der Leine. Der Schwimmer wurde förmlich nach vorne gerissen, während hinter ihm die Kiefer des Hais zuklappten und dabei nur auf leere Luft bissen.

Weitere Matrosen griffen zu und holten die Leine eilig ein. Noch einmal versuchte der Hai sein Glück, doch als es so aussah, als könne er den Schwimmer doch erwischen, rissen die Matrosen diesen förmlich nach oben, und der große Räuber hatte das Nachsehen.

Augenblicke später lag der Fremde auf den Planken des Schiffes und rang keuchend nach Luft. Es war ein Mann und so nackt, wie er geboren worden war. Sein Alter war durch den wild wuchernden Bart nicht zu schätzen. Doch wenn er tatsächlich von dem kleinen Atoll kam, das bereits weit hinter ihrem Heck zurückblieb, war er nicht nur ein ausgezeichneter Schwimmer, sondern auch ein Mann in der Höhe seiner Kraft.

Wally stieß ihn mit der Fußspitze an. »Was für einen seltsamen Fisch haben wir denn da geangelt?«, fragte er.

Nur langsam begriff James Hutton, dass er es tatsächlich an Bord dieses Schiffes geschafft hatte. Er wälzte sich herum und stand mühsam auf. Als er Wally ansah, erkannte er in ihm einen Geistesverwandten von Captain Smyth. Für ein paar Guineen …, nein, für Dollars, korrigierte er sich nach einem Blick auf die Fahne am Top, würde dieser Mann seine eigene Großmutter verkaufen.

Es war ein hartes Urteil, das auch auf einen Teil der Mannschaft zutraf. James nahm den verkrüppelten Mann und die drei Matrosen aus, die ihn aus dem Wasser geholt hatten. Die anderen aber schienen ihm Abschaum aus den Häfen Neuenglands, die nur die Gier nach Geld oder die Peitsche dazu brachte, ihrer Arbeit nachzugehen. Eines war für ihn klar: Wenn er sich hier als James Hutton einführte und Zechariah Bartlett dies erfuhr, würde dieser Kapitän die Erbfolge auf Huttonsfield, ohne mit der Wimper zu zucken, nach Bartletts Wünschen regeln.

»Habt Dank, dass ihr mich gerettet habt!«, sagte er, ohne seinen Namen zu nennen, und versuchte, das Cockney der armen Bevölkerung Londons so gut zu treffen, wie er es von Matrosen auf der *Hesione* gehört hatte.

Der Kapitän spuckte einen Batzen Kautabak über die Reling und musterte ihn mit einem verächtlichen Blick. »Soll mich doch der Affe lausen, wenn du nicht einer dieser englischen Hafenpisser bist, die vor jedem Lord katzbuckeln!«

»Ich bin ein Seemann wie Sie«, antwortete James.

»Hoffentlich ein guter! Solche brauchen wir nämlich. Wir haben ein paar Ausfälle, und da ist mir ein frischer Mann recht. Du wirst mir deinen Namen sagen, damit ich ihn in die Musterrolle eintragen kann, und arbeitest dann mit, so dass ich entscheiden kann, ob der Hai dich doch noch bekommt oder nicht.« Wally zeigte auf das Raubtier, das immer noch das Schiff umkreiste, nachdem ihm die sicher geglaubte Beute entkommen war.

James glaubte ihm unbesehen. Einen Mann wie diesen Kapitän interessierte nur das, was ihm nützte. Er hielt ihn für einen jener Schurken, die abgelegene Inseln überfielen, um von den Bewohnern Vorräte und auch Leute zu rauben. Einer von Smyths Aufträgen wäre gewesen, gegen diese Piraterie einzuschreiten. Aber sein ehemaliger Captain hatte nichts dergleichen getan.

»Ich bin ein guter Seemann«, sagte er mit von Salzwasser rauer Stimme.

»Das werden wir sehen. Und nun nenne deinen Namen! Du wirst auf die Schiffsartikel schwören und alles tun, was ich von dir verlange – und wäre es dein Arsch, weil ich schon zu lange kein Weib mehr hatte!«

Nach dieser Erklärung holte Wally eine Stange Kautabak aus einer Tasche, schnitt sich ein gehöriges Stück ab und schob es sich in den Mund.

»Ich bin Jim! Jim Hansen, wenn es erlaubt ist«, sagte Jim und wählte dabei den Nachnamen des alten Pastors aus dem Dorf, in dem er aufgewachsen war.

»Also gut! Ich werde mal so tun, als würde ich dir glauben. Von welchem Schiff kommst du eigentlich? Wir haben in den letzten Tagen keines gesehen.« In Wallys Stimme schwang ein gewisses Misstrauen mit.

James lachte etwas kläglich. »Ich hatte auf dem Walfänger *Happisburgh* aus Harwich angeheuert. Bevor ich allerdings meinen ersten Wal gesehen habe, bin ich vor ein paar Wochen nachts beim Segelbergen im Sturm über Bord gegangen und konnte mich am Morgen auf jene Insel dort hinten retten!« Dabei wies er in die Richtung, in der Lucky Island mittlerweile hinter dem Horizont versunken war. »Während der ganzen Zeit habe ich von Kokosnüssen und rohem Fisch gelebt. Haben Sie nicht einen Teller warmer Suppe für mich? Das wäre das Größte«, setzte er mit einem sehnsüchtigen Blick hinzu.

»Auch wenn unsere Vorräte ein wenig abgenommen haben, wird noch ein Teller Suppe für dich übrig sein. Komm mit, Jim! Jetzt isst du erst einmal, und dann schläfst du dich aus. Morgen kannst du dich in die Musterrolle eintragen lassen. Und wer weiß, vielleicht bringst du uns das Glück zurück, das uns in letzter Zeit verlassen hat!«, erklärte der verkrüppelte Craven freundlich und fasste ihn unter.

James nickte dankbar. Auch wenn das hier nicht das Schiff war, das er sich gewünscht hätte, so war er am Leben und würde es Gervase Smyth und Zechariah Bartlett irgendwann heimzahlen können. Wie es aussah, war er noch immer Lucky Jim, und er hoffte, dies noch lange sein zu können.

7.

Zu wissen, dass ein Überfall erfolgen würde, war für Ruth schlimm. Noch übler fand sie jedoch, dass dieser Überfall bereits am nächsten Tag, aber auch erst in ein paar Monaten erfolgen konnte. Diese Bedrohung lag wie Mehltau auf dem Leben der Hanatea. Selbst die Kinder, die sonst fröhlich getobt hatten, verhielten sich still und wagten sich kaum bis an die Bucht. Auch die Frauen mieden den

Uferbereich, und das hieß für sie, auf die erfrischenden Meerbäder verzichten zu müssen.

Noelani und deren Mutter Noha'aia hielten die Gefahr für zu groß, dass die Hanamate in einem Handstreich an die Küste kommen und sie überfallen würden. Zwar wurden gefangene Frauen im Allgemeinen nicht getötet, sanken aber auf den Sklavenstand hinab und durften froh sein, wenn sie von ihren Verwandten freigekauft wurden. Gelang das nicht, mussten sie den Rest ihres Lebens für die Feinde ihres Stammes arbeiten und diesen Kinder gebären, die wiederum als Feinde des eigenen Stammes aufgezogen wurden.

Daher warnte Noha'aia Ruth, sich nicht zu weit von ihrem Haus und dem Dorf zu entfernen. Als Ehefrau des weißen Zauberpriesters sei sie für die Hanamate eine begehrenswerte Beute. In dem Augenblick werde das Ansehen ihres Mannes stark absinken und die Feinde die Furcht vor seinen Zauberkräften verlieren, da sein Mana, seine geistige Kraft, doch nicht so groß war, wie behauptet wurde.

Die Furcht vor Hinrichs tödlichen Zaubern war die stärkste Waffe, über die die Hanatea derzeit verfügten. Ohne diese, so erklärte Noelani, hätten die Hanamate schon längst angegriffen.

Ruth spürte die Furcht ihrer Freundinnen, aber auch ihr Vertrauen in Hinrich. Immer wieder betete sie, dass er dieses Vertrauen nicht enttäuschen würde. Das Pulver und die Raketen befanden sich bereits in dem festen Schuppen, den Teomo in der Festung errichtet hatte, und dorthin wollten die Hanatea sich zurückziehen, wenn der Feind vom Meer aus angriff.

Allerdings glaubte Ruth immer weniger, dass der Angriff allein über das Meer erfolgen würde. Daher behielt sie die Berge, die das Hanatea-Tal umgaben, stets im Auge. Doch selbst mit dem Fernrohr sah sie auf den Höhen nie mehr als ein oder zwei Männer, die von dort aus herabspähten.

Auch an diesem Tag saß sie auf einem kleinen Felsen am Rand des Tales und hielt das Fernrohr vors Auge. Eigentlich war es wie immer, und doch überkam sie ein eigenartiges Gefühl. Die drei Männer, die auf ihrem Aussichtsposten knapp unter dem Gipfelgrat saßen, waren den Tatauierungen nach hochrangige Priester und Anführer. Vor allem aber wiesen sie immer wieder in die Tiefe und schienen zu beraten, auf welche Weise sie die Talsohle am sichersten und schnellsten erreichen konnten.

Einer der Männer fiel Ruth ins Auge. Er war selbst für diese Insel voller hochgewachsener Männer ein Hüne. Seine Gesichtszüge waren unter den schwarzen Linien seiner Tatauierungen kaum zu erkennen, doch strahlte er selbst auf diese Entfernung Macht und Autorität aus.

War dies der berüchtigte Teimana, der oberste Häuptling der Hanamate?, fragte Ruth sich. Wenn ja, konnte sie verstehen, warum Matahi und sein Stamm ihn fürchteten. Selbst sie fühlte sich bei seinem Anblick beklommen. Ruth blieb nicht mehr lange, sondern kehrte nachdenklich nach Hause zurück. Die Hanamate hatten mit ihrem Angriff Woche um Woche gewartet, so dass die ersten Hanatea-Frauen bereits hofften, Hinrichs Ruf hätte die Feinde dazu bewogen, friedlich zu bleiben. Bereit zum Frieden aber hatte der Hanamate-Häuptling Teimana gewiss nicht ausgesehen.

Zu Hause nahm sie Jan aus der Wiege. Seine Windel war gewechselt, und anhand einer Bananenschale, die Aipua vergessen hatte wegzuräumen, stellte sie fest, dass ihre Dienerin den Kleinen bereits gefüttert hatte. Jan verspeiste die kaum fingerlangen Bananen mit Begeisterung und war auch bei anderen Früchten nicht heikel. Sie stillte ihn zwar noch, doch er war nun in das Alter gekommen, in dem er Beikost brauchte.

Ruth gab dem Kleinen die Brust und genoss die friedliche Stille. Doch dann kam ihr Teimana wieder in den Sinn und die Hanamate, die diesen Frieden bedrohten, und sie fauchte leise. Der Junge hörte verwundert zu saugen auf und sah sie an.

»Es ist nichts, mein Kleiner«, sagte Ruth mit sanfter Stimme und wiegte ihn in den Armen.

Jan fand dann auch, dass die Quelle köstlicher Milch wichtiger war als alles andere, und machte sich erneut daran, seinen Hunger zu stillen.

8.

Die Nacht kam wie immer so schnell wie ein galoppierendes Pferd. Vor wenigen Minuten war es noch taghell gewesen, doch nun senkte sich der schwarze Schleier der Nacht über das Hanatea-Tal, und Ruth beschlich das Gefühl, es werde die entscheidende Nacht sein.

Sie trat an die Tür, die aus einem mit einer Bastmatte bespannten Holzrahmen bestand, öffnete sie und blickte die Felsen hoch. Es war nichts zu sehen. Und doch waren dort oben Feinde, die ihr, Hinrich und dem kleinen Jan übelwollten – und auch dem ganzen Hanatea-Stamm, setzte sie für sich hinzu.

»Meine Liebe, du musst nicht selbst Ausschau halten. Matahis Wächter werden uns früh genug warnen, sollten die Hanamate es wirklich wagen, uns zu attackieren«, hörte sie Hinrich hinter sich sagen. Es klang, als wolle er ein kleines Kind beruhigen. Unwillkürlich ärgerte sie sich über seinen Tonfall.

»Ich halte nicht nach Feinden Ausschau, sondern sehe einfach nur in die Nacht hinein und wundere mich noch immer, wie kurz die Dämmerung hier ist«, antwortete sie harscher als gewollt.

Hinrich lachte leise. »Wir befinden uns hier nur wenige Breitengrade südlich des Äquators. Hier wechseln Tag und Nacht einander fast unmittelbar ab.«

Erneut glaubte sie, eine gewisse Überheblichkeit in seinen Worten zu spüren. Die Hanatea hatten ihm die Rolle eines Heroen zugewiesen und weitere Stammesmitglieder sich von ihm taufen lassen. Auch hatten mehrere Kinder die Taufe empfangen, und so sah Hinrich sich als das Haupt einer wachsenden Kirchengemeinde, die er zu Gott und damit zum Heil geführt hatte.

Da Ruth die Hanatea besser kannte als er, ahnte sie, dass diese das Christentum als etwas ansahen, durch das sie ihr Mana steigern konnten. Den Glauben an die alten Götter hatte keiner von ihnen aufgegeben, sondern Jesus Christus einfach zu ihren eigenen Göttern und Ahnengeistern gestellt.

»Heute Nacht steht der Mond voll am Himmel«, sagte Ruth nach einer Weile.

»Das tut er in jedem Monat einmal, meine Liebe!«, antwortete Hinrich mit einem nachsichtigen Lächeln.

»Heute steht er besonders hoch«, fuhr Ruth fort. »Wir sollten daher wachsam sein. Der Feind könnte die helle Nacht ausnützen.«

Hinrich wollte schon sagen, dass sie sich keine Sorgen machen sollte, fand dies aber fehl am Platz. »Wenn es dich beruhigt, werde ich Thaddäus zu Matahi schicken, damit dieser die Wächter anweist, besonders achtzugeben.«

»Tu das bitte!«, sagte Ruth, da Tahitoa als Tahitianer die Situation besser einschätzen konnte als Hinrich. Dann griff sie nach dem Fernrohr. »Verzeih! Aber ich bin so unruhig, dass ich zu meinem Felsen gehen muss, um, wie du sagst, nach den Feinden Ausschau zu halten.«

Einen Augenblick überlegte Hinrich, ob er es ihr verbieten sollte, sagte sich dann aber, dass es im Hanatea-Tal friedlich war, und legte kurz den Arm um sie. »Tu das, meine Liebe! Bleibe aber nicht zu lange aus. Sonst bist du morgen sehr müde.«

»Ich wollte, es wäre alles vorüber, und wir müssten nicht mehr in der Angst leben, von Feinden überfallen und umgebracht zu werden«, entfuhr es Ruth.

Hinrich lächelte erneut. »Sollten die Hanamate es tatsächlich wagen, in unser Tal einzudringen, werden meine Musketen und Raketen sie lehren, dass sie es besser nicht getan hätten!«

»Dafür muss man sie auch einsetzen können«, sagte Ruth, deren größte Sorge immer noch ein Angriff durch eine kleinere Schar über die Berge war, während der über die See erfolgende Hauptstoß die Aufmerksamkeit der Hanatea auf sich zog.

Sie verließen nun beide das Haus. Hinrichs Weg war der kürzere, denn er musste nur bis zu Tahitoas Hütte gehen und diesen zu Matahi schicken, während Ruth dem Felsvorsprung zueilte, von dem aus sie sowohl die See wie auch die Felswand, die das Hanatea-Tal von dem der Hanamate trennte, mit dem Fernrohr überwachen konnte.

Der Mond schien tatsächlich sehr hell. Ruth kam daher rasch voran und erreichte schon bald ihren Aussichtsplatz. Dort zog sie das Fernrohr aus und richtete es zunächst auf die See. Trotz des Mondlichts dauerte es geraume Zeit, bis sie die Kanus entdeckte. Es waren drei und damit weniger als sonst. Dafür schienen sie mehr Leute zu tragen. Als einer der Männer in eine Richtung wies, sah Ruth mit dem Fernrohr dorthin und zuckte zusammen. Mehrere Dutzend Kanus voller Krieger schienen nur auf den Befehl zu warten, mit ihren Paddeln ins Wasser zu stechen und loszufahren.

Mit einer raschen Bewegung drehte Ruth sich um und betrachtete den Gipfelgrat, der die beiden Täler voneinander trennte. Als sie sah, dass sich auch dort etwas tat, nahm sie sich nicht die Zeit, länger zu beobachten, sondern schob ihr Fernrohr zusammen und lief los, so rasch sie konnte.

Selbst bei Tag war Ruth noch nie so schnell gerannt. Einmal stolperte sie, konnte aber einen Sturz vermeiden und flog förmlich weiter. Als sie ihr Haus erreichte und durch die Tür stürmte, saß Hinrich auf einem Stuhl und hielt Jan im Arm.

»Hast du dich nun beruhigt?«, fragte er.

»Sie greifen an!«, stieß Ruth hervor. »Und zwar sowohl von See aus wie auch über die Berge! Wenn wir uns nicht sputen, sind sie bei der Festung und machen die dortigen Wächter nieder. Was danach folgt, kannst du dir denken! Im Kampf Mann gegen Mann sind uns die Feinde vielfach überlegen.«

»Bist du dir dessen gewiss?«, fragte Hinrich erschrocken.

»Ja!«, fauchte Ruth und raffte rasch die paar Dinge zusammen, die sie mitnehmen wollte. Ihre Pistole gehörte dazu und ebenso der kleine Jan, den sie nun aus den Händen ihres Mannes nahm.

Dieser holte rasch die beiden Musketen aus dem Schuppen, die er für sich und Tahitoa bereitgestellt hatte. Als er zurückkam, gemahnte sein Gesichtsausdruck Ruth an die zornigen Propheten des Alten Testaments, die ausgezogen waren, um Baal und die anderen Götter zu stürzen.

»Du und Jan bleibt bei mir! Ich will nicht, dass ihr vorauslauft und von diesen Hunden abgefangen werdet«, wies er sie an.

Ruth nickte und verließ hinter ihm das Haus. Wenig später hatten sie Tahitoas Hütte erreicht.

»Die Feinde greifen an! Wir müssen zur Festung«, rief sie, als dieser mit Aipua herauskam.

Da Aipua durch ihre Schwangerschaft bereits etwas schwerfällig geworden war, hielt Ruth mit einem Arm Jan fest und schob ihr die Rechte unter die Achsel, um ihr zu helfen. Sie mussten unbedingt rechtzeitig die Festung erreichen, bevor die Feinde es taten.

Hinrich schickte Tahitoa voraus, um Matahi zu informieren, und hoffte dabei, dass seine Frau nicht das Opfer ihrer Fantasie geworden war. Andererseits hielt er es für besser, einmal vergeblich zur Festung geeilt zu sein, als eine Warnung in den Wind zu schlagen und damit alles zu verlieren.

Inzwischen hatten sich auch die ersten Hanatea auf den Weg gemacht. In ihren Augen las Ruth Angst, aber auch die Hoffnung, ihr Mann könnte den Stamm mit seinen Zauberwaffen retten.

Es wurde zu einem Wettrennen. Aus den tieferen Tallagen eilten die Hanatea zur Festung hoch, während ihre Feinde alles daransetzten, vor ihnen dort zu sein. Da die Frauen, Kinder und alten Leute zu langsam waren, schickte Häuptling Matahi seine besten Krieger voraus, um den Männern, die in der Festung Wache hielten, beizustehen. Nach kurzer Überlegung beschloss Hinrich, diesen zu folgen. Seine Waffen waren der einzige Trumpf, den sie gegen eine Übermacht von Feinden in der Hand hielten. Tahitoa ließ er bei den Frauen zurück, damit er sie notfalls beschützen konnte. Auch wenn der Tahitianer kein berühmter Krieger war, so zweifelte Ruth nicht an seinem Mut. In seiner Miene las sie weniger Angst als bei den anderen, dafür aber großen Zorn. Diesen, so sagte sie sich, würden die Feinde zu spüren bekommen, und ebenso den von Hinrich, der in dieser Schlacht die Entscheidung für das Christentum auf dieser Insel herbeiführen wollte.

9.

Wilde Schreie und das Krachen eines Musketenschusses verrieten Ruth, dass bei der Festung bereits gekämpft wurde. Erneut schickte Matahi Männer nach vorne, während er selbst bei den Frauen und Kindern blieb. Ruth wusste nicht, ob es die Fürsorge für die Schwächsten des Stammes war oder ob ihn die Furcht vor Teimana von den Hanamate davon abhielt, umgehend in den Kampf einzugreifen.

»Schneller!«, rief Noelani.

Da Aipua am Ende ihrer Kraft war, sprach Tahitoa Ruth an: »Kannst du neben dem Jungen auch die Muskete tragen? Ich nehm Aipua auf die Arme, damit wir schneller vorankommen!«

»Gib her!«, antwortete Ruth und packte die Muskete. Hinter ihr wuchtete Tahitoa seine Frau hoch und fiel in einen ausgreifenden Trab.

Matahi und zwei Dutzend Krieger übernahmen die Spitze, um sich notfalls einen Weg durch die feindlichen Reihen bahnen zu können. Ein weiterer Musketenschuss ertönte und zeigte an, dass Hinrich immer noch kämpfte. Endlich kam die Festung in Sicht. Feuer brannten und erhellten die Umgebung taghell. Die Hanamate hatten die Festung nicht umzingelt, sondern griffen von einer Seite an. Noch aber reichten Hinrich und die dortigen Hanatea-Krieger aus, um sie zurückzudrängen.

Da entdeckte Teimana die auf die Festung zueilende Gruppe und rief mit dröhnender Stimme einige Befehle. Sofort bogen etliche seiner Krieger in diese Richtung ab, um den Frauen und Kindern den Weg zu verlegen. Matahi und seine Krieger stürmten brüllend auf sie zu. Speere flogen, und Keulen wurden geschwungen. Zunächst war die Zahl der Kämpfenden auf beiden Seiten etwa gleich. Dann aber griffen die Pekios, die einfachen Dienstboten der Hanatea, in den Kampf ein. Sie waren keine Krieger und auch nur mit Stöcken und Knüppeln bewaffnet. Ihr Einsatz reichte jedoch aus, um den Kampf an dieser Stelle zu entscheiden. Der Durchbruch gelang, und kurz darauf hatten Ruth und die Hanatea das Tor der Festung passiert. Noch während es geschlossen wurde, sah sie, wie einer der Hanamate mit dem Speer auf Hinrich zielte. Rasch drückte sie Aipua Jan in die Arme, richtete den Lauf der Muskete auf den Krieger und feuerte.

Obwohl sie nicht gezielt hatte, traf sie den Mann, und er taumelte zurück. Einer der Hanatea lief zu ihm hin und schwang seine Keule. Danach streckte er zurückweichenden Angreifern die Zunge heraus und zog sich gerade noch rechtzeitig zurück, bevor diese ihn attackieren konnten.

Ruth sah, dass Jan bei Aipua gut aufgehoben war, und eilte an die Seite ihres Mannes, um mit fliegenden Händen die Musketen zu laden. Die Schüsse fielen nun schneller und lehrten die Hanamate rasch, dass es nicht klug war, frontal auf die Festung loszustürmen.

Auf Teimanas Befehl hin zogen sie sich ein wenig zurück und beließen es bei Beschimpfungen. Ruth ahnte, dass sie auf die Krieger warteten, die über die See gekommen waren, um dann vereint mit diesen anzugreifen.

Sie nützte die Ruhepause, um sämtliche Musketen und Pistolen zu laden und erste Handgranaten bereitzulegen. »Ich werde euch helfen müssen«, sagte sie zu Hinrich. »Du und Tahitoa könnt es allein nicht schaffen!«

»Er heißt Thaddäus!«, antwortete Hinrich tadelnd, da seine Frau dies immer wieder zu vergessen schien.

Ruth gab keine Antwort darauf, sondern zeigte auf die Raketen, die aus dem Schuppen gebracht wurden. »Wie diese angewendet werden, weiß ich nicht!«

»Aber ich«, erklärte Hinrich mit Nachdruck. »Leutnant James Hutton von der HMS *Hesione* hat es mir gezeigt. Wenn man es kann, ist es ganz einfach!«

Nach diesen Worten machte er sich daran, das Gestell aufzubauen, mit dem die Raketen abgeschossen werden sollten. Dabei wurde ihm jedoch bewusst, dass er einen Teil dessen, was James Hutton ihn gelehrt hatte, schlicht vergessen hatte. Da er keine Unsicherheit zeigen wollte, hängte er entschlossen die ersten Raketen ein und sagte sich, dass er nach der ersten wissen würde, wie weit sie flogen und welche Wirkung sie erzielten.

Wildes Brüllen und Geschrei bewies ihnen, dass die mit den Kanus angelandeten Feinde näher kamen. Kurz darauf waren die ersten Angreifer im Licht des Vollmonds zu erkennen. Noelani, die neben Ruth getreten war, wies auf die anstürmenden Krieger.

»Es sind nicht nur Hanamate! Sie haben auch Hakeani dabei. Makemake soll diese verräterischen Schurken fressen!«

»Auf alle Fälle sind es sehr viele«, antwortete Ruth und tastete nach ihrer Pistole. Wenn es hart auf hart kam, würde sie diese einsetzen, um ihren Mann und ihren Sohn zu retten.

»Willst du die Raketen schon abschießen? Sie sollen ziemlich weit fliegen, hat Leutnant Hutton erzählt«, fragte sie Hinrich und brachte ihn damit in einen Zwiespalt. Wenn er die Raketen zu früh einsetzte und deren Wirkung zu gering war, würde es die Feinde ermutigen. Zögerte er aber zu lange, konnten diese so nahe sein, dass die Raketen wirkungslos über sie hinwegflogen. Den Feind erschrecken konnten sie trotzdem.

»Ich warte noch«, sagte er zu Ruth, legte eine Muskete an und schoss.

Ein Hanamate-Krieger riss die Arme hoch und stürzte vornüber. Unwillkürlich wurden die anderen langsamer.

Da hallte Häuptling Teimanas Stimme wie ein Trompetensignal durch das Tal: »Stürmt an, so rasch ihr könnt! Der Donner, der tötet, braucht lange, bis er wieder ertönt.«

»Täusche dich nur nicht!«, fauchte Ruth und reichte Hinrich eine fertige Waffe und lud die, die er eben abgeschossen hatte, nach.

Hinrich schoss erneut und verwundete einen Hanamate. Dieser versuchte, seinen Stammesbrüdern hinkend zu folgen, gab aber nach weniger als zwanzig Schritten auf und kauerte sich auf den Boden.

Inzwischen hatte Hinrich den Nächsten getroffen, und dieser stand nicht wieder auf. Zunächst schoss nur Hinrich, während Ruth und Tahitoa die Musketen so schnell luden, wie es nur ging. Als die Hanamate und ihre Verbündeten jedoch näher kamen, begann auch Tahitoa zu feuern. Ruth musste sich daher sputen, um nachzuladen. Doch so viele Treffer ihr Mann und Tahitoa auch landeten, die Menge der Feinde war einfach zu groß, um sich durch den Verlust Einzelner aufhalten zu lassen.

Nun kamen auch die Speere zum Einsatz. Die Hanatea waren durch die Palisaden halbwegs gegen die Waffen der Angreifer gedeckt, während ihre Gegner den Hang hinaufsteigen mussten und dadurch zwangsläufig langsamer wurden.

Plötzlich klang ein Schrei auf. »Sie kommen von hinten!«

Ruth drehte sich um und sah, dass Teimana und dessen Schar die Tatsache ausgenützt hatten, dass alle Hanatea die flachere Hügelflanke mit dem Weg verteidigten. Sie waren unbemerkt die steilste Stelle des Hügels hochgeklettert und befanden sich nur noch wenige Schritte von der Palisade entfernt. Wenn sie diese erreichten und überkletterten, hatten sie es nur mit Frauen und Kindern zu tun, da die Hanatea-Krieger sich hinter diesen befanden.

Mit einem raschen Griff schnappte Ruth sich drei Handgranaten und eilte nach hinten. »Eine Fackel, Noelani! Schnell!«, rief sie.

Noha'aia war näher als ihre Tochter und packte eine der Fackeln.

»Vorsicht«, warnte Ruth, als sie ihr die Fackel zu sehr entgegenstreckte. Sie legte zwei Handgranaten auf die Erde und hielt die Lunte der dritten an die Flamme. Es dauerte einen Augenblick, bis sie zischend anbrannte. Unterdessen hatten die ersten Hanamate die Palisade erreicht. Bevor jedoch einer sie überklettern konnte, schleuderte Ruth die Handgranate zwischen sie. Diese fiel zu Boden und kollerte ein Stück den Hang hinab, bevor sie endlich explodierte.

Der Erfolg war geringer als bei den Walfängern, denn es wurden nur ein paar Feinde verletzt. Die zweite Handgranate hielt Ruth etwas länger in der Hand, damit die Lunte ein wenig abbrennen konnte, und warf sie dann erst.

Die Handgranate explodierte mitten in der dichtesten Gruppe der Hanamate. Mehr als ein Dutzend Krieger stürzten den Hang hinab, viele schrien vor Entsetzen und Schmerz, und die Ersten wichen zurück.

Kurz entschlossen entzündete Ruth die dritte Handgranate, nahm Maß und schleuderte sie den Feinden vor die Füße. Das Ding rollte noch ein kurzes Stück den Hang hinab und explodierte dann unweit des Häuptlings mit einem infernalischen Krach.

Teimana wurde zur Seite geschleudert, andere Hanamate wurden verletzt, und der Rest der Angreifer kletterte, so rasch es ging, nach unten und rannte davon.

Inzwischen war der Haupttrupp der Feinde an der anderen Seite der Festung nahe genug, dass Hinrich ebenfalls die erste Handgranate werfen konnte. Da die Hanamate und Hakeani hier noch dichter standen als drüben am Steilhang, war die Wirkung verheerend.

Nur Augenblicke später warf Hinrich die nächste. Als dann Ruth hinzukam und ebenfalls eine Granate schleuderte, war es mit dem Mut der Feinde vorbei. Die Hakeani wichen als Erste zurück. Einige Hanamate beschimpften sie noch, dann lösten sich auch deren Reihen auf, und immer mehr ergriffen die Flucht.

»Wir sollten den Kerlen folgen und sie vor uns hertreiben. Sonst zünden sie uns noch die Häuser an!«, rief Ruth.

Hinrich schüttelte den Kopf. »Sie sind unseren Hanatea immer noch mehrfach überlegen, und wir können bei einer Verfolgung weder unsere Handgranaten noch unsere Raketen einsetzen!«

Noch während er es sagte, erinnerte er sich an die vier Raketen, die er in die Abschussvorrichtung gesteckt, aber noch nicht abgeschossen hatte. Da er wissen wollte, welche Wirkung sie erzielten, zündete er ihre Lunten an und trat ein paar Schritte zurück.

»Vorsicht!«, mahnte er Tahitoa, der hinter das Gestell treten wollte.

Zuerst tat sich nichts. Dann begann die erste Rakete zu zischen. Ein Feuerstrahl schoss hinten heraus, und sie flog zuerst langsam, aber immer schneller werdend hinter den fliehenden Feinden her. Kurz sah es so aus, als würde sie diese überholen. Dann aber schlug sie genau im größten Pulk ein und wurde zu einem Feuerball. Nur Augenblicke später folgten ihr die drei anderen Raketen und entfachten ein Inferno.

Als der Krach der Explosionen verklungen war, floh alles, was von den Feinden noch auf den Beinen war, panikerfüllt auf das

Meer zu. Verwundete krochen wimmernd hinter ihnen her oder töteten sich selbst, um nicht lebend in die Hände der Hanatea zu fallen. Ein kleiner Teil erklomm die Felsen, um auf diesem Weg zu entkommen.

Hinrich überlegte, ob er ihnen eine Rakete hinterherschießen sollte, verneinte es dann aber für sich. Einen größeren Effekt wie mit den ersten vier konnte er nicht mehr erzielen. Daher trat er zu Ruth und legte ihr den Arm um die Schulter. »Dies war ein gewaltiger Sieg, der die Größe Gottes und die Macht derer, die ihm dienen, deutlich gemacht hat. Von nun an werden die Hanatea allesamt gute Christen sein und die Boten der anderen Stämme zu mir kommen und mich bitten, auch sie am Heil Christi teilhaben zu lassen.«

Ruth nickte, ohne über seine Worte nachzudenken. Sie fühlte nur das Grauen dieses entsetzlichen Kampfes. Erneut hatte sie Menschen getötet. Sie empfand es jedoch nicht als ganz so belastend wie den Kampf mit den Walfängern und fühlte sich verunsichert. War es für sie weniger schrecklich, weil es sich um Einheimische handelte und nicht um weiße Männer wie auf der *Newport?* Oder lag es daran, dass ihr Mann und die meisten Hanatea bei dem Überfall durch die Walfänger nicht an Leib und Leben gefährdet gewesen waren und sie sich vor diesen Schuften im Dschungel hätte verstecken können. Hier aber war es um das Leben von allen Menschen in diesem Tal gegangen.

Aipua trat zu ihr, umarmte sie kurz und legte ihr den kleinen Jan in die Arme. Seinetwegen, dachte Ruth, hätte sie bei einer tödlichen Bedrohung auch die Männer der *Newport* getötet. Es war ein erschreckender Gedanke, doch sie spürte, dass die Kindheit im Schatten von Napoleons Kaiseradler sie härter gemacht hatte, als es hätte sein dürfen. Nein, korrigierte sie sich. Andere würden dies zwar behaupten, doch wenn es so wie hier auf Leben und Tod ging, würden viele so handeln wie sie.

10.

Der Kampf war vorbei. Die Späher, die auf Häuptling Matahis Befehl den Feinden gefolgt waren, berichteten, die Hanamate und Hakeani wären in ihre Kanus gestiegen und in wilder Flucht davongepaddelt.

»Sie mussten mindestens ein Drittel ihrer Kanus zurücklassen, und wir haben viele Waffen gefunden, die sie auf ihrer Flucht weggeworfen haben, um schneller rennen zu können«, berichtete Teomo, der nicht nur der beste Holzschnitzer des Stammes war, sondern auch dessen schnellster Läufer.

»Damit haben sie sehr viel Mana verloren«, erklärte Aitu'ha'anui zufrieden.

Die geistige Kraft bedeutete Ansehen bei den Göttern. Derjenige, bei dem sie geringer wurde, war den Göttern weniger wert. Die Hanamate und Hakeani hatten viele Krieger verloren, und dies würde ihre Nachbarn und sogar die Stämme auf Tahuata dazu bringen, ihre Furcht vor ihnen abzulegen und sie ihrerseits anzugreifen. Einen Angriff auf die Hanatea hingegen würde nach diesem überwältigenden Sieg wohl keiner mehr wagen.

Während die ersten Lieder aufklangen, um die siegreichen Krieger und vor allem den großen Zaubermann Hiniriki zu ehren, durchsuchten die Hanatea-Krieger die Umgebung. Sie sammelten die toten Feinde ein und warfen sie ins Meer, da ihre Leichen die Erde, auf der sie lebten und ihre Ahnen gelebt hatten, nicht besudeln sollten. Gelegentlich trafen sie auf Verletzte und schwangen ihre Keulen, um, wie Hinrich es ausdrückte, deren Leiden ein Ende zu bereiten.

Ruth hingegen fand es barbarisch und wäre am liebsten mit Jan nach Hause gegangen, um für sich allein zu sein. Dies aber hielt Hinrich für zu gefährlich, da sich noch immer versprengte Hanamate im Tal aufhalten konnten. So musste sie in der Festung bleiben. Sie setzte sich so, dass sie die Toten nicht sehen musste, wiegte den Kleinen und fand, dass ein Leben in Hamburg ihr keine solchen Prüfungen abverlangt hätte. Dann aber erinnerte sie sich an den französischen Soldaten Maurice, den sie als Kind erschossen hatte, um ihre Mutter und deren Freundin Molly vor ihm zu beschützen, und schüttelte den Kopf. Es war gleichgültig, wo man sich befand. Wenn Gott einen prüfen wollte, so tat er dies an jedem Ort, mochte er auch so sehr ans Paradies erinnern wie diese Insel, die ihren Bewohnern Früchte und Fische im Überfluss bot.

Noch während Ruth sinnierte, klangen am Fuß des Steilhangs, den sie gegen Teimana und dessen über die Berge gekommenen Krieger verteidigt hatte, laute Rufe auf, gefolgt von einem Jubel, der sich über den gesamten Hanatea-Stamm ausbreitete. Ruth horchte auf und vernahm den Namen Teimana. Wie es aussah, war der Häuptling der Hanamate gefunden worden. Wenn er tot war, hatte ihre Hand sein Ende herbeigeführt, fuhr es ihr durch den Sinn.

Dann aber sah sie, wie mehrere Hanatea den riesenhaften Häuptling gefesselt heranschleppten. Aus Neugier ging Ruth zu der Gruppe hin, die sich um Teimana und Matahi gebildet hatte, und betrachtete den Gefangenen. Dieser blutete aus ein paar kleineren Wunden, schien aber sonst unverletzt zu sein. Eine Schramme am Kopf deutete darauf hin, dass er dort von einem Teil der Handgranate getroffen und dadurch bewusstlos geworden war. Nun war er wieder wach, fand aber seine Krieger tot oder geflohen und sich selbst in den Händen eines Feindes, dem der Hass förmlich aus den Augen schlug.

In wildem Triumph reckte Matahi die keulenbewehrte Hand gen Himmel und bedachte seinen besiegten Feind mit üblen Beleidigungen. Er sprach so schnell, dass Ruth Mühe hatte, ihm zu folgen. Dabei tauchte mit »ika« ein Wort auf, das sie noch nicht kannte und bei dem Tahitoa eine sehr ernste Miene aufsetzte.

»Das wird Hiniriki gar nicht gefallen«, sagte er leise und mehr für sich als für Ruth gedacht.

Diese spürte, wie eine eisige Hand nach ihrem Herzen griff, und wünschte sich, Hinrich wäre ein Pastor in Hamburg oder dessen Umgebung, und die größte Gefahr für sie wäre, sich beim Stickkränzchen mit den besseren Damen des Kirchspiels mit der Nadel in den Finger zu stechen.

11.

James Hutton befand sich nun schon eine gute Woche auf dem Walfänger *Newport* und hatte längst erkannt, dass eine außergewöhnlich schlechte Stimmung an Bord herrschte. Die Mannschaft war verlottert und Thoulder, der Steuermann, abergläubischer als ein altes Weib. Andauernd prophezeite er, die *Newport* werde für alle Zeit als Geisterschiff über die Meere segeln. Was Captain Wally dachte, erfuhr keiner, doch wenn er an Deck erschien, zuckten alle zusammen.

Der Einzige, mit dem James gut zurechtkam, war der verkrüppelte Harpunier Craven. Von ihm erfuhr er, dass Wally vor vielen Monaten einen Überfall auf Hiva Oa versucht hatte, aber von einer weißen Frau mit einer Muskete und Handgranaten abgewiesen worden war. Dies konnte nur Ruth Mensing gewesen sein, sagte er sich und war erleichtert, dass sie diese Schurken zum Teufel hatte jagen können. Thoulder und einige andere Narren an Bord sprachen ihr sogar Hexenkräfte zu, weil das Schiff und seine Mannschaft seit dem Überfall nur noch Pech gehabt habe.

»Sicher gab es einen Fluch«, sagte Craven an diesem Tag zu James. »Den hat aber nicht die weiße Frau ausgesprochen, sondern eine der einheimischen Hexen. Bei denen weiß man nämlich nie, woran man ist. Auf der einen Insel sind die Frauen so anschmiegsam, dass man am liebsten für immer bei ihnen bleiben möchte, und auf anderen überlegen sie sich schon die Gewürze, mit denen sie einen kochen wollen.«

James lachte leise. »Du bist wohl schon auf vielen dieser Inseln gewesen?«

»Auf einigen!«, meinte Craven grinsend. »Ich bin jetzt vierzig Jahre zur See gefahren, zuerst auf einem Handelsschiff, bis einer zu mir sagte, ich könne als Harpunier auf einem Walfangschiff weitaus mehr Geld verdienen. Ich Narr bin darauf hereingefallen. Wohin es mich geführt hat, siehst du hier!« Damit hielt er James die verkrüppelte Hand vors Gesicht. »Wally und einige andere aus der Mannschaft sind voller Hass auf diese weiße Frau und würden ihr am liebsten die Kehle durchschneiden, aber erst, nachdem sie ihr gezeigt haben, wie grausam Männer sein können, wenn eine Frau in ihrer Gewalt ist. Doch sie haben zu viel Angst, um noch einmal nach Dominica zu fahren und ihre Drohungen wahr zu machen«, setzte er mit Verachtung hinzu.

»Hasst du diese Frau auch?«, fragte James.

Craven schüttelte den Kopf. »Sie hat nur sich verteidigt, weil einige Narren aus der Mannschaft unbedingt eine weiße Frau stoßen wollten. Diese Kerle sind daran schuld, was mir passiert ist! Und auch Captain Wally, weil er, um Geld für Vorräte zu sparen, immer wieder Inseln überfällt und diese ausraubt. Das will er auch jetzt wieder tun«, setzte er leiser hinzu.

James hatte sich bereits sein Bild von Rave Wally gemacht. Dieser mochte, wie er sagte, wirklich der Schwiegersohn eines Predigers sein, doch seine Handlungen hatten wenig Christliches an sich. Noch während er überlegte, was er Craven antworten sollte, hörte er den Ruf des Ausgucks vom Mast herabschallen.

»Insel voraus!«

»Ist es die richtige?«, fragte Wally, der die Insel vom Deck aus noch nicht ausmachen konnte.

»Würde meinen nächsten Priem dafür verwetten«, sagte der Mann im Krähennest lachend.

Wally blieb einen Augenblick stehen, dann wandte er sich mit einer raschen Drehung dem Steuermann zu. »Sorg dafür, dass die

Kanonen geladen und Handwaffen ausgegeben werden, Thoulder. In einer Stunde will ich das Schiff gefechtsbereit sehen.«

James schüttelte den Kopf, denn Wally benahm sich wie der Kapitän eines großen Kriegsschiffes. Dabei hätte eine lächerliche Korvette ausgereicht, um sein Walfangschiff zu den Fischen zu schicken. Er fragte sich, ob die ausgedünnte Besatzung der *Newport* überhaupt in der Lage war, mit den einheimischen Insulanern fertigzuwerden.

Die Mannschaft war aber ganz offensichtlich mit solchen Situationen vertraut. Obwohl sie nicht dem strengen Drill von Kriegsschiffmatrosen unterworfen waren, wusste jeder von ihnen, was er zu tun hatte. Den meisten schien es sogar Freude zu bereiten, jene Menschen zu überfallen, die sie unter sich als Nigger oder Wilde bezeichneten.

Da genügend Waffen vorhanden waren, erhielt auch James eine Pistole und einen Säbel.

Craven musterte ihn und zog die Stirn kraus. »Wenn ich dich so ansehe, Jim, verstehst du mehr von Waffen als wir alle zusammen.«

»Das sieht nur so aus«, antwortete James und steckte die Pistole in den Gürtel. Er war gespannt darauf, wie Wally vorgehen wollte, und hoffte nur, dass es nicht allzu blutig werden würde.

Der Captain ließ die *Newport* nahe an das Atoll heransegeln und beobachtete durch das Fernrohr das Dorf unweit vom Ufer. Eben wurde ein gutes Dutzend Kanus bemannt, und Männer, die über und über tätowiert waren, kamen mit raschem Paddelschlag auf das Schiff zu. Wally ließ die *Newport* leicht drehen und erteilte dann den Feuerbefehl. Er hatte sämtliche sechs Kanonen auf die Steuerbordseite bringen und mit Kartätschen laden lassen. Der Hagel aus Nägeln und Eisenschrot fuhr wie eine riesige Sense in die Boote und brachte die meisten zum Sinken. Blutige Leiber schwammen in der See und lockten die Haie an, die in ihrer Gier wenig Unterschied zwischen Toten und Lebenden machten.

Unterdessen wurden die Kanonen der *Newport* erneut geladen und auf das Dorf ausgerichtet. Dort standen Gruppen von Frauen und Kindern, die mit Entsetzen zusahen, wie ihre Männer, Väter und Söhne zur Beute der Haie wurden.

»Feuer!«, befahl Wally.

Augenblicke später prasselte der Eisenschrot auf das Dorf hinab. Erneut gab es Tote und Verwundete. Wer noch laufen konnte, rannte schreiend davon.

»Es ist wie immer! Wir geben den Wilden ein paar auf die Mütze, und sie wetzen wie die Hasen«, prahlte Wally zufrieden.

»So hätten wir es auch bei der verdammten Insel machen müssen, wo es den armen Bert erwischt hat«, warf sein Matrose Henry verärgert ein.

»Dafür war die Insel zu groß. Bei solchen Inseln ist es besser, die Wilden besoffen zu machen, um billig an Vorräte zu kommen. Hier haben wir das zum Glück nicht nötig«, erklärte Wally und befahl danach, den Anker zu werfen und drei Walboote auszuschwenken.

»Ihr beide«, sein Zeigefinger wies auf James und Craven, »bleibt an Bord! Die anderen kommen mit mir.«

Während James und der Harpunier nickten, ließen die Walfänger die Boote zu Wasser und strebten damit dem Ufer zu. Nachdem sie eine passende Stelle gefunden hatten, gingen sie mit derselben Präzision vor, mit der sie auch ihr blutiges Handwerk betrieben. Zwei von ihnen blieben mit angeschlagenen Musketen bei den Booten zurück, während der Rest sich über das Dorf ergoss und aus den Hütten und Vorratsgruben alles herausholte, dessen sie habhaft werden konnten. Musketenschüsse und schmerzvolles Quieken zeigten an, dass sie Schweine gefunden hatten und erschossen. Gelegentlich feuerten sie auf Dorfbewohner, die sich in der Nähe sehen ließen, um diese fernzuhalten.

Schon bald kehrte das erste Walboot bis an den Rand geladen zurück, und nun mussten auch James und Craven zugreifen, um die Beute an Bord zu holen.

Ganz zuletzt brachten Wallys Männer zwei leicht verletzte Frauen und schleppten sie an Deck.

»Was haben sie mit denen vor?«, fragte James.

»Wir sind seit Monaten auf See. Da drücken doch dem einen oder anderen die Eier. Die Weiber werden kaum an Bord sein, dann liegen auch schon die Ersten auf ihnen!«

Wie um Cravens Worte zu bestätigen, ließ Wally dem Matrosen, der an Bord als Sanitäter tätig war, gerade genug Zeit, die Frauen zu verbinden, dann löste er seinen Hosengurt und schob sich auf die Jüngere der beiden.

Weder sein Aberglaube noch sein Hass auf den Kapitän hielten Steuermann Thoulder davon ab, es seinem Kapitän gleichzutun.

»Da Craven ein Krüppel ist und du neu auf dem Schiff bist, werdet ihr euch hinten anstellen müssen«, meinte einer der Matrosen grinsend zu James und dem Harpunier.

James juckte die Faust, den Mann niederzuschlagen. Doch dann stünde er allein gegen alle anderen und durfte danach froh sein, wenn die Haie zu satt waren, um auch ihn zu fressen, und ihn die überlebenden Bewohner, falls er sich auf die Insel retten konnte, nicht gleich umbrachten. Auf so viel Glück konnte nicht einmal Lucky Jim hoffen, daher zwang er sich mit eiserner Disziplin zur Ruhe. Eines stand für ihn jedoch felsenfest: Er würde weder diese beiden armen Wesen noch je eine andere Frau gegen ihren Willen zwingen, sich ihm hinzugeben.

ZEHNTER TEIL

DAS VERHÄNGNIS

1.

Seit Stunden dröhnten die Trommeln und verbreiteten die Kunde von dem gewaltigen Sieg der Hanatea auf der gesamten Insel. Es war ein Triumph, wie ihn niemand hatte voraussehen können. Daher war die Freude im Stamm über alle Maßen groß. Selbst Ruth, die wegen der Toten noch immer mit ihrem Gewissen kämpfte, konnte sich dieser Hochstimmung nicht ganz entziehen.

Hinrich schwebte gar wie auf Wolken. Der Klang der Trommeln und die Lieder galten ganz besonders ihm. Er war der Heros der Hanatea, und Häuptling Matahi hatte Teomo als seinen Tuhuka ha'atiki, den obersten Holzschnitzer des Stammes, bereits damit beauftragt, einen Baumstamm zu finden, aus dem er ein Standbild des großen Zauberkriegers anfertigen sollte.

Aitu'ha'anui war sogar bereit, hinter Hinrich zurückzutreten und ihm den Rang des Tuhuka o'oko, des obersten Priesters, zu überlassen. Tahitoa wirkte allerdings besorgt, als er dies Hinrich übersetzte. Auch wenn die Missionare auf Tahiti die alte Ordnung gestürzt hatten, kannte er noch die Sitten seiner Ahnen, und denen folgten auch die Stämme auf Hiva Oa.

Hinrich hingegen erkannte nicht, welche Folgen sein Triumph mit sich brachte, sondern genoss die Bewunderung der Hanatea und ließ sich feiern. Frauen legten ihm Blumenkränze um den Hals, und von Matahi erhielt er einen Mantel, der mit den prächtigen Federn der Fruchttaube und des Tropikvogels geschmückt war. Aitu'ha'anui setzte ihm eine Krone aus schwarzen Federn auf, aus denen der Unterkiefer eines Riffhais wie ein großes V herausragte. Dazu reichte der alte Priester Hinrich eine Zeremonienkeule aus makellos schwarzem Holz.

Hinrich begriff dies als Symbol dafür, dass die Hanatea die Herrschaft Gottes anerkannten und er dessen Stellvertreter auf ihrer Insel war. In seinen Träumen sah er sich bereits als Bischof des gesamten Archipels und erwartete, in der Heimat als großer Missionar gefeiert zu werden.

Eines jedoch trübte sein Vergnügen: Er hätte sich gewünscht, Ruth könnte die Ehren miterleben, mit denen ihn die dankbaren Hanatea überhäuften. Seine Frau hatte es jedoch vorgezogen, ins Haus zurückzukehren, um dem Klang der Trommeln zu entgehen. Ganz würde ihr dies nicht gelingen, dachte Hinrich. Das hämmernde Stakkato erfüllte das ganze Tal und zog über die Berge hinweg bis in die Nebentäler, in denen die Hanamate und die Hakeani ihre Wunden leckten. Für beide Stämme war es doppelt schlimm, da sie mit Teimana und Teina ihre berühmtesten Häuptlinge verloren hatten und nun von Männern geführt wurden, die sich ihre geistige Kraft für dieses Amt erst erwerben mussten.

Dem kleinen Jan gefiel das Trommeln gar nicht. Er greinte mürrisch und ließ sich weder durch eine kleine Banane beruhigen noch dadurch, dass Ruth ihm die Brust gab. Sie legte ihn in seine Wiege und schaukelte diese, doch auch das half nichts. Die Trommeln dröhnten zu laut, als dass der Junge hätte einschlafen können, und er wurde nur dann ruhiger, wenn die Mutter ihn auf den Arm nahm und im Haus herumtrug.

Nach einer Weile kam Aipua herein. Auch sie verzog das Gesicht, als das Trommeln nach einer winzigen Pause noch stärker als vorher erneut begann. »So laut wie heute haben die Trommeln noch nie getönt! Matahis Willen zufolge sollen jedoch alle auf der Insel erfahren, dass Teimana von den Hanamate in seine Hände gefallen ist. Nun wird dieser für den Tod von Matahis Bruder büßen und ika werden.«

»Was bedeutet ika eigentlich?«, fragte Ruth.

»Teimana wird den Göttern geopfert, sowohl den Etua wie auch den Tupapa'u!«, antwortete Aipua entschieden. Ihr Stamm hatte zu lange unter den Hanamate gelitten, um nicht schadenfroh über deren Niederlage zu sein.

Ruth wusste, dass mit Etua die vergöttlichten Ahnen der Hanatea gemeint waren und mit Tupapa'u die Geister der restlichen Ahnen, die keine Götter geworden waren. Diesen sollte der gefangene Häuptling geopfert werden. Hinrich würde dies niemals zulassen und alles tun, um es zu verhindern, durchfuhr es sie. Nun betete sie, dass sein Einfluss auf Matahi und Aitu'ha'anui groß genug war, um sie von diesem barbarischen Brauch abzuhalten.

Nicht zum ersten Mal bedauerte sie es, dass Hinrich sich nie die Mühe gemacht hatte, die Sprache der Eingeborenen zu lernen. So war er auf Tahitoa und dessen Übersetzungen angewiesen, und diese hatten sich oft genug als sehr märchenhaft erwiesen.

»Vielleicht sollte ich mit Hinrich reden und ihn warnen«, sprach sie ihren Gedanken laut aus.

Sofort schüttelte Aipua den Kopf. »Der Tu'u ist für Frauen tapu. Selbst du darfst nicht dorthin!«

Der Opferplatz befand sich in der Nähe des Kultplatzes mit den Götterstatuen und bestand ebenfalls aus einer Plattform, auf der ein Steingebilde stand, das Ruth für einen Altar hielt. Dazu wurde das Gelände von zwei grimmig aussehenden Tikis bewacht und war von einem Zaun umgeben. Ruth konnte sich nicht daran erinnern, dort jemals einen Menschen gesehen zu haben. Wenn die Hanatea ihren Göttern und Ahnen opferten, so taten sie es auf dem nahen Kultplatz.

»Heute feiern vor allem die Männer. Die Frauen und Kinder bleiben in den Häusern. Morgen aber gibt es ein großes Tamure mit Tanz und Gesang und einem großen Festmahl«, sagte Aipua, um Ruth auf andere Gedanken zu bringen.

»Werden dabei die erschlagenen Feinde gegessen?«, fragte Ruth, die bereit war, lieber zu verhungern, als auch nur einen Bissen davon über die Lippen zu bringen.

Aipua schüttelte lachend den Kopf. »Wo denkst du hin? Die Toten werden ins Meer geworfen, damit die Haie sie fressen und ihr Mana für ihren Stamm für immer verloren geht. Nur mächtige Häuptlinge und Priester werden gegessen, damit ihr Mana unseren eigenen Stamm stärkt.«

Das war keine Auskunft, die Ruth beruhigen konnte. Als sie zum Fenster hinaussah, war es noch heller Tag. Der Klang der Trommeln war leiser geworden, erschien ihr aber fast noch bedrohlicher als zuvor, und sie verschränkte die Finger, um zu beten. Es war, als könne sie die nahende Gefahr am ganzen Leib spüren, und so flehte sie Gott an, doch alles gut werden zu lassen.

2.

Während seines zweijährigen Aufenthalts auf Hiva Oa hatte Hinrich dem Opferplatz kaum Beachtung geschenkt. Die Eingeborenen hatten ihn nicht benutzt, und so war er zu der Ansicht gelangt, sie würden sich bei ihren Opfern damit begnügen, die Tikis auf der Kultplattform mit Blumen zu schmücken und ihnen gelegentlich eine Frucht hinzulegen. Daher war er verwundert, als Matahi den Weg zum Tu'u einschlug und mit lauten Rufen und markigen Gesten den Eingang öffnete.

Aitu'ha'anui forderte Hinrich auf, als Erster einzutreten. Dieser tat es und wurde von dem alten Priester zu einem erhöhten Platz neben einem altarähnlichen Ding geführt. Rasch legten Matahis Diener Sitzmatten aus. Andere Diener brachten Kawa und reichten Hinrich die erste Schale. Hinrich war kein großer Trinker, und so machte ihm das Fehlen alkoholischer Getränke wenig aus. Gelegentlich aber, wie an diesem Tag, kam ihm der Genuss eines berauschenden Getränks gerade recht.

Matahi, Aitu'ha'anui und jene Krieger, die sich im Kampf gegen die Hanamate besonders ausgezeichnet hatten, erhielten ebenfalls Schalen mit Kawa und tranken mit großem Ernst. Zum ersten Mal seit vielen Jahren war es ihnen möglich, sich wieder an diesem Ort zu versammeln und einen großen Sieg zu feiern.

Eine Gruppe junger Krieger begannen den Haka und führten die Heldentaten gegen die Hanamate noch einmal im Tanz vor. Dabei verwünschten sie die Feinde und priesen Hinrich als den mächtigsten Zauberpriester der Insel. Anschließend stand Aitu'ha'anui auf und berichtete von den Heldentaten der Hanatea von Anfang an und schloss mit den Worten, dass sie sich mit diesem Sieg ihrer vergötterten Ahnen würdig erwiesen hätten.

Nach ihm kam Matahi an die Reihe und rief mit dröhnender Stimme, dass nun sein Bruder mit Hinirikis Hilfe gerächt sei und ebenso alle anderen Hanatea, die im Lauf der Jahre von den Hanamate getötet und verspeist worden waren.

Tahitoa übersetzte mit steigender Besorgnis, doch Hinrich achtete nicht auf den Unterton in seiner Stimme. Ihm gefiel es, im Mittelpunkt zu stehen und geehrt zu werden. Seine gute Stimmung hielt auch noch an, als vier Hanatea den gefangenen Häuptling hereinführten.

Teimana war nackt und nur mit einer Blumengirlande gefesselt. Er wusste allerdings, dass er bei einem Fluchtversuch nach weniger als zwanzig Schritten bereits ein Dutzend Speere im Leib haben und danach als Feigling gelten würde. Er war jedoch der Häuptling eines mächtigen Stammes und galt als gewaltiger Krieger. Dieser Eindruck sollte für immer bleiben, auch wenn sein Fleisch in die Mägen seiner Feinde wandern und seine geistige Kraft, sein Mana, das ihre steigern würde.

Mit der Erkenntnis, dass die Hanatea ihm nicht mehr antun konnten, als sie ohnehin vorhatten, stellte er sich vor den Steinaltar, streckte Matahi und den anderen die Zunge heraus und beschimpfte sie aufs Übelste.

Matahi antwortete zornig, und etliche Minuten wurde zwischen den beiden ein regelrechtes Schreiduell ausgetragen. Mit einem Mal wandte Matahi sich Hinrich zu, sagte etwas und deutete dann auf Teimana.

Hinrich wandte sich Tahitoa zu. »Kannst du mir sagen, was das soll?«, fragte er verwirrt.

»Sie wollen, dass du als Tuhuka o'oko, als oberster Priester des Stammes, das Opfer vollziehst«, antwortete der junge Tahitianer zögernd.

»Opfer … Aber …« Hinrichs Blick wanderte von dem Gefangenen zu der schwarzen Keule in seiner Hand und zurück.

Das kann doch nicht wahr sein!, durchzuckte es ihn. Matahi, Aitu'ha'anui und die anderen hatten seine Kirche besucht und seinen Predigten gelauscht. In seinen Augen waren sie auf dem Weg gewesen, richtige Christenmenschen zu werden. Sie konnten – nein – sie durften keine so barbarische Tat begehen oder sie gar von ihm verlangen.

»Das geht nicht!«, erklärte er schroff. »Ich will diesen Mann«, er wies auf Teimana, »zum wahren Glauben bekehren und zu seinem Volk zurückschicken, damit es ebenfalls das Christentum annimmt!«

»Du musst es tun, Hiniriki!«, flehte Tahitoa. »Die Hanamate haben viele Jahre lang Angehörige der Häuptlingssippe verschleppt und sie gegessen, um das Mana der Hanatea zu schwächen und das ihre zu stärken. Nun befindet sich mit Teimana der bisher mächtigste Häuptling der Insel in der Hand der Hanatea. Wenn sie ihn opfern und essen, erhalten sie das verloren gegangene Mana zurück!«

»Es ist des Teufels!«, schrie Hinrich außer sich vor Wut. »Das sind keine Menschen mehr, sondern Kreaturen des Satans, die mich getäuscht haben und mich zwingen wollen, mich ebenfalls der Hölle zu verschreiben. Doch das werde ich niemals tun!« Mit einer heftigen Bewegung schleuderte er Matahi die Keule vor die Füße und stürmte davon.

Die Hanatea blickten ihm erstarrt nach, und es dauerte eine ganze Weile, bis der Häuptling zu sprechen begann. »Was ist in Hiniriki gefahren, weil er diese Ehre ablehnt?«

»Sein Gott hat ihm verboten, Teimana zu töten. Sein Mana würde dadurch zu groß und könnte die Götter erzürnen«, antwortete Tahitoa und hoffte, dass Hinrich vernünftig genug war, in sein Haus zu gehen und dort zu bleiben, bis alles vorbei war.

Zu seiner Erleichterung gaben die Hanatea sich mit dieser Erklärung zufrieden. Matahi hob die Keule auf und reichte sie an Aitu'ha'anui weiter. Dieser trat auf Teimana zu und führte den ersten Hieb. Es würden noch viele folgen, bis der Häuptling der Hanamate tot war, doch dieser nahm sich vor, dass seine Feinde keinen Laut von seinen Lippen hören würden, damit er sich trotz dieses Schicksals seiner Ahnen als würdig erwies.

3.

Hinrich rannte in Richtung seines Hauses, ohne einen klaren Gedanken fassen zu können. In seinem Innern kochte es. So viele Monate hatte er geglaubt, er habe den Hanatea das Christentum nahegebracht. Stattdessen hatten sie ihn getäuscht und sich als Söhne des Teufels erwiesen, die Satan Menschen opferten und sie fraßen, als wären es wilde Tiere.

»Oh mein Herr, mein Gott, warum hast du mich so verraten?«, rief er verzweifelt und blieb keuchend stehen.

Schuld war er selbst, rief etwas in ihm. Er hätte diese Götzenbilder von Anfang an zerschlagen und die Hanatea zwingen müssen, ihrem Beelzebub zu entsagen und alles, was an die Zeit des Heidentums erinnert hatte, ins Meer zu werfen. So aber hatte er diesen elenden Wilden durch seine Waffen auch noch zu diesem verfluchten Opfer verholfen.

Dieser Gedanken trieb ihm die Tränen in die Augen, steigerte aber auch seinen Zorn. Er war mit den besten Absichten auf diese Insel gekommen – und hatte sich doch in den Schlingen des Satans verfangen. Nun würde Gott ihn am Jüngsten aller Tage verwerfen und er für immer ein Sklave der Hölle sein.

»Mein Gott, warum hast du mir das angetan?«, schrie er voller Verzweiflung.

Als er den Platz vor seinem Haus erreicht hatte, fiel sein Blick auf seine Axt. Er hatte sie Teomo geliehen, damit dieser einen Baum für eine neue Trommel fällen konnte.

»Diese großen Trommeln sind ebenfalls ein Werk des Satans, denn sie verwirren mit ihrem Klang die Herzen der Menschen«, stieß er wütend hervor und packte das Werkzeug, um es zu zerstören. Es sollte nie mehr für ein so schändliches Tun verwendet werden.

Im nächsten Augenblick starrte er die scharfe Schneide an, und ein Gedanke bohrte sich wie ein glühender Draht in sein Gehirn. War dieses Werkzeug ein Zeichen Gottes, dass er seine Seele noch retten konnte? Nun würde er das tun, was er bereits am ersten Tag auf dieser Insel hätte tun sollen, nämlich alle Symbole dieses Teufelsglaubens zerschmettern. Sobald dies geschehen war, würde auch die Kette zerbrechen, mit der die Eingeborenen an den Teufel gefesselt waren. Vielleicht konnte er damit, wenn nicht diese Generation, dann doch die nächste dem Höllenfeuer entreißen.

Wild entschlossen schritt er zur Kultplattform hoch und erreichte sie nach wenigen Minuten. Einige Augenblicke lang musterte er die aus unterschiedlichsten Zeiten stammenden Standbilder. Mancher Tiki war bereits so alt, dass sein Aussehen kaum mehr zu erkennen war, während andere wie jenes Standbild aus Holz, das Jesus Christus darstellen sollte, aus neuerer Zeit stammten.

Von heiligem Zorn erfasst, nahm Hinrich sich den von Teomo geschnitzten Christus vor. Es war eine Blasphemie sondergleichen gewesen, den Sohn Gottes unter die Knechte des Satans zu stellen.

Einige mit aller Kraft geführte Hiebe schlugen das Standbild in Stücke. Danach wandte Hinrich sich dem ersten Tiki aus Stein zu. Hier dauerte es länger, bis das Vulkangestein, aus dem er gefertigt worden war, zersprang. Als Nächstes hieb Hinrich auf eine Ahnengottheit von Matahi ein und zerschmetterte deren Kopf mit mehreren Schlägen.

Seine Kraft erschien ihm mit einem Mal unerschöpflich, und er begann, über den Teufel zu lachen, der versucht hatte, ihn hier zu verführen. Er war jedoch auf dem Pfad Gottes geblieben und nun dabei, dessen Feinde endgültig von dieser Insel zu tilgen.

Zunächst hatte der Klang der Trommeln Hinrichs Axthiebe übertönt. Als Aitu'ha'anui die Keule zum entscheidenden Schlag gegen Teimana hob, dröhnten die Trommeln noch einmal in voller Lautstärke auf und verstummten dann. Der alte Priester wollte zuschlagen, da hörte er auf einmal die Axthiebe. Zuerst schüttelte er irritiert den Kopf, erkannte dann aber, dass die Schläge von der Kultplattform kommen mussten. Mit einem harten Schlag streckte er den Häuptling der Hanamate nieder und wies zum Marae.

»Irgendetwas geschieht dort! Kommt mit!«

Matahi und zwei Dutzend Krieger folgten ihm. Als sie zur Kultplattform kamen, zerschmetterte Hinrich gerade den Tiki Hana'eas, des wichtigsten Ahnengottes der Hanatea.

Als der Häuptling dies sah, stürmte er voller Wut auf Hinrich zu. Dieser bemerkte ihn nicht einmal, sondern hämmerte seine Axt auf den Kopf des nächsten Tiki. Im selben Augenblick traf ihn Matahis Keule am Hinterkopf, und er sank mit einem ersterbenden Seufzer zu Boden.

Matahi starrte ihn an, dann seine Keule und versuchte, seine wirbelnden Gedanken zu ordnen. »Ist er tot?«, fragte er mit zitternder Stimme Tahitoa, der sich entsetzt über Hinrich beugte.

»Ich glaube, ja!«, antwortete dieser, da er bei Hinrich keinen Puls mehr spürte.

»Ich wollte ihn nicht töten!«, rief Matahi und blickte sich so erschrocken um, als erwarte er jeden Augenblick, Hinrichs Gott könnte eine Rakete auf ihn abschießen und ihn damit töten.

Auch die anderen Hanatea wagten nicht, sich zu rühren, und starrten voller Angst auf den Toten, den sie gerade noch wie einen Gott gefeiert hatten. Alle wussten, dass sie ihm allein den Sieg über ihre Feinde zu verdanken hatten. Nun lag er von Matahi erschlagen zu ihren Füßen.

»Musstest du ihn töten?«, fragte Tahitoa den Häuptling verzweifelt.

Dieser wich mit zuckenden Lippen zurück und brachte kein Wort mehr hervor. Aitu'ha'anui begriff, dass er handeln musste, wenn dieser Tag nicht den ganzen Stamm in Verzweiflung stürzen sollte. Er hob die Keule, mit der er Teimana gefoltert und getötet hatte, um die Aufmerksamkeit aller auf sich zu lenken.

»Es war der Wille der Götter, dass Hiniriki sterben musste«, erklärte er beschwörend. »Sein Mana wäre zu groß geworden für diese Welt und hätte die Ordnung der Götter zerstört. Hiniriki erkannte dies und versuchte noch, die Götter daran zu hindern, ihn zu vernichten. Doch da sandten die Götter Matahi zu ihm, auf dass dieser ihn töten sollte. Hinirikis Mana muss jedoch dem Stamm erhalten bleiben und wird mit seinem Fleisch ebenso wie das von Teimana in uns übergehen.«

Matahi und seine Krieger atmeten erleichtert auf, als der alte Priester die Tat als von den Göttern gewollt hinstellte. Noch ganz im Bann des Schreckens, den er hatte mit ansehen müssen, rannte Tahitoa in Richtung des Dorfes und bog kurz vorher zu dem Haus ab, in dem Hinrich bis zu diesem Tag gewohnt und Gott gedient hatte.

4.

Als die Trommeln endlich verstummten, war es für Ruth eine Erlösung. Jan wurde ruhiger, und sie konnte ihn in seine Wiege legen. Dabei fiel ihr auf, wie rasch er in den letzten Monaten gewachsen war. Wenn sie ihn auf den Boden setzte, krabbelte er bereits herum.

»Die Wiege wird bald zu klein für Ianoa sein«, sagte sie zu Aipua und legte dieser die Hand auf den vorgewölbten Bauch. »Das ist aber nicht schlimm, denn du wirst sie bald brauchen können. Ich werde Teomo bitten, ein Bettchen für meinen Kleinen zu machen.«

»Teomo ist ein sehr guter Holzschnitzer. Man nennt ihn zu Recht den Tuhuka ha'atiki des Stammes«, antwortete Aipua und machte sich daran, eine Banane zu schälen, um Jan zu füttern.

Für etliche Minuten sprachen die beiden über Kinder, und Aipua wollte von Ruth wissen, wie sie durch die letzten beiden Schwangerschaftsmonate gekommen war.

»Weißt du«, meinte sie, »ich fühle mich so unbeholfen, dass ich Angst habe, über die eigenen Füße zu stolpern.«

»Das darfst du aber nicht, denn ein Sturz kann dir und deinem Kind schaden. Du musst daher sehr auf dich achtgeben und darfst keine Dinge tun, die dich in Gefahr bringen. Wenn du dich erinnerst, musste ich das auch.«

Aipua nickte, fand aber, dass es etwas anderes war, es bei einer anderen Frau mitzuerleben, als selbst schwanger zu sein. Sie wollte etwas darauf antworten, doch da stürzte Tahitoa herein. Er war schweißüberströmt und sein Gesicht von Panik verzerrt, als hätten ihn sämtliche Teufel der Hölle getrieben.

»Hiniriki ist tot! Matahi hat ihn erschlagen, als er die Tikis der Götterahnen zerstören wollte«, brachte er mit Mühe hervor.

Es dauerte, bis Ruth diese Nachricht begriff. Zunächst schüttelte sie ungläubig den Kopf. »Mein Mann ist bei den Hanatea hoch angesehen. Matahi kann ihn doch nicht umgebracht haben!«

Als Tahitoa traurig die Arme hob, schrie sie auf wie ein verwundetes Tier. »Es kann nicht sein!«

»Es ist aber so! Aitu'ha'anui hat erklärt, Hiniriki sei für die Götter zu mächtig geworden, und sie hätten daher Matahis Hand geführt, um ihn zu töten.«

»Aber warum?«, brach es aus Ruth heraus.

»Hiniriki hat sich geweigert, Teimana zu opfern, wie der Priester und Matahi es von ihm gefordert hatten.«

Ruth starrte Tahitoa aus weit aufgerissenen Augen an. »Hinrich sollte den Häuptling der Hanamate töten? Bei Gott, das durften sie nicht von ihm verlangen!«

»Es ist so Sitte, dass der Tuhuka o'oko als oberster Priester es tut. Hiniriki war dazu ernannt worden, und die Hanatea hielten es daher für seine Pflicht. Er hat sich geweigert und ist fortgelaufen. Das wäre noch hingenommen worden, doch dann eilte er zum Marae und fing an, die dortigen Tikis zu zerschlagen. Als wir den Lärm vernahmen, eilten wir hin. Matahi erschlug ihn, weil er gerade den Tiki von dessen Götterahnen zertrümmert hatte.«

Ruths Beine wollten sie nicht mehr tragen, und sie ließ sich zu Boden sinken. Tränen drängten mit aller Macht ans Tageslicht, und sie verspürte eine Verzweiflung in sich, die sie schier zu lähmen drohte. Hinrich war tot! Das kann doch nicht sein!, schrie alles in ihr. Sie weinte, während Tahitoa betroffen danebenstand. Aipua umfasste sie und strich ihr sanft über die Wange. Sagen konnte sie nichts, denn der Schock, dass ihre eigenen Leute den beliebten und geachteten Priester getötet hatten, war auch für sie zu groß.

Plötzlich hob Ruth den Kopf. »Ich will ihn sehen und neben seiner kleinen Kirche begraben, die er so sehr geliebt hat!«

»Das wird nicht gehen«, wandte Tahitoa bedrückt ein. »Aitu'ha'anui hat beschlossen, dass Hinirikis Mana dem Stamm erhalten bleiben soll.« Er umschrieb, was geplant war, doch Ruth verstand ihn auch so.

»Sie wollen meinen Hinrich auffressen wie ein Tier? Das lasse ich niemals zu!«, schrie sie außer sich vor Grauen.

Für Augenblicke befürchteten Aipua und Tahitoa, sie würde den Verstand verlieren.

»Ich werde es nicht zulassen!«

»Es ist unmöglich!«, rief Aipua. »Ich war noch ein Kind, als das letzte Mal ein Feind sein Mana dem Stamm überlassen musste. Vor der Höhle, in der der Leichnam aufbewahrt wird, hielten Krieger Wache. Wenn du Hiniriki von dort wegholen willst, werden sie vielleicht auch dich töten. Du musst an Ianoa denken!«

»Wir müssen fliehen und die Insel verlassen«, schlug Tahitoa vor, den im Augenblick kaum noch etwas auf Hiva Oa hielt.

Sofort packte Aipua seinen Arm und brach in Tränen aus. »Du darfst mich nicht allein lassen, denn ich werde in wenigen Wochen unser erstes Kind gebären. Du darfst nicht fort von mir!«

Über ihren Kopf hinweg trafen sich Ruths und Tahitoas Blicke. Da Aipua längst wie Familie für sie war, hatten sie für Augenblicke vergessen, dass sie eine Hanatea war. Zwar erwartete Ruth nicht, von ihr an ihren Stamm verraten zu werden, dennoch war es besser, Vorsicht walten zu lassen.

»Bevor wir uns überlegen, was wir danach tun, müssen wir herausfinden, ob es überhaupt eine Möglichkeit gibt, Hinrichs toten Leib zu holen und ihn der Erde zu übergeben«, sagte sie.

»Wenn ich nur wüsste, wie ich die Wachen bei der Höhle und bei den Booten überlisten könnte«, stöhnte Tahitoa und zog seine Frau eng an sich.

»Eine Möglichkeit muss es geben!«, sagte Ruth störrisch.

»Es müsste ein besonderes Ereignis eintreten wie eine Hafenwelle, die in das Tal hineinflutet, oder eine einstürzende Bergwand!« Tahitoas Haltung verriet deutlich, dass er solche Aussichten für allzu gering erachtete.

Für Ruth gab es kein Zögern. War sie bei der Nachricht vom Tod ihres Mannes beinahe zusammengebrochen, so fühlte sie nun den unbeugsamen Willen in sich, Hinrichs Leichnam zu retten. Es war ihr gleichgültig, welche Widerstände sie dafür überwinden musste.

Sie hob den Kopf. »Du meinst, wir brauchen ein besonderes Ereignis? Dann werde ich für eines sorgen. Übernimm du Ianoa!« Damit reichte Ruth Aipua den Kleinen und zog Tahitoa ein wenig zur Seite.

»Bereite du alles für unsere Flucht vor. Wir brauchen Vorräte, genug Kokosnüsse, um deren Wasser trinken zu können, und noch einiges mehr. Doch wir werden uns beschränken, weil wir auch Hinrichs Leib mitnehmen müssen. Die Zeit, ihn hier zu beerdigen, haben wir nicht. Auch müssten wir befürchten, die Hanatea könnten die Stelle finden und ihn wieder ausgraben. Glaubst du, du schaffst das, ohne dass Aipua mitbekommt, was du vorhast?«

»Wahrscheinlich nicht, aber mir wird schon eine Ausrede einfallen. Notfalls sage ich, dass ich bei ihr auf der Insel bleiben werde!«

»Gib gut auf sie acht. Nicht, dass sie, wenn sie ins Kanu steigen soll, zu schreien beginnt!«

Noch während sie es sagte, begann Ruth, einiges zusammenzusuchen. Am wichtigsten waren Windeln für Jan sowie Lebensmittel, die länger haltbar waren. Die Auswahl war nicht groß, und sie konnten auch nichts aus dem Dorf holen, da es auffallen würde. Ihre und Hinrichs Pistolen, die beiden Musketen, die sie noch im Schuppen hatten, und etwas Schießbedarf zählten dazu.

Ruth glaubte bereits, fertig zu sein, als ihr noch etwas einfiel. Wohin sie und Jan auch kamen, würden sie Fremde sein und Geld brauchen. Hinrich hatte von Hamburg einen Beutel mit Talern und englischen Guineen mitgebracht. Sie fand diesen tief versteckt in seiner großen Seekiste. Dies war jedoch noch nicht alles. Sie holte die Leiter, stieg zu ihrem Versteck hinter dem kleinen Wasserfall hoch und nahm den fein geflochtenen Korb an sich, in dem sie all ihre Perlen gesammelt hatte. Hier auf der Insel waren diese nur Schmuck, den die See den Hanatea schenkte, doch zu Hause in Hamburg waren sie von enormem Wert. Dies, so sagte sie sich, sollte Hinrichs Vermächtnis an ihr Kind sein.

Erneut stiegen Tränen in ihr auf, sie wischte diese energisch weg und stieg wieder nach unten. Im Haus hüllte sie den Korb in ein festes Tuch, damit die Perlen nicht verloren gehen konnten, und sah Tahitoa und Aipua auffordernd an. »Ich bin so weit! Wir bringen diese Sachen zur Bucht und verstecken sie dort. Danach beobachtest du die Höhle, in der sie die Toten aufbewahren. Ich werde uns den Vorteil verschaffen, den wir brauchen.«

Die beiden nickten, und Ruth bemerkte erleichtert, dass Aipua sich beruhigt hatte. Die junge Frau nahm das Bündel, das sie ihr reichte, und verließ das Haus.

»Ich habe ihr gesagt, dass ich mit ihr auf der Insel bleiben werde und Sie mit Ianoa allein fliehen wollen. Da Sie so viel Mana besitzen, traut sie es Ihnen zum Glück zu«, flüsterte Tahitoa Ruth zu.

»Nicht jede List ist gut, doch hier ging es nicht anders«, antwortete Ruth.

Sie war im Notfall auch bereit, allein auf die See hinauszufahren. Eine gewisse Ahnung von Navigation besaß sie, und wenn es hart auf hart kam, war es immer noch besser, wenn sie den Tod im Meer fand, als dass ihr Mann von Kannibalen aufgefressen wurde. Ein Blick auf Jan lenkte ihre Gedanken in eine andere Richtung. Sie durfte nicht sterben, sondern musste leben, damit ihr Sohn heranwachsen und der Stolz seines Vaters werden konnte.

5.

Zwei junge Burschen wachten bei den Kanus. Obwohl Ruth sie mochte, war sie bereit, sie niederzuschießen, wenn sie sich ihr in den Weg stellen würden. Noch aber war es nicht so weit. Tahitoa, Aipua und sie versteckten ihre Bündel bei einem auffallend violett blühenden Busch und sahen einander an.

»Geh jetzt zur Höhle!«, forderte Ruth den Tahitianer schließlich auf. »Aipua kann hier auf uns warten.«

Die junge Frau schüttelte den Kopf. »Nein, ich will nicht allein bleiben!«

»Du kommst mit mir!« Tahitoa strich ihr sanft übers Haar und atmete tief durch. »Ich hoffe, es gelingt dir, die Wachen abzulenken. Ich habe mir den Kopf zerbrochen und doch keine Lösung gefunden«, sagte er zu Ruth.

»Warte es ab!«, antwortete sie mit einer von Trauer, Zorn und wilder Entschlossenheit gezeichneten Miene.

Sie nahm die beiden Pistolen und ihr Fernrohr und lief los. Um Jan musste sich Aipua kümmern, und so hoffte Ruth, dass diese den Kleinen beruhigen konnte, damit er sich nicht durch Greinen bemerkbar machte.

Unterwegs band sie den Rock hoch, um schneller laufen zu können. Viel Zeit blieb ihr nicht, denn laut dem, was sie von Aipua erfahren hatte, würde das barbarische Festmahl schon bald beginnen. Ruth ertappte sich dabei, wie sie hoffte, die Hanatea würden zuerst Teimana von den Hanamate auf den Rost legen, schämte sich aber wegen dieses Gedankens.

Das Dorf umging sie ebenso wie den Festplatz und die weiter oben gelegene Opferstelle. Sie musste sich teilweise durch dichten, dschungelartigen Bewuchs kämpfen, bis sie endlich den Festungshügel vor sich sah. Dort blieb sie stehen und spähte durch ihr Fernrohr. Die Festung war leer. Vor dem Eingang standen zwei junge Krieger, achteten aber nicht auf die Umgebung, sondern blickten immer wieder zu der Stelle hin, an der zwei so mächtige Männer wie Hinrich und Teimana zum Wohle des Stammes aufgegessen werden sollten.

Für Ruth war es trotzdem unmöglich, auf dem normalen Weg in die Festung zu gelangen. Daher umging sie den Hügel, bis sie zu der Steilwand kam, an der Teimana gescheitert war. Als Kind war sie auf Masten geklettert und hatte daher keine Angst vor der Höhe. Da Teimanas Krieger die Felswand mit ihren Waffen erklommen hatten, würde es ihr wohl auch gelingen, denn sie konnte beide Hände benutzen.

Die Steilwand bot noch einen weiteren Vorteil, denn hier konnte man sie vom unteren Teil des Tales aus nicht sehen. Mit zusammengebissenen Zähnen begann sie zu klettern. Als sie endlich oben war, musste sie noch die Palisade überwinden. Es war eine arge Schinderei, doch sie kam darüber und versteckte sich für ein paar Augenblicke hinter dem Schuppen, um wieder zu Atem zu kommen.

Viel Zeit ließ sie sich nicht, sondern öffnete das Schloss des Schuppens und trat ein. Hier war noch alles so, wie Hinrich es angeordnet hatte. Von den Raketen fehlten nur die vier, die er abgeschossen hatte. Auch von den Handgranaten gab es noch einige, und die beiden kleinen Pulverfässer waren gut gefüllt.

Irgendwo musste eine Lunte liegen, wie Hinrich ihr erklärt hatte. Ruth machte sich auf die Suche. Dabei achtete sie darauf, Geräusche zu vermeiden, denn sie durfte die beiden Wächter vor der Festung nicht auf sich aufmerksam machen.

Endlich entdeckte sie einen Beutel aus geöltem Leder und öffnete ihn. Die Lunte sah aus wie ein dünnes Seil, das mit Öl und etwas Pulver getränkt worden war. Ruth hoffte, dass sie die Zeit auf der Insel gut überstanden hatte, und fragte sich, wie lang sie die Zündschnur machen sollte. Explodierten die Waffen zu früh, konnte auch sie verletzt werden, taten sie es zu spät, waren die Hanatea-Krieger vielleicht schon dabei, Hinrich zu verspeisen.

Mit einem leisen Fauchen maß sie ein Stück ab, steckte das eine Ende in eines der Pulverfässer und legte die Zündschnur so aus, dass sie sich nirgends kreuzte und ungestört abbrennen konnte. Zuletzt zog sie ihr Feuerzeug, gab etwas Pulver auf die Pfanne und entzündete die Lunte. Zu ihrer Erleichterung brannte diese sofort, aber die Glut lief schneller, als sie es sich vorgestellt hatte.

Ruth stürzte aus dem Schuppen und kletterte so hastig über die Palisade, dass der Saum ihres Rockes hängen blieb. Als sie ihn losriss, wäre sie beinahe die Steilwand hinabgestürzt. Im letzten Augenblick hielt sie sich an einer Stange fest und zwang sich, ruhiger zu werden. Der Abstieg wurde dennoch zu einem Kampf mit den Nerven. Noch war sie zu nahe am Schuppen, um vor der Explosion sicher zu sein. Wenn sie aus der Steinwand geschleudert wurde, war es ihr Tod. Ihr Sohn würde dann auf dieser Insel aufwachsen und vielleicht sogar selbst ein Menschenfresser werden.

Mit dieser Angst im Herzen kletterte sie weiter und erreichte glücklich den Fuß des Steilhangs. Obwohl sie vor Anstrengung keuchte, rannte sie sofort los. Auch diesmal wich sie mehrmals in den Dschungel aus, um von den Hanatea nicht gesehen zu werden. Unterwegs lauschte sie angespannt nach hinten und fühlte, wie die Verzweiflung sie packen wollte, denn die Explosion ließ auf sich warten.

Schließlich blieb sie stehen und drehte sich um. »Die Lunte muss ausgegangen sein. Ich muss zurück und zusehen, dass sie richtig abbrennt«, sagte sie leise zu sich selbst.

Sie kam nur ein paar Schritte weit, da ertönte oben bei der Festung ein Krachen, als stürze dort der Berg ein. Um sie herum wackelten Bäume und Büsche, als würden sie von einer Riesenhand geschüttelt. Anschließend wurde es für einige Augenblicke totenstill. Dann brandeten die entsetzten Rufe der Hanatea auf.

Selbst Ruth war über die Wucht der Explosion erschrocken, raffte sich aber wieder auf und eilte zu der Höhle, in der laut Aipua Hinrich liegen sollte. Von den Wachen war keiner mehr zu sehen. Als sie den Eingang betrat, wehte ihr kühle Luft entgegen.

Plötzlich sah sie jemanden auf sich zukommen. Es war Tahitoa, der einen in eine Matte gewickelten, länglichen Gegenstand über der Schulter trug.

»Ist es auch Hiniriki?«, fragte sie aus Angst, ihr Mann könnte bereits zum Verzehr weggebracht worden sein und Tahitoa ihr Teimanas Leichnam bringen, um sie zu beruhigen.

Statt einer Antwort hob Tahitoa ein Stück der Matte hoch, und sie sah das Blondhaar ihres Mannes, das an einigen Stellen vom Blut rot gefärbt war.

»Ich danke dir«, sagte sie und wies zur Bucht. »Wir müssen schnell sein. Soll ich dir beim Tragen helfen?«

Tahitoa schüttelte den Kopf. »Wenn ich ihn allein trage, kommen wir rascher voran. Kümmere du dich um Aipua und Ianoa. Die beiden sind ganz schön erschrocken, als es auf einmal so gekracht hat.«

»Das bin ich auch!«, antwortete Ruth.

Sie war froh, dass sie nicht früher daran gedacht hatte, zur Festung zurückzukehren. Selbst wenn sie die Explosion unbeschadet überstanden hätte, würde sie nun inmitten der Hanatea stecken, die in aller Eile zur Festung hochrannten, um nachzusehen, was dort geschehen war.

Sie verließ die Höhle und traf nach wenigen Schritten auf Aipua, die so erschrocken aussah, als wäre der Himmel über ihr eingestürzt. Anders als sie hatte der kleine Jan sich beruhigt und streckte seiner Mutter die Arme entgegen.

»Wir müssen weiter!«, befahl Ruth ihrer Dienerin und nahm ihr das Kind ab.

Doch erst, als sie Aipua mit der anderen Hand hochzerrte, setzte sich diese in Bewegung. Tahitoa eilte ihnen mit Hinrichs Leichnam voraus. Aipua kam trotz Ruths Hilfe allerdings nur langsam voran. Es war nicht allein die Schwäche, die sie hemmte, sondern auch die Angst, ihr Mann könnte zu Ruth ins Kanu steigen und sie allein zurücklassen.

Ruth musste sie mehrfach auffordern, schneller zu werden, und war schließlich froh, als die Bucht vor ihnen auftauchte. Auch diese Wachen waren das Tal hochgelaufen, um nachzusehen, was dort passiert war. Da sie nicht wusste, wie viel Zeit ihnen blieb, holte Ruth rasch ihre Sachen aus dem violett blühenden Busch. Unterdessen musterte Tahitoa die Kanus, die auf dem schmalen Strand lagen, und wählte eines aus.

»Du musst mir helfen!«, forderte er Aipua auf. Doch erst als Ruth hinzukam, brachten sie das Boot zu Wasser.

Tahitoa legte Hinrichs Leichnam hinein und half dann Ruth, den Rest des Gepäcks zu holen. Aipua sah ihnen zu und begriff, dass ihr Mann tatsächlich mitfahren wollte. Erregt eilte sie auf ihn zu und packte ihn.

»Du darfst mich nicht verlassen!«

»Das tue ich auch nicht! Du kommst nämlich mit«, erwiderte er und hob sie in das Kanu.

»Ich darf nicht … Es ist tapu!«, rief Aipua entsetzt und wollte wieder an Land.

Tahitoa hielt sie fest. »Es geht nicht anders. Das musst du verstehen!«

»Wir dürfen Aipua nicht zwingen, ihre Heimat und ihre Familie zu verlassen«, sagte Ruth und strich ihrer Dienerin sanft über die Wange. »Wenn du willst, kannst du natürlich hierbleiben!«

»Aber ich will auch nicht von Tahitoa fort!«, rief Aipua weinend und blieb im Boot.

»Ich glaube, wir haben alles«, erklärte Ruth und fasste nach dem Kanu, um es noch ein wenig weiter ins Wasser zu schieben.

Da stieß Tahitoa einen erschreckten Ruf aus. »Sieh, dort kommen welche vom Dorf her! Was sollen … Aber nein, ich glaube, es sind Noha'aia und Noelani!«

Nun sah Ruth sie auch. Es handelte sich tatsächlich um die Frau des Häuptlings und deren Mutter, und sie waren allein.

Noelani winkte ihnen zu, so dass sie warteten, bis die beiden Frauen herangekommen waren.

»Als der große Donner durch das Tal hallte, wusste ich, dass du ihn gemacht hast, und ahnte auch, was du tun würdest«, erklärte Noha'aia mit einem Blick, als wisse sie nicht, ob Ruth noch ein Mensch war oder bereits auf dem Weg zu einer Göttin. Dann aber schlang sie die Arme um sie und küsste ihr die Wangen.

»Du bist mir wie eine zweite Tochter gewesen. Es schmerzt mich, dass es so enden muss.«

»Mich auch!«, antwortete Ruth leise. »Doch es blieb mir kein anderer Weg.«

»Das verstehe ich! Ziehe hin mit dem Segen der Götter. Mögen sie gnädiger zu dir sein als zu Hiniriki.«

Mit den Worten ließ Noha'aia Ruth los, damit ihre Tochter sie umarmen konnte. Beiden tat es weh, sie scheiden zu sehen, denn sie waren Freundinnen geworden und hätten es ihrer Ansicht nach noch lange bleiben sollen.

»Leb wohl!«, flüsterte Noelani und ließ Ruth los, um ihr einen Beutel in die Hand zu drücken. »Behalte diese Perlen als Andenken an eine Zeit, in der du im Hanatea-Tal glücklicher warst als jetzt.«

»Lebt wohl!«, antwortete Ruth mit belegter Stimme.

Unterdessen trat Noha'aia zu Aipua, die wie ein Häuflein Elend im Kanu hockte. »Du gehst mit Ruhutia! Auch wenn mein Herz weint, so muss es sein. Sie ist stark, und ihr Mana wird dich beschützen, so dass die Geister der See dir nichts anhaben können, auch wenn du auf dem Kanu ihr Reich durchquerst. Bleibe bei ihr und sei ihr treu!« Damit strich sie der jungen Frau sanft übers Haar und trat dann zurück.

Noelani beugte sich zu Aipua nieder und legte kurz ihre Wange gegen die ihre. »Mögen die Götter und Ahnen mit dir sein!« Danach trat sie zu ihrer Mutter.

Ruth winkte ihnen noch einmal zu, raffte dann die Schultern und sah Tahitoa auffordernd an. »Es wird Zeit!«

Der Tahitianer nickte, und sie schoben das Kanu tiefer ins Wasser. Dort schwang Tahitoa sich an Bord und streckte Ruth die Hand hin, um auch ihr ins Boot zu helfen.

»Wir werden beide paddeln müssen«, meinte er mit einem Seitenblick auf Aipua, die im Heck des Bootes kauerte und so aussah, als würde sie am liebsten ins Wasser springen, um ans Ufer zurückzuschwimmen.

Ruth winkte Noha'aia und Noelani ein letztes Mal zu, ergriff dann das Paddel und benützte es so, wie Tahitoa es ihr zeigte.

6.

Sie kamen gut von der Insel frei und sahen keine Verfolger hinter sich. Auch wenn das Kanu leicht anzutreiben war, begriff Ruth bald, dass sie nicht endlos paddeln konnte. Schließlich war sie so erschöpft, dass sie ihr Paddel ins Boot legte.

»Ich kann nicht mehr«, stöhnte sie.

Tahitoa warf einen Blick nach hinten. Noch ragten die Berge Hiva Oas weit in den Himmel, doch er schöpfte Hoffnung, dass ihr einsames Boot den Wächtern entgehen würde. Schließlich besaßen diese nicht das magische Auge, mit dem Ruhutia oder Hiniriki in die Ferne geschaut hatten.

»Ich glaube, wir können ein bisschen ausruhen. Danach werde ich den Mast hochbringen und das Segel befestigen«, antwortete er und stellte dann die Frage, die er sich bislang versagt hatte: »Wohin fahren wir?«

Zu ihrem Schrecken begriff Ruth, dass sie sich in ihrem Bestreben, das Hanatea-Tal so rasch wie möglich zu verlassen, keine Gedanken über ein Ziel gemacht hatte. Panik wollte in ihr aufkommen, doch sie kämpfte sie entschlossen nieder. »Erst einmal müssen wir einen Platz finden, an dem wir Hinrich begraben können.«

»Haben wir überhaupt eine Schaufel?«, fragte Tahitoa besorgt.

»Ich habe eine mitgenommen!« Ruth war froh, dass sie im letzten Augenblick noch an das Ding gedacht hatte. Aber sie wäre auch bereit gewesen, das Grab für ihren Mann mit bloßen Händen auszuheben.

»Wir können nicht nach Hiva Oa zurückkehren«, riet Tahitoa. »Dort sind die Trommeln weit gedrungen, und die Stämme werden wachsam sein.«

»Wie ist es mit Tahuata?« Ruth zeigte auf die kleinere Insel, die sich schräg vor ihnen befand.

»Ich sehe zu viele Kanus vor der Insel! Daher könnten wir es nur in der Nacht wagen, dort anzulanden. Der Strand ist allerdings an wenigen Stellen flach genug, um ihn betreten zu können. Auch befürchte ich, dass diese Stellen gut bewacht werden.« Während der Zeit auf Hiva Oa hatte Tahitoa genug über die kleine Nachbarinsel erfahren, um vorsichtig zu sein.

Ruth zermarterte sich das Gehirn. »Wenn es nicht anders geht, müssen wir Hinrich der See übergeben. Zwar war er Pastor, entstammt aber einer Familie, die seit jeher zur See gefahren ist. Ich wünschte nur, wir hätten etwas, um ihn einhüllen und beschweren zu können, damit er nicht ein Opfer der Fische wird!«

Sie klang so bedrückt, dass Tahitoa sich wünschte, ihr helfen zu können. »Vielleicht können wir irgendwo heimlich anlanden und Hiniriki unter Steinen begraben«, schlug er vor, obwohl er wusste, dass es ein Risiko sein würde.

Dies begriff auch Ruth. Daher überlegte sie, was von den Dingen, die sie mit sich führte, geeignet wäre, als Gewicht für eine Seebestattung zu dienen. Die Schaufel gehörte dazu, und auf eine Muskete konnte sie ebenfalls verzichten. Wenn das nicht reichte, würde sie auch die zweite Muskete dafür hernehmen. Zuvor aber musste Hinrich richtig in die Tapamatte eingewickelt werden, damit diese unter Wasser nicht aufging.

Während Ruth überlegte, richtete Tahitoa den Mast auf und machte das Segel daran fest. Es sah aus wie eine in den Himmel gereckte Krebsschere. Eine Seite wurde an den Mast gebunden, die andere an einen biegsamen Bambusstock, der als eine Art Rah diente.

Nach einer Weile bat er Ruth, ihm zu helfen, da er das Segel alleine nicht befestigen konnte. Als es endlich stand, bemerkte Ruth den langen Schatten, den es in der tief stehenden Sonne warf, und blickte sich besorgt um.

»Solange das Segel unten war, waren wir auf dem Meer kaum zu erkennen, doch nun habe ich Angst, dass uns doch noch jemand entdeckt!«

Tahitoa wollte gerade sagen, dass er dies für unwahrscheinlich hielt, da stieß Aipua einen erschreckten Laut aus. »Dort sind Kanus – und sie sind schon sehr nahe!«

Ruth fuhr herum und sah die Boote nun selbst. Diese waren gegen die Küste von Hiva Oa hin fast unsichtbar gewesen. Nun aber kamen sie mit raschem Paddelschlag auf sie zu.

»Das hätte wirklich nicht sein müssen«, stieß Tahitoa verärgert aus und wandte sich Ruth zu. »Wir müssen den Wind ausnützen! Es ist bald Nacht, und da können wir ihnen entkommen.«

Ruth dachte an die vergangene mondhelle Nacht. Die nächste würde nicht anders sein. Dennoch war ihre einzige Möglichkeit, den Verfolgern zu entkommen, sich dem Wind anzuvertrauen.

»In welche Richtung wird er uns tragen?«, fragte sie.

Tahitoa benetzte den Zeigefinger mit Speichel und hielt ihn in die Höhe. »Der beste Kurs ist Südost, Madam!«

»Das bringt uns von Tahuata weg!«, rief Ruth, da sie doch noch einen Funken Hoffnung gehegt hatte, Hinrich dort bestatten zu können. Nun würde es unmöglich sein.

»Also segeln wir Kurs Südost!«, sagte sie, und Tahitoa trimmte das Segel. Danach brachte er das Ruder aus, um das Kanu besser steuern zu können.

Das Boot nahm Fahrt auf, doch als Ruth das Fernglas auszog und nach hinten spähte, saßen ihnen die Verfolger weiterhin im Genick. Auch dort wurden nun Segel aufgezogen, und zusätzlich paddelten acht Mann jedes Boot, so dass deren Geschwindigkeit im Vergleich zu der ihren noch immer größer war.

»Vielleicht sollten wir doch auf Tahuata zuhalten und uns in einer Bucht verstecken«, schlug sie vor.

Tahitoa schätzte die eigene Geschwindigkeit und die der Feinde ab und schüttelte den Kopf. »Sie würden uns einholen, bevor wir die Insel erreichen. Daher sollten wir weiter Südostkurs halten und darauf vertrauen, dass die Männer in den Kanus irgendwann aufgeben. Sie haben gewiss nicht genug Wasser und Vorräte an Bord, um sich auf eine längere Jagd einlassen zu können!«

»Dann wollen wir hoffen, dass Hunger und Durst die Männer dazu bringen, die Verfolgung abzubrechen«, antwortete Ruth und überlegte, ob sie noch etwas tun konnte, damit das Kanu schneller wurde. Wenn es nicht anders ging, musste sie Hinrichs Leib der

See übergeben. Daher nahm sie eine Leine zur Hand und wickelte sie fest um die Tapamatte, damit diese im Wasser nicht aufgehen konnte. So gesichert, würde der Körper ihres Mannes nicht zum Opfer von Haien und anderen Raubfischen.

7.

Kurz bevor die Nacht heraufzog, hielt Ruth mit dem Fernrohr noch einmal nach ihren Verfolgern Ausschau. Diese waren mittlerweile so nahe, dass sie bereits Gesichter erkennen konnte. Als sie die Tatauierung der Männer musterte, trat eine kleine Falte zwischen ihre Augenbrauen. Es waren keine Hanatea, sondern Hanamate. Sie hatte deren Tatau-Muster bei ihrem Angriff gesehen und konnte sie von denen der Hanatea unterscheiden. Ruth fühlte eine gewisse Erleichterung, weil die Krieger des feindlichen Stammes sie verfolgten und keine Männer, mit denen Hinrich und sie so viele Monate friedlich zusammengelebt hatten.

»Es sind sechs Kanus! Ich halte sie für Hanamate«, erklärte sie Tahitoa.

»Das ist nicht gut!«, antwortete dieser mit verbissener Miene. »Sie haben unser Kanu als eines der Hanatea erkannt und verfolgen uns, um ihre Niederlage an uns zu rächen. Daher werden sie so schnell nicht aufgeben. Wir sollten auf Wolken hoffen, die den Mond verdecken. Vielleicht können wir ihnen auf diese Weise entkommen!«

»Sie können doch nicht wissen, dass wir es sind«, wandte Ruth ein.

Tahitoa lachte bitter. »Wahrscheinlich halten sie uns für ein paar Hanatea, die sich im Siegesrausch zu weit aufs Meer hinausgewagt haben. Wenn die feststellen, dass Sie an Bord sind, wird sie nichts mehr davon abhalten können, uns zu erwischen. Die weiße

Zauberin und Ehefrau des weißen Zauberpriesters wären für sie eine Beute, mit der sie die Schande ihrer Niederlage vergessen machen könnten. Wahrscheinlich würde Ihnen als einer von wenigen Frauen die Ehre zuteil, dass sie Ihr Mana in sich aufnehmen.«

»Du meinst, sie würden mich fressen?« Ruth grauste es, und sie griff zum Paddel.

»Vielleicht werden wir schneller, wenn wir ebenfalls paddeln«, sagte sie.

Tahitoa dachte an die acht Paddler in jedem der sie verfolgenden Boote. Dagegen waren sie nur zu zweit und würden niemals schneller sein als die anderen. Vielleicht aber war es möglich, die Verfolger so lange auf Abstand zu halten, bis sie trotz ihrer Rachsucht aufgaben. Daher befahl er Aipua, das Steuer zu übernehmen.

»Tapu!«, jammerte seine Frau.

»Willst du, dass die Hanamate mich fressen und unser Sohn als Feind der Hanatea aufwächst?«, fuhr Tahitoa sie an.

Aipua schüttelte ängstlich den Kopf. »Nein, das will ich nicht!«

»Dann halte jetzt die Pinne so fest, wie ich es dir zeige, und verändere sie nur, wenn ich es sage.«

Tahitoa tätschelte Aipuas Wange und half ihr, am Heck des Kanus Platz zu nehmen. Nachdem er ihr gezeigt hatte, wie das Ruder zu handhaben war, nahm auch er ein Paddel zur Hand.

»Du hast gesehen, wie hastig die Hanamate ihre Paddel benutzen«, sagte er zu Ruth. »Wir müssen es langsamer tun. Zwar werden wir dadurch kaum schneller, halten aber länger durch. Das mag vielleicht den Ausschlag geben.«

Ruth nickte und passte sich Tahitoas Rhythmus an. Beim Paddeln konnte sie nicht nach hinten schauen und wusste daher nicht, ob und wie rasch ihre Verfolger aufholten. Tahitoa befahl auch Aipua, sich nicht umzudrehen, damit sie nicht das Steuer verriss.

»Wir müssen auf die Götter vertrauen, auf den großen Seefahrer Hiro, auf Tangaroa, Makemake und Hinirikis Iesua«, sagte er zu Ruth und Aipua, als die Nacht mit der Schnelligkeit eines galoppierenden Pferdes hereinbrach.

Eine gewisse Zeit wurde das Dunkel nur durch den Glanz Tausender Sterne durchbrochen, und Ruth schöpfte Hoffnung, sie könnten nun doch entkommen. Da hörte sie hinter sich die Rufe, mit denen ihre Verfolger sich verständigten, und betete darum, dass diese endlich hinter ihnen zurückblieben. Fast schien es so, doch als der Mond aufstieg und sie in verräterisches Licht hüllte, bemerkte sie, dass sie nur wenig Vorsprung gewonnen hatten. Da die Hanamate sie nun wieder sehen konnten, würden sie bald näher kommen.

»Wir brauchen Wolken!«, stöhnte Tahitoa. »Solange der Mond so hell scheint, entkommen wir ihnen nie.«

Erneut begannen sie zu paddeln und wurden unwillkürlich schneller. Es schien, als würden die triumphierenden Rufe ihrer Verfolger ihnen neue Kräfte verleihen. Ruth konnte sich nicht erinnern, sich jemals so abgeschunden zu haben wie in diesen Stunden. Sie ignorierte das hungrige Greinen ihres Sohnes, denn es erschien ihr besser, wenn Jan hungrig entkam, anstatt satt gefangen zu werden.

Zuletzt hätte Ruth nicht mehr zu sagen vermocht, wie lange sie gepaddelt hatten. Es mussten etliche Stunden gewesen sein. Nur gelegentlich hielten sie für einen Augenblick inne, um nach ihren Verfolgern zu lauschen. Diese hatten jedes Mal ein Stück mehr aufgeholt. Allmählich verlor Ruth den Glauben, ihnen entkommen zu können, und kämpfte gegen ihre Tränen an. Dann aber sagte sie sich, dass Jan und sie nach ihrem Tod mit Hinrich vereint im Paradies sein würden, und überlegte, ob sie nun den Tod durch eigene Hand oder durch die ihrer Feinde vorziehen würde.

Auf einmal kreischte Aipua entsetzt auf und ließ die Ruderpinne fahren. »Die verfluchte Insel! Wir fahren genau darauf zu!«

»Mohotani?« Ruth starrte nach vorne und sah die Insel nun selbst vor sich. Die Brandung brach sich im Mondlicht silbern schimmernd an der Steilküste, und sie hörten das Rauschen und Tosen, mit dem dies geschah.

»Ich werde das Ruder übernehmen müssen, um uns um die Insel herumzusteuern. Aipua, so leid es mir tut, du musst mitpaddeln. Vielleicht können wir hier die Verfolger abhängen«, sagte Tahitoa und kroch vorsichtig nach hinten, damit das Kanu nicht schaukelte und dadurch an Fahrt verlor.

Ruth starrte derweil auf die Insel, deren unheilvoller Ruf die Hanatea so erschreckte, dass sie es kaum wagten, sie anzusehen oder gar ihren Namen auszusprechen, und wandte sich an Aipua. »Fürchten nur die Hanatea diese Insel oder auch die anderen Stämme?«

»Die Insel ist verflucht, ist tapu, tapu, tapu für alle Stämme! Weg! Fort!«, kreischte Aipua.

Ruth blickte noch einmal zur Insel hin und glaubte, eine Stelle zu sehen, die auf eine kleine Bucht mit einem flachen Strand hinwies.

»Wir segeln dorthin!«, erklärte sie entschlossen. »Wenn die Hanamate diese Insel ebenso fürchten wie die Hanatea, werden wir dort vor unseren Verfolgern sicher sein.«

»Nein, nicht!«, schrie Aipua und versuchte, Tahitoa das Steuer zu entreißen. Dieser musste sie daran hindern und versetzte ihr, als sie nicht aufgab, einen Faustschlag gegen den Kopf.

Mit einem leisen Seufzer sank die Schwangere nieder und blieb regungslos liegen.

»Hoffentlich hast du sie nicht erschlagen«, rief Ruth erschrocken und beugte sich über Aipua. Als sie deren Handgelenk ergriff, fühlte sie den Puls und atmete auf. »Sie ist nur bewusstlos.«

»Ich wusste mir nicht mehr anders zu helfen. Die Hanamate hätten uns sonst eingeholt«, sagte Tahitoa leise und betete zu sämtlichen Göttern, die er kannte, dass seiner Frau und dem ungeborenen Kind nichts geschehen war.

8.

Es war nicht einfach, auf der Insel anzulanden, denn der Strand lag teilweise recht hoch und war felsig. Weitere Felsen lagen im Wasser und bildeten Hindernisse, die Ruth trotz des Mondlichts oft nur im letzten Augenblick entdeckte. Zeit, sich nach ihren Verfolgern umzusehen, blieb ihnen keine.

Schließlich lotste Ruth Tahitoa durch eine schmale Rinne zu einem flacheren Uferstück, und er nützte eine hohe Welle aus, um das Boot auf den Strand zu setzen. Danach sprang er ans Ufer und forderte Ruth auf, ihm zu helfen, das Kanu weiter nach oben zu ziehen.

»Hier könnte es eine Welle erfassen und mit sich reißen. Dann wären wir für alle Zeiten auf dieser Insel gefangen«, setzte er mit einem gewissen Grausen hinzu. Auch wenn er von Tahiti stammte, so kannte er doch die tiefe Furcht der Hanatea vor dieser Insel und hätte Mohotani am liebsten gleich wieder verlassen.

Es war eine harte Arbeit für ihn und Ruth, das Boot hochzuzerren. Ruth sank zutiefst erschöpft auf einem Felsen nieder, kämpfte sich dann aber wieder hoch, um Jan zu holen. Seine Windeln waren voll, sein Hunger groß und sein Geschrei laut genug, um bis zu den Hanamate zu dringen, die ein Stück von der Insel entfernt angehalten hatten und nicht zu wissen schienen, was sie tun sollten.

Ruth warf die benutzte Graswindel weg und wusch den Hintern des Kleinen mit Meerwasser. Er brüllte dabei noch lauter, verstummte aber, als sie sich auf einen Felsen setzte und ihm die Brust gab.

Unterdessen hatte Tahitoa seine Frau aus dem Kanu gehoben und auf eine kleine Sandfläche gebettet. Er streichelte sie sanft und küsste die kleine Beule, die sein Faustschlag hinterlassen hatte. Dann wandte er sich an Ruth. »Ianoas Plärren könnte uns von Nutzen sein! Die Feinde haben es gehört, und da es auf einmal abgebrochen ist, glauben sie vielleicht, die hier lebenden Geister hätten uns alle umgebracht. Wir sollten daher … Wie sagte Hiniriki immer? … ja, mucksmäuschenstill sein. Vielleicht ziehen sie dann ab.«

»Das ist ein guter Vorschlag! Doch was ist mit Aipua? Sie stirbt vor Angst, wenn sie merkt, dass wir hier gelandet sind«, antwortete Ruth.

»Ich werde sie fesseln und knebeln müssen, und dann, wenn sie aufgewacht ist, mit ihr reden, damit sie begreift, wie wichtig es ist, keinen Laut von sich zu geben.«

Tahitoa klang traurig, denn die Vorstellung, dies seiner Frau anzutun, war ihm zuwider, und Aipua würde ihm das lange nachtragen. Doch wenn es half, dass sie beide, aber auch Ruth und Jan am Leben blieben, musste es sein.

»Ich weiß nicht, ob ich Ianoa ruhig halten kann«, antwortete Ruth besorgt.

»Solange er nicht so laut schreit, dass die Hanamate ihn hören können, ist es nicht schlimm«, sagte Tahitoa, um ihr Mut zu machen.

Zu Ruths Erleichterung schlief ihr Sohn ein, nachdem sie ihn gestillt hatte, und schien seinem Mienenspiel nach von erfreulicheren Dingen zu träumen als von Verfolgung und den Geistern, die es hier auf dieser Insel geben sollte.

Leise Geräusche verrieten ihr, dass Aipua dabei war, ihr Bewusstsein wiederzuerlangen. Tahitoa sprach leise auf seine mittlerweile gefesselte und geknebelte Frau ein, küsste sie immer wieder und hielt sie in den Armen.

»Es wird alles gut, meine Ti'ae-Blume«, raunte er ihr ins Ohr. »Wir haben Ruhutia bei uns. Ihr Mana ist groß und wird uns beschützen!«

Ruth hoffte mehr auf Gott als auf ihre eigene geistige Kraft. Doch auch sie tat alles, um Aipua zu beruhigen, und so waren sie schließlich so weit, ihr den Knebel abnehmen und die Fesseln lösen zu können. Tahitoa lobte seine Frau, wie beherzt sie sei, musste sie aber festhalten, damit sie sich nicht von Panik erfüllt ins Meer stürzte, um von der verfluchten Insel wegzukommen.

Als die Sonne im Osten aufstieg, zogen sie sich weiter in die Bucht zurück, um von See aus nicht gesehen zu werden. Immer noch schwammen die sechs Kanus der Hanamate etwa eine Seemeile vor der Insel, aber die Männer wagten es nicht, näher zu kommen.

»Sie warten ab, um festzustellen, ob wir die Insel wieder verlassen«, schloss Ruth aus diesem Verhalten.

Tahitoa nickte. »Gewiss haben die Hanamate Sie an Ihrem Hut oder den hellen Haaren erkannt und glauben nun, dass die Geister uns wegen Ihres Manas verschonen. Jetzt wollen die Kerle uns unbedingt haben. Ich schätze aber, dass sie nicht länger als einen Tag aushalten werden, vielleicht auch zwei. Danach können wir weitersegeln.«

»Wir müssen nur achtgeben, denn sie könnten uns auflauern«, antwortete Ruth und sah zum Kanu hin. Wenn besonders hohe Wellen gegen das Ufer schlugen, war es von See aus kaum zu sehen. Dies wollte sie ausnützen.

»Ich werde Hinrich hier begraben. Auf dieser Insel wird niemand seine Totenruhe stören.«

»Bei all den Geistern, die es hier gibt?«, fragte Aipua entsetzt.

»Hiniriki war ein großer Zauberpriester, und keiner hatte je mehr Mana als er. Also wird er der Häuptling aller Geister hier sein und ihnen seinen Glauben bringen, was ihm auf Hiva Oa nicht gelungen ist.« Mit den Worten gelang es Tahitoa, Aipua so weit zu beruhigen, dass sie ihn losließ. Zusammen mit Ruth holte er Hinrichs sterbliche Überreste aus dem Kanu und trug sie ein Stück die Bucht hoch.

Als Tahitoa das Grab ausheben wollte, nahm Ruth ihm die Schaufel ab.

»Es ist der letzte Dienst, den ich meinem Mann erweisen kann«, sagte sie leise.

Tahitoa trat traurig zur Seite und sah ihr zu. Aipua setzte sich neben das Grab, hielt Jan in der einen Hand und holte mit der anderen immer wieder ein wenig Erde aus der langsam größer werdenden Grube. Für Ruth war es eine harte Arbeit, und sie spürte ihre Erschöpfung. Aufgeben und die Schaufel Tahitoa überlassen wollte sie jedoch nicht.

Schließlich war das Grab so tief, wie es ihr nötig schien, und sie hielt schwer atmend inne. »Ich glaube, es ist so weit!«, sagte sie mit zittriger Stimme.

Das Entsetzen und die Trauer über den Verlust ihres Mannes, die durch die aufregende Flucht etwas in den Hintergrund getreten waren, packten sie erneut, und sie konnte die Tränen nicht mehr zurückhalten.

Aipua trat zu ihr und streichelte sie wie ein kleines Kind. »Hiniriki war ein großer Zauberpriester. Er wird seinen Platz in der Geisterwelt finden!«, sagte sie, um sie zu trösten.

Unterdessen hatte Tahitoa den Leichnam neben das offene Grab gelegt. Ruth kämpfte sich wieder auf die Beine und fasste mit an, damit sie Hinrich sorgsam in die Grube legen konnten. Bevor sie diese wieder schloss, warf sie zwei Brocken Erde hinein, einen für Jan und einen für sich, während Aipua Blüten auf den Toten fallen ließ.

Ruth versuchte, sich an ein passendes Gebet zu erinnern, und entschied sich schließlich für das Vaterunser. »Gehe hin in Frieden, mein geliebter Mann!«, sagte sie danach leise. »Möge Gott dir deinen Einsatz für seinen Glauben lohnen und wir uns im Himmelreich wiedersehen.«

Auch Tahitoa sprach ein kurzes Gebet, das ihm die Missionare auf Tahiti beigebracht hatten, während Aipua die Geister dieser Insel bat, Hinrich bei sich aufzunehmen und ihn als ihren Häuptling anzuerkennen. Danach war die Trauerzeremonie für Hinrich Mensing, der aufgebrochen war, um auf den Marquesas-Inseln als Missionar zu wirken, und dort den Tod gefunden hatte, zu Ende.

Ruth wollte das Grab selbst zuschaufeln, war aber mittlerweile so schwach, dass sie Gefahr lief, in das Loch hineinzufallen. Daher nahm Tahitoa ihr die Schaufel ab und riet ihr, Jan zu stillen, bevor dieser zu laut wurde. Sie schaffte es gerade noch, dann fiel sie in einen bleiernen Schlaf.

Als Ruth erwachte, hatte Tahitoa das Grab nicht nur aufgefüllt, sondern auch noch mit großen Steinen eingefasst. Sie kämpfte sich hoch und legte am Kopfende mehrere Steine so hin, dass sie ein Kreuz bildeten. Dies, so sagte sie sich, war sie Hinrich schuldig. Danach suchte ihr Blick Jan, der auf eine Decke gebettet schlief.

»War er still?«, fragte sie aus Angst, er könnte während ihres Schlafes Hunger bekommen haben.

»Ianoa war sehr brav«, berichtete Aipua mit dem Anflug eines Lächelns. Da die Geister, die sie hier vermutete, sie bislang nicht behelligt hatten, hatte sie Hoffnung geschöpft, doch mit heiler Haut davonzukommen. Ruths Mana, dachte sie, war schon immer größer als das ihres Mannes gewesen. Dies erkannten wohl auch die Geister und hielten sich daher fern.

»Ich habe Bananen gefunden, und Aipua hat Ianoa damit gefüttert. Er hat drei Stück verdrückt!« Auch Tahitoa lächelte, wurde dann aber ernst. »Vier Kanus der Hanamate lauern immer noch vor der Insel! Die zwei anderen Boote sind nach Hiva Oa zurückgefahren. Ich befürchte, sie wollen Wasser und Proviant holen. Vermutlich wollen sie verhindern, dass wir diese Insel wieder verlassen können.«

»Wie lange könnten wir uns hier im Notfall aufhalten?«, fragte Ruth.

Tahitoa stieß einen Laut aus, der sowohl Ärger wie auch Spott bedeuten konnte. »Auf jeden Fall länger als die Hanamate. Ich habe bei der Felswand, die diese Bucht abschließt, eine Frischwasserquelle gefunden. Dazu gibt es wild wachsende Früchte und sehr viele Kokosnüsse. Auf einen Schweinebraten müssen wir zwar verzichten, aber wenn die Hanamate verschwunden sind, können wir Fische fangen und …«

»Ich habe nicht vor, mich hier auf dieser Insel anzusiedeln«, unterbrach Ruth ihn herb. »Sobald das Meer um die Insel frei ist, werden wir in See stechen und versuchen, in die Zivilisation zurückzukehren. Vermagst du zu navigieren?«

Tahitoa schüttelte den Kopf. »Mein Großvater erzählte zwar von den langen Seefahrten unserer Ahnen mit ihren großen Doppelrumpfkanus, und er nannte mir einige Sterne, nach denen ich mich richten müsse, um diese oder jene Insel zu erreichen. Ich würde es trotzdem nicht wagen, mit einem Kanu das Meer zu befahren!«

»Aber genau das werden wir tun«, erklärte Ruth fest entschlossen. »Mit Gottes Hilfe werden wir es schaffen.«

»Wir haben doch nicht genug Proviant«, wandte Aipua ein.

»So stimmt das nicht!«, belehrte sie ihr Mann. »Wir haben Kokosnüsse. Die unreifen können wir mitnehmen, um ihr Wasser zu trinken, und die reifen werden unsere Speise sein. Auch werden wir hier noch Früchte sammeln, so dass wir wenigstens in den ersten Tagen auf See nicht darben müssen. Doch nun lasst uns beten, dass sich diese elenden Hanamate endlich zurückziehen.«

»Ich werde Gott und Jesus darum bitten!«, versprach Ruth und sah dann ihre beiden Begleiter an. »Es mag sein, dass wir rasch aufbrechen müssen. Aus diesem Grund sollten wir so viele Kokosnüsse sammeln, wie wir brauchen.«

»Das sollten wir beide tun. Aipua kann aus Kokosfasern Netze flechten, in denen wir sie aufbewahren!«, erwiderte Tahitoa. Sein Verstand sagte ihm, dass Ruths Vorschlag richtig war, und so half er ihr, alles für einen raschen Aufbruch vorzubereiten. Als die Nacht aufzog, suchte er am Firmament das Sternbild, das den Worten seines

Großvaters zufolge die großen Seefahrer ihres Volkes geleitet hatte, wenn sie von Norden kommend nach Tahiti zurückgesegelt waren.

Ruth hatte wieder Jan an sich genommen, um ihn zu stillen. Doch kaum war der Kleine satt, drückte Aipua ihr eine Schale in die Hand.

»Da ist noch ein wenig Popoi, den ich mitgenommen habe. Du musst etwas in den Magen bekommen.«

Erst jetzt spürte Ruth, dass sie nichts mehr gegessen hatte, seit sie am Nachmittag des Vortags die Nachricht vom Tod ihres Mannes erhalten hatte. Zuerst erschien es ihr unmöglich, etwas über die Lippen zu bringen. Doch kaum hatte sie ein wenig von dem zähen Brotfruchtbrei in den Mund genommen, erwachte ihr Hunger wie ein Wolf, der nach langer Fastenzeit wieder Beute machen wollte. Sie aß die Schale leer und pflückte danach noch Bananen. Eigentlich hatte sie ein paar davon für Jan aufbewahren wollen. Sie aß sie dann aber selbst und schämte sich, weil ihr Körper trotz der Trauer um Hinrich zu essen verlangte, als wäre nichts geschehen.

9.

Als der nächste Tag anbrach, spähten Ruth, Aipua und Tahitoa von einer erhöhten Stelle hinaus aufs Meer. Nun lagen wieder sechs Hanamate-Kanus vor der Insel, und drei weitere paddelten auf Hiva Oa zu.

»Es ist, wie ich befürchtet habe. Sie wechseln einander ab«, rief Tahitoa ärgerlich.

»Sie können es nicht für immer tun – und noch hungern wir nicht!« Ruth war fest entschlossen, so lange zu warten, bis sich ihnen die erste Gelegenheit bot, aufs Meer zu entkommen. Auch Tahitoa war dieser Ansicht.

Aipua aber schüttelte entsetzt den Kopf. »Wir sollten nicht länger bleiben, sonst erzürnen wir die Geister dieser Insel doch noch!«

»Noch haben uns die Geister dieser Insel nichts getan, während die Kerle in den Kanus aus uns langbeinige Fische machen wollen«, antwortete Tahitoa mit Nachdruck.

Ruth hatte diesen Ausdruck schon einmal gehört und sich darüber gewundert, da Fische keine Beine hatten. Nun begriff sie, dass die Einheimischen damit Menschen meinten, die ihnen als Mahlzeit dienten. Es schüttelte sie bei dem Gedanken, und sie war bereit, notfalls monatelang auf Mohotani zu bleiben und von Kokosnüssen zu leben, als in kleine Stücke zerteilt zu werden und hinter den Zähnen der Hanamate zu verschwinden.

»Tahitoa hat recht! Noch gewähren uns die Geister dieser Insel Schutz vor unseren Feinden. Daher werden wir warten, bis wir unbesorgt von hier wegfahren können«, sagte sie und zog Aipua an sich.

Die junge Frau zitterte. So ganz schien sie Ruths und Tahitoas Versicherung nicht zu glauben, sie wären auf diesem verfluchten Eiland sicherer als auf dem Meer, obwohl sie selbst die Boote der Hanamate sehen konnte.

»Wir sollten Kokosnüsse, Brotfrüchte und Bananen sammeln«, schlug Tahitoa vor. »Vielleicht finden wir auch Süßkartoffeln. Wenn wir etwas Sand mitnehmen, können wir im Kanu ein Feuer anzünden und kochen.«

»Hältst du Letzteres für eine gute Idee?«, fragte Ruth zweifelnd.

Tahitoa lächelte jedoch nur und ging daran, Vorräte zu sammeln. Mit einem leichten Fauchen machte sich auch Ruth auf die Suche und fand, dass Männer schlimme Situationen nicht ernst genug nahmen. Hätte Hinrich auf ihre Warnungen gehört, würde er vielleicht noch leben. Sie brach diesen Gedankengang jedoch ab und sagte sich, dass er ihr ein guter Mann gewesen war und sie kein Recht hatte, seine Haltung in Zweifel zu ziehen.

Aipua nahm unterdessen Jan in die Arme, setzte sich mit ihm auf einen Felsvorsprung und sang leise ein Wiegenlied. Außerdem bat sie Tangaroa, den halb vergessenen Gott des Meeres, und

Hiro, den Gott der Seefahrer, die Kanus der Hanamate zu verscheuchen, damit sie Mohotani so schnell wie möglich verlassen konnten.

Am Abend hatten Ruth und Tahitoa genug Kokosnüsse und Früchte für eine längere Seefahrt gesammelt und zu ihrem Kanu gebracht. Da blickte Aipua besorgt zum Himmel.

»Es wird ein Sturm aufkommen«, prophezeite sie.

Ruth blickte aufs Meer hinaus und zählte die Kanus der Hanamate. Es waren noch immer sechs Stück. »Ein Sturm könnte sie vertreiben«, meinte sie nachdenklich. »Wenn dies der Fall ist, sollten wir aufbrechen, sobald der Sturm abgeflaut ist. Dann sind wir fort, bevor die Hanamate zurückkommen.«

»Das ist auch meine Hoffnung«, antwortete Tahitoa und sah nun ebenfalls zum Himmel auf.

Obwohl die Nacht in Kürze hereinbrechen würde, wirkte der Himmel seltsam fahl. Am westlichen Horizont zog ein dunkler Streifen vom Meer heran und verdunkelte bald die untergehende Sonne.

»Ich glaube, es wird bald regnen«, meinte er nachdenklich. »Wir sollten das Kanu umdrehen! Wenn es mit Regenwasser vollläuft, müssen wir es erst ausleeren, und das würde unseren Aufbruch verzögern.«

»Dann tun wir das«, rief Aipua und eilte zum Kanu.

Sie mühte sich bereits damit ab, noch bevor Ruth und Tahitoa bei ihr waren. Der kleine Jan saß ein paar Schritte entfernt an einen kleinen Felsen gelehnt und sah ihr mit großen Augen zu.

»Kümmere dich um den Jungen!«, wies Ruth die junge Frau an. »Mit dem Boot werden dein Mann und ich auch ohne deine Hilfe fertig!«

Es war jedoch unmöglich, Aipua daran zu hindern, ihnen zu helfen.

»Wenn du so weitermachst, verlierst du noch das Kind!«, schalt Ruth ihre Dienerin.

Im Augenblick aber war die Angst vor der Todesinsel bei Aipua größer als die Sorge um ihr Ungeborenes. Als Ruth heftiger werden wollte, hielt Tahitoa sie zurück.

»Lass sie! Es ist besser, wenn sie mithilft, von hier fortzukommen, als wenn sie vor Angst halb verrückt wird und uns behindert.«

Mit einem unwilligen Schnauben gab Ruth nach. Kaum hatten sie die Sachen herausgenommen, die sie von Hiva Oa gerettet hatten, setzte bereits der Regen ein. Es war nicht der sanfte Landregen, wie Ruth ihn von Hamburg her kannte, sondern ein Wolkenbruch, der alles übertraf, was sie je erlebt hatte. Als sie das Boot umgedreht und alles, was sie mitnehmen wollten, mit einem Netz gesichert hatten, waren sie nass bis auf die Haut.

Ruth nahm den Kleinen auf den Arm und sah die beiden anderen an. »Ich habe weiter oben eine Höhle gesehen. Sie wird uns Schutz vor dem Regen bieten.«

»Keine Höhle!«, kreischte Aipua. »Sie würde über uns zusammenbrechen und uns verschütten, so wie es damals geschehen ist!«

»Jetzt sei nicht so ängstlich!«, schalt Tahitoa sie. »Ich habe die Höhle auch gesehen. Sie bricht gewiss nicht zusammen.«

Es war jedoch unmöglich, Aipua dorthin zu bringen. Sie schrie wie ein kreißendes Weib, schlug um sich und rannte schließlich davon.

»Folge ihr!«, forderte Ruth Tahitoa auf. »Sie ist in einem so schlimmen Zustand, dass ich Angst habe, sie wird sich etwas antun.«

Der Tahitianer nickte angespannt. »Ich werde mit ihr im Freien bleiben. Du und Jan, ihr solltet in die Höhle gehen.«

Ruth schüttelte den Kopf. »In einer solchen Nacht ist es besser, zusammenzubleiben. Irgendein trockenes Plätzchen werden wir schon finden.«

»Aber nicht zu nahe an einer Kokospalme! Der Sturm wird etliche Nüsse herabreißen. Wenn eine Sie trifft, schlägt sie Ihnen den Schädel ein.«

Noch während er es sagte, sah Tahitoa sich im letzten Licht des Tages um und wies auf eine Stelle, an der ein großer Felsen einen gewissen Schutz gegen den aus dem Westen anbrandenden Sturm bot.

»Gehen Sie mit Ianoa dorthin! Ich komme mit Aipua nach.«

Ruth eilte los und kauerte sich im Windschatten des Felsens nieder. Dem Regen entgingen sie zwar nicht, aber er prasselte wenigstens nicht mehr so hart auf Schultern und Kopf. Sie hätte Jan gerne trocken gehalten, doch mittlerweile war alles, was sie bei sich hatten, so nass, als hätte es tagelang in einem Wasserschaff gelegen. Außerdem begann es kalt zu werden. Ruth wickelte Jan aus seinen nassen Windeln, öffnete ihre Kleidung und legte ihn auf ihre blanke Haut, um ihn mit ihrem Körper zu wärmen.

Wenig später kam Tahitoa mit Aipua. Die junge Frau war völlig aufgelöst, setzte sich aber gehorsam zu Ruth und ihrem Mann. Um der größten Kälte zu entgehen, kauerten sie eng aneinandergeschmiegt an den Felsen und beteten, dass der Sturm, der nun brausend über die Insel zog und die Kokospalmen wie Schilfhalme schüttelte, endlich ein Ende nehmen würde.

Endlich ebbte das Unwetter ab, und Ruth fiel in einen unruhigen Schlaf. Sie erwachte erst, als die Sonne bereits am Himmel stand. Jan weinte und wollte sowohl ihre Milch wie eine trockene Windel haben. Während Ruth ihn stillte, breitete Aipua die nasse Kleidung samt den mitgenommenen Windeln aus, um alles in der Sonne trocknen zu lassen. Ruth hätte nie gedacht, dass sie in diesen Breiten einmal so frieren könnte wie in dieser Nacht. Nun aber wärmte die Sonne sie, und sie machte sich, als Jan satt war, zu dem Aussichtsfelsen auf, den Tahitoa bereits erklommen hatte, und spähte ebenfalls in die Ferne.

»Die Hanamate sind weg!«, rief er ihr bereits von Weitem zu. »Das Meer hat sie vertrieben oder sogar gefressen. Wir können aufbrechen.«

»Gott sei Dank!«, antwortete Ruth.

Auch ihr war die Insel unheimlich, wenn auch nicht in dem Maße wie Aipua. Dieser traute sie zu, sich eher ins Meer zu werfen, um die Strecke zur nächsten Insel schwimmend zu bewältigen, als noch länger auf Mohotani zu bleiben.

Ruth schaute durch ihr Fernrohr und sah die See bis Hiva Oa frei von Kanus. »Wir sollten uns sputen, damit wir fort sind, bevor die Hanamate zurückkommen.«

»Wenn es so ist, wie ich vermute, haben die Hanamate derzeit an anderes zu denken. Ich glaube nicht, dass es alle ihre Kanus bis Hiva Oa geschafft haben, bevor der Sturm hereingebrochen ist«, antwortete Tahitoa und setzte sich in Bewegung.

Ruth folgte ihm zum Boot und sah erleichtert, dass es den Sturm unbeschadet überstanden hatte. Tahitoas Rat, es umzudrehen, war goldrichtig gewesen. Wäre es nämlich vollgelaufen, hätten sie es mit ihrem kleinen Topf und den Händen ausleeren müssen, und das hätte den Hanamate die Zeit gegeben, Kanus hierherzuschicken.

Mit einer gewissen Mühe drehten sie das Boot um und schleiften es zum Ufer. Danach beluden sie es. Da ihre Kleidung wieder trocken war, zogen sie sich an und wollten aufbrechen.

Da stieß Aipua einen Schrei aus und wies auf eine Stelle am Ufer. Als Ruth hinschaute, entdeckte sie die Reste eines zerschlagenen Kanus. Nicht weit davon hatten die Wellen zwei Leichen angetrieben.

»Wie ich schon sagte! Die Hanamate haben zu lange gewartet und sind dem Sturm zum Opfer gefallen«, rief Tahitoa mit einer gewissen Schadenfreude.

»Wir sollten zusehen, dass wir von hier fortkommen«, erklärte Ruth. »Es könnte ja sein, dass ein paar von ihnen lebend angetrieben worden sind. Denen würde ich ungern begegnen!«

»Ich auch nicht«, antwortete Tahitoa, setzte Aipua und Jan ins Kanu und forderte dann Ruth auf, mit ihm zusammen das Boot ins Wasser zu schieben.

Es wurde eine letzte, harte Anstrengung, dann schwamm das Boot, und sie konnten ebenfalls hineinklettern. Während sie die Paddel schwangen und Mohotani langsam hinter ihnen zurückblieb, verlor sich auch der Schrecken, der Aipua erfasst hatte. Zwar wagte sie es nicht, sich zu der Insel umzusehen, doch während sie Jan wiegte, sang sie leise ein Lied, das davon erzählte, wie sie von den Geistern verschont worden waren, weil sie die sechs Kanus der Hanamate hierhergebracht hatten und diese das willkommenere Opfer gewesen waren.

10.

Ruth saß an der Steuerpinne und segelte auf Tahitoas Rat hin nach Südwesten. Ihr war nicht wohl dabei, da sie ihrer Schätzung nach in dieser Richtung Tahiti und die umliegenden Inseln verfehlen mussten. Daher brachte sie einen Einwand.

»Weshalb segeln wir nicht nach Südsüdwest gegen den Kurs, auf dem wir damals mit der *Hesione* gekommen sind?«

Tahitoa verzog das Gesicht zu einer Grimasse, die anscheinend ein Grinsen sein sollte. »Wenn wir das täten, würden wir zwischen die Atolle der Tuamotu-Stämme geraten, und diese würden sich freuen, wenn sie ihren Festtagsbraten auf so leichte Weise erjagen könnten.«

»Du meinst, es sind ebenfalls Menschenfresser?«, fragte Ruth und dachte mit Schaudern daran, dass ihr Mann bei den Hanatea beinahe verspeist worden wäre.

Tahitoa nickte. »Sie sind es im weitaus stärkeren Maße als die Stämme auf Hiva Oa. Selbst wir Tahitianer ziehen es vor, ihnen möglichst nicht zu begegnen.«

Dies war deutlich, denn die Menschen von Tahiti waren die Mächtigsten in diesem Teil des Pazifischen Ozeans und hatten viele Inseln unterworfen. Ruth hielt es daher für geraten, Tahitoas

Ratschlägen zu folgen. Auch Aipua hatte von den Bewohnern der Koralleninseln gehört, da die Hanatea in früheren Zeiten längere Seefahrten unternommen hatten als in diesen Tagen. Was sie zu erzählen wusste, deutete nicht gerade darauf hin, dass die Tuamotu-Stämme ähnlich gastfreundlich waren wie die Tahitianer.

»Traust du dir zu, Tahiti zu finden? Ich selbst hätte auf diesem Kurs große Probleme«, sagte Ruth besorgt.

Tahitoas Grinsen wurde entspannter. »Ich muss Tahiti gar nicht finden. In ein paar Tagen wechseln wir auf Südkurs, und dann liegen die Inseln von Tahiti bis Bora-Bora wie ein langer Riegel vor uns. Sobald wir die erste Insel zu Gesicht bekommen, weiß ich, wo wir sind, und kann auf Tahiti zusteuern.«

»Dann wollen wir hoffen, dass kein Sturm kommt und uns irgendwohin verschlägt oder die Strömung uns an den Gesellschaftsinseln vorbeiträgt«, antwortete Ruth, ohne Tahitoa in Verlegenheit zu bringen. Dieser war mit Kanus, die um einiges größer waren als ihres, zwischen den Inseln herumgesegelt. Außerdem hatte er ein gutes Jahr auf einem europäischen Schiff verbracht und dabei weitere Teile der Südsee kennengelernt.

Auf Mohotani war Aipua fast ein Opfer ihrer Nerven geworden, aber auf dem Wasser beruhigte sie sich wieder. Dafür schossen Ruth tausend Gründe durch den Kopf, weshalb sie Tahiti nicht erreichen würden. Um ihre Position und ihren Kurs zu berechnen, hätte sie einen Sextanten gebraucht, doch ihnen fehlten die einfachsten nautischen Gerätschaften. Noch während sie das dachte, fiel ihr ein, dass zu Hinrichs Gepäck auch ein Kompass gehört hatte. Allerdings wusste sie nicht, ob sie ihn mitgenommen oder auf Hiva Oa zurückgelassen hatte. Sie öffnete ihr Bündel und atmete erleichtert auf, als sie das Gerät fand. Der Kompass war wenigstens eine gewisse Hilfe.

Tahitoa war zwar der Ansicht, dass es unnötig wäre, ließ sich aber von Ruth die Richtung angeben, da es sie beruhigte.

Ein weiterer Umstand bereitete Ruth zunächst ebenfalls Bauchschmerzen. Tahitoa hatte im vorderen Drittel des Kanus eine Schicht Sand ausgebracht, auf der Aipua ein kleines Feuer entfachte, um darauf die Früchte zu kochen, die sie von Mohotani mitgebracht hatten. Die ersten Tage befürchtete sie, das Feuer könnte auf das Kanu übergreifen und ihrer Fahrt ein rasches und grausames Ende bereiten. Aipua war jedoch geschickt, und das aus Süßkartoffeln und Taro bereitete Mahl schmeckte nun einmal besser, als wenn sie sich nur von Kokosnüssen hätten ernähren müssen.

Vor allem für Jan wäre dies schwierig geworden, denn ihre Milch reichte nicht mehr aus, um ihn zu sättigen. Ruth war daher froh, dass Aipua ihn zusätzlich mit Gemüsebrei und Bananen füttern konnte. Während sie nach tagelanger Fahrt wieder einmal zusah, wie ihre Dienerin dies mit schier unendlicher Geduld tat, kam ihr ein Gedanke.

Wie lange würden sich Brotfrüchte, Süßkartoffeln, Taro und Bananen an Bord eines Schiffes halten, das von Tahiti nach Europa fuhr? Gewiss nicht sehr lange. Auch war es unsicher, ob das Schiff oft genug einen Hafen anlief, um die Vorräte zu ergänzen. Hier auf dem Kanu mit einem Ziel, das im Vergleich zu der Strecke nach Hamburg nur einen Katzensprung entfernt lag, bestand keine Gefahr, dass die Früchte und das Gemüse verdarben. Auf einem Schiff, das sich durch raue See kämpfte und wochenlang keine Küste sah, war dies jedoch anders. Ruth hatte auf der Herreise auf der *Hesione* etliche Tage nur von Sauerkraut, Pökelfleisch und Schiffszwieback leben müssen, aber für ein Kind wie Jan war eine solche Kost denkbar ungeeignet. Auch konnte sie ihn nicht mit ihrer Milch allein wochen- oder sogar monatelang ernähren. Der Gedanke, dass ihr Sohn, Hinrichs großes Vermächtnis an sie, auf einer solchen Reise krank werden und sterben könnte, war so entsetzlich, dass sie den Gedanken aufgab, rasch in die Heimat zurückzukehren.

Erst musste Jan etwas älter werden, um notfalls auch Pökelfleisch und den harten Schiffszwieback essen zu können. Er war nun etwas mehr als ein Jahr alt, und sie schätzte, dass sie mindestens vier, besser noch fünf Jahre warten sollte, bevor sie dieses Wagnis eingehen konnte. Bis dorthin würden sie auf Tahiti bleiben müssen und hoffen, dass Reverend Wiggles und die anderen Missionare ihr so lange Gastfreundschaft gewährten. Hinrichs Geld, das sie bei sich trug, würde für eine so lange Zeit nicht reichen, zumal sie auch noch die Heimfahrt würde bezahlen müssen. Zwar würde sie versuchen, von Tahiti aus eine Botschaft in die Heimat zu senden, doch war es fraglich, ob ihr Vater in der Lage war, ihr aus der Ferne zu helfen.

Ruth fiel ein, dass sie ja auch die schwarzen Perlen bei sich hatte. Für ein paar davon konnte sie gewiss die Gastfreundschaft einer tahitianischen Familie erkaufen. Das Einzige, was für sie zählte, war Jans Wohlergehen, und dafür war ihr kein Preis zu hoch.

Tahitoas Jubelruf riss sie aus ihren Überlegungen, und sie schaute auf. In der Ferne war eine Insel zu erkennen, deren Berge ihr vertraut vorkamen. Verwundert, aber auch erleichtert sah sie Tahitoa an.

»Wir haben es also doch geschafft!«

»Das haben wir!«, antwortete Tahitoa lachend und hob beide Arme. »Ich danke dir, Hiro, dass du mich geleitet hast, so dass ich hierhergefunden habe, und auch Oro, der du uns vor Stürmen und rauer See bewahrt hast.« So als würde er sich erst jetzt daran erinnern, dass die Witwe eines Missionars bei ihnen war, fügte er auch noch Jesus Christus, Gott im Himmel und dessen Botenvogel hinzu. Dann wandte er sich mit sichtlichem Stolz an Ruth und Aipua.

»Ich sagte euch, dass ich Tahiti finden werde, und ich habe es gefunden!«

»Das hast du!«, sagte Ruth und blickte mit glänzenden Augen auf die Insel, die sie noch am gleichen Tag zu erreichen hoffte.

HISTORISCHER ÜBERBLICK

Zwar wurden die ersten Inseln der Südsee bereits im sechzehnten Jahrhundert von Spaniern entdeckt. Bis zu einer systematischen Erkundung dauerte es jedoch noch bis tief ins achtzehnte Jahrhundert hinein. Die riesigen Entfernungen sowie die Gefahren durch Schiffbruch, Krankheiten und Skorbut setzten dem Forscherdrang lange Zeit Grenzen. Der Name, der bei der Erforschung der Südsee meistens als erster genannt wird, ist der von Captain James Cook. Vor und nach ihm waren jedoch noch andere dort, und zusammen mit Cooks Entdeckungen formte sich allmählich das Bild der pazifischen Inselwelt, wie wir es kennen.

Neben England entsandten auch Frankreich, die Niederlande, Russland, aber auch Österreich, das in jener Zeit mit Triest und Rijeka noch über Hochseehäfen verfügte, Schiffe in den Stillen Ozean. Es galt nicht nur, neues Land zu entdecken, sondern auch, Ansprüche darauf zu erheben. So manche Insel wurde im Lauf der Jahre mehrmals angelaufen und von verschiedenen Mächten für sich reklamiert. Die Inseln zu besetzen und auch zu behalten, war jedoch bis weit in das neunzehnte Jahrhundert hinein nicht möglich. Die Kriege in Europa, vor allem die Kriege Napoleons, verhinderten nämlich, dass die einzelnen Staaten ausreichend militärische Macht ans andere Ende der Welt schicken konnten.

So entstanden durch den Kontakt mit den Europäern etliche Eingeborenenreiche wie Tonga, Samoa, Tahiti und Hawaii. Zumeist verbündete sich einer der Häuptlinge mit europäischen Seeleuten und Missionaren, die ihn im Gegenzug für den Übertritt zum christlichen Glauben mit Musketen versorgten und teilweise auch selbst auf seiner Seite in die Kämpfe eingriffen. Auf Tahiti, das damals in etliche Kleinreiche aufgeteilt war, bediente sich der Häuptling von Pare Arue sogar der Bounty-Meuterer, die nicht mit Christian Fletcher nach Pitcarin gesegelt waren, um die Nachbarstämme zu unterwerfen. Seine Rechnung – christlicher Glaube gegen christliche Waffen – ging auf. Als ihn dann auch noch Missionare und Walfänger unterstützten, eroberte er nicht nur Tahiti, sondern auch die Nachbarinseln Moorea, Tahaa, Huahine, Raiatea und Bora-Bora und wurde als Pomare I. König von Tahiti und den Inseln.

Die Europäer sorgten auch dafür, dass Walfänger auf Tahiti ihre Vorräte auffrischen konnten, und wurden im Lauf der Zeit immer einflussreicher, bis sie im Grunde die Politik nicht nur von Tahiti, sondern auch von einigen anderen insularen Königreichen beherrschten. Besonders einflussreich waren hier die Missionare. Allerdings war die Missionierung in dieser Gegend nicht ganz ungefährlich. Gelang es den Missionaren wie auf Tahiti, sich mit dem Häuptling zu verbünden, der sich am Ende durchsetzte, konnten sie ihre Macht ausbauen. Auf anderen Inseln wie den Atollen der Tuamotu-Inseln oder den Marquesas-Inseln scheiterten die Missionsversuche zunächst jedoch, und die Missionare wurden dem Glauben der Eingeborenen zufolge, die sie für Männer von großer geistiger Macht hielten, von diesen verspeist, damit diese Macht, das Mana, auf sie überging und sie stärkte.

Die Marquesas-Inseln waren schon frühzeitig von Spaniern entdeckt worden. Diese versuchten, Hiva Oa und Ua Pou zu erobern, scheiterten allerdings an den kriegerischen Einheimischen. Knapp südlich des Äquators liegend wurden sie nur selten von Walfängern angelaufen, da diese den Walen im Südpazifik nachstellten und daher die näher liegenden Inseln wie Tahiti bevorzugten. Weil auch die ersten Missionierungsversuche misslangen, blieben die Marquesas-Inseln und damit auch Hiva Oa vorerst sich selbst überlassen. Die Geschichte der Missionarsfrau, die von den Insulanerinnen ausgezogen wurde, und des jungen Missionars, der fliehen musste, weil er den Geschlechtsverkehr mit der Frau eines Häuptlings verweigerte, sind entsprechenden Aufzeichnungen entnommen. Selbst hawaiianische Missionare scheiterten, obwohl sie Polynesier waren.

Auf die Mitte des neunzehnten Jahrhunderts zu steckten die Großmächte ihre Gebietsansprüche ab. Die Franzosen besetzten Tahiti und die umliegenden Inseln und gliederten auch die Marquesas-Inseln ihrem Kolonialgebiet an. Die eingeborenen Stämme, in Kriegen gegeneinander kampferprobt, leisteten jedoch heftigen Widerstand. Insgesamt dauerte es fast fünfzig Jahre, bis die französische Herrschaft auf allen Inseln gefestigt war. Das war allerdings nicht allein ein Verdienst der überlegenen Waffen, sondern auch eingeschleppter Krankheiten, die auf Hiva Oa, Nuku Hiva und den anderen Inseln ganze Stämme ausrotteten. Anfang des zwanzigsten Jahrhunderts betrug die Bevölkerungszahl des Marquesas-Archipels weniger als ein Zehntel der Bevölkerung von vor dem Kontakt mit den Europäern. Seither nimmt die Bevölkerung langsam wieder zu, doch selbst heute leben weniger als fünfundzwanzig Prozent der Menschen dort als zu Beginn des neunzehnten Jahrhunderts.

Die Polynesier auf den Marquesas-Inseln wurden schließlich doch noch christianisiert, nur waren es keine protestantischen Missionare mehr, sondern katholische aus Frankreich. Die Kultur auf allen von Frankreich beanspruchten Inseln sollte ausgerottet und die Bevölkerung europäisiert werden. Tänze, Tatauierungen und viele Gebräuche wurden unterdrückt. So ist auf Tahiti und etlichen anderen Inseln die Erinnerung an die Tataumuster ihrer Vorfahren verloren gegangen, und sie orientieren sich nun an denen der Marquesaner. Da diese selbst für die Kolonialherren zu abgelegen waren, haben sich dort einige Bräuche halten können.

Obwohl sie im Grunde ein friedliches, gastfreundliches Volk waren, bestand bis tief ins zwanzigste Jahrhundert hinein in Teilen der marquesanischen Bevölkerung eine starke Abneigung gegenüber Europäern. Auch heute sind sie meist reservierter als die Menschen auf Tahiti oder Bora-Bora. Wir haben sie bei unserem Besuch jedoch als sehr zugewandt erlebt und von Frieda, unserer Fahrerin auf Hiva Oa, vieles über diese Insel erfahren. Sie berichtete uns auch von dem großen Unglück auf Mohotani, dem wenige Generationen, bevor unser Roman dort spielt, etwa fünfzehnhundert Menschen zum Opfer gefallen sind. Danach stellte die Insel für alle Stämme der Marquesen verbotenes Land dar, sprich, sie war tapu.

Heute zählen die Marquesas-Inseln zum französischen Außengebiet im Pazifik und werden von Tahiti aus verwaltet. Viele Marquesaner fordern jedoch die Selbstverwaltung, und sie haben ihre eigene Zeitzone durchgesetzt, die sich um eine halbe Stunde von der auf Tahiti unterscheidet.

Noch ein Wort zu den Namen der Inseln. Wir haben lange überlegt und uns dann doch für die heute gebräuchlichen Namen entschieden, um unsere Leser nicht zu verwirren. So blieben wir bei Tahiti statt Otaheite, Moorea statt Eimoa und Hiva Oa statt Ohivaoa. Nur den von den Spaniern verwendeten Namen für Hiva Oa haben wir in Dialogen verwendet, nämlich Dominica. Dies hat nichts mit dem heutigen Karibikstaat gleichen Namens zu tun.

Iny und Elmar Lorentz

GLOSSAR

Aimeho – damals gebräuchlicher Name für Moorea
Ahu – Zeremonialplattform
Ankerauf – Anker einholen uns absegeln
Ariki – Adel auf Tahiti
Ariki rahi – hoher Adel auf Tahiti
Behemoth – Ungeheuer
Belegnagel – Stab zum Festmachen von Tauen, konnte auch als kurze Keule verwendet werden
Batavia – heute Djakarta
Bootsmannstuhl – eine Art Sitz, mit dem man von einem Boot auf ein Schiff gehoben oder herabgelassen werden kann
Bora Bora – eine der Gesellschaftsinseln
Boy – hier jugendlicher Bote
Countess – engl. Gräfin
Dingi – Beiboot des Kapitäns
Dominica – hier europäischer Name von Hiva Oa
Earl – engl. Adeliger im Grafenrang
Earldom – engl. Besitz eines Earls
Etua – vergötterte Ahnen der Marquesas-Insulaner
Federal Island – europäischer Name von Nuku Hiva
festlaschen – befestigen
Frösche (Frogs) – Spottname der Engländer für Franzosen
Gentleman – feiner Herr
Guinea – englische Goldmünze, hier als Synonym für den Sovereign verwendet
Haka – kriegerischer Tanz, der außer auf Neuseeland auch auf den Marquesas-Inseln üblich ist.
Hakeani – Bucht und Tal auf Hiva Oa
Hanamate – Bucht und Tal auf Hiva Oa
Hanatea – Bucht und Tal auf Hiva Oa

Havai'i – damals gebräuchlicher Name für Raiatea
Havai'iki – sagenumwobene Urheimat der Polynesier
Hawaiki – das Totenreich der Polynesier
Hiva Oa – Insel in der Südsee der Marquesas-Gruppe
Holandisi – Holländer
Hottentotten – heute Khoikhoi genannt, Volksstamm in Südafrika
Iehova – Gott
Iesua – Jesus Christus
Ika – Menschenopfer
Inglisi – Engländer
Jakobsleiter – Strickleiter mit hölzernen Sprossen
Kanaken – abfälliger Begriff für die Bewohner der Südsee
Kannibalen – Menschenfresser
Ka'oha nui – Grußformel auf den Marquesas-Inseln
Kap Hoorn – Südspitze Südamerikas
Kawa – leicht alkoholisches Getränk
Klabautermann – Meergeist
Kontor – Büroraum
Krähennest – Mastkorb für den Ausguck
Koje – Bett auf dem Schiff
Leichter – Hafenschuten, mit denen ankernde Schiffe versorgt werden
Logbuch – Schiffstagebuch des Kapitäns
Lunte – Zündschnur
Maat – Unteroffizier auf einem Schiff
Maeva – tahitianisch: willkommen
Malwinen – Falklandinsel
Mamsell – Wirtschafterin
Mana – geistige Kraft der belebten Natur, hier bezogen auf Menschen
Mann vor dem Mast – Matrose
Marae – Zeremonialplatz, Zentrum ist das Ahu

Marineinfanterist – Seesoldat, kein Matrose
Me'ae – Bezeichnung auf Hiva Oa für Marae
Meile – hier Seemeile ist gleich 1,853 km
Mesalliance – Missheirat
Midshipman – Seekadett, Offiziersanwärter
Mohotani – Insel der Marquesas-Gruppe
Moorea – eine der Gesellschaftsinseln
Muskete – einfaches Gewehr, das von vorne geladen wird
Neuengland – die 13 Kolonien, die sich zu den Vereinigten Staaten von Amerika zusammengeschlossen haben
neunschwänzige Katze – Peitsche, mit der Matrosen zur Strafe ausgepeitscht werden
Niederländisch-Indien – heutiges Indonesien
Ohivaoa (Dominica) – damals gebräuchlicher Name für Hiva Oa
Oro, Hiro, Makemake, Tangaroa, Pere – polynesische Gottheiten
Otaheite – damals gebräuchlicher Name für Tahiti
Pare Arue – Stammesgebiet auf Tahiti, Heimat der Pomare-Dynastie
Pekio – Diener, teils sogar Sklaven der polynesischen Oberschicht
Popoi – Brotfruchtbrei
Priem – Portion Kautabak
Prisengeld – Prämie für das Aufbringen feindlicher Schiffe
raumer Wind – Wind, der schräg von hinten kommt
Reverend – Geistlicher
Ridicule – beutelartige Handtasche
Riemen – Ruder
Royal Navy – englische Seestreitmacht
Shilling – englische Münze, 20 Shilling = 1 Pfund
Smutje – Schiffskoch
Sovereign – englische Goldmünze, Nachfolger der Guinea
Staatsrock – Sonntagsanzug
Tahiti – Insel in der Südsee - Hauptinsel des Gesellschaftsinseln

Tahuata – Insel der Marquesas-Gruppe

Tampen – Tauende

Tamure – Fest

Tapa – weiches Mattengeflecht aus Baumrinde, das anstelle von Tuch als Kleidung verwendet wird

Tapu – strenges Gebot

Tatau – Tätowierung

Te Fenua Enata – Bezeichnung der Bewohner Tahitis für die Bewohner der Marquesas-Inseln

Te Henua Enana – Eigenbezeichnung der Bewohner der Marquesas-Gruppe

Tiki – polynesische Statuen aus Stein und Holz

Tohua – Versammlungsplatz

Tuhuka ha'atiki – erster Holzschnitzer

Tuhuka o'oko – erster Priester

Tupapa'u – Totengeister

Tu'u – Opferplatz für Menschenopfer

Vahine – Frau

Viscount – engl. Vizegraf

Yards – Längenmaß, 0,9144 Meter

Zoll – Längenmaß, hier 2,54 Zentimeter

PERSONEN

Die Familie Simonsen

Mensing, Ruth, geb. *Simonsen*
Simonsen, Jakob – Reeder in Hamburg, Ruths Vater
Simonsen, Frieda – Ruths Mutter
Jeremias – Ruths älterer Bruder
David – Ruths jüngerer Bruder
Anna – Ruths jüngere Schwester
Esther – Annas Zwillingsschwester

Familie Mensing

Mensing, Mathias – Reeder in Hamburg
Mensing, Hinrich – Mathias Mensings jüngerer Bruder

Familien Bartlett und Hutton

Hutton, Humphrey – Earl of Huttonsfield
Bartlett, Ellinor – Lord Humphreys Tochter
Bartlett, Zechariah – Handelsherr in London, Ellinors Ehemann
Bartlett, Anthony – Zechariahs und Ellinors Sohn
Hutton, James Edward – Humphrey Huttons Großneffe

Die Besatzung der HMS Hesione

Smyth, Gervase – Kapitän
Merrick – Schiffsarzt
Simmons, Trevor – Midshipman, Captain Smyths Neffe
Naybs – Midshipman
Railey – Midshipman

Cribbic – Schiffszimmermann
Benson – Smyths Diener
Banks, Hicks, Stanley, Braxton, Bolten – Matrosen

Polynesien

Ruhutia – Ruths Name in der Südsee
Hiniriki – Hinrichs Name in der Südsee
Ianoa – Jan, Ruths und Hinrichs Sohn
Aipua (Anna) – Ruths Dienerin, später Tahitoas Ehefrau
Aitu'ha'anui – Priester des Hanatea-Stammes auf Hiva Oa
Ari'iheiva – Adeliger auf Tahiti
Hana'ea – vergöttlichter Urahne der Hanatea
Hinanui – Mädchen auf Hiva Oa
Hoani – Ruths Dienerin
Mako – Mann aus dem Hanatea-Stamm
Manahere – Ari'iheivas Tochter (erwähnt)
Mary – Dienerin der Wiggles
Matahi – Häuptling des Hanatea-Stammes
Noelani – Matahis Ehefrau
Noha'aia – Noelanis Mutter
Sally – Dienerin der Wiggles
Tahitoa (Thaddäus) – Ruths und Hinrichs polynesischer Diener
Teimana – Häuptling des Hanamate-Stammes
Teina – Häuptling des Hakeani-Stammes
Teomo – Holzschnitzer des Hanatea-Stammes
Wiggles – Missionar auf Tahiti

Die Besatzung des Walfängers* Newport *aus Nantucket

Wally, Raphael (Rave) – Kapitän
Bert, Dick, Henry – Matrosen

Thoulder – Steuermann
Craven – verkrüppelter Harpunier
Hansen, Jim – James Huttons Deckname auf der *Newport*

Weitere Personen

Corello, Fernando Francesco – Reeder und Geschäftsmann in Callao/Peru
Dobbs – Mamsell auf Huttonsfield Castle
Halverstock – Anwalt, Nachlassverwalter
Klemme, Detlef – Kapitän in Jakob Simonsens Diensten
Polliver – dunkelhäutiger Diener bei Bartlett

Historische Person

Teri'itaria Pomare III. – König von Tahiti

Die neue große Familiensaga von Iny Lorentz:
dramatisch, exotisch, opulent

INY LORENTZ

DIE PERLEN PRINZESSIN

- RIVALEN -

Roman

Hamburg 1771: Um die Hand der schönen Mina Thadde zu gewinnen, lassen sich die die beiden jungen Kapitäne Simon Simonsen und Jörgen Mensing auf einen Wettstreit ein. Wer mit der wertvolleren Ladung aus der Südsee zurückkehrt, dem will Minas Vater, ein reicher Hamburger Handelsherr, seine Tochter anvertrauen.
Während Simons Fahrt ein Erfolg wird, riskiert Jörgen zu viel und erleidet Schiffbruch. Zurück in Hamburg gelingt es ihm jedoch, Simon die Schuld an dem Unglück zuzuschieben, bei dem viele Matrosen ums Leben kamen. Simons Ruf als Kapitän ist ruiniert, Jörgen dagegen heiratet Mina. Zwischen den beiden Männern beginnt eine Feindschaft mit tödlichen Folgen, die noch das Schicksal ihrer Enkel bestimmen wird …